Vor einem Jahr ist im Park des traditionsreichen Mädcheninternats St. Kilda der sechzehnjährige Chris Harper erschlagen worden. Nun hängt sein Bild am Schwarzen Brett – mit der Überschrift: ICH WEISS, WER IHN GETÖTET HAT. Nur eines von acht Mädchen kann die Karte aufgehängt haben. In zwei Cliquen stehen sie sich gegenüber – unverbrüchliche Freundinnen, erbarmungslose Feindinnen. Der junge Detective Stephen Moran kann die toughe Ermittlungsleiterin Antoinette Conway überreden, ihn mit nach St. Kilda zu nehmen. Denn Stephen kennt eines der Mädchen, Holly Mackey, aus einem früheren Fall. Die Detectives wissen beide, was auf dem Spiel steht, auch für sie selbst. Doch sie haben unterschätzt, in welch verfängliches Netz sie sich begeben.

»Die Kriminalromane der Irin Tana French sind Wunderwerke. Weil sie den Leser nicht nur mit spannenden Plots, sondern auch einer besonders poetischen Sprache packen.«   *Cosmopolitan*

»Sie ist eine der besten Kriminal-Autorinnen der Welt«, sagt die ›Washington Post‹ über die irische Schriftstellerin *Tana French*. Ihre tiefgründigen, hochspannenden Romane um verschiedene Ermittler der Dubliner Mordkommission finden sich regelmäßig auf den internationalen Bestsellerlisten. Tana French wuchs in Irland, Italien und Malawi auf und lebt seit 1990 in Dublin. Sie absolvierte eine Schauspielausbildung am Trinity College und arbeitete für Theater, Film und Fernsehen. In ihren Kriminalromanen, für die Tana French vielfach ausgezeichnet wurde, schaut sie tief in die Seelen von eng miteinander verstrickten Tätern, Opfern und Ermittlern. Mit ihrer eindrücklichen, präzisen und poetischen Sprache zeichnet die Autorin dabei markante Porträts der modernen irischen Gesellschaft. Tana French lebt mit ihrem Mann und ihren beiden Kindern im nördlichen Teil von Dublin.

Tana French bei FISCHER:
›Grabesgrün‹
›Totengleich‹
›Sterbenskalt‹
›Schattenstill‹
›Geheimer Ort‹

Weitere Informationen, auch zu E-Book-Ausgaben, finden Sie bei
www.fischerverlage.de

TANA FRENCH

GEHEIMER

ORT

KRIMINALROMAN

Aus dem Englischen von Ulrike Wasel
und Klaus Timmermann

FISCHER Taschenbuch

MIX
Papier aus verantwor-
tungsvollen Quellen
FSC® C083411

Erschienen bei FISCHER Taschenbuch
Frankfurt am Main, November 2015

Die Originalausgabe erschien 2014 unter dem Titel
›The Secret Place‹ im Verlag Hodder & Stoughton, London
© Tana French 2014

Für die deutsche Ausgabe:
© S. Fischer Verlag GmbH, Frankfurt am Main 2014
Vermittelt durch die Literarische Agentur Thomas Schlück GmbH,
30827 Garbsen

Druck und Bindung: CPI books GmbH, Leck
Printed in Germany
ISBN 978-3-596-19614-2

FÜR DANA, ELENA, MARIANNE
UND QUYNH GIAO,
DIE ZUM GLÜCK GANZ ANDERS WAREN.

PROLOG

DA LÄUFT OFT so ein Song im Radio, aber Holly kriegt immer nur ein paar Fetzen davon mit. *Remember oh remember back when we were,* eine Frauenstimme, klar und eindringlich, der schnelle, leichtfüßige Beat, der dich auf die Zehenspitzen hebt und deinen Puls antreibt mitzuhalten, und dann ist es vorbei. Sie will die anderen immer fragen: *Was ist das?,* aber nie kriegt sie genug Text mit, um die Frage zu stellen. Immer rutscht der Song durch die Ritzen, wenn sie gerade über irgendwas Wichtiges reden oder wenn sie schnell zum Bus müssen. Und wenn sie dann wieder ruhig werden, ist er weg, alles still, oder Rihanna oder Nicki Minaj hämmern die Stille ins Nichts.

Diesmal schallt er aus einem Auto, einem Auto mit offenem Verdeck, um allen Sonnenschein einzusaugen, der in diesem unverhofften Ausbruch des Sommers zu kriegen ist, denn morgen ist es vielleicht schon wieder vorbei damit. Der Song kommt über die Hecke auf den Spielplatz im Park, wo sie Hörnchen mit schmelzender Eiscreme möglichst weit weg von ihren Einkäufen fürs neue Schuljahr halten. Holly – auf der Schaukel, den Kopf nach hinten gelegt, um in den Himmel zu blinzeln und das Sonnenlichtpendel zwischen ihren Wimpern zu bestaunen – setzt sich aufrecht hin und lauscht. »Der Song da«, sagt sie, »was –«, aber im selben Moment fällt Julia ein Klacks Eiscreme ins lange Haar, und sie springt vom Karussell hoch und schreit: »Scheiße!« Und als sie von Becca ein Papiertaschentuch bekommen und sich

7

Selenas Wasserflasche geborgt hat, um das Taschentuch nass zu machen und sich das klebrige Zeug aus den Haaren zu wischen, wobei sie schimpft – hauptsächlich, damit Becca rot wird, wie ihr vielsagender Seitenblick zu Holly verrät –, sie würde ja aussehen, als hätte sie wem einen geblasen, der schlecht zielen kann, ist das Auto längst weg.

Holly isst ihr Eis auf und hängt sich kopfüber an die Schaukelketten, so dass ihre Haare fast die Erde streifen und sie die anderen von unten und von der Seite sehen kann. Julia hat sich auf dem Karussell ausgestreckt und dreht es langsam mit den Füßen. Das Karussell quietscht, ein träges, regelmäßiges Geräusch, beruhigend. Neben ihr liegt Selena auf dem Bauch, kramt genüsslich in ihrer Einkaufstüte und lässt Jules die ganze Arbeit machen. Becca, die sich ins Klettergerüst gefädelt hat, betupft ihr Eis mit der Zungenspitze, um möglichst lange etwas davon zu haben. Verkehrsgeräusche und Jungenstimmen tröpfeln über die Hecke, von Sonne und Entfernung versüßt.

»Noch zwölf Tage«, sagt Becca und schaut zu den anderen, ob sie froh darüber sind. Julia hebt ihr Eishörnchen, als wolle sie ihr zuprosten; Selena stößt mit ihrem Matheheft dagegen.

Die riesengroße Einkaufstüte neben dem Schaukelgestell geht Holly nicht aus dem Kopf, eine Freude, selbst wenn sie nicht dran denkt. Du möchtest am liebsten das Gesicht und beide Hände reinstecken, dieses unberührt Neue an den Fingerspitzen spüren und tief durch die Nase einatmen: glänzende Ringbücher mit Ecken, die noch nicht abgestoßen sind, elegante Buntstifte, so spitz, dass du dich dran stechen kannst, ein Lineal-Set, jeder winzige Millimeterstrich sauber und glatt. Und dieses Jahr auch noch andere Sachen: gelbe Handtücher, von einem Band zusammengehalten und flauschig; Bettwäsche mit breiten gelben und weißen Streifen, in rutschiger Plastikverpackung.

Tschip-tschip-tschip-tschürr ruft ein lauter kleiner Vogel aus der Hitze. Die Luft ist weiß und brennt Dinge von den Rändern nach innen weg. Selena, die aufschaut, ist bloß ein langsames Nachhintenwerfen von Haaren und ein sich öffnendes Lächeln.

»Netzbeutel!«, sagt Julia plötzlich hinauf in den flirrenden Himmel.

»Hmmm?«, fragt Selena in ihren Handfächer aus Pinseln.

»Auf der Ausstattungsliste für Internatsschülerinnen. ›Zwei Netzbeutel für den hauseigenen Wäschedienst.‹ Echt, wo gibt's die? Und was macht man damit? Und wie sieht so ein Netzbeutel überhaupt aus?«

»Die sind dafür da, dass deine Sachen beim Waschen zusammenbleiben«, sagt Becca. Becca und Selena wohnen schon seit der ersten Jahrgangsstufe im Internat, als sie noch alle zwölf waren. »Damit du hinterher nicht irgendwelche ekligen Unterhosen von jemand anders dabei hast.«

»Mum hat letzte Woche welche für mich besorgt«, sagt Holly und setzt sich auf. »Ich kann sie fragen, wo«, und als sie das sagt, riecht sie den Wäschegeruch zu Hause, der warm aus dem Trockner kommt, während sie und Mum ein Laken ausschütteln und zusammenfalten, Vivaldi im Hintergrund sprudelt. Wie aus dem Nichts verwandelt sich der Gedanke, in der Schule zu wohnen, für einen schauderhaften Augenblick in ein Vakuum in ihr drin, das ihren Brustkorb nach innen saugt. Sie möchte nach Mum und Dad schreien, ihnen in die Arme springen, sich anklammern und betteln und flehen, dass sie für immer zu Hause bleiben darf.

»Holly«, sagt Selena sanft und lächelt nach oben, als das Karussell sie vorbeiträgt. »Es wird super.«

»Klar«, sagt Holly. Becca, die sich an einer Stange vom Klettergerüst festhält und sie beobachtet, ist schlagartig ganz fahrig vor Sorge. »Ich weiß.«

Und es ist vorbei. Nur ein Rest bleibt zurück, macht die Luft körnig und kratzt ihr innen in der Brust: Noch kannst du es dir anders überlegen, tu's schnell, ehe es zu spät ist, lauf, lauf, lauf bis nach Hause und verkriech dich. *Tschip-tschip-tschürr*, sagt der laute kleine Vogel, spöttisch und unsichtbar.

»Ich krieg ein Bett am Fenster, das sag ich euch jetzt schon«, sagt Selena.

»Nee, von wegen«, sagt Julia. »Das ist unfair, wo Holly und ich noch nicht mal wissen, wie die Zimmer aussehen. Du wartest gefälligst, bis wir da sind.«

Selena lacht sie aus, während sie langsam durch den heißen verschwommenen Laubschatten kreisen. »Du weißt aber, wie ein Fenster aussieht. Willst du's, oder willst du's nicht?«

»Das entscheide ich, wenn ich es sehe. Schluss, aus.«

Becca beobachtet Holly noch immer unter heruntergezogenen Augenbrauen, während sie gedankenverloren an ihrem Eishörnchen knabbert wie ein Kaninchen. »Ich nehm das Bett, das am weitesten von Julia weg ist«, sagt Holly. Die dritte Jahrgangsstufe wohnt in Viererzimmern: Sie werden zu viert sein, zusammen. »Die schnarcht wie ein Büffel, der absäuft.«

»Spinnst du, tu ich gar nicht. Ich schlafe wie eine zarte Märchenprinzessin.«

»Tust du wohl, manchmal«, sagt Becca und wird rot, weil sie sich das getraut hat. »Als ich letztes Mal bei dir zu Hause übernachtet hab, konnte ich's richtig spüren, als würde der ganze Raum vibrieren«, und Julia zeigt ihr den Stinkefinger, und Selena lacht, und Holly grinst sie an und freut sich wieder wie verrückt auf Sonntag in einer Woche.

Tschip-tschip-tschürr, ruft der Vogel noch einmal, träge jetzt, weich und verschlafen. Und verstummt.

1

SIE KAM ZU MIR. Die meisten Leute bleiben auf Abstand. Ein gestammeltes Murmeln in der Zeugenhotline, *Damals, '95, da hab ich gesehen, wie*, kein Name, ein *Klick*, wenn du nachhakst. Ein anonymer Brief, ausgedruckt und in der falschen Stadt eingeworfen, Papier und Umschlag säuberlich abgewischt. Wenn wir sie kriegen wollen, müssen wir sie aufstöbern. Aber sie: Sie kam zu mir.

Ich erkannte sie nicht. Ich war schon mit Schwung halb die Treppe rauf Richtung Großraumbüro. Der Maimorgen fühlte sich an wie Sommer, saftige Sonne strömte durch die Fenster unten am Empfang, beleuchtete den ganzen Raum mit seinem rissigen Putz. Ich hatte eine Melodie im Kopf, vielleicht summte ich sie sogar.

Ich sah sie, natürlich sah ich sie. Auf dem verkratzten Ledersofa in der Ecke, Arme verschränkt, wippender Fuß. Langer platinblonder Pferdeschwanz; schicke Schuluniform, grün-blauer Schottenrock, blauer Blazer. Die Tochter von irgendwem, dachte ich, wartet auf Daddy, damit er sie zum Zahnarzt bringt. Das Kind vom Superintendenten vielleicht. Auf jeden Fall von jemandem mit mehr Geld als ich. Nicht bloß das Wappen auf dem Blazer, die graziös lässige Haltung, das gereckte Kinn, als könnte der Laden hier ihr gehören, wenn sie bloß den Nerv für den ganzen Papierkram hätte. Dann war ich an ihr vorbei – knappes Nicken für den Fall, dass sie zum Boss gehörte – und griff nach der Tür zum Großraumbüro.

11

Ich weiß nicht, ob sie mich erkannte. Vielleicht nicht. Es war sechs Jahre her, damals war sie noch ein kleines Mädchen, und an mir ist eigentlich bloß mein rotes Haar auffällig. Gut möglich, dass sie das vergessen hatte. Oder sie hatte mich auf Anhieb erkannt und schwieg aus irgendwelchen unerfindlichen Gründen.

Sie ließ den Kollegen am Empfang sagen: »Detective Moran, da möchte Sie jemand sprechen« und mit einem Stift aufs Sofa zeigen. »Miss Holly Mackey.«

Sonne huschte mir übers Gesicht, als ich herumfuhr, und dann: na klar. Ich hätte die Augen wiedererkennen müssen. Groß, strahlend blau, der zarte, leicht katzenartige Schwung der Lider, ein blasses, schmucktragendes Mädchen in einem alten Gemälde, ein Geheimnis. »Holly«, sagte ich, Hand ausgestreckt. »Hallo. Lange nicht gesehen.«

Eine Sekunde blinzelten diese Augen nicht, nahmen alles an mir wahr, ohne mir irgendetwas zu verraten. Dann stand sie auf. Sie schüttelte mir noch immer die Hand wie ein kleines Mädchen, zog ihre zu schnell zurück. »Hi, Stephen«, sagte sie.

Ihre Stimme war gut. Klar und kühl, nicht dieses comichafte Quieksen. Der Akzent: gepflegt, aber nicht übertrieben nervigvornehm. Ihr Dad hätte ihr das nicht durchgehen lassen. Raus aus dem Blazer und rein in die stinknormale öffentliche Schule, wenn sie den mit nach Hause gebracht hätte.

»Was kann ich für dich tun?«

Leiser: »Ich möchte Ihnen was geben.«

Ich war verdutzt. Morgens halb zehn in Schuluniform: Sie schwänzte den Unterricht, und zwar den einer Schule, wo so was auffiel. Ganz sicher hatte sie keine um Jahre verspätete Dankeskarte dabei. »Wirklich?«

»Ja, aber nicht *hier*.«

Der Seitenblick zu unserem Empfang signalisierte: *unter vier Augen.* Bei einer Sechzehnjährigen ist man da besser vorsichtig.

Und bei der Tochter eines Detective gilt das doppelt. Aber bei Holly Mackey: Holst du jemanden dazu, den sie nicht haben will, bist du ganz schnell unten durch.

Ich sagte: »Suchen wir uns ein ruhiges Plätzchen.«

Ich arbeite im Dezernat für Ungelöste Fälle. Wenn wir Zeugen vorladen, bilden sie sich ein, sie müssten das nicht weiter ernst nehmen: keine brandheiße Mordermittlung, nirgendwo Pistolen und Handschellen, nichts, was dein Leben durchschüttelt wie eine Schneekugel. Stattdessen irgendwas Altes und Weiches, an den Rändern längst ausgefranst. Wir spielen mit. Unser Hauptvernehmungsraum sieht aus wie das Wartezimmer eines netten Zahnarztes. Gemütliche Sofas, Jalousien, Glastisch mit zerlesenen Illustrierten. Schlechter Tee und Kaffee. Die Videokamera in der Ecke oder der Einwegspiegel hinter einer Jalousie ist leicht zu übersehen, wenn man will, und die meisten wollen. Wird nicht lange dauern, Sir, bloß ein paar Minuten, dann können Sie auch schon wieder nach Hause.

Dorthin ging ich mit Holly. Jede andere in ihrem Alter hätte auf dem ganzen Weg dahin große Augen gemacht und Kopftennis gespielt, aber für Holly war das alles nicht neu. Sie ging den Korridor entlang, als würde sie bei uns wohnen.

Unterwegs sah ich sie mir genauer an. Sie war bisher ziemlich prima geraten. Durchschnittlich groß oder ein bisschen darunter. Schlank, sehr schlank, aber auf natürliche Art: kein Hungerhaken. Vielleicht erst halb ausgeformte Rundungen. Kein Hingucker, jedenfalls noch nicht, aber weiß Gott nicht hässlich – keine Pickel, keine Zahnspange, im Gesicht alles da, wo es hingehörte –, und die Augen hoben sie von der üblichen blonden Massenware ab, ließen dich zweimal hinsehen.

Ein Freund, der sie geschlagen hatte? Angegrapscht, vergewaltigt? Wollte Holly lieber mit mir reden als mit irgendeinem Fremden im Dezernat für Sexualdelikte?

Ich möchte Ihnen was geben. Beweismittel?

Sie ließ die Tür vom Vernehmungsraum hinter uns zufallen, ein Schnippen des Handgelenks und ein Knall. Schaute sich um.

Ich schaltete die Kamera ein, drückte ganz beiläufig auf den Knopf. Sagte: »Setz dich.«

Holly blieb stehen. Fuhr mit dem Finger über das abgewetzte Grün des Sofas. »Der Raum hier ist gemütlicher als die früher.«

»Wie geht's dir so?«

Sie schaute sich noch immer den Raum an, nicht mich. »Okay. Ganz gut.«

»Möchtest du eine Tasse Tee? Kaffee?«

Kopfschütteln.

Ich wartete. Holly sagte: »Sie sehen älter aus. Früher haben Sie ausgesehen wie ein Student.«

»Und du hast ausgesehen wie ein kleines Mädchen, das sein Stoffpony mit zu den Vernehmungen brachte. Clara, richtig?« Jetzt drehte sie den Kopf in meine Richtung. »Ich würde sagen, wir sehen beide älter aus.«

Zum ersten Mal lächelte sie. Ein kleines, bemühtes Grinsen, das gleiche, das ich in Erinnerung hatte. Damals hatte es etwas Klägliches an sich gehabt und mich jedes Mal gerührt. Das tat es auch diesmal.

Sie sagte: »Es ist schön, Sie zu sehen.«

Mit neun, zehn Jahren war Holly Zeugin in einem Mordfall gewesen. Es war nicht mein Fall, aber ich war derjenige, mit dem sie redete. Ich nahm ihre Aussage auf, bereitete sie auf ihren Auftritt als Zeugin vor Gericht vor. Sie wollte dort nicht aussagen, tat es aber trotzdem. Vielleicht brachte ihr Dad, der Detective, sie dazu. Möglich. Selbst als sie neun war, machte ich mir nicht ein einziges Mal vor, sie ganz zu durchschauen.

»Dito«, sagte ich.

Ein rasches Einatmen, das ihre Schultern hob, ein Nicken – in sich hinein, als hätte irgendwas klick gemacht. Sie ließ ihre Schultasche auf den Boden fallen. Schob einen Daumen unter ihr Revers, um auf das Wappen zu zeigen. Sagte: »Ich geh jetzt aufs Kilda.« Und beobachtete mich.

Schon mein Nicken kam mir anmaßend vor. St. Kilda: die Art von Schule, von der Leute wie ich eigentlich nie was gehört haben sollten. Und das hätte ich auch nicht, wäre da nicht ein toter Junge gewesen.

Mädchengymnasium mit Internat, Privatschule, Villengegend. Nonnen. Vor einem Jahr machten zwei Nonnen einen Morgenspaziergang und sahen bei einer Baumgruppe am Rande des weitläufigen Parks rings um die Schule einen Jungen liegen. Zuerst dachten sie, er würde schlafen, wäre möglicherweise betrunken. Wollten ihn schon ordentlich zusammenstauchen, herausfinden, wessen kostbare Tugend er geraubt hatte. Ein markerschütternder Nonnenstimmendonner: *Junger Mann!* Aber er rührte sich nicht.

Christopher Harper, sechzehn, von der Jungenschule eine Straße und zwei extrahohe Mauern weiter. Irgendwann in der Nacht hatte ihm jemand den Schädel eingeschlagen.

Der Fall verbrauchte genügend Manpower, um einen Büroblock hochzuziehen, genug Überstunden, um Hypotheken abzubezahlen, genug Papier, um einen Fluss aufzustauen. Ein zwielichtiger Hausmeister, Mädchen für alles, irgendwas: ausgeschlossen. Ein Klassenkamerad, der sich mit dem Opfer geprügelt hatte: ausgeschlossen. Irgendwelche finsteren Ausländer, die bei irgendwelchen finsteren Dingen beobachtet wurden: ausgeschlossen.

Dann nichts. Keine weiteren Verdächtigen, kein Grund, warum Christopher auf dem Gelände vom St. Kilda war. Dann weniger Überstunden und weniger Personal und noch mehr nichts. Du darfst es nicht aussprechen, nicht bei einem so jungen Opfer, aber der Fall war durch. Inzwischen stapelte sich das viele Papier im Keller des Morddezernats. Früher oder später würden unsere Häuptlinge Druck von den Medien kriegen, und der Fall würde bei uns landen, in der Abteilung der Letzten Hoffnung.

Holly zupfte ihr Revers wieder gerade. »Sie wissen das mit Chris Harper«, sagte sie. »Oder?«

»Klar«, sagte ich. »Warst du da schon am Kilda?«

»Ja. Ich bin seit der ersten Stufe da.«

Und dabei beließ sie es, machte mir jeden Schritt schwer. Eine falsche Frage, und sie wäre weg, hätte mich abgeschrieben: zu alt, bloß noch so ein unbrauchbarer Erwachsener, der nichts schnallte. Ich tastete mich behutsam vor.

»Wohnst du im Internat?«

»Die letzten zwei Jahre, ja. Bloß von Montag bis Freitag. Am Wochenende bin ich zu Hause.«

Ich hatte den Wochentag vergessen. »Warst du in der Nacht da, als es passiert ist?«

»In der Nacht, als Chris ermordet wurde.«

Blaublitzende Gereiztheit. Daddys Tochter: keine Nachsicht für vorsichtige Umschreibungen, jedenfalls nicht bei anderen.

»In der Nacht, als Chris ermordet wurde«, sagte ich. »Warst du da?«

»Ich war nicht *dabei*. Klar. Aber ich war in der Schule, ja.«

»Hast du irgendwas gesehen? Irgendwas gehört?«

Wieder Ärger, diesmal feuriger. »Das haben die mich schon gefragt. Die Detectives vom Morddezernat. Die haben uns alle gefragt, mindestens tausendmal.«

Ich sagte: »Aber dir könnte ja noch was eingefallen sein. Oder du könntest dir überlegt haben, irgendwas doch nicht zu verschweigen.«

»Ich bin doch nicht *blöd*. Ich weiß, wie so was läuft. Schon vergessen?« Sie scharrte mit den Füßen, war kurz davor zu gehen.

Andere Taktik. »Kanntest du Chris?«

Holly wurde ruhiger. »Nicht besonders gut. Unsere Schulen machen viel zusammen, da trifft man sich eben. Wir waren nicht befreundet oder so, aber unsere Cliquen waren öfter zusammen.«

»Wie war er so?«

Achselzucken. »Ein Junge halt.«

»Mochtest du ihn?«

Erneutes Achselzucken. »Er war einfach da.«

Ich kenne Hollys Dad ein bisschen. Frank Mackey, Undercoverabteilung. Wenn du ihn direkt attackierst, weicht er aus und springt dich von der Seite an; versuchst du's von der Seite, geht er mit gesenktem Kopf zum Angriff über. Ich sagte: »Du bist hergekommen, weil du mir irgendwas mitteilen willst. Ich habe keine Lust auf Ratespielchen, die ich nicht gewinnen kann. Falls du dir nicht sicher bist, ob du's mir sagen willst oder nicht, geh wieder und denk noch mal drüber nach. Falls du dir jetzt schon sicher bist, dann spuck's aus.«

Das gefiel Holly. Fast hätte sie wieder gelächelt, stattdessen nickte sie.

»Wir haben da so ein Schwarzes Brett an der Schule«, sagte sie. »Eine Pinnwand. Im obersten Stock gegenüber vom Kunstraum. Nennt sich Geheimnisort. Wenn du ein Geheimnis hast, zum Beispiel wenn du deine Eltern hasst oder auf einen Typen stehst oder so, kannst du das auf eine Karte schreiben und da aufhängen.«

Es hätte nichts gebracht zu fragen, warum jemand so was machen sollte. Junge Mädchen versteht kein Mensch. Ich habe Schwestern. Ich habe gelernt, einfach den Mund zu halten.

»Gestern Abend war ich mit meinen Freundinnen im Kunstraum – wir arbeiten da an so einem Projekt. Ich hab mein Handy oben vergessen, als wir wieder gingen, hab's aber erst gemerkt, als wir schon Nachtruhe hatten, deshalb konnte ich es nicht mehr holen. Also bin ich gleich am nächsten Morgen hoch, vor dem Frühstück.«

Das kam viel zu glatt über die Lippen. Keine Pause, kein Blinzeln, kein Stocken. Bei einem anderen Mädchen hätte ich gesagt, die erzählt mir einen vom Pferd. Aber Holly hatte Übung, und sie hatte ihren Dad. Gut möglich, dass er sie jedes Mal verhörte, wenn sie zu spät nach Hause kam.

»Ich hab einen Blick auf das Schwarze Brett geworfen«, sagte Holly. Bückte sich zu ihrer Schultasche, klappte sie auf. »So im Vorbeigehen.«

Und da war sie plötzlich: die Hand, die über der grünen Mappe zögerte. Die eine Sekunde mehr, die sie das Gesicht nach unten zur Tasche gewandt hielt, weg von mir, um es unter dem baumelnden Pferdeschwanz zu verbergen. Da war die Nervosität, auf die ich gewartet hatte. Also doch nicht ganz so softeis-cool und lässig.

Dann richtete sie sich auf und sah mich wieder an, ausdruckslos. Ihre Hand kam hoch, hielt mir die grüne Mappe hin. Ließ los, sobald ich sie berührte, so schnell, dass ich sie fast hätte fallen lassen.

»Das da hing an der Tafel.«

Auf der Mappe stand handschriftlich *Holly Mackey, 4L, Sozialkunde.* Darin: eine Klarsichthülle. Darin: eine Heftzwecke unten in einer Ecke und eine Karte.

Ich erkannte das Gesicht schneller, als ich Hollys erkannt hatte. Er hatte wochenlang auf jeder Titelseite und jedem Fernsehbildschirm geprangt, auf jeder Dezernatsmitteilung.

Das hier war eine andere Aufnahme. Er blickte über die Schulter nach hinten, vor verwischtem frühlingsgrünen Laub, den Mund zu einem Lachen geöffnet. Gutaussehend. Glänzendes braunes Haar, boygroupmäßig nach vorne zu den dicken dunklen Augenbrauen gekämmt, die nach außen hin schräg abfielen und ihm einen treuherzigen Hundeblick verliehen. Reine Haut, rosige Wangen, ein paar Sommersprossen auf den Wangenknochen, nicht viele. Ein Kinn, das markant geworden wäre, wenn es mehr Zeit gehabt hätte. Ein breites Grinsen kräuselte Augen und Nase. Ein bisschen frech, ein bisschen lieb. Jung, alles, was einem an Grünem und Frischem in den Sinn kommt, wenn man das Wort *jung* hört. Sommerschwarm, Held des kleinen Bruders, Kanonenfutter.

Unterhalb des Gesichts, quer über dem blauen T-Shirt, klebten Buchstaben, die aus einem Buch ausgeschnitten worden waren, weit auseinander wie in einem Erpresserbrief. Saubere Kanten, akkurat geschnitten.

Ich weiß, wer ihn getötet hat.

Holly beobachtete mich schweigend.

Ich drehte die Hülle um. Eine einfache weiße Karte, wie man sie überall kaufen konnte, um Fotos auszudrucken. Kein Text, nichts.

Ich sagte: »Hast du das angefasst?«

Augen zur Decke. »'türlich nicht. Ich bin in den Kunstraum, hab die da geholt« – die Hülle – »und ein Federmesser. Ich hab die Heftzwecke mit dem Messer rausgefriemelt und die Karte und die Heftzwecke in der Hülle aufgefangen.«

»Gut gemacht. Und dann?«

»Hab ich die Hülle unter meiner Bluse versteckt, bis ich wieder in meinem Zimmer war, und dann hab ich sie in die Mappe getan. Dann hab ich gesagt, mir wäre schlecht, und hab mich wieder ins Bett gelegt. Nachdem die Krankenschwester da war, hab ich mich rausgeschlichen und bin hergekommen.«

Ich fragte: »Warum?«

Holly starrte mich mit hochgezogenen Augenbrauen an. »Weil ich dachte, das da würde euch vielleicht interessieren. Falls nicht, können Sie's ja wegschmeißen, und ich mach, dass ich zurück zur Schule komme, ehe die merken, dass ich nicht mehr da bin.«

»Es interessiert mich. Ich bin sogar froh, dass du das gefunden hast. Ich frage mich nur, warum du es nicht einer von deinen Lehrerinnen gezeigt hast oder deinem Dad.«

Sie blickte hoch zur Wanduhr, bemerkte dabei die Videokamera. »Scheiße. Da fällt mir ein. Die Krankenschwester will in der großen Pause noch mal nach mir sehen, und wenn ich nicht da bin, flippen die aus. Können Sie nicht in der Schule anrufen und sagen, Sie wären mein Dad und dass ich bei Ihnen bin? Mein

Großvater wäre gestorben und Sie hätten mich angerufen und es mir erzählt, und ich wäre einfach los, ohne Bescheid zu sagen, weil ich keine Lust hatte, zur Schulpsychologin geschickt zu werden, um über meine *Gefühle* zu reden.«

Das kam mir ganz recht. »Ich ruf gleich in der Schule an. Aber ich werde mich nicht als dein Dad ausgeben.« Entnervtes, explosionsartiges Ausatmen von Holly. »Ich sag einfach, du hast was gehabt, was du uns geben wolltest, und dass du genau das Richtige getan hast. Damit müsste dir doch Ärger erspart bleiben. Oder?«

»Meinetwegen. Können Sie denen denn wenigstens sagen, dass ich nicht drüber reden darf? Damit die mich nicht nerven?«

»Kein Problem.« Chris Harper lachte mich noch immer an, genug Energie im Schwung seiner Schultern, um halb Dublin mit Strom zu versorgen. Ich schob ihn in die Mappe zurück, klappte sie zu. »Hast du irgendwem davon erzählt? Vielleicht deiner besten Freundin? Ich meine, das wäre völlig okay. Ich muss es bloß wissen.«

Ein Schatten glitt über die Rundung von Hollys Wangenknochen, machte ihren Mund älter, weniger arglos. Unterlegte ihre Stimme mit etwas. »Nein. Ich hab's keinem erzählt.«

»Okay. Dann ruf ich jetzt in der Schule an, und dann nehme ich deine Aussage auf. Soll dein Dad oder deine Mom dabei sein?«

Das holte sie wieder zurück. »Ach du Schande, nein. Muss denn jemand dabei sein? Können Sie das nicht allein machen?«

»Wie alt bist du?«

Sie erwog zu lügen. Entschied sich dagegen. »Sechzehn.«

»Dann muss eine geeignete erwachsene Person dabei sein. Damit ich dich nicht einschüchtern kann.«

»Sie schüchtern mich nicht ein.«

Ach nee. »Ich weiß, klar. Trotzdem. Du wartest jetzt hier, machst dir eine Tasse Tee, wenn du willst. Ich bin in zwei Minuten wieder da.«

Holly ließ sich aufs Sofa plumpsen. Verdrehte den Körper wie eine Brezel. Beine angezogen, Arme um den Körper geschlungen. Zog die Spitze ihres Pferdeschwanzes nach vorn und fing an, darauf herumzukauen. Das Gebäude war wie üblich überhitzt, aber sie schien zu frieren. Sie schaute nicht zu mir, als ich ging.

Dezernat für Sexualdelikte, zwei Etagen tiefer, da ist immer eine Sozialarbeiterin in Bereitschaft. Ich holte sie, nahm Hollys Aussage auf. Fragte die Frau hinterher im Flur, ob sie Holly zurück zum St. Kilda fahren würde – Holly warf mir dafür einen vernichtenden Blick zu. Ich sagte: »So weiß die Schule auf jeden Fall, dass du wirklich bei uns warst und nicht bloß einen Freund überredet hast anzurufen. Erspart dir Scherereien.« Ihr Blick besagte, dass ich ihr nichts vormachen konnte.

Sie fragte mich nicht, wie es nun weiterging, was wir wegen der Karte unternehmen würden. So dumm war sie nicht. Sie sagte bloß: »Bis bald.«

»Danke, dass du gekommen bist. Du hast das Richtige getan.«

Holly erwiderte nichts darauf. Sie lächelte bloß andeutungsweise und winkte kurz, halb sarkastisch, halb nicht.

Ich sah ihrem geraden Rücken nach, der sich über den Flur entfernte, während die Sozialarbeiterin neben ihr hertrippelte und versuchte, mit ihr zu plaudern, als mir etwas auffiel: Sie hatte meine Frage nicht beantwortet. War ihr ausgewichen, geschickt wie auf Inlineskates, und hatte einfach weitergemacht.

»Holly.«

Sie drehte sich um, zog den Rucksackriemen über die Schulter. Argwöhnisch.

»Was ich dich vorhin gefragt hab. Wieso bist du damit zu mir gekommen?«

Holly taxierte mich. Beunruhigend, dieser Blick, wie wenn man bei einem Gemälde das Gefühl hat, die Augen würden einem folgen.

»Damals«, sagte sie. »Das ganze Jahr lang sind alle wie auf Zehenspitzen um mich rumgeschlichen. Als ob ich einen Nervenzusammenbruch kriegen würde und in eine Zwangsjacke gesteckt werden müsste, mit *Schaum* vor dem Mund, wenn sie bloß ein falsches Wort sagten. Sogar Dad – der hat so getan, als würde ihm das alles überhaupt nichts ausmachen, aber ich hab ihm angesehen, dass er sich Sorgen gemacht hat, andauernd. Es war alles einfach nur *ahhh!*« Ein gepresster Laut purer Wut, Finger steif abgespreizt. »Sie waren der Einzige, der sich nicht benommen hat, als würde ich demnächst denken, ich wäre ein *Huhn*. Sie waren einfach so, *Okay, das ist jetzt echt ätzend, aber was soll's, viele Leute erleben noch Schlimmeres, und die kommen auch irgendwie damit klar. Also los, bringen wir's hinter uns.*«

Es ist sehr, sehr wichtig, im Umgang mit minderjährigen Zeugen Feingefühl an den Tag zu legen. Bei uns gibt es für so was Workshops und so weiter, Powerpoint-Präsentationen, wenn wir richtig Glück haben. Aber ich weiß noch, wie es war, Kind zu sein. Viele vergessen das. Ein kleiner Schuss Feingefühl: prima. Ein Schuss mehr: okay. Noch ein Schuss, und du träumst von einer sauberen Geraden gegen den Kehlkopf.

Ich sagte: »Zeuge sein ist wirklich ätzend. Für jeden. Du hast es besser hingekriegt als die meisten.«

Diesmal kein Sarkasmus in ihrem Lächeln. Jede Menge anderes, aber kein Sarkasmus. »Können Sie denen in der Schule bitte erklären, dass ich nicht denke, ich bin ein Huhn?«, fragte Holly die Sozialarbeiterin, die noch eine Portion Feingefühl mehr in ihren Gesichtsausdruck legte, um ihre Verwirrung zu kaschieren. »Nicht mal ein winziges bisschen?« Und ging.

Eines sollten Sie über mich wissen: Ich habe Pläne.

Das Erste, was ich machte, sobald ich Holly und der Sozialarbeiterin zum Abschied gewinkt hatte, war, den Harper-Fall im Computer aufzurufen.

Ermittlungsleitung: Detective Antoinette Conway.

Eine Frau im Morddezernat sollte nichts Besonderes sein, sollte nicht mal besonders erwähnenswert sein. Aber ein Großteil der alten Knaben da sind auch alte Schule und ein Großteil der jungen ebenso. Gleichberechtigung ist papierdünn, ein Fingernagel genügt, um sie wegzukratzen. In der Gerüchteküche heißt es, Conway habe den Job bekommen, weil sie mit irgendwem ins Bett gegangen ist oder weil sie als Alibifrau gebraucht wurde. Sie hat noch was anderes in sich als das übliche käsige, kartoffelgesichtige Irische: blasse Haut, auffallend kräftige Nase und Wangenknochen, blauschwarz glänzendes Haar. Ein Jammer, dass sie nicht im Rollstuhl sitzt, sagt die Gerüchteküche, sonst wäre sie längst Commissioner.

Ich kannte Conway schon, ehe sie berühmt wurde, zumindest vom Sehen. Auf der Polizeischule war sie zwei Jahrgänge hinter mir. Hochgewachsen, Haare straff nach hinten gebunden. Gebaut wie eine Läuferin, lange Gliedmaßen, lange Muskeln. Kinn immer hoch, Schultern immer zurück. In ihrer ersten Woche schwirrten jede Menge Kerle um Conway herum: wollten ihr bloß dabei helfen, sich einzugewöhnen, ist doch nett, freundlich zu sein, ist doch nett, nett zu sein, reiner Zufall, dass die Frauen, die nicht ihr Aussehen hatten, anders behandelt wurden. Was auch immer die Jungs von ihr zu hören kriegten, nach der ersten Woche gaben sie die Anmachversuche auf. Stattdessen machten sie ihr das Leben schwer.

In der Ausbildung zwei Jahre hinter mir. Wechselte ein Jahr nach mir von der Schutzpolizei zur Kripo. Wurde etwa zur selben Zeit, als ich ins Dezernat für Ungelöste Fälle kam, ins Morddezernat versetzt.

Ungelöste Fälle ist gut. Sogar verdammt gut für jemanden wie mich: Dubliner Junge aus dem Arbeitermilieu, der Erste in meiner Familie, der Abi machte, statt eine Lehrstelle zu suchen. Ich kam mit sechsundzwanzig zur Kripo, schaffte es mit achtundzwanzig aus dem Pool für Sonderfahnder zur Sitte – Hollys Dad hatte da ein paar Strippen für mich gezogen – und in der Woche, in der ich dreißig wurde, zu den Ungelösten Fällen. Ich hoffte, dass da keiner irgendwelche Strippen für mich gezogen hatte, fürchtete aber, dass doch. Jetzt bin ich zweiunddreißig. Zeit für den nächsten Schritt nach oben.

Ungelöste Fälle ist gut. Morddezernat ist besser.

Hollys Dad kann da keine Strippen mehr für mich ziehen. Der Boss kann ihn nicht ausstehen. Auf mich steht er auch nicht gerade.

Dieser Fall damals, bei dem Holly meine Zeugin war: Da habe ich die Festnahme durchgeführt. Ich klärte den Festgenommenen über seine Rechte auf, ich legte ihm Handschellen an, ich unterschrieb das Festnahmeprotokoll. Ich war bloß ein Sonderfahnder, hätte alles Wichtige, auf das ich stieß, schnurstracks nach oben weitergeben sollen; hätte schön brav im Soko-Raum sitzen und irgendwelche Hab-nix-gesehen-Aussagen abtippen sollen. Ich nahm die Festnahme trotzdem vor. Das hatte ich mir verdient.

Noch etwas sollten Sie über mich wissen: Ich erkenne meine Chance, wenn ich sie sehe.

Diese Festnahme damals und die kleine Unterstützung von Frank Mackey halfen mir aus dem Pool für Sonderfahnder. Diese Festnahme verschaffte mir die Chance bei den Ungelösten Fällen. Diese Festnahme verschloss mir die Tür zum Morddezernat.

Ich hörte das Klicken zusammen mit dem Klicken der Handschellen. *Sie haben das Recht zu schweigen,* und ich wusste, ich würde für unabsehbare Zeit auf der schwarzen Liste des Morddezernats landen. Aber die Festnahme anderen zu überlassen hätte mich auf die Versagerliste gebracht und dazu verdammt, die nächsten Jahrzehnte für andere Leute Hab-nix-gesehen-Aussagen zu tippen. *Alles, was Sie sagen, wird schriftlich festgehalten und kann als Beweismittel verwendet werden.* Klick.

Du siehst deine Chance, du ergreifst sie. Ich war sicher, diese Tür würde sich wieder öffnen, irgendwann einmal.

Sieben Jahre später wurde mir die Realität allmählich klar.

Das Morddezernat ist das Vollblutgestüt. Es ist strahlend und schillernd, ein geschmeidiges Wogen wie das Spiel gestählter Muskeln, es verschlägt dir den Atem. Das Morddezernat ist ein Brandzeichen auf deinem Arm, wie das eines Elitesoldaten, eines Gladiators, und verkündet für den Rest deines Lebens: *Einer von uns. Den Besten.*

Ich will ins Morddezernat.

Ich hätte die Karte und Hollys Aussage mit einem kurzen Vermerk rüber zu Antoinette Conway schicken können, Schluss, Ende, aus. Noch vorschriftsmäßiger wäre gewesen, sie anzurufen, sobald Holly die Karte rausrückte, und ihr die Sache zu überlassen.

Von wegen. Das war meine Chance. Die einzige, die ich je kriegen würde.

Der zweite Detective im Fall Harper: Thomas Costello. Das alte Schlachtross des Morddezernats. Ein paar hundert Jahre Bulle, seit ein paar Monaten pensioniert. Wenn beim Morddezernat eine Stelle frei wird, weiß ich das. Antoinette Conway hatte sich noch keinen neuen Partner gesucht. Sie war noch immer Einzelkämpferin.

Ich ging zu meinem Boss. Er durchschaute natürlich, was ich vorhatte, aber er mochte die Vorstellung, dass es ein gutes Licht auf uns werfen würde, wenn wir an der Lösung eines publicityträchtigen Falls beteiligt wären. Und er mochte die Aussicht auf ein hoffentlich größeres Budget im kommenden Jahr. Mich mochte er auch, aber nicht so sehr, dass ich ihm fehlen würde. Er hatte kein Problem damit, mich rüber zum Morddezernat gehen zu lassen, um Conway ihre Glücklicher-Mittwoch-Karte persönlich zu überreichen. Keine Eile mit der Rückkehr, sagte der Boss. Falls das Morddezernat mich in der Sache haben wolle, kein Problem.

Conway würde mich nicht haben wollen. Sie würde mich trotzdem kriegen.

Conway war in einer Vernehmung. Ich setzte mich auf einen leeren Schreibtisch im Großraumbüro, blödelte ein bisschen mit den Jungs rum. Es wird nicht mehr viel rumgeblödelt; das Dezernat ist hektisch. Wenn du da reinkommst, spürst du, wie sich dein Puls beschleunigt. Telefone klingeln, Computertastaturen klickern, Leute kommen und gehen; nicht hastig, aber schnell. Trotzdem nahmen sich ein paar von ihnen die Zeit für ein paar Sticheleien. Du willst zu Conway? Hab mir schon gedacht, dass es der wer besorgt, hat die ganze Woche noch keinen angeschnauzt. Hätte aber nie gedacht, dass sie mit 'nem *Kerl* in die Kiste geht. Danke, dass du dich für uns opferst, Mann. Hast du auch alle Impfungen? Hast du deinen Latex-Anzug dabei?

Sie waren alle ein paar Jahre älter als ich, alle ein bisschen schicker gekleidet. Ich grinste und hielt die Klappe, mehr oder weniger.

»Bin erstaunt, dass sie auf Rothaarige steht.«

»Ich hab wenigstens Haare, Mann. Frauen stehen nicht auf Glatze.«

»Das sieht mein Prachtweib zu Hause aber nicht so.«

»Da hat sie letzte Nacht aber was ganz anderes erzählt.«

Mehr oder weniger.

Antoinette Conway kam mit einer Handvoll Papiere herein, knallte die Tür mit dem Ellbogen zu. Ging zu ihrem Schreibtisch.

Noch immer dieser ausladende Gang, wer nicht mitkommt, soll sich verpissen. So groß wie ich – gut eins achtzig – und das mit Absicht: Fünf Zentimeter davon waren Blockabsätze, die einem glatt die Zehen zerquetschen konnten. Schwarzer Hosenanzug, nicht billig, eng auf Figur geschnitten; kein Versuch, die Form der langen Beine zu verbergen, den strammen Hintern.

26

Schon allein beim Durchqueren des Büros signalisierte sie auf zigfache Weise: *Ärger gefällig?*

»Hat er gestanden, Conway?«

»Nein.«

»Tss. Kein Händchen mehr dafür, was?«

»Er ist kein Tatverdächtiger, du Arsch.«

»Und davon lässt du dich aufhalten? Ein ordentlicher Tritt in die Eier, und die Sache ist geritzt: Geständnis.«

Nicht bloß das übliche Hin und Her. Ein Prickeln in der Luft, eine schneidende Anspannung. Ich konnte nicht sagen, ob es an ihr lag oder einfach bloß an diesem Tag oder ob es hier immer so zuging. Das Morddezernat ist anders. Der Rhythmus ist schneller und härter, das Drahtseil ist höher und dünner. Ein falscher Schritt, und du bist weg vom Fenster.

Conway ließ sich in ihren Sessel fallen, fing an, irgendwas in ihren Computer zu tippen.

»Dein Schatz ist da, Conway.«

Sie überhörte das.

»Kriegt er denn nicht mal ein Küsschen?«

»Was redet ihr da für 'nen Scheiß?«

Der Witzbold zeigte mit dem Daumen auf mich. »Er gehört dir.«

Conway starrte mich an. Kalte dunkle Augen, ein volllippiger Mund, der sich keinen Millimeter bewegte. Kein Make-up.

»Ja?«

»Stephen Moran. Ungelöste Fälle.« Ich hielt ihr den Beweismittelbeutel hin, über den Schreibtisch. Dankte Gott, dass ich nicht einer von denen war, die sie auf der Polizeischule angebaggert hatten. »Das wurde mir heute gebracht.«

Ihr Gesicht veränderte sich nicht, als sie die Karte sah. Sie inspizierte sie in aller Ruhe, Vorder- und Rückseite, las die Aussage. »Ach die«, sagte sie, als sie zu Hollys Namen kam.

»Du kennst sie?«

»Hab sie vernommen, letztes Jahr. Ein paarmal. Hab absolut nichts aus ihr rausgekriegt. Arrogantes kleines Biest. Das sind sie alle da an der Schule, aber sie war eine der schlimmsten. Wie Zähne ziehen.«

Ich sagte: »Meinst du, sie hat irgendwas gewusst?«

Scharfer Blick, Anheben des Aussageformulars. »Wieso hattest du das Vergnügen?«

»Holly Mackey war Zeugin in einem Fall, den ich '07 bearbeitet hab. Wir haben uns gut verstanden. Anscheinend sogar besser, als ich dachte.«

Conways Augenbrauen hoben sich. Sie hatte von dem Fall gehört. Was bedeutete, dass sie auch von mir gehört hatte. »Okay«, sagte sie. Ihr Tonfall verriet weder das eine noch das andere. »Danke.«

Sie drehte ihren Sessel schwungvoll von mir weg und tippte in ihr Telefon. Klemmte sich den Hörer unters Kinn und lehnte sich im Sessel zurück, las erneut.

Grob, hätte meine Mam über Conway gesagt. *Diese Antoinette*, und ein Seitenblick mit gesenktem Kopf: *ein bisschen grob*. Nicht ihre Art wäre gemeint gewesen oder nicht nur, sondern auch, wo sie herkam. Der Akzent verriet es einem, und der herausfordernde Blick. Dublin, Innenstadt, vielleicht nur ein kurzes Stück zu Fuß von da, wo ich aufgewachsen bin, und doch meilenweit davon entfernt: Hochhäuser. Möchtegern-IRA-Graffiti und Pissepfützen. Junkies. Menschen, die im ganzen Leben keine Prüfung bestanden hatten, aber alle Tricks und Kniffe kannten, wie man sein Arbeitslosengeld aufstockte. Menschen, die Conways Berufswahl nicht befürwortet hätten.

Es gibt Leute, die Grobheit gut finden. Sie denken, sie ist lässig, sie ist cool, sie wird abfärben, und dann können sie den ganzen tollen Slang draufhaben. Aber wenn du auf Tuchfühlung damit aufgewachsen bist, wenn deine ganze Familie sich wie verrückt abgestrampelt hat, um den Kopf über der anschwellenden

Flut zu halten, kommt einem Grobheit überhaupt nicht sexy vor. Ich mag es weich, weich wie Samt.

Ich rief mir in Erinnerung: Du musst nicht Conways bester Kumpel sein. Sei einfach nur so nützlich, dass du auf dem Radar von ihrem Boss auftauchst, und bleib dran.

»Sophie. Antoinette hier.« Ihr Mund wurde lockerer, wenn sie mit jemandem sprach, den sie mochte, ein Zu-allem-bereit-Kräuseln im Mundwinkel, ein bisschen verspielt. Es machte sie jünger, machte sie zu jemandem, den du im Pub anquatschen würdest, wenn du in draufgängerischer Stimmung wärst. »Ja, ganz gut. Und selbst? … Ich schick dir gerade ein Foto … Nee, die Harper-Sache. Ich brauche Fingerabdrücke, aber könntest du für mich auch einen Blick auf das Foto an sich werfen? Feststellen, womit es aufgenommen wurde, wann und wo und worauf es ausgedruckt wurde? Alles, was du finden kannst.« Sie hob die Hülle an. »Und es sind Buchstaben draufgeklebt. Ausgeschnittene Buchstaben, wie auf 'nem Erpresserbrief. Versuch doch mal rauszukriegen, woraus die ausgeschnitten wurden, okay? … Jaja, ich weiß. Vollbring für mich ein Wunder. Bis dann.«

Sie legte auf. Zog ein Smartphone aus der Tasche und fotografierte die Karte: Vorderseite, Rückseite, von Nahem, mit etwas Abstand, Details. Ging zum Drucker in der Ecke und druckte alles aus. Drehte sich wieder zu ihrem Schreibtisch um und sah mich.

Fixierte mich. Ich starrte zurück.

»Noch da?«

Ich sagte: »Ich möchte in dem Fall mit dir zusammenarbeiten.«

Abgehacktes Lachen. »Ja klar willst du das.« Sie fiel wieder in ihren Sessel, kramte in einer Schreibtischschublade nach einem Umschlag.

»Du hast selbst gesagt, du hast aus Holly Mackey und ihren Freundinnen nichts rausgekriegt. Aber sie hat mir das da gebracht, weil sie mich mag oder weil sie mir vertraut. Und wenn sie mit mir redet, wird sie auch ihre Freundinnen dazu bringen, mit mir zu reden.«

Conway dachte darüber nach. Drehte sich mit dem Sessel hin und her.

Ich fragte: »Was hast du zu verlieren?«

Vielleicht gab mein Akzent den Ausschlag. Die meisten Cops kommen vom Land, aus Kleinstädten. Die mögen keine Dubliner Klugscheißer, die sich für den Mittelpunkt des Universums halten, wo doch alle wissen, dass das ausgemachter Schwachsinn ist. Oder vielleicht gefiel ihr auch, was sie über mich gehört hatte. Jedenfalls: Sie schrieb einen Namen auf den Umschlag, steckte die Karte hinein. Sagte: »Ich fahr zur Schule, seh mir diese Pinnwand an, rede mit ein paar Leuten. Du kannst mitkommen, wenn du willst. Falls du zu gebrauchen bist, können wir darüber reden, wie's weitergeht. Falls nicht, marschierst du zurück zu den Ungelösten Fällen.«

Ich hütete mich, mir meinen inneren Triumph anmerken zu lassen. »Alles klar.«

»Musst du noch deine Mammy anrufen und sagen, dass du nicht nach Hause kommst?«

»Mein Boss weiß Bescheid. Ist kein Problem für ihn.«

»Also schön«, sagte Conway. Sie schob ihren Sessel zurück. »Ich bring dich unterwegs auf den neusten Stand. Und ich fahre.«

Irgendwer pfiff hinter uns her, leise, als wir zur Tür hinausgingen. Allgemeines Kichern im Raum. Conway drehte sich nicht um.

2

AM ERSTEN SONNTAGNACHMITTAG im September keh-
ren die Internatsschülerinnen ins St. Kilda zurück. Über ihnen
strahlt der Himmel in einem saubergewaschenen Blau, das noch
zum Sommer gehören könnte, wäre da nicht das V aus Vögeln,
die in einer Ecke des Bildes den Formationsflug üben. Die Mädchen kreischen dreifache Ausrufungszeichen und springen sich
auf Korridoren, die nach verträumter Sommerleere und frischer Farbe riechen, gegenseitig in die Arme. Sie kommen mit
abpellender, sonnengebräunter Haut, mit Urlaubsgeschichten,
neuen Frisuren und frisch entwickelten Brüsten, die sie anfangs
fremd und unnahbar wirken lassen, selbst für ihre besten Freundinnen. Und nach einer Weile ist Miss McKennas Begrüßungs-
rede vorbei, und die Teekannen und leckeren Kekse sind weg-
geräumt. Die Eltern haben sie zum Abschied umarmt und
peinliche letzte Ermahnungen bezüglich Hausaufgaben und In-
halatoren vom Stapel gelassen, ein paar Neuankömmlinge haben
geweint; die letzten vergessenen Sachen sind geholt worden, und
die Geräusche sich entfernender Autos sind die Einfahrt hinunter leiser geworden und in der Außenwelt verklungen. Zurück
bleiben nur die Internatsschülerinnen und die Hausmutter und
ein paar Mitarbeiter, die die Arschkarte gezogen haben, und die
Schule.

Holly kommt vor lauter neuen Eindrücken kaum noch mit.
Sie versucht, ein unbeeindrucktes Gesicht aufzusetzen, und

31

hofft, dass sich das alles früher oder später real anfühlen wird. Sie zieht ihren Koffer über die fremden gefliesten Korridore des Internatsflügels zu ihrem neuen Zimmer, auf Rollen, deren Surren hinauf in hohe Ecken hallt. Sie hängt ihre gelben Handtücher an ihre Haken und bezieht ihr Bett mit der gelb-weiß gestreiften Bettwäsche, frisch aus der Plastikverpackung und noch mit akkuraten Falten. Sie und Julia haben die Fensterbetten; Selena und Becca haben ihnen doch die Wahl überlassen. Die Außenanlagen vor dem Fenster sehen aus diesem neuen Blickwinkel anders aus: ein geheimer Garten mit versteckten Winkeln, die mal da sind und dann wieder verschwinden, auf Erkundungen warten, wenn du schnell genug bist.

Selbst die Cafeteria fühlt sich irgendwie neu an. Holly kennt sie nur in der Mittagspause, wenn der ganze Raum übersprudelt vor aufgeregtem Geschnatter und Hektik, alle über Tische hinweg schreien, mit einer Hand essen und mit der anderen simsen. Beim Abendessen hat sich die Aufregung der Rückkehr gelegt, und die Schülerinnen hocken in kleinen Gruppen mit großen Lücken dazwischen an Resopaltischen, lümmeln sich über Frikadellen und Salat, die Gespräche ein Murmeln, das ziellos durch die Luft irrt. Das Licht fühlt sich trüber an als beim Mittagessen, und der Raum riecht irgendwie stärker, gebratenes Fleisch und Essig, irgendwo zwischen appetitlich und eklig.

Nicht alle unterhalten sich nur halblaut. Joanne Heffernan, Gemma Harding, Orla Burgess und Alison Muldoon sitzen zwei Tische weiter, aber Joanne geht ganz selbstverständlich davon aus, dass alle im Raum jedes Wort aus ihrem Munde mithören wollen, und obwohl sie da falschliegt, haben nur die wenigsten den Mumm, ihr das zu sagen. »Hallo? Das stand in der *Elle*, du kannst doch lesen, oder? Soll voll super sein, und ehrlich gesagt, Orla, nimm's mir nicht übel, aber so'n hypergeniales Peeling wär nicht das Schlechteste für dich, oder?«

»O Mann«, sagt Julia, die das Gesicht verzieht und sich das

Ohr auf ihrer Joanne-Seite reibt. »Versprecht mir, dass sie beim Frühstück leiser ist. Ich bin ein Morgenmuffel.«

»Was ist ein Peeling?«, will Becca wissen.

»Was für die Haut«, sagt Selena. Joanne und die anderen machen absolut alles, was du laut Frauenzeitschriften mit deinem Gesicht, deinen Haaren und deiner Cellulitis machen solltest.

»Klingt wie 'n Gartengerät.«

»Klingt wie 'ne Massenvernichtungswaffe«, sagt Julia. »Und die da sind die Androiden der Peeling-Armee, die bloß Befehlen gehorchen. *Wir müssen peelen.*«

Ihre Dalek-Roboterstimme ist bewusst so laut, dass Joanne und die anderen herumfahren, aber da hat Julia schon ein Stück Frikadelle mit der Gabel aufgespießt und fragt Selena, ob es normal ist, dass da Augäpfel drin sind, als hätte sie Joanne überhaupt nicht wahrgenommen. Joannes Augen starren herüber, leer und kalt; dann wendet sie sich mit einem gekonnten Haarwurf ab, als würde sie von Paparazzi beobachtet, und stochert in ihrem Essen.

»*Wir müssen peelen*«, sagt Julia monoton und fragt dann sofort wieder in ihrer eigenen Stimme: »Hey, Holly, was ich dich schon die ganze Zeit fragen will. Hat deine Mum diese Netzbeutel gekriegt?« Sie alle sind kurz davor loszukichern.

Joanne faucht: »Entschuldigung, redest du mit *mir*?«

»Hab ich in meinem Koffer«, sagt Holly zu Julia. »Wenn ich auspacke, geb ich – Wer, ich? Meinst du mich?«

»Wer auch immer. Habt ihr ein *Problem*?«

Julia und Holly und Selena blicken verständnislos. Becca stopft sich ein Stück Kartoffel in den Mund, damit der Knoten aus Angst und Aufregung nicht zu einem Lachen explodiert.

»Dass die Frikadellen eklig sind?«, schlägt Julia vor. Und lacht – eine Sekunde zu spät.

Joanne lacht zurück, genau wie die anderen Kampfmaschinen, aber ihre Augen bleiben kalt. »Sehr witzig«, sagt sie.

Julia lächelt gekünstelt. »O vielen Dank. Ich geb mir Mühe.«

»Gute Idee«, sagt Joanne. »Versuch's weiter«, und wendet sich wieder ihrem Essen zu.

»*Wir müssen peel* —«

Diesmal ertappt Joanne sie um ein Haar. Selena wirft gerade noch rechtzeitig ein: »Ich hab noch ein paar Netzbeutel übrig, falls ihr welche braucht.« Ihr ganzes Gesicht ist verzerrt von unterdrücktem Kichern, aber sie sitzt mit dem Rücken zu Joanne, und ihre Stimme klingt friedlich und ruhig, ohne jeden Anflug von Lachen. Joannes Eisesblick gleitet über sie und die anderen Tische hinweg, sucht nach der Übeltäterin, die sich eine solche Frechheit erlaubt.

Becca hat sich ihr Essen zu schnell reingeschaufelt. Ein lauter Rülpser platzt aus ihr heraus. Sie wird knallrot, aber das liefert den anderen dreien den Vorwand, nach dem sie gelechzt haben: Sie brüllen vor Lachen, halten sich aneinander fest, die Gesichter fast auf der Tischplatte. »Mein Gott, ihr seid voll widerlich«, sagt Joanne, zieht eine hochnäsige Schnute und wendet sich ab. Ihre Clique, gut abgerichtet, ahmt beides nach, das Wegdrehen und die Schnute. Damit machen sie den Lachanfall nur noch schlimmer. Julia prustet sich ein Bröckchen Frikadelle in die Nase, läuft knallrot an und muss es geräuschvoll in eine Papierserviette schnupfen, und die anderen kippen fast von ihren Stühlen.

Als das Gelächter endlich nachlässt, wird ihnen ihre eigene Frechheit bewusst. Sie sind immer gut mit Joanne und ihrer Clique klargekommen. Was sehr ratsam ist.

»Was war *das* denn eben?«, fragt Holly leise Julia.

»Wieso? Wenn die nicht mit dem Gekreische über ihr bescheuertes Hautzeugs aufgehört hätte, wär mir das Trommelfell geplatzt. Und, *hallo*: Es hat funktioniert.« Die Roboter sitzen über ihre Tabletts gebeugt, schielen immer wieder argwöhnisch rüber und unterhalten sich demonstrativ leise.

»Aber jetzt ist sie angesäuert«, flüstert Becca mit großen Augen.

Julia zuckt die Achseln. »Na und? Was will sie machen, mich hinrichten? Hab ich irgendwie nicht mitgekriegt, dass sie mir was zu sagen hat?«

»Schalt einfach einen Gang runter, mehr nicht«, sagt Selena. »Wenn du Krach mit Joanne willst, hast du das ganze Jahr Zeit dazu. Muss nicht gleich heute Abend sein.«

»Was habt ihr denn? Wir waren doch noch nie dicke Freunde.«

»Wir waren noch nie *Feinde*. Und jetzt musst du irgendwie mit ihr klarkommen.«

»Genau«, sagt Julia und dreht ihr Tablett so, dass sie an den Obstsalat kommt. »Ich glaube, ich krieg dieses Jahr jede Menge Spaß.«

Eine hohe Mauer und eine baumbestandene Straße und eine weitere hohe Mauer entfernt sind auch die Internatsschüler vom St. Colm zurück in der Schule. Chris Harper hat seine rote Decke aufs Bett geworfen, seine Klamotten in sein Schrankfach gepackt und singt eine versaute Version der Schulhymne mit seiner neuen, raueren, tiefen Stimme, grinst, als seine Zimmergenossen mitsingen und die entsprechenden Gesten machen. Er hat ein paar Poster übers Bett gehängt, das neue gerahmte Familienfoto auf den Nachttisch gestellt. Er hat die Plastiktüte voller Verheißungen in ein schäbiges altes Handtuch gewickelt und tief in seinem Koffer verstaut, den Koffer oben auf dem Schrank ganz weit nach hinten geschoben. Er hat im Spiegel kontrolliert, dass ihm der Pony auch richtig in die Stirn fällt, und prescht jetzt zusammen mit Finn Carroll und Harry Bailey runter zum Abendessen, wobei sie alle drei lärmend und extra laut lachend den gesamten Korridor in Beschlag nehmen. Sie rempeln sich an und rangeln versuchsweise miteinander, um rauszufinden, wer nach dem Sommer der Stärkste von ihnen ist. Chris Harper ist für das Schuljahr bereit, freut sich darauf. Er hat einiges vor.

Er hat noch acht Monate und zwei Wochen zu leben.

»Und jetzt?«, fragt Julia, als sie ihren Obstsalat gegessen und die Tabletts weggebracht haben. Aus der geheimnisvollen inneren Küche dringen Abwaschgeklapper und ein Streit in einer Sprache, die Polnisch sein könnte.

»Alles, was wir wollen«, sagt Selena, »bis zur Studierzeit. Manchmal gehen wir ins Shopping-Center, oder wenn die Jungs vom Colm ein Rugbyspiel haben, können wir uns das ansehen, aber bis zum nächsten Wochenende dürfen wir das Schulgelände nicht verlassen. Also gehen wir entweder in den Gemeinschaftsraum oder …«

Sie bewegt sich schon Richtung Ausgangstür, Becca neben ihr. Holly und Julia folgen.

Es ist noch hell draußen. Der Schulpark breitet sich in unendlichen Grünschattierungen vor ihnen aus. Bislang war es eine Zone, die Holly und Julia eigentlich nicht betreten sollten; nicht direkt verboten, aber die einzige Chance für Tagesschülerinnen, sich hier aufzuhalten, ist in der Mittagspause, und da ist nie genug Zeit. Jetzt ist es so, als wäre eine beschlagene Glasscheibe vor ihren Augen verschwunden: Jede Farbe springt hervor, jeder einzelne Vogelruf klingt unverwechselbar und klar in Hollys Ohren, die Schattenbahnen zwischen den Bäumen sehen so tief und kühl aus wie Brunnen. »Kommt«, sagt Selena und rennt dann über den weiten Rasen hinter der Schule, als würde er ihr gehören. Becca folgt ihr ohne Zögern. Julia und Holly laufen auch los, werfen sich in den Strudel aus Grün und rauschendem Wind, um sie einzuholen.

Vorbei an dem verschnörkelten Eisentor und hinein in die Bäume, und auf einmal ist der Park ein Wirrwarr aus kleinen Pfaden, von denen Holly nichts wusste, Pfade, die nicht hierhergehören, bloß ein kurzes Stück von der Hauptzufahrt entfernt: Sonnenflecken, Flattern, dichtes Astwerk über dir und Kleckse von lila Blumen irgendwo am Rande des Gesichtsfelds. Den Pfad hinauf und weg, Beccas dunkle Zöpfe und Selenas goldblonde

Pracht wippen im Gleichtakt, als sie abbiegen, einen kleinen Hang hinauf, vorbei an Büschen, die aussehen, als hätten Gartenkobolde sie zu ordentlichen Kugeln gestutzt, und dann: aus dem Hell-Dunkel-Gesprenkel hinein in die lichte Sonne. Einen Moment lang muss Holly die Augen abschirmen.

Die Lichtung ist klein, bloß ein Kreis aus niedrigem Gras, umringt von hohen Zypressen. Die Luft ist schlagartig und vollkommen anders, still und kühl, nur hier und dort von kleinen Wirbeln durchweht. Laute fallen hinein – das träge Gurren einer Ringeltaube, das Sirren von emsigen Insekten, irgendwo – und verschwinden wieder, ohne ein Kräuseln zu hinterlassen.

Selena sagt, kaum außer Atem: »... oder wir kommen hierher.«

»Die Stelle hier habt ihr uns noch nie gezeigt«, sagt Holly. Selena und Becca werfen sich einen Blick zu und zucken die Achseln. Eine Sekunde lang fühlt Holly sich fast hintergangen – Selena und Becca wohnen seit zwei Jahren im Internat, aber sie ist nie auf den Gedanken gekommen, dass die beiden irgendwas Eigenes haben –, bis sie begreift, dass sie jetzt ein Teil davon ist.

»Manchmal kriegt man das Gefühl, man dreht gleich durch, wenn man nicht wo hingeht, wo man für sich ist«, sagt Becca. »Dann kommen wir hierher. Unser geheimer Ort.« Sie lässt sich in einem Spinnengewirr aus dünnen Beinen zu Boden sinken und blickt ängstlich zu Holly und Julia hoch. Sie hat die geöffneten Hände fest aneinandergelegt, als ob sie ihnen die Lichtung als Willkommensgeschenk darbieten würde und nicht sicher wäre, ob es ihnen genügt.

»Es ist super«, sagt Holly. Sie riecht gemähtes Gras, die satte Erde im Schatten; den Hauch von etwas Wildem, wie von Tieren, die leise auf ihrem Weg von einem nächtlichen Ort zum nächsten vorbeitrotten. »Und sonst kommt nie einer her?«

»Die anderen haben ihre eigenen Stellen«, sagt Selena. »Da gehen wir nicht hin.«

Julia dreht sich um, den Kopf in den Nacken gelegt, um Vögel zu beobachten, die in dem kreisrunden Blau dahinsausen, aus ihrem V ausbrechen und sich wieder einordnen. »Gefällt mir«, sagt sie, »gefällt mir sehr«, und lässt sich neben Becca ins Gras fallen. Becca grinst und atmet tief aus, und ihre Hände lösen sich voneinander.

Sie strecken sich aus, verändern ihre Position, bis die schwindende Sonne ihnen nicht mehr in die Augen scheint. Das Gras ist dicht und glänzend wie das Fell eines Tieres, schön zum Draufliegen. »Gott, McKennas *Rede*«, sagt Julia. »»Ihre Töchter haben schon jetzt einen so wunderbaren Start ins Leben, weil Sie alle so *gebildet* sind und *gesundheitsbewusst* und *kultiviert* und einfach überhaupt supertoll, und wir können uns kaum halten vor Begeisterung, dass wir Ihre gute Arbeit fortführen dürfen‹, und gib mir bitte einer die Kotztüte.«

»Die Rede ist jedes Jahr gleich«, sagt Becca. »Wort für Wort.«

»Im ersten Jahr hätte mein Dad mich wegen der Rede fast direkt wieder mit nach Hause genommen«, sagt Selena. »Er meint, sie wäre elitär.« Selenas Dad wohnt in einer Kommune in Kilkenny und trägt handgewebte Ponchos. Ihre Mum hat das Kilda ausgesucht.

»Mein Dad hat dasselbe gedacht«, sagt Holly. »Ich hab's ihm angesehen. Ich hatte Schiss, er würde irgendwas Superschlaues sagen, als McKenna fertig war, aber Mum hat ihm auf den Fuß getreten.«

»Klar war die Rede elitär«, sagt Julia. »Na und? Elitär ist doch nicht schlecht. Manche Sachen sind nun mal besser als andere Sachen. Wer so tut, als wäre das nicht so, ist nicht aufgeschlossen, der ist bloß dämlich. Mich hat am meisten die ganze Schleimerei angekotzt. Als wären wir irgendwelche *Produkte*, die unsere Eltern rausgedrückt haben, und McKenna tätschelt ihnen den Kopf und erzählt ihnen, wie gut sie ihre Sache gemacht haben, und die schwänzeln und lecken ihr die Hand und würden am liebsten auf den Boden pinkeln. Woher will sie das eigentlich wissen? Was, wenn meine Eltern noch nie im Leben ein Buch gelesen haben und mir zu jeder Mahlzeit frittierte Marsriegel vorsetzen?«

»Ist ihr egal«, sagt Becca. »Die will nur, dass sie sich gut dabei fühlen, einen Haufen Geld dafür zu bezahlen, uns los zu sein.«

Plötzlich wird es still. Beccas Eltern arbeiten die meiste Zeit in Dubai. Sie konnten heute nicht kommen; die Haushälterin hat Becca hergebracht.

»Das ist gut«, sagt Selena. »Dass ihr hier seid.«

»Kommt mir noch gar nicht real vor«, sagt Holly, was nur halbwegs stimmt, aber besser kann sie es nicht ausdrücken. Es kommt ihr manchmal blitzartig real vor, zwischen langen unscharfen Phasen aus statischem Rauschen, aber diese blitzartigen Augenblicke sind so klar, dass sie jede andere Sorte von Realität aus ihrem Kopf verscheuchen und es sich anfühlt, als wäre sie nie irgendwo anders gewesen als hier. Und dann sind sie vorbei.

»Mir schon«, sagt Becca. Sie lächelt zum Himmel hinauf. Ihre Stimme klingt nicht mehr so verletzt.

»Wird schon«, sagt Selena. »Das dauert eine Weile.«

Sie liegen da, spüren, wie ihre Körper tiefer in die Lichtung sinken und den Rhythmus verändern, mit den Dingen um sie herum verschmelzen: dem *Tink-Tink-Tink* eines Vogels irgendwo, dem langsamen Gleiten und Blinken von Sonnenstrahlen durch die dichten Zypressen. Holly merkt, dass sie den Tag durchblättert, so wie sie das jeden Nachmittag im Bus nach Hause macht, sich einzelne Stellen herauspickt, die sie erzählen wird: eine lustige, leicht freche Geschichte für Dad, etwas, um bei Mum Eindruck zu schinden, oder – falls Holly gerade sauer auf sie ist, was in letzter Zeit irgendwie ein Dauerzustand ist – irgendwas Schockierendes, das ihr eine Reaktion entlockt wie: *Um Himmels willen, Holly, was ist das denn für eine Ausdrucksweise …*, während Holly die Augen zum Himmel verdreht. Ihr fällt ein, dass sie das jetzt nicht mehr machen muss. Das Bild, das jeder Tag hinterlässt, wird nicht von Dads Grinsen und Mums hochgezogenen Augenbrauen bestimmt, jetzt nicht mehr.

Stattdessen wird es von den anderen bestimmt werden. Holly betrachtet sie und spürt, wie sich der Tag verändert, sich den Konturen anpasst, an die sie sich noch in zwanzig Jahren erinnern wird, in fünfzig: der Tag, an dem Julia das mit der Maschinen-Stimme einfiel, der Tag, an dem Selena und Becca sie und Julia mit zu der Zypressenlichtung nahmen.

»Wir müssen bald zurück«, sagt Becca, ohne sich zu rühren.

»Ist doch noch früh«, sagt Julia. »Ihr habt gesagt, wir dürften machen, was wir wollen.«

»Stimmt auch, größtenteils. Aber wenn du neu bist, sind die megamäßig dahinter her, dich ständig im Auge zu haben. Als würdest du sonst abhauen.«

Sie lachen, leise, in den Kreis aus stiller Luft. Wieder hat Holly so einen blitzartigen Moment – ein Faden aus Wildgänseschreien hoch über den Himmel gespannt, ihre Finger tief ins kühle Fell des Grases gedrückt, das Flattern von Selenas Wimpern vor der Sonne, und das hier ist ewig, alles andere ist ein Wachtraum, der am Horizont verblasst. Diesmal geht er nicht vorbei.

Ein paar Minuten später sagt Selena: »Aber Becs hat recht. Wir müssen los. Wenn die uns suchen und hierherkommen …«

Wenn ein Lehrer auf die Lichtung käme: Der Gedanke windet sich in ihr Rückgrat, stößt sie aus dem Gras hoch. Sie klopfen sich ab, Becca zupft grüne Fitzelchen aus Selenas Haar und streicht es mit den Fingern glatt. »Ich muss sowieso noch zu Ende auspacken«, sagt Julia.

»Ich auch«, sagt Holly. Sie denkt an den Internatsflügel, die hohen Decken, die scheinbar von kühlen, dünnen Nonnengesängen erfüllt werden wollen. Ihr ist, als schwebte ein neues Ich neben dem gelbgestreiften Bett und wartete auf seinen Moment: so neu wie sie alle. Sie spürt die Veränderung durch ihre Haut dringen, in den unendlichen Räumen zwischen den Atomen wirbeln. Plötzlich versteht sie, warum Julia Joanne beim Abendessen provoziert hat. Diese Flut hat auch sie ins Taumeln gebracht. Sie hat gegen die Strömung angestrampelt, bewiesen, dass sie mitbestimmen kann, wohin die sie trägt, ehe sie über ihrem Kopf zusammenschlägt und sie fortreißt.

Du weißt, du kannst jederzeit nach Hause kommen, hat Dad gefühlte achtzigtausendmal gesagt. *Tag oder Nacht: ein Anruf, und ich bin in spätestens einer Stunde da. Klar?*

Ja, ich hab's kapiert, danke, hat Holly achtzigtausendmal gesagt, *falls ich es mir anders überlege, ruf ich dich an und komm sofort wieder nach Hause.* Bis zu diesem Moment ist sie nie auf den Gedanken gekommen, dass es vielleicht nicht so einfach ist.

3

_____

CONWAY MOCHTE AUTOS. Verstand auch was davon. Im Fuhrpark suchte sie sich sofort einen schwarzen MG-Klassiker aus, ein Prachtstück. Ein pensionierter Detective hatte ihn der Polizei in seinem Testament vermacht, sein ganzer Stolz. Der Typ, der den Fuhrpark betreut, hätte Conway den Wagen niemals überlassen, wenn sie sich nicht damit ausgekannt hätte – Getriebe spielt verrückt, Detective, tut mir leid, gleich da drüben wäre ein prima VW Golf … Sie winkte, er warf ihr die Schlüssel zu.

Sie behandelte den MG, als wäre er ihr Lieblingspferd. Wir mussten in den südlichen Teil der Stadt, dahin, wo die feinen Leute wohnen, und Conway brauste in dem Gewirr aus kleinen Gässchen rasant um die Ecken, drückte auf die Hupe, wenn einer nicht schnell genug Platz machte.

»Damit eins klar ist«, sagte sie. »Das ist meine Show. Hast du Probleme damit, dir von einer Frau Anweisungen geben zu lassen?«

»Nein.«

»Das sagen alle.«

»Ehrlich.«

»Gut.« Sie bremste scharf vor einem ökomäßig aussehenden Café, dessen Fenster dringend mal geputzt werden mussten. »Hol mir einen Kaffee. Schwarz, ohne Zucker.«

So schwach ist mein Ego nicht. Es braucht kein tägliches Fitnesstraining, um nicht zusammenzubrechen. Raus aus dem Wagen, zwei Kaffee zum Mitnehmen, brachte sogar die depressive Kellnerin zum Lächeln. »Bitte sehr«, sagte ich, als ich mich wieder auf den Beifahrersitz schob.

Conway trank einen Schluck. »Schmeckt beschissen.«

»Du hast den Laden ausgesucht. Sei froh, dass der Kaffee nicht aus Sojabohnen ist.«

Sie hätte fast gelächelt, bremste sich. »Ist er aber. Schmeiß den weg. Deinen auch. Das Zeug stinkt mir sonst den Wagen voll.«

Der Mülleimer war auf der anderen Straßenseite. Aussteigen, Autos ausweichen, Mülleimer, Autos ausweichen, wieder einsteigen, allmählich ahnen, warum Conway noch immer Einzelkämpferin war. Sie trat aufs Gas, als mein Bein noch halb draußen war.

»Also«, sagte sie. Leicht aufgetaut, aber nur ganz leicht. »Du kennst den Fall, ja? Die groben Fakten?«

»Klar.« Jeder Straßenköter kannte die Fakten.

»Du weißt, dass wir keinen Erfolg hatten. Sagt die Gerüchteküche irgendwas dazu, warum?«

Die Gerüchteküche sagte vieles. Ich sagte: »Bei manchen Fällen ist das nun mal so.«

»Wir sind gegen eine Wand gerannt, darum. Du weißt, wie das läuft: Du hast den Tatort, du hast die Zeugen, die du finden kannst, und du hast das Leben des Opfers, und eins davon sollte dir irgendwas liefern. Alle drei haben uns einen Riesenhaufen Nichts geliefert.« Conway entdeckte eine fahrradgroße Lücke in der Spur, auf die sie wollte, manövrierte uns mit einer Lenkraddrehung hinein. »Eigentlich gab es keinen Grund, warum irgendwer Chris Harper hätte töten wollen. Er war anscheinend ein guter Junge. Das sagen die Leute immer, aber diesmal könnte es wirklich ehrlich gewesen sein. Sechzehn, vierte Jahrgangsstufe am St. Colm, Internatsschüler – seine Eltern wohnen praktisch gleich nebenan, aber sein Dad meinte, Chris würde nur als Interner von der Erfahrung am Colm voll und ganz profitieren. In solchen Schulen geht's vor allem ums Netzwerken. Schließ am Colm die richtigen Freundschaften, und du musst später nie für unter 100 000 im Jahr arbeiten.« Conways Mundwinkel verrieten, was sie davon hielt.

Ich sagte: »Kids auf so engem Raum zusammen, da sind Probleme vorprogrammiert. Mobbing. Nichts in der Art auf dem Radar aufgetaucht?«

Über den Kanal nach Rathmines. »Null. Chris war beliebt an der Schule, viele Freunde, keine Feinde. Ein paar kleine Prügeleien, aber das ist bei Jungs in dem Alter nun mal so. Nichts von Bedeutung, nichts, was uns weitergebracht hätte. Keine Freundin, jedenfalls nicht offiziell. Drei Exfreundinnen – die fangen heutzutage früh an –, aber nicht die große Liebe, bloß ein bisschen rumknutschen im Kino, und damit hatte es sich auch schon. Die Trennungen lagen alle über ein Jahr zurück und waren ohne großes Drama verlaufen, soweit wir rausfinden konnten. Er kam gut mit den Lehrern klar – die sagten, er hätte manchmal über die Stränge geschlagen, aber nur weil er zu viel Energie hatte, nicht weil er brutal war. Durchschnittlich intelligent, kein Genie, kein Idiot. Durchschnittlich fleißig. Verstand sich prima mit seinen Eltern, wenn er sie denn mal sah. Eine Schwester, deutlich jünger, auch mit ihr kam er gut klar. Wir haben sie alle in die Mangel genommen – nicht weil wir dachten, da wäre irgendwas; weil wir einfach nicht mehr hatten. Nichts. Nicht mal ansatzweise.«

»Irgendwelche schlechten Angewohnheiten?«

Conway schüttelte den Kopf. »Nicht mal das. Seine Freunde sagten, auf Partys hätte er schon mal geraucht, Zigaretten und Gras, und ab und zu hat er sich besoffen, wenn sie an Alkohol rankamen, aber als er starb, hatte er keinen Tropfen Alkohol im Blut. Auch keine Drogen, und in seinen Sachen war auch nichts. Keine Hinweise auf Glücksspiel. Ein paar Pornoseiten im Internetverlauf seines Computers, zu Hause bei seinen Eltern, aber was heißt das schon? Das waren seine schlimmsten Sünden, soweit wir feststellen konnten: ab und an ein Joint und sich ein bisschen online aufgeilen.«

Von der Seite sah ihr Gesicht ruhig aus. Die Augenbrauen leicht runtergezogen, aufs Fahren konzentriert. Man hätte meinen können, alles egal, dieser Riesenhaufen Nichts machte ihr nicht die Bohne was aus: dumm gelaufen, muss man sich nicht zu Herzen nehmen.

»Kein Motiv, keine Spur, keine Zeugen. Nach einer Weile haben wir uns bloß noch im Kreis gedreht. Dieselben Leute wieder und wieder vernommen. Dieselben Antworten gehört. Wir hatten noch andere Fälle. Wir konnten es uns nicht leisten, bei dem hier monatelang auf der Stelle zu treten. Irgendwann hab ich es gut sein lassen. Den Fall auf Eis gelegt und gehofft, dass so was wie das hier auftauchen würde.«

Ich sagte: »Wie kommt es, dass du die Ermittlung geleitet hast?«

Conway trat stärker aufs Gas. »Du meinst, wie kommt so 'n kleines Mädchen an so 'nen großen Fall. Ich hätte doch lieber im Dezernat für Häusliche Gewalt bleiben sollen. Ja?«

»Nein. Ich meine, du warst noch ganz neu.«

»Na *und*? Denkst du, das war der Grund, warum wir nichts rausgefunden haben?«

Also machte es ihr doch was aus. Sie überspielte es, um sich die lieben Dezernatskollegen vom Hals zu halten, aber es machte ihr ganz gehörig was aus.

»Nein, überhaupt nicht. Ich denke –«

»Ach, leck mich. Du kannst gleich hier aussteigen und den Scheißbus zurück zu den Ungelösten Fällen nehmen.«

Hätte sie nicht am Steuer gesessen, sie hätte mir mit dem Finger vor der Nase rumgefuchtelt.

»*Nein*. Ich denke nur, so ein Fall, Jugendlicher, Nobelinternat:

45

Ihr habt gewusst, dass das ein ganz großes Ding ist. Costello war dienstälter. Wieso wollte er nicht, dass sein Name an erster Stelle steht?«

»Weil ich es mir verdient hatte. Weil er wusste, dass ich einen verdammt guten Job mache. Kapiert?«

Die Tachonadel stieg weiter, über das Tempolimit. »Kapiert«, sagte ich.

Schweigen trat ein. Conway nahm etwas Gas weg, aber nicht viel. Wir waren jetzt auf der Terenure Road; sobald der MG einigermaßen Platz hatte, zeigte er, was er konnte. Als ich fand, dass wir lange genug geschwiegen hatten, sagte ich: »Der Wagen ist ein Prachtstück.«

»Den schon mal gefahren?«

»Noch nicht.«

Sie warf den Kopf nach hinten, als würde das zu ihrer Meinung von mir passen. »Bei so einem Laden wie dem St. Kilda musst du hier oben ankommen.« Hand über Augenhöhe. »Dir Respekt verschaffen.«

Das verriet mir etwas über Antoinette Conway. Ich hätte irgendeinen alten Polo genommen, mit einem zu hohen Tachostand, zu vielen Lackschichten, die kaum die Kratzer verdecken. Wenn du als kleines Licht auftrittst, sind die Leute weniger auf der Hut.

»So sind die da, ja?«

Ihre Lippen verzogen sich nach oben. »Scheiße. Ich hab gedacht, die schicken mich erst durch eine Dekontaminierungsschleuse, damit ich meinen Akzent loswerde. Oder geben mir eine Putzfrauenkluft und zeigen mir den Dienstboteneingang. Weißt du, wie hoch die Schulgebühren sind? Die fangen bei acht Riesen im Jahr an. Wenn du nicht im Internat wohnst und an keinen ›außerschulischen Aktivitäten‹ teilnimmst. Chor, Klavierstunden, Schauspiel. Gab's bei dir in der Schule so was?«

»Wir hatten einen Fußball auf dem Pausenhof.«

Das gefiel Conway. »Eine von den kleinen Zicken da – ich geh in den Aufenthaltsraum und ruf sie zur Vernehmung, und sie sagt: ›Ähm, das geht jetzt aber gar nicht, ich hab in fünf Minuten Klarinettenunterricht.‹« Wieder hob das leichte Grinsen ihre Mundwinkel. Was auch immer sie zu dem Mädchen gesagt hatte, sie hatte es genossen. »Ihre Vernehmung hat eine Stunde gedauert. Schade eigentlich.«

»Die Schule«, sagte ich. »Versnobt und gut oder bloß versnobt?«

»Ich würde mein Kind da nicht hinschicken, selbst wenn ich im Lotto gewonnen hätte. Aber …« Einseitiges Schulterzucken. »Kleine Klassen. Zig Jugend-forscht-Auszeichnungen. Alle haben perfekte Zähne, keine wird je zu früh schwanger, und alle diese kleinen Rassemädchen studieren anschließend. Ist wahrscheinlich ganz okay, wenn du willst, dass aus deinem Kind mal ein versnobtes Arschloch wird.«

Ich sagte: »Hollys Dad ist ein Cop. In den Liberties aufgewachsen.«

»Das weiß ich. Denkst du, das hab ich übersehen?«

»Er würde sie nicht dahin schicken, wenn da aus ihr ein versnobtes Arschloch wird.«

Conway ließ den MG langsam über eine rote Ampel rollen. Grün: Sie gab Vollgas. Sagte: »Steht die auf dich?«

Fast hätte ich gelacht: »Sie war noch ein Kind: neun, als wir uns kennenlernten, zehn, als der Prozess war. Danach hab ich sie nicht wiedergesehen, bis heute.«

Conway warf mir einen Blick zu, der mir signalisierte, dass ich hier das Kind war: »Du würdest dich wundern. Lügt sie?«

Ich dachte zurück: »Mich hat sie nicht angelogen. Oder ich hab's nicht gemerkt. Sie war ein liebes Kind, damals.«

Conway sagte: »Sie lügt.«

»Was hat sie gesagt?«

»Weiß ich nicht mehr. Ich hab sie auch nicht dabei ertappt.

Vielleicht hat sie mich nicht angelogen. Aber Mädels in dem Alter, die lügen wie gedruckt. Alle, wie sie da sind.«

Am liebsten hätte ich gesagt: *Die nächste Fangfrage heb dir lieber für einen Verdächtigen auf.* Stattdessen sagte ich: »Mir ist scheißegal, wer wie gedruckt lügt, solange ich nicht selbst angelogen werde.«

Conway schaltete höher. Der MG reagierte dankbar. »Lass hören«, sagte sie. »Was hat deine kleine Freundin Holly über Chris Harper erzählt?«

»Nicht viel. Er war bloß irgendein Typ. Sie kannte ihn flüchtig.«

»Klar. Glaubst du, sie hat die Wahrheit gesagt?«

»Das hab ich noch nicht rausgefunden.«

»Dann sag Bescheid, wenn du so weit bist. Es gab einen Grund, warum wir uns besonders für Holly und ihre Freundinnen interessiert haben. Die sind eine Viererclique und hängen ständig zusammen, zumindest damals: Holly Mackey, Selena Wynne, Julia Harte und Rebecca O'Mara. Die sind *so*.« Finger gekreuzt. »Ein anderes Mädchen in ihrer Klasse, Joanne Heffernan, hat ausgesagt, dass das Opfer mit Selena Wynne zusammen war.«

»Du denkst also, er war deshalb am St. Kilda. Er wollte sich mit ihr treffen.«

»Genau. Es gibt da was, das wir nicht an die Presse gegeben haben, also verquatsch dich bei den Vernehmungen ja nicht: Er hatte ein Kondom in der Tasche. Ansonsten nichts, kein Portemonnaie, kein Handy – war beides in seinem Zimmer –, bloß ein Kondom.« Conway reckte den Hals, riss das Steuer herum und katapultierte uns an einer VW-Schnecke vorbei, um dann gerade noch rechtzeitig einem Lastwagen auszuweichen. Der Lastwagen war ziemlich sauer. »Reg dich ab, du Arsch! … Und es lagen Blumen auf der Leiche – das haben wir auch nicht veröffentlicht. Hyazinthen – diese blauen fluffigen Dinger, die so stark duften.

Vier Stück davon. Die stammten aus einem Blumenbeet im Park, nicht weit vom Tatort, also könnte der Mörder sie dahingelegt haben, aber ...« Achselzucken. »Ein Junge nach Mitternacht an der Schule seiner Freundin, mit Kondom und Blumen? Ich würde sagen, er hatte was vor.«

»Der Fundort war eindeutig auch der Tatort, ja? Er kann nicht hinterher da abgelegt worden sein?«

»Nee. Der Schlag hat ihm glatt den Schädel gespalten, jede Menge Blut. Die Kriminaltechnik hat anhand der Fließspuren festgestellt, dass er nach dem Schlag reglos liegen geblieben ist. Er wurde nicht bewegt, hat nicht versucht wegzukriechen, er hat nicht mal hochgegriffen und die Wunde berührt – kein Blut an den Händen. Einfach rums« – sie schnippte mit den Fingern –, »und er ist umgekippt.«

Ich sagte: »Ich wette, Selena Wynne hat versichert, dass sie sich in der Nacht nicht mit ihm getroffen hat.«

»Ganz genau. Ihre drei Freundinnen haben dasselbe gesagt: Selena hat sich nicht mit ihm getroffen, sie war nicht seine Freundin, sie kannte ihn bloß flüchtig. Es hat sie richtig schockiert, wie ich überhaupt auf so einen Gedanken kommen konnte.« Ein trockener Unterton in Conways Stimme. Skeptisch.

»Was haben die Freunde von Chris Harper gesagt?«

Schnauben. »›Ääh, keine Ahnung‹, hauptsächlich. Sechzehnjährige Jungs, da kannst du auch die Schimpansen im Zoo vernehmen. Einer war dabei, der vollständige Sätze bilden konnte – Finn Carroll –, aber der hatte uns auch nicht viel zu erzählen. Die bleiben nicht die ganze Nacht auf und beichten sich gegenseitig Geheimnisse, wie Mädchen das machen. Die meinten, ja, Chris stand auf Selena, aber er stand auf viele Mädchen, und viele Mädchen standen auf ihn. Soweit die Jungs wussten, ist zwischen ihm und Selena nie was gelaufen.«

»Gab's irgendwas, was dem widersprach? Kontakte auf ihren Handys, auf Facebook?«

Conway schüttelte den Kopf. »Keine Anrufe oder SMS zwischen ihnen, nichts auf Facebook. Diese Kids haben alle einen Facebook-Account, aber die Internen nutzen den meistens nur in den Ferien. Beide Schulen blockieren die Seiten von sozialen Netzwerken auf ihren Computern, und Smartphones sind verboten. Gott bewahre, dass die kleine Philippa vielleicht mit irgendeinem Internet-Perversen abhaut, den sie während der Schulzeit kennengelernt hat. Oder noch schlimmer, der kleine Philip. Ganz schlechte Publicity.«

»Der einzige Beweis ist also die Aussage von Joanne Heffernan.«

»Das war kein *Beweis*. Das Einzige, was Heffernan zu bieten hatte, war: ›Und dann hab ich gesehen, wie er sie angeschaut hat, und dann hab ich gesehen, wie sie *ihn* angeschaut hat, und dann hat er das eine Mal was zu ihr gesagt, also hatten die hundertprozentig was miteinander.‹ Alle ihre Freundinnen haben geschworen, dass sie das genauso sahen, aber das heißt nichts. Diese Heffernan ist eine Giftzicke. Sie und ihre Clique, die sind die coolen Kids, und sie ist das Alphaweibchen. Die anderen haben eine Heidenangst vor ihr. Wenn eine von denen unerlaubt auch nur blinzeln würde, wäre sie draußen und müsste sich von Heffernan und Co. fertigmachen lassen, bis sie die Schule verlässt. Die sagen, was sie ihnen vorschreibt.«

Ich sagte: »Holly und ihre Clique. Gelten die auch als cool oder nicht?«

Conway behielt die nächste rote Ampel im Auge und klopfte mit den Fingern im Rhythmus des Blinkers aufs Lenkrad. »Als seltsam«, sagte sie schließlich. »Das sind keine Oberzicken, wie die Mädels in Heffernans Clique. Aber ich würde auch nicht sagen, dass Heffernan sie schikaniert. Sie hat Selena eins reingewürgt, als sie die Gelegenheit sah, hat sich fast vor Begeisterung in die Hose gemacht, aber sie würde sich nicht direkt mit ihnen anlegen. Sie sind nicht ganz oben in der Hierarchie, aber sie sind ziemlich weit oben.«

Etwas in meinem Gesicht, der Beginn eines Grinsens.

»Was?«

»Du hörst dich an, als wären das Mädchengangs aus der Bronx. Mit Rasierklingen im Haar.«

»Fehlt nicht viel«, sagte Conway und lenkte den MG schwungvoll von der Hauptstraße. »Gar nicht viel.«

Die Häuser wurden größer, lagen weiter von der Straße zurück. Dicke Autos, funkelnagelneu. Von denen sah man mittlerweile nicht mehr allzu viele. Überall elektrische Tore. In einem Vorgarten stand eine polierte Betonskulptur, die aussah wie ein anderthalb Meter großer Henkel.

Ich sagte: »Hast du Selena denn in Betracht gezogen? Oder jemanden, der, weil sie mit Chris ging, eifersüchtig war, auf sie oder ihn?«

Conway bremste ab – nicht viel für ein Wohngebiet. Überlegte.

»Ich sage nicht, dass ich Selena im Verdacht hatte. Du wirst sie ja sehen. Ich hab ihr nicht zugetraut, dass sie das hingekriegt hätte, nicht so richtig. Heffernan war praktisch gelb vor Eifersucht – Selena sieht doppelt so gut aus wie sie –, aber ich sage auch nicht, dass ich sie im Verdacht hatte. Ich sage nicht mal, dass ich ihr geglaubt hab. Ich sage bloß, dass da irgendwas war. Irgendwas war da, ganz einfach.«

Und das war es wahrscheinlich. Das war der Grund, warum sie mich mitgenommen hatte. Irgendwas am Rande ihres Gesichtsfeldes, das sofort wieder verschwunden war, wenn sie genauer hinsah. Auch Costello war nicht in der Lage gewesen, es zu benennen. Conway hoffte vielleicht auf einen frischen Blick von außen; vielleicht von mir.

Ich sagte: »Könnte eine Jugendliche die Tat begangen haben? Kräftemäßig, meine ich?«

»Klar. Kein Problem. Die Waffe – und auch das haben wir nicht veröffentlicht –, die Waffe war eine Hacke aus dem Schup-

51

pen des Gärtners. Ein Schlag, glatt durch Chris Harpers Schädel ins Gehirn. Die KTU meint, mit einem langen Stiel und einem scharfkantigen Blatt wäre nicht viel Kraft erforderlich gewesen. Ein Kind hätte es machen können, mit Leichtigkeit, wenn es ordentlich ausgeholt hätte.«

Ich wollte etwas fragen, doch Conway riss den Wagen in eine Kurve – ohne zu blinken und so jäh, dass ich fast den entscheidenden Moment verpasst hätte: hohes schwarzes Eisentor, steinernes Wachhaus, Eisenbogen mit dem Schriftzug *St. Kilda's College* in Goldlettern. Im Tor hielt sie an, damit ich mir alles in Ruhe ansehen konnte.

Die Zufahrt verlief in einem Halbkreis aus weißem Kies um einen sanften Hügel mit kurzgemähten, endlosen Rasenflächen. Auf der Kuppe des Hügels erhob sich das Schulgebäude.

Ein alter Familiensitz, ein Herrenhaus mit Stallburschen, die tänzelnde Kutschpferde hielten, mit engtaillierten Ladys, die Arm in Arm über den Rasen schlenderten. Zweihundert Jahre alt oder noch mehr? Ein langgestrecktes Gebäude, mattgrauer Stein, drei riesige Fenster hoch und über ein Dutzend breit. Ein Portikus, getragen von schlanken Säulen mit Ornamenten am Kapitell; eine Dachbalustrade, Pfeiler, so zart geschwungen wie Vasen. Vollkommen war es; vollkommen, alles ausgewogen, jeder Zentimeter. Sonne schmolz darüber, langsam wie Butter auf Toast.

Vielleicht hätte ich es hassen sollen. Ich: öffentliche Schule, Klassenräume in heruntergekommenen Fertigbaracken, den Mantel anbehalten, wenn jeden Winter die Heizung ausfiel, die Geographiekarten so aufgehängt, dass die Schimmelflecken verdeckt waren, Mutprobe, die tote Ratte auf dem Klo anzufassen. Vielleicht hätte ich beim Anblick dieser Schule Lust bekommen sollen, in den Portikus zu scheißen.

Sie war schön. Ich liebe Schönes; schon immer. Ich habe nie begriffen, wieso ich etwas hassen sollte, was ich gern hätte. Liebe es noch mehr. Arbeite dich ran. Schließ die Hände fester darum. Bis du einen Weg findest, es dir zu nehmen.

»Sieh dir das an«, sagte Conway. Im Sitz zurückgelehnt, die Augen schmal. »Nur in Momenten wie jetzt tut es mir leid, dass ich Cop bin. Wenn ich so ein Drecksgemäuer wie das da sehe und keinen Molotowcocktail reinschmeißen darf.«

Sie beobachtete mich, wollte meine Reaktion sehen. Ein Test. Ich hätte ihn leicht bestehen können. Hätte draufloslästern können über verwöhnte reiche Gören und mein Leben im Arbeiterhäuschen. Normalerweise hätte ich das auch. Warum nicht? Ich wollte schon lange ins Morddezernat. Arbeite dich ran, nimm es dir.

Conway war niemand, mit dem ich mich anfreunden wollte.

Ich sagte: »Es ist schön.«

Ihr Kopf ging zurück, der Mund verzog sich zur Seite, vielleicht zu einem Grinsen, wenn es nicht was anderes war. Enttäuschung?

»Die da drin werden dich lieben«, sagte sie. »Na denn, mal sehen, ob wir für dich einen Schicki-Arsch finden, in den du kriechen kannst.« Sie gab kräftig Gas, und wir brausten so schnell die Auffahrt hoch, dass der Kies unter den Reifen wegspritzte.

Der Parkplatz lag rechts vom Gebäude, durch dichte dunkelgrüne Bäume abgeschirmt – Zypressen, vermutete ich stark und ärgerte mich, dass ich mich nicht besser mit Bäumen auskannte –, geformt wie hohe Kerzen. Hier standen keine glänzenden Mercedes, aber auch keine Schrottkisten. Die Lehrer konnten sich anständige Autos leisten. Conway parkte vor einem »Reserviert«-Schild.

Höchstwahrscheinlich würde kein Mensch im St. Kilda den MG sehen, es sei denn, jemand hatte aus einem der vorderen Fenster geschaut, als wir durchs Tor fuhren. Conway hatte ihn nur für sich selbst ausgesucht; dafür, wie sie hinfahren wollte, nicht, wie sie bei der Ankunft gesehen werden wollte. Ich revidierte, was ich über sie gedacht hatte, schon wieder.

Sie schwang sich aus dem Wagen, warf ihre Tasche über die Schulter – nichts Girlymäßiges, schwarzes Leder, männlicher als die Aktenkoffer der meisten Jungs im Morddezernat. »Ich will mit dir zuerst zum Tatort gehen. Damit du dir einen Eindruck machen kannst. Komm.«

Durch den kühlen Schatten unter den Sichtschutzbäumen. Ein Geräusch wie ein Seufzen über uns. Conways Kopf fuhr hoch, aber es war bloß der Wind, der durch die dichten Äste säuselte. Links von uns, als wir wieder in die Sonne traten: die Rückseite der Schule. Rechts: ein weiterer weitläufiger Grashang, von einer niedrigen Hecke begrenzt.

Das Hauptgebäude hatte zwei Flügel, die sich von beiden Enden nach hinten erstreckten. Vielleicht später angebaut, aber im selben Stil. Der gleiche graue Stein, die gleichen dezenten Ornamente; es war um Eleganz gegangen, nicht um Schnickschnack.

Conway sagte: »Klassenräume, Eingangshalle, Büros, alles, was mit der Schule zu tun hat, ist im Hauptgebäude. Das da« – der nächstgelegene Flügel – »ist das Quartier der Nonnen. Separater Eingang, keine Verbindungstür zur Schule; der Flügel wird nachts abgeschlossen, aber alle Nonnen haben einen Schlüssel, und sie haben Einzelzimmer. Jede von ihnen hätte sich rausschleichen und Chris Harper erschlagen können. Es sind nur noch gut ein Dutzend übrig, die meisten um die hundert und keine unter fünfzig; aber wie gesagt, man musste kein Kraftprotz sein.«

»Irgendein Motiv?«

Sie blinzelte zu den Fenstern hoch. Blitzende Sonne prallte von ihnen ab in unsere Augen. »Nonnen sind durchgeknallt. Vielleicht hat eine gesehen, wie er seine Hand unter den Pullover von einem der Mädels geschoben hat, und sich gedacht, er ist ein Jünger Satans, der die Unschuldigen verdirbt.«

Sie ging quer über den gepflegten Rasen, weg von dem Gebäude. Nirgendwo stand *Betreten des Rasens verboten*, aber er sah danach aus. Zwei Gestalten wie wir in so einer Umgebung: Ich rechnete jeden Moment damit, dass ein Wildhüter aus den Bäumen gestürmt kam und uns vom Gelände jagte, dass Kampfhunde uns den Hosenboden bis auf den nackten Hintern zerfetzten.

»Der linke ist der Internatsflügel. Nachts so sicher verrammelt wie eine Nonnenmöse. Die Mädels haben keinen Schlüssel. Fenster im Erdgeschoss vergittert. Es gibt einen Hinterausgang, aber nachts ist die Tür mit einer Alarmanlage gesichert. Verbindungstür zur Schule im Erdgeschoss, und hier wird's interessant. Die Schulfenster haben keine Gitter. Und keine Alarmanlage.«

Ich sagte: »Ist die Verbindungstür nicht abgeschlossen?«

»Doch, natürlich ist sie das. Tag und Nacht. Aber wenn irgendwas Wichtiges ist, zum Beispiel wenn ein Mädchen seine Hausaufgaben im Zimmer vergessen hat oder für irgendein Projekt ein Buch aus der Bibliothek braucht, kann sie sich den Schlüssel geben lassen. Die Schulsekretärin und die Krankenschwester und die Hausmutter – kein Witz, hier gibt's eine *Hausmutter* – haben jede einen. Und letztes Jahr im Januar, vier Monate vor Chris Harper, ist der Schlüssel der Krankenschwester verschwunden.«

»Haben sie das Schloss nicht ausgewechselt?«

Conway verdrehte die Augen. Nicht bloß ihr Gesicht wirkte irgendwie fremdartig; auch die Art, wie sie sich bewegte, der gerade Rücken und der Schwung der Schultern, das blitzschnelle Mienenspiel. »Sollte man meinen, nicht? Nee. Die Krankenschwester hatte ihren Schlüssel auf einem Regal direkt über dem Mülleimer; sie hat sich gedacht, er ist einfach runtergefallen und mit dem Abfall zusammen weggeschmissen worden. Hat sich einen neuen machen lassen und die ganze Sache vergessen, tralala, alles bestens, bis wir ankamen und Fragen gestellt haben. Ganz ehrlich, ich weiß nicht, wer hier naiver ist, die Kids oder das Personal. Angenommen, eine der Schülerinnen hatte den Schlüssel?

55

Dann konnte sie nachts durch die Verbindungstür in die Schule schleichen, aus dem Fenster steigen und tun, was sie wollte, bis sie zum Frühstück zurück sein musste.«

»Gibt es keinen Sicherheitsdienst?«

»Doch, ja. Nachtwächter, sagen die hier. Ich glaube, die finden, das klingt stilvoller. Der sitzt in dem Wachhaus, an dem wir vorhin vorbeigekommen sind, macht alle zwei Stunden einen Rundgang. Wäre aber kein Problem, ihm auszuweichen. Warte, bis du siehst, wie riesig das Gelände ist. Hier lang.«

Ein Tor in einer Hecke, schmiedeeiserne Schnörkel, langes, leises Quietschen, als Conway es aufstieß. Dahinter war ein Tennisplatz, ein Sportplatz und dann: noch mehr Grün, diesmal sorgsam auf einen weniger getrimmten Look getrimmt; nicht verwildert, gerade verwildert genug. Ein Mischmasch von Bäumen, der Jahrhunderte gebraucht hatte, Birken, Eichen, Ahorn. Kleine Kieswege, die sich zwischen Blumenbeeten mit bergeweise Gelb und Lavendelblau hindurchwanden. Alle Grüntöne waren frühlingshaft, so zart, dass deine Hand glatt hindurchgehen würde.

Conway schnippte mit den Fingern vor meinem Gesicht. »Konzentrier dich.«

Ich sagte: »Wie sind die Internatsschülerinnen untergebracht? Mehrbettzimmer oder Einzelzimmer?«

»Die erste und zweite Stufe in Sechsbettzimmern. Dritte und vierte in Vierbettzimmern. Fünfte und sechste, Zweibettzimmer. Du hättest es also mit mindestens einer Zimmergenossin zu tun, wenn du dich rausschleichen wolltest. Aber jetzt kommt's: Ab der dritten Jahrgangsstufe darfst du dir aussuchen, mit wem du das Zimmer teilen willst. Also wer auch immer mit dir zusammenwohnt ist höchstwahrscheinlich auf deiner Seite.«

Am Tennisplatz entlang – schlaffes Netz, ein paar Bälle in eine Ecke gerollt. Noch immer spürte ich die Schulfenster wie starrende Blicke im Rücken. »Wie viele sind Interne?«

»Etwas über sechzig. Aber wir haben den Kreis eingeschränkt. Die Krankenschwester hat am Dienstagmorgen einer Schülerin den Schlüssel gegeben, und die hat ihn prompt zurückgebracht. Freitagmittag will eine andere ihn haben, und weg ist er. Das Büro der Krankenschwester ist abgeschlossen, wenn sie nicht da ist – sie schwört, dass sie wenigstens das beachtet hat, damit keiner Mucosolvan spritzt oder was immer sie so alles da drin parat hat. Wenn also eine den Schlüssel geklaut hat, dann muss sie zwischen Dienstag und Freitag in dem Büro gewesen sein.«

Conway drückte einen Ast beiseite und ging über einen der kleinen Pfade tiefer in den Park hinein. Bienen rackerten sich an Apfelblüten ab. Vögel über uns, keine boshaften Elstern, bloß kleine glückliche Vögel, die vor sich hin schwatzten.

»Laut Dienstbucheintrag der Krankenschwester waren vier Schülerinnen bei ihr. Eine gewisse Emmeline Locke-Blaney, erste Stufe, Interne; sie hatte eine Heidenangst vor uns, hat sich fast bepinkelt, kann mir nicht vorstellen, dass sie uns was verheimlichen konnte. Catríona Morgan, fünfte Stufe, Externe – was sie nicht ausschließt, sie könnte den Schlüssel einer Internen gegeben haben, aber die bilden ziemlich feste Cliquen; Externe und Interne haben nicht viel miteinander zu tun, wer hätte das gedacht.« Nach einem Jahr noch immer alle Namen im Kopf, einfach so. Chris Harper war ihr unter die Haut gegangen, keine Frage. »Alison Muldoon, dritte Stufe, Interne – eine von Heffernans kleinen Sklavinnen. Und Rebecca O'Mara.«

Ich sagte: »Aus Holly Mackeys Clique.«

»Genau. Verstehst du jetzt, wieso ich nicht überzeugt bin, dass deine kleine Freundin dir alles erzählt?«

»Die Gründe, warum sie bei der Krankenschwester waren. Waren die überprüfbar?«

»Eigentlich nur bei Emmeline: Sie hatte sich beim Hockey oder Polo oder was auch immer den Knöchel verstaucht und brauchte einen Verband. Die anderen drei hatten Kopfschmerzen oder Bauchkrämpfe von ihren Tagen oder Schwindelanfälle oder so. Könnte echt gewesen sein, vielleicht wollten sie aber bloß den Unterricht schwänzen. Oder …«, Conway hob eine Augenbraue, »sie haben ein paar Schmerztabletten gekriegt und konnten sich ein bisschen hinlegen, genau neben dem Regal mit dem Schlüssel.«

»Und sie haben alle gesagt, sie hätten ihn nicht angerührt.«

»Hoch und heilig geschworen. Wie gesagt, Emmeline hab ich geglaubt. Den anderen …« Wieder die hochgezogene Augenbraue. Sonnenstrahlen durch das Laub streiften ihre Wange wie Kriegsbemalung. »Die Direktorin hat beteuert, keines ihrer Mädels würde bla, bla, bla und der Schlüssel müsste im Abfalleimer gelandet sein, aber sie hat das Schloss der Verbindungstür trotzdem auswechseln lassen. Besser spät als nie.« Conway blieb stehen, zeigte auf etwas: »Da. Siehst du das da drüben?«

Ein langes, niedriges Gebäude rechts von uns zwischen Bäumen, mit einem kleinen Hof davor. Hübsch. Alt, aber die verblassten Ziegel waren saubergeschrubbt.

»Das war mal der Stall. Für die Pferde von Mylord und Mylady. Jetzt ist es der Schuppen für die Gärtner ihrer Hoheiten – um das alles hier in Schuss zu halten, sind drei nötig. Da drin war die Hacke.«

Keine Bewegung im Hof. Ich hatte mich schon eine ganze Weile gefragt, wo alle waren. Bestimmt waren ein paar hundert Leute in dieser Schule, mindestens, und trotzdem: nichts. Ein dünnes *Tink-Tink-Tink* irgendwo weit weg, Metall auf Metall. Das war's.

Ich sagte: »Ist der Schuppen abgeschlossen?«

»Nee. Da ist ein Schrank drin, wo sie Unkrautvernichtungsmittel und Wespengift und weiß Gott was alles aufbewahren. Der ist abgeschlossen, logisch. Aber der Schuppen selbst? Der reinste Selbstbedienungsladen. Die Leutchen sind nie auf die Idee gekommen, dass praktisch alles da drin eine *Waffe* ist. Spaten, Hacken, Scheren, Heckenschneider; mit dem Zeug könntest du die halbe Schule massakrieren. Oder bei einem Hehler eine Stange Geld machen.« Conway riss den Kopf von einem Mückenschwarm weg und ging wieder weiter den Pfad entlang. »Ich hab das der Direktorin gesagt. Weißt du, was sie geantwortet hat? ›Bei uns verkehrt niemand, der in diesen Kategorien denkt, Detective.‹ Mit einem Gesicht, als hätte ich auf ihren Teppich geschissen. So eine blöde Kuh. Der Junge liegt da draußen mit eingeschlagenem Schädel, und die erzählt mir, ihre ganze Welt besteht aus Frappuccinos und Cellounterricht und kein Schwein hier denkt je was Böses. Verstehst du, was ich mit naiv meine?«

Ich sagte: »Das ist nicht naiv, das ist wohlüberlegt. In so einer Schule kommt alles von oben. Wenn die Direktorin sagt, alles ist in bester Ordnung, und keiner was anderes sagen darf … Das ist nicht gut.«

Conway wandte den Kopf und sah mich an, wach und neugierig, als nehme sie etwas Neues wahr. Es war ein gutes Gefühl, neben einer Frau herzugehen, deren Augen auf einer Höhe mit meinen waren, deren Schritte dieselbe Länge hatten wie meine. Es fühlte sich unkompliziert an. Für eine Sekunde wünschte ich, wir würden uns mögen.

Sie sagte: »Nicht gut für die Ermittlung, meinst du? Oder einfach nicht gut?«

»Beides, ja. Aber ich hab gemeint, einfach nicht gut. Gefährlich.«

Ich dachte, sie würde mich auslachen, weil es melodramatisch klang. Stattdessen nickte sie. Sie sagte: »Irgendwas war da jedenfalls.«

Um eine Biegung im Pfad, heraus aus dichten Bäumen in einen sonnenhellen Fleck. Conway sagte: »Da drüben. Da kamen die Blumen her.«

Blau, ein Blau, das deine Augen veränderte, als hättest du noch nie zuvor blau gesehen. Hyazinthen: Sie ergossen sich zu Tausenden einen sanften Hang unter Bäumen hinab, als würden sie aus einem riesigen bodenlosen Korb geschüttet. Von dem Duft hätte man halluzinieren können.

Conway sagte: »Ich hab das Blumenbeet von zwei Beamten durchkämmen lassen. Stängel für Stängel, auf der Suche nach abgebrochenen. Zwei Stunden haben sie gebraucht. Die hassen mich wahrscheinlich bis heute, aber das ist mir schnurz, weil sie die Stängel nämlich gefunden haben. Vier Stück, ungefähr da vorne, dicht am Rand. Die Technik konnte die Bruchstellen den Blumen auf Chris' Leiche zuordnen. Nicht hundertprozentig sicher, aber mit hoher Wahrscheinlichkeit.«

Das machte es für mich irgendwie anschaulicher, dieses Blumenbeet. Hier, an einem Ort, der aussah, als könne auf der ganzen Welt niemals etwas Böses geschehen: Als die Blumen das letzte Mal blühten, war Chris Harper hergekommen, hatte auf irgendetwas gehofft. Er musste diesen Duft gerochen haben, das Deutlichste in der Dunkelheit um ihn herum. Und das Letzte, als alles andere verschwunden war.

Ich fragte: »Wo war er?«

Conway sagte: »Da hinten.« Zeigte.

Knapp zehn Meter abseits vom Pfad, hangaufwärts, über niedriges Gras und an Büschen vorbei, die zu akkuraten Kugeln geschnitten waren: eine Baumgruppe mit den gleichen Vermutlich-Zypressen, dicht, dunkel. Etwa ein Dutzend, im Kreis um eine Lichtung. Das Gras in der Mitte hatte man wild wuchern lassen. Darüber schwebte ein Schleier aus filigranen Pusteblumen.

Conway führte mich um das Blumenbeet herum und den Hang hinauf. Ich spürte die Steigung in den Beinen. Die Luft auf der Lichtung war kühler. Tief.

Ich sagte: »Wie dunkel war es?«

»Nicht sehr. Cooper – du kennst doch Cooper? Der Pathologe? –, Cooper hat gesagt, er ist gegen ein Uhr morgens gestorben, möglicherweise ein oder zwei Stunden früher oder später. Es war eine klare Nacht, Halbmond, und um kurz nach eins stand der Mond am höchsten. Für mitten in der Nacht war die Sicht also denkbar gut.«

In meinem Kopf kam etwas in Gang. Chris, der sich aufrichtet, die Hände voll Blau, blinzelt, um die flüchtige Gestalt auf der Mondscheinlichtung zu erkennen, sein Mädchen oder …? Und gleich daneben, kaum greifbar, das Gegenteil. Jemand lauert im Schatten, die Füße zwischen Blumen – ihre Füße? seine Füße? –, beobachtet Chris' Gesicht, das sich in dem Weiß zwischen den Zypressen hin und her wendet, beobachtet, wie er wartet. Wartet selbst, dass Chris' Aufmerksamkeit nachlässt.

Unterdessen wartete Conway und beobachtete mich. Sie erinnerte mich an Holly. Keine von beiden hätte das gern gehört, aber diese Augen wie schmale Schlitze, ein Test, eine Art Leiterspiel: vorsichtig. Der richtige Zug, und du darfst ein Schrittchen näher kommen, der falsche Zug, und du bist wieder am Anfang.

Ich sagte: »In welchem Winkel hat ihn die Hacke getroffen?«

Richtige Frage. Conway fasste meinen Arm, zog mich ein paar Meter weiter zur Mitte der Lichtung. Ihre Hand war stark; nicht à la Sie-sind-festgenommen-Cop oder Du-gefällst-mir-Mädchen, einfach stark; gut geeignet, um ein Auto zu reparieren oder jemandem eine zu verpassen, der es verdient hatte. Sie drehte mich mit dem Rücken zu den Bäumen, so dass ich auf die Blumen und den Pfad schaute.

»Er war hier ungefähr.«

Etwas summte, eine Hummel oder ein Rasenmäher in der Ferne, keine Ahnung; die Geräusche waren alle verwischt und verhallt. Grasähren schwankten um meine Schienbeine.

»Irgendwer kam von hinten oder brachte ihn dazu, sich wegzudrehen. Jemand, der ungefähr hier stand.«

Dicht hinter mir. Ich wandte den Kopf. Sie hob die imaginäre Hacke über die linke Schulter, zweihändig. Schwang sie nach unten, legte den ganzen Körper hinein. Irgendwo unter den munteren Frühlingslauten ließen das Sausen und der Aufprall die Luft erzittern. Obwohl Conway nichts in den Händen hielt, zuckte ich zusammen.

Ihre Mundwinkel gingen nach oben. Sie hob die leeren Hände.

Ich sagte: »Und er kippte um.«

»Hat ihn genau hier erwischt.« Sie legte eine Handkante auf meinen Hinterkopf, ziemlich weit oben und links von der Mitte, von links nach rechts ansteigend. »Chris war ein paar Zentimeter kleiner als du: eins siebenundsiebzig. Der Mörder musste nicht besonders groß sein. Über eins fünfzig, unter eins achtzig, mehr konnte Cooper anhand des Aufschlagwinkels nicht sagen. Wahrscheinlich Rechtshänder.«

Ein Rascheln ihrer Füße, als sie von mir zurücktrat.

»Das Gras«, sagte ich. »Stand das damals auch so hoch?«

Wieder die richtige Frage, braver Junge. »Nee. Die haben es hinterher wachsen lassen – vielleicht aus Achtung vor dem Toten, oder den Gärtnern ist es hier zu unheimlich, keine Ahnung. Der Bereich liegt außer Sicht, also schadet er dem *Image* der Schule nicht. Aber damals war das Gras kurz gemäht wie überall. Wenn man weiche Schuhe anhatte, konnte man sich geräuschlos anschleichen, kein Problem.«

Und ohne Schuhabdrücke zu hinterlassen, jedenfalls keine, die die Spurensicherung verwerten konnte. Die Pfade waren mit Kies bestreut, also auch da keine Abdrücke.

»Wo habt ihr die Hacke gefunden?«

»Hinten im Schuppen, wo sie hingehörte. Wir haben sie sichergestellt, weil das, was Cooper über die Waffe gesagt hat, auf sie zutraf. Die KTU brauchte ungefähr fünf Sekunden, um sie als Tatwaffe zu identifizieren. Sie – er, sie, was auch immer – hat versucht, das Blatt zu reinigen, hat es da drüben ein paarmal in die Erde gehauen« – der Boden unter einer Zypresse – »und am Gras abgewischt. Schlau; schlauer, als sie mit einem Lappen zu säubern, dann muss man ja den Lappen irgendwie loswerden. Aber es war noch immer reichlich Blut dran.«

»Fingerabdrücke?«

Conway schüttelte den Kopf. »Die der Gärtner. Auch keine Hautzellen von anderen Personen, also keine DNA. Sie wird Handschuhe getragen haben.«

»›Sie‹«, sagte ich.

Conway sagte: »Was anderes hab ich nicht. Einen ganzen Haufen Sies und nicht sehr viele Ers. Letztes Jahr lautete eine Theorie, dass es irgendein Perverser war, der hier eingedrungen ist, um die Fenster der Mädels zu beobachten oder mit ihren Tennisschlägern zu spielen oder was weiß ich und sich dabei einen runterzuholen; Chris wollte zu einem Date und hat den Kerl überrascht. Passt aber nicht zur Beweislage – wie soll das gelaufen sein? Der Typ hatte seinen Schniedel in der einen Hand und eine Hacke in der anderen? Aber vielen hat die Theorie trotzdem gefallen. Immer noch besser als der Gedanke, dass es ein süßes reiches Mädchen war. Von einer *schönen* Schule wie der hier.«

Wieder diese zu Schlitzen verengten Augen. Prüfend. Ein schräger Sonnenstrahl tönte sie bernsteinfarben, wie Wolfsaugen.

Ich sagte: »Es war kein Außenstehender. Dagegen spricht die Karte. Die ganze Heimlichtuerei. Wenn es ein Fremder war, warum ruft das Mädchen dich nicht einfach an und erzählt, was es weiß? Wenn die Kleine sich das alles nicht bloß ausgedacht hat, dann weiß sie irgendwas über irgendwen in der Schule. Und sie hat Angst.«

Conway sagte: »Und wir haben sie damals glatt übersehen.«

Eine grimmige Schärfe in ihrer Stimme. Diese Conway ging nicht nur mit anderen hart ins Gericht.

»Vielleicht ja nicht«, sagte ich. »Diese Mädchen sind jung. Falls eine von ihnen was gesehen hat, gehört hat, konnte sie vielleicht nicht einordnen, was es bedeutet. Damals nicht. Vor allem falls es irgendwie mit Sex oder Beziehungen zu tun hatte. Die

Kids heutzutage wissen Bescheid, die sehen sich Pornoseiten an, kennen wahrscheinlich mehr Stellungen als du und ich zusammen, aber wenn's ans Eingemachte geht, sind sie total überfordert. Möglicherweise hat eins der Mädchen was gesehen und gewusst, dass es wichtig war, aber nicht verstanden, warum. Jetzt ist sie ein Jahr älter, hat schon mehr Ahnung; irgendwas erinnert sie an damals, und auf einmal macht es bei ihr klick.«

Conway dachte darüber nach. »Möglich«, sagte sie. Aber die grimmige Schärfe war noch immer da: So leicht ließ sie auch sich selbst nichts durchgehen. »Aber egal. Selbst wenn sie nicht wusste, dass sie wichtige Informationen hatte, es ist unsere Aufgabe, das für sie zu wissen. Sie war da« – ruckartige Kopfbewegung Richtung Schule –, »wir haben dagesessen und sie vernommen, und wir haben sie gehen lassen. Und das macht mich stinksauer.«

Damit schien das Gespräch beendet. Als sie nichts weiter sagte, wandte ich mich dem Pfad zu, doch Conway blieb stehen. Füße auseinander, Hände in den Taschen, starrer Blick in die Bäume. Kinn gereckt, als wären sie der Feind.

Ohne mich anzusehen, sagte sie: »Ich durfte die Ermittlung leiten, weil wir dachten, die Sache wäre ein Kinderspiel. Gleich am ersten Tag, die Leiche war noch nicht mal abtransportiert, fanden wir ein halbes Kilo Ecstasy im Schuppen, ganz hinten im Giftschrank. Einer der Gärtner war wegen Drogenhandels vorbestraft. Und am St. Colm hatten sie bei der Weihnachtsparty ein paar Kids mit E erwischt; wir konnten nicht rauskriegen, wo sie das Zeug herhatten, die Kids hielten dicht. Bei Chris wurde kein E gefunden, aber trotzdem … Wir dachten, es wäre unser Glückstag: auf einen Schlag zwei Fälle gelöst. Chris schleicht sich raus, um beim Gärtner Drogen zu kaufen, es gibt Streit ums Geld, zack.«

Wieder dieses lange Seufzen über uns. Diesmal sah ich, wie es sich durch die Äste bewegte. Als würden die Bäume lauschen; als wären sie traurig über uns, traurig für uns, wenn sie das alles nicht schon abertausendmal gehört hätten.

»Costello ... der war in Ordnung. Die im Dezernat haben oft über ihn hergezogen, hielten ihn für ein depressives Arschloch, aber er war anständig. Er meinte: ›Übernimm du die Leitung. Zeig, was du drauf hast.‹ Damals hat er wohl schon gewusst, dass er bald in Ruhestand gehen würde; er brauchte keinen großen Erfolg mehr. Ich schon.«

Ihre Stimme war leise, zimmerleise, fiel durch das weite Sonnenlicht. Ich spürte die gewaltige Dimension der Stille und des Grüns um uns herum. Die Ausdehnung, die Größe, Bäume höher als die Schule. Älter.

»Der Gärtner hatte ein wasserdichtes Alibi. Ein paar Freunde waren bei ihm zu Hause zum Pokerspielen und Saufen, zwei von ihnen haben bei ihm auf dem Sofa gepennt. Wir haben ihn wegen Drogenbesitz drangekriegt, aber der Mord ...« Conway schüttelte den Kopf. »Ich hätt's wissen müssen«, sagte sie nur. »Ich hätte wissen müssen, dass die Sache nicht so einfach wird.«

Eine Biene prallte vorne auf das Weiß ihrer Bluse, blieb benommen hängen. Conways Kopf fuhr nach unten, und ihr übriger Körper erstarrte. Die Biene krabbelte an dem obersten Knopf vorbei, erreichte den Rand des Stoffes, tastete nach Haut. Conway atmete langsam und flach. Ich sah, wie ihre Hand aus der Tasche kam und sich hob.

Die Biene nahm Vernunft an und flog davon, ins Sonnenlicht. Conway schnippte einen winzigen Fleck von ihrer Bluse, wo die Biene gewesen war. Dann drehte sie sich um und ging den Hang hinunter, vorbei an den Hyazinthen und zurück auf den Pfad.

4

DAS COURT, das größte und beste Shopping-Center in Fuß-
nähe vom Kilda und vom Colm, die Bühne für jeden Moment
auf der Welt, in dem es keinen miesgelaunten Erwachsenen gibt,
der mit Argusaugen über alles wacht. Das *Court* ist ein riesiger
Magnet, der jeden anzieht. Hier kann alles passieren, in diesem
glitzernden Scheibchen Freiheit zwischen Unterricht und Abendessen. Dein Leben könnte einfach vom Boden abheben und in etwas ganz Neues hinübergleiten. In dem schwindelerregenden
weißen Licht schimmern alle Gesichter, sie bilden Worte und öffnen sich, und fast kannst du durch die Wolke von Geräuschen
hindurch ihr Lachen hören, und jedes von ihnen könnte das un-
vergessliche sein, auf das du gewartet hast. Alles, was du dir nur
vorstellen kannst, könnte hier auf dich warten, wenn du den
Kopf genau im richtigen Moment drehst, wenn du den richtigen
Blick auffängst, wenn gerade der richtige Song aus den Lautsprechern um dich herum dringt. Zuckerduft von frischen Donuts
weht herüber, leck ihn dir von den Fingern.

Es ist Anfang Oktober. Chris Harper, der sich auf dem Rand
des Brunnens in der Mitte des Court mit Oisín O'Donovan
balgt, den Mund zu einem weiten Lachen geöffnet, während die
anderen Colm-Jungs die beiden johlend anfeuern, hat noch etwas über sieben Monate zu leben.

Becca und Julia und Selena und Holly sitzen gegenüber auf
dem Brunnenrand, vier offene Packungen Süßigkeiten zwischen

sich. Julia erzählt, während sie die Colm-Jungs aus den Augenwinkeln beobachtet, schnell und lebhaft eine möglicherweise überwiegend wahre Geschichte aus den Sommerferien, wie sie und ein englisches Mädchen und zwei Franzosen sich in einen superschicken Club in Nizza gemogelt haben. Holly isst Smarties und hört zu, eine Augenbraue in einem Winkel, der so viel sagt wie *Jaja, schon klar*. Selena liegt auf dem abgewetzten schwarzen Marmorrand des Brunnens, das Kinn in die Hände gestützt, so dass ihr Haar über die Schulter bis fast auf den Boden fällt. Becca würde sich am liebsten vorbeugen und es mit den Händen aufnehmen, ehe es den Dreck und die plattgetretenen Kaugummis berührt.

Becca kann das Court nicht ausstehen. In ihrem ersten Jahr, als die neuen Internatsschülerinnen einen Monat warten mussten, bevor sie das Schulgelände verlassen durften – bis sie zu zermürbt waren, um wegzulaufen, vermutet sie –, hörte sie immer nur das eine: Ach, das Court das Court das Court, wenn wir erst im Court sind, wird alles super. Leuchtende Augen, Hände, die Bilder skizzierten wie Märchenschlösser und Eislaufbahnen und Wasserfälle aus Schokolade. Ältere Mädchen, die grinsend und verschwitzt zurückkamen, umwabert von den Gerüchen von Cappuccino und Lipgloss-Testern, knallbunte Einkaufstüten an einem Finger schwenkend, noch durchpulst vom dumpfen Pumpen der Hochglanzmusik. Der magische Ort, der schillernde Ort, der dich mürrische Lehrer ebenso vergessen ließ wie Mehrbettzimmer und zickige Bemerkungen, die du nicht verstanden hattest. Alles wie weggeblasen.

Das war, bevor sie Julia und Selena und Holly kennenlernte. Damals war sie jeden Morgen selbst erstaunt, wie kreuzunglücklich sie war. Oft rief sie heulend ihre Mutter an, tiefe, abscheuliche Schluchzer, ohne sich drum zu scheren, ob irgendwer das mitbekam, und bettelte darum, wieder nach zu Hause zu dürfen. Ihre Mutter seufzte dann und erklärte ihr, wie gut es ihr schon bald gehen würde, sobald sie Freundinnen gefunden hätte, mit denen sie über Jungs und Popstars und Mode reden könnte, und wenn Becca schließlich auflegte, war sie völlig fassungslos, wie viel schlechter sie sich fühlte. Daher schien das Court das Einzige zu sein, worauf man sich in dieser schrecklichen Welt freuen konnte.

Und dann durfte sie endlich hin, und es war bloß ein beknacktes Shopping-Center. All ihre Klassenkameradinnen waren total aus dem Häuschen, und Becca betrachtete diesen fensterlosen grauen Neunzigerjahre-Betonklotz und überlegte, ob die Chance bestand, dass man sie als geisteskrank nach Hause schickte, wenn sie sich einfach auf dem Boden zusammenrollen und nie wieder aufstehen würde.

Dann schaute das blonde Mädchen neben ihr, Serena oder so ähnlich – Becca war zu sehr mit Unglücklichsein beschäftigt gewesen, um sich Namen merken zu können –, Selena also schaute lange und nachdenklich an dem Court hoch und sagte: »Da oben ist sogar ein Fenster, siehst du? Ich wette, wenn man da hinkäme, könnte man halb Dublin sehen.«

Wie sich herausstellte, stimmte das. Und da war sie, unter ihnen ausgebreitet: die magische Welt, die man ihnen versprochen hatte, adrett und hübsch wie im Bilderbuch. Frische Wäsche flatterte an Leinen, und kleine Kinder spielten in einem Garten Ball, es gab einen grünen Park mit sagenhaft leuchtend roten und gelben Blumenbeeten. Ein alter Mann und eine alte Frau standen plaudernd unter einem verschnörkelten schmiedeeisernen Laternenpfahl, während ihre spitzohrigen Hunde die Leinen verhedderten. Das Fenster lag zwischen einem Parkscheinautomaten und einem großen Abfalleimer, und Erwachsene, die ihre Parkscheine bezahlten, warfen Becca und Selena argwöhnische Blicke zu, und schließlich tauchte ein Mann vom Sicherheitsdienst auf und verscheuchte sie, obwohl er anscheinend selbst nicht genau wusste, warum eigentlich, aber das war es eine Million Mal wert.

Zwei Jahre später hasst Becca das Court noch immer. Sie hasst es, dass du in jeder Sekunde von allen Seiten beobachtet wirst, Blicke über dich hinwegschwärmen wie Ungeziefer, bohrend und nagend, immer irgendeine Clique Mädchen, die dein Top abchecken, oder eine Gruppe Jungs, die egal was an dir abchecken. Im Court ist keiner je ruhig, alle drehen und wenden sich unaufhörlich, gucken, ob sie angeguckt werden, versuchen, möglichst cool zu wirken. Keiner ist je still: Du musst ständig reden, sonst halten sie dich für einen Loser, aber du kannst keine richtige Unterhaltung führen, weil alle im Grunde anderes im Kopf haben. Schon nach fünfzehn Minuten im Court hat Becca das Gefühl, wenn jemand sie anfassen würde, bekäme er einen tödlichen Stromschlag.

Damals, als sie zwölf waren, zogen sie wenigstens bloß ihre Jacken an, und los ging's. Jetzt machen sich alle für das Court schick, als ginge es zur Oscar-Verleihung. Das Court ist der Ort, an dem du deine verwirrenden neuen Rundungen und den neuen Gang und das neue Ich vorführst, damit die Leute dir sagen können, was du wert bist, und du darfst nicht riskieren, dass die Antwort *null Komma nix* ist. Du *musst* deine Haare entweder zu Tode glätten oder so kompliziert bürsten, dass sie lässig zerzaust aussehen, und du *musst* dich mit Selbstbräuner einschmieren und einen Zentimeter Make-up im Gesicht und eine halbe Packung rauchigen Lidschatten um jedes Auge verteilen und superstretchy, superenge Jeans und Uggs oder Converse tragen, weil sonst jemand merken könnte, dass du in Wahrheit anders bist als die anderen, und das würde dich zum totalen Loser machen, logisch. Lenie und Jules und Holly sind längst nicht so schlimm, aber auch sie frischen ihr Rouge viermal auf und betrachten sich aus jedem Blickwinkel im Spiegel, während Becca in der Tür unruhig von einem Bein aufs andere tritt, ehe sie endlich losziehen können. Becca trägt kein Make-up, wenn sie zum Court gehen, weil sie Make-up hasst und weil ihr der Gedanke, sich eine halbe Stunde lang zurechtzumachen, um dann auf einer Mauer vor einem Donut-Laden zu hocken, superbescheuert vorkommt.

Sie geht hin, weil die anderen hingehen. Warum die das wollen, ist Becca ein einziges Rätsel. Sie tun immer so, als hätten sie unheimlich viel Spaß, sie sind lauter und schriller, schubsen einander und kreischen bei jeder Kleinigkeit vor Lachen. Aber Becca weiß, wie sie sind, wenn sie glücklich sind, nämlich anders. Hinterher, auf dem Rückweg, sehen ihre Gesichter älter und abgespannt aus, verzerrt durch die Überbleibsel von Gesichtsausdrücken, die sie allzu bemüht aufgesetzt haben und die nicht weggehen wollen.

Heute steht sie sogar noch mehr unter Strom als sonst, schaut alle paar Minuten auf ihrem Handy nach, wie spät es ist, rutscht hin und her, als tue ihr von dem Marmor der Hintern weh. Julia hat schon zweimal gesagt: »Mann, ey, jetzt bleib doch mal ruhig sitzen.« Becca murmelt: »Sorry«, aber gleich darauf rutscht sie wieder hin und her.

Der Grund sind die Dalek-Roboter, die höchstens zwei Meter von ihnen entfernt auf dem Brunnenrand sitzen. Becca hasst alles an ihnen, jedes Detail. Sie hasst sie einzeln – die Art, wie Orlas Mund offensteht, wie Gemma beim Gehen mit dem Hintern wackelt, Alisons Armes-kleines-ängstliches-Baby-Masche, die Tatsache, dass Joanne existiert – und als Gesamtheit. Heute hasst sie sie ganz besonders, weil drei von den Colm-Jungs von der anderen Seite des Brunnens rübergekommen sind und bei ihnen sitzen, deshalb sind die Roboter heute noch schlimmer als sonst. Jedes Mal, wenn einer der Jungs irgendwas sagt, müssen alle vier kreischen vor Lachen und so tun, als würden sie gleich vom Brunnen kippen, damit die Jungs sie auffangen. Alison hat die ganze Zeit den Kopf zur Seite hängen und glotzt den blonden Typen an und lässt die Zungenspitze zwischen den Zähnen hervorlugen. Sie sieht aus, als hätte sie einen Hirnschaden.

»Also«, sagt Julia gerade, »Jean-Michel zeigt auf mich und Jodi und meint so: ›Das sind *Candy Jinx*. Die haben gerade beim irischen X Factor gewonnen!‹ Was ziemlich clever war, weil's den ja gar nicht gibt und die Türsteher also auch nicht wissen konnten, wer wirklich gewonnen hat, aber auch nicht gerade superclever, weil ich ihm gleich hätte sagen können, dass er uns damit in die Scheiße reitet.« Julia probiert in letzter Zeit Kraftausdrücke aus. So richtig klappt's noch nicht immer. »Und logo, Überraschung, die Türsteher so: ›Okay, dann singt mal was.‹«

»Oje«, sagt Becca. Sie versucht, die Bots zu ignorieren und sich auf Julia zu konzentrieren. Julias Geschichten sind immer gut, auch wenn du zehn oder zwanzig Prozent abziehen musst und Becca nie genau weiß, ob sie genug abzieht.

Julias Augenbrauen schnellen hoch: »Na, danke.«

Becca zuckt zusammen. »Nein, ich mein doch bloß –«

»Chill mal, Becs. Ich weiß, dass ich ums Verrecken nicht singen kann. Darum geht's ja.« Becca wird rot und schnappt sich eine weitere Handvoll Smarties, um ihre Verlegenheit zu überspielen. »Ich sag mir also, wir sind im Arsch, was sollen Jodi und ich denn singen? Wir stehen beide auf Lady Gaga, aber sollen wir denen erzählen, Candy Jinx' erste Single wäre ›Bad Romance‹?«

Selena lacht. Die Colm-Jungs schauen rüber.

»Aber zum Glück ist Florian cleverer als Jean-Michel. Er so: ›Soll das ein Witz sein? Die stehen unter Vertrag. Wenn die auch nur eine Note singen, haben wir ruckzuck eine Klage am Hals.‹«

Holly lacht nicht. Sie sieht aus, als hätte sie nicht zugehört. Sie hat den Kopf zur Seite geneigt, lauscht auf irgendwas anderes.

»Hol?«, sagt Selena. »Alles okay?«

Holly deutet mit dem Kinn auf die Daleks.

Julia hebt sich den Rest ihrer Geschichte für später auf. Sie tun alle vier so, als überlegten sie angestrengt, welche Süßigkeiten sie sich aus den Packungen nehmen sollen, und lauschen.

»Doch, echt«, sagt Joanne gerade und stupst Orla mit dem Fuß ans Bein.

Orla kichert und drückt das Kinn nach unten.

»Guck ihn dir doch an. Der steht dermaßen auf dich, das ist schon lächerlich.«

»Quatsch.«

»Aber so was von! Er hat's Dara erzählt, und Dara hat's mir erzählt.«

»Nie im Leben steht Andrew Moore auf *mich*. Dara hat dich verarscht.«

»Ähm, Entschuldigung?« Joannes Stimme hat schlagartig einen eisigen Unterton angenommen, der Becca wieder auf dem Brunnen rumrutschen lässt. Sie hasst es, dass sie solche Angst vor Joanne hat, aber sie kann nichts dagegen machen. »Denkst du etwa, Dara könnte *mir* was vormachen? Hallo, wohl kaum.«

»Jo hat recht«, sagt Gemma träge. Sie hat den Kopf auf den Schoß von einem der Jungs gelegt und drückt den Rücken durch, so dass ihr Busen zu ihm hochgereckt ist. Der Junge versucht verzweifelt, so auszusehen, als würde er nicht vorne auf ihr Top starren. »Andrew schmachtet dich voll an.«

Orla krümmt sich vor Entzücken, Unterlippe zwischen die Zähne gezogen.

»Er traut sich bloß nicht, dich anzusprechen«, sagt Joanne, jetzt wieder ganz lieb. »Das hat Dara mir erzählt. Er weiß nicht, wie er's machen soll.« An den großen braunhaarigen Jungen neben ihr gerichtet: »Stimmt doch, oder?«

Der Typ sagt: »Klar. Total«, und hofft, dass er es richtig gemacht hat. Joannes Lächeln sagt: braver Junge.

»Er denkt, er hat keine Chance bei dir«, sagt Gemma. »Aber die hat er, oder?«

»Du magst ihn doch, stimmt's?«

Orla gibt ein Quietschen von sich.

»OmeinGott, und ob du ihn magst! Wir reden von Andrew Moore!«

»Der ist voll süß!«

»Ich steh auf ihn.«

»Ich auch.« Joanne stupst Alison an. »Du doch auch, Ali, was?«

Alison blinzelt. »Ähm, ja?«

»Siehst du? Ich bin voll eifersüchtig.«

Selbst Becca weiß, wer Andrew Moore ist. Drüben, auf der anderen Seite des Brunnens, ist er der Mittelpunkt der Colm-Jungs: blond, Rugby-Schultern, der lauteste von allen, rempelig. Als Andrew Moore letzten Monat sechzehn wurde, hat sein Dad für die Geburtstagsparty Pixie Geldof als DJ einfliegen lassen.

Orla stammelt: »Kann schon sein, dass ich irgendwie auf ihn steh. Ich meine –«

»Klar tust du das.«

»Tun doch alle.«

»Du Glückliche.«

Orla grinst von einem Ohr zum anderen. »Also kannst du … OmeinGott. Ich mein, kannst du das Dara irgendwie sagen, und er kann's Andrew sagen?«

Joanne schüttelt bedauernd den Kopf. »Das bringt nichts. Er wäre trotzdem zu schüchtern, rüberzukommen. Du wirst hingehen und ihn ansprechen müssen.«

Das löst bei Orla einen regelrechten Krampfanfall aus, sie kichert und windet sich, schlägt die Hände vors Gesicht. »OmeinGott, das bring ich nicht! Echt nicht, ich – OmeinGott!«

Joanne und Gemma bleiben todernst, Alison blickt verwirrt, aber die Jungs können ihr Feixen kaum noch beherrschen. Holly, mit dem Rücken zu ihnen, reißt die Augen auf und zieht ein Ist-das-zu-fassen-Gesicht?

»Ach du Scheiße«, sagt Julia in die M&M-Tüte, so leise, dass Joanne es nicht hören kann. »Bei den Tussen brauchst du keine Feinde mehr.«

Becca braucht eine Sekunde. »Denkst du, die *lügen*?« Joanne war schon immer die Sorte Mensch, die dich nicht mal hassen muss, um fies zu dir zu sein: Sie lässt aus heiterem Himmel Gemeinheiten vom Stapel, ohne jeden Grund, und dann grinst sie dir in dein fassungsloses Gesicht. Aber das hier ist noch eine Nummer härter. Orla ist Joannes Freundin.

»Hi. Willkommen in der Welt. Klar lügen die. Denkst du, Andrew Moore würde ein Auge auf *so was* werfen?« Julia dreht den Kopf Richtung Orla, die vor lauter hysterischem Kichern knallrot und gummiartig geworden ist und gerade wirklich nicht besonders gut aussieht.

»Das ist widerlich«, sagt Becca. Ihre Hand umklammert die Smarties-Packung, und ihr Herz pocht laut. »So was macht man nicht.«

»Ach nee? Wart's ab.«

»Die wollen denen imponieren«, sagt Holly und deutet mit einem Nicken auf die drei Jungs. »Eine Show abziehen.«

»Und das imponiert denen? Ich meine, die *wollen*, dass Mädchen so was machen? Mit ihren eigenen *Freundinnen*?«

Holly zuckt die Achseln. »Wenn sie's furchtbar fänden, würden sie was sagen.«

»Das ist die perfekte Gelegenheit«, sagt Joanne und grinst den großen Typen verschwörerisch an. »Geh einfach rüber zu ihm und sag: ›Ja, ich mag dich auch.‹ Mehr musst du nicht machen.«

»Ich kann nicht, omeinGott, niiiiemals –«

»Klar kannst du. Hallo? Wir leben im einundzwanzigsten Jahrhundert. Frauenpower, schon mal gehört? Wir müssen nicht mehr warten, bis ein Typ uns anbaggert. Mach's einfach. Stell dir vor, wie froh er sein wird.«

»Dann geht er mit dir hinters Court«, sagt Gemma, wobei sie ihren Körper träge auf dem Brunnenrand bewegt, »und er umarmt dich und fängt an, dich zu küssen …« Orla verknotet sich regelrecht und kichert prustend.

Julia sagt: »Fünf Euro, dass sie's macht. Wer hält dagegen?«

Selena schielt zu Andrew Moore hinüber und sagt leise: »Wenn sie's macht, wird er so fies sein.«

»Voll das Arschloch«, bestätigt Julia. Sie wirft sich zwei Mentos in den Mund, als wäre sie im Kino, und schaut weiter interessiert zu.

»Gehen wir«, sagt Becca. »Ich will das nicht sehen. Das ist grässlich.«

»Pech. Ich schon.«

»Beeil dich lieber«, sagt Joanne mit Singsangstimme und stupst Orlas Bein wieder mit der Fußspitze an. »Er wartet nicht ewig, und wenn er noch so scharf auf dich ist. Wenn du dich nicht beeilst, zieht er mit einer anderen ab.«

»Ich könnte fünf Euro gebrauchen«, sagt Holly. Sie dreht sich um. »Hey! Orla!« Und als Orla sich entrollt, um herüberzuschauen, mit hochrotem Kopf und idiotisch grinsend: »Die wollen dich bloß verarschen. Wenn Andrew Moore ein Auge auf eine geworfen hat, denkst du wirklich, der wäre zu schüchtern, um sie anzumachen? Ernsthaft?«

»Haa-lloo?«, zischt Joanne, setzt sich gerade hin und wirft Holly einen bösen Blick zu. »Wer hat dich denn um deine Meinung gebeten?«

»Hallo selbst, ihr schreit hier mitten im Court rum. Wenn ich mir das anhören muss, darf ich auch eine Meinung dazu haben. Und meine Meinung ist, er weiß nicht mal, dass Orla existiert.«

»Und *meine* Meinung ist, du bist eine hässliche Asi-Tusse, die auf irgendeine Asi-Schule gehen sollte, damit normalen Leuten deine dämlichen Meinungen erspart bleiben.«

»Wow«, sagt der Typ mit Gemmas Kopf auf dem Schoß. »Zickenkrieg.«

»Au ja«, sagt der Große. »Mehr davon.«

»Hollys Dad ist Detective«, erklärt Julia den Jungs. »Er hat

Joannes Mom auf dem Straßenstrich verhaftet. Das nimmt sie ihm bis heute übel.«

Die Jungs lachen los. Joanne richtet sich auf und öffnet den Mund, um irgendwas Schreckliches zu antworten – Becca zuckt schon zusammen –, als es auf der anderen Seite des Brunnens laut wird. Andrew und drei von seinen Freunden halten einen anderen an Handgelenken und Fußknöcheln fest und lassen ihn über dem Wasser baumeln, während er schreit und zappelt. Alle schielen unauffällig zu den Mädchen rüber, ob die auch herschauen.

»OmeinGott!« Joanne stößt Orla so heftig an, dass sie fast vom Brunnen fällt. »Hast du das gesehen? Er hat dich direkt angeguckt!«

Orlas Blick wandert zu Holly. Holly zuckt die Achseln. »Mach, was du willst.«

Orla starrt wie gelähmt. Offensichtlich kreist ihr so viel durch den Kopf, dass sie keinen klaren Gedanken fassen kann, nicht mal für ihre Verhältnisse.

»Was guckst du mich an?«, erkundigt sich Julia. »Ich will mir nur die Show ansehen.«

Selena sagt sanft: »Holly hat recht, Orla. Wenn er dich mag, wird er was sagen.«

Gemma beobachtet die Szene amüsiert vom Schoß des Jungen aus. Sie sagt: »Oder aber du bist bloß eifersüchtig.«

»Ähm, logo? Weil Andrew Moore keine von denen auch nur mit der Kneifzange anfassen würde«, faucht Joanne. »Wem willst du nun glauben? Uns oder *denen*?«

Orlas Unterkiefer ist runtergeklappt. Eine Sekunde lang sieht sie Becca an, dumm und verzweifelt. Becca weiß, dass sie was sagen muss – *Tu's nicht, der macht dich vor allen anderen fertig …*

»Weil, wenn du denen mehr vertraust als uns«, sagt Joanne so eisig, dass Orlas Gesicht Erfrierungen davontragen könnte, »dann solltest du vielleicht ab jetzt besser mit denen befreundet sein.«

Das reißt Orla aus ihrer Erstarrung. Selbst sie kapiert, wann es gefährlich wird. »Tu ich nicht! Ich meine, ich vertrau ihnen nicht. Ich vertraue dir.« Sie lächelt Joanne treuherzig und unterwürfig an. »Ehrlich.«

Joanne behält den eisigen Starrblick noch einen Moment bei, und Orla windet sich verängstigt. Schließlich lächelt Joanne zurück, gnädig, voller Vergebung. Sie sagt: »Das weiß ich doch. Ich meine, *hallo*, du bist ja nicht blöd. Also, dann mal ab mit dir.« Sie stößt Orlas Bein noch mal mit dem Fuß an, schubst sie vom Brunnenrand.

Orla wirft ihr einen letzten gequälten Blick zu. Joanne und Gemma und Alison nicken ermutigend. Orla geht um den Brunnen herum, so zögerlich, dass sie förmlich auf Zehenspitzen trippelt.

Joanne sieht zu dem großen Jungen hoch, den Kopf zur Seite geneigt, und feixt. Er grinst zurück. Seine Hand gleitet zu ihrer Hüfte und weiter nach unten, während sie zusehen, wie Orla sich Andrew Moore nähert.

Becca streckt sich rücklings auf dem kalten, klebrigen Marmor aus und starrt zum Kuppeldach des Court hinauf, fünf hohe Stockwerke über ihnen, damit sie es nicht mit ansehen muss. Die Leute, die verkehrt herum auf den Galerien herumhasten, wirken winzig und gefährdet, als könnten sie jeden Moment den Halt verlieren und herabstürzen, die Arme ausgebreitet, kopfüber in die Decke krachen. Von der anderen Seite des Brunnens hört sie das lauter werdende brüllende Raubtiergelächter, die spöttischen Rufe – *Uhuuuu Moooore, du geile Sau! – Na los, Andy, die Hässlichen blasen am besten – Tu ein gutes Werk und bums sie durch!* Und, näher, das hohe, irrsinnige Kreischgelächter von Joanne und Gemma und Alison.

»Dann mal her mit meinen fünf Euro«, sagt Julia.

Becca blickt hinauf zum obersten Stockwerk, sieht die Ecke, wo die Parkscheinautomaten versteckt sind. Daneben ist ein schmaler Streifen Tageslicht. Sie hofft, dass ein paar aus der ersten Stufe da oben sind, die Hälse recken und aus dem Fenster blicken, dass der Anblick der schönen weiten Welt, die sich da vor ihnen ausbreitet, dieses ganze schmierige Chaos aus ihren Köpfen weht. Sie hofft, dass sie nicht rausgeschmissen werden. Sie hofft, dass sie, wenn sie gehen, ein Stück Papier anzünden und in den Mülleimer werfen und das ganze Court abfackeln.

5

———————

DIE EINGANGSTÜR war aus massivem Holz, dunkel und ramponiert. Nachdem Conway sie aufgestoßen hatte, verharrte die menschenleere Stille noch einen Moment. Verlassene dunkle Holztreppen schwangen sich nach oben. Sonne auf abgelaufenen Schachbrettfliesen.

Dann schrillte eine Glocke, überall. Türen flogen auf, und Füße trappelten heraus, Scharen von Mädchen in derselben blaugrünen Schuluniform, die alle auf einmal redeten. »Verdammter Mist«, sagte Conway mit erhobener Stimme, damit ich sie hören konnte. »Schlechtes Timing. Komm.«

Sie marschierte die Treppe hoch, drängte sich durch eine Welle aus Körpern und Büchern. Ihr Rücken wirkte wie der eines Boxers. Für sie schien das hier Interne Ermittlungen und Wurzelbehandlung in einem zu sein.

Ich folgte ihr die Treppe hinauf. Mädchen strömten um mich herum, fliegende Haare und fliegendes Lachen. Die Luft fühlte sich voll und glänzend an, high, durchsetzt mit Sonne aus allen möglichen Winkeln; Sonnenlicht wirbelte wie Wasser auf dem Geländer, fing Farben ein und schleuderte sie in die Luft, hob mich hoch, umfing mich überall und stieg höher. Ich fühlte mich anders, veränderte mich. Als wäre heute mein Tag, wenn ich nur herausfinden könnte, in welcher Weise. Wie Gefahr, aber meine Gefahr, von einem Zauberer im hohen Turm speziell für mich herbeigehext; wie mein Glück, herrliches, trügeri-

79

sches, drängendes Glück, das durch die Luft trudelte, Kopf oder Zahl?

Ich war noch nie an so einem Ort gewesen, aber es war, als würde er mich wieder aufnehmen. Er hatte diesen Sog, den du am ganzen Körper spürst. Er ließ mich an Wörter denken, an die ich nicht mehr gedacht hatte, seit ich mich als junger Bursche quer durch die städtische Zentralbibliothek gelesen hatte, weil ich hoffte, das würde mich zwischen Mauern wie diese hier bringen. *Hygroskopisch. Numinos. Goldenes Zeitalter.* Ich, langbeinig und linkisch und verträumt, weit weg von zu Hause, damit mich keiner wiedererkannte, kribbelig vor Aufregung, als würde ich etwas Tolldreistes tun.

»Wir fangen mit der Direktorin an«, sagte Conway oben an der Treppe, als wir wieder nebeneinander gehen konnten. »McKenna. Eine herrische Zicke. Ihre erste Frage, als Costello und ich zum Tatort kamen: Ob wir dafür sorgen könnten, dass der Name der Schule aus den Medien rausgehalten wird. Ist das zu fassen? Scheiß auf den toten Jungen, scheiß auf die Suche nach Hinweisen, um den Täter zu fassen: Das Einzige, was die interessiert hat, war das *Image* der Schule.«

Mädchen schoben sich an uns vorbei. »'tschuldigung!«, hell und atemlos. Ein paar von ihnen warfen einem von uns Schulterblicke zu oder uns beiden. Die meisten bewegten sich zu schnell, um irgendwas zu merken. Spindtüren knallten auf. Sogar die Flure waren schön, hohe Decken und Stuckverzierungen, sanftes Grün und Gemälde an den Wänden.

»Da«, sagte Conway und deutete mit dem Kinn auf eine Tür. »Pack dein Pokerface aus.« Und stieß die Tür auf.

Eine blondgelockte Frau drehte sich von einem Aktenschrank zu uns um und setzte ein Strahlelächeln auf, aber Conway sagte: »Tachchen«, und ging einfach an ihr vorbei und durch die Innentür. Sie schloss sie hinter uns.

Still war es hier. Dicker Teppich. Der Raum war mit viel Zeit und Geld eingerichtet worden wie ein klassisches Studierzimmer: antiker Schreibtisch, die Platte mit grünem Lederbezug, überall volle Bücherregale, wuchtig gerahmtes Ölbild von einer Nonne, die nicht ölbildhübsch war. Nur der moderne Managersessel und der glänzende Laptop verrieten: *Büro*.

Die Frau hinter dem Schreibtisch legte einen Stift aus der Hand und stand auf. »Detective Conway«, sagte sie. »Wir haben Sie schon erwartet.«

»Sie sind schwer auf Zack«, sagte Conway und tippte sich an die Schläfe. Sie holte zwei Stühle, die an einer Wand standen, drehte sie beide Richtung Schreibtisch und setzte sich. »Schön, wieder hier zu sein.«

Die Frau ging nicht darauf ein. »Und Sie sind …?«

»Detective Stephen Moran«, sagte ich.

»Ah«, sagte die Frau. »Ich glaube, Sie haben heute Morgen mit der Schulsekretärin gesprochen.«

»Das war ich, ja.«

»Danke, dass Sie uns informiert haben. Miss Eileen McKenna. Direktorin.« Sie streckte keine Hand zum Händedruck aus, also tat ich es auch nicht.

»Manchmal holen wir gern jemanden von außen ins Team«, sagte Conway. Ihr Akzent war stärker geworden. »Einen Spezialisten. Sie verstehen?«

Miss McKenna hob die Augenbrauen, aber als keine weiteren Informationen kamen, fragte sie nicht nach. Nahm wieder Platz – erst dann setzte ich mich – und faltete die Hände auf dem grünen Leder. »Und was kann ich für Sie tun?«

Gewichtige Frau, Miss Eileen McKenna. Nicht fett, nur gewichtig, wie manche Frauen über fünfzig werden, wenn sie jahrelang die Chefin waren: alles nach vorne gepackt, hochgezurrt und fest, bereit, jeden Sturm zu durchpflügen, ohne nass zu werden. Ich konnte sie mir im Pausenflur vorstellen, wie Mädchen vor ihr auseinanderspritzten, ehe sie überhaupt wussten, dass sie im Anmarsch war. Sehr viel Kinn; sehr viel Augenbrauen. Eisenhaar und Stahlbrille. Ich verstehe nichts von Frauenkleidung, aber ich verstehe was von Qualität, und der grünliche Tweed war Qualität; die Perlen waren auch nicht von Primark.

Conway sagte: »Wie läuft's mit der Schule?«

Auf ihrem Stuhl zurückgelehnt, Beine breit, Ellbogen abgespreizt. So raumgreifend wie nur möglich. Kratzbürstig wie nur was. Schlechte Erfahrungen miteinander oder bloß Chemie.

»Sehr gut. Danke.«

»Ach ja? Ehrlich? Weil, wenn ich mich recht erinnere, meinten Sie, der ganze Laden würde …« Sturzflugbewegung mit der Hand, langgezogener Pfiff. »Die jahrelange Tradition und so, den Bach runter, wenn wir Prolos darauf bestehen würden, unseren Job zu machen. Hatte ein richtig schlechtes Gewissen. Freut mich, dass dann doch alles wieder gut geworden ist.«

Miss McKenna sagte – zu mir, Conway war außen vor: »Wie Sie sich gewiss vorstellen können, waren die meisten Eltern beunruhigt von dem Gedanken, ihre Töchter in einer Schule zu belassen, in der ein Mord geschehen war. Die Tatsache, dass der Mörder nicht gefasst werden konnte, erleichterte die Situation nicht gerade.« Dünnes Lächeln in Conways Richtung. Keins zurück.

»Das Gleiche gilt paradoxerweise für die anhaltende Polizeipräsenz und die ständigen Vernehmungen – möglicherweise hätte beides dazu beitragen können, allen das Gefühl zu geben, dass die Lage unter Kontrolle war, doch in Wahrheit hat es jedwede Rückkehr zur Normalität verhindert. Verschärfend kam hinzu, dass die Polizei zu beschäftigt war, um den penetranten Medienandrang zu zügeln. Dreiundzwanzig Elternpaare nahmen ihre Töchter von der Schule. Nahezu alle anderen drohten mit diesem Schritt, aber ich konnte sie davon überzeugen, dass das nicht im Interesse ihrer Töchter wäre.«

Und ob sie das konnte. Diese Stimme: Maggie Thatcher auf Irisch, die Welt mit spitzen Ellbogen auf Linie bringen, ohne

Einwände zuzulassen. Gab mir das Gefühl, dass ich mich schleunigst entschuldigen sollte, wenn ich nur gewusst hätte, wofür. Um dieser Stimme zu widersprechen, bräuchten Eltern schon eine gehörige Portion Mumm.

»Einige Monate lang stand es auf Messers Schneide. Aber St. Kilda hat über ein Jahrhundert mit allerlei Höhen und Tiefen überlebt. Es hat auch das überlebt.«

»Wunderbar«, sagte Conway. »Während Ihre Schule mit Überleben beschäftigt war, hat sich da irgendwas ergeben, das wir wissen sollten?«

»Wenn dem so gewesen wäre, hätten wir Sie umgehend informiert. In diesem Zusammenhang sollte ich Ihnen wohl dieselbe Frage stellen, Detective.«

»Ach ja? Wieso das?«

»Wie ich annehme«, sagte Miss McKenna, »hat Ihr Besuch mit der Tatsache zu tun, dass Holly Mackey die Schule heute Morgen unerlaubt verlassen hat, um mit Ihnen zu reden.«

Sie sprach mit mir. Ich sagte: »Wir können nicht ins Detail gehen.«

»Das erwarte ich auch nicht. Aber genau wie Sie das Recht haben, alles zu erfahren, was für Ihre Arbeit von Bedeutung sein könnte – weshalb ich Ihnen stets die Genehmigung erteilt habe, mit den Schülerinnen zu reden –, habe ich das Recht und sogar die Pflicht, alles zu erfahren, was für meine Arbeit von Bedeutung sein könnte.«

Genau das richtige Maß an Drohung. »Das weiß ich zu schätzen. Sie können sicher sein, dass ich Sie umgehend informieren werde, wenn sich etwas Wichtiges ergibt.«

Ein Funkeln der Brille. »Mit Verlaub, Detective, ich fürchte, dass allein ich beurteilen kann, was wichtig ist und was nicht. Sie sind unmöglich in der Lage, diese Entscheidung für eine Schule und ein Mädchen zu treffen, wenn Sie über beide so gut wie nichts wissen.«

Diesmal stand ich von beiden Seiten auf dem Prüfstand. Miss McKenna vorgebeugt, um festzustellen, ob ich unter dem Druck einknicken würde; Conway, aufmerksam, hielt sich raus, um dasselbe herauszufinden.

Ich sagte: »Es ist keine ideale Antwort, nein. Aber es ist die beste, die wir Ihnen geben können.«

Miss McKenna beäugte mich noch einen Moment länger. Begriff, dass es keinen Sinn hatte, weiter nachzuhaken. Lächelte mich stattdessen an. »Dann müssen wir uns mit Ihrer besten begnügen.«

Conway setzte sich anders hin, machte es sich bequem. Sagte: »Erzählen Sie uns doch was über das Geheimnisbrett.«

Draußen explodierte die Schulglocke erneut. Schwache Rufe, wieder trappelnde Füße, sich schließende Klassenzimmertüren; dann Stille.

Argwohn waberte wie Rauch in Miss McKennas Augen, aber ihr Gesicht hatte sich nicht verändert. »Der Geheimnisort ist eine Pinnwand«, sagte sie. Ließ sich Zeit, wählte ihre Worte. »Wir haben sie im Dezember eingeführt, glaube ich. Die Schülerinnen hängen Karten dort auf, verwenden Bilder und Überschriften, um ihre Botschaften anonym zu vermitteln – viele Karten sind sehr kreativ. Die Tafel bietet den Schülerinnen die Möglichkeit, Emotionen zu äußern, die sie wohl nirgendwo sonst so ungezwungen zum Ausdruck bringen können.«

Conway sagte: »Eine Möglichkeit, über andere herzuziehen, die sie nicht leiden können, ohne Angst haben zu müssen, sich wegen Mobbing Ärger einzuhandeln. Gefahrlos jedes Gerücht zu verbreiten, das ihnen einfällt. Vielleicht bin ich ja zu blöd, um das zu kapieren, vielleicht würden Ihre jungen Ladys niemals so was Gewöhnliches machen, aber ich finde, das ist die schlechteste Idee, die ich seit Jahren gehört hab.« Piranhagrinsen. »Nichts für ungut.«

Miss McKenna sagte: »Wir fanden, es war das kleinere Übel.

Letztes Jahr im Herbst hat eine Gruppe Mädchen eine Website eingerichtet, die dieselbe Funktion erfüllte. Das von Ihnen beschriebene Verhalten war dort tatsächlich weit verbreitet. Wir haben eine Schülerin, deren Vater sich vor einigen Jahren das Leben nahm. Ihre Mutter machte uns auf die Website aufmerksam. Jemand hatte ein Foto des fraglichen Mädchens mit der Überschrift gepostet: ›Wenn meine Tochter so hässlich wäre, würde ich mich auch umbringen‹.«

Conways Augen auf mir: *Rasierklingen im Haar. Noch immer schön?*

Sie hatte recht. Es verstörte mich mehr, als es sollte, ein Schock, wie wenn man sich einen Splitter unter den Fingernagel rammt. Das war nicht von außen gekommen wie Chris Harper. Das war innerhalb dieser Mauern gewachsen.

Miss McKenna sagte: »Sowohl die Mutter als auch die Tochter waren verständlicherweise sehr aufgebracht.«

»Na und?«, sagte Conway. »Sperren Sie die Website.«

»Und die neue vierundzwanzig Stunden später und die nächste und übernächste? Mädchen brauchen ein Ventil, Detective Conway. Erinnern Sie sich, etwa eine Woche nach dem Vorfall« – kurzes belustigtes Schnauben von Conway: *Vorfall* – »behaupteten einige Schülerinnen, sie hätten Christopher Harpers Geist gesehen?«

»Auf dem Mädchenklo«, sagte Conway zu mir. »Macht ja auch Sinn. Da würde ein junger Bursche wohl zuerst hinwollen, wenn er unsichtbar wäre, oder? Ein Dutzend junge Mädchen kreischen sich die Lunge aus dem Hals, klammern sich aneinander, zittern. Ich hätte fast auf die gute alte Ohrfeige zurückgreifen müssen, ehe sie mir erklären konnten, was denn los war. Sie wollten, dass ich mit meiner Pistole reingehe und den Geist abknalle. Wie lange hat es letztendlich gedauert, sie zu beruhigen? Stunden?«

»Danach«, sagte Miss McKenna – wieder an mich gerichtet – »hätten wir selbstverständlich jede Erwähnung von Christopher

Harper untersagen können. Und der ›Geist‹ wäre alle paar Tage wieder aufgetaucht, womöglich über Monate hinweg. Stattdessen haben wir für alle Mädchen Gruppentherapiesitzungen organisiert, mit Schwerpunkt auf Trauerbewältigungsstrategien. Und wir haben ein Foto von Christopher Harper auf einem kleinen Tisch vor der Aula aufgestellt, wo die Schülerinnen ein Gebet sprechen oder Blumen und Karten ablegen konnten. Wo sie ihrer Trauer auf eine angemessene, kontrollierte Art Ausdruck verleihen konnten.«

»Die meisten kannten ihn nicht mal«, erklärte Conway mir. »Sie haben gar keine Trauer verspürt, der sie Ausdruck verleihen konnten. Die wollten bloß einen Vorwand, um total auszuflippen. Die brauchten einen Tritt in den Hintern, kein Kopftätscheln und Ach-du-arme-Kleine.«

»Möglich«, sagte Miss McKenna. »Aber der ›Geist‹ ist jedenfalls nie wieder aufgetaucht.«

Sie lächelte. Zufrieden mit sich. Alles wieder in geregelten Bahnen, sauber und ordentlich.

Nicht dumm. Nach Conways Kommentaren über sie hatte ich eine versnobte Dumpfbacke erwartet, die Haare mittelaltblond gefärbt, runtergehungert auf Kinderkonfektionsgröße und in ein erstarrtes Lächeln eingenäht, eine, die die Schule mit großen Tönen und dank der Beziehungen des Göttergatten führte. Aber diese Frau war keine Dumpfbacke.

»Denselben Ansatz haben wir mit der Pinnwand verfolgt«, sagte sie. »Wir haben den Impuls in ein kontrollierbares, kontrolliertes Ventil umgeleitet. Und auch diesmal waren die Ergebnisse höchst zufriedenstellend.«

Ihre Körperhaltung war unverändert, seit sie sich hingesetzt hatte. Rücken gerade, Hände gefaltet. Massig.

»›Kontrolliert‹«, sagte Conway. Sie nahm sich einen Stift vom Schreibtisch – Montblanc, schwarz-golden – und begann, damit herumzuspielen. »Inwiefern?«

»Die Pinnwand wird selbstverständlich beaufsichtigt. Wir überprüfen vor Unterrichtsbeginn, ob irgendwelche unangemessenen Dinge aufgehängt wurden, erneut in der ersten großen Pause, erneut in der Mittagspause und erneut nach Unterrichtsschluss.«

»Schon mal unangemessene Dinge gefunden?«

»Natürlich. Nicht oft, aber gelegentlich.«

»Was denn so?«

»Meistens irgendwelche Abwandlungen von ›Ich hasse Soundso‹ – wobei Soundso eine andere Schülerin oder eine Lehrkraft sein kann. Es ist untersagt, Namen zu verwenden oder andere Personen leicht erkennbar zu machen, aber Regeln werden natürlich gebrochen. Im Allgemeinen sind die Übertretungen harmlos – den Namen eines Jungen nennen, den die Schreibende attraktiv findet, oder ewige Freundschaft schwören –, gelegentlich aber auch boshaft. Und zumindest in einem Fall sollte dadurch geholfen werden, nicht verletzt. Vor einigen Monaten fanden wir eine Karte mit dem Foto eines Blutergusses und der Überschrift ›Ich glaube, Soundso wird von ihrem Dad geschlagen‹. Wir haben die Karte selbstredend unverzüglich entfernt, aber wir brachten die Sache bei dem genannten Mädchen zur Sprache. Diskret, natürlich.«

»Natürlich«, sagte Conway. Sie warf den Stift in die Luft, ließ ihn kreiseln und fing ihn lässig wieder auf. »Diskret.«

Ich fragte: »Warum so eine Pinnwand? Warum richten Sie keine offizielle Website ein, die von einer Lehrkraft beaufsichtigt wird? Wenn irgendwas die Gefühle anderer verletzen könnte, wird es einfach nicht gepostet. Das wäre sicherer.«

Miss McKenna musterte mich, nahm Einzelheiten wahr – guter Mantel, aber ein paar Jahre alt, guter Haarschnitt, aber ein oder zwei Wochen überfällig – und fragte sich, was für eine Art Spezialist genau. Öffnete die Hände und faltete sie erneut. Nicht argwöhnisch mir gegenüber, das noch nicht, aber vorsichtig.

»Wir haben diese Möglichkeit in Erwägung gezogen, ja. Einige Lehrkräfte hätten sie bevorzugt, aus exakt demselben Grund, den Sie erwähnten. Ich war dagegen. Teils weil es unsere Internatsschülerinnen ausgeschlossen hätte, die keinen unbeaufsichtigten Internetzugang haben; aber hauptsächlich weil junge Mädchen sehr leicht in eine andere Welt abgleiten, Detective. Sie verlieren den Kontakt mit der Realität. Ich bin der Ansicht, sie sollten nicht dazu ermutigt werden, das Internet mehr als nötig zu benutzen, schon gar nicht, es zum Ort ihrer tiefsten Geheimnisse zu machen. Ich denke, sie sollten so weit wie möglich fest in der realen Welt verwurzelt bleiben.«

Conways Augenbraue hob sich prompt: *Die reale Welt, das hier?*

Miss McKenna übersah das. Wieder dieses Lächeln. Zufrieden. »Und ich hatte recht. Es hat keine neuen Websites mehr gegeben. Die Schülerinnen genießen sogar die Schwierigkeiten des Prozesses in der realen Welt. Sie müssen einen unbeobachteten Moment abwarten, um eine Karte aufzuhängen, einen Vorwand finden, um in den dritten Stock zu gehen, ohne dass es auffällt. Mädchen offenbaren gern ihre Geheimnisse, und sie mögen Heimlichkeiten. Die Pinnwand bietet das perfekte Gleichgewicht.«

Ich fragte: »Versuchen Sie auch schon mal herauszufinden, wer eine Karte aufgehängt hat? Zum Beispiel, wenn auf einer steht ›Ich nehme Drogen‹, würden Sie doch sicher gern wissen, wer das geschrieben hat. Wie würden Sie da vorgehen? Wird die Pinnwand videoüberwacht oder so?«

»Videoüberwacht?« In die Länge gezogen wie ein kompliziertes Fremdwort. Belustigung, echt oder gespielt. »Wir sind eine Schule, Detective. Kein Gefängnis. Und unsere Schülerinnen sind nicht unbedingt heroinsüchtig.«

Ich sagte: »Wie viele Schülerinnen haben Sie?«

»Fast zweihundertfünfzig. Sechs Jahrgangsstufen mit jeweils zwei Klassen, etwa zwanzig Mädchen pro Klasse.«

»Die Pinnwand gibt es seit rund fünf Monaten. Statistisch gesehen müssten einige Ihrer zweihundertfünfzig Mädchen in diesem Zeitraum irgendwelche Dinge erlebt haben, von denen Sie wissen sollten. Missbrauch, Essstörungen, Depressionen.« Die Worte, die aus meinem Mund kamen, klangen seltsam. Ich wusste, dass ich recht hatte, aber sie platschten förmlich in diesen Raum, als hätte ich auf den Teppich gespuckt. »Und wie Sie schon sagten, Mädchen möchten ihre Geheimnisse mitteilen. Wollen Sie ernsthaft behaupten, Sie hätten nie irgendwas Gravierenderes gefunden als ›Französisch ist ätzend‹?«

Miss McKenna schaute nach unten auf ihre Hände, verbarg sich hinter ihren Lidern. Überlegte.

»Wenn es erforderlich ist, eine Schreiberin zu identifizieren«, sagte sie, »so ist das möglich, wie wir festgestellt haben. Einmal gab es eine Karte mit der Bleistiftzeichnung eines Mädchenbauchs. Die Zeichnung war an mehreren Stellen mit einer scharfen Klinge aufgeschlitzt worden. Die Überschrift lautete: ›Ich wünschte, ich könnte ihn mir einfach abschneiden.‹ In dem Fall mussten wir die Schülerin natürlich ausfindig machen. Unsere Kunstlehrerin äußerte Vermutungen anhand des Stils der Zeichnung, andere Lehrkräfte äußerten Vermutungen anhand der Handschrift auf der Karte, und innerhalb eines Tages hatten wir den Namen.«

»Und hat sie sich geritzt?«, fragte Conway.

Die Augen senkten sich wieder. Also ja. »Die Situation wurde bereinigt.«

Keine Zeichnung auf unserer Karte, keine Handschrift. Die Ritzerin wollte gefunden werden. Unser Mädchen nicht, oder sie wollte uns die Sache nicht leichtmachen.

Miss McKenna sagte, jetzt zu uns beiden: »Ich denke, das verdeutlicht, dass die Pinnwand eine positive Kraft ist, keine negative. Selbst die ›Ich hasse Soundso‹-Karten sind nützlich: Sie liefern Hinweise auf die Schülerinnen, bei denen wir auf Anzeichen von Mobbing achten müssen, in die eine oder andere Richtung.

Es ist unser Fenster in die private Welt der Schülerinnen, Detectives. Falls Sie sich etwas mit jungen Mädchen auskennen, dann werden sie verstehen, wie unschätzbar wertvoll das ist.«

»Klingt durchweg super«, sagte Conway. Warf den Stift wieder hoch, schnappte ihn aus der Luft. »Ist diese unschätzbar wertvolle Pinnwand gestern nach Schulschluss kontrolliert worden?«

»Täglich nach Unterrichtsende. Wie ich bereits sagte.«

»Wer hat sie gestern kontrolliert?«

»Da müssen Sie die Lehrer fragen. Das regeln sie untereinander.«

»Machen wir. Wissen die Mädchen, wann kontrolliert wird?«

»Ich bin sicher, sie wissen, dass die Pinnwand beaufsichtigt wird. Sie sehen ja, wenn Lehrer die Karten lesen. Wir versuchen nicht, das zu verbergen. Den genauen Zeitplan haben wir allerdings nicht bekanntgegeben, falls Sie das meinen.«

Was hieß, dass unser Mädchen nicht gewusst hatte, dass wir den Kreis einengen konnten. Sie hatte gedacht, sie könnte in der Flut von jungen Gesichtern untertauchen, die durch die Flure strömte.

Conway sagte: »Waren irgendwelche Mädchen nach Unterrichtsschluss noch im Schultrakt?«

Wieder Schweigen. Dann: »Wie Sie vielleicht wissen, wird in der vierten Jahrgangsstufe – dem Übergangsjahr zur Oberstufe – großer Wert auf praktische Arbeit gelegt. Gruppenprojekte, Experimente und so weiter. Die Hausaufgaben der vierten Stufe erfordern häufig Zugang zu Schulmaterialien. Der Kunstraum, die Computer.«

Conway sagte: »Das heißt, es waren gestern Abend Schülerinnen der vierten Stufe hier. Wer und wann?«

Harter Direktorinnen-Starrblick. Harter Cop-Starrblick zurück. Miss McKenna sagte: »Das heißt es keineswegs. Mir ist nicht bekannt, wer gestern im Hauptgebäude war. Unsere Hausmutter, Miss Arnold, hat einen Schlüssel für die Verbindungstür zwischen Schule und Internatstrakt und notiert sich jedes Mädchen, das nach Unterrichtsschluss die Erlaubnis erhält, das Hauptgebäude zu betreten. Sie müssten also sie fragen. Ich sage lediglich, es halten sich vermutlich an jedem beliebigen Abend einige Schülerinnen der vierten Stufe hier auf. Mir ist klar, dass Sie das Bedürfnis haben, allem eine finstere Bedeutung zuzumessen, aber glauben Sie mir, Detective Conway, wenn irgendein harmloses Kind an seinem Schulprojekt für Medienkunde arbeitet, hat das nichts Finsteres an sich.«

»Genau das wollen wir herausfinden«, sagte Conway. Sie reckte sich, ausgiebig, Rücken durchgedrückt, Arme über den Kopf und zur Seite. »Das wär's fürs Erste. Wir brauchen eine Liste der Mädchen, die gestern nach Schulschluss Zugang hatten. Schnell. Bis dahin schauen wir uns mal diese unschätzbar wertvolle Pinnwand an.«

Sie warf den Stift zurück auf den Schreibtisch, mit einem flotten Handgelenkschnippen, als wolle sie einen Stein über Wasser hüpfen lassen. Der Stift rollte über das grüne Leder, blieb einen Zentimeter vor Miss McKennas gefalteten Händen liegen. Miss McKenna rührte sich nicht.

Die Schule war still geworden, die Art von still, die aus leisem Stimmengemurmel von allen Seiten besteht. Irgendwo sangen Mädchen, ein Madrigal: immer bloß einige wenige Takte, mit vielschichtigen klangvollen, hohen Harmonien, alle paar Zeilen unterbrochen und neu begonnen, wenn der Lehrer etwas korrigierte. *Now is the month of maying, when merry lads are playing, fa la la la la …*

Conway wusste, wo wir hinmussten. Oberster Stock, den Flur entlang, vorbei an geschlossenen Klassenzimmertüren (*Wenn groß klein dominiert, dann … Et si nous n'étions pas allés …*) Offenes Fenster am Ende des Flurs, durch das warme Luft und grüner Duft hereinwehten.

»Da wären wir«, sagte Conway und bog in eine Nische.

Die Pinnwand war etwa eins achtzig lang und einen knappen Meter hoch, und sie sprang einem förmlich schreiend aus der Nische entgegen, mitten ins Gesicht. Wie ein durchgeknalltes Gehirn, ein riesiges irres Gehirn, das unentwegt Flipperkugeln in allen Farben mit vollem Tempo abschoss, ohne Stopptaste. Jeder Zentimeter war vollgepackt: Fotos, Zeichnungen, Gemälde, übereinandergeheftet, eingezwängt. Gesichter mit Marker geschwärzt. Überall Wörter, geschrieben, gedruckt, ausgeschnitten.

Ein Geräusch von Conway, rasches Ausatmen durch die Nase, vielleicht ein Lachen, vielleicht der gleiche Schock.

Am oberen Rand: fette schwarze Buchstaben, schnörkelig wie in Fantasy-Büchern: *GEHEIMNISORT.*

Darunter, kleiner, ohne verspielten Schrifttyp: *Willkommen am Geheimnisort. Bitte vergesst nicht, dass gegenseitiger Respekt ein Grundwert der Schule ist. Verändert oder entfernt keine anderen Karten. Karten, die jemanden mit Namen nennen, werden ebenso entfernt werden wie beleidigende oder obszöne Karten. Falls ihr eine Karte bedenklich findet, sprecht mit euren Klassenlehrern.*

Ich musste kurz die Augen schließen, ehe sie damit anfangen konnten, den Wahnsinn in einzelne Karten zu trennen. Schwarzer Labrador: *Ich wünschte, der Hund von meinem Bruder wäre tot, damit ich eine Katze bekommen kann.* Zeigefinger: *HÖR AUF, DIR IN DER NASE ZU BOHREN, WENN DAS LICHT AUS IST, ICH HÖR DAS!!!* Cornetto-Verpackung mit Tesafilm festgeklebt: *Da hab ich gewusst, dass ich dich liebe … und ich hab so Angst, dass du es auch weißt.* Ein Wirrwarr von Algebra-Gleichungen, ausgeschnitten und übereinandergeklebt: *Meine Freundin lässt mich abschreiben, weil ich die nie raffe.* Buntstiftzeichnung von einem Kleinkind mit Schnuller: *Alle denken, es wäre ihr Bruder gewesen, dabei hab ICH meiner Cousine beigebracht, Fi** dich! zu sagen.*

Conway sagte: »»Die Karte hing über einer, auf der oben eine halbe Postkarte von Florida klebt und unten eine halbe Postkarte von Galway. Und darauf steht: *Ich erzähle allen, da wär ich am liebsten, weil es cool ist … In Wahrheit bin ich hier am liebsten, weil hier keiner weiß, dass ich cool sein muss.* Ich find Galway auch schön, also schau ich mir die Karte manchmal an, wenn ich vorbeigehe. Deshalb ist mir das Bild von Chris aufgefallen.‹«

Ich brauchte eine Sekunde, bis ich kapierte: Hollys Aussage, Wort für Wort, soweit ich das sagen konnte. Conway fing meinen verblüfften Blick auf und erwiderte ihn mit einem sarkastischen. »Was denn, hast du gedacht, ich bin blöd?«

»Hätte nicht gedacht, dass du so ein Supergedächtnis hast.«

»Man lernt nie aus.« Sie trat einen Schritt zurück und suchte die Tafel ab.

Großer roter Lippenstiftmund, Zähne gebleckt: *Meine Mutter hasst mich, weil ich dick bin.* Dämmrig blauer Himmel, sanfte grüne Hügel, ein warm-golden leuchtendes Fenster: *Ich will nach Hause ich will nach Hause ich will nach Hause.* Von unten derselbe zarte Melodiebogen des Madrigals, wieder und wieder.

»Da«, sagte Conway. Sie schob ein Foto von einem Mann, der eine ölverschmierte Möwe säuberte, beiseite – *Und wenn ihr mir noch so oft sagt, ich soll Anwältin werden, ich mach später SO WAS!* – und zeigte. Halb Florida, halb Galway. Linke Seite der Tafel, ziemlich weit unten.

Conway beugte sich näher. »Einstichloch«, sagte sie. »Anscheinend hat deine kleine Freundin die Geschichte doch nicht erfunden.«

Wenn doch, hätte sie das Einstichloch nicht vergessen; nicht Holly. »Anscheinend.«

Sinnlos, sie auf Fingerabdrücke zu untersuchen; die hätten keine Beweiskraft. Conway sagte, wieder aus dem Gedächtnis: »›Gestern Abend, als wir im Kunstraum waren, hab ich mir die Galway-Karte nicht angeschaut. Ich weiß nicht mehr, wann ich sie zuletzt gesehen hab. Vielleicht letzte Woche.‹«

»Falls die Lehrer ihrer Aufsichtspflicht nachgekommen sind, können wir den Kreis auf diejenigen eingrenzen, die nach dem Unterricht im Gebäude waren. Sonst ...«

»Sonst könnte bei dem Chaos eine Karte tagelang da hängen, ohne dass sie einem auffällt. Also keine Chance, den Kreis einzugrenzen.« Conway ließ die Möwe wieder zurückgleiten und machte einen Schritt nach hinten, um noch einmal die Tafel als Ganzes zu betrachten. »Diese McKenna kann von Ventilen faseln, soviel sie will. Ich finde das Ganze abartig.«

Dem war schwer zu widersprechen. Ich sagte: »Wir müssen das Chaos da haarklein durchgehen.«

Ich sah, was sie dachte: Mir die Deppenarbeit überlassen, selbst losziehen und den interessanten Teil übernehmen. Sie war der Boss.

Sie sagte: »Am besten, wir nehmen nacheinander alles ab. Dann können wir nichts übersehen.«

»Aber wir kriegen den ganzen Kram unmöglich wieder in derselben Anordnung hingehängt. Dann würden die Mädchen wissen, dass wir alles gesichtet haben. Hältst du das für klug?«

»Scheiße nochmal«, sagte Conway. »Der ganze Fall war so. Ein einziger nerviger, komplizierter Eiertanz. Lassen wir lieber alles da, wo es ist. Du fängst von der Seite an, ich von der anderen.«

Wir brauchten fast eine halbe Stunde. Wir redeten nicht – verlierst du in diesem Tornado einmal die Orientierung, bist du geliefert –, aber wir arbeiteten trotzdem gut zusammen. Man merkt das. Die Rhythmen passen zusammen; die andere Person geht dir nicht schon durch ihr pures Dasein auf die Nerven. Ich war bereit gewesen, kleine Brötchen zu backen, alles zu tun, damit die Sache reibungslos lief – ich wäre sofort wieder bei den Ungelösten Fällen gelandet, wenn ich Conway aufgehalten hätte oder ihr zu dicht auf die Pelle gerückt wäre –, aber das war nicht nötig. Es war leicht, unangestrengt. Wieder dieses erhebende Gefühl, das ich auf der Treppe gehabt hatte: *dein Tag, deine Chance, greif zu, wenn du kannst.*

Als wir so gut wie fertig waren, hatte sich die gute Stimmung verflüchtigt. Ich hatte einen Geschmack im Mund und ein flaues Gefühl im Magen wie von schlechtem Cider, sprudelig und stark und falsch. Nicht weil da so viel Widerliches gehangen hätte, denn dem war nicht so. Conway und McKenna hatten beide auf ihre Weise recht, wir waren weit weg von meiner alten Schule. Eine hatte einen kleinen Ladendiebstahl auf dem Kerbholz (Wimperntusche, *Das hab ich geklaut + ich bereue nichts!!*); eine war stinksauer auf irgendwen (Foto von einer Packung Abführmittel, *Ich wünschte, das Zeug hier könnte ich dir in deinen bescheuerten Kräutertee tun*). Was Schlimmeres gab's nicht. Vieles war sogar ganz rührend. Ein kleiner Junge vom Grinsen abwärts mit einem völlig abgewetzten Teddy im Arm: *Mir fehlt mein Bär!! Aber dieses Lächeln ist es wert.* Sechs Bänder in unterschiedlichen Farben zu einem festen Knoten verschlungen, jedes lose Endstück mit Wachs, in dem ein Daumenabdruck war, auf die Karte gepappt: *Freundinnen auf ewig.* Einiges war richtig kreativ, beinahe Kunst, besser als manches, was man in Galerien zu sehen bekommt. Eine Karte war ein Scherenschnitt in Form eines Fensterrahmens voller Schneeflocken – fein wie Spitze, musste Stunden gedauert haben; Fragmente eines schreienden Mädchengesichts im Fenster, zu verschneit, um es zu erkennen. Winzige Buchstaben am Rand ausgeschnitten: *Ihr denkt alle, ihr seht mich ganz.*

Genau das gab mir dieses Schlechter-Cider-Gefühl. Diese goldene Luft, so durchsichtig, als könnte ich sie trinken, diese klaren Gesichter, die fröhliche Flut plappernder Stimmen: Das alles hatte ich gemocht. Geliebt. Und unter all dem, gut versteckt: das hier. Nicht bloß eine verkorkste Ausnahme, nicht bloß eine Handvoll. Alle.

Ich dachte, hoffte, dass das meiste vielleicht einfach nur

Quatsch war. Gelangweilte Mädchen, die sich einen Spaß machten. Dann dachte ich, dass das vielleicht genauso schlimm war. Dann dachte ich: nein.

»Was meinst du, wie vieles davon wahr ist?«

Conway sah zu mir rüber. Wir hatten uns von außen nach innen vorgearbeitet. Hätte sie Parfüm getragen, ich hätte es riechen können. Aber ich roch bloß Seife, unparfümiert. »Einiges. Das meiste. Wieso?«

»Du hast gesagt, sie lügen alle.«

»Tun sie auch. Aber sie lügen, um keinen Ärger zu kriegen oder um Aufmerksamkeit zu bekommen oder um cooler zu wirken, als sie sind. So was eben. Da bringt es nicht viel, wenn keiner weiß, dass du dahintersteckst.«

»Aber du meinst trotzdem, dass manches davon Quatsch ist.«

»Gott, ja.« Sie schnippte mit einem Fingernagel gegen ein Foto von dem Typen aus *Twilight*. Darunter stand: *Hab ihn in den Ferien kennengelernt und wir haben uns geküsst es war phantastisch nächsten Sommer sehen wir uns wieder.*

Ich sagte: »Und was bringt das dann?«

»Bei dem hier würde ich sagen, die Kleine macht bei ihren Freundinnen jede Menge Andeutungen, wenn sie hier vorbeikommen. Auf die Tour sind alle überzeugt, dass sie es ist, aber sie muss die Schwachsinnsgeschichte nicht selbst erzählen, und keiner kann unangenehme Fragen stellen. Das andere Zeug ...« Conways Augen glitten über die Pinnwand. Sie sagte: »Falls hier eine gern Ärger macht, könnten ein paar von denen da reichlich Stoff liefern.«

Das Madrigal klang jetzt gut, hüpfte dahin, sauber und fehlerfrei. *The spring, clad all in gladness, doth laugh at winter's sadness, fa la la la la ...*

»Obwohl es kontrolliert wird?«

»Trotzdem. Die Lehrer können sich das alles stundenlang ansehen. Sie wissen nicht, wonach sie suchen müssen. Mädchen sind clever: Wenn die Ärger machen wollen, finden sie Mittel und Wege, die die Erwachsenen übersehen. Eine Freundin erzählt dir ein Geheimnis, du hängst es hier auf. Du kannst eine nicht leiden, du erfindest irgendwas und tust so, als käm's von ihr. Das da?« Conway tippte auf den Lippenstiftmund. »Kleiner Schnappschuss von dem Mami-Foto, das eine auf ihrem Nachttisch stehen hat, und schon kannst du ihr verklickern, dass ihre Ma sie für ein fettes Schwein hält und sie deswegen hasst. Bonuspunkte, wenn alle anderen das Foto erkennen und denken, sie würde ihr Herz ausschütten.«

»Nett«, sagte ich.

»Ich hab dich gewarnt.«

Fie, then, why sit we musing, youth's sweet delight refusing, fa la la la la …

Ich sagte: »Unsere Karte. Wie hoch, denkst du, ist die Wahrscheinlichkeit, dass da irgendwas dran ist?«

Das hatte ich mich von Anfang an gefragt. Wollte es nicht aussprechen, wollte nicht daran denken, dass das alles nach wenigen Stunden vorbei sein könnte, mit einem heulenden Mädchen, das suspendiert wird, und mir, der mit einem Klaps auf den Hinterkopf wieder zu den Ungelösten Fällen geschickt wird.

»Fifty-fifty«, sagte Conway. »Höchstens. Wenn eine Ärger machen wollte, dann hat sie das damit erreicht. Aber wir müssen es trotzdem wie eine göttliche Botschaft behandeln. Bist du durch? Jeden Moment geht diese verfluchte Bimmelei wieder los, und wir werden überrannt.«

»Ja«, sagte ich. Ich wollte mich bewegen. Vom Stehen auf der Stelle taten mir die Füße weh. »Ich bin fertig.«

Wir hatten zwei Karten, die wir behalten mussten. Foto von einer Mädchenhand unter Wasser, blass und verschwommen: *Ich weiß, was du getan hast.* Foto von kahlem Boden unter einer Zypresse, tief mit Kugelschreiber eingedrücktes *X*, das die Stelle markierte, kein Text.

Conway steckte sie in Beweismittelbeutel aus ihrer Tasche, verstaute sie. Sie sagte: »Wir reden mit den Leuten, die hier gestern nachsehen sollten. Dann holen wir uns die Liste mit den Mädels, die im Gebäude waren, unterhalten uns mit ihnen. Und wehe, wenn die Liste nicht fertig ist, dann gibt's Ärger.«

Als wir uns aus der engen Nische zum Gehen wandten, wirkte der Flur, als wäre er eine Meile lang, zu gerade und zu hell. Es kam mir vor, als könnte ich unter dem Gemurmel aus den Klassenräumen und dem trällernden *fa la la la la* die Pinnwand hinter uns brodeln hören.

6

DRAUSSEN HINTER DEM COURT ist eine Art Feld. Die
Leute nennen es zumindest so, *das Feld*, mit einem kleinen Kiek-
ser in der Stimme, wegen allem, was da so passiert. Eigentlich
sollte dort noch ein weiterer Flügel des Court gebaut werden –
mit einem Abercrombie & Fitch –, aber dann kam die Wirt-
schaftskrise. Stattdessen ist da jetzt eine umzäunte Fläche mit ho-
hem, zotteligem Unkraut, durchsetzt mit nackten Stellen harter
Erde, wie Narben, wo die Bulldozer ihre Arbeit begonnen hatten. Ein paar vergessene Stapel Betonsteine, zu losen Haufen ver-
rutscht, weil dauernd Leute darauf herumklettern; eine myste-
riöse Baumaschine, inzwischen völlig verrostet. An einer Ecke
der Umzäunung ist der Draht von einem Pfosten gelöst worden;
biegst du ihn zur Seite, kannst du dich hindurchschieben, wenn
du nicht dick bist, und die meisten Dicken würden sowieso nicht
hierherkommen.

Das Feld ist die Schattenseite des Court, der Ort, wo all das
passiert, was im Court nicht passieren darf. Colm-Jungs und
Kilda-Mädchen schlendern um das Court herum, so unschuldig,
dass sie praktisch vor sich hin pfeifen, und dann schlüpfen sie
durch die Lücke. Die Emos sind da, die meinen, sie seien zu tief-
sinnig für ein Shopping-Center – eine Gruppe von ihnen ist immer irgendwo am hinteren Zaun, schwarzgekleidet, mit Death
Cab for Cutie auf ihren iPhone-Ohrhörern, selbst wenn es eiskalt
ist oder in Strömen regnet –, aber manchmal auch andere. Wenn

du, ohne mit der Wimper zu zucken, einem Verkäufer eine Flasche Wodka abluchst oder deinem Dad eine halbe Packung Kippen geklaut hast, wenn du ein paar Joints oder eine Handvoll Pillen von deiner Mum in der Tasche hast, dann bringst du deine Beute hierher. In dem hochgewachsenen Unkraut kann dich von außerhalb des Zauns keiner sehen, nicht wenn du sitzt oder liegst, und das tust du wahrscheinlich.

Nachts laufen hier noch andere Sachen. An manchen Nachmittagen kommen Leute her und finden ein Dutzend Kondome, gebraucht, oder ein paar Spritzen. Einmal haben welche Blut gefunden, eine lange Tropfspur quer über den nackten Boden, und ein Messer. Sie haben nichts gesagt. Am nächsten Tag war das Messer weg.

Später Oktober, ein unverhoffter blondlächelnder Nachmittag, der sich mitten in eine Reihe von fröstelnd kühlen Tagen gedrängelt hat, und auf einmal haben die Leute wieder das Feld im Kopf. Eine Gang von Colm-Jungs aus der vierten Stufe hat den großen Bruder von einem von ihnen dazu überredet, ihnen ein paar Zweiliterflaschen Cider und zwei Packungen Zigaretten zu kaufen. Das hat sich rumgesprochen, und jetzt liegen schätzungsweise zwanzig Leute in dem Dickicht aus Vogelmiere oder hocken auf den Betonsteinen. Löwenzahnsamen treiben durch die Luft, stacheliges Kreuzkraut blüht gelb. Die schmelzende Sonne über ihnen trickst den frostigen Wind aus.

Der Kosmetikshop im Court promotet ein neues Produkt, also haben alle Mädchen sich dort schminken lassen. Ihre Gesichter sind steif und schwer – sie trauen sich nicht zu lächeln, weil irgendwas aufspringen oder wegrutschen könnte –, aber für dieses neue Selbstgefühl nehmen sie das in Kauf. Sogar bevor sie den ersten Schluck Cider getrunken oder das erste Mal an einer Zigarette gezogen haben, bewegen sie sich dank ihres neuen vorsichtigen Kopf-hoch-Gangs selbstbewusst, überheblich und undurchschaubar, stark. Im Vergleich dazu wirken die Jungs nackt und jung. Als Ausgleich sind sie lauter geworden und bezeichnen sich gegenseitig noch öfter als schwul. Ein paar von ihnen werfen Steine auf ein Grinsegesicht mit raushängender Zunge, das irgendwer auf die Rückseite des Court gesprayt hat, und brüllen und recken die Fäuste in die Luft, wenn einer getroffen hat; ein paar andere schubsen sich gegenseitig von der verrosteten Baumaschine. Die Mädchen holen ihre Handys hervor und fotografieren gegenseitig ihren neuen Look, damit auch ja jeder mitkriegt, dass sie die Jungs ignorieren. Die Daleks schmollen und posieren auf einem Haufen Betonsteine; Julia und Holly und Selena und Becca sind unten im Unkraut.

Chris Harper ist hinter ihnen, blaues T-Shirt vor blauem Himmel, während er mit ausgestreckten Armen auf der Spitze eines anderen Betonsteinhaufens balanciert, zu Aileen Russell hinunterblinzelt und über irgendwas lacht, was sie gesagt hat. Er ist etwa zweieinhalb Meter von Holly und Selena entfernt, die die Arme umeinander schlingen und ihre neuen Lippenstiftlippen zu einem dramatischen Kuss spitzen, von Becca, die ihre Augen unter dicken Wimpern und den Mund im *Fierce-Fox*-Look in gespieltem Schock für die Kamera aufreißt, und von Julia, die die Fotografin spielt und dabei richtig dick aufträgt – »Oh yeah, supersexyyy, gebt mir mehr davon« –, aber sie merken kaum, dass er da ist. Sie spüren jemanden, sein grünes Sprudeln und die Kraft, so wie sie heiße Stellen davon überall auf dem Feld pulsieren spüren; aber wenn du ihre Augen schließen und sie fragen würdest, wer das ist, könnte keine von ihnen Chris benennen. Er hat noch sechs Monate, drei Wochen und einen Tag zu leben.

James Gillen schiebt sich neben Julia, in der Hand eine Flasche Cider. »Ach, komm«, sagt er zu ihr. »Im Ernst?«

James Gillen ist süß, auf eine dunkle, aalglatte Art, mit einem Zug um den Mund, der dich in die Defensive drängt: Er sieht immer amüsiert aus, und du weißt nie, ob du der Grund dafür bist. Viele Mädchen stehen auf ihn – Caroline O'Dowd ist so ver-

knallt in ihn, dass sie tatsächlich eine Dose Lynx-Excite-Deo gekauft hat und sich jeden Morgen eine Haarsträhne damit ein-
sprüht, damit sie ihn riechen kann, wann immer sie will. Du
schielst in Mathe zu ihr rüber, und sie sitzt da, beschnüffelt ihr
Haar, den Unterkiefer runtergeklappt, und sieht aus, als hätte sie
einen IQ von 20.

»Hi, ebenfalls«, sagt Julia. »Und: hä?«

Er tippt auf ihr Handy. »Du siehst gut aus. Um das zu wissen,
brauchst du kein Foto.«

»Sag bloß, Sherlock. Dich brauch ich dafür auch nicht.«

James übergeht das. »Ich weiß, wovon ich gern ein paar Fotos
hätte«, sagt er und grinst in Richtung Julias Brüste.

Er rechnet offenbar damit, dass sie rot wird und den Reißverschluss an ihrem Hoodie zumacht oder dass sie aufkreischt und
sauer wird – beides wäre ein Erfolg für ihn. Becca wird für sie rot,
aber Julia gönnt ihm die Genugtuung nicht. »Glaub mir, Kleiner«, sagt sie. »Für dich wären sie eine Nummer zu groß.«

»So groß sind sie gar nicht.«

»Deine Hände auch nicht. Und du weißt ja, was man über
Jungs mit kleinen Händen sagt.«

Holly und Selena prusten los. »Meine Fresse«, sagt James und
hebt die Augenbrauen. »Bist du immer so krass vorlaut?«

»Lieber vorlaut als zurückgeblieben, Alter«, kontert Julia. Sie
klappt ihr Handy zu und schiebt es in die Tasche, bereit für alles,
was als Nächstes kommt.

»Du bist voll abartig«, sagt Joanne von ihrem Betonblock und
rümpft niedlich die Nase. Zu James: »Ich kann echt nicht glauben, was die so von sich gibt.«

Aber Joanne hat Pech: James hat es auf Julia abgesehen, nicht
auf sie, jedenfalls heute. Er sieht Joanne mit einem Grinsen an,
das alles bedeuten könnte, und wendet ihr die Schulter zu.
»Also«, sagt er zu Julia. »Willst du 'n Schluck?«, und hält ihr die
Flasche Cider hin.

Julia spürt ein kurzes Triumphgefühl. Sie wirft Joanne ein zuckersüßes Lächeln zu, über James' Schulter. »Klar«, sagt sie und nimmt die Flasche.

Julia kann James Gillen nicht leiden, aber das spielt keine Rolle, nicht hier draußen. Im Court, drüben im Court könnte jeder Blick, den du auffängst, Liebe sein, glockenklingelnde, feuerwerkzündende Liebe, im weichen Schleier der Musik und den Regenbogenprismen des Lichts könnte es das eine gewaltige Geheimnis sein, das in jedem Buch und Film und Song vibriert; es könnte deine Ein-und-alles-Schulter sein, an die du den Kopf lehnen darfst, Finger mit deinen verschränkt und Lippen sanft auf deinem Haar, während *euer* Lied aus jedem Lautsprecher strömt. Es könnte das eine Herz sein, das sich unter deiner Berührung öffnet, um seine ungesagten Geheimnisse preiszugeben, das eine Herz, dessen Räume die vollkommene Form haben, um all deine Geheimnisse zu umschließen.

Hier draußen auf dem Feld wird es nicht Liebe sein, nicht das Geheimnis, von dem alle reden; es wird das gewaltige Geheimnis sein, um das alle herumreden. Die Songs geben sich alle Mühe, es dir ins Gesicht zu pumpen, aber sie schleudern bloß die passenden Wörter in die Luft und hoffen, sie klingen versaut genug, um dich so kirre zu machen, dass du keine Fragen mehr stellen kannst. Sie können dir nicht sagen, wie es sein wird, irgendwann, wenn; sie können dir nicht sagen, was es ist. Es ist nicht in den Songs; es ist hier draußen auf dem Feld. In dem nach Apfel und Rauch riechenden Atem der anderen, in dem strengen Geruch nach Kreuzkraut, der Milch von abgebrochenen Löwenzahnstängeln, klebrig an deinen Fingern. In der Musik der Emos, die durch die Erde aufsteigt und dir unten gegen das Rückgrat hämmert. Alle sagen, Leanne Naylor sei nach der vierten Stufe nicht zurückgekommen, weil sie auf dem Feld schwanger geworden ist und nicht mal wusste, von wem.

Deshalb spielt es keine Rolle, dass Julia James Gillen nicht leiden kann. Hier draußen spielt der harte, schöne Schwung seiner Lippen eine Rolle, die vereinzelten Stoppeln an seinem Kinn; das Prickeln, das durch die Venen ihres Handgelenks strahlt, wenn ihre Finger sich an der Flasche berühren. Sie hält seinen Blick fest, leckt mit der Zungenspitze einen Tropfen vom Flaschenhals und grinst, als seine Augen sich weiten.

»Kriegen wir auch was davon?«, will Holly wissen. Julia reicht ihr die Flasche, ohne sie anzusehen. Holly verdreht die Augen und nimmt einen kräftigen Schluck, ehe sie sie an Selena weitergibt.

»Zigarette?«, fragt James Julia.

»Okay.«

»Ups«, sagt James – er macht sich nicht mal die Mühe, vorher seine Taschen abzuklopfen. »Ich glaub, ich hab meine Packung da drüben verloren. Sorry.« Er steht auf und streckt Julia eine Hand entgegen.

»Tja«, sagt Julia, zögert nur den Bruchteil eines Atemzugs. »Dann muss ich wohl mitkommen und dir suchen helfen.« Und sie packt James' Hand und lässt sich von ihm hochziehen. Sie nimmt Becca die Ciderflasche ab und zwinkert, mit dem Rücken zu James, und sie gehen Seite an Seite weg, in das hohe, schwankende Unkraut hinein.

Das Sonnenlicht öffnet sich, um sie in Empfang zu nehmen, und schließt sich wieder hinter ihnen; sie tauchen in sein Gleißen ein, verschwinden. Irgendwas zwischen Trauer und nackter Panik schießt durch Becca hindurch. Sie schreit beinahe hinter ihnen her, dass sie zurückkommen sollen, ehe es zu spät ist.

»James Gillen«, sagt Holly, halb ironisch, halb beeindruckt. »Ich fass es nicht.«

»Wenn sie mit dem zusammenkommt«, sagt Becca, »sehen wir sie nie wieder. Wie Marian Maher: Die redet nicht mal mehr mit ihren Freundinnen. Sitzt bloß da und simst diesem Dingsbums.«

»Jules wird nicht mit ihm gehen«, sagt Holly. »Mit James *Gillen*? Soll das ein Witz sein?«

»Aber was … Wieso …?«

Holly zuckt mit einer Schulter: zu kompliziert für Erklärungen. »Keine Sorge. Die knutscht bloß ein bisschen mit ihm.«

Becca sagt: »So was mach ich nie im Leben. Ich verzieh mich nicht mit irgendeinem Typen, außer ich mag ihn wirklich.«

Schweigen. Ein Kreischen und jähes Lachen, irgendwo auf dem Feld, und ein Mädchen aus der fünften Stufe springt auf und rennt hinter einem Jungen her, der ihre Sonnenbrille in der Luft schwenkt; ein Siegesgeheul, als jemand das Graffiti-Gesicht genau auf die Nase trifft.

»Manchmal«, sagt Holly plötzlich, »wünschte ich wirklich, es wäre noch so wie vor fünfzig Jahren. Kein Sex, bis man verheiratet war, und es gab einen Riesenaufstand, wenn man einen Jungen bloß geküsst hat.«

Selena liegt auf dem Rücken, den Kopf auf ihrer Jacke, und scrollt durch ihre Fotos. Sie sagt: »Und wenn du doch mit einem Typen was hattest oder dich auch bloß so benommen hast, als könntest du irgendwann mal dran denken, haben sie dich ganz schnell bis ans Ende deiner Tage in ein Magdalenenheim gesteckt.«

»Ich sag ja nicht, dass alles perfekt war. Ich sag bloß, dass wenigstens alle wussten, wie sie sich benehmen sollten. Die mussten nicht groß drüber nachdenken.«

»Dann nimm dir doch einfach vor, kein Sex, bevor du heiratest«, sagt Becca. Normalerweise mag sie Cider, aber diesmal hat sie davon einen fiesen, schalen Belag auf der Zunge. »Dann weißt du's und musst nicht mehr drüber nachdenken.«

»Genau das meine ich«, sagt Selena. »Wir können das wenigstens entscheiden. Wenn du dich mit jemandem einlassen willst, kannst du's machen. Und wenn du nicht willst, musst du ja nicht.«

»Ja«, sagt Holly. Sie wirkt nicht überzeugt. »Kann sein.«

»Du musst nicht.«

»Klar. Aber wenn du's nicht tust, *hallo*, bist du voll die frigide Zicke.«

Becca sagt: »Ich bin keine frigide Zicke.«

»Das weiß ich. Hab ich auch nicht gesagt.« Holly rupft die Läppchen von einem Kreuzkrautblatt, behutsam, eins nach dem anderen. »Ich mein bloß … warum es *nicht* tun, versteht ihr? Du wirst schief angesehen, wenn du's nicht tust, und es gibt ja keinen Grund, es nicht zu tun. Früher haben die Leute es nicht getan, weil sie dachten, es wäre falsch. Ich finde es nicht falsch. Ich wünschte bloß …«

Das Kreuzkrautblatt ist zerfleddert; sie zerreißt es, wirft die Fetzen ins Gebüsch. »Keine Ahnung«, sagt sie. »Und dieses Arschloch James Gillen hätte uns wenigstens den Cider dalassen können. Schließlich haben die nicht vor, ihn zu trinken.«

Selena und Becca antworten nicht. Die Stille zieht sich, wird schwerer. »Das traust du dich nicht«, quietscht Aileen Russells hohe, überdrehte Stimme hinter ihnen. »Nie im Leben«, aber sie prallt vom Rand dieser Stille ab und verfliegt im Sonnenlicht. Becca kommt es so vor, als könnte sie noch immer Lynx Sperminator riechen oder wie das heißt.

»Hi«, sagt eine Stimme neben ihr. Sie dreht sich um.

Ein kleiner, pickeliger Junge hat sich näher an sie rangeschoben. Er muss dringend zum Friseur, und er sieht aus wie elf, und Becca weiß, dass beides auch auf sie zutrifft, aber sie ist ziemlich sicher, dass dieser Junge wirklich in der zweiten Jahrgangsstufe ist, vielleicht sogar in der ersten. Sie beschließt, dass das okay ist: Wahrscheinlich will er nicht rumknutschen, und vielleicht wäre es sogar ganz lustig, wenn sie beide ein paar Steine sammeln und zu den Jungs rübergehen würden, die das Graffiti-Gesicht bewerfen.

»Hi«, sagt er wieder. Er ist noch nicht im Stimmbruch.

»Hi«, sagt Becca.

»War dein Dad ein Dieb?«, fragt er.

Becca sagt: »Wie bitte?«

Der Junge sagt ganz schnell und hastig: »Wer hat denn dann die Sterne gestohlen und in deine Augen getan?«

Er starrt Becca hoffnungsvoll an. Sie starrt zurück; ihr fällt absolut nichts ein, was sie sagen könnte. Der Junge beschließt, das als Aufforderung zu verstehen. Er rutscht noch näher ran und tastet im Unkraut nach ihrer Hand.

Becca zieht sie weg. Sie sagt: »Bist du mit dem Spruch schon mal bei einer gelandet?«

Der Junge blickt gekränkt. Er sagt: »Mein Bruder schon.«

Plötzlich begreift Becca: Er denkt, sie ist das einzige Mädchen hier draußen, das vielleicht verzweifelt genug ist, mit ihm zu knutschen. Er findet, sie ist die Einzige auf seinem Niveau.

Sie möchte aufspringen und einen Handstand machen oder irgendwen dazu bringen, mit ihr so schnell und so weit um die Wette zu rennen, bis sie beide nicht mehr können: irgendwas, was ihren Körper wieder in etwas verwandelt, bei dem es darum geht, was er kann, nicht, wie er aussieht. Sie ist schnell, war schon immer schnell, sie kann Radschlagen und Flickflack und toll klettern; früher war das gut, aber jetzt zählt nur noch, dass sie keine Titten hat. Ihre ausgestreckten Beine sehen schlaff und bedeutungslos aus, Bündel von Linien, die auf einmal rein gar keinen Sinn mehr ergeben.

Plötzlich beugt sich der pickelige Junge vor. Becca braucht eine Sekunde, ehe sie merkt, dass er versucht, sie zu küssen; sie dreht den Kopf gerade noch rechtzeitig weg, und er erwischt nur einen Mundvoll Haare. »Nein«, sagt sie.

Er lehnt sich zurück, wirkt geknickt. »Ooch«, sagt er. »Warum denn nicht?«

»Darum.«

»Sorry«, sagt der Junge. Er ist puterrot geworden.

»Ich glaube, dein Bruder hat dich verarscht«, sagt Holly zu ihm, aber nicht böse. »Ich glaube, mit dem Spruch ist noch keiner bei einer gelandet. Ist nicht deine Schuld.«

»Kann sein«, sagt der Junge unglücklich. Offensichtlich ist er nur deshalb noch bei ihnen, weil er sich vor Scham nicht traut, zu seinen Freunden zurückzugehen. Becca möchte sich zusammenkrümmen wie ein Käfer und sich mit Unkraut zudecken, damit niemand sie mehr sieht. Das Make-up fühlt sich an, als hätte jemand sie festgehalten und *HAHAHA* quer über ihr Gesicht gesprüht.

»Hier«, sagt Selena. Sie gibt dem Jungen ihr Handy. »Mach ein Foto von uns. Dann kannst du wieder zu deinen Freunden gehen, und es sieht aus, als hättest du uns bloß einen Gefallen getan. Okay?«

Der Junge sieht sie mit einem Blick purer animalischer Dankbarkeit an. »Klar«, sagt er. »Okay.«

»Becs«, sagt Selena und streckt einen Arm aus. »Komm her.«

Nach einer Sekunde rutscht Becca näher heran. Lenies Arm legt sich fest um sie, Holly lehnt sich gegen ihre andere Schulter; sie spürt die Wärme der beiden durch Tops und Hoodies hindurch, ihre Festigkeit. Ihr Körper atmet das ein, als wäre es Sauerstoff.

»Cheeeeese«, sagt der pickelige kleine Junge und kniet sich hin. Er klingt jetzt viel munterer.

»Moment«, sagt Becca. Sie wischt sich mit dem Handrücken fest über den Mund, schmiert sich den supermatten, lang anhaltenden *Fierce-Fox*-Lippenstift in einem breiten Streifen wie eine Kriegsbemalung durchs Gesicht. »Fertig«, sagt sie mit einem riesengroßen Lächeln, »Cheese«, und hört das gefakte Klick-Surr des Handys, als der Junge auf den Auslöser drückt.

Hinter ihnen ruft Chris Harper: »Okay, Aaachtung!« Begleitet von Aileen Russells Kreischen, richtet er sich oben auf den Betonsteinen kerzengerade auf, und dann springt er hoch und macht einen Salto rückwärts vor dem Himmel. Er landet unsicher; sein Schwung schleudert ihn weiter, bis in das Unkraut hinein, wo er rücklings auf einem Fleck aus zitterndem Grün und

Gold landet. Er bleibt liegen, Arme und Beine von sich gestreckt und atemlos, blickt in den trügerischen blauen Himmel und lacht aus vollem Hals.

7

DIESMAL WAR DER PAUSENANSTURM anders. Grüppchen an den Wänden, glänzende Köpfe, zusammengesteckt. Leises Surren von hundert Flüsterstimmen auf Hochgeschwindigkeit. Abgebrochenes Gemurmel und davonhastende Mädchen, sobald sie herumfuhren und uns kommen sahen. Es hatte sich herumgesprochen.

Wir erwischten einen Haufen Lehrer bei ihrer frühen Lunchpause im Lehrerzimmer – hübscher Raum, Espressomaschine und Matisse-Poster, ein bisschen was Nettes für die gute Stimmung. Die Sportlehrerin war am Vortag damit an der Reihe gewesen, die Pinnwand zu kontrollieren, und sie schwor, das auch wirklich gleich nach dem Unterricht getan zu haben, und zwar gründlich. Zwei neue Karten waren ihr aufgefallen, der schwarze Labrador und eine über irgendein Mädchen, das sein Taschengeld für eine Brustvergrößerung sparte. Durchschnitt, sagte sie: Zu Anfang, als das Brett frisch aufgehängt worden war, quoll es fast über, Dutzende neue Karten pro Tag, aber der Andrang hatte sich gelegt. Wenn es eine dritte neue gegeben hätte, wäre ihr das aufgefallen.

Argwöhnische Blicke folgten uns aus dem Lehrerzimmer; argwöhnische Blicke und gemütlicher Gulaschgeruch und einen Tick zu schnell, einen Schritt bevor wir außer Hörweite waren, ein Aufwallen von leisen Stimmen und Psst-Gezische.

»Gott sei Dank«, sagte Conway, als hätte sie nichts gehört. »Damit kommen nur noch wenige in Frage.«

Ich sagte: »Sie könnte sie selbst dort aufgehängt haben.«

Conway nahm auf der Treppe wieder hinauf zu McKennas Büro immer zwei Stufen auf einmal. »Die Lehrerin? Dann wäre sie ganz schön blöd. Warum sich selbst verdächtig machen? Häng die Karte irgendwann hin, wenn du nicht mit Kontrollieren dran bist. Lass sie von jemand anderem finden: keine Verbindung zu dir. Sie ist raus, oder so gut wie.«

McKennas lockige Sekretärin hatte die Liste für uns fertig, schön getippt und ausgedruckt, freundlicher Service. *Orla Burgess, Gemma Harding, Joanne Heffernan, Alison Muldoon – Erlaubnis, die erste Studienstunde des Abends im Kunstraum zu verbringen (18.00–19.15). Julia Harte, Holly Mackey, Rebecca O'Mara, Selena Wynne – Erlaubnis, die zweite Studienstunde des Abends im Kunstraum zu verbringen (19.45–21.00).*

»Mhm«, sagte Conway, nahm mir die Liste wieder weg und lehnte sich mit dem Oberschenkel an den Schreibtisch der Sekretärin, um sie noch einmal zu überfliegen. »Wer hätte das gedacht. Ich muss mit allen acht einzeln sprechen. Und ich will, dass sie sofort aus ihrer Klasse geholt und beaufsichtigt werden, nonstop, bis ich mit ihnen durch bin.« Sie sollten keine Gelegenheit haben, ihre Geschichten abzusprechen oder Beweise verschwinden zu lassen, für den unwahrscheinlichen Fall, dass sie das noch nicht getan hatten. »Ich möchte den Kunstraum haben und eine Lehrerin, die dabeisitzt. Die Dingsda, Französischlehrerin: Houlihan.«

Der Kunstraum war frei, und Houlihan würde sofort zu uns kommen, sobald jemand gefunden war, um ihren Unterricht zu übernehmen. McKenna hatte die Anweisung erteilt: Die Cops kriegen, was die Cops wollen.

Wir brauchten Houlihan nicht. Wenn du einen minderjährigen Verdächtigen vernehmen willst, muss eine geeignete erwachsene Person anwesend sein; wenn du einen minderjährigen Zeugen vernehmen willst, ist es deine Entscheidung. Wenn du den

Beisitzer umgehen kannst, machst du das: Es gibt Dinge, die Kinder dir vielleicht erzählen, die sie im Beisein von Mammy nicht verraten werden – oder im Beisein eines Lehrers.

Falls du eine geeignete erwachsene Person dazuholst, dann hat das seine Gründe. Ich hatte die Sozialarbeiterin zu dem Gespräch mit Holly dazugeholt, um nicht mit einer Sechzehnjährigen allein zu sein und wegen ihres Dads. Conway hatte ihre Gründe, dass sie Houlihan dabeihaben wollte.

Auch dafür, dass sie den Kunstraum haben wollte. »Das da«, sagte sie an der Tür und deutete mit dem Kinn auf den Geheimnisort in der Nische gegenüber. »Wenn unsere Kleine daran vorbeigeht, wird sie hinsehen.«

Ich sagte: »Es sei denn, sie hat sich mächtig unter Kontrolle.«

»Dann hätte sie die Karte gar nicht erst aufgehängt.«

»Sie hatte sich genug unter Kontrolle, um ein Jahr zu warten.«

»Stimmt. Aber jetzt wird sie schwach.« Conway stieß die Tür zum Kunstraum auf.

Der Raum war frisch geputzt, Tafel und lange grüne Tische saubergewischt. Glänzende Spülbecken, zwei Töpferscheiben. Staffeleien, Holzrahmen in einer Ecke gestapelt; es roch nach Farbe und Ton. Die Rückwand des Raumes bestand aus einer Front bodentiefer Fenster, die auf den Rasen und den Park ging. Ich spürte, dass Conway sich an ihren Kunstunterricht erinnerte, eine Papierrolle und ein paar haarende Pinsel.

Sie drehte drei Stühle in einen Gang, stellte sie ungefähr kreisförmig auf. Zog eine Handvoll Pastellstifte aus einer Schublade und verteilte sie wahllos auf den Tischen, schob beim Gehen mit der Hüfte die Stühle schief, so dass sie nicht mehr in Reih und Glied standen. Sonne machte die Luft hell und heiß-still.

Ich blieb an der Tür und sah zu. Sie sagte, als hätte ich sie gefragt: »Letztes Mal hab ich's verbockt. Wir haben alle in McKennas Büro vernommen, mit McKenna als geeigneter erwachsener Person. Wir saßen zu dritt in einer Reihe hinter ihrem Schreibtisch wie ein Bewährungsausschuss und schüchterten die Kids ein.«

Ein letzter Blick durch den Raum. Sie wandte sich der Tafel zu, nahm ein Stück gelbe Kreide und fing an, irgendwas Belangloses hinzuschreiben.

»Costellos Idee. Machen wir's möglichst offiziell, hat er gesagt, als wären sie zur Direktorin zitiert worden, nur noch viel schlimmer. Jagen wir ihnen eine Heidenangst ein, hat er gesagt. Klang vernünftig, machte Sinn – waren ja bloß Kinder, bloß junge Mädchen, daran gewöhnt, das zu tun, was man ihnen sagt. Mach einen auf autoritär, und sie erzählen dir alles, nicht?«

Sie warf die Kreide auf das Lehrerpult und wischte das Gekritzel weg, so dass einzelne Wörter und Wischspuren übrig blieben. Kreidestaubkörnchen schwebten in der Sonne um sie herum. »Ich wusste damals schon, dass es falsch war. Ich saß da, als hätte ich einen Stock verschluckt, und wusste, dass unsere Chancen mit jeder Sekunde scheibchenweise aus dem Fenster flogen. Aber es ging alles sehr schnell, und ich konnte nicht genau sagen, was wir anders machen sollten, und dann war es zu spät. Und Costello … auch wenn ich formell die Leitung hatte, konnte ich ihm schlecht sagen, dass das eine Scheißidee war.«

Sie riss Stücke von einer Papierrolle, knüllte sie zusammen und warf sie weg, ohne darauf zu achten, wo sie landeten. »Hier drin haben sie ein Heimspiel. Nett und lässig, nichts Offizielles, kein Grund, auf der Hut zu sein. Und Houlihan passt. Die Kinder fragen sie wahrscheinlich ständig, was ›Hoden‹ auf Französisch heißt, nur damit sie rot wird – das heißt, falls sie sie überhaupt zur Kenntnis nehmen. Die jagt keinem Menschen eine Heidenangst ein.«

Conway zog ein Fenster auf, das sich mit einem dumpfen Laut öffnete und einen wohltuenden Schwall Kühle und Duft nach frisch gemähtem Gras hereinließ.

»Wenn ich es diesmal verbocke«, sagte sie, »dann verbocke ich es auf meine Art.«

Ich war am Zug, Queue in der Hand, Kugel bereit zum Einlochen. Ich sagte: »Wenn du willst, dass sie locker bleiben, lass mich mit ihnen reden.«

Das trug mir einen ungläubigen Blick ein. Ich zuckte nicht mit der Wimper.

Conway lehnte ihren Hintern an die Fensterbank. Biss sich auf die Wange, musterte mich vom Scheitel bis zur Sohle. Hinter ihr schwache drängende Rufe vom Sportplatz, ein Fußball segelte durch die Luft.

»Okay«, sagte sie. »Du redest. Wenn ich die Klappe aufmache, hältst du deine, bis ich fertig bin. Wenn ich dir sage, mach das Fenster zu, heißt das, du bist raus, ich übernehme, und du sagst nicht *ein* Wort, bis ich dich dazu auffordere. Klar?«

Klack, Kugel versenkt. »Klar«, sagte ich. Spürte die weiche goldene Luft im Nacken aufsteigen und fragte mich, ob es hier passieren würde, in diesem Raum voller Echos und glänzendem alten Holz: Ob ich hier die Chance bekam, diese Tür wieder aufzustemmen. Ich wollte mir den Raum einprägen. Jemandem salutieren.

»Ich will, dass sie den gestrigen Abend haarklein schildern. Und dann will ich sie mit der Karte überrumpeln, aus heiterem Himmel, damit wir ihre Reaktion beobachten können. Wenn sie sagen: ›Ich war's nicht‹, will ich wissen, wer es ihrer Meinung nach war. Kriegst du das hin?«

»Ich würde sagen, ja, das schaff ich gerade noch.«

»Herrgott«, sagte Conway und schüttelte den Kopf, als könnte sie selbst nicht fassen, dass sie das machte. »Versuch einfach, nicht auf alle viere zu gehen und irgendwem die Stiefel zu lecken.«

Ich sagte: »Wenn wir sie mit der Karte überrumpeln, hat sich das bis Unterrichtsschluss in der ganzen Schule rumgesprochen.«

»Denkst du, ich weiß das nicht? Ich will genau das.«

»Hast du keine Bedenken?«

»Dass unser Mörder Schiss kriegt und sich das Kartenmädchen schnappt?«

»Genau.«

Conway klopfte auf den Rand der Jalousie, leicht, mit einem Finger, so dass eine zittrige Welle durch die Lamellen lief. Sie sagte: »Ich will, dass sich was bewegt. Das hier wird Dinge in Bewegung setzen.« Sie stieß sich von der Fensterbank ab. Ging zu den drei Stühlen im Gang, schob einen von ihnen zurück unter den Tisch. »Du machst dir Sorgen um das Kartenmädchen? Dann finde sie, ehe es jemand anders tut.«

Es klopfte zaghaft an der Tür, die unverzichtbare Houlihan schob ein ängstliches Kaninchengesicht in den Raum und hauchte: »Detectives, Sie wollten mich sprechen?«

Joanne Heffernan und Co. waren als Erste in der Nähe des Geheimnisorts gewesen: Mit ihnen fingen wir an. Genauer gesagt, mit Orla Burgess. »Joanne wird sich vor Wut die gestylten Haare raufen«, sagte Conway, nachdem Houlihan gegangen war, um Orla zu holen, »weil sie nicht direkt die Hauptrolle spielt. Und falls sie sauer genug ist, wird sie nachlässig. Und Orla hat die Intelligenz eines Vollpfostens. Wenn wir sie auf dem falschen Fuß erwischen, erhöhen wir den Druck. Falls sie irgendwas weiß, wird sie's ausplaudern. Was ist?«

Sie hatte mich dabei ertappt, wie ich versuchte, nicht zu lächeln. »Ich dachte, diesmal probieren wir's mit Entspannung. Nicht mit Einschüchterung.«

»Du mich auch«, sagte Conway, aber auch bei ihr war der Anflug eines Grinsens, rasch niedergekämpft. »Jaja, ich bin knallhart. Sei froh. Wenn ich butterweich wäre, hättest du heute hier keinen Auftritt.«

»Ich beschwere mich nicht.«

»Solltest du auch lieber lassen«, sagte Conway, »es gibt nämlich garantiert irgendeinen hoffnungslosen Fall aus den Siebzigern,

115

bei dem du deine Entspannungstechniken einsetzen kannst. Du willst das Reden übernehmen, also setz dich. Ich beobachte Orla, wie sie herkommt, mal sehen, ob sie nach ihrer Karte sucht.«

Ich setzte mich auf einen der Stühle im Gang, schön locker. Conway ging zur Tür.

Rasche Trippelschritte auf dem Flur, dann war Orla in der Tür, trat von einem Bein aufs andere, versuchte, nicht zu kichern. Keine Schönheit – klein, kein Hals, keine Taille, zum Ausgleich viel Nase –, aber sie gab sich Mühe. Hart erkämpftes glattes Blondhaar, künstliche Bräune. Irgendwas mit ihren Augenbrauen angestellt.

Conways rasches angedeutetes Kopfschütteln hinter ihrem Rücken verriet mir, dass Orla keinen Blick auf das Geheimnisbrett geworfen hatte. »Vielen Dank«, sagte sie zu Houlihan. »Nehmen Sie doch bitte hier drüben Platz«, und schon hatte sie Houlihan hinten in den Raum bugsiert und in eine Ecke gepflanzt, ehe die Lehrerin mehr als ein leises Keuchen von sich geben konnte.

»Orla«, sagte ich, »ich bin Detective Stephen Moran.« Das sorgte für ein kleines prustendes Kichern. Ich bin als Komiker eben unschlagbar. »Setz dich doch.« Ich deutete mit einer Hand auf den Stuhl mir gegenüber.

Conway lehnte sich hinter meiner Schulter an einen Tisch, nicht zu nah. Orla warf ihr einen leeren Blick zu, während sie zum Stuhl ging. Conway ist jemand, der auffällt, aber dieses Mädchen nahm sie kaum wahr.

Orla setzte sich, schob ihren Rock nach unten über die Knie. »Geht's wieder um Chris Harper? OmeinGott, haben Sie rausgefunden, wer …? Ich meine. Wer …?«

Näselnde Stimme. Schrill, sofort bereit zu einem Kreischen oder Jaulen. Diese seltsame Sprechweise, wie sie heute üblich ist, als ob ein schlechter Schauspieler einen amerikanischen Akzent aufsetzt.

Ich sagte: »Wieso? Gibt es irgendwas über Chris Harper, das du uns sagen möchtest?«

Orla wäre fast wieder vom Stuhl aufgesprungen. »Hä? Nein! Überhaupt nicht.«

»Falls du nämlich noch irgendwas Neues hinzuzufügen hast, wäre jetzt der richtige Moment dafür. Das weißt du doch, oder?«

»Ja. Total. Wenn ich irgendwas wüsste, würde ich's Ihnen sagen. Ich weiß aber nichts. Ich schwöre.«

Nervös gezucktes Lächeln, unwillkürlich, feucht vor Hoffnung und Angst.

Wenn du an eine Zeugin rankommen willst, finde raus, was sie will. Dann gibst du ihr das, mit vollen Händen. Darin bin ich gut.

Orla wollte, dass die Leute sie mochten. Ihr zuhörten. Sie noch mehr mochten.

Es klingt blöd, war es auch, aber ich war enttäuscht. Auf dem Boden der Tatsachen gelandet, mit einem hässlichen Platschen wie Kotze. Dieser Ort mit seinen hohen Decken, der wehenden Luft, die nach Sonne und Hyazinthen roch, hatte eine Erwartung in mir geweckt. Die Erwartung von etwas Besonderem, etwas Seltenem. Die Erwartung von einem schimmernden, gesprenkelten Etwas, das ich noch nie gesehen hatte.

Dieses Mädchen: genau wie hundert Mädchen, mit denen ich aufgewachsen war und von denen ich mich ferngehalten hatte, genauso fade, bloß mit einem aufgesetzten Akzent und kostspielig gerichteten Zähnen. Sie war nichts Besonderes; nichts.

Ich wollte Conway nicht ansehen. Wurde das Gefühl nicht los, dass sie genau wusste, was in meinem Kopf vorging, und darüber lachte. Kein nettes Lachen.

Breites, warmherziges, verschmitztes Grinsen, für Orla. Ich beugte mich vor. »Keine Sorge. Ich dachte nur. Hätte ja sein können, verstehst du?«

Ich behielt das Grinsen bei, bis Orla zurücklächelte. »Klar.«

117

Dankbar, rührend dankbar. Irgendwer, wahrscheinlich Joanne, benutzte Orla als Schuhabtreter, wenn die Welt ihr auf den Senkel ging.

»Wir haben bloß ein paar Fragen an dich – Routinekram, nichts Besonderes. Könntest du die für uns beantworten, ja? Mir ein bisschen helfen?«

»Okay. Klar.«

Orla lächelte noch immer. Conway schob sich nach hinten auf den Tisch. Holte ihr Notizbuch hervor.

»Großartig«, sagte ich. »Reden wir über gestern Abend. Wart ihr in der ersten Studierstunde hier im Kunstraum?«

Vorsichtiger Blick zu Houlihan. »Wir hatten doch die Erlaubnis.«

Das Einzige, was ihr im Hinblick auf den Abend Angst machte: Stress mit den Lehrern.

Ich sagte: »Ich weiß, ja. Erzähl mal, wie holt ihr euch die Erlaubnis?«

»Wir fragen Miss Arnold. Sie ist die Hausmutter.«

»Wer hat sie gefragt? Und wann?«

Leerer Blick. »Ich nicht.«

»Wer hatte denn die Idee, hier oben zu arbeiten?«

Noch mehr Leere. »Das war ich auch nicht.« Ich glaubte ihr. Ich hatte das Gefühl, dass die wenigsten Ideen von Orla kamen.

»Kein Problem«, sagte ich. Noch mehr Lächeln. »Erzähl doch mal genauer. Eine von euch hat sich von Miss Arnold den Schlüssel für die Verbindungstür geben lassen ...«

»Das war ich. Direkt vor der ersten Studierstunde. Und dann sind wir hergekommen. Ich und Joanne und Gemma und Alison.«

»Und dann?«

»Dann haben wir an unserem Projekt gearbeitet. Es soll was mit Kunst und einem anderen Fach sein, so gemischt – unseres ist Kunst und Informatik. Steht da drüben.«

Sie zeigte mit dem Finger. In einer Ecke lehnte ein anderthalb Meter großes Porträt – ein präraffaelitischer Frauenkopf, den ich schon mal gesehen hatte, aber nicht genau zuordnen konnte. Das Bild war halbfertig und bestand aus kleinen bunten Glanzpapierschnipseln; die andere Hälfte war noch ein leeres Raster; in jedem Quadrat eine winzige Zahl, die bestimmte, welche Farbe dorthin geklebt werden musste. Die Bearbeitung hatte den melancholischen Blick der Frau verändert, so dass sie leicht schielte und rastlos aussah, gefährlich.

Orla sagte: »Es geht irgendwie darum, dass Menschen sich selbst anders sehen, wegen den Medien und dem Internet und so weiter. Irgendwas in der Richtung, war nicht meine Idee. Wir haben das Bild am Computer in Quadrate verwandelt, und jetzt zerschneiden wir Fotos aus Illustrierten und kleben die Schnipsel in die Quadrate – das dauert ewig, deshalb mussten wir in der Studierstunde weiter dran arbeiten. Danach sind wir zurück in den Internatsflügel und haben Miss Arnold den Schlüssel zurückgebracht.«

»Hat mal eine von euch den Raum verlassen, während ihr hier oben wart?«

Orla versuchte, sich zu erinnern, wozu offenbar Mundatmung erforderlich war. »Ich bin zur Toilette«, sagte sie schließlich. »Und Joanne auch. Und Gemma ist auf den Flur gegangen, weil sie irgendwen angerufen hat und *ungestört* reden wollte.« Kichern. Ein Junge. »Und Alison ist auch mal rausgegangen, um zu telefonieren, aber mit ihrer Mum.«

Also alle vier. »In der Reihenfolge?«

Leere. »Was?«

Herrgott. »Weißt du noch, wer zuerst rausgegangen ist?«

Denk, denk, Mundatmung. »Vielleicht Gemma? Und dann ich und dann Alison und dann Joanne – vielleicht, weiß nicht genau.«

Conway bewegte sich. Ich hielt prompt den Mund, aber sie

machte ihren nicht auf; zog bloß ein Foto der Postkarte aus der Tasche und reichte es mir. Setzte sich zurück auf den Tisch, Füße auf einem Stuhl, wandte sich wieder ihrem Notizbuch zu.

Ich schlug das Foto geräuschvoll gegen einen Finger. »Auf dem Weg hierher bist du am Geheimnisort vorbeigekommen. Dann wieder auf dem Weg zur Toilette und zurück. Und noch mal, als ihr wieder gegangen seid. Richtig?«

Orla nickte. »Ja.« Nahm das Foto kaum wahr. Stellte keine Verbindung her.

»Bist du dabei mal stehen geblieben und hast einen Blick drauf geworfen?«

»Ja. Als ich von der Toilette zurückkam. Wollte bloß mal sehen, ob da irgendwas Neues hing. Ich hab nichts angefasst.«

»Und? Hing was Neues da?«

»Nee. Nichts.«

Labrador und Brustvergrößerung, laut Sportlehrerin. Wenn Orla die übersehen hatte, konnte sie auch noch eine Karte mehr übersehen haben.

»Was ist mit dir? Hast du schon mal etwas an die Tafel gehängt?«

Orla wand sich kokett. »Kann sein.«

Ich erwiderte ihr Grinsen. »Ich weiß, das ist privat. Ich will auch keine Details wissen. Nur eins: Wann hast du zuletzt was hingehängt?«

»Ähm, vor einem Monat ungefähr?«

»Dann ist das hier nicht von dir?«

Ich hatte Orla das Foto in die Hand gedrückt, Bild nach oben, ehe sie wusste, wie ihr geschah.

Betete, dass es nicht von ihr war.

Ich musste Conway zeigen, was ich draufhatte. Fünf Minuten und eine einfache Antwort würden mir nichts bringen, außer der Mitfahrgelegenheit zurück zu den Ungelösten Fällen. Ich brauchte Widerstand.

Und irgendwo im tiefsten Innern haben Detectives archaische Vorstellungen. Erlege ein Raubtier, und das, was aus ihm herausblutet, geht in dich über. Töte einen Leoparden, und du wirst mutiger und schneller. Diese ganze St.-Kilda-Herrlichkeit, diese ganze Durchschreiterei von Eichentüren, als würdest du dazugehören, mühelos: Das wollte ich haben. Ich wollte es zusammen mit dem Blut meines Feindes von meinen aufgeplatzten Fingerknöcheln lecken.

Dieses Dummchen, das nach Körperspray und billigem Geschwätz roch, hatte mir da nicht vorgeschwebt. Das wäre, als würde man den verfetteten Hamster eines Kindes erlegen.

Orla glotzte, während das Foto in ihr Bewusstsein drang. Dann schrie sie auf. Ein hohes, tonloses Fiepsen, als würde Luft aus einem Quietschespielzeug gedrückt.

»Orla«, sagte ich. Scharf, ehe sie hysterisch werden konnte. »Hast du das an die Geheimniswand gehängt?«

»Nein! Omein*Gott*, ich *schwöre, nein!* Ich weiß überhaupt nichts darüber, was mit Chris passiert ist. Ich schwöre bei *Gott*!«

Ich glaubte ihr. Das Foto weit weggestreckt, als könnte es ihr weh tun, vorquellende Augen, die von mir zu Conway zu Houlihan huschten, nach Hilfe suchten. Nicht unser Mädchen. Bloß ein leichtes Opfer, das die Ermittlungs-Götter mir gegönnt hatten, um in Schwung zu kommen.

Ich sagte: »Dann war es eine von deinen Freundinnen. Welche?«

»Ich weiß es nicht! Ich weiß überhaupt nichts. Ich *schwöre*, echt!«

»Hat eine von ihnen mal irgendwelche Vermutungen zu der Sache mit Chris geäußert?«

»Nein. Ich meine, wir glauben alle, dass es dieser Gärtner war – der hat uns dauernd angelächelt, war voll gruselig, und ihr habt ihn ja verhaftet, weil er Drogen hatte, nicht? Aber wir wissen gar nichts. Ich jedenfalls nicht. Und falls die anderen was wissen, haben sie's mir nie erzählt. Fragen Sie sie doch.«

»Machen wir«, sagte ich. Schön beruhigend. Lächeln. »Keine Angst. Du steckst nicht in Schwierigkeiten.«

Orla beruhigte sich allmählich. Stierte das Foto an, fand Gefallen daran, es in der Hand zu halten. Ich wollte es ihr aus den Fingern reißen. Aber ich ließ es ihr noch ein bisschen, gönnte ihr den Spaß.

Rief mir in Erinnerung: Diejenigen, die du nicht magst, sind ein Bonus. Die können dir nicht so leicht was vormachen wie diejenigen, die du magst.

Zwanzig Watt gingen über Orlas Kopf an. »Wahrscheinlich war es gar keine von uns. Julia Harte und die anderen waren direkt nach uns hier drin. Wahrscheinlich waren die das.«

»Denkst du, die wissen, was mit Chris passiert ist?«

»Überhaupt nicht. Ich meine, kann sein, aber eigentlich nicht. Die könnten sich das ausgedacht haben.«

»Warum sollten sie das machen?«

»Einfach so. Die sind, omeinGott, die sind voll krass *abgedreht*.«

»Ach ja?« Ich vorgebeugt, Hände gefaltet, ganz vertraulich und bereit für ein bisschen Klatsch und Tratsch. »Ernsthaft?«

»Na ja, früher waren sie ganz okay, ist aber *eeeewig* her. Jetzt sind die bloß noch irgendwie ›*Hä?*‹, verstehen Sie?« Orlas Hände flatterten hoch.

»Was ist denn so abgedreht an ihnen?«

Zu viel verlangt. Kurzschlussblick, als wolle ich ihr Zahnfleisch untersuchen. »Weiß nicht, sie sind's einfach.«

Ich wartete.

»Die halten sich irgendwie für was ganz Besonderes.« Der erste Anflug von etwas, was Orlas Gesicht lebendig werden ließ. Bosheit. »Die bilden sich ein, sie können machen, was sie wollen.«

Ich tat neugierig. Wartete weiter.

»Ich mein, bloß mal so als Beispiel, ja? Sie hätten die mal auf der Valentinsfeier sehen sollen. Die sahen voll daneben aus. Rebecca hatte *Jeans* an, und Selena irgendwas, ich weiß nicht mal, *was* das war, sah aus, wie *verkleidet*!« Wieder schoss dieses hohe, schrille Kichern aus ihr heraus, stach mir ins Ohr. »Alle waren irgendwie, *hallo*? Geht's noch? Ich meine, da waren *Jungs* da. Alle vom Colm waren da. Die haben alle bloß geglotzt. Und Julia und die anderen haben voll so getan, als wär das *egal*.« Unterkiefer runtergeklappt. »Da haben wir dann gemerkt, ähm, *hallo*? Voll durchgeknallt!«

Ich setzte wieder mein verschmitztes Grinsen auf. »Und das war im Februar?«

»Vorletzten Februar. Letztes Jahr.« Vor Chris. »Und ich schwöre bei Gott, es wurde immer *schlimmer* mit denen. Diesmal ist Rebecca gar nicht erst zur Valentinsparty gekommen. Die tragen kein Make-up – ich meine, dürfen wir ja nicht in der Schule« – züchtiger Seitenblick zu Houlihan –, »aber manchmal schminken die sich nicht mal, wenn sie im Court sind – dem Shopping-Center. Und neulich, vor ein paar Wochen, da waren 'ne ganze Menge von uns da. Und Julia sagt, sie geht zurück zur Schule. Und einer von den Jungs sagt: ›Wieso denn?‹, und Julia sagt, die sagt, sie hat Bauchschmerzen, weil …«

Orla warf mir einen Blick zu. Zog die Unterlippe zwischen die Zähne, duckte sich, als wollte sie zwischen ihren Schultern verschwinden.

Conway sagte: »Sie hatte ihre Periode.«

Orla brach kichernd zusammen, knallrot und prustend wie nur was. Wir warteten. Sie riss sich zusammen.

»Aber, ich meine, sie hat das echt *gesagt*. Laut gesagt. Die Jungs alle so: ›OmeinGott, zu viel Info, uuh!‹ Und Julia hat bloß abgewinkt und ist gegangen. Verstehen Sie? Die tun so, als könnten sie alles sagen, was sie wollen. Keine von denen hat einen Freund – tja, logo –, und die tun so, als wäre das nicht mal schlimm.« Orla kam langsam in Fahrt. Gesicht leuchtend, Lippen nach unten. »Und haben Sie Selenas *Haare* gesehen? OmeinGott. Und wissen

Sie, wann sie sich die abgeschnitten hat? Direkt nachdem Chris getötet wurde. Ich meine, was soll die Angeberei?«

Mir wurde wieder schwindelig. »Moment. Ihre Frisur ist Angeberei? Womit gibt sie denn an?«

Orlas Kinn verschwand dahin, wo ihr Hals hätte sein sollen. Neue Mimik an ihr, durchtrieben, vorsichtig. »Damit, dass sie mit Chris zusammen war. Als wäre sie in *Trauer* oder so. Wir alle so: ›Hallo? Wen interessiert's?‹«

»Wie kommt ihr denn darauf, dass sie mit Chris zusammen war?«

Durchtriebener. Noch vorsichtiger. »Glauben wir einfach.«

»Ach ja? Habt ihr gesehen, wie sie sich geküsst haben? Händchen gehalten?«

»Ähm, *nein*? So deutlich hätten sie's ja wohl kaum gezeigt.«

»Warum nicht?«

Irgendetwas blitzte auf: Angst. Orla hatte sich verplappert oder dachte es zumindest. »Keine Ahnung. Ich meine, wenn es ihnen nichts ausgemacht hätte, dass alle wissen, dass sie zusammen sind, dann hätten sie's ja wohl nicht geheim gehalten. Ich meine, mehr hab ich nicht gemeint.«

»Aber wenn sie es so geheim gehalten haben, dass es nie so aussah, als wären sie zusammen, wieso denkst du denn überhaupt, dass sie zusammen waren?«

Wieder dieses Durchgebrannte-Sicherung-Glotzen. »Was?«

So was von begriffsstutzig. Ich setzte neu an. Schön langsam: »Wieso denkst du, dass Chris und Selena zusammen waren?«

Hohler Blick. Achselzucken. Orla ging kein Risiko mehr ein.

»Falls sie zusammen waren, wieso hätten sie das geheim halten sollen?«

Hohler Blick. Achselzucken.

»Was ist mit dir?«, fragte Conway. »Hast du einen Freund?«

Orla saugte die Unterlippe zwischen die Zähne, hauchte ein Gickern hindurch.

»Hast du?«

Rumdrucksen. »Gewissermaßen. Es ist, omeinGott, kompliziert?«

»Wer ist es?«

Gickern.

»Ich hab dich was gefragt.«

»Bloß so ein Junge vom Colm. Er heißt Graham, Graham Quinn. Aber wir gehen nicht *richtig* miteinander – ich meine, omeinGott, gehen Sie bloß nicht zu ihm und sagen, er wäre mein *Freund*! Also irgendwie ist er es schon, aber –«

»Verstehe«, sagte Conway so abschließend, dass es selbst zu Orla durchdrang, die mitten im Satz abbrach. »Danke.«

Ich sagte: »Wenn du dir eine einzige Sache aussuchen müsstest, die du mir über Chris Harper erzählst, was wäre das?«

Der Starrblick. Ich war immer weniger in Stimmung für den Starrblick. »Wie was zum Beispiel?«

»Ganz egal, was. Was auch immer du für wichtig hältst.«

»Ähm, er sah toll aus?«

Kichern.

Ich nahm ihr das Foto weg. »Danke«, sagte ich. »Das hilft uns weiter.«

Ich wartete einen Moment. Orla sagte nichts. Conway sagte nichts. Sie saß auf dem Tisch, schrieb irgendwas, oder vielleicht malte sie Männchen, das konnte ich aus den Augenwinkeln nicht erkennen. Ich würde mich nicht zu ihr umdrehen, als bräuchte ich ihre Hilfe.

Houlihan räusperte sich, ein Kompromiss zwischen Frage und Schweigen. Ich hatte sie ganz vergessen.

Conway klappte ihr Notizbuch zu.

Ich sagte: »Danke, Orla. Vielleicht müssen wir noch mal mit dir sprechen. Aber für den Fall, dass dir noch etwas einfällt, was uns weiterhelfen könnte, irgendwas, geb ich dir schon mal meine Visitenkarte. Du kannst mich jederzeit anrufen, ja?«

Orla beäugte meine Karte, als hätte ich sie gerade gebeten, in meinen weißen Lieferwagen zu steigen. Conway sagte: »Danke. Wir unterhalten uns demnächst wieder.« Richtung Houlihan, die zusammenzuckte: »Als Nächste Gemma Harding.«

Ich lächelte Orla noch mal ausgiebig an, bis beide aus der Tür waren.

Conway sagte: »Omein*Gott*. Ähm. Ich *schwöre*.«

Ich sagte: »*Hallo?* Aber voll.«

Beinahe hätten wir uns angesehen. Beinahe gelacht.

Conway sagte: »Nicht unser Mädchen.«

»Nee.«

Ich wartete. Fragte nicht, wollte ihr nicht die Genugtuung geben, aber ich musste es wissen.

Sie sagte: »Das lief ganz gut.«

Fast hätte ich tief aufgeatmet, konnte mich gerade noch bremsen. Verstaute das Foto in meiner Tasche, bereit für die nächste Runde. »Gibt's irgendwas, was ich über Gemma wissen sollte?«

Conway grinste. »Hält sich für eine Sexbombe, hat sich dauernd vorgebeugt, um Costello ihr Dekolleté zu zeigen. Der arme Kerl wusste gar nicht mehr, wo er hingucken sollte.« Das Grinsen verflog. »Aber blöd ist sie nicht. Wahrhaftig nicht.«

Gemma war, als würde man eine gestreckte Orla sehen. Groß, schlank – hätte gern richtig dünn gewirkt, hatte aber nicht den Körperbau dafür. Hübsch, obere Skala von hübsch, aber mit der Kinnpartie würde ihr Gesicht zu markant werden, ehe sie dreißig war. Hart erkämpftes glattes Blondhaar, künstliche Bräune, dünngezupfte Augenbrauen. Kein Blick auf die Geheimniswand, aber Conway hatte ja auch gesagt, dass sie nicht dumm war.

Sie bewegte sich zum Stuhl, als ginge sie über einen Laufsteg. Setzte sich und schlug ein langes Bein über das andere, langsamer Schwung. Wölbte den Hals.

Selbst nach dem, was Conway gesagt hatte, brauchte ich eine

Sekunde, bis ich es sah, durch die Schuluniform und die sechzehn Jahre hindurch. Gemma wollte mir gefallen. Nicht, weil ich ihr gefiel; der Gedanke war ihr gar nicht gekommen. Bloß, weil ich da war.

Ich bin auch mit Dutzenden von dieser Sorte zur Schule gegangen. Ich habe mich nie auf ihr Spiel eingelassen.

Conways Blick wie eine heiße Nadel, die sich mir durch den Rücken meines Jacketts ins Schulterblatt bohrte.

Ich sagte mir wieder: Nichts Besonderes, nichts, womit du nicht fertig wirst.

Ich bot Gemma ein gemächliches Grinsen an, träge. Anerkennend. »Gemma, richtig? Ich bin Detective Stephen Moran. Freut mich *sehr*, dich kennenzulernen.«

Sie saugte es förmlich auf. Klitzekleines Lächeln in den Mundwinkeln, fast versteckt, aber nicht ganz.

»Wir haben nur ein paar Routinefragen an dich.«

»Kein Problem. Alles, was Sie wollen.«

Einen Tick zu viel Betonung auf dem *Alles*. Das Lächeln schwoll an. So einfach.

Gemma hatte dieselbe Geschichte wie Orla, in dem gleichen schlecht gespielten amerikanischen Akzent. Gedehnt, gelangweilt, megacool. Fußwippend. Betrachtete mich interessiert, damit ich sie interessiert betrachtete. Falls ihr Adrenalinspiegel anstieg, weil sie über den gestrigen Abend reden musste, so war ihr das nicht anzumerken.

Conway sagte: »Du hast jemanden angerufen, während ihr hier oben wart.«

»Ja. Meinen Freund.« Gemma fuhr genüsslich mit der Zunge um das letzte Wort. Schielte kurz zu Houlihan hinüber – Telefonate während der Studierstunden waren offenbar nicht erlaubt –, um zu sehen, ob sie schockiert war.

Conway fragte: »Wie heißt er?«

»Phil McDowell. Er ist am Colm.«

Klar war er das. Conway lehnte sich zurück.

Ich sagte: »Und du bist rausgegangen, um mit ihm zu reden.«

»Ich bin auf den Flur gegangen. Wir hatten was zu besprechen. Was Privates.« Spitzmündiges Lächeln, halb zu mir. Als wäre ich eingeweiht oder könnte es werden.

Ich lächelte zurück. »Hast du dir den Geheimnisort angesehen, während du draußen warst?«

»Nein.«

»Nein? Kein Interesse?«

Gemma zuckte die Achseln. »Das meiste, was da hängt, ist blödes Zeug. Bei fast allem geht's um ›Hach, die anderen sind so gemein zu mir, und ich bin so einzigartig!‹ Was sie, hallo?, voll nicht sind. Wenn da irgendwas Spannendes auftaucht, reden sowieso alle drüber. Da muss ich nicht selbst nachsehen.«

»Selbst schon mal Karten hingehängt?«

Wieder ein Achselzucken. »Ganz am Anfang, als sie die Pinnwand aufgehängt haben. Bloß aus Spaß. Ich kann mich nicht mal mehr an alle erinnern. Ein paar haben wir uns ausgedacht.« Kleiner besorgter Ruck in Houlihans Ecke. Gemma gab sich einen Klaps aufs Handgelenk. »*Böses* Mädchen.« Amüsiert.

Ich sagte: »Was ist mit der hier?« Gab Gemma das Foto.

Gemmas Fuß hörte auf zu wippen. Ihre Augenbrauen schossen hoch bis zum Haaransatz.

Nach einer Sekunde, langsam: »Oh. Mein. Gott.«

Es war echt. Ihr beschleunigter Atem, die dunkler werdenden Augen, da zuckte etwas durch die ganze sorgsam konstruierte Laszivität: etwas Wahres. Nicht unser Mädchen. Zwei weniger.

Ich sagte: »Hast du das aufgehängt?«

Gemma schüttelte den Kopf. Starrte weiter auf die Karte, suchte nach Sinn.

»Nein? Vielleicht nur so zum Spaß?«

»Ich bin nicht blöd. Mein Dad ist Anwalt. Ich weiß, dass das kein Spaß ist.«

»Irgendeine Idee, wer es gewesen sein könnte?«

Kopfschütteln.

»Wenn du raten müsstest?«

»Keine Ahnung. Ehrlich. Würde mich wundern, wenn es Joanne oder Orla oder Alison war, aber ich kann nicht beschwören, dass sie es nicht waren. Ich weiß nur, falls sie es waren, haben sie mir nichts davon gesagt.«

Schon zwei von zweien, die bereit waren, ihre Freundinnen den Löwen zum Fraß vorzuwerfen, damit sie selbst ungeschoren davonkamen. Allerliebst.

Gemma sagte: »Aber es waren noch andere hier gestern Abend. Nach uns.«

»Holly Mackey und ihre Freundinnen.«

»Genau. Die.«

»Die. Wie sind die so?«

Gemma fixierte mich misstrauisch. Sie hielt mir das Foto hin. »Ich weiß nicht. Wir unterhalten uns praktisch nie mit denen.«

»Warum nicht?«

Achselzucken.

Ich grinste sie vielsagend an. »Lass mich raten. Ich würde sagen, ihr vier seid ziemlich beliebt bei den Jungs. Deshalb passen Holly und die anderen nicht zu euch?«

»Die sind einfach nicht unser Typ.« Arme verschränkt. Gemma hatte nicht angebissen.

Irgendwas war da. Vielleicht glaubte Orla, es liege daran, dass Selena die falschen Klamotten zur Party getragen hatte und so weiter, vielleicht auch nicht, aber Gemma wusste mehr. Zwischen diesen beiden Grüppchen war etwas anderes vorgefallen.

Falls Conway mehr Druck aufbauen wollte, dann sollte sie das selbst machen. Nicht mein Job. Mr Charming, ich. Derjenige, mit dem du reden kannst. Wenn ich das aufgab, hatte Conway keinen Grund mehr, mich bei sich zu behalten.

Conway sagte nichts.

»In Ordnung«, sagte ich. »Reden wir über Chris Harper. Hast du irgendeine Idee, wer ihn ermordet hat?«

Achselzucken. »Irgendein Irrer. Dieser Dingsbums, der Gärtner, der damals verhaftet wurde. Oder einfach irgendein Fremder. Woher soll ich das wissen?«

Arme noch immer verschränkt. Ich beugte mich vor, grinste sie an, als säßen wir in einer Bar. »Gemma. Sprich mit mir. Probieren wir's mal so: Such dir irgendwas aus, was du mir über Chris Harper sagen kannst. Etwas, was wichtig war.«

Gemma überlegte. Streckte ihr langes übergeschlagenes Bein aus, strich mit der Hand über die Wade; da waren wir wieder. Ich sah hin, so dass sie es mitbekam. Hätte am liebsten meinen Stuhl ein gutes Stück zurückgeschoben. Ich hätte Conway küssen können, nur weil sie da war. Gemma war verdammt gefährlich, und sie wusste es.

Sie sagte: »Chris war absolut der Letzte, von dem man gedacht hätte, dass er umgebracht wird.«

»Ach ja? Wieso?«

»Weil alle ihn mochten. Unsere ganze Schule stand auf ihn – ein paar haben behauptet, sie nicht, aber nur, weil sie was Besonderes sein wollten oder weil sie wussten, dass sie sowieso keine Chance hatten, ihn zu kriegen. Und alle am Colm wollten mit ihm befreundet sein. Deshalb mein ich ja, es muss irgendein Fremder gewesen sein. Keiner hätte Chris gezielt was angetan.«

Ich sagte: »Hast du auf Chris gestanden?«

Achselzucken. »Wie gesagt. Das haben alle. War keine große Sache. Ich steh auf viele Jungs.« Kleines Schlafzimmerlächeln, intim.

Ich erwiderte es. »Mal mit ihm zusammen gewesen? Mit ihm rumgemacht?«

»Nein.« Augenblicklich, eindeutig.

»Warum nicht? Wenn du auf ihn gestanden hast …« Kleine Betonung auf dem *du*. Ich wette, du kriegst jeden, den du haben willst.

130

»Aus keinem besonderen Grund. Chris und ich sind einfach nie zusammengekommen. Ende.«

Gemma machte wieder dicht. Auch da war irgendwas.

Conway hakte nicht nach, ich hakte nicht nach. Hier ist meine Visitenkarte, falls dir noch irgendwas einfällt, und so weiter. Conway bat Houlihan, Alison Muldoon zu holen. Ich sah Gemma mit einem Grinsen an, das ganz nah an einem Augenzwinkern war, während sie ihren Hintern zur Tür hinausschwang und sich noch rasch mit einem Schulterblick vergewisserte, ob ich auch hinschaute.

Atmete aus, fuhr mir über den Mund, um dieses Grinsen wegzuwischen. »Nicht unser Mädchen«, sagte ich.

Conway sagte: »Was soll das mit der einen Sache, die sie dir über Chris erzählen sollen?«

Sie hatte ein Jahr gehabt, um ihn kennenzulernen. Ich bloß ein paar Stunden. Alles, was ich kriegen konnte, war besser als nichts.

Kein Grund, warum ich Chris kennenlernen sollte. Nicht mein Fall, nicht mein Opfer. Ich war bloß hier, um mit den Wimpern zu klimpern, das jeweils richtige Lächeln aufzusetzen, die Mädchen zum Reden zu bringen.

Ich sagte: »Was soll die Frage, ob sie einen Freund haben?«

Conway war im Handumdrehen vom Tisch und baute sich vor mir auf. »Zweifelst du an meinen Methoden?«

»Ich frage nur.«

»Wenn überhaupt, frage ich dich. Nicht umgekehrt. Wenn du aufs Klo gehst, kann ich hinterher fragen, ob du dir die Hände gewaschen hast, wenn ich will. Kapiert?«

Aus und vorbei mit dem Beinahelachen. Ich sagte: »Ich muss wissen, wie sie zu Chris standen. Wäre doch sinnlos, wenn ich darüber rede, wie unheimlich nett er war und dass ein Junge wie er Gerechtigkeit verdient hat, wenn ich mit jemandem rede, der ihn aus tiefster Seele hasste.«

Conway fixierte mich noch einen Moment länger. Ich hielt ihrem Blick stand, dachte daran, dass noch sechs Mädchen zu vernehmen waren und wie weit Conway wohl ohne mich kommen würde. Hoffte inständig, dass sie dasselbe dachte.

Sie wich zurück und setzte sich wieder auf den Tisch.

»Alison«, sagte sie. »Alison hat vor absolut allem panische Angst. Mich eingeschlossen. Ich werde schön die Klappe halten, außer du baust Mist. Also bau keinen Mist.«

Alison sah aus wie eine geschrumpfte Gemma. Klein und zierlich, mager, Schultern hochgezogen. Zappelige Finger, die an ihrem Rock zupften. Aber ebenso hart erkämpftes glattes Blondhaar, künstliche Bräune, dünngezupfte Augenbrauen. Kein Blick auf das Geheimnisbrett.

Immerhin erkannte sie Conway. Conway zog sich rasch zurück, als Alison hereinkam, versuchte förmlich, sich unsichtbar zu machen, aber Alison drehte sich trotzdem halb von ihr weg. »Alison«, sagte ich rasch und freundlich, um sie abzulenken. »Ich bin Stephen Moran. Danke, dass du gekommen bist.« Lächeln. Diesmal beruhigend. »Nimm Platz.«

Kein Lächeln zurück. Alison hockte sich mit der Hinternkante auf die Stuhlkante und stierte mich an. Verkniffenes kleines Gesicht, ängstlich, weiße Maus. Ich hätte ihr am liebsten die ausgestreckten Finger hingehalten, Schnalzgeräusche gemacht.

Stattdessen sagte ich sanft: »Bloß ein paar Routinefragen, dauert nur ein paar Minütchen. Kannst du mir den gestrigen Abend schildern? Angefangen mit eurer ersten Studierstunde?«

»Wir waren hier. Aber wir haben nichts gemacht. Wenn hier, keine Ahnung, irgendwas fehlt oder kaputt ist, ich war's nicht. Ich *schwöre*.«

Auch ihr Stimmchen war verkniffen, näherte sich einem Quengeln an. Conway hatte richtig gelegen, Alison hatte Angst: Angst davor, einen Fehler zu machen, Angst davor, dass alles, was sie sagte und tat und dachte, falsch war. Sie wollte von mir hören, dass sie sich richtig verhielt. Hab ich schon in der Schule erlebt, bei zig Zeugen erlebt und mit einem sanften Kopftätscheln genau die richtigen Worte gesagt.

Ich sagte beschwichtigend: »Ach, das weiß ich doch. Hier ist nichts abhandengekommen, keine Sorge. Niemand hat irgendwas falsch gemacht.« Lächeln. »Wir wollen bloß etwas überprüfen. Du musst mir lediglich erzählen, wie der Abend abgelaufen ist. Mehr nicht. Könntest du das für mich tun, ja?«

Nicken. »Okay.«

»Großartig. Das wird wie ein Test, bei dem du alle Antworten weißt und überhaupt nichts falsch machen kannst. Klingt das gut?«

Winziges Lächeln zurück. Winziges Schrittchen Richtung Entspannung.

Alison musste entspannt sein, ehe ich das Foto zückte. Auf diese Weise hatte ich meine Antworten von Orla und Gemma bekommen: erst eine lockere Atmosphäre für sie herstellen und sie dann mit einem Ruck da rausreißen.

Auch Alison erzählte mir dieselbe Geschichte, aber in kleinen Bröckchen, die ich ihr behutsam entlocken musste, wie bei einer Partie Mikado. Während sie erzählte, wurde sie noch angespannter. Unmöglich zu sagen, ob es dafür einen guten, einen schlechten oder gar keinen Grund gab.

Sie bestätigte Orla in der Frage, wer den Kunstraum wann verlassen hatte – Gemma, Orla, sie, Joanne –, und sie klang sehr viel sicherer, als Orla geklungen hatte. »Du bist sehr aufmerksam«, sagte ich. Anerkennend. »So haben wir's gern. Als ich hier ankam, hab ich gebetet, wir würden jemanden wie dich finden, ehrlich.«

Wieder ein zaghaftes Lächeln. Ein weiterer Schritt.

Ich sagte: »Weißt du, was mich so richtig freuen würde? Wenn du mir sagst, dass du irgendwann an dem Abend einen Blick auf den Geheimnisort geworfen hast.«

»Ja. Als ich raus bin, aufs … da hab ich ihn mir auf dem Rückweg angesehen.« Kurzer Blick zu Houlihan. »Ich meine, nur ganz kurz. Dann bin ich direkt wieder rein und hab weiter an dem Projekt gearbeitet.«

»Ah, sehr schön. Das wollte ich hören. Sind dir irgendwelche neue Karten aufgefallen?«

»Ja. Da war eine mit einem Hund, voll süß. Und irgendwer hatte eine Karte aufgehängt mit …« Nervöses Grinsen, Ducken. »Sie wissen schon.«

Ich wartete. Alison wand sich.

»Bloß ein … so ein … Busen. In einem *Top*, meine ich! Nicht …« Schmerzhaft schrilles Kichern. »Und drauf stand: ›Ich spare, damit ich mir so welche kaufen kann, sobald ich achtzehn werde!‹«

Aufmerksam, in der Tat. Passte zu der Angst. Beutetier, das alles auf mögliche Gefahren absucht. »Das war alles? Sonst nichts Neues?«

Alison schüttelte den Kopf. »Nur die beiden.«

Falls sie die Wahrheit sagte, bestätigte das unsere Vermutung: Orla und Gemma waren raus. »Gut gemacht«, sagte ich. »Bestens. Sag mal, hast du auch schon mal Karten aufgehängt?«

Huschende Augen. Ich sagte: »Falls ja, ist das völlig in Ordnung. Dafür ist das Brett ja schließlich da; wäre doch schade, wenn niemand es nutzen würde.«

Wieder dieses klägliche Lächeln. »Na ja … schon. Bloß ganz wenige. Bloß … wenn mich was beschäftigt hat und ich nicht drüber reden konnte, da hab ich manchmal … Aber schon ewig nicht mehr. Ich musste so vorsichtig sein, und dann hatte ich immer Angst, irgendwer würde drauf kommen, dass die von mir waren, und böse werden, weil ich Karten aufgehängt hatte, statt es zu erzählen. Also hab ich aufgehört. Und meine wieder abgenommen.«

Irgendwer. Eine aus ihrer Clique, vor der Alison Angst hatte.

Sie war noch immer nicht besonders entspannt, aber mehr war bei ihr nicht drin. Ich sagte locker: »Ist das eine von deinen?«

Das Foto. Alison keuchte auf. Schlug die freie Hand vor den Mund, aus dem ein hohes summendes Geräusch kam.

Panik, aber schwer zu deuten: Panik, dass sie erwischt worden war, Panik, dass da draußen ein Mörder rumlief, dass irgendwer wusste, dass sie die Täterin war, Reflexreaktion auf jede Überraschung, was auch immer. *Hat vor absolut allem panische Angst*, hatte Conway gesagt. Das verwischte sie wie strömender Regen auf einer Windschutzscheibe, machte sie undurchsichtig.

Ich sagte: »Hast du die aufgehängt?«

»Nein! Nein nein nein … hab ich nicht. Ehrenwort –«

»Alison«, sagte ich, beschwichtigend, gedehnt. Beugte mich vor, um ihr das Foto abzunehmen, blieb so. »Alison, schau mich an. Wenn du es getan hast, ist das nicht weiter schlimm. Ja? Wer auch immer das hier aufgehängt hat, hat das Richtige getan, und dafür sind wir dankbar. Wir müssen uns nur mit ihr unterhalten.«

»Ich war's nicht. Ich war's nicht. Ehrlich. Bitte –«

Mehr bekam ich nicht aus ihr raus. Mit Druck würde ich nur auch noch meine nächste Chance vertun.

Conway spielte hinten in einer Ecke noch immer die Unsichtbare, beobachtete mich. Taxierte mich.

»Alison«, sagte ich. »Ich glaube dir. Aber ich musste das fragen. Reine Routine. Mehr nicht. Okay?«

Endlich kehrten Alisons Augen zu mir zurück. Ich sagte: »Du warst es also nicht. Irgendeine Idee, wer es gewesen sein könnte? Hat eine von euch mal erwähnt, dass sie einen Verdacht hat, wer Chris getötet haben könnte?«

Kopfschütteln.

»Könnte es eine von deinen Freundinnen gewesen sein?«

»Ich glaub nicht. Ich weiß nicht. Nein. Fragen Sie sie.«

Alison schlingerte wieder Richtung Panik. »Mehr wollte ich

nicht wissen«, erklärte ich. »Du machst das prima. Noch was: Du kennst doch Holly Mackey und ihre Freundinnen, ja?«

»Ja.«

»Erzähl mir ein bisschen was über sie.«

»Die sind abgedreht. Echt abgedreht.«

Alisons Arme schlangen sich fester um ihre Mitte. Überraschung: Sie hatte Angst vor Hollys Clique.

Ich sagte: »Das hab ich auch schon gehört. Aber keine kann uns erklären, was so abgedreht an ihnen ist. Ich dachte mir, wenn eine das schafft, dann du.«

Sie sah mich an, hin und her gerissen.

»Alison«, sagte ich sanft. Ich dachte: *stark*, dachte: *Beschützer*, dachte mich in all ihre Wünsche hinein. Blinzelte nicht. »Du musst mir alles sagen, was du weißt. Die werden nie erfahren, dass es von dir kam. Niemand wird es erfahren. Ich schwöre.«

Alison sagte – nach vorn geduckt, ein Flüstern, erstickt, damit es nicht bis Houlihan drang: »Das sind *Hexen*.«

Na, das war mal was Neues.

Ich konnte *Was soll der Scheiß?* in Conways Kopf hören.

Ich nickte. »Gut«, sagte ich. »Wie bist du dahintergekommen?«

Houlihan, am Rande meines Gesichtsfeldes, weit auf ihrem Stuhl vorgebeugt. Zu weit weg, um irgendwas zu verstehen. Sie würde nicht näher kommen. Falls sie es versuchte, würde Conway sie aufhalten.

Alison atmete schneller, vor lauter Schock, dass sie es ausgesprochen hatte. »Früher waren sie irgendwie ganz normal. Und dann sind sie voll durchgeknallt. Das haben alle gemerkt.«

»Ach ja? Wann?«

»So Anfang letzten Jahres? Vor anderthalb Jahren?« Vor Chris; vor der Valentinsparty, auf der selbst Orla etwas aufgefallen war. »Die anderen haben alles Mögliche gesagt, wieso ...«

»Was denn so?«

»Alles Mögliche eben. Zum Beispiel, dass sie lesbisch sind. Oder dass sie als Kinder missbraucht worden sind, so was in der Art. Aber wir haben uns gedacht, dass sie Hexen sind.«

Kurzer Blick zu mir, furchtsam. Ich fragte: »Warum?«

»Ich weiß nicht. Einfach so. Wir haben es uns bloß gedacht.« Alison duckte sich noch tiefer über das, was sie verbarg. »Wahrscheinlich hätte ich Ihnen das nicht sagen sollen.«

Ihre Stimme war ein gepresstes Wispern. Conway hatte aufgehört zu schreiben, um es nicht zu übertönen. Ich brauchte eine Sekunde, bis ich begriff: Alison fürchtete, eine Verfluchung herausgefordert zu haben.

»Alison. Es ist richtig, dass du es uns erzählst. Das wird dich schützen.«

Alison wirkte nicht überzeugt.

Ich spürte, dass Conway unruhig wurde. Sie hielt den Mund, wie sie versprochen hatte, aber das tat sie laut.

Ich sagte: »Nur noch ein paar Fragen. Hast du einen Freund?«

Ein Schwall von Schamesröte, in dem Alison fast ertrank. Dumpf genuschelte Wörter, die ich nicht verstand.

»Wie bitte?«

Sie schüttelte den Kopf. Tief gekauert, Augen auf die Knie gerichtet. Abwehrhaltung. Alison dachte, ich würde mit dem Finger auf sie zeigen und sie auslachen, weil sie keinen Freund hatte.

Ich lächelte. »Den Richtigen noch nicht gefunden, was? Sehr vernünftig von dir, damit zu warten. Dafür ist noch reichlich Zeit.«

Wieder ein leises Gestammel.

Ich sagte – scheiß auf Conway, sie hatte ihre Antwort, ich würde meine bekommen –: »Wenn du dir eine einzige Sache aussuchen müsstest, die du mir über Chris erzählst, was wäre das?«

»Hä? … Ich hab ihn kaum gekannt. Können Sie nicht die anderen fragen?«

»Das werde ich natürlich. Aber du bist meine beste Beobachterin. Ich würde gern hören, was dir am stärksten in Erinnerung ist.«

Diesmal war das Lächeln automatisch, ein reflexartiges Zucken mit nichts dahinter. Alison sagte: »Die Leute haben ihn beachtet. Nicht bloß ich; alle haben ihn beachtet.«

»Wieso?«

»Er war ... ich meine, er sah unheimlich gut aus. Und er konnte alles gut – Rugby und Basketball; und mit den Leuten reden, sie zum Lachen bringen. Und einmal hab ich ihn singen gehört, er war richtig gut, alle haben gesagt, er müsste mal bei einer Castingshow mitmachen ... Aber es lag nicht nur daran. Es war ... Er war einfach ein bisschen mehr als alle anderen. Mehr *da*. Wenn du in ein Zimmer mit fünfzig Leuten drin kamst, war Chris der Einzige, den du gesehen hast.«

Etwas Sehnsüchtiges in ihrer Stimme, in den gesenkten Augenlidern. Gemma hatte recht gehabt: Alle hatten für Chris geschwärmt.

»Was glaubst du, wer ihn getötet hat?«

Prompt schrumpfte Alison wieder zusammen. »Ich weiß nicht.«

»Ich weiß, dass du das nicht weißt. Kein Problem. Ich will nur wissen, ob du eine Vermutung hast. Du bist doch meine Beobachterin, schon vergessen?«

Ein magerer Anflug eines Lächelns. »Alle meinten, es wäre der Gärtner gewesen.«

Keine eigenen Gedanken oder aber ein Ausweichmanöver. »Denkst du das auch?«

Achselzucken. Ohne mich anzusehen. »Glaub schon.«

Ich schwieg eine Weile. Sie auch. Mehr würde ich nicht bekommen.

Visitenkarte, der übliche Spruch, Lächeln. Alison hechtete zur Tür hinaus, als stünde der Raum in Flammen. Houlihan flatterte hinterdrein.

Conway sagte: »Die ist noch im Rennen.«

Die Tür im Auge, nicht mich. Ich konnte sie nicht einschätzen. Wusste nicht, ob das hieß: *Du hast Mist gebaut.*

Ich sagte: »Es hätte nichts gebracht, sie stärker unter Druck zu setzen. Ich hab angefangen, eine Beziehung zu ihr aufzubauen. Falls ich noch mal mit ihr rede, kann ich da ansetzen und vielleicht mehr aus ihr rauskriegen.«

Conways Augen glitten zu mir herüber. Sie sagte: »Falls du noch mal mit ihr redest.«

Dieses sarkastische Grinsen im Mundwinkel, als hätte meine Durchschaubarkeit ihre Laune gehoben. »Klar«, sagte ich. »Falls.«

Conway schlug eine neue Seite in ihrem Notizbuch auf. »Joanne Heffernan«, sagte sie. »Joanne ist ein Miststück. Viel Spaß.«

Joanne sah aus wie eine Kreuzung aus den anderen dreien. Ich hatte irgendwas Beeindruckendes erwartet nach dem ganzen Hype. Mittlere Größe. Mittelschlank. Mittleres Aussehen. Wieder hart erkämpftes glattes Blondhaar, künstliche Bräune, dünngezupfte Augenbrauen. Kein Blick auf den Geheimnisort.

Nur ihre Körperhaltung – Hüfte vorgeschoben, Kinn gesenkt, Augenbrauen hochgezogen – sagte: *Lass hören.* Sagte: *Der Boss.*

Joanne wollte, dass ich sie für wichtig hielt. Nein, ich sollte einsehen, wie wichtig sie war.

»Joanne«, sagte ich. Stand für sie auf. »Ich bin Stephen Moran. Danke, dass du dir die Zeit genommen hast.«

Mein Akzent. *Surr*, machte Joannes Ablagesystem. Spuckte mich in die unterste Schublade. Herablassender Wimpernschlag.

»Ich konnt's mir ja nicht gerade aussuchen. Und mal ganz nebenbei, ich hatte eigentlich was zu erledigen. Wieso muss ich eine volle *Stunde* da draußen rumsitzen und mich zu Tode langweilen, weil ich mich noch nicht mal *unterhalten* darf?«

»Das tut mir wirklich leid. Wir wollten dich nicht so lange warten lassen. Wenn ich gewusst hätte, dass die anderen Befragungen so lange dauern ...« Ich rückte ihr den Stuhl zurecht. »Bitte, setz dich.«

Auf dem Weg zum Stuhl kurzes Lippenkräuseln Richtung Conway: *Sie.*

»Also«, sagte ich, als wir Platz genommen hatten. »Wir haben bloß ein paar Routinefragen. Wir werden viele Leute dasselbe fragen, aber ich bin ehrlich gespannt auf deine Antworten. Die könnten wirklich sehr hilfreich für uns sein.«

Respektvoll. Hände gefaltet. Als wäre sie die Herrin des Universums, die uns ihre Gunst erweist.

Joanne taxierte mich. Stumpfe blassblaue Augen, ein kleines bisschen zu weit aufgerissen. Zu wenig Blinzler.

Schließlich nickte sie. Huldvoll, gab mir die Ehre.

»Danke«, sagte ich. Breites Lächeln, ergebener Diener. Conway bewegte sich in meinem Augenwinkel, ein jäher Ruck; versuchte wahrscheinlich, nicht zu kotzen. »Vielleicht könnten wir mit gestern Abend anfangen, wenn es dir nichts ausmacht? Könntest du ihn mir einfach schildern, ab dem Beginn eurer ersten Studierstunde?«

Joanne erzählte wieder dieselbe Geschichte. Langsam und deutlich, einfache Worte, für die Prolls. An Conway, die die ganze Zeit mitschrieb: »Kommen Sie mit? Oder soll ich langsamer reden?«

Conway bedachte sie mit einem Grinsen über beide Ohren. »Wenn ich will, dass du irgendwas machst, kriegst du das schon mit. Glaub mir.«

Ich sagte: »Danke, Joanne. Das ist sehr aufmerksam von dir. Sag mal: Als ihr hier oben wart, hast du dir da die Geheimniswand angeschaut?«

»Ich hab kurz mal ein Auge drauf geworfen, als ich zur Toilette gegangen bin. Wollte nur nachsehen, ob da was Neues hing.«

»Und?«

Joanne zuckte die Achseln. »Bloß das alte Zeug. Langweilig.«

Kein Labrador, keine Brüste. Ich sagte: »Irgendwelche Karten von dir dabei?«

Kurzer Seitenblick zu Houlihan. »Nein.«

»Sicher?«

»Ähm, *ja*?«

»Ich frage bloß, weil eine von deinen Freundinnen erwähnt hat, dass ihr euch zu Anfang welche ausgedacht habt.«

Joannes Augen wurden frostig. »Wer hat das gesagt?«

Ich breitete meine Hände aus, untertänig. »Diese Information ist leider vertraulich. Sorry.«

Joanne kaute auf den Wangen, zog ein schiefes Gesicht. Dafür würden die anderen bezahlen, alle. »Falls sie gesagt hat, ich wär das allein gewesen, ist das voll gelogen. Wir haben das zusammen gemacht. Und wir haben sie wieder abgenommen. Ich meine, *hallo*? Wie Sie das sagen, klingt das, als hätten wir ein Staatsverbrechen begangen. Das war doch nur so zum Spaß.«

Conway hatte recht gehabt: An der Tafel hingen Lügen und Geheimnisse gleichermaßen. McKenna hatte sie für ihre Zwecke aufgehängt, die Mädchen nutzten sie für ihre eigenen.

Ich sagte: »Was ist mit dem hier?« Drückte ihr das Foto in die Hand.

Joanne klappte die Kinnlade herunter. Sie fuhr auf dem Stuhl zurück. Kreischte: »O mein Gott!« Hob eine Hand an den Mund.

Komplett aufgesetzt.

Das hatte nichts zu bedeuten. Manche Menschen sind so: Alles wirkt wie eine Lüge. Dabei sind sie keine genialen Lügner, sie sind einfach nicht fähig, die Wahrheit zu sagen. Am Ende kannst du unmöglich sagen, was echt gelogen ist und was gespielt.

Wir warteten, bis sie fertig war. Nutzten ihren ersten raschen Seitenblick auf uns zwischen Kreischgeräuschen, mit dem sie feststellen wollte, ob wir beeindruckt waren.

Ich fragte: »Hast du das ans Geheimnisbrett gehängt?«

»Ähm, *hallo*? Nein? Ich meine, Sie sehen doch wohl, dass ich sozusagen unter *Schock* stehe!«

Eine Hand an die Brust gepresst. Sie holte ein paarmal keuchend Atem. Conway und ich sahen interessiert zu.

Houlihan war sprungbereit, schon halb vom Stuhl aufgestanden. Quiekte irgendwas.

Conway sagte, ohne hinzusehen: »Sie können sitzen bleiben. Es geht ihr bestens.«

Joanne warf Conway einen giftigen Blick zu. Hörte auf zu keuchen.

Ich sagte: »Nicht vielleicht nur so zum Spaß, nein? Wäre auch nicht schlimm. Ihr habt ja schließlich keinen Eid geschworen, nur echte Geheimnisse an die Tafel zu pinnen. Wir müssen es nur wissen.«

»Ich hab doch schon gesagt. Nein. Okay?«

Wenn ich sie jetzt vom Haken ließ, konnte ich die Chance begraben, alle bis auf eine auszuschließen, zu hören, wie das Schloss sich klickend öffnete.

Joanne stierte mich an, als hätte ich Hundescheiße am Schuh. Ganz kurz davor, mich in dieselbe Tonne wie Conway zu hauen.

»Ja, klar«, sagte ich. Nahm das Foto wieder an mich, steckte es weg, als wäre nichts gewesen. »Wollte mich nur vergewissern. Also, was meinst du, welche von deinen Freundinnen es war?«

Etwas glomm in Joannes Augen und loderte auf. Etwas Echtes. Empörung, Wut. Dann erlosch es wieder.

»O nein, nein.« Ein drohender Finger. Kleines Lächeln. »Ausgeschlossen, dass eine von ihnen das aufgehängt hat.«

Hundertprozent sicher. *Das würden die nicht wagen.*

»Wer dann?«

»Ähm, ist das etwa mein Problem?«

»Nein. Aber du hast offensichtlich die Finger am Puls von allem, was hier in der Schule vor sich geht. Deshalb würden wir gerade von dir gern hören, was du vermutest.«

Zufriedenes Lächeln, Joanne nahm an, was ihr zustand. Ich hatte sie wieder. »Falls es jemand war, der gestern Abend in der Schule war, dann können es nur die gewesen sein, die nach uns hier waren. Julia und Holly und Selena und Dingsbums.«

»Ach ja? Meinst du, die wissen etwas über Chris' Tod?«

Achselzucken. »Kann sein.«

»Interessant«, sagte ich. Nickte mehrmals, gewichtig. »Gibt's irgendeinen besonderen Grund, warum du das denkst?«

»Ich hab keine *Beweise*. Das ist ja wohl *Ihr* Job. Ich mein bloß.«

Ich sagte: »Mich würde deine Meinung zu einer weiteren Frage interessieren. Wenn dir da irgendwas einfällt, könnte uns das sehr helfen. Was glaubst du, wer Chris getötet hat?«

Joanne sagte: »Das war doch wohl Gärtner Schniedel, oder nicht? Ich meine, ich weiß nicht, wie er heißt, aber so haben ihn alle hier genannt, weil er angeblich einem Mädchen Ecstasy angeboten hat, wenn sie ihm dafür …« Kurzer Seitenblick zu Houlihan, die allmählich so aussah, als sei der heutige Tag eine Prüfung, und zwar im Sinne von Katastrophe. »Ich meine, ich hab keine Ahnung, ob er ein Perverser war oder bloß ein Dealer, aber so oder so, *uääh*. Ich dachte, euch wäre klar, dass er es war, ihr hättet bloß nicht genug Beweise.«

Wie bei Alison: Vielleicht dachte sie das wirklich, vielleicht war es auch eine clevere Tarnung. »Und du denkst, Holly und ihre Freundinnen könnten solche Beweise haben? Wie das?«

Joanne zog eine Haarsträhne aus ihrem Pferdeschwanz, untersuchte sie auf Spliss. »Sie denken wahrscheinlich, das sind alles voll die kleinen Engel, die würden ja *nie* Drogen nehmen. Ich meine, Gott, *Rebecca*, die ist ja sooo unschuldig.«

»Ich hab sie noch nicht kennengelernt. Würden sie denn Drogen nehmen?«

Wieder ein rascher Blick zu Houlihan. Achselzucken. »Ich sag nicht, dass sie welche genommen haben. Ich sag nicht, dass sie irgendwas mit Gärtner Schniedel *gemacht* haben oder so.« Ein

Grinsen zuckte in Joannes Mundwinkeln. »Ich sag bloß, dass sie Freaks sind und ich nicht weiß, *was* die so alles treiben. Mehr nicht.«

Sie hätte dieses Spiel liebend gern noch stundenlang fortgesetzt. Andeutungen von sich geben wie lautlose Fürze und sich dann vor dem Gestank verdrücken. Ich sagte: »Such dir irgendwas aus, was du mir über Chris erzählen kannst. Irgendwas, was du für besonders wichtig hältst.«

Joanne überlegte. Etwas Unangenehmes zupfte an ihrer Oberlippe.

Sagte prompt: »Mir wäre nicht wohl dabei, etwas Schlechtes über ihn zu sagen.«

Blick unter den Wimpern hervor in meine Augen.

Ich beugte mich vor. Ernst, konzentriert, Stirn gerunzelt, während ich dieses noble junge Mädchen betrachtete, das das Geheimnis bewahrte, das die Welt retten konnte. Tiefste Stimme: »Joanne. Ich weiß, du möchtest nicht schlecht über Tote reden, so ein Mensch bist du nicht. Aber es gibt Momente, da ist die Wahrheit wichtiger als Gutherzigkeit. Das ist jetzt so ein Moment.«

Ich konnte förmlich hören, wie mein eigener Soundtrack anschwoll. Spürte, wie Conway, an meiner Schulter, am liebsten losgelacht hätte.

Joanne holte tief Luft. Machte sich bereit, tapfer zu sein, ihr eigenes Gewissen auf dem Altar der Gerechtigkeit zu opfern. Die Täuschung griff um sich, das Ganze fühlte sich wie eine einzige große Täuschung an, als hätte ich selbst Chris Harper erfunden.

»Chris«, sagte sie. Seufzer. Ein wenig traurig, ein wenig mitleidig. »Der arme Chris. Dafür, dass er so ein netter Junge war, hatte er einen total beschissenen Geschmack.«

Ich sagte: »Meinst du Selena Wynne?«

»Tja. Ich wollte eigentlich keinen Namen nennen, aber da Sie's ja schon wissen ...«

Ich sagte: »Die Sache ist bloß die: Keiner hat je gesehen, dass Chris und Selena sich wie ein Pärchen verhalten haben. Keine Küsse, kein Händchenhalten, sind nicht mal zusammen irgendwohin gegangen. Also wie kommst du darauf, dass sie zusammen waren?«

Flatternde Wimpern: »Das möchte ich lieber nicht sagen.«

»Joanne, ich versteh ja, dass du versuchst, das Richtige zu tun, und das weiß ich auch zu schätzen. Aber du musst mir jetzt erzählen, was du gesehen oder gehört hast. Alles.«

Joanne machte es Spaß zu sehen, wie ich mich anstrengte. Genoss das Wissen, dass das, was sie hatte, die Mühe wert war. Sie tat so, als würde sie überlegen, fuhr sich mit der Zunge innen an den Lippen entlang, was ihrem Aussehen nicht gerade förderlich war. »Okay«, sagte sie. »Chris wollte, dass die Mädchen auf ihn standen. Wissen Sie, was ich meine? Dauernd hat er versucht, alle Mädchen im Raum dazu zu bringen, dass sie hin und weg von ihm waren. Und auf einmal, echt über Nacht, hat er keine mehr angeguckt, außer Selena Wynne. Die, ich meine, das klingt jetzt hoffentlich nicht bitchmäßig, aber ich sag's ganz ehrlich, weil, so bin ich nun mal: Die ist nicht gerade was Besonderes. Tut so, als wär sie's, aber, sorry, die meisten Leute stehen nicht unbedingt auf … Sie wissen schon.« Joanne lächelte mich vielsagend an und mimte mit beiden Händen *dick*. »Ich meine, *hallo*? Ich dachte schon, es wäre vielleicht so was wie eine blöde Wette wie im Film, wo es darum geht, jemanden bis auf die Knochen zu blamieren, weil, wenn nicht, hätte ich mich ehrlich für Chris zu *Tode* fremdgeschämt.«

»Das heißt aber nicht, dass die beiden ein Pärchen waren. Vielleicht stand er auf sie, aber sie wollte nichts von ihm wissen.«

»Ähm, eher *nicht*? Sie hätte Wahnsinnsglück gehabt, ihn zu kriegen. Und überhaupt, Chris war nicht der Typ, der seine Zeit vertut, wenn er nicht kriegt, was er will. Falls Sie verstehen, was ich meine.«

145

»Warum hätten die beiden es geheim halten sollen?«

»Wahrscheinlich wollte er nicht, dass die Leute mitkriegten, dass er mit *so was* zusammen war. Könnte ich gut verstehen.«

Ich sagte: »Versteht ihr euch deshalb nicht mit Selenas Clique? Weil sie und Chris zusammen waren?«

Falsche Frage. Wieder dieses Aufflammen in Joannes Augen, so kalt und heftig, dass ich mich fast zurückgelehnt hätte. »Ähm, *Entschuldigung*? Mir war ziemlich egal, ob Chris Harper auf Nilpferde steht. Ich fand das zum Schreien, aber ansonsten: *echt* nicht mein Problem.«

Ich nickte mehrmals unterwürfig: Schon verstanden, den Klaps auf die Finger hab ich verdient, will kein frecher Junge mehr sein. »Klar. Das macht Sinn. Warum versteht ihr euch denn dann nicht mit ihnen?«

»Weil es kein Gesetz gibt, dass wir uns mit allen verstehen *müssen*. Weil ich nämlich zufällig ganz schön wählerisch bin, mit wem ich meine Zeit verbringe, und Nilpferde und Spinner? Tja, nein, *danke*.«

Bloß eine kleine Zicke, genau wie die kleinen Zicken in meiner Schule, in jeder Schule. Massenware, zum halben Preis, billig, überall in der Welt. Kein Grund, warum gerade dieses Exemplar mich so ankotzen sollte. »Verstehe«, sagte ich mit Dauergrinsen wie ein Schwachsinniger.

Conway sagte: »Hast du einen Freund?«

Joanne ließ sich Zeit. Pause – *Hat da jemand was gesagt?* –, dann langsamer Kopfschwenk zu Conway.

Conway lächelte. Nicht nett.

»’tschuldigung, das ist mein Privatleben?«

Conway sagte: »Ich dachte, dir wäre es unheimlich wichtig, bei der Ermittlung behilflich zu sein.«

»Stimmt ja auch. Ich verstehe bloß nicht, was mein *Privatleben* mit der Ermittlung zu tun hat. Möchten Sie das erklären?«

»Nee«, sagte Conway. »Keinen Bock. Vor allem, wenn ich nur rüber zum Colm gehen muss, um es rauszufinden.«

Ich servierte eine doppelte Portion Besorgnis. Sagte: »Kann mir nicht vorstellen, dass Joanne uns das zumuten würde, Detective. Zumal sie ja weiß, dass jede Information, die sie hat, für uns unglaublich wertvoll sein könnte.«

Joanne ließ sich das durch den Kopf gehen. Setzte wieder ihr tugendhaftes Gesicht auf. Huldvoll, zu mir: »Ich gehe mit Andrew Moore. Sein Dad ist Bill Moore – wahrscheinlich haben Sie schon von ihm gehört.« Immobilienmogul, einer von denen, die Schlagzeilen machten, weil sie bankrott und milliardenschwer zugleich waren. Ich blickte gebührend beeindruckt.

Joanne sah auf die Uhr. »Möchten Sie noch mehr über mein Liebesleben wissen? Oder sind wir jetzt *fertig*?«

»Bye-bye«, sagte Conway. An Houlihan gerichtet: »Rebecca O'Mara.«

Ich begleitete Joanne zur Tür. Machte sie für sie auf. Sah zu, wie Houlihan hinter ihr her den Flur hinunterhastete, ohne dass Joanne sie eines Blickes würdigte.

Conway sagte: »Und wieder eine, die noch im Rennen ist.«

Nichts in ihrer Stimme. Schon wieder unmöglich zu sagen, ob das so viel hieß wie: *Leg dich mehr ins Zeug.*

Ich hatte aus Joanne Dinge herausgeholt, die Conway und Costello entgangen waren. Ich würde ihr das nicht unter die Nase reiben. Conway wusste es.

Ich schloss die Tür. Sagte: »Sie weiß irgendwas und überlegt, es uns zu erzählen, aber sie hält sich zurück. Das passt zu unserem Kartenmädchen.«

»Kann sein. Oder aber sie will, dass wir denken, sie verschweigt uns irgendwas. Dass wir denken, sie wüsste mit Sicherheit, dass Chris und Selena zusammen waren, obwohl sie in Wahrheit nichts weiß.«

»Wir können sie noch mal herholen. Den Druck erhöhen.«

»Nee. Nicht jetzt.« Conway beobachtete mich, wie ich zurück zum Stuhl ging, mich setzte. Sagte barsch: »Du warst gut mit ihr. Besser als ich.«

»Da hat sich das viele Arschkriechtraining ja doch noch gelohnt.«

Sarkastischer Blick von Conway, aber nur kurz. Sie legte Joanne vorläufig auf Eis, dachte schon weiter. »Rebecca ist das schwächste Glied der andern Clique. Irrsinnig schüchtern; lief dunkelrot an und verkrampfte sich total, wenn sie nur nach ihrem Namen gefragt wurde, hat nie was Lauteres als ein Flüstern rausgebracht. Zieh deine Samthandschuhe an.«

Wieder die Schulglocke, Fußgetrappel und Stimmen. Mittag war längst vorbei. Ich hätte einen dicken fetten Burger verdrücken können oder was immer in dieser Cafeteria so geboten wurde, wahrscheinlich Bio-Filetsteaks und Rucolasalat. Ich würde nichts sagen, solange Conway nichts sagte. Und sie würde nichts sagen.

Stattdessen: »Und geh bei den nächsten vier behutsam vor, bis du ein Gefühl für sie bekommst. Die sind anders.«

8

EIN ABEND ANFANG NOVEMBER, die Luft fängt gerade an, sich mit kleinen aromatischen Blasen aus Kälte und Torfrauch zu füllen. Sie sitzen zu viert auf ihrer Zypressenlichtung, schmiegen sich in die wohlige Lücke Freizeit zwischen Unterricht und Abendessen. Chris Harper (hinter der Mauer und weit weg, nicht mal das Flüstern eines Gedankens in ihren Köpfen) hat noch sechs Monate, eine Woche und vier Tage zu leben.

Sie haben sich im Gras verteilt, liegen auf dem Rücken, mit übereinandergeschlagenen Knien, Füße baumelnd. Sie haben Hoodies und Schals und Uggs, aber sie sträuben sich noch ein paar letzte Tage gegen Wintermäntel. Es ist Tag und Nacht gleichzeitig: Eine Seite des Himmels glüht rosa und orange, die andere Seite ist ein dunkelndes Blau, in dem ein schwächlicher Vollmond hängt. Wind streicht durch die Zypressenzweige, ein leises, beruhigendes Raunen. In der letzten Stunde hatten sie Sport, Volleyball; ihre Muskeln sind schlaff und angenehm müde. Sie sprechen über ihre Hausaufgaben.

Selena fragt: »Habt ihr schon eure Liebessonette fertig?«

Julia stöhnt auf. Sie hat mit Kuli eine gepunktete Linie über ihr Handgelenk gemalt und schreibt jetzt darunter: *IM NOT-FALL HIER ÖFFNEN.*

»»Und wenn ihr meint, ihr hättet noch keine, äh, angemessene *Erfahrung* mit der, äh, *romantischen* Liebe‹‹«, imitiert Holly Mr Smythes näselnd affektierte Stimme, »»dann wäre vielleicht die Liebe eines Kindes zur Mutter, oder, äh, die Liebe zu Gott eine, äh, mögliche –‹«

Julia tut so, als würde sie sich zwei Finger in den Hals stecken. »Ich widme meins dem Wodka.«

»Dann schicken sie dich zu Schwester Ignatius zur psychologischen Beratung«, sagt Becca, unsicher, ob Julia das ernst meint. »Juhu.«

»Ich steh mit meinem auf dem Schlauch«, sagt Selena.

»Mach Listen«, sagt Holly. Sie zieht einen Fuß nah ans Gesicht, um eine Schramme an ihrem Stiefel zu begutachten. »›Der Wind, das Meer, der Stern, der Mond, das Licht; der Tag, die Nacht, das Brot, die Milch, der Wicht.‹ Voilà: jambischer Fünfheber.«

»Voilà: jambischer Scheißheber«, sagt Julia. »Vielen Dank für das langweiligste Sonett der Geschichte. Setzen, Sechs.«

Holly und Selena werfen sich Blicke zu. Julia ist nun schon seit Wochen mies drauf; behandelt alle gleichermaßen zickig, also kann sie nicht auf eine speziell sauer sein.

»Ich hab keinen Bock, Smythe irgendwas über irgendwen zu erzählen, den ich liebe«, sagt Selena, ohne auf Julia einzugehen. »Igitt.«

»Schreib doch über einen Ort oder so«, sagt Holly. Sie leckt einen Finger an und reibt die Schramme mit der Spucke weg. »Ich hab die Wohnung von meiner Oma genommen. Und ich hab nicht mal geschrieben, dass es die von meiner Oma war, bloß eine Wohnung.«

»Ich hab mir einfach was ausgedacht«, sagt Becca. »Über ein Mädchen und ein Pferd, das jede Nacht an ihr Fenster kommt, und sie klettert drauf und reitet los.« Sie starrt blicklos auf den Mond, so dass sie ihn zweifach sieht, durchsichtig und überlappt.

»Was hat das denn mit Liebe zu tun?«, fragt Holly.

»Sie liebt das Pferd.«

»Pervers«, sagt Julia. Ihr Handy piepst. Sie zieht es aus der Tasche und hält es sich übers Gesicht, blinzelt gegen den Sonnenuntergang.

Wäre es eine Stunde früher gewesen, als sie sich ihre Uniformen vom Leib gerissen, Amy Winehouse gesungen und überlegt haben, ob sie rübergehen und sich das Rugby-Spiel der Jungs anschauen sollten. Wäre es eine Stunde später gewesen, wenn sie in der Cafeteria sitzen würden, über den Tisch gebeugt, um die letzten Krümel Marmorkuchen mit angeleckten Fingerspitzen aufzuklauben. Keine von ihnen würde je auch nur ahnen, woran sie haarscharf vorbeigerutscht waren. Welche anderen Ichs, anderen Leben, anderen Tode über ihre Gleise brausten, wild und unaufhaltsam, nur einen Bruchteil Zeit entfernt. Das Gelände ist übersät mit Grüppchen von Mädchen, alle glühend und fassungslos vor unausgereifter Liebe zueinander und zu ihrer wachsenden Nähe; keine der anderen wird die Kraft dieses Schwenks spüren, als die Weichen neu gestellt werden und ihr eigener Schwung sie in eine andere Landschaft rasen lässt. Wenn Holly lange Zeit später darüber nachdenkt, als die Dinge aufhören, sich zu wandeln, und endlich sichtbar werden, wird sie denken, man könnte wohl in gewisser Weise sagen, dass Marcus Wiley Chris Harper getötet hat.

»Vielleicht schreib ich bloß was über hübsche Blumen«, sagt Selena. Sie zieht sich eine Haarsträhne quer übers Gesicht – die letzten Sonnenstrahlen verwandeln sie in ein Netz aus goldenem Licht – und betrachtet die Bäume durch sie hindurch. »Oder Katzenbabys. Meint ihr, das geht?«

»Ich wette, irgendwer schreibt über die Jungs von One Direction«, sagt Holly.

»*Aah*«, sagt Julia, unvermittelt und zu laut, angewidert und wütend.

Die anderen stützen sich auf die Ellbogen. »Was ist?«, fragt Becca.

Julia stopft ihr Handy zurück in die Tasche, verschränkt die

Hände wieder hinterm Kopf und starrt in den Himmel. Ihre Nasenflügel beben beim Atmen, zu schnell. Sie ist rot bis runter zum Halsausschnitt ihres Pullovers. Julia wird nie rot.

Die anderen sehen einander an. Holly fängt Selenas Blick auf und deutet mit dem Kinn auf Julia. *Hast du gesehen, was …?* Selena schüttelt den Kopf, nur einen Millimeter.

»Was ist?«, fragt Holly.

»Marcus Wiley ist ein Kacklappen, das ist. Noch Fragen?«

»Klar, sonst was Neues?«, sagt Holly. Julia reagiert nicht.

Becca fragt: »Was ist ein Kacklappen?«

»Frag lieber nicht«, antwortet Holly.

»Jules«, sagt Selena sanft. Sie rollt sich auf den Bauch, um näher an Julia heranzukommen. Ihr Haar ist hell und zerzaust, mit einzelnen verhedderten Grashalmen und Zypressenblättchen darin, und die Rückseite ihres Hoodies hat rippenförmige Falten, weil sie draufgelegen hat. »Was hat er geschrieben?«

Julias Kopf wendet sich von Selena weg, aber sie sagt: »Er hat nichts geschrieben. Er hat mir ein Schwanz-Pic geschickt. Weil er ein verfickter Kacklappen ist. Okay? Können wir jetzt bitte wieder über Sonette reden?«

»Krass«, sagt Holly. Selenas Augen sind riesig. »Tatsache?«

»Nein, hab ich mir ausgedacht. Ja, Tatsache.«

Der Sonnenuntergang fühlt sich anders an, ein langsames Kratzen von Fingernägeln über jedes bisschen nackte Haut.

»Aber«, sagt Becca verwirrt, »du kennst ihn doch gar nicht richtig.«

Julia reißt den Kopf hoch und starrt sie an, Zähne zum Biss gebleckt, aber dann fängt Holly an zu lachen. Nach einer Sekunde fällt Selena mit ein und schließlich sogar Julia, lässt den Kopf wieder ins Gras sinken. »Was denn?«, will Becca wissen, aber sie kriegen sich nicht mehr ein, schütteln sich vor Lachen, und Selena hat sich zusammengerollt und hält sich die Rippen. »Wie du das gesagt hast!« Und: »Du hättest dein *Gesicht* sehen sollen«, keucht

Holly. »Ihr seid euch doch noch gar nicht richtig vorgestellt worden, *Daahling*, wieso, um alles in der Welt, sollte er dir da seinen kleinen Freund zeigen wollen?«« Jetzt wird Becca rot und muss über die gezierte Feine-Dame-Nummer kichern. Julia johlt in den Himmel hinauf: »Wenn mich nicht alles täuscht, haben wir noch nicht mal zusammen den Tee eingenommen und ... und ... Gurkensandwiches gegessen ...« Und Holly prustet: »Schwänze sollten *immer* erst *nach* den Gurkensandwiches serviert werden ...«

»O Gott«, sagt Julia und wischt sich die Augen, als sie wieder ruhiger werden. »Ach, Becsie-Baby, was würden wir bloß ohne dich machen?«

»*So* lustig war's gar nicht«, sagt Becca, noch immer rot und grinsend und unsicher, ob sie verlegen sein sollte.

»Wahrscheinlich nicht«, sagt Julia. »Aber darum geht's nicht.« Sie stützt sich auf einen Ellbogen und angelt in ihrer Tasche nach dem Handy.

»Zeig mal«, sagt Holly, setzt sich auf und rutscht zu Julia hinüber.

»Ich lösch es.«

»Aber erst zeigen.«

»Du bist pervers.«

»Ich auch«, sagt Selena munter. »Wenn du fürs Leben gezeichnet bist, dann wollen wir das auch sein.«

»Mensch, sei nicht so blöd. Es ist ein Schwanz-Pic, keine verbindende gemeinsame Erfahrung.« Aber sie drückt die Tasten, findet das Foto.

»Becs«, sagt Holly. »Komm her.«

»Igitt. Nein.« Becca dreht den Kopf weg, damit sie nicht aus Versehen hinschaut.

»Bitte sehr«, sagt Julia und drückt auf Öffnen.

Holly und Selena beugen sich über ihre Schultern. Julia tut so, als sähe sie hin, aber ihr Blick gleitet an dem Handy vorbei in den

153

Schatten. Selena spürt, wie Julias Rücken sich versteift, und lehnt sich fester an.

Sie kichern und kreischen nicht, wie sie das gemacht haben, als sie sich so was im Internet angesehen haben. Die Online-Exemplare waren retuschiert und künstlich wie Barbie, machten es unmöglich, sich einen echten Jungen dazu vorzustellen. Das hier ist anders: kleiner; schiebt sich ihnen entgegen wie ein dicker Mittelfinger, wie eine Bedrohung, aus einem Wust dunkler klammer Haare. Sie können es riechen.

»Wenn ich nichts Besseres zu bieten hab«, sagt Holly nach einem Moment cool, »würde ich nicht gerade damit Werbung machen.«

Julia blickt nicht auf.

»Du solltest ihm zurücksimsen«, sagt Selena. »›Sorry, kann nichts erkennen, viel zu klein.‹«

»Und dann krieg ich eine Nahaufnahme. Klar, besten Dank.« Aber Julias Mundwinkel heben sich leicht.

»Du kannst rüberkommen, Becs«, sagt Holly. »Keine Gefahr, außer du hast ein Mikroskop.« Becca lächelt und senkt den Kopf und schüttelt ihn, alles gleichzeitig. Das Gras windet sich unter ihren Beinen, piekst.

»Tja«, sagt Julia. »Falls ihr Perverslinge für heute genug Mini-Pimmel gesehen habt …« Sie drückt schwungvoll auf Löschen und winkt dem Foto mit den Fingern. »Bye-bye.«

Kurzer Piepton, und weg ist es. Julia steckt das Handy ein und legt sich wieder hin. Nach einem Moment rutschen Holly und Selena zurück auf ihre Plätze, suchen nach irgendwas, was sie sagen können, finden nichts. Der Mond wird kräftiger, je dunkler der Himmel wird.

Nach einer Weile sagt Holly: »Hey, wisst ihr, wo Cliona ist? Sie ist in der Bibliothek und sucht nach einem Sonett, das Smythe nicht kennt, damit sie es abschreiben kann.«

»Das kommt raus«, sagt Becca.

»Mal wieder typisch«, sagt Selena. »Wäre vielleicht einfacher, selbst eins zu schreiben.«

»Ja, klar«, sagt Holly. »Aber so läuft es doch immer. Sie macht sich mehr Arbeit, um keine Hausaufgaben zu machen, als sie hätte, wenn sie sie machen würde.«

Sie lassen eine Lücke, damit Julia etwas sagen kann. Als sie es nicht tut, wird die Lücke größer. Das Gespräch fällt hinein und verschwindet.

Das Foto ist nicht weg. Sein schwacher widerlicher Geruch verpestet noch immer die Luft. Becca atmet flach, durch den Mund, aber er legt sich wie ein Fettfilm auf ihre Zunge.

Julia sagt in den verwischten Wasserfarbenhimmel: »Wieso denken Jungs, ich wär eine Schlampe?«

Das Rot malt wieder Flecken auf ihre Haut. Selena sagt sanft: »Du bist keine Schlampe.«

»Klar, das weiß ich. Also wieso benehmen sie sich dann so, als wäre ich eine?«

»Sie wollen, dass du eine bist«, sagt Holly.

»Das wollen sie von uns allen. Aber euch hat noch keiner ein Schwanz-Pic geschickt.«

Becca bewegt sich. Sie sagt: »Das ist erst seit kurzem.«

»Seit ich mit James Gillen geknutscht hab.«

»Daran liegt's nicht. Viele knutschen mit irgendwem rum, und die Jungs denken sich nix dabei. Das ging schon früher los. Seit du angefangen hast, mit Finn und Chris und den anderen rum-zualbern. Weil du witzig bist, weil du manchmal Sachen sagst ...«

Sie verstummt. Julia sagt: »Du verarschst mich.«

Aber Holly und Selena nicken, als es bei ihnen ankommt, Sinn ergibt. »Siehst du«, sagt Selena. »So redest du.«

»Ihr denkt also, die hätten lieber, ich wäre so eine verlogene zickige Tussi wie Heffernan, die sich auf der Halloween-Party von Bryan Hynes hat befummeln lassen, weil er was Hochprozentiges dabeihatte, und voll einen auf schockiert macht, wenn jemand

155

einen versauten Witz erzählt. Und dann würden sie mich *respektieren*.«

Holly sagt: »So ungefähr, ja.«

»*Scheiß* drauf. Scheiß auf die! Das mach ich nicht. Das bin ich nicht.« Ihre Stimme ist rau und älter.

Dünne Wolken ziehen rasch am Mond vorbei, und es fühlt sich an, als würde der Mond sich bewegen oder als würde die ganze Welt unter ihnen wegkippen.

Selena sagt: »Dann mach's eben nicht.«

»Und lass mir einfach weiter diesen Dreck bieten. Na großartig. Hat jemand vielleicht noch eine genialere Idee?«

»Vielleicht ist das ja gar nicht der Grund«, sagt Becca und wünschte, sie hätte ihren dummen Mund gehalten. »Vielleicht lieg ich total falsch. Vielleicht wollte er das an jemand anderen schicken, der mit J anfängt, Joanne oder so, und er hat bloß auf die falsche –«

Julia sagt: »Als ich mit James Gillen geknutscht hab.«

Die Dunkelheit verdichtet sich, unter den Zypressen, in ihrer Stimme.

»Da hat er versucht, seine Hand unter meinem Top nach oben zu schieben, klar? Womit ich gerechnet hab – ehrlich, mir ist schleierhaft, wieso alle Jungs dermaßen auf Titten fixiert sind; haben ihre Mummys die nicht lange genug gestillt oder was?«

Sie sieht die anderen nicht an. Die Wolken bewegen sich schneller, lassen den reglosen Mond über den Himmel jagen.

»Also, da ich echt keine Lust drauf hab, mich von James Gillen begrapschen zu lassen und, seien wir ehrlich, ich sowieso nur mit ihm rumknutsche, weil er süß ist und ich üben will, sag ich: ›Hoppla, ich glaube, das ist deine‹, und geb ihm seine schmutzige, verschwitzte Hand zurück, klar? Und James, ganz der feine Gentleman, beschließt, die angemessene Reaktion ist, mich nach hinten gegen den Zaun zu stoßen – ich meine, richtig *stoßen*, nicht bloß ein bisschen schubsen oder so – und seine Hand wieder genau dahin zu schieben, wo sie war. Und er sagt irgendwas unglaublich Vorhersehbares wie: ›Das gefällt dir doch, tu nicht so zimperlich, das wissen alle von dir‹, bla, bla, bla. Der reinste Traumprinz, was?«

Die Luft fühlt sich kühl und sengend heiß zugleich an, fiebrig.

Sie haben es Dutzende Male vorgebetet bekommen, in peinlichen Unterrichtsstunden, in peinlichen Gesprächen mit den Eltern: wann sie mit einem Erwachsenen reden sollten. Der Gedanke kommt ihnen nicht mal annähernd in den Sinn. Das, was sich da vor ihnen auftut, hat nichts mit all den sorgsam formulierten Ansprachen zu tun. Diese Mischung aus brüllender Wut und einer Scham, die jede Zelle besudelt, diese schleichende Erkenntnis, dass ihre Körper jetzt nicht mehr ihnen, sondern den Augen und Händen anderer gehören: Das ist neu.

»Dieser miese Scheißkerl«, sagt Holly, durch ihren rasenden Herzschlag und Atem hindurch. »Dieser miese Arsch. Hoffentlich stirbt er an Krebs.«

Selena streckt ein Bein aus, berührt mit ihrem Fuß den von Julia. Diesmal zieht Julia ihren Fuß ruckartig weg.

Becca sagt: »Was hast du gemacht? Hast du, hat er …?«

»Ich hab ihm ein Knie in die Eier gerammt. Was tatsächlich funktioniert, nur für den Fall, dass ihr das mal braucht. Und dann, als wir wieder hier waren, hab ich mir fast die Haut vom Leib geduscht.« Sie erinnern sich. Sie wären nie auf die Idee gekommen, das mit James Gillen in Verbindung zu bringen (Julia flapsig, schulterzuckend, *Hätt' ich mir sparen können, als würde man einen Labrador knutschen*). Jetzt, in dem brodelnden Raum ihres neuen Wissens, scheint es so offensichtlich wie ein Schlag ins Gesicht.

»Und ich weiß ja nicht, wie ihr das seht, aber da ich nun mal ein Genie bin, denke ich mir, dass James Gillen nicht unbedingt scharf drauf war, den anderen vom Colm zu erzählen, dass er sich an dem Nachmittag bloß einen gequetschten Sack geholt hat. Also hat er ihnen erzählt, ich wäre eine Schlampe, die gar nicht genug kriegen kann. Und deshalb bildet sich der Scheißer Marcus Wiley ein, ich wäre ganz wild auf ein Foto von seinem Schwanz. Und das wird lustig so weitergehen, was?«

Selena sagt, aber mit einer Spur Unsicherheit, die ihre Stimme verzerrt: »Die vergessen das. In ein paar Wochen –«

»Nein. Bestimmt nicht.«

Stille und der wachsame Mond. Holly stellt sich vor, irgendein ekliges Geheimnis über James Gillen rauszufinden und es rumzuerzählen, bis alle jedes Mal loslachen, wenn er vorbeikommt, und er sich schließlich umbringt. Becca überlegt, was sie Julia bringen kann, Schokolade, lustige Gedichte. Selena stellt sich ein vergilbtes Buch mit schnörkeliger Schrift vor, einen langsamen, rhythmischen Gesang, verknotetes Gras und den Geruch von verbranntem Haar; ein Schimmern, das sie vier umschließt, sie undurchdringlich macht. Julia konzentriert sich darauf, Tiere in den Wolken zu entdecken, und gräbt die Finger durch die Grasschichten in den Boden, bis sich Erdklumpen schmerzhaft unter die Fingernägel pressen.

Sie haben keine Waffen für so was. Die Luft ist gequetscht und geschwollen, hämmert schwarz und weiß, droht, jeden Moment aufzuplatzen.

Julia sagt hart und endgültig wie eine zufallende Tür: »Ich fass nie wieder irgendeinen Typen vom Colm auch nur mit der Kneifzange an. Echt.«

»Dann kannst du auch gleich sagen, dass du nie wieder auch nur in die Nähe von irgendeinem Typen kommst«, sagt Holly. »Wir treffen doch immer nur Jungs vom Colm.«

»Dann komme ich eben nie wieder auch nur in die Nähe von irgendeinem Typen, bis zum College. Mir egal. Immer noch besser, als dass irgendeiner von diesen dämlichen Arschlöchern der ganzen Schule haarklein erzählt, wie sich meine Titten anfühlen.«

Becca wird rot.

Selena hört es wie ein einzelnes *Pling* von Silber auf Kristall, das die Luft erzittern lässt. Sie setzt sich auf. Sie sagt: »Dann ich auch nicht.«

Julia wirft ihr einen wilden Blick zu. »Ich mach hier keinen auf: ›Hach, meine zarten Gefühle sind verletzt, deshalb verzichte ich für immer auf Männer.‹ Ich mein es ernst.«

Selena sagt unbeeindruckt und mit Nachdruck: »Ich auch.«

Bei Tageslicht wäre es anders. Bei Tageslicht, bei Innenlicht würden sie niemals auf die Idee kommen. Machtlos und unterdrückt würde die Wut sich nach innen wenden. Der Makel auf ihrer Haut würde sich tiefer einbrennen, sie brandmarken.

Die Wolken sind verschwunden, aber das Mondlicht wird schneller, umkreist sie. Becca sagt: »Ich auch.«

Julias Augenbraue zuckt, halb ironisch. Becca findet keine Worte, um ihr zu sagen, dass es nicht nichts ist und dass sie wünschte, es wäre mehr, dass sie die größte Sache der Welt holen und in die Mitte ihres Kreises legen und anzünden würde, damit sie sich das hier verdient; aber dann sieht Julia sie mit einem kleinen Lächeln und einem vertraulichen Zwinkern an.

Alle haben den Blick auf Holly gerichtet. Sie denkt kurz an ihren Dad, sein Grinsen, wenn er ausweicht, sobald du versuchst, ihn zu einer Antwort zu zwingen: Lass dich nie festlegen, nicht, bevor du dir mehr als sicher bist, und nicht mal dann.

Die anderen, gleißend weiß vor den dunklen Bäumen, dreifach und wartend. Der sanft gerundete Schatten unter Selenas Kinn, Beccas stark nach hinten gebogenes Handgelenk, wo sie die Hand ins Gras gestützt hat, Julias nach unten gezogener Mundwinkel: Holly wird das alles noch vor sich sehen, wenn sie hundert ist, wenn der Rest der Welt längst aus ihrem Kopf gespült ist. Etwas pulsiert in ihren Handflächen, zieht sie zu ihnen. Etwas verschiebt sich, der Rauchfahnenschmerz von etwas, was Durst ähnelt, aber nicht ist, das sich in ihrer Kehle und unter dem Brustbein festsetzt. Etwas geschieht.

»Ich auch«, sagt sie.

»O Gott«, sagt Julia. »Ich kann's jetzt schon hören. Die werden sagen, wir wären so 'ne Art Lesbenorgien-Sekte.«

»Na und?«, sagt Selena. »Sollen sie doch sagen, was sie wollen. Kann uns doch egal sein.«

Eine atemlose Stille, als sie das begreifen. Ihre Gedanken rasen wild auf diesem Gleis. Sie sehen Joanne im Court rumzappeln und kichern und künstlich lächeln, damit die Colm-Jungs sie wahrnehmen, sie sehen Orla hilflos in ihr durchnässtes Kissen heulen, nachdem Andrew Moore und seine Freunde sie förmlich in der Luft zerrissen haben, sie sehen sich selbst, wie sie verzweifelt versuchen, richtig zu stehen und sich richtig zu kleiden und die richtigen Sachen zu sagen, unter den aufdringlichen Blicken der Jungen, und sie denken: *Nie, nie, nie, nie wieder. Brich es auf, wie Superhelden Handschellen aufbrechen. Schlag es ins Gesicht und sieh zu, wie es zerplatzt.*

Mein Körper mein Kopf wie ich mich kleide wie ich gehe wie ich rede, meins alles meins.

Diese Macht, die in ihnen schwirrt und herauswill, lässt ihre Glieder beben.

Becca sagt: »Wir werden so was wie Amazonen sein. Die haben keine Männer angerührt, nie, und denen war egal, was die anderen sagten. Wenn ein Mann versucht hat, sie anzufassen, dann haben sie ihn …« Eine Sekunde, durchwirbelt von Pfeilen und Blutfontänen.

»Na, na«, sagt Julia, aber das kleine Lächeln ist wieder da, und es ist ihr eigenes Lächeln, das, das die meisten nie zu sehen bekommen. »Bleib locker. Das hier ist nicht für immer. Nur bis wir die Schule hinter uns haben und tatsächlich menschliche Typen kennenlernen können.«

Das Ende der Schulzeit ist Jahre entfernt und unvorstellbar, Worte, die nie Wirklichkeit werden können. Das hier ist für immer.

Selena sagt: »Wir müssen drauf schwören. Einen Eid.«

»Ach, komm«, sagt Julia, »wer macht denn schon so was …«
Aber sie sagt es nur reflexartig, es trudelt schwach und benebelt
davon in die Schatten, keine von ihnen hört darauf.

Selena streckt eine Hand aus, Handfläche nach unten über
das Gras und die verborgenen Spuren nächtlicher Insekten. »Ich
schwöre«, sagt sie.

Fledermausschreie, oben in der dunklen Luft. Die Zypressen
neigen sich näher, um zuzuschauen, aufmerksam, beifällig. Ihr
Raunen und Flüstern gibt den Mädchen Auftrieb, drängt sie
weiter.

»Okay«, sagt Julia. Ihre Stimme klingt lauter, als sie wollte, so
stark, dass es sie erschreckt. Ihr Herzschlag fühlt sich an, als
würde er sie vom Boden heben. »Okay. Also los.«

Sie lässt ihre Hand auf Selenas fallen. Das leise Klatschen hallt
über die Lichtung. »Ich schwöre.«

Becca, dünne Hand leicht wie eine Pusteblume auf Julias,
wünschte sehnlichst und zu spät, dass sie sich das Foto angeschaut hätte, dass sie gesehen hätte, was die anderen gesehen haben. »Ich schwöre.«

Und Holly. »Ich schwöre.«

Die vier Hände verschlingen sich zu einem Knoten, von
Mondlicht umhüllt, Finger verschränken sich, alle versuchen,
sich so weit zu strecken, dass sie alle anderen gleichzeitig umfan-
gen. Ein atemloses kurzes Lachen.

Die Zypressen seufzen, lang und befriedigt. Der Mond steht
still.

9

REBECCA O'MARA in der Tür zum Kunstraum, auf einem Fuß balancierend, den anderen um den Knöchel geschlungen. Langes, dunkelbraunes Haar zum Pferdeschwanz gebunden, weich und zerzaust, ungeglättet. Kein Make-up. Vielleicht zwei Zentimeter größer als Holly; mager, nicht beängstigend mager, aber eine Pizza hätte ihr zweifellos gutgetan. Nicht hübsch – die Gesichtszüge noch nicht ganz ausgeprägt –, aber das würde bald kommen. Große braune Augen auf Conway gerichtet, misstrauisch. Kein Blick auf die Geheimniswand.

Falls Rebecca zu wenig Selbstbewusstsein, zu wenig Selbstachtung hatte, das konnte ich ihr verschaffen. Den fürsorglichen großen Bruder abgeben, der bei einem ganz wichtigen Abenteuer Hilfe braucht, und die schüchterne kleine Schwester ist die Einzige, die ihm wirklich helfen kann.

»Rebecca, ja?«, sagte ich. Lächelte, nicht übertrieben, bloß entspannt und natürlich. »Danke, dass du gekommen bist. Setz dich doch.«

Sie rührte sich nicht. Houlihan musste sich an ihr vorbeischieben, um in ihre Ecke zu huschen.

»Es geht um Chris Harper. Nicht?«

Diesmal nicht dunkelrot und verkrampft, aber ihre Stimme war kaum mehr als ein Flüstern. Ich sagte: »Ich bin Stephen Moran – vielleicht hat Holly schon mal von mir erzählt, ja? Sie war mir vor ein paar Jahren bei was behilflich.«

Rebecca sah mich richtig an, zum ersten Mal. Nickte.

Ich deutete auf den Stuhl, und sie riss sich von der Tür los und kam näher. Dieser schlaksige, halb tänzelnde Teenagergang, als würden ihre Füße allein von den schweren Schuhen wieder zurück zum Boden gezogen. Sie setzte sich, verknotete die Beine. Wickelte beide Hände in ihren Rock.

Ein hohles Gefühl in meiner Brust, als würde Wasser abfließen: enttäuscht. Weil ich Holly kannte, weil Conway gesagt hatte *Irgendwas war da*, wegen des ganzen dramatischen Gefasels über Freaks und Hexen, hatte ich erwartet, dass Hollys Freundinnen mehr zu bieten hätten als die ersten vier. Aber ich sah bloß eine andere Version von Alison, ein Bündel zappeliger Ängste in einem Rock, in den sie noch reinwachsen musste.

Ich ließ mein Rückgrat schlaff werden wie das eines Jugendlichen, Knie überall, und lächelte Rebecca wieder an. Diesmal ein bisschen traurig. »Jetzt brauch ich wieder Hilfe. Ich mache meinen Job gut, ehrlich, aber dann und wann brauche ich jemanden, der mir unter die Arme greift, weil ich sonst nicht weiterkomme. Irgendwie hab ich das Gefühl, du könntest diejenige welche sein. Würdest du's versuchen, ja?«

Rebecca sagte: »Geht's um Chris?«

Nicht zu schüchtern, um sich ein bisschen zu sträuben. Ich verzog das Gesicht. »Ehrlich gesagt, mir ist selbst noch nicht ganz klar, worum's eigentlich geht. Wieso? Ist denn irgendwas passiert, was mit Chris zu tun hat?«

Sie schüttelte den Kopf. »Ich meine bloß ...« Kleine Bewegung Richtung Conway mit dem Bündel aus Händen und Rock. Conway machte sich mit der Kappe ihres Stifts die Fingernägel sauber, schaute nicht auf. »Ich meine bloß, weil sie hier ist. Ich dachte ...«

»Lass uns zusammen versuchen, der Sache auf den Grund zu gehen. Okay?«

Ich sah sie mit einem warmen, netten Lächeln an. Bekam einen ausdruckslosen Blick zurück.

Ich sagte: »Fangen wir mal mit gestern Abend an. Erste Studierstunde: Wo warst du da?«

Nach einem Moment sagte Rebecca: »Im Gemeinschaftsraum der vierten Stufe. Da müssen wir sein.«

»Und dann?«

»Dann hatten wir Pause. Meine Freundinnen und ich sind nach draußen und haben uns eine Weile auf den Rasen gesetzt.«

Ihre Stimme war noch immer ein kratziges Hauchen, aber bei dem letzten Satz wurde sie stärker. *Meine Freundinnen und ich.*

Ich sagte: »Welche Freundinnen? Holly und Julia und Selena, ja?«

»Ja. Und noch ein paar andere. Die meisten von uns sind rausgegangen. Es war warm.«

»Und dann hattet ihr die zweite Studierstunde. Warst du da im Kunstraum?«

»Ja. Mit Holly und Julia und Selena.«

»Wie läuft das, wenn ihr die Erlaubnis haben wollt, eine Studierstunde hier zu verbringen? Ich meine, wer hat wen gefragt und wann? Sorry, ich bin da ein bisschen …« Achselzucken, Kopfeinziehen, verlegenes Grinsen. »Für mich ist das alles neu. Ich kenn mich da noch nicht aus.«

Wieder ein leerer Blick. Ich kann prima mit Jugendlichen umgehen, ja, bei mir werden sie locker, ich bring sie zum Reden … Das mit dem lieben großen Bruder haute nicht hin.

Conway hielt ihren Daumennagel ins Licht, blinzelte. Ihr entging nichts.

Rebecca sagte: »Wir fragen Miss Arnold – das ist die Hausmutter. Julia hatte sie vorgestern gefragt, vor dem Abendessen. Wir wollten in der ersten Studierstunde herkommen, aber die war schon vergeben, deshalb hat Miss Arnold gesagt, wir sollten die zweite Stunde nehmen. Die möchten nicht, dass zu viele von uns nach Unterrichtsschluss noch in der Schule sind.«

»Dann habt ihr euch also gestern Abend in der Pause den

Schlüssel für die Verbindungstür von den anderen Mädchen geben lassen, die hier oben gewesen waren?«

»Nein. Wir sollen den nicht einfach weitergeben. Wer den Schlüssel abgeholt hat, muss ihn zur vereinbarten Zeit wieder zurückgeben. Die anderen haben den Schlüssel also zurück zu Miss Arnold gebracht, und dann haben wir ihn bei ihr abgeholt.«

»Wer von euch hat ihn geholt?«

Ich sah den Moment, als ein Anflug von Angst grell über Rebeccas Gesicht huschte, und sie überlegte zu lügen. Dafür gab es keinen Grund, nichts daran hätte ihr Schwierigkeiten einbringen können, soweit ich das sah, aber sie spielte trotzdem mit dem Gedanken. Bei ihr lag Conway auf jeden Fall richtig: Sie log, zumindest wenn sie Angst hatte; zumindest wenn irgendwas sie von ihren Freundinnen wegriss, sie allein ins Rampenlicht zerrte.

Aber nicht dumm, Angst hin oder her. Sie brauchte eine halbe Sekunde, um zu begreifen, dass es sinnlos war. Sie sagte: »Ich.«

Ich nickte, als hätte ich nichts gemerkt. »Und dann seid ihr hierher in den Kunstraum. Alle vier zusammen, ja?«

»Ja.«

»Und was habt ihr gemacht?«

»Wir haben so ein Projekt.« Sie löste eine Hand von ihrem Rock, zeigte auf einen Tisch an der Fensterfront: Etwas Sperriges unter einer mit Farbe bespritzten Abdeckplane. »Selena hat Kalligraphie gemacht, und Holly hat Kreide zermahlen, für Schnee, und Julia und ich haben die meiste Zeit Sachen aus Kupferdraht gemacht. Unser Thema ist die Schule, wie sie vor hundert Jahren war – das ist Kunst und Geschichte zusammen. Ziemlich kompliziert.«

»Hört sich ganz so an. Deshalb habt ihr auch abends noch dran gearbeitet«, sagte ich. Anerkennend. »Wessen Idee war das?«

Die Anerkennung prallte an Rebecca ab. »Alle sollen in der Studierzeit an ihren Projekten arbeiten. Haben wir letzte Woche auch schon gemacht.«

165

Was der Moment gewesen sein könnte, als irgendwem ein Licht aufging. »Ach ja? Wessen Idee war es denn, gestern Abend noch mal herzukommen?«

»Weiß ich nicht mehr. Wir wussten alle, dass wir das müssen.«

»Und seid ihr alle die ganze Zeit hier gewesen, bis neun? Oder ist mal eine von euch rausgegangen?«

Rebecca wickelte beide Hände aus ihrem Rock und schob sie unter die Oberschenkel. Ich bombardierte sie mit Fragen, und sie war noch immer verkrampft und misstrauisch, wurde immer misstrauischer, aber dieses Misstrauen war wahllos, eine allgemeine Schutzhaltung; sie wusste nicht, wohin genau sie es richten sollte. Wenn sie nicht gut oder ich blöd war, dann wusste sie nichts von der Karte.

»Nur mal ganz kurz.«

»Wer ist wohin gegangen?«

Feine dunkle Augenbrauen wanderten nach unten. Braune Augen huschten zwischen Conway und mir hin und her.

Conway malte mit ihrem Stift Kritzeleien auf dem Tisch nach. Ich wartete.

»Wieso?«, fragte Rebecca. »Wieso müssen Sie das wissen?«

Ich schwieg. Rebecca auch. Die dünnen Ellbogen und Knie sahen aus wie scharfe Kanten, gar nicht mehr zart und zerbrechlich.

Entweder Conway hatte sie völlig falsch eingeschätzt, oder sie hatte sich in einem Jahr mächtig verändert. Rebecca brauchte keine Stärkung ihres Selbstvertrauens, brauchte weder mich noch irgendwen, um ihr das Gefühl zu geben, dass sie etwas Besonderes war. Sie war nicht Alison, war nicht Orla. Ich hatte die Sache falsch angefasst.

Conway hatte den Kopf gehoben. Sie beobachtete mich.

Ich gab die locker lässige Haltung auf, drückte den Rücken durch. Beugte mich vor, Hände zwischen den Knien gefaltet. Ein Erwachsener zum anderen.

»Rebecca«, sagte ich. Andere Stimme, direkt und ernst. »Es

gibt einige Dinge, die ich dir nicht erzählen kann. Und ich sitze hier und muss dich trotzdem bitten, mir alles zu erzählen, was du weißt. Das ist nicht fair, zugegeben. Aber falls Holly dir mal irgendwas über mich erzählt hat, dann hoffentlich, dass ich dich nicht behandeln werde, als wärst du blöd oder noch ein Baby. Wenn ich deine Fragen beantworten kann, werde ich das tun. Bitte begegne mir mit demselben Respekt. In Ordnung?«

Du kannst hören, wenn du den richtigen Ton getroffen hast, hörst seinen kristallklaren Klang. Der sture Zug um Rebeccas Kinn verschwand; das Misstrauen in ihrer Wirbelsäule verwandelte sich zumindest teilweise in Bereitschaft. »Ja«, sagte sie nach einem Moment. »Okay.«

Conway hörte auf, mit ihrem Stift herumzuspielen. Saß ruhig da, bereit mitzuschreiben.

»Schön«, sagte ich. »Also. Wer hat den Kunstraum verlassen?«

»Julia ist zurück in unser Zimmer gegangen, um eins von den alten Fotos zu holen, das wir vergessen hatten. Ich bin einmal zum Klo; Selena auch, glaube ich. Holly ist Kreide holen gegangen – wir hatten kein Weiß mehr, deshalb hat sie welche geholt. Ich glaube, aus dem Laborraum.«

»Weißt du noch, wann? In welcher Reihenfolge?«

Rebecca sagte: »Wir waren die ganze Zeit im Gebäude. Wir haben nicht mal das Stockwerk verlassen, außer Julia, und die war bloß ganz kurz weg.«

Ich sagte sanft: »Niemand behauptet, dass ihr irgendwas Verbotenes getan habt. Ich möchte bloß rausfinden, ob ihr irgendwas gesehen oder gehört haben könntet.«

»Haben wir aber nicht. Nichts gesehen, nichts gehört. Keine von uns. Wir hatten das Radio an, und wir haben bloß an unserem Projekt gearbeitet und sind dann wieder zurück in den Internatstrakt. Und zwar alle zusammen. Falls Sie das fragen wollten.«

Also doch ein Funke Trotz, das Kinn hob sich wieder.

»Und ihr habt Miss Arnold den Schlüssel zurückgegeben.«

»Ja. Um neun. Sie können sie fragen.« Das würden wir, aber ich sagte es nicht.

Ich holte das Foto hervor.

Rebeccas Augen landeten darauf, wie magnetisch angezogen. Ich hielt es zu mir gewandt, schnippte es gegen eine Fingerspitze. Rebecca versuchte, den Hals zu recken, ohne sich zu bewegen.

Ich sagte: »Auf dem Weg hierher bist du am Geheimnisort vorbeigekommen. Dann noch einmal auf dem Weg zur Toilette und wieder zurück. Und schließlich, als ihr alle wieder zurückgegangen seid. Richtig?«

Das zog ihre Augen weg von dem Foto, zurück zu mir. Große Augen, wachsam, in denen sich wilde Vermutungen überschlugen. »Ja.«

»Bist du dabei irgendwann mal stehen geblieben und hast es dir angeschaut?«

»Nein.«

Skeptischer Blick von mir.

»Wir hatten es eilig. Zuerst haben wir an dem Projekt gearbeitet, und dann musste ich den Schlüssel rechtzeitig zurückbringen. Wir haben gar nicht an den Geheimnisort gedacht. Wieso?« Eine Hand kam unter dem Bein hervor, öffnete sich Richtung Foto; lange Finger, sie würde mal sehr groß werden. »Ist das –«

»Die Geheimnisse an der Tafel. Sind welche von dir dabei?«

»Nein.«

Kein Zögern, keine sekundenschnelle Entscheidung. Keine Lüge.

»Warum nicht? Hast du keine Geheimnisse? Oder behältst du die für dich?«

Rebecca sagte: »Ich habe *Freundinnen*. Denen erzähle ich meine Geheimnisse. Ich muss sie nicht der ganzen Schule erzählen. Nicht mal anonym.«

Ihr Kopf war hochgekommen; ihre Stimme war plötzlich voller geworden, hallte durch das Sonnenlicht bis in alle Winkel des Raumes. Sie war stolz.

Ich sagte: »Meinst du, deine Freundinnen erzählen dir auch alle ihre Geheimnisse?«

Jetzt ein Zögern; eine Viertelsekunde, in der sich ihre Lippen öffneten und nichts herauskam. Dann sagte sie: »Ich weiß alles über sie.«

Noch immer dieser Klang in der Stimme, wie Freude. Ein Heben der Mundwinkel, das fast ein Lächeln war.

Ich merkte, wie es meine Atmung veränderte. Da war es, blitzte auf wie ein Signal: das besondere Etwas, auf das ich gewartet hatte. Heißer glühend, seltsam farbige Funken sprühend.

Die sind anders, hatte Conway gesagt, anders als Joannes Clique. Allerdings.

Ich sagte: »Und ihr bewahrt eure Geheimnisse gegenseitig. Ihr verratet einander nie?«

»Nein. Das würde keine von uns machen. Niemals.«

»Dann ist das hier nicht von dir?«, fragte ich. Foto in Rebeccas Hand.

Ein Atemhauch und ein hohes Wimmern kamen aus ihr heraus. Ihr Mund stand offen.

»Das hat jemand gestern Abend an die Geheimniswand gehängt. Warst du das?«

Das Foto hatte sie völlig eingesaugt. Es dauerte einen Moment, bis die Frage bei ihr ankam. Dann sagte sie: »Nein.«

Nicht gelogen: dafür hatte sie nicht mehr genug Konzentration. Auch sie war raus.

»Weißt du, wer es war?«

Rebecca zog sich wieder aus dem Foto heraus. Sie sagte: »Es war keine von uns. Von mir und meinen Freundinnen.«

»Woher weißt du das?«

»Weil keine von uns weiß, wer Chris getötet hat.«

Und damit drückte sie mir das Foto wieder in die Hand. Ende, aus. Sie hatte sich kerzengerade hingesetzt, Kopf hoch, sah mir direkt in die Augen, kein Blinzeln.

Ich sagte: »Mal angenommen, du müsstest raten. Kämst nicht drum herum. Was würdest du sagen?«

»Was raten? Wer die Karte gemacht hat oder ... das mit Chris?«

»Beides.«

Rebecca antwortete mir mit diesem ausdruckslosen Teenager-Schulterzucken, das Eltern in den Wahnsinn treibt.

Ich sagte: »So wie du über deine Freundinnen redest, klingt das, als würden sie dir viel bedeuten. Hab ich recht?«

»Ja. Tun sie.«

»Es wird sich rumsprechen, dass ihr vier irgendwas mit der Karte zu tun haben könntet. Das ist Fakt. Nicht zu ändern. Wenn ich Freunde hätte, an denen mir was liegt, würde ich alles tun, um dafür zu sorgen, dass da draußen kein Killer rumläuft, der denkt, sie wüssten irgendwas über ihn. Selbst wenn ich dafür Fragen beantworten müsste, die mir nicht gefallen.«

Rebecca dachte darüber nach. Gründlich.

Sie deutete mit dem Kinn auf das Foto. »Ich glaube, das hat sich bloß irgendwer ausgedacht.«

»Du sagst, es war keine von deinen Freundinnen. Das heißt, es muss Joanne Heffernan oder eine aus ihrer Clique gewesen sein. Die sind nämlich die Einzigen, die zur passenden Zeit im Gebäude waren.«

»Das haben Sie gesagt. Ich nicht. Ich hab keine Ahnung.«

»Würden die vier sich so was ausdenken?«

»Kann sein.«

»Warum?«

Achselzucken. »Vielleicht war ihnen langweilig. Die wollten, dass irgendwas passiert. Und jetzt sind Sie da.«

Geblähte Nasenflügel. *Die.* Rebecca hielt nicht viel von Joannes Clique. Äußerlich die Sanftmut in Person. Innerlich weniger.

»Und Chris«, sagte ich. »Was denkst du, wer das war?«

Rebecca sagte – ohne Zögern: »Irgendwelche Jungs vom Colm. Ich glaube, ein paar von denen haben sich hier reingeschlichen – vielleicht hatten sie irgendeinen Quatsch vor, was klauen oder was sprayen. Vor ein paar Jahren sind welche von ihnen nachts mit Spraydosen hergekommen und haben ein Riesenbild auf unseren Sportplatz gesprüht.« Leichte Röte zog ihre Wangen hinauf. Sie würde uns nicht sagen, was für ein Bild das gewesen war. »Ich glaube, die sind hergekommen, weil sie wieder so was machen wollten, aber dann haben sie Streit gekriegt. Und ...«

Ihre Hände öffneten sich. Ließen das Bild los, so dass es in der Luft davontrieb.

Ich sagte: »War Chris ein Typ, der so was tun würde? Sich aus der Schule schleichen und hierherkommen, um Faxen zu machen?«

Irgendein Bild entfaltete sich in Rebeccas Kopf, trug sie fort von uns. Sie betrachtete es. Sagte: »Ja. War er.«

Etwas legte sich über ihre Stimme, ein langer Schatten. Rebecca hatte Gefühle in Bezug auf Chris Harper. Ob gute oder schlechte, konnte ich nicht sagen, aber sie waren stark.

Ich sagte: »Wenn du mir eine Eigenschaft von ihm nennen solltest, welche wäre das?«

Rebecca sagte unvermutet: »Er war lieb.«

»Lieb? Inwiefern?«

»Einmal, als wir vor dem Shopping-Center rumhingen, hat mein Handy irgendwie rumgesponnen; es sah so aus, als wären alle meine Fotos weg. Zwei von den anderen Jungs haben sich voll bescheuert benommen – so in der Art: ›Uuuuh, was hattest du denn alles da drauf, etwa auch Fotos von ...‹« Wieder die leichte Röte. »Eben so blödes Zeug. Aber Chris meinte: ›Zeig mal her‹, und er hat mein Handy genommen und versucht, die Bilder wieder zurückzuholen. Die Idioten fanden das zum Schreien, aber Chris hat sich nicht drum geschert. Er hat einfach mein Handy wieder in Ordnung gebracht und es mir zurückgegeben.«

Ein leises Seufzen. Das Bild in ihrem Kopf wieder zusammengefaltet, in seine Schublade gesteckt. Sie sah uns wieder an.

»Wenn ich an Chris denke, dann daran. An diesen Tag.«

Für ein Mädchen wie Rebecca hätte dieser Tag viel bedeuten können. Er hätte in ihrem Kopf Wurzeln schlagen und wachsen können.

Conway bewegte sich. Sagte: »Hast du einen Freund?«

»Nein.«

Prompt. Fast verächtlich, als wäre das eine dumme Frage: *Hast du ein Raumschiff?*

»Warum nicht?«

»Muss ich?«

»Viele haben einen.«

Rebecca sagte kategorisch: »Ich nicht.«

Es interessierte sie einen Scheiß, was wir davon hielten. Nicht Alison, nicht Orla. Das Gegenteil.

Conway sagte: »Bis bald.«

Auf dem Weg zur Tür steckte Rebecca meine Visitenkarte in die Tasche, hatte sie sogleich schon wieder vergessen. Conway sagte: »Nicht unser Mädchen.

»Nee.«

Sie sprach es nicht aus. Das musste ich tun: »Hat eine Weile gedauert, bis ich den richtigen Ton gefunden hab.«

Conway nickte. »Ja. Nicht deine Schuld. Ich hab dich falsch vorbereitet.«

Sie war geistesabwesend, blickte mit zusammengekniffenen Augen irgendwohin.

Ich sagte: »Ich glaub, am Ende hab ich's ganz gut hingekriegt. Also kein großer Schaden entstanden, denke ich.«

»Vielleicht nicht«, sagte Conway. »Diese verdammte Schule. Stellt dir ständig Bein, sobald du dich umdrehst. Und egal, was du machst, am Ende war's doch falsch.«

Julia Harte. Nach der Erfahrung mit Rebecca sagte Conway mir nichts über Julia, doch sobald sie zur Tür hereinkam, wusste ich, dass sie bei den vieren das Sagen hatte. Klein, dunkles, lockiges Haar, das sich gegen einen Pferdeschwanz wehrte. Ein bisschen fülliger als die anderen, ein bisschen kurviger, ein Gang, der das zur Geltung brachte. Nicht hübsch – rundliches Gesicht, Hubbel auf der Nase –, aber ein gutes Kinn mit viel Eigensinn und gute Augen: grün-braun, mit langen Wimpern und hellwach. Kein Blick auf die Geheimnistafel, aber das hieß nichts, nicht bei ihr.

»Detective Conway«, sagte sie. Angenehme Stimme, tiefer als die der meisten Mädchen, beherrschter. Ließ sie älter klingen. »Haben Sie's ohne uns nicht mehr ausgehalten?«

Kleine Klugscheißerin. Das kann gut für uns sein, sehr gut. Klugscheißer reden, wenn sie lieber den Mund halten sollten, sagen egal was, Hauptsache, es klingt gut und schlagfertig.

Conway zeigte auf den Stuhl. Julia setzte sich, schlug die Beine übereinander. Sah an mir hoch, sah an mir runter.

Ich sagte: »Ich bin Stephen Moran. Julia Harte, richtig?«

»Zu Ihren Diensten. Was kann ich für Sie tun?«

Klugscheißer zeigen gern, dass sie clever sind. »Sag du's mir. Gibt es irgendwas, was du meiner Meinung nach wissen sollte?«

»Worüber?«

»Kannst du dir aussuchen.« Und ich grinste sie an, als wären wir zwei alte Sparringspartner, die einander vermisst hatten.

Julia grinste zurück. »Gelben Schnee sollte man nicht essen. Versuch nie Bockspringen mit einem Einhorn.«

Kaum zehn Sekunden, und es war ein Gespräch, keine Vernehmung. Ich war wieder im Spiel. Ich spürte, wie Conway sich auf dem Tisch entspannte; spürte die Erleichterung durch mich hindurchrauschen.

»Das werde ich mir merken«, sagte ich. »Aber erzähl mir doch erst mal, was du gestern Abend gemacht hast. Ab der ersten Studierstunde.«

Julia seufzte. »Und ich hatte gehofft, wir könnten über was Interessantes reden. Gibt's irgendeinen Grund dafür, warum wir uns über das langweiligste Thema der Welt unterhalten sollten?«

Ich sagte: »Du kriegst deine Infos, sobald ich meine habe. Vielleicht. Bis dahin keine Fangfragen.«

Anerkennendes Zucken um den Mund. »Einverstanden. Los geht's: öde Märchenstunde.«

Ihre Geschichte passte zu Rebeccas: das Kunstprojekt, der Schlüssel, das vergessene Bild und die Toilettenpausen und die Kreide, zu beschäftigt, um sich den Geheimnisort anzusehen. Keine Widersprüche. Es stimmte alles, oder die Mädchen waren sehr gut.

Ich holte das Foto hervor. Schnippte es wieder gegen eine Fingerspitze. »Hast du irgendwelche Karten an die Geheimnistafel gehängt?«

Julia schnaubte: »Hilfe, nein. Nicht mein Ding.«

»Nein?«

Ihre Augen auf dem Foto. »Indianerehrenwort, nein.«

»Dann hast du die hier nicht hingehängt?«

»Äh, da ich keine hingehängt habe, tippe ich mal auf nein.«

Ich hielt ihr das Foto hin. Julia nahm es. Ausdruckslos, fest entschlossen, sich nichts anmerken zu lassen.

Sie drehte das Foto zu sich um und erstarrte. Der ganze Raum erstarrte.

Dann zuckte sie die Achseln. Gab mir das Foto zurück, warf es beinahe.

»Sie haben doch schon Joanne Heffernan kennengelernt, nicht? Wenn Sie irgendwas finden, was die nicht tun würde, um Aufmerksamkeit auf sich zu ziehen, würde mich das echt interessieren. Hätte vermutlich irgendwas mit YouTube und einem Deutschen Schäferhund zu tun.« Quieken von Houlihan. Julias Blick glitt zu ihr rüber und gleich wieder weg, angeödet.

»Julia«, sagte ich. »Bitte lass den Quatsch mal für einen Moment. Wenn du das warst, müssen wir das wissen.«

»Ich bin tatsächlich in der Lage, was Ernstes zu erkennen, wenn ich es sehe. Das war ich nicht, absolut hundertprozentig.«

Julia war nicht raus. Fast raus, aber nicht ganz. »Du meinst, Joanne steckt dahinter?«

Wieder ein Achselzucken. »Die Einzigen, die draußen vor dem Büro warten mussten, waren wir und Joannes kleine Pudel – außerdem fragen Sie nach gestern Abend, also muss es jemand gewesen sein, der zu der Zeit in der Schule war. Wir waren es nicht, damit bleiben nur die übrig. Und die anderen drei kratzen sich nicht mal am Arsch, wenn Joanne es nicht erlaubt hat. 'tschuldigen Sie meine Ausdrucksweise.«

Ich sagte: »Wieso bist du dir so sicher, dass keine von deinen Freundinnen das hingehängt hat?«

»Darum. Ich kenne sie.«

Ein Echo des Tonfalls, der in Rebeccas Stimme mitgeschwungen hatte. Wieder dieses Signalblitzen, so grell, dass es mich fast blendete. Etwas Besonderes. Etwas Seltenes.

Ich schüttelte den Kopf. »Du kennst sie nicht durch und durch. Glaub mir. So was gibt's nicht.«

Julia sah mich an. Eine Augenbraue hochgezogen: *Soll das eine Frage sein?*

Ich konnte Conway spüren, heiß. Mühsam beherrscht.

Ich sagte: »Sag mal. Du hast dir doch bestimmt Gedanken darüber gemacht, wer Chris getötet hat. Was vermutest du?«

»Jungs vom Colm. Seine Freunde. Das sind Typen, die es total zum Brüllen finden, hier reinzuklettern und irgendwelchen Scheiß zu bauen – irgendwas klauen, ›SCHLAMPEN‹ an eine Mauer sprühen, was auch immer. Und es sind Typen, die es für eine umwerfende Idee halten, im Dunkeln mit Stöcken und Steinen und was sie sonst noch Gefährliches finden können rumzualbern. Irgendwer hat's ein bisschen übertrieben und ...«

Julia öffnete die Hände. Dieselbe Geste wie Rebeccas. Dieselbe Geschichte wie Rebeccas, fast Wort für Wort. Sie hatten sich abgesprochen.

Ich sagte: »Ja, wir haben gehört, dass Jungs vom Colm vor ein paar Jahren ein Bild auf den Sportplatz gesprüht haben. Waren das Chris und seine Kumpel?«

»Keine Ahnung. Wer auch immer die waren, sie sind nicht erwischt worden. Ich persönlich würde sagen, nein. Wir waren damals in der ersten Stufe, also wäre Chris in der zweiten gewesen. Ich glaube nicht, dass ein Haufen Zweitstufler sich das getraut hätte.«

»Was war das für ein Bild?«

Wieder ein Quieken von Houlihan. Julia winkte ihr neckisch. »Streng wissenschaftlich betrachtet, ein gigantischer Penis mit Hoden. Die Jungs vom Colm sind wahnsinnig phantasievoll.«

Ich sagte: »Irgendein Grund, warum du denkst, dass das mit Chris so abgelaufen ist?«

»Wer, ich? Ist bloß eine Vermutung. Die Polizeiarbeit überlasse ich lieber den Profis.« Klimperte mit den Wimpern, Kinn gesenkt, wartete auf eine Reaktion von mir. Nicht sexy, nicht Gemma. Spöttisch. »Kann ich jetzt gehen?«

Ich sagte: »Du hast es mächtig eilig, zurück in den Unterricht zu kommen. Bist du wirklich so lerneifrig?«

»Seh ich denn nicht aus wie ein braves kleines Schulmädchen?« Schmollmiene, halb provokant. Noch immer auf eine Reaktion lauernd.

Ich sagte: »Sag mir irgendetwas über Chris. Eine Sache, die wichtig war.«

Julia gab die Schmollmiene auf. Sie überlegte, Augen gesenkt. Sie überlegte wie eine Erwachsene; nahm sich Zeit, ohne sich darum zu kümmern, dass sie uns warten ließ.

Schließlich sagte sie: »Chris' Dad ist Banker. Er ist reich. Sehr, sehr reich.«

»Und?«

»Das ist wahrscheinlich das Wichtigste, das ich Ihnen über Chris erzählen kann.«

»Hat er damit rumgeprotzt? Immer die besten Sachen und so, hat er andere das spüren lassen?«

Langsames Kopfschütteln, Zungenschnalzen. »Überhaupt nicht. Er hat viel weniger angegeben als die meisten von seinen Freunden. Aber er hatte *alles*. Immer. Und als Erster. Ohne auf Weihnachten oder seinen Geburtstag warten zu müssen. Wenn er was wollte, kriegte er es.«

Conway bewegte sich. Sagte: »Klingt, als hättest du Chris' Clique ziemlich gut gekannt.«

»Mir blieb ja nicht viel anderes übrig. Das Colm ist zwei Minuten entfernt, wir machen alles Mögliche zusammen. Wir sehen uns oft.«

»Bist du mal mit einem von ihnen zusammen gewesen?«

»Hilfe, wofür halten Sie mich? Nein.«

»Hast du einen Freund?«

»Nein.«

»Warum nicht?«

Julia hob die Augenbrauen. »Wo ich so 'n heißer Feger bin? Wir treffen immer bloß Jungs vom Colm, und ich warte auf jemanden, der in Gesprächen auch mal mehrsilbige Wörter verwendet. Ich bin furchtbar wählerisch.«

Conway sagte: »Okay. Du kannst gehen. Falls dir noch was einfällt, ruf uns an.«

Ich gab Julia meine Visitenkarte. Sie nahm sie. Stand nicht auf. Sagte: »Darf ich jetzt auch mal was fragen? Wo ich doch so ein braves Mädchen war und alle Ihre Fragen beantwortet hab.«

»Schieß los«, sagte ich. »Ich kann nicht garantieren, dass ich dir antworte, aber frag einfach.«

»Wie haben Sie von der Karte erfahren?«

»Was glaubst du?«

»Ah«, sagte Julia. »Aber Sie haben mich gewarnt. War nett mit Ihnen, Detectives. Bis bald.«

Sie stand auf, schlug automatisch ihren Rockbund einmal um, so dass der Saum nach oben über die Knie rutschte. Ging aus dem Raum, ohne auf Houlihan zu warten.

Ich sagte, sobald Houlihan hinterdrein gehuscht war: »Die Karte war ein Schock.«

»Oder aber sie ist gut«, sagte Conway. Sie betrachtete noch immer die Tür, klopfte mit dem Stift auf ihr Notizbuch. »Und sie ist gut.«

Selena Wynne.

Lauter Gold und Jugendblüte. Große verträumte blaue Augen. Samtig rosiges Gesicht, voller, weicher Mund. Blondes Haar – echt – in kurzen wilden Ringellöckchen wie bei einem kleinen Jungen. Überhaupt nicht dick – Joanne hatte Mist erzählt –, aber sie hatte Kurven, weich gerundete Kurven, die sie älter als sechzehn wirken ließen. Selena war schön. Die Art von schön, die nicht von Dauer sein würde. Du konntest sehen, dass sie in diesem Sommer, vielleicht sogar an diesem Nachmittag, so schön war wie nie zuvor und nie wieder.

Bei einem jungen Mädchen willst du so was nicht wahrnehmen, dein Verstand will nichts damit zu tun haben. Aber es spielt eine Rolle, genau wie es bei einer erwachsenen Frau eine Rolle spielen würde. Veränderungen an jedem Tag ihres Lebens. Also nimmst du es wahr. Kratzt dir das schmierige Gefühl aus dem Kopf, so gut es geht.

Vornehme Mädchenschule: schön und behütet, hätte ich gedacht, wenn ich gedacht hätte. Besser als eine Sozialbausiedlung, wo nicht mal Busse halten. Aber allmählich sah ich es, aus den Augenwinkeln: das Schimmern in der Luft, das *Gefahr* signalisierte. Nicht auf mich persönlich gerichtet, jedenfalls nicht mehr, als sie das in der Sozialbausiedlung gewesen wäre, aber vorhanden.

Selena blieb an der Tür stehen, die sie hin und her schwang wie ein kleines Kind. Sah uns verwundert an.

Hinter ihr murmelte Houlihan etwas und versuchte, Selena nach vorne zu schieben. Selena merkte es nicht. Sie sagte zu Conway: »Ich erinnere mich an Sie.«

»Gleichfalls«, sagte Conway. Ihr Seitenblick zu mir, als sie zurück zu ihrem Platz ging, verriet, dass Selena den Geheimnisort nicht beachtet hatte. Null von sieben. Unser Kartenmädchen hatte Selbstbeherrschung. »Nimm doch Platz.«

Selena kam näher. Setzte sich, folgsam und gleichgültig. Betrachtete mich, als sei ich ein neues Gemälde auf einer der Staffeleien.

Ich sagte: »Ich bin Detective Stephen Moran. Selena Wynne, richtig?«

Sie nickte. Noch immer dieser verwunderte Blick, Mund leicht geöffnet. Keine Fragen, kein Worum-geht's-denn, kein Misstrauen.

Und keinen Sinn, auch nur den Versuch zu machen, sie aus der Reserve zu locken. Ich könnte mir den Mund fusselig reden und würde doch nur Antworten kriegen, als hätte ich ihre eine Fragenliste gemailt. Selena wollte nichts von mir. Sie nahm mich kaum als real wahr.

Unterbelichtet, dachte ich. Unterbelichtet oder crazy oder abgespaced oder welches Wort dieses Jahr gerade in war. Der erste Hauch einer Ahnung, warum Joannes Clique sie und ihre Freundinnen für Freaks hielt.

Ich sagte: »Erzähl mir bitte, was du gestern Abend gemacht hast.«

Dieselbe Geschichte wie bei den anderen beiden, zumindest teilweise. Sie wusste nicht genau, wer um die Erlaubnis gebeten, wer den Kunstraum verlassen hatte; sah mich vage an, als ich sie fragte, ob sie zur Toilette gegangen sei. Bestätigte, dass sie möglicherweise gegangen sei, aber so, als ob sie es mir zuliebe bestätigte, aus Freundlichkeit, weil es sie überhaupt nicht interessierte.

Sie hatte sich zu keinem Zeitpunkt des Abends die Geheimniswand angesehen. Ich fragte: »Hast du da schon mal Karten aufgehängt?«

Selena schüttelte den Kopf.

»Nein? Noch nie?«

»Ich weiß gar nicht, was der Geheimnisort eigentlich soll. Ich lese nicht mal gern, was da so hängt.«

»Warum nicht? Magst du keine Geheimnisse? Oder findest du, sie sollten geheim bleiben?«

Sie verschränkte die Finger, betrachtete sie fasziniert, so wie Babys das machen. Weiche Augenbrauen zogen sich zusammen, ganz leicht. »Ich mag das einfach nicht. Es stört mich.«

Ich sagte: »Dann ist das hier also nicht von dir.« Ich klatschte ihr das Foto in die Hände.

Ihre Finger waren so locker, dass es hindurchfiel und zu Boden trudelte. Sie sah einfach nur zu, wie es fiel. Ich musste es für sie aufheben.

Diesmal brachte es uns nichts. Selena hielt das Foto und betrachtete es so lange, ohne die geringste Bewegung in ihrem hübschen, friedlichen Gesicht, dass ich mich schon fragte, ob sie überhaupt begriffen hatte, was sie da sah.

»Chris«, sagte sie schließlich. Ich spürte Conway zusammenzucken. *Messerscharf geschlossen, Sherlock.*

Ich sagte: »Jemand hat das da an das Geheimnisbrett gehängt. Warst du das?«

Selena schüttelte den Kopf.

»Selena. Falls doch, hast du nichts zu befürchten. Wir sind dankbar für die Karte. Aber wir müssen es wissen.«

Wieder ein Kopfschütteln.

Sie war so schwer zu packen wie Nebel, du griffst einfach durch sie hindurch, ohne irgendwas zu berühren. Nichts, um den

180

Hebel anzusetzen, keine losen Fäden, an denen du zupfen konntest. Keine Chance, an sie ranzukommen.

Ich fragte: »Was denkst du, wer es war?«

»Ich weiß nicht.« Verwirrter Blick, als sei ich blöd, so was zu fragen.

»Wenn du raten müsstest.«

Selena gab sich alle Mühe, sich irgendetwas einfallen zu lassen, wieder mir zuliebe. »Vielleicht war es als Witz gemeint?«

»Würden deine Freundinnen so einen Witz machen?«

»Julia und Holly und Becca? Nein.«

»Was ist mit Joanne Heffernan und ihren Freundinnen? Die vielleicht?«

»Keine Ahnung. Ich verstehe das meiste nicht, was die machen.« Bei dem Gedanken an sie glitt ein schwacher Schatten über Selenas Gesicht, der aber im Nu wieder verschwunden war.

Ich fragte: »Was glaubst du, wer Chris Harper getötet hat?«

Selena dachte lange darüber nach. Manchmal bewegten sich ihre Lippen, als wolle sie einen Satz anfangen, der ihr aber gleich wieder entfiel. Conway hinter meiner Schulter, knisternd vor Ungeduld.

Schließlich sagte Selena: »Ich glaube, das wird niemand je erfahren.«

Ihre Stimme war klar geworden, stark. Zum ersten Mal sah sie uns an, nahm uns wahr.

Conway sagte: »Warum nicht?«

»So was gibt es. Dass niemals herauskommt, was passiert ist.«

Conway sagte: »Ich denke, du unterschätzt uns. Wir haben vor, ganz genau herauszufinden, was passiert ist.«

Selena betrachtete sie. »Okay«, sagte sie mild. Gab mir das Foto zurück.

Ich sagte: »Wenn du dir eine Sache aussuchen müsstest, die du mir über Chris erzählst, was wäre das?«

181

Selena wurde wieder vage. Schwebte im Sonnenlicht davon wie die Staubflöckchen, Lippen geöffnet. Ich wartete.

Nach einem Moment, der mir endlos vorkam, sagte sie: »Manchmal sehe ich ihn.«

Sie klang traurig. Nicht ängstlich, nicht so, als wolle sie uns Angst machen oder beeindrucken, nichts dergleichen. Einfach tieftraurig.

Houlihan fuhr zusammen. Conway unterdrückte ein Schnauben.

Ich sagte: »Ach ja? Wo?«

»Mal hier, mal da. Draußen auf dem Flur, einmal, da hat er auf der Fensterbank gesessen und irgendwem gesimst. Oder er läuft Runden um den Sportplatz vom Colm, wenn da ein Spiel ist. Einmal hat er auf der Wiese vor unserem Fenster, spätnachts, einen Ball in die Luft geworfen. Immer macht er irgendwas. Als würde er versuchen, all die Dinge zu tun, zu denen er nie Gelegenheit haben wird, als wollte er sie so schnell wie möglich tun. Oder als wollte er noch immer sein wie wir anderen, als hätte er vielleicht noch nicht begriffen …«

Ein plötzliches Luftschnappen hob Selenas Brust. »Ach«, sagte sie mit einem leisen, seufzenden Ausatmen. »Der arme Chris.«

Nicht unterbelichtet, nicht crazy. Ich hatte schon fast vergessen, dass ich das überhaupt gedacht hatte. Selena stellte Dinge mit der Luft an, verlangsamte sie auf ihren Rhythmus, tönte sie mit ihren Perlmuttfarben. Nahm dich mit zu seltsamen Orten.

Ich sagte: »Irgendeine Idee, warum du ihn siehst? Habt ihr euch nahegestanden?«

Etwas blitzte in Selenas Gesicht auf, als sie den Kopf hob. Nur dieses eine Aufblitzen, kurz da und gleich wieder verschwunden, zu schnell, um es zu packen und festzuhalten. Etwas Scharfes, das durch den Dunst glänzte wie Silber.

»Nein«, sagte sie.

In dieser Sekunde hätte ich zweierlei schwören können. Irgendwo, am Ende eines langen verschlungenen Pfades, den wir vielleicht nie beschreiten würden, stand Selena im Zentrum dieses Falls. Und ich würde meinen Kampf bekommen.

Ich tat verwirrt. »Ich dachte, ihr beide wart ein Paar?«

»Nein.«

Sonst nichts.

»Aber warum siehst du ihn dann? Wenn ihr euch nicht nahe wart?«

Selena sagte: »Das hab ich noch nicht rausgefunden.«

Conway bewegte sich wieder. »Wenn du es rausfindest, sei so nett und sag uns gleich Bescheid.«

Selenas Augen glitten hinüber zu ihr. »Okay«, sagte sie seelenruhig.

Conway sagte: »Hast du einen Freund?«

Selena schüttelte den Kopf.

»Warum nicht?«

»Ich möchte keinen.«

»Warum nicht?«

Keine Antwort. Conway sagte: »Was ist mit deinem Haar passiert?«

Selena hob eine Hand an den Kopf, verwundert. »Ach so«, sagte sie. »Das. Ich hab's abgeschnitten.«

»Wieso?«

Sie überlegte. »Es kam mir irgendwie richtig vor.«

Conway sagte wieder: »Wieso?«

Schweigen. Selenas Mund war wieder erschlafft. Sie ignorierte uns, nein, sie hatte uns losgelassen.

Wir waren fertig. Wir gaben ihr unsere Visitenkarten und ließen sie mit Houlihan zur Tür hinausschweben, kein Blick zurück.

Conway sagte: »Noch eine, die wir nicht ausschließen können.«

»Stimmt.«

183

»Chris Harpers Geist«, sagte Conway mit einem angewiderten Kopfschütteln. »So ein Schwachsinn! Und McKenna hockt in ihrem Büro und klopft sich selbst auf die Schulter, weil sie mit ihrem Schrein dem ganzen Unsinn ein Ende gemacht hat. Ich hätte nicht übel Lust, ihr das zu erzählen, bloß um ihr Gesicht dabei zu sehen.«

Und zu guter Letzt: Holly.

Sie hatte ihre Masche geändert – ob für Conway oder Houlihan, schwer zu sagen. Jetzt war sie ganz das brave kleine Schulmädchen, Rücken gerade, Hände vor sich gefaltet. Als sie zur Tür hereinkam, machte sie praktisch einen Knicks.

Mir kam der Gedanke, ein bisschen verspätet, dass ich keine Ahnung hatte, was Holly eigentlich von mir wollte.

»Holly«, sagte ich. »Du erinnerst dich an Detective Conway. Wir beide sind dir wirklich dankbar, dass du die Karte zur Polizei gebracht hast.« Ernstes Nicken von Holly. »Wir haben nur noch ein paar Fragen an dich.«

»Klar. Kein Problem.« Sie setzte sich, Füße gekreuzt. Ich schwöre, ihre Augen waren jetzt größer und blauer.

»Erzählst du uns bitte, was du gestern Abend gemacht hast?«

Dieselbe Version wie die der drei anderen, bloß flüssiger. Kein Nachfragen erforderlich, kein Zurückspringen, um sich selbst zu korrigieren. Holly ratterte das Ganze runter, als habe sie es einstudiert. Hatte sie wahrscheinlich.

Ich sagte: »Hast du irgendwelche Geheimnisse an das Schwarze Brett gehängt?«

»Nein.«

»Nie?«

Hinter der sittsamen Fassade ein rasches Aufblitzen der ungeduldigen Holly, die ich kannte. »Geheimnisse sind *geheim*. Darum geht's ja gerade. Und das ist nie im Leben total anonym, jedenfalls nicht, wenn einer es wirklich drauf anlegt, dich zu enttarnen. Bei der Hälfte der Karten, die da hängen, wissen alle, von wem die sind.«

Die Tochter ihres Daddys: sieh dich vor, immer. »Also, was meinst du, wer diese Karte aufgehängt hat?«

Holly sagte: »Sie haben es doch auf uns und Joannes Clique eingegrenzt.«

»Mal angenommen, das stimmt. Auf wen würdest du tippen?«

Sie überlegte oder tat zumindest so. »Also, ich oder meine Freundinnen waren es offensichtlich nicht, sonst hätte ich Ihnen das ja längst gesagt.«

»Bist du sicher, du wüsstest, wenn es Julia, Selena oder Rebecca gewesen wären?«

Wieder die Ungeduld. »*Ja*, bin ich. Okay?«

»In Ordnung. Auf wen von den anderen würdest du tippen?«

»Joanne jedenfalls nicht, weil die voll das Drama aus der ganzen Sache gemacht hätte – wahrscheinlich mit Ohnmachtsanfall bei der Schulversammlung, und Sie hätten sie dann im Krankenhaus besuchen müssen oder so. Und Orla ist viel zu blöd, um sich so was auszudenken. Bleiben also Gemma und Alison. Wenn ich raten müsste …«

Sie wurde lockerer, je länger wir redeten. Conway hielt sich raus, Kopf gesenkt. Ich sagte: »Na los, nur zu.«

»Also gut. Gemma denkt, sie und Joanne sind allmächtig. Wenn sie was wüsste, würde sie Ihnen wahrscheinlich gar nichts erzählen, aber wenn *doch*, dann offen und direkt. Im Beisein von ihrem Dad – der ist nämlich Anwalt. Also würde ich sagen Alison. Die hat so gut wie vor allem Angst. Wenn sie was wüsste, hätte sie niemals den Mut, direkt zu Ihnen zu kommen.«

Holly schielte zu Conway hinüber, vergewisserte sich, dass sie auch schön mitschrieb. »Oder«, sagte sie, »aber daran haben Sie wahrscheinlich schon gedacht, irgendeine Schülerin hat eine aus Joannes Clique dazu gebracht, die Karte für sie aufzuhängen.«

»Würden die das machen?«

185

»Joanne nicht. Gemma auch nicht. Orla ganz bestimmt, aber sie würde es Joanne erzählen, bevor sie es täte. Alison vielleicht. Aber wenn sie es war«, fügte Holly hinzu, »wird sie es Ihnen nicht erzählen.«

»Warum nicht?«

»Weil Joanne stinksauer würde, wenn sie herausfände, dass Alison die Karte aufgehängt hat, ohne ihr was zu sagen. Also wird sie schön den Mund halten.«

Allmählich wurde mir schwindelig von dem Versuch mitzukommen, wer was unter welchen Umständen für wen tun würde. Respekt vor jungen Mädchen. Ich wäre niemals dazu in der Lage gewesen.

Conway sagte: »Falls sie das Foto aufgehängt hat, finden wir's raus.«

Holly nickte ernst. Voller Zutrauen in die großen tapferen Detectives, die gekommen waren, um alles wieder in Ordnung zu bringen.

Ich sagte: »Was ist mit Chris' Tod? Was meinst du, wer ihn auf dem Gewissen hat?«

Ich erwartete die Geschichte von dem aus dem Ruder gelaufenen Streich, schön flott heruntergerasselt mit Hollys eigenen originellen Verzierungen obendrauf. Stattdessen sagte sie: »Ich *weiß* es nicht.«

Die gepresste Frustration verriet, dass es die Wahrheit war. »Nicht irgendwelche Jungs vom Colm, die rumgealbert haben, und dabei ist was schiefgegangen?«

»Ich weiß, manche glauben das. Aber es wäre doch bestimmt ein ganzer Haufen Jungs gewesen, und, sorry, aber mindestens drei oder vier von denen, die es schaffen, den Mund zu halten und sich nicht einziges Mal zu verplappern? Kann ich mir nicht vorstellen.« Hollys Blick wanderte zu Conway. Sie sagte: »Jedenfalls nicht, wenn Sie die so befragt haben, wie Sie uns befragt haben.«

Ich hielt das Foto hoch. Sagte: »Irgendeine hat es geschafft, bis jetzt den Mund zu halten.«

Wieder blitzte ihre Gereiztheit auf. »Alle meinen immer, Mädchen plappern nur rum, quasseln ständig wie die Blöden. Das ist totaler Schwachsinn. Mädchen bewahren Geheimnisse. Jungs sind diejenigen, die den Mund nicht halten können.«

»Am Geheimnisort plaudern aber viele Mädchen so einiges aus.«

»Stimmt, und wenn es das Brett nicht gäbe, würden sie's nicht tun. Dafür ist es nämlich da: dass wir da unser Herz ausschütten.« Seitenblick zu Houlihan. Zuckersüß: »Das Ding ist bestimmt in vielerlei Hinsicht eine wertvolle Einrichtung.«

Ich sagte: »Such dir irgendwas aus, was du mir über Chris sagen kannst. Etwas Wichtiges.«

Ich sah den Atemzug, der Hollys Brust hob, als würde sie sich wappnen. Sie sagte klar und kühl: »Er war ein Arsch.«

Protestgeräusch von Houlihan. Es kümmerte niemanden.

Ich sagte: »Du weißt, dass du mir das genauer erläutern musst.«

»Der hat sich nur dafür interessiert, was *er* wollte. Die meiste Zeit war das kein Problem, denn was er wollte, war, dass alle ihn *mögen*, deshalb hat er immer voll einen auf nett gemacht. Aber manchmal, wenn er über irgendwen hergezogen hat, der nicht so wichtig war, bloß um alle zum Lachen zu bringen? Oder wenn er irgendwas wollte und nicht kriegen konnte?« Holly schüttelte den Kopf. »Da war er gar nicht mehr so nett.«

»Gib mir mal ein Beispiel.«

Sie überlegte, wählte aus. »Okay«, sagte sie. Noch immer kühl, aber mit einer unterschwelligen Wut in der Stimme. »Einmal war eine ganze Gruppe von uns drüben im Court, wir und ein paar Jungs vom Colm. Wir stehen vor einem Café in der Schlange, und ein Mädchen, Elaine, bestellt den letzten Schokomuffin, ja? Chris steht hinter ihr und meint so: ›Ey, den wollte ich haben‹, und Elaine so: ›Tja, zu spät.‹ Und Chris sagt richtig laut, so dass

187

alle es mitkriegen: ›Dein Fettarsch braucht keine Muffins mehr.‹ Alle Jungs fangen an zu lachen. Elaine wird knallrot, und Chris piekst sie in den Hintern und meint: ›Da stecken so viele Muffins drin, du könntest eine eigene Bäckerei aufmachen. Darf ich mal beißen?‹ Elaine hat sich bloß noch umgedreht und ist praktisch weggerannt. Die Jungs haben hinter ihr hergebrüllt: ›Lass ihn wackeln, Baby! Wackelarsch!‹, und sich nicht mehr eingekriegt.«

Nach dem, was Conway gesagt hatte, war dies das erste Mal, dass jemand so über Chris redete. Ich sagte: »Reizend.«

»Ja, nicht? Elaine wollte echt wochenlang nirgendwo mehr hin, wo sie vielleicht welche vom Colm getroffen hätte, und ich glaube, sie macht bis heute Diät – und ganz nebenbei, sie war damals schon kein bisschen dick. Aber die Sache ist doch, Chris hätte sich das verkneifen können. Ich meine, es ging bloß um einen *Muffin*, nicht um die letzten Tickets zum WM-Finale. Aber Chris fand einfach, Elaine hätte ihm den Muffin überlassen sollen. Und als sie das nicht getan hat« – bitterer Zug um Hollys Mund –, »hat er sie bestraft. Als hätte sie es verdient.«

Ich sagte: »Elaine, und wie weiter?«

Ein Zögern, aber das war leicht rauszufinden. »Heaney.«

»Sonst noch jemand, bei dem Chris sich wie ein Arsch verhalten hat?«

Achselzucken. »Ich hab mir nicht alles aufgeschrieben. Vielleicht haben die meisten es gar nicht gemerkt, weil, wie gesagt, es kam nur ab und zu vor, und meistens hat er alle anderen damit zum Lachen gebracht. Er hat immer so getan, als wär's bloß Spaß, nicht ernst gemeint. Aber Elaine hat's gemerkt. Und auch alle anderen, mit denen er das gemacht hat, ich wette, die haben es auch gemerkt.«

Conway sagte: »Letztes Jahr hast du nicht gesagt, dass Chris ein Arsch war. Du hast gesagt, du kanntest ihn kaum, aber er schien ganz in Ordnung zu sein.«

Holly ließ sich das durch den Kopf gehen. Formulierte vorsichtig: »Da war ich noch jünger. Alle fanden Chris nett, also hab ich gedacht, dann war er das wahrscheinlich auch. Ich hab ihn erst später richtig durchschaut.«

Gelogen: die Lüge, auf die Conway gewartet hatte.

Conway zeigte auf das Foto in meiner Hand. »Warum hast du uns das dann gebracht? Wenn Chris so ein Arsch war, wieso interessiert's dich dann, ob sein Mörder gefasst wird?«

Braves-Mädchen-Kulleraugen. »Mein Dad ist Detective. Er würde wollen, dass ich das Richtige tue. Ob ich Chris nun mochte oder nicht.«

Noch mal gelogen. Ich kenne Hollys Dad. Nichts liegt ihm ferner, als sich nur aus Prinzip wie ein guter Junge zu verhalten. Er hat noch nie in seinem Leben irgendwas getan, ohne dabei eigene Absichten zu verfolgen.

Hab absolut nichts aus ihr rausgekriegt, hatte Conway gesagt. *Wie Zähne ziehen.* Letztes Jahr hatte Holly nicht gewollt, dass der Täter gefasst wurde, oder es lag ihr nicht genug daran, sich dafür aus dem Fenster zu lehnen. Dieses Jahr lag ihr was dran. Ich musste herausfinden, wieso.

»Holly«, sagte ich. Beugte mich vor, näher, hielt ihren Blick fest: *Ich bin's, rede mit mir.* »Es gibt irgendeinen Grund dafür, dass du dich plötzlich so für die Lösung des Falls einsetzt. Du musst mir den Grund verraten. Du hast doch bestimmt von deinem Dad gelernt: Alles könnte uns weiterhelfen, selbst wenn du dir nicht vorstellen kannst, wie.«

Holly sagte prompt und ohne mit der Wimper zu zucken: »Ich weiß nicht, was Sie meinen. Es gibt keinen *Grund.* Ich versuche bloß, das Richtige zu tun.« Zu Conway: »Kann ich jetzt gehen?«

»Hast du einen Freund?«, fragte Conway.

»Nein.«

»Warum nicht?«

Engelsmiene. »Ich hab einfach zu viel zu tun. Mit der Schule und allem.«

»Fleißiges Mädchen«, sagte Conway. »Du kannst gehen.« Zu Houlihan: »Alle acht zusammen. Hier rein.«

Als die beiden weg waren, sagte Conway: »Falls Holly wüsste, wer Chris getötet hat. Würde sie dann zu dir oder zu ihrem Dad gehen? Es irgendwem sagen?«

Oder würde sie eine Karte basteln und mir bringen? Ich sagte: »Vielleicht nicht. Sie war schon mal Zeugin, und das war keine schöne Erfahrung. Könnte sein, dass sie nicht besonders scharf drauf ist, das noch mal zu erleben. Aber wenn sie uns irgendwas mitteilen wollte, würde sie auf Nummer Sicher gehen, dass es auch bei uns ankommt. Anonymer Brief wahrscheinlich, alle Einzelheiten haargenau erläutert. Nicht so ein Alles-und-nichts-Fingerzeig wie diese Karte.«

Conway dachte nach, ließ den Stift zwischen zwei Fingern wippen. Nickte. »In Ordnung. Aber mir ist was aufgefallen. Deine Holly redet, als wäre es dem Mädel, das die Karte aufgehängt hat, darum gegangen, dass wir sie bekommen. Sie geht davon aus, dass die Kartenaufhängerin nicht einfach bloß ein Geheimnis loswerden wollte. Sie wollte uns etwas mitteilen, und das war die beste Lösung, die ihr eingefallen ist.«

Sie war nicht *meine* Holly. Das wurde immer offensichtlicher, mir jedenfalls. Ich sprach es nicht aus.

Ich sagte: »Vielleicht hat Holly Skrupel, dass sie zu mir gekommen ist. In dem Alter giltst du schnell als Petze, wenn du dich an einen Erwachsenen wendest, und das ist so ziemlich das Schlimmste, was dir passieren kann. Also redet sie sich ein, das Mädchen wollte, dass sie es tut.«

»Könnte sein. Oder aber sie weiß es mit Sicherheit.« Conway klapperte mit dem Stift zwischen ihren Zähnen. »Falls ja, wie stehen die Chancen, dass sie mit der Sprache rausrückt?«

Die standen gleich null. Es sei denn, Holly wollte es uns sagen und wartete nur auf einen geeigneten Moment.

Ich sagte: »Ich bringe sie dazu.«

190

Conways Augenbrauen sagten: *Abwarten*. Sie sagte: »Ich möchte, dass du sie alle auf einmal erlebst. Diesmal rede ich, und du guckst einfach nur zu.«

Ich lehnte an einer Fensterbank, und die Sonne wärmte mir durch das Jackett den Rücken. Conway ging mit gleichmäßigen langen Schritten vorn im Kunstraum auf und ab, Hände in den Hosentaschen, während die Mädchen eine nach der anderen hereinkamen.

Sie ließen sich nieder wie Vögel. Hollys Clique bei den Fenstern, Joannes Clique bei der Tür. Keine blickte über die Bresche zwischen ihnen.

Krumm und unruhig auf den Stühlen; verstohlene Blicke, hochgezogene Augenbrauen, Getuschel. Sie hatten gedacht, wir seien mit ihnen durch, hatten uns schon aus dem Kopf verdrängt. Jedenfalls einige von ihnen.

Conway sagte über die Schulter zu Houlihan: »Sie können dann draußen warten. Danke für Ihre Hilfe.«

Houlihan klappte den Mund auf und zu, gab einen Kleintierlaut von sich, trippelte hinaus. Die Mädchen hatten aufgehört zu tuscheln. Mit Houlihan ging auch der vermeintliche Schutz durch die Schule; jetzt gehörten sie uns.

Sie sahen anders aus, eine verwischte Schliere. Wie die Stroboskopwirkung des Geheimnisorts: Ich konnte die einzelnen Mädchen nicht mehr sehen, bloß noch die vielen Wappen auf den Blazern, die vielen Augen. Ich fühlte mich in der Unterzahl. Draußen.

»Okay«, sagte Conway. »Eine von euch hat uns heute angelogen.«

Sie wurden mucksmäuschenstill.

»Mindestens eine.« Sie blieb stehen. Zog das Foto von der Karte heraus, hielt es hoch. »Gestern Abend hat eine von euch diese Karte an die Geheimniswand gehängt. Und heute hat sie sich hier hingesetzt und einen auf ›Ogottogott, nein, ich war das nicht, die hab ich noch nie gesehen‹ gemacht. Das ist eine Tatsache.«

Alisons Blinzeln wirkte wie ein nervöser Tick. Joanne, Arme verschränkt, wippte mit einem Fuß und schielte zu Gemma hinüber, als wollte sie sagen *OmeinGott, das darf ja wohl nicht wahr sein, dass wir uns das anhören müssen.* Orla saugte an den Lippen und versuchte, ein Angstkichern zu unterdrücken.

Hollys Clique rührte sich nicht. Sie sahen einander nicht an. Die Köpfe nach innen gewendet, als lauschten sie einander, nicht uns. Die Neigung ihrer Schultern zum Mittelpunkt hin, wie von einem Magneten gelenkt, als könnte nur Superman eine von ihnen dort wegziehen.

Irgendwas war da.

Conway sagte: »Ich rede mit dir. Dem Mädchen, das die Karte aufgehängt hat. Dem Mädchen, das behauptet, sie wüsste, wer Chris Harper getötet hat.«

Ein Ruck ging durch den Raum, ein Frösteln.

Conway setzte sich wieder in Bewegung, das Foto zwischen den Fingerspitzen. »Du denkst, uns anzulügen ist dasselbe wie deinem Lehrer zu erzählen, du hättest die Hausaufgaben im Bus vergessen, oder deinen Eltern zu erzählen, du hättest in der Disco nichts getrunken. Falsch. Das ist etwas völlig anderes. Das ist keine harmlose Notlüge, an die sich kein Schwein mehr erinnert, wenn du die Schule verlässt. Das hat Konsequenzen.«

Alle verfolgten Conway mit den Augen. Von ihr mitgezogen, hungrig.

Sie war ihr großes Rätsel. Nicht wie ich, nicht wie Jungs, wir waren ein fremdes Rätsel, mit dem sie lernten, zu verhandeln und zu feilschen, etwas, das sie wollten, ohne zu wissen, warum. Aber Conway war ihres. Sie war eine Frau, erwachsen: Sie wusste Bescheid. Wie man das trug, was einem gut stand, wie man Sex richtig machte oder ablehnte, wie man seine Rechnungen bezahlte, wie man in der Wildnis außerhalb der Schulmauern überlebte. Sie steckten gerade erst die Zehen ins Wasser, aber Conway war schon völlig eingetaucht und schwamm.

Sie wollten näher an sie ran, ihre Ärmel befingern. Sie begutachteten sie streng, urteilten, ob sie ihre Erwartungen erfüllte. Fragten sich, ob sie selbst das tun würden, irgendwann. Versuchten, den unsicheren Weg zu sehen, der von ihnen zu ihr führte.

»Ich sage es jetzt mal ganz schlicht und einfach: Falls du weißt, wer Chris ermordet hat, dann bist du in großer Gefahr. Nämlich in der Gefahr, selbst getötet zu werden.« Sie wedelte mit dem Foto in der Luft, ein lautes Knattern. »Denkst du etwa, diese Karte würde ein Geheimnis bleiben? Wenn die anderen hier nicht schon der ganzen Schule davon erzählt haben, dann spätestens heute Abend. Wie lange wird es dauern, bis der Mörder – oder die Mörderin – davon erfährt? Wie lange wird es dauern, bis er – oder sie – rausgefunden hat, wer das Problem ist? Und was meinst du, wie ein Mörder so ein Problem löst?«

Ihre Stimme war gut. Ehrlich, knapp, entschlossen. Von einer Erwachsenen zur anderen: Sie hatte genau aufgepasst, was bei mir funktioniert hatte. »Du bist in Gefahr. Heute Abend. Morgen. Jede Sekunde, bis du uns erzählst, was du weißt. Erst dann hat der Mörder keinen Grund mehr, dir etwas anzutun. Aber bis dahin …«

Wieder ein Frösteln, ein Schaudern. Verstohlene Seitenblicke in Joannes Clique. Julia kratzte sich etwas von einem Knöchel, Augen gesenkt.

Conway tigerte jetzt schneller auf und ab. »Falls du die Karte aus Jux aufgehängt hast, bist du trotzdem genauso in Gefahr. Der Mörder kann es sich nicht leisten, irgendein Risiko einzugehen. Und in seinen Augen bist du ein Risiko.«

Wieder wedelte sie mit dem Foto. »Falls diese Karte purer Blödsinn ist, hast du wahrscheinlich Angst, dich zu melden, weil du keinen Ärger willst, in der Schule oder mit uns. Das ist Quatsch.

Klar, Detective Moran und ich werden dir eine Standpauke halten, weil du unsere Zeit vergeudet hast. Klar, wahrscheinlich kriegst du Ausgangsverbot oder so. Aber das ist immer noch sehr viel besser, als dein Leben zu verlieren.«

Joanne beugte sich unverhohlen zu Gemma hinüber und flüsterte ihr etwas ins Ohr. Grinste.

Conway blieb stehen. Fixierte sie.

Joanne grinste noch immer. Gemma, Augen aufgerissen, Mund offen, überlegte offenbar, ob sie lächeln sollte oder nicht. Überlegte, vor wem sie größere Angst hatte.

Mit ein paar raschen Schritten war Conway bei Joannes Stuhl, beugte sich vor. Es sah aus, als wolle sie ihr einen Kopfstoß verpassen.

»Rede ich mit dir?«

Joanne starrte zurück, die Lippen schlaff vor Verachtung. »*Wie* bitte?«

»Beantworte meine Frage.«

Die anderen Mädchen hatten die Köpfe gehoben. Dieser Arena-Blick, wie in Klassenzimmern, wenn sich Ärger zusammenbraut und alle abwarten, wer sich eine blutige Nase holt.

Joannes Augenbrauen hoben sich. »Ähm, ich hab nicht den geringsten Schimmer, was die Frage überhaupt soll.«

»Ich rede hier nur mit einer einzigen Person. Falls du das bist, dann halt den Mund und hör zu. Falls nicht, dann halt den Mund, weil keiner mit dir redet.«

Conway und ich stammen aus harten Gegenden, und wenn dir da einer blöd kommt, schlägst du fest und schnell zu und mitten ins Gesicht, ehe andere deine Schwäche sehen und gnadenlos ausnutzen. Falls sie dann zurückschrecken, hast du gewonnen. Draußen in der übrigen Welt schrecken die Leute auch vor so einem Schlag zurück, aber das heißt nicht, du hast gewonnen. Es heißt, sie haben dich als Stück Dreck eingestuft, als Bestie, als jemand, von dem man sich lieber fernhält.

Conway musste das wissen, sonst hätte sie es nie so weit gebracht. Irgendetwas – dieses Mädchen, diese Schule, dieser Fall – war ihr an die Nieren gegangen. Sie benahm sich daneben.

Nicht mein Problem. An dem Tag, als ich an der Polizeischule angenommen wurde, hatte ich mir geschworen: Diese Art von Härte war nicht mehr mein Problem, nie wieder, nicht so. Das hieß: Handschellen anlegen, Festnahmen machen, das ja; aber nicht, dass ich mich drum scherte oder dass wir irgendwas gemeinsam hatten. Wenn Conway sich danebenbenehmen wollte, sollte sie doch.

Joanne hatte noch immer dieses offenmundige höhnische Grinsen aufgesetzt. Die anderen beugten sich vor, warteten auf die Entscheidung. Die Sonne fühlte sich an, als drücke mir ein heißes Eisen hinten aufs Jackett.

Ich bewegte mich am Fensterbrett. Conway, die schon Luft holte, um Joanne anzubrüllen, fuhr herum. Fing meinen Blick auf.

Winzige Neigung des Kinns, kaum merklich. Warnend.

Conways Augen verengten sich. Sie drehte sich wieder zu Joanne um, langsamer. Schultern lockerer.

Lächeln. Ruhige, süßliche Stimme, als müsse sie einem dummen Kleinkind etwas erklären.

»Joanne. Ich weiß, es fällt dir schwer, nicht im Mittelpunkt zu stehen. Ich weiß, du würdest jetzt furchtbar gern ausflippen und ›Seht mich gefälligst alle an!‹ kreischen. Aber ich wette, wenn du dir ganz doll Mühe gibst, hältst du es noch ein paar Minütchen aus. Und wenn wir dann fertig sind, können deine Freundinnen dir erklären, warum das hier wichtig war. Ja?«

Joannes Gesicht war pures Gift. Sie sah aus wie vierzig.

»Meinst du, du schaffst das?«

Joanne ließ sich gegen die Stuhllehne plumpsen, verdrehte die Augen. »Von mir aus.«

»Braves Mädchen.«

Anerkennende Arena-Blicke ringsum: Der Sieger stand fest. Julia und Holly feixten. Alison sah panisch und überglücklich zugleich aus.

»Also«, sagte Conway und wandte sich wieder den anderen zu – Joanne war durch, vergessen. »Du, wer immer du bist. Ich weiß, das hat dir gefallen, aber Tatsache ist, du hast dasselbe Problem. Du nimmst den Mörder beziehungsweise die Mörderin nicht ernst. Vielleicht, weil du in Wirklichkeit nicht weißt, wer es ist, und er oder sie dir deshalb nicht real vorkommt. Vielleicht, weil du weißt, wer es ist, und du ihn oder sie für gar nicht so gefährlich hältst.«

Joanne starrte die Wand an, die Arme zu einem trotzigen Knoten verschlungen. Die übrigen Mädchen waren alle auf Conway fixiert. Sie hatte es geschafft: hatte ihre Erwartungen erfüllt.

Sie hob das Foto in einen Sonnenstrahl, Chris lachend und strahlend. »Wahrscheinlich hat Chris dasselbe gedacht. Ich hab schon viele Leute gesehen, die Mörder nicht ernst genommen haben. Die meisten davon hab ich bei ihrer Obduktion gesehen.«

Ihre Stimme war wieder ruhig und ernst. Als sie kurz schwieg, hielten alle den Atem an. Der Wind durch das offene Fenster ließ die Jalousien beben.

»Detective Moran und ich gehen jetzt was essen. Danach sind wir noch ein oder zwei Stunden im Internatsflügel.« Das löste eine Reaktion aus. Ellbogen rutschten über Tische, Rücken strafften sich. »Dann haben wir andere Termine. Was ich damit sagen will ist, du hast noch etwa drei Stunden, in denen du sicher bist. Der Mörder wird dich in Ruhe lassen, solange wir auf dem Gelände sind. Aber sobald wir weg sind ...«

Schweigen. Orlas Mund stand offen.

»Falls du uns was zu sagen hast, kannst du uns heute Nachmittag jederzeit ansprechen. Oder falls du Angst hast, jemand könnte das mitkriegen, kannst du uns anrufen oder simsen. Ihr alle habt unsere Visitenkarten.«

Conways Augen glitten über die Gesichter, landeten auf jedem einzelnen wie ein Stempel.

»Du, mit der ich geredet habe: Das ist deine Chance. Nutze sie. Und bis dahin, pass auf dich auf.«

Sie schob das Foto zurück in die Tasche ihres Blazers, zog den Blazer zurecht, vergewisserte sich, dass er akkurat saß. »Bis bald«, sagte sie.

Und ging zur Tür hinaus, ohne sich umzuschauen. Sie hatte mir kein Zeichen gegeben, aber ich war trotzdem direkt hinter ihr.

Draußen drückte Conway das Ohr an die Tür. Lauschte dem drängenden Zischeln von zwei getrennten Gruppen dahinter. Zu leise, um irgendwas zu verstehen.

Houlihan wartete. Conway sagte: »Gehen Sie ruhig rein. Führen Sie Aufsicht.«

Als die Tür sich hinter Houlihan schloss, sagte sie: »Hast du gesehen, was ich über Hollys Clique gesagt hab? Irgendwas ist da.«

Betrachtete mich genau. Ich sagte: »Ja. Ich hab's gesehen.«

Knappes Nicken, aber ich sah, dass Conways Hals sich entspannte: Erleichterung. »Und? Was ist es?«

»Weiß nicht genau. Noch nicht. Ich müsste mehr Zeit mit ihnen haben.«

Kurzes Auflachen, trocken. »Kann ich mir denken.« Sie ging den Flur hinunter, in ihrem schnellen, schwungvollen Gang. »Ich hab Hunger.«

197

10

DER BRUNNEN IN DER MITTE des Court ist abgestellt worden, und in dem riesigen Weihnachtsbaum, unglaublich hoch, glitzert Licht auf Glas und Lametta. Aus den Lautsprechern trällert eine Frau mit Kleinkindstimme: »*I Saw Mommy Kissing Santa Claus.*« Die Luft riecht so köstlich, Zimt und Tanne und Muskat, dass du am liebsten reinbeißen möchtest, das weiche Knuspern förmlich zwischen den Zähnen fühlst.

Es ist die erste Dezemberwoche. Chris Harper, der gerade mitten in einem Pulk von Jungs aus dem Jack-Wills-Laden im dritten Stock kommt und mit ihnen über *Assassin's Creed II* diskutiert, eine Tüte mit neuen T-Shirts über der Schulter, das Haar unter dem irren weißen Licht glänzend wie Kastanien, hat noch fünf Monate und knapp zwei Wochen zu leben.

Selena und Holly und Julia und Becca haben Weihnachtseinkäufe gemacht. Jetzt sitzen sie auf dem Brunnenrand um den Weihnachtsbaum, trinken heiße Schokolade und ziehen Bilanz. »Ich hab noch immer nichts für meinen Dad«, sagt Holly, den Kopf in einer Tüte.

»Ich dachte, er soll den riesigen Schokoladenstiletto kriegen«, sagt Julia und rührt mit einer Zuckerstange in ihrem Getränk – im Coffeeshop nennen sie es »Santas Helferlein«.

»Haha, Hashtag: sollhumorseinistaberkeiner. Der Schuh ist für meine Tante Jackie. Mein Dad ist ein Problem.«

»Hilfe«, sagt Julia und starrt entsetzt in ihr Getränk: »Das schmeckt wie Arsch mit Zahnpasta.«

»Ich tausche«, sagt Becca und hält ihren Becher hin. »Ich mag Pfefferminz.«

»Was hast du?«

»Lebkuchen-irgendwas-Mokka.«

»Nein, danke. Bei meinem weiß ich wenigstens, was es ist.«

»Meins ist lecker«, sagt Holly. »Worüber er sich am meisten freuen würde wäre, wenn ich mir einen GPS-Chip implantieren lasse, damit er mich jederzeit aufspüren kann. Ich weiß, alle Eltern sind paranoid, aber ehrlich, er spinnt *total*.«

»Das liegt an seinem Job«, sagt Selena. »Er sieht so viel schlimme Sachen und stellt sich vor, sie könnten dir passieren.«

Holly verdreht die Augen. »Hallo? Die meiste Zeit sitzt er im *Büro*. Das Schlimmste, was er sieht, sind Formulare. Er spinnt einfach. Neulich, als er mich abgeholt hat, wisst ihr, was er da als Erstes zu mir gesagt hat? Ich komme raus, und er guckt sich die Schulfassade an und meint: ›Die Fenster sind nicht alarmgesichert. Ich könnte in nicht mal dreißig Sekunden bei euch einbrechen.‹ Er wollte *auf der Stelle* zu McKenna und ihr sagen, die Schule wäre nicht *sicher* und sie sollte, keine Ahnung, Fingerabdruck-Scanner an jedem Fenster anbringen lassen oder so. Ich hab bloß gesagt: ›Lieber sterb ich.‹«

Selena hört ihn wieder: diesen einzelnen Ton von Silber auf Kristall, so fein geschliffen, dass er die zuckrige Musik und die Geräuschwolke glatt durchdringt. Er fällt in ihre Hand: ein Geschenk, nur für sie vier.

»Ich musste ihn echt *anbetteln*, einfach mit mir nach Hause zu fahren. Ich so: ›Wir haben einen Nachtwächter, im Internatsflügel ist nachts die Alarmanlage an, ich versichere dir, ich werde garantiert nicht von Menschenhändlern geraubt, und wenn du bei McKenna einen Aufstand machst, rede ich nie wieder mit dir‹, und er endlich so, okay, er würde es sein lassen. Ich so: ›Du fragst doch dauernd, warum ich lieber den Bus nehme, als mich abholen zu lassen – genau deshalb.‹«

»Ich hab's mir anders überlegt«, sagt Julia zu Becca und wischt sich über den Mund. »Wir tauschen. Deins kann unmöglich schlechter schmecken als das hier.«

»Am besten wäre, ich schenk ihm ein Feuerzeug«, sagt Holly. »Ich bin's leid, so zu tun, als wüsste ich nicht, dass er raucht.«

»Igitt«, sagt Becca zu Julia. »Du hast recht. Das schmeckt wie Kindermedizin.«

»Arsch mit Minzegeschmack. Schmeiß weg. Wir teilen uns das hier.«

Selena sagt: »Ich denke, wir sollten anfangen, nachts rauszugehen.«

Die anderen horchen auf.

»Wie jetzt, raus?«, fragt Holly. »Raus aus unserem Zimmer, zum Beispiel in den Gemeinschaftsraum? Oder richtig raus?«

»Richtig raus.«

Julia sagt, Augenbrauen gewölbt. *»Wieso?«*

Selena denkt darüber nach. Sie hört all die Stimmen von früher, als sie noch klein war, beruhigend, Mut machend: *Hab keine Angst, nicht vor Monstern, nicht vor Hexen, nicht vor großen Hunden.* Und jetzt, laut aus allen Richtungen blaffend: *Hab Angst, du musst Angst haben*, herrisch, als sei das deine einzige höchste Pflicht. Hab Angst davor, dick zu sein, hab Angst davor, dass deine Brüste zu groß sind, und hab Angst davor, dass sie zu klein sind. Hab Angst davor, allein unterwegs zu sein, vor allem da, wo es so still ist, dass du dich selbst denken hören kannst. Hab Angst davor, die falschen Klamotten zu tragen, die falschen Sachen zu sagen, ein blödes Lachen zu haben, uncool zu sein. Hab Angst davor, dass die Jungs dich nicht gut finden; hab Angst vor Jungs. Hab Angst vor Mädchen, die sind alle gemein, die machen dich fertig, ehe du weißt, wie dir geschieht. Hab Angst vor Fremden. Hab Angst vor schlechten Noten, hab Angst davor, dir Schwierigkeiten einzubrocken. Hab Angst, hab Panik, hab einen Horror davor, dass alles, was du bist, in jeder Hinsicht falsch ist. Braves Mädchen.

Gleichzeitig sieht sie in einem kühlen, unberührten Teil ihres Verstandes den Mond. Spürt den Schimmer dessen, wie er aussehen könnte, wenn sie vier ihn heimlich und ungestört um Mitternacht betrachten würden.

Sie sagt: »Wir sind jetzt was Besonderes. Das war der Sinn des Ganzen. Also müssen wir auch was Besonderes machen. Sonst …«

Sie weiß nicht, wie sie ausdrücken soll, was sie sieht. Der Augenblick auf der Lichtung entgleitet, verschwimmt. Sie vier verblassen allmählich, zurück zur Normalität.

»Sonst geht's bloß darum, was wir *nicht* machen, und irgendwann sind wir wieder genau wie früher. Es muss etwas geben, was wir tatsächlich *machen*.«

Becca sagt: »Wenn wir erwischt werden, fliegen wir von der Schule.«

»Ich weiß«, sagt Selena. »Und das kommt noch dazu. Wir sind zu brav. Immer schön lieb und artig.«

»Du vielleicht«, sagt Julia und leckt sich geräuschvoll Lebkuchen-irgendwas-Mokka von der Hand.

»Du doch auch – ja, Jules, du auch. Mit ein paar Typen rumknutschen und ab und zu ein Bier oder eine Zigarette, das zählt nicht. So was machen doch alle. Alle *erwarten*, dass wir so was machen; sogar die Erwachsenen, die wären besorgter, wenn wir so was *nicht* machen würden. Keiner außer Schwester Cornelius hält solche Sachen wirklich für bedenklich, und die spinnt.«

»Na und? Ich hab nun mal keinen Bock drauf, eine Bank zu überfallen oder Heroin zu spritzen. Wenn mich das zur uncoolen Streberin macht, auch gut.«

»Das heißt«, sagt Selena, »wir machen immer nur Sachen, die wir machen sollen. Entweder weil unsere Eltern oder die Lehrer das sagen oder weil wir Teenager sind und alle Teenager so was machen. Ich will was machen, was wir nicht machen sollen.«

»Eine originelle Sünde«, sagt Holly um ein Marshmallow herum. »Gefällt mir. Bin dabei.«

201

»Mann, du auch? Zu Weihnachten wünsche ich mir Freundinnen, die keinen an der Klatsche haben.«

»Ich fühle mich angegriffen«, sagt Holly, Hand auf dem Herzen. »Soll ich meine Ts rausholen?«

»Sei nicht *trotzig*«, leiert Becca mit Schwester Ignatius' Stimme. »Sei nicht *traurig*. Hol *tief* Luft und sei ein *Trottel*.«

»Du hast gut lachen«, sagt Julia zu Holly. »Wenn du von der Schule fliegst, kriegst du von deinem Dad wahrscheinlich noch eine Belohnung. Meine Eltern würden hammermäßig ausflippen. Und dann könnten sie sich nicht entscheiden, wer auf wen einen schlechten Einfluss gehabt hat, und deshalb würden sie auf Nummer Sicher gehen, und ich dürfte keine von euch je wiedersehen.«

Becca faltet einen Seidenschal zusammen, von dem sie jetzt schon weiß, dass ihre Mutter ihn nie tragen wird. Sie sagt: »Meine Eltern würden auch ausflippen. Ist mir egal.«

Julia schnaubt. »Deine Mutter wäre *begeistert*. Wenn du ihr aufbinden könntest, du hättest zu einer Sexorgie in einer Opiumhöhle gewollt, würde sie vor Stolz platzen.« Becca ist nicht das, was ihre Eltern sich vorgestellt haben. Meistens igelt sie sich regelrecht ein, wenn sie zu Besuch kommen.

»Stimmt, aber sie hätten Scherereien, weil sie eine neue Schule für mich suchen müssten. Sie müssten Flüge buchen, nach Hause kommen und so. Und sie hassen Scherereien.« Becca stopft den Schal zurück in ihre Tüte. »Und deshalb würden sie doch voll ausflippen. Ist mir trotzdem egal. Ich will raus.«

»Schau mal an«, sagt Julia amüsiert und lehnt sich auf einer Hand nach hinten, um Becca zu mustern. »Schau mal an, du bist ja auf einmal richtig verwegen. Alle Achtung, Becs.« Sie hebt ihren Becher. Becca zuckt verlegen die Achseln. »Hört mal, ich hätte echt Lust auf irgendeine originelle Sünde. Aber könnten wir uns bitte was aussuchen, was sich auch lohnt? Ich will ja kein Schisser sein, aber wir fliegen vielleicht von der Schule, und wofür eigentlich? Dass ich auf einer Wiese hocke und mir eine Blasenentzündung hole, obwohl ich jeden Tag da sitzen kann, wenn ich will? Unter was Besonderem stell ich mir was anderes vor.«

Selena hat gewusst, dass Julia am schwersten zu überzeugen sein wird. »Hör mal«, sagt sie, »ich hab auch Angst, erwischt zu werden. Meinem Dad wär's egal, wenn ich von der Schule fliege, aber meine Mum würde durchdrehen. Aber ich bin es so satt, vor allen möglichen Sachen Angst zu haben. Wir müssen irgendwas machen, wovor wir Angst haben.«

»Ich hab keine *Angst*. Ich bin nur nicht *blöd*. Können wir nicht einfach, keine Ahnung, uns die Haare lila färben oder –«

»Wahnsinnig ausgefallen«, sagt Holly und hebt eine Augenbraue.

»Ach, leck mich. Oder jedes Mal, wenn wir mit Houlihan reden, einen nervösen Tick kriegen –«

Julia merkt selbst, wie lahm das klingt. »Davor hab ich keine Angst«, sagt Becca. »Ich will was machen, wovor ich Angst hab.«

»Du warst mir lieber, als du noch keinen Mumm hattest. Oder wie wär's mit, keine Ahnung, das Wechseljahregesicht von McKenna auf Gangnam Style photoshoppen, und das hängen wir dann –«

»So was haben wir schon gemacht«, wendet Selena ein. »Es muss was *anderes* sein. Siehst du? Ist schwieriger, als es klingt.«

»Was sollen wir denn überhaupt draußen machen?«

Selena zuckt die Achseln. »Weiß ich noch nicht. Vielleicht nichts Besonderes. Aber darum geht's gar nicht.«

»Klar. ›Tut mir leid, dass ich von der Schule geflogen bin, Mum, Dad, ehrlich gesagt, ich hab keinen Schimmer, warum ich überhaupt da draußen war, aber mir die Haare lila färben war einfach nicht *originell* genug –‹«

»Hi«, sagt Andrew Moore. Er grinst zwischen zwei ebenso grinsenden Kumpeln zu ihnen runter, als hätten sie auf ihn gewartet, als hätten sie ihn hergewinkt. Becca begreift: Es liegt an der Art, wie sie auf dem Brunnenrand herumlümmeln, locker, Beine ausgestreckt, nach hinten gelehnt, auf die Hände gestützt. Das gilt als Aufforderung.

Und Andrew Moore hat reagiert, Andrew Moore Andrew Moore, Rugbyschultern und Abercrombie und diese superblauen Augen, von denen alle reden. Der Rausch kommt zuerst, der atemberaubende, kitzelnde Stromstoß wie Süße und sprudelndes Prickeln auf der Zunge. Da ist dieses Gefühl wie *O Gott will er könnte er meint er mich*, das dir den Rücken hochsaust. Da ist der harte Schnitt seines Mundes, aufgeladen mit möglichen Küssen, seine Hände, die jetzt glühen, wo sie deine umfassen könnten. Da bist du, die du schlagartig versuchst, genau richtig zu sitzen, Titten und Beine und alles, was du hast, anbietest, cool und lässig und herzrasend. Da seid ihr, du und Andrew Moore, wie ihr Hand in Hand endlose Neonflure entlangschlendert, das Königspaar des Court, und jedes Mädchen dreht sich sofort um und schnappt neidisch nach Luft. »Hi«, sagen sie zu ihm, überwältigt, und erschaudern, als er sich neben Selena auf den Brunnenrand setzt, als seine Kumpel Julia und Holly flankieren. Da ist sie, die Trompetenfanfare mit flatternden Fahnen, die das Court vom allerersten Tag an verheißen hat, sein ganzer Zauber, plötzlich offenbart, sie müssen nur noch zugreifen.

Und dann ist es vorbei. Andrew Moore ist bloß irgendein Typ, den im Grunde keine von ihnen leiden kann.

»Na?«, sagt er lächelnd und lehnt sich zurück, um die Anhimmelei zu genießen.

Holly sagt, noch ehe sie weiß, dass sie es tun wird: »Hör mal, ist jetzt schlecht, wir unterhalten uns nämlich gerade.«

Andrew lacht, weil das natürlich ein Witz war. Seine Kumpel fallen ein. Julia sagt: »Nein, im Ernst.«

Die Kumpel lachen weiter, aber Andrew dämmert, dass er gerade eine ganz neue Erfahrung macht. »Moment«, sagt er. »Soll das heißen, wir sollen abhauen?«

»In fünf Minuten könnt ihr wiederkommen«, sagt Selena entgegenkommend. »Wir müssen nur noch was klären.«

Andrew lächelt noch immer, aber seine superblauen Augen blicken nicht mehr nett. Er sagt: »Gruppen-PMS, ja?«

»O mein Gott, das ist voll komisch«, sagt Holly. »Wir haben gerade über Originalität geredet. Aber da stehst du wohl nicht drauf, was?«

Julia prustet in Beccas Lebkuchengetränk. »Und wir haben gerade darüber geredet, dass die Hälfte der Kilda-Tussen Lesben sind«, sagt Andrew. »Ihr steht nicht auf Jungs, was?«

»Dürfen wir hierbleiben und zusehen?«, fragt einer der Kumpel grinsend.

»Also ehrlich, ich versteh das nicht«, sagt Julia. »Habt ihr denn nie Lust, euch einfach mal zu unterhalten? Hängt ihr nur zusammen rum, damit ihr euch gegenseitig einen blasen könnt?«

»He«, sagt der andere Kumpel. »Fick dich doch ins Knie.«

»O mein Gott, geiler Anmachspruch«, sagt von allen Menschen auf der ganzen weiten Welt ausgerechnet Becca. »Jetzt bin ich voll scharf auf dich.«

Julia und Holly und Selena starren sie an und lachen los. Nach einer verblüfften Sekunde lacht auch Becca.

»Interessiert doch kein Schwein, auf wen du scharf bist«, sagt der Kumpel. »Blöde Schnalle.«

»Das war unhöflich«, sagt Selena, die sich derart anstrengen muss, nicht loszuprusten, dass die anderen umso mehr lachen.

»Husch, husch«, sagt Julia und winkt. »Bis dann.«

»Ihr seid voll die Freaks«, sagt Andrew mit Bestimmtheit; er ist viel zu selbstsicher, um gekränkt zu sein, aber seine tiefe Missbilligung ist unüberhörbar. »Ihr müsst schwer an eurer Einstellung arbeiten. Los, Jungs, gehen wir.«

Und er und seine Kumpel stehen auf und marschieren durch das Court davon, dass andere Jungs beiseitespringen und Mädchen verträumt hinterherschauen. Selbst ihre Hintern sehen verärgert aus.

»O mein Gott«, sagt Selena, Hand vor dem Mund. »Habt ihr gesehen, was der für ein Gesicht gemacht hat?«

»Nachdem er es endlich geschnallt hatte«, sagt Julia. »Ich hab schon *Fische* erlebt, die schneller von Begriff sind«, worauf sie alle von neuem in schallendes Gelächter ausbrechen. Becca hält sich an einem Weihnachtsbaumzweig fest, um nicht vom Brunnen zu kippen.

»Dieser *Gang*«, bringt Holly heraus, wobei sie hinter den Jungen herzeigt, »seht euch bloß an, wie die gehen, wie *Unsere Eier sind echt zu riesig für die Tussis, passen nicht mal mehr zwischen unsere Beine* —«

Julia springt auf und ahmt den Gang nach, und jetzt fällt Becca wirklich vom Brunnenrand, und sie kreischen so laut vor Lachen, dass ein Mann vom Sicherheitsdienst rüberkommt und sie finster anstarrt. Holly erklärt ihm, dass Becca Epileptikerin sei, und wenn er sie rausschmeißt, sei das Diskriminierung von Behinderten, und er verzieht sich wieder, mustert sie weiter finster über die Schulter, aber ohne viel Überzeugungskraft.

Endlich ebbt das Gekicher ab. Sie sehen sich an, noch immer grinsend, erstaunt über sich selbst, erschrocken über ihren eigenen Mut.

»Tja, das war echt originell«, sagt Julia zu Selena. »Das musst du zugeben. Und, seien wir ehrlich, auch beängstigend.«

»Genau«, sagt Selena. »Wollt ihr weiter zu so was imstande sein? Oder wollt ihr euch lieber wieder fast in die Hose machen, wenn Andrew Moore bloß zur Kenntnis nimmt, dass es euch gibt?«

Eine Heliumfrau singt gerade den Schluss von »All I Want for Christmas Is My Two Front Teeth«. In der Sekunde, ehe »Santa Baby« anfängt, hört Holly ganz kurz einen anderen Song, bloß ein verwischter Tupfen, irgendwo weit entfernt, vielleicht draußen vor dem Court. *I've got so far, I've got so far left to* – und weg.

Julia seufzt und streckt die Hand nach Beccas Lebkuchen-Gesöff aus. Sie sagt: »Wenn ihr denkt, ich rutsche an einem Bettlaken aus unserem Fenster, wie die Tussen in schlechten Filmen, dann liegt ihr so was von falsch.«

»Tu ich nicht«, sagt Selena. »Ihr habt doch gehört, was Hollys Dad gesagt hat. Die Fenster nach vorn raus sind nicht alarmgesichert.«

Becca macht's. Die anderen hatten automatisch angenommen, Holly oder Selena würden es machen, für den Fall, dass der Krankenschwester das Fehlen des Schlüssels auffällt; Holly kann am besten lügen, und niemand kommt je auf die Idee, Selena könnte irgendwas angestellt haben, wohingegen Julia von den Lehrern immer als Erste verdächtigt wird, selbst bei Sachen, die ihr nie im Traum einfallen würden. Als Becca sagt: »Ich will es machen«, sind sie verblüfft. Sie versuchen, sie davon zu überzeugen – Selena sanft, Holly geschickt, Julia unverblümt –, dass das eine schlechte Idee ist und sie es den Experten überlassen soll, aber sie bleibt stur und erklärt, dass man sie noch weniger verdächtigen wird als Selena, weil sie tatsächlich noch nie irgendwas Schlimmeres angestellt hat, als andere ihre Hausaufgaben abschreiben zu lassen, und alle sie für eine kreuzbrave Arschkriecherin halten, und das könnte endlich mal zu was gut sein. Letztlich sehen die anderen ein, dass sie nicht nachgeben wird.

Als das Licht aus ist, geben sie ihr Tipps. »Du musst so krank wirken, dass sie dich eine Weile in ihrem Büro behält«, sagt Julia, »aber nicht so krank, dass sie dich zurück aufs Zimmer schickt. Es genügt, wenn sie dich einfach im Auge behalten will.«

»Aber nicht zu gründlich«, sagt Selena. »Sie soll ja nicht die ganze Zeit bei dir bleiben.«

»Genau«, sagt Julia. »Sag doch, du glaubst, du musst kotzen, aber bist dir nicht sicher. Und dass du dich wahrscheinlich wieder besser fühlst, wenn du dich ein bisschen hinlegst.«

Sie haben die Vorhänge aufgelassen. Draußen ist es unter null, Frost malt Muster auf die Ränder der Fensterscheibe, der Himmel ein über die Sterne gebreitetes dünnes Tuch aus Eis. Der Schwall kalte Luft trifft Rebecca, als wäre er glatt durch das Glas geschossen worden, aus der gewaltigen Weite da draußen, wild und magisch, nach Füchsen riechend und nach Wacholder.

Holly sagt: »Aber tu nicht so, als wolltest du kotzen. Das wirkt gekünstelt. Tu so, als wolltest du *nicht* kotzen. Stell dir am besten vor, du versuchst alles, um es zurückzuhalten.«

»Bist du dir wirklich sicher?«, fragt Selena. Sie hat sich auf einen Ellbogen gestützt, versucht, Rebeccas Gesicht zu erkennen.

»Falls nicht«, sagt Holly, »kein Problem. Du musst es nur sagen.«

Becca sagt: »Ich mach's. Hört endlich auf mit der Nachfragerei.«

Julia bekommt einen Seitenblick und den Anflug eines Lächelns von Selena mit: *Siehst du, unsere schüchterne Becca, das hab ich gemeint.* »Viel Glück, Becsie«, sagt sie und greift über die Lücke zwischen den Betten, um mit Becca High-Five zu machen. »Wir sind stolz auf dich.«

Am nächsten Tag, als Becca auf dem zu schmalen Bett im Büro der Krankenschwester liegt und zuhört, wie die Schwester Michael Bublé summt, während sie an ihrem Schreibtisch Papierkram erledigt, spürt sie die wilde Kälte des Schlüssels tief in ihre Handfläche stoßen und wittert flinke Füchsinnen und Beeren und eisige Sterne.

Vor der Nachtruhe breiten sie ihre Kleidung auf den Betten aus und fangen an, sich anzuziehen. Mehrere Tops – draußen vorm Fenster ist der Nachthimmel klar und frostig; Sweatshirts; dicke Jeans; Schlafanzüge, die sie darüber tragen werden, bis der Moment da ist. Sie legen ihre Jacken zusammengefaltet unter die Betten, damit sie nicht mit Kleiderbügeln klappern oder Schranktüren quietschen lassen müssen. Sie stellen ihre Uggs in einer Reihe neben der Tür auf, damit sie nicht rumsuchen müssen.

Jetzt, wo es real wird, fühlt es sich an wie ein Spiel, irgendein bescheuertes Rollenspiel, bei dem ihnen jemand Spielzeugschwerter in die Hand drückt und sie rumrennen und imaginäre Orks erschlagen müssen. Julia singt »Bad Romance«, schwingt die Hüften und wirbelt einen Pullover am Ärmel herum wie eine Stripperin; Holly hängt sich eine Leggins über den Kopf und macht mit, Selena schleudert ihr Haar im Kreis herum. Sie kommen sich blöd vor und werden albern, um es zu überspielen.

»Geht das so?«, fragt Becca und streckt die Arme aus.

Die anderen drei hören auf zu singen und sehen sie an: dunkelblaue Jeans und dunkelblaues Hoodie, das Shirt mit zahllosen Schichten kugelrund ausgestopft und die Kapuzenkordel so festgezogen, dass nur noch ihre Nasenspitze herausschaut. Sie fangen an zu lachen.

»Was ist?«, will Becca wissen.

»Du siehst aus wie der dickste Bankräuber der Welt«, sagt Holly, was ihr Gelächter nur noch schlimmer macht.

»Du bist doppelt so dick wie sonst«, bringt Selena heraus. »Kannst du dich überhaupt noch bewegen?«

»Oder was sehen?«, fragt Julia. »Fehlt bloß noch, dass du es nicht den Flur runterschaffst, ohne gegen die Wände zu rennen.« Holly mimt Becca, die blind und plump hin und her taumelt. Alle drei brechen in einen Lachanfall aus, so einen, gegen den du nichts machen kannst, auch wenn du keine Luft mehr kriegst und dir die Bauchmuskeln weh tun.

Becca ist rot geworden. Sie dreht sich von ihnen weg und versucht, ihr Hoodie auszuziehen, aber der Reißverschluss klemmt.

»Becs«, sagt Selena. »Wir haben doch nur Spaß gemacht.«

»Sehr lustig.«

»Mensch«, sagt Julia, sieht Holly an und verdreht die Augen. »Komm wieder runter.«

Becca zerrt an dem Reißverschluss, bis er ihre Finger eindellt. »Wenn das alles bloß ein Riesenspaß ist, warum machen wir's dann überhaupt?«

Keine Antwort. Das Lachen ist verflogen. Sie sehen sich von der Seite an, Augen weichen einander aus. Sie suchen nach einem Weg, die ganze Sache abzublasen. Sie wollen ihre Klamotten in den Schrank schmeißen, den Schlüssel loswerden und nie wieder davon reden, jedes Mal rot werden, wenn sie daran zurückdenken, dass sie sich um ein Haar wie Idioten benommen hätten. Sie warten bloß darauf, dass eine von ihnen es ausspricht.

Dann reißt eine der Aufsichtsschülerinnen die Tür auf und zischt: »Hört auf, so rumzukrakeelen, und macht euch bettfertig; in fünf Sekunden ist Nachtruhe, und dann muss ich euch melden«, und knallt die Tür wieder zu, ehe eine von ihnen auch nur den Mund zukriegt.

Sie hat weder die ganzen Outdoor-Klamotten auf den Betten bemerkt, noch dass Becca aussieht wie ein aufblasbarer Einbrecher. Alle vier starren einander kurz an, und dann lassen sie sich auf die Betten fallen und kreischen vor Lachen in ihre Decken. Und begreifen, dass sie es tatsächlich tun werden.

Als es zur Nachtruhe klingelt, liegen sie in ihren Betten wie brave kleine Mädchen – falls die Aufsichtsschülerin noch mal kommen muss, ist sie vielleicht wachsamer. Als das Klingeln aufhört, beginnt die angespannte Ausgelassenheit abzuebben. Und etwas anderes scheint allmählich hindurch.

Noch nie haben sie auf die Geräusche gelauscht, wenn die Schule einschläft, nicht so, die Ohren gespitzt wie Tiere. Die ersten Laute gehen noch ineinander über: ein prustendes Kichern durch die Wand, ein fernes Kreischen, ein Trippeln von Pantoffeln, als jemand zur Toilette läuft. Dann werden die Abstände größer. Dann Stille.

Als die Uhr auf der Rückseite des Hauptgebäudes eins schlägt, setzt Selena sich auf.

Sie sprechen nicht. Sie schalten weder Taschen- noch Nachttischlampen an: Wenn jemand über den Flur käme, würde er das Licht durch die Glasscheibe über der Tür sehen. Der Mond im Fenster ist riesig, mehr als genug. Sie steigen aus ihren Schlafanzügen, ziehen die letzten Pullover und Jacken an, geschickt und synchron, als hätten sie es geübt. Als sie fertig sind, stehen sie neben ihren Betten, Stiefel in der Hand. Sie sehen einander an wie Entdecker, die eine lange Reise antreten werden, jede reglos im Moment gefangen, bis eine von ihnen den ersten Schritt tut.

»Wenn ihr Freaks das wirklich ernst meint«, sagt Julia, »dann los.«

Niemand springt ihnen aus einem der Zimmer entgegen, keine Treppenstufe knarrt. Im Erdgeschoss schnarcht die Hausmutter. Als Becca den Schlüssel in die Tür zum Hauptgebäude schiebt, lässt er sich drehen, als sei das Schloss frisch geölt worden. Als sie im Mathe-Unterrichtsraum sind und Julia nach dem Verschluss des Schiebefensters greift, sind sie sicher, dass niemand Alarm schlagen wird; sie wissen, dass der Nachtwächter schläft oder telefoniert und nie im Leben in ihre Richtung schaut. Stiefel an und aus dem Fenster, eins zwei drei vier, schnell und geschmeidig und lautlos, und sie stehen auf der Wiese, und es ist kein Spiel mehr.

Der Park liegt still da, wie die Bühne für ein Ballett, wartet auf die ersten zitternden Noten einer Flöte; wartet, dass die leichtfüßigen Mädchen angelaufen kommen und verharren, vollkommen und unglaublich ausbalanciert, kaum das Gras berührend. Das weiße Licht kommt von überall. Der Frost singt hell in ihren Ohren.

Sie rennen. Die herrliche Weite aus Gras entrollt sich zur Begrüßung, und sie fliegen darüber, die knisterkalte Luft strömt wie Quellwasser in ihre Münder und zieht ihnen die Haare glatt nach hinten, als ihre Kapuzen runterrutschen, und keine von ihnen kann stehen bleiben, um sie wieder aufzusetzen. Sie sind unsichtbar, sie könnten lachend an dem Nachtwächter vorbeiflitzen und ihm die Mütze vom Kopf reißen, so dass er in die Luft greifen und über das wilde Unbekannte loszetern würde, das plötzlich überall um ihn herum ist, und sie können nicht aufhören zu rennen.

In die Schatten hinein und die schmalen Pfade hinunter, umschlossen von dunklen, spitzen Geflechten aus Ästen, vorbei an schiefen Stämmen, in Jahre aus Efeu gehüllt, durch die Gerüche nach kalter Erde und feuchten Laubschichten. Als sie aus diesem Tunnel herausstürmen, liegt die weiße wartende Lichtung vor ihnen.

Sie waren noch nie hier. Die Wipfel der Zypressen lodern in einem gefrorenen Feuer wie gewaltige Fackeln. Dinge bewegen sich im Schatten, umzingeln sie, und wenn es ihnen gelingt, einen haardünnen Blick auf sie zu erhaschen, haben sie die Form von Rehen und Wölfen, aber sie könnten irgendetwas sein. Hoch in der schimmernden Luftsäule über der Lichtung kreisen Vögel mit Halbmondflügeln, ziehen lange Fäden aus wilden Schreien hinter sich her.

Alle vier breiten die Arme aus und kreisen ebenfalls. Der Atem wird aus ihnen herausgeschleudert, und die Welt schwankt um sie herum, und sie machen weiter. Sie werden aus sich selbst herausgeschleudert, als fliegender Silberstaub, sie sind bloß noch ein sich hebender Arm oder die Rundung einer Wange, blitzend zwischen zackigen weißen Lichtbalken. Sie tanzen, bis sie umfallen.

Als sie die Augen öffnen, sind sie wieder auf der Lichtung, die sie kennen. Dunkelheit und Millionen Sterne und Stille.

Die Stille ist zu groß, als dass eine von ihnen sie durchbrechen könnte, also reden sie nicht. Sie liegen auf dem Gras und spüren die Bewegung ihres eigenen Atems und Blutes. Etwas Weißes und Leuchtendes schießt durch ihre Knochen, vielleicht die Kälte oder das Mondlicht, sie wissen es nicht; es kribbelt, aber es tut nicht weh. Sie liegen da und lassen es gewähren.

Selena hatte recht: Das hier ist völlig anders als der Nervenkitzel, wenn sie heimlich Wodka trinken oder Schwester Ignatius verarschen, völlig anders, als draußen auf dem Feld rumzuknutschen oder die Unterschrift deiner Mum zu fälschen, um sich die Ohren piercen zu lassen. Es hat nichts mit irgendetwas zu tun, was irgendjemand sonst auf der ganzen Welt billigen oder verbieten würde. Das hier gehört nur ihnen.

Es vergeht eine lange Zeit, bis sie zurück zur Schule trotten, benommen und zerzaust, mit schwirrenden Köpfen. *Auf ewig*, sagen sie an der Grenze des Fensters, mit ihren Stiefeln in der Hand und dem tanzenden Mondlicht in ihren Augen. *Daran werde ich mich auf ewig erinnern. Ja, auf ewig. Oh, auf ewig.*

Am Morgen sind sie übersät mit Schnitten und Kratzern und können sich nicht erinnern, wie sie sich die geholt haben. Nichts, was richtig weh tut; bloß kleine neckische Andenken, die ihnen von Knöcheln und Schienbeinen zuzwinkern, wenn Joanne Heffernan irgendwas Zickiges zu Holly sagt, weil sie in der Frühstücksschlange trödelt, oder wenn Miss Naughton versucht, Becca bloßzustellen, weil sie nicht aufgepasst hat. Sie brauchen eine Weile, bis ihnen klar wird, dass es nicht nur an den Leuten liegt, die sie nerven; sie stehen tatsächlich neben sich, Holly hat tatsächlich eine halbe Ewigkeit auf den Toast gestiert, und keine von ihnen hat mitgekriegt, wovon Naughton eigentlich geredet hat. Ihre Bodenhaftung ist ins Rutschen geraten: Sie brauchen eine Weile, um wieder ins Gleichgewicht zu kommen.

»Machen wir's bald wieder?«, fragt Selena in der Pause durch ihren Strohhalm.

Eine Sekunde lang haben sie Angst, ja zu sagen, weil es beim nächsten Mal vielleicht nicht wieder so ist. Weil so etwas vielleicht nur einmal passiert, und wenn sie versuchen, es zu wiederholen, sitzen sie am Ende vielleicht auf der Lichtung und holen sich eine Blasenentzündung und glotzen sich gegenseitig an wie Vollidioten.

Sie sagen trotzdem ja. Etwas hat begonnen; es lässt sich nicht mehr aufhalten. Becca zupft ein winziges Stückchen von einem Zweig aus Julias Haar und steckt es in die Tasche ihres Blazers. Sie wird es verwahren.

11

ES WAR DREI UHR VORBEI. Conway wusste, wo die Cafeteria war. Sie sah sich um, bis sie irgendeinen Küchenhelfer fand, der Edelstahl schrubbte, und sagte ihm, er solle uns was zu essen machen. Er versuchte, sich mit einem bösen Blick zu sträuben, aber Conways schlug seinen um Längen. Ich behielt ihn im Auge, während er Schinken-Käse-Sandwiches zusammenklatschte, passte auf, dass er nicht draufspuckte. Conway ging zum Kaffeeautomaten, drückte Knöpfe. Klaute Äpfel aus einer Kiste.

Wir nahmen unseren Imbiss mit nach draußen. Conway ging vor, zu einer niedrigen Mauer ein Stück vom Hauptgebäude entfernt, von wo aus wir auf den Sportplatz und die Gärten unterhalb davon blicken konnten. Auf dem Spielfeld rannten kleine Mädchen herum und schwangen Hockeystöcke, während die Sportlehrerin ununterbrochen Anfeuerungen rief. Bäume warfen ihre Schatten so, dass wir vom Sportplatz aus nicht gut zu sehen waren. Zwischen den Aststreifen wärmte die Sonne mein Haar.

»Iss schnell«, sagte Conway und pflanzte sich auf die Mauer. »Wenn wir fertig sind, durchsuchen wir ihre Zimmer nach dem Buch, aus dem die Buchstaben rausgeschnitten wurden.«

Sie verfrachtete mich also nicht zurück zu den Ungelösten Fällen, noch nicht. Und sie wollte auch noch nicht zurück ins Präsidium. Wir waren hergekommen, um uns die Pinnwand anzusehen und mit ein paar Leuten zu reden. Im Laufe der letzten

215

Stunden war mehr daraus geworden. Diese flüchtigen Ahnungen von etwas, was hinter allem durchschimmerte, was uns erzählt wurde: Wir wollten beide nicht wieder abfahren, ohne dieses Etwas ans Licht geholt und genau betrachtet zu haben.

Falls unser Mädchen nicht saublöd war, hatte sie das Buch nicht in ihrem Zimmer. Aber bei so einem vagen Hinweis wie diesem, der alles und nichts sein könnte, sitzt du zwischen den Stühlen. Wenn du mit einer kompletten Mannschaft anrückst, das ganze Gelände durchkämmen lässt und nichts dabei rauskommt außer vielleicht, dass sich eine Schülerin einen Scherz erlaubt hat, bist du die Lachnummer vom ganzen Dezernat, und dein Chef kriegt Kopfschmerzen wegen der Verschwendung von Steuergeldern. Aber wenn du dich darauf beschränkst, was du und ein Kollege allein schaffen können, und dann den hinter einem Klassenraumheizkörper versteckten Beweis übersiehst oder den Zeugen, der dir die Lösung des Falls geliefert hätte, bist du der Vollidiot, der die Riesenchance, die ihm auf einem Silbertablett serviert wurde, nicht ergriffen hat, der einen toten Jungen nicht wichtig genug nahm, dem nicht zugetraut werden kann, die richtigen Entscheidungen zu treffen.

Conway spielte defensiv, spielte vorsichtig. Ich fand das richtig, auch wenn sie das vermutlich nicht interessierte. Falls unser Mädchen clever war, und dafür sprach einiges, würden wir das Buch sowieso nie finden. Längst meilenweit entfernt in ein Gebüsch gestopft, in einen Mülleimer irgendwo in der City. Falls sie superclever war, hatte sie die Karte schon Wochen vorher gebastelt, das Buch anschließend entsorgt und abgewartet, dass es auch ganz sicher nicht wieder auftauchte, ehe sie zur Tat schritt.

Wir legten unseren Imbiss zwischen uns auf die Mauer. Conway riss die Frischhaltefolie auf und machte sich über ihr Sandwich her. Aß es, als sei es bloß Kraftstoff, ohne jeden Geschmack. Meines war besser, als ich erwartet hatte. Leckere Mayo und so.

»Du bist gut«, sagte sie mit vollem Mund. Es klang nicht wie ein Kompliment. »Gibst ihnen, was sie wollen. Auf jede Einzelne speziell zugeschnitten. Schlau.«

Ich sagte: »Ich dachte, das wär mein Job. Sie locker machen.«

»O ja, locker waren sie. Nächstes Mal kannst du ihnen vielleicht noch eine Pediküre und eine Fußreflexzonenmassage anbieten, was meinst du?«

Ich rief mir in Erinnerung: *Bloß ein paar Tage, mach beim Chef Eindruck und tschüss.* Sagte: »Ich dachte, du würdest dich vielleicht einschalten. Sie ein bisschen unter Druck setzen.«

Conways bohrender Blick sagte: *Kritisierst du mich?* Ich dachte schon, das sei ihre Antwort, aber nach einem Moment sagte sie Richtung Sportplatz: »Ich hab sie bis zum Erbrechen in die Mangel genommen. Damals.«

»Die acht?«

»Alle. Diese acht. Ihren ganzen Jahrgang. Chris' ganzen Jahrgang. Alle, die irgendwas gewusst haben könnten. Nach einer Woche fing die Presse an, Alarm zu schlagen: ›Polizei geht zu sanft mit den Kindern der Oberschicht um, da werden Strippen gezogen, deshalb hat es noch keine Festnahme gegeben‹ – ein paar Blätter schrieben ganz offen von Vertuschung. Aber das war Quatsch. Ich bin mit den Kindern genauso umgegangen, wie ich mit einem Haufen Penner aus der Bahnhofsgegend umgegangen wäre. Haargenauso.«

»Ich glaub's dir.«

Ihr Kopf fuhr herum, Kinn vorgestreckt. Auf eine hämische Bemerkung gefasst. Ich blieb ruhig.

»Costello«, sagte sie, sobald sie sich wieder entspannt hatte, »Costello war total entsetzt. Du hättest sein Gesicht sehen sollen, als hätte ich den Nonnen den Stinkefinger gezeigt. Bei fast jeder Vernehmung hat er mich unterbrochen und nach draußen gezerrt und mich zusammengeschissen, was mir denn einfiele, ob ich meine Karriere in den Sand setzen wollte, ehe sie überhaupt angefangen hat.«

Ich biss kräftig in mein Sandwich. Kein Kommentar.

»O'Kelly, unser Boss, war genauso schlimm. Hat mich zweimal für einen Anschiss in sein Büro zitiert: Ob ich eigentlich wüsste, wer diese Kinder wären, ich sollte sie gefälligst nicht mit dem Pack verwechseln, mit dem ich aufgewachsen war, wieso ich nicht auch in Richtung Obdachlose und Geisteskranke ermitteln würde, ich hätte ja keine Ahnung, wie viele Anrufe der Commissioner von aufgebrachten Daddys bekam, er würde mir ein Wörterbuch kaufen, damit ich mal nachschlagen könnte, was ›Taktgefühl‹ bedeutet …«

Takt ist für mich kein Problem. Ich sagte sanft: »Die gehören zu einer anderen Generation. Die sind alte Schule.«

»*Scheiß* drauf. Die sind im Morddezernat. Versuchen, einen Killer zu schnappen. Das ist das Einzige, was zählt. Zumindest dachte ich das damals noch.«

Bitterer Bodensatz unterlegte ihre Stimme.

»Nach einer Weile hatte ich kein Problem mehr damit, Costello zu sagen, er kann mich mal. Sogar O'Kelly. Der ganze Fall ging mit meinem Namen drauf den Bach runter. Aber da war es schon zu spät. Falls ich je da drin eine Chance gehabt hab, dann hab ich sie verpasst.«

Ich gab ein Geräusch von mir, *Kenn ich*. Konzentrierte mich auf mein Sandwich.

Manche Fälle sind richtig fiese Mistdinger. Jeder kriegt mal einen. Aber wenn du direkt am Anfang so einen erwischst, sehen die anderen dich bloß noch als Pech auf zwei Beinen. Conway hatte sozusagen die Pest, und wer ihr zu nahe kam, konnte sich anstecken. Die Leute würden auch um ihn einen Bogen machen, jedenfalls die Jungs vom Morddezernat.

Bloß ein paar Tage.

»Also«, sagte Conway. Sie trank einen großen Schluck von ihrem Kaffee, stellte ihn vorsichtig auf der Mauer ab. »Das Ende vom Lied ist, ich hab eine Akte voll Beschwerden von irgendwelchen reichen Knackern, ich habe keinen Costello mehr, der mich unterstützen könnte, und vor allem, nach einem Jahr hab ich das Ding noch immer nicht aufgeklärt. Sollte O'Kelly auch nur den allerkleinsten Vorwand finden« – Daumen und Zeigefinger haarbreit auseinander –, »zieht er mich mit einem Arschtritt von dem Fall ab und gibt ihn King oder irgendeinem von den anderen Wichsern. Dass er das nicht längst gemacht hat, liegt nur daran, dass er Fälle nicht gern neu zuteilt. Er meint, die Medien oder die Verteidigung können das so hindrehen, als wäre bei der Anfangsermittlung was schiefgelaufen. Aber die bearbeiten ihn, King und McCann, machen dauernd leise Andeutungen von wegen neuer, unvoreingenommener Blick und so weiter.«

Deshalb also Houlihan. Nicht, um die Mädchen zu schützen. Um Conway zu schützen.

»Diesmal bin ich vorsichtiger. Diese Vernehmungen waren nicht umsonst: Wir haben es eingegrenzt. Joanne, Alison, Selena. Und Julia, mit Abzügen. Das ist ein Anfang. Klar, vielleicht wären wir weiter gekommen, wenn ich angefangen hätte, sie unter Druck zu setzen. Aber ich kann's mir nicht leisten, das zu riskieren.«

Hätte sie Joanne noch etwas stärker runtergeputzt, hätte das bedeutet: Daddys Anruf, O'Kellys Entschuldigung, wir beide per Tritt in den Hintern draußen.

Ich spürte, dass Conway dasselbe dachte. Wollte nicht, dass sie sich bei mir bedankte. Hätte sie wahrscheinlich sowieso nicht, aber nur für den Fall, dass, wechselte ich das Thema: »Rebecca hat sich verändert, seit du sie zuletzt gesehen hast. Oder?«

»Du meinst, ich hab dich in die falsche Richtung gelotst.«

»Ich meine, bei Joannes Clique hast du jedes Mal genau richtig gelegen. Bei Rebecca war das überholt.«

»Kann man wohl sagen. Letztes Mal hat Rebecca kaum die Zähne auseinandergekriegt. Hat gewirkt, als würde sie sich am liebsten zusammenrollen und sterben, wenn wir sie dann in Ruhe lassen würden. Die Lehrer meinten, so wäre sie nun mal, bloß schüchtern, das würde sich noch geben.«

»Allerdings, es hat sich gegeben.«

»Ja. Sie ist hübscher geworden – letztes Jahr war sie bloß Haut und Knochen mit Zahnspange, sah aus wie zehn; jetzt entwickelt sie sich allmählich. Könnte sein, dass sie dadurch selbstbewusster geworden ist.«

Ich deutete mit dem Kopf zur Schule. »Was ist mit den anderen? Haben die sich verändert?«

Conway warf mir einen Blick zu. »Wieso? Meinst du, wenn eine von denen was weiß, müsste man es ihr ansehen?«

Dieses ganze Gespräch war ein Test. Genau wie die Vernehmungen, genau wie die Durchsuchungen. Die Hälfte der gemeinsamen Arbeit an einem Fall ist genau das: Gedankenpingpong. Wenn das klappt, hast du Glück. Wenn richtig gute Partner Brainstorming zu einem Fall machen, klingen sie wie zwei Hälften desselben Gehirns. So hoch waren meine Erwartungen hier natürlich nicht – ich hätte viel Geld darauf gesetzt, dass noch keiner mit Conway so zusammengearbeitet hatte, selbst wenn irgendeiner das gewollt hätte –, aber es musste Klick machen: Wenn nicht, würde ich nach Hause fahren.

Ich sagte: »Sie sind noch jung. Die sind nicht tough. Meinst du, die könnten ein Jahr lang damit leben, als wäre es nichts?«

»Vielleicht, vielleicht auch nicht. Wenn solche Kids mit irgendwas nicht klarkommen, blenden sie's aus, tun so, als wär nie was gewesen. Und selbst wenn sie sich verändert haben, was heißt das schon? In dem Alter verändern sie sich sowieso ständig.«

Ich sagte: »Haben sie?«

Sie kaute und überlegte. »Heffernans Clique, nee. Bloß mehr von der alten Leier. Noch zickiger, einander noch ähnlicher. Dicke blonde Tussi, schlampige blonde Tussi, nervige blonde Tussi, tussige blonde Tussi, basta. Und die drei Schoßhündchen haben sogar noch mehr Schiss vor Heffernan als damals.«

»Wir haben ja schon gesagt: Da hatte eine Schiss, sonst hätte sie keine Karte gebastelt.«

Conway nickte. »Ja. Und ich hoffe, jetzt hat sie noch mehr Schiss.« Sie schlürfte Kaffee in sich hinein, Augen auf das Hockeyspiel gerichtet. Eines der kleinen Mädchen nietete ein anderes um, ein Schlag gegen das Schienbein, so fest, dass wir es hören konnten. »Aber Holly und ihre Clique. Die hatten damals irgendwas an sich, klar. Sie waren sonderbar, okay. Aber jetzt … Orla ist saublöd, aber sie hat recht: Die sind echt abgedreht.«

Erst in dem Moment konnte ich sagen, was an ihnen anders war, oder zumindest teilweise. Nämlich: Joanne und ihr Anhang waren so, wie sie glaubten, dass ich sie haben wollte. Wie sie glaubten, dass die Jungs sie haben wollten, die Erwachsenen sie haben wollten, die Welt sie haben wollte.

Holly und ihre Clique waren, was sie waren. Wenn sie sich blöd oder altklug oder brav gaben, dann wollten sie sich genau so und nicht anders geben. Ihretwegen, nicht meinetwegen.

Wieder Gefahr, die mir mit der Sonne über den Rücken flimmerte.

Ich überlegte, das Conway zu sagen. Wusste aber nicht, wie, ohne mich anzuhören wie ein Spinner.

»Selena«, sagte Conway, »die hat sich am meisten verändert. Letztes Jahr war sie verträumt, okay – man merkte schon, dass sie wahrscheinlich so ein Traumfängerding über dem Bett hängen hatte oder irgendeinen Einhornmärchenscheiß mit der Aufschrift ›Folge deinem Traum‹ – aber nichts, was so richtig auffällig war. Und ich hab einen Großteil ihrer Versponnenheit auf den Schock geschoben, besonders falls Chris ihr Freund war. Jetzt …« Sie pustete zischend Luft durch die Zähne. »Wenn ich sie jetzt kennenlernen würde, würde ich sagen, ohne ihren reichen Daddy wäre sie in der Sonderschule.«

Ich sagte: »Ich nicht.«

Das genügte, um Conways Augen vom Hockeyspiel zu lösen. »Denkst du, sie zieht eine Show ab?«

»Das nicht.« Ich brauchte eine Sekunde, um die richtigen Worte zu finden. »Ihr Weggetretensein ist echt, okay. Aber ich denke, da steckt mehr dahinter, und sie benutzt ihr Weggetretensein, um das andere zu verbergen.«

»Mhm«, sagte Conway. Dachte zurück. »Was hat Orla noch mal über Selenas Haar gesagt? Letztes Jahr ging es ihr bis zum Hintern. Superhaare, naturblond, wellig, die anderen hätten Gott weiß was dafür gegeben. Wie viele Mädels in dem Alter tragen die Haare so kurz?«

Bei Teenie-Mode bin ich nicht auf dem Laufenden. »Nicht viele?«

»Achte mal drauf, wenn wir wieder reingehen. Falls keine Krebs hatte, ist Selena garantiert die Einzige.«

Ich trank meinen Kaffee. Er war gut, wäre noch besser gewesen, wenn Conway daran gedacht hätte, dass nicht jeder ihn schwarz trinkt. Ich sagte: »Was ist mit Julia?«

Conway sagte: »Was hältst du von ihr? Toughes kleines Biest, was?«

»Ja, ziemlich tough für ihr Alter. Und clever.«

»Stimmt beides, das kann man wohl sagen.« Conways Mundwinkel hob sich, als finde zumindest ein Teil von ihr Julia gut. »Aber weißt du was? Letztes Jahr war sie tougher. Knallhart. Beim Vorgespräch heult sich die Hälfte der Mädels die Augen aus dem Kopf oder versucht es zumindest. Ob sie Chris nun kannten oder nicht. Julia kommt rein und macht ein Gesicht, als könnte sie nicht fassen, dass wir ihre kostbare Zeit mit diesem Scheiß vergeuden. Am Ende des Gesprächs frage ich sie, ob sie uns vielleicht noch irgendwas sagen will, irgendwas, was wir wissen sollten. Und sie antwortet – wörtlich und das im Beisein von McKenna, stell dir vor –, es ist ihr scheißegal, wer Chris Harper umgebracht hat, er war bloß irgendein Trottel vom Colm, und von denen gibt's mehr als genug. McKenna schaltet sich prompt ein, erzählt irgendeinen Schwachsinn über Respekt und Mitgefühl, und Julia gähnt ihr mitten ins Gesicht.«

»Kalt«, sagte ich.

»Eiskalt. Und ich hätte geschworen, dass das echt war. Aber dieses Jahr ist da irgendwas anders. Normalerweise tut ein Mädchen erst knallhart, bis es irgendwann wirklich knallhart ist. Aber Julia …«

Sie schob sich den letzten Sandwichbissen in den Mund. »Der Unterschied ist der«, sagte sie, als sie wieder sprechen konnte. »Ist dir aufgefallen, wie die meisten von ihnen uns angesehen haben? Als würden sie uns kaum wahrnehmen. Letztes Jahr war Julia genauso. Costello und ich waren in ihren Augen keine Menschen, bloß Erwachsene. Bloß dieses Hintergrundrauschen, das du kurz in Kauf nehmen musst, ehe du dich wieder den wirklich wichtigen Dingen widmen kannst. Ich weiß noch, wie das war, in dem Alter, nur dass ich es noch nicht mal in Kauf genommen hab.«

Konnte ich mir gut vorstellen. »Ich hab's meistens ausgeblendet. Gelächelt, genickt und meinen eigenen Kram gemacht.«

»Genau. Aber jetzt sieht Julia uns an, als wären wir echte Menschen, du und ich.« Conway trank einen letzten langen Schluck Kaffee. »Ich weiß noch nicht, ob das gut oder schlecht für uns ist.«

Ich sagte: »Und Holly?«

»Holly«, wiederholte Conway. »Als du sie damals kennengelernt hast, wie war sie da?«

»Aufgeweckt. Stur. Hatte es faustdick hinter den Ohren.«

Sarkastisches Zucken des Mundwinkels. »Das hat sich jedenfalls nicht geändert. Den großen Unterschied hast du schon bemerkt. Letztes Jahr mussten wir ihr jedes Wort aus der Nase ziehen. Dieses Jahr: die Kleine Miss Hilfsbereit, Karte in der einen Hand, passende Theorie in der anderen, Motiv im Ärmel. Da läuft irgendwas.« Sie stopfte die Frischhaltefolie in ihren Kaffeebecher. »Was hältst du von ihrer Theorie? Dass irgendeine Schülerin eine von den acht dazu gebracht hat, die Karte für sie aufzuhängen?«

»Nicht viel«, sagte ich. »Du willst anonym bleiben und holst eine andere mit ins Boot? Eine, die nicht mal zu deinen besten Freundinnen zählt?«

»Nee. Deine Holly erzählt uns einen vom Pferd. Sie will, dass wir uns mit der ganzen Schule beschäftigen und nicht auf ihre Clique konzentrieren. Weißt du, wie ich darauf reagieren möchte?«

»Dich auf ihre Clique konzentrieren.«

»Worauf du einen lassen kannst. Aber mal angenommen, eine von ihnen weiß was und Holly will nicht, dass wir sie identifizieren: Warum hat sie uns dann die Karte gebracht? Warum hat sie sie nicht weggeschmissen, ihrer Freundin die Nummer der Zeugenhotline gegeben, die Sache anonym gehalten?« Conway schüttelte den Kopf. Sagte wieder: »Da läuft irgendwas.«

Bei der Zeugenhotline kriegst du irgendwen, der gerade Dienst hat. Mit der Karte hatte sie mich gekriegt. Ich dachte nach.

Conway sagte: »Falls wir weiter mit Holly und ihren Freundinnen reden, ruft sie dann Daddy an?«

Bei dem Gedanken juckte es mich am Rücken. Mit Frank Mackey ist nicht zu spaßen. Selbst wenn er auf deiner Seite ist, musst du ihn ständig aus mehr Blickwinkeln beobachten, als du Augen hast. Ihn wollte ich auf gar keinen Fall in dem Wirrwarr dabeihaben.

»Wohl kaum«, sagte ich. »Sie hat mir praktisch gesagt, dass sie ihn nicht mit an Bord haben will. Was ist mit McKenna, könnte die ihn benachrichtigen?«

»Nee. Soll das ein Witz sein? Er ist Vater einer Schülerin. Die sitzt da oben und betet Rosenkränze, dass ja nicht schon irgendwelche Eltern von uns erfahren, bevor wir wieder weg sind.«

Das Jucken legte sich; war nicht ganz weg, aber deutlich schwächer. »Da wird sie Glück brauchen«, sagte ich. »Wenn nur ein einziges Mädchen zu Hause anruft ...«

»Beschrei es nicht. Was das angeht, sind wir auf McKennas Seite. Ausnahmsweise.« Conway presste die Frischhaltefolie fester nach unten. »Und was ist mit der Theorie von Julia und Rebecca? Ein Trupp vom Colm hat sich hier reingeschlichen, und irgendwas ist schiefgegangen?«

Ich sagte: »Die könnte hinhauen. Falls die Jungs ein bisschen Vandalismus vorhatten, vielleicht noch einen Pimmel in den Rasen buddeln, könnten sie die Hacke aus dem Schuppen geklaut haben. Sie albern rum, kämpfen, im Spiel oder im Ernst – bei Jungs in dem Alter gibt's da meistens keinen Unterschied. Und einer von ihnen geht zu weit.«

»Ja. Womit die Karte auf das Konto von Joanne, Gemma oder Orla ginge. Die drei sind mit Jungs vom Colm liiert.« Die Frage, ob sie einen Freund hatten – auf einmal machte sie Sinn. Das süffisante Glimmen in Conways Augen verriet, dass sie gesehen hatte, wie bei mir der Groschen fiel.

Ich sagte: »Wie auch immer das mit Chris passiert ist, einer von denen, die dabei waren, kommt nicht damit klar. Er will nicht mit einem Erwachsenen sprechen, aber er vertraut sich seiner Freundin an.«

»Oder er erzählt es ihr, weil er denkt, das macht ihn so interessant, dass sie ihn endlich ranlässt. Oder er hat sich alles bloß ausgedacht.«

»Gemma und Orla haben wir ausgeschlossen. Bleibt also Joanne.«

»Ihr Typ, dieser Andrew Moore, war ziemlich dicke mit Chris. Arroganter kleiner Arsch.« Zorniges Blaffen. Eine der Beschwerden war von Andrews Dad gekommen.

Ich sagte: »Habt ihr rausgefunden, wie Chris aus seiner Schule rausgekommen ist?«

»Ja. Die Sicherheitsvorkehrungen da waren noch beschissener

als hier – die mussten sich auch keine Sorgen machen, dass einer von ihren kleinen Prinzen nach einer heißen Nacht schwanger zurückkommt. Die Brandschutztür des Internatsflügels war alarmgesichert, angeblich, aber ein Junge war ein Elektronik-Crack und hat es geschafft, die Alarmanlage zu deaktivieren. War nicht leicht, das aus ihm rauszukriegen, aber am Ende ist er eingeknickt.« Grimmiges Lächeln in Conways Stimme, als sie daran zurückdachte. »Er ist von der Schule geflogen.«

»Wann hat er sie deaktiviert?«

»Ein paar Monate vor dem Mord. Und der Junge, Finn Carroll, war ein guter Kumpel von Chris. Er hat gesagt, Chris wusste das mit der Tür und hat sich oft rausgeschlichen, aber andere Namen wollte er nicht nennen. Aber nie und nimmer waren er und Chris die Einzigen. Julia und Rebecca liegen da vielleicht gar nicht so falsch: Ein paar Colm-Jungs, die sich nachts draußen rumtreiben, hätten bestimmt ans Kilda gedacht.« Conway polierte ihren Apfel an der Hose blank. »Aber wenn Chris mit seinen Freunden drauf aus ist, ein bisschen Randale zu machen, wieso hat er dann ein Kondom dabei?«

Ich sagte: »Letztes Jahr. Habt ihr da die Mädchen gefragt, ob sie sexuell aktiv sind?«

»Klar haben wir gefragt. Alle haben nein gesagt. Die Direktorin sitzt direkt daneben und fixiert sie mit Todesblick, was hätten sie da sagen sollen?«

»Denkst du, sie haben gelogen?«

»Was denn, meinst du, ich kann das vom bloßen Hinsehen beurteilen?«

Aber in ihrem Mundwinkel zuckte eine Grinsen. Ich sagte: »Jedenfalls besser, als ich das kann.«

»Wie früher in der Schule. ›Meinst du, sie hat's schon getan?‹ Wir haben über nichts anderes geredet, als ich in dem Alter war.«

»Wir auch nicht«, sagte ich. »Das kannst du mir glauben.«

Das Grinsen verhärtete sich. »Und ob ich dir das glaube. Bei euch war das so: Wenn eine es machte, war sie eine Schlampe, wenn nicht, war sie frigide. So oder so hattet ihr einen Grund, sie wie Dreck zu behandeln.«

Ein bisschen stimmte das; nicht ganz, nicht für mich, aber ein bisschen. Ich sagte: »Nein. So oder so wurde sie noch aufregender. Wenn sie's machte, bestand die Chance, dass du Sex haben könntest, und für einen jungen Kerl ist das das Größte auf der Welt. Wenn sie's nicht machte, bestand die Chance, dass sie vielleicht gerade dich für etwas Besonderes hielt und es dann mit dir machte. Das ist auch was ziemlich Großes, ob du's glaubst oder nicht. Wenn ein Mädchen dich für was Besonderes hält.«

»Alter Charmeur. Ich wette, damit hast du schon viele BHs aufgekriegt.«

»Ich sag's dir nur. Du hast gefragt.«

Conway dachte darüber nach, während sie ihren Apfel kaute. Beschloss, mir zu glauben, jedenfalls so einigermaßen.

»Wenn ich raten müsste«, sagte sie, »würde ich sagen, dass Julia und Gemma damals Sex gehabt hatten, Rebecca hatte noch nicht mal rumgeknutscht, und die anderen waren irgendwo dazwischen.«

»Julia? Nicht Selena?«

»Warum? Weil Selena größere Titten hat, ist sie gleich ein Flittchen?«

»Menschenskind! Nein. Ich hab doch gar nicht auf ihre … Ach, Scheiße, hör auf.«

Aber Conway grinste wieder: Sie hatte mich geködert, und ich war ihr auf den Leim gegangen. »Du Arsch«, sagte ich, »das ist unmöglich, echt unmöglich«, und sie lachte. Sie hatte ein angenehmes Lachen, satt, offen.

Sie fing an, mich zu mögen, ob sie wollte oder nicht. Das geht den meisten so. Ich will nicht angeben, ist einfach so. In meinem Job muss man seine Stärken kennen.

227

Das Irre dabei war, ein kleiner Teil von mir fing auch an, sie zu mögen.

»Die Sache ist die«, sagte Conway, nicht mehr lachend. »Wenn ich jetzt raten müsste, würde ich über Hollys Clique wieder dasselbe sagen.«

»Und?«

»Die vier sind doch ziemlich hübsch, nicht?«

»Mensch, Conway. Wofür hältst du mich?«

»Jedenfalls nicht für pervers. Ich meine nur, als du sechzehn warst. Hättest du auf sie gestanden? Sie angebaggert, mit ihr gefacebooked oder was auch immer die Kids heutzutage machen?«

Als ich sechzehn war, wären diese Mädchen für mich wie polierte Schaustücke in Museumsvitrinen gewesen: glotz, soviel du willst, berausche dich an ihrem Glanz, aber Finger weg, es sei denn, du hast die Mittel und den Mut, Sicherheitsglas zu durchbrechen und bewaffneten Wachen auszuweichen.

Jetzt, nachdem ich die Pinnwand gesehen hatte, wirkten sie anders auf mich. Ich konnte das Hübsche nicht mehr sehen, ohne die Gefahr darunter wahrzunehmen. Die Splitter.

Ich sagte: »Sie sind toll. Holly und Selena sind attraktiv, ja. Ich würde sagen, die beiden kriegen reichlich Aufmerksamkeit, aber wahrscheinlich von unterschiedlichen Jungentypen. Rebecca wird bald gut aussehen, aber als ich sechzehn war, hätte ich das vielleicht nicht kapiert, und sie scheint keine große Stimmungskanone zu sein, also hätte ich sie ignoriert. Julia: Sie ist kein Supermodel, aber sie sieht nicht schlecht aus, und sie ist ziemlich keck. Da hätte ich zweimal hingesehen. Ich würde sagen, sie hat Chancen.«

Conway nickte. »So ungefähr seh ich das auch. Warum also sind die alle solo? Und, wenn ich richtig liege, warum hat keine von ihnen im letzten Jahr was laufen gehabt?«

»Rebecca ist eine Spätentwicklerin. Für sie sind Jungs noch immer eklig und das Ganze peinlich.«

»Klar. Und die anderen drei?«

»Internat. Keine Jungs. Nicht viel Freizeit.«

»Das ist für die Heffernan-Clique kein Hindernis. Zweimal ja, einmal nein, einmal gewissermaßen: Das würde ich erwarten, mehr oder weniger. Hollys Clique: nein, nein, nein, nein, durch die Bank. Keine überlegt eine Sekunde, was sie sagen soll, keine sagt, es ist kompliziert, keine kichert und wird rot, nichts. Einfach ein klares Nein.«

»Und was denkst du – dass sie lesbisch sind?«

Achselzucken. »Alle vier? Könnte sein, ist aber unwahrscheinlich. Allerdings hängen die vier eng zusammen. Wenn da eine vielleicht einen besonderen Grund hat, sich nicht auf Jungs einzulassen, könnten die anderen einfach mitziehen.«

Ich sagte: »Du denkst, irgendwer hat einer von ihnen was getan.«

Conway warf das Gehäuse ihres Apfels mit Schwung weg. Er flog lang und niedrig zwischen den Bäumen hindurch und landete mit einem Rascheln im Gebüsch; ein paar kleine Vögel flatterten erschrocken auf. Sie sagte: »Und ich denke, irgendwas hat Selena verstört. Und ich glaube nicht an Zufälle.«

Sie holte ihr Handy hervor, deutete mit dem Kinn auf meinen Apfel. »Iss auf. Ich check meine Nachrichten, dann machen wir weiter.«

Sie gab mir noch immer Befehle, aber ihr Ton hatte sich verändert. Ich hatte den Test bestanden, oder wir hatten ihn bestanden: Es hatte Klick gemacht.

Dein Traumpartner entsteht irgendwo bei dir im Hinterkopf, heimlich, wie deine Traumfrau. Meiner war mit Geigenunterricht aufgewachsen, mit hohen Bücherregalen, Irischen Settern, einem Selbstbewusstsein, das er für selbstverständlich hielt, und einem trockenen Sinn für Humor, den außer mir keiner verstand. Meiner war in jeder Hinsicht anders als Conway, und ich wäre jede Wette eingegangen, dass ihrer in jeder Hinsicht anders war als ich. Doch es hatte Klick gemacht. Vielleicht konnten wir einander bloß für ein paar Tage genügen.

Ich warf den Rest meines Apfels in meinen Kaffeebecher und griff ebenfalls nach meinem Handy. »Sophie«, erklärte Conway mir, Telefon am Ohr. »Keine Abdrücke nirgendwo. Die Jungs von der Dokumentenanalyse meinen, die Wörter stammen aus einem Buch, mittlere Qualität, Schriftart und Papier nach zu schließen wahrscheinlich zwischen fünfzig und siebzig Jahre alt. Die Schärfe des Fotos lässt vermuten, dass Chris nicht das Hauptmotiv war, bloß irgendwo im Hintergrund. Jemand hat den Rest weggeschnitten. Noch nichts zum Ort der Aufnahme, aber Sophie vergleicht sie mit Ermittlungsfotos von vor einem Jahr.«

Als ich mein Handy anmachte, piepte es: eine SMS. Conways Kopf fuhr herum.

Eine Nummer, die ich nicht kannte. Die Nachricht war so weit weg von allem, was ich erwartet hatte, dass meine Augen eine Sekunde brauchten, um sie zu erfassen.

Joanne hat den Schlüssel für die Tür zwischen Internatsflügel und Schule in »Das Leben der hl. Therese« geklebt, Regal im Gemeinschaftsraum der 3. Stufe. Könnte jetzt weg sein, war vor einem Jahr noch da.

Ich hielt Conway das Telefon hin.

Ihr Gesicht nahm einen konzentrierten Ausdruck an. Sie hielt ihr Handy neben meines, tippte und wischte schnell übers Display.

Sagte: »Keins von unseren Mädels hat die Nummer. Oder hatte sie jedenfalls letztes Jahr noch nicht. Auch keiner von Chris' Freunden.«

Sämtliche Nummern auch nach einem Jahr noch auf ihrem Handy. Kein Faden durchtrennt, nicht mal der dünnste.

Ich sagte: »Ich simse zurück. Frage, wer das geschickt hat.«

Conway überlegte. Nickte.

Hi – danke für den Tipp. Sorry, hab nicht alle Nummern, wer bist du?

Ich reichte es Conway. Sie las es dreimal durch, lutschte dabei Apfelschmiere von ihrem klebrigen Daumen. Sagte: »Okay.«

Ich drückte auf Senden.

Keiner von uns sagte etwas; das war nicht nötig. Falls die SMS stimmte, dann hatten Joanne und mindestens ein anderes Mädchen, wahrscheinlich mehrere, eine Möglichkeit gehabt, die Schule in der Nacht, als Chris Harper getötet wurde, zu verlassen. Eine von ihnen könnte etwas gesehen haben.

Eine von ihnen könnte etwas getan haben.

Falls die SMS stimmte, dann ging es ab jetzt um mehr als nur darum, das Kartenmädchen zu finden.

Wir warteten. Unten auf dem Spielfeld war der Rhythmus der Hockeyschläger unregelmäßig geworden: Die Mädchen hatten uns entdeckt, sie verpassten leichte Bälle, weil sie die Köpfe reckten und nach hinten schauten, versuchten, uns im Schatten deutlicher zu erkennen. Kleine muntere Vögel zwitscherten und huschten in den Bäumen über uns hin und her. Sonnenlicht mal blass, mal strahlend, wenn Schleierwolken sich bewegten. Nichts.

Ich sagte: »Anrufen?«

»Anrufen.«

Ich wählte. Die Mailbox-Stimme war elektronisch, eine Computerfrau bot mir an, eine Nachricht zu hinterlassen. Ich legte auf.

Ich sagte: »Es ist eine von unseren acht.«

»O ja. Alles andere wäre ein viel zu großer Zufall. Und es ist nicht deine Holly. Sie hat dir die Karte gebracht, sie würde dir auch den Schlüssel bringen.«

Conway holte wieder ihr Handy hervor. Rief eine Nummer nach der anderen an. Hallo, hier spricht Detective Conway, wir wollen uns nur vergewissern, dass wir deine aktuelle Nummer haben, für den Fall, dass wir dich erreichen müssen … Alle Stim-

231

men kamen vom Band – »Unterrichtszeit«, sagte Conway, während sie tippte, »in den Klassenräumen müssen sie die Handys ausmachen« –, aber alle Nummern stimmten noch. Keines der Mädchen hatte seine geändert.

Conway sagte: »Kennst du vielleicht wen bei einem von den Mobilfunkanbietern?«

»Noch nicht.« Sie auch nicht, sonst hätte sie nicht gefragt. Du hortest Leute, die dir nützlich sein könnten, legst dir im Laufe der Zeit eine schöne lange Liste an. Ich spürte es wie einen Stoß: wir zwei Anfänger, allein auf weiter Flur.

»Sophie aber.« Conway wählte schon wieder. »Die besorgt uns bis heute Abend sämtliche Verbindungsdaten zu dieser Nummer. Garantiert.«

Ich sagte: »Die ist bestimmt nicht registriert.«

»Klar. Aber ich will wissen, an wen sie sonst noch gesimst hat. Falls Chris jemanden treffen wollte, hat er das irgendwie verabredet. Wir haben nie rausgefunden, wie.« Sie rutschte von der Mauer, Handy am Ohr. »Aber jetzt gehen wir erstmal nachsehen, ob unsere Kleine Miss SMS uns Scheiß erzählt.«

McKenna kam aus ihrem Büro, nur allzu bereit, uns zum Abschied zu winken, und war keineswegs erfreut, als sie erfuhr, dass von winke, winke noch keine Rede sein konnte. Mittlerweile waren wir in der ganzen Schule das Sensationsthema Nummer eins. Jeden Moment würden die Tagesschülerinnen nach Hause fahren und ihren Eltern erzählen, dass die Cops wieder da waren, und McKennas Telefon würde bald nicht mehr stillstehen. Sie hatte gehofft, dann sagen zu können, dass diese kleine Unannehmlichkeit sich bereits wieder erledigt hätte: Nur ein paar weitere Fragen, Mr und Mrs, machen Sie sich keine Gedanken, alles längst gegessen. Sie fragte nicht, wie lange es dauern würde. Wir taten so, als würden wir nicht merken, wie sehr ihr die Frage auf der Seele brannte.

Ein Nicken von McKenna, und die gelockte Sekretärin gab uns den Schlüssel zum Internatsflügel, gab uns die Kombinationen für die Türschlösser von den Gemeinschaftsräumen, gab uns eine unterschriebene Erlaubnis für die Durchsuchung. Gab uns alles, was wir wollten, aber das Lächeln war verschwunden. Das Gesicht jetzt angespannt. Sorgenfalten zwischen den Augenbrauen. Kein Blick in unsere Richtung.

Die Glocke ging wieder los, als wir aus dem Büro traten. »Los«, sagte Conway und beschleunigte ihren Schritt. »Es ist Unterrichtsschluss. Die Hausmutter macht jetzt die Verbindungstür auf, und ich will nicht, dass eine von ihnen vor uns in den Gemeinschaftsraum kommt.«

Ich sagte: »Kombinationsschlösser an den Türen der Gemeinschaftsräume. Gab's die letztes Jahr schon?«

»Ja. Die haben sie schon seit Jahren.«

»Wieso?«

Hinter den geschlossenen Türen waren aus den Klassenzimmern plötzlich lautes Stimmengewirr und Stühleschieben zu hören. Conway rannte die Treppe zum Erdgeschoss hinunter. »Die Mädels lassen da öfter Sachen liegen. Die Schlafzimmertüren haben keine Schlösser, für den Fall eines Brandes oder lesbischer Liebe; die Nachtschränkchen sind abschließbar, aber winzig klein. Also landet vieles in den Gemeinschaftsräumen – CDs, Bücher, alles Mögliche. Wenn irgendwas geklaut wird, kommen dank der Kombinationsschlösser bloß rund ein Dutzend Leute in Frage, die es gewesen sein können. Da ist die Täterin schnell gefunden.«

Ich sagte: »Ich dachte, hier drin kommt so was gar nicht vor.«

Sarkastischer Seitenblick von Conway. »›Bei uns verkehrt niemand, der so was macht.‹ Ich hab genau das zu McKenna gesagt, gefragt, ob denn schon mal Diebstähle vorgekommen wären. Sie hat wieder dieses Gesicht gezogen und gesagt, nein, kein einziges Mal. Ich hab gesagt, jedenfalls nicht, seit es die Kombinationsschlösser gibt, hab ich recht? Sie hat noch mal dieses Gesicht gezogen und so getan, als hätte sie mich nicht gehört.«

Durch die offene Verbindungstür.

Der Internatsflügel wirkte anders als die Schule. Weiß gestrichen, kühler und still, eine helle weiße Stille, die die Treppe herabglitt. Ein ganz schwacher Duft, leicht und blumig. Die Luft widersetzte sich mir, als müsste ich zurückbleiben, Conway allein weitergehen lassen. Das hier war Mädchengebiet.

Die Treppe hinauf – eine Jungfrau Maria in ihrer Nische auf dem Absatz lächelte mich rätselhaft an – und einen langen Korridor entlang, über abgelaufene rote Fliesen, zwischen geschlossenen weißen Türen. »Schlafräume«, sagte Conway. »Dritte und vierte Stufe.«

»Irgendeine Aufsicht nachts?«

»Keine nennenswerte. Das Zimmer der Hausmutter ist im Erdgeschoss bei den Jüngsten. In dem Stockwerk hier sind zwei Aufsichtsschülerinnen aus der sechsten Stufe, aber was wollen die groß machen, wenn sie schlafen? Jeder, der nicht gerade ein Riesengrobmotoriker ist, könnte sich hier rausschleichen, kein Problem.«

Eichentüren an beiden Enden des Korridors. Conway ging zu der auf der linken Seite. Drückte Tasten am Kombinationsschloss, ohne auf den Zettel von der Sekretärin schauen zu müssen.

Der Gemeinschaftsraum der dritten Jahrgangsstufe war urgemütlich. Wie aus dem Bilderbuch. Ich wusste es besser, das hatte mich die Pinnwand in Schwarzweiß und in jeder knallgrellen Farbe gelehrt, aber trotzdem konnte ich mir hier nichts Böses vorstellen: dass eine zickenbissig aus einem Gespräch in die Ecke verbannt wurde, eine andere in eines der Sofas gedrückt davon träumte, sich zu ritzen.

Dicke bequeme Sofas in Orange- und Goldtönen, ein Gaskamin. Vasen mit Freesien auf dem Kaminsims. Alte Holztische zum Hausaufgabenmachen. Mädchenkram überall, Haarreife, Glitter-Nagellack, Illustrierte, Wasserflaschen, angebrochene Packungen Süßigkeiten. Ein grasgrünes Halstuch mit kleinen weißen Gänseblümchen hing über einer Stuhllehne, so zart wie ein Kommunionsschleier, und hob sich im leichten Wind, der durchs Fenster drang. Ein Bewegungsmelderlicht sprang an wie eine Warnung, nicht zur Begrüßung: *Du. Wirst. Beobachtet.*

Zwei Nischen mit eingebauten Regalen. Vom Boden bis zur Decke vollgepackt mit Büchern, zweireihig.

»Meine Fresse«, sagte Conway. »Ein Fernseher hätt's doch auch getan.«

Perlende helle Stimmen auf dem Flur, und die Tür hinter uns flog auf. Wir fuhren beide herum, aber die Mädchen waren kleiner als unsere Truppe: zu dritt im Türrahmen gedrängt, Starrblick auf mich. Eine von ihnen kicherte.

»Raus«, sagte Conway.

»Ich brauch meine *Uggs*!«

Die Kleine zeigte auf die Stiefel. Conway nahm sie und warf sie ihr zu. »Raus.«

Sie wichen zurück. Das Tuscheln ging los, ehe ich die Tür geschlossen hatte.

»Uggs«, sagte Conway und holte ihre Handschuhe aus der Tasche. »Die Scheißdinger sollten verboten werden.«

Handschuhe an. Falls das Buch und der Schlüssel existierten, waren die Abdrücke darauf wichtig.

Jeder eine Nische. Finger die Buchrücken entlang, überfliegen, die vordere Buchreihe auf den Boden räumen und mit der hinteren anfangen. Schnell, darauf hoffen, dass etwas Greifbares auftaucht. Darauf hoffen, dass ich derjenige bin, der es entdeckt.

Conway hatte den Starrblick und das Kichern mitbekommen oder aber die leichte Veränderung in der Atmosphäre gespürt. Sie sagte: »Sei vorsichtig. Ich hab dich vorhin verarscht, aber bei den Mädels musst du auf der Hut sein. In dem Alter sind sie ganz wild darauf, für jemanden zu schwärmen. Und das üben sie bei jedem halbwegs ansehnlichen Kerl, den sie kriegen können. Hast du das Lehrerzimmer gesehen? Meinst du, es ist Zufall, dass alle Männer, die hier arbeiten, zum Weglaufen aussehen?« Sie schüttelte den Kopf. »Das soll die Hysterie kleinhalten. Ein paar hundert Mädels, bei denen die Hormone verrückt spielen …«

Ich sagte: »Ich bin kein Justin Bieber. Meinetwegen gibt's bestimmt keinen Tumult.«

Das wurde mit einem Schnauben quittiert. »Justin Bieber ist gar nicht nötig. Du siehst nicht zum Weglaufen aus, und du bist keine sechzig: Das reicht. Falls sie dich anhimmeln wollen, super, das können wir ausnutzen. Aber sei nie mit einer von ihnen allein.«

Ich dachte an Gemma, den Sharon-Stone-Beinüberschlag. Ich sagte: »Hab ich auch nicht vor.«

»Moment«, sagte Conway, und das plötzliche Anheben ihrer Stimme brachte mich auf die Beine, ehe ich wusste, was los war. »Bingo.«

Unteres Regalbrett, hintere Reihe, versteckt hinter glänzenden bunten Farben. Ein altes gebundenes Buch, der Schutzumschlag an den Rändern zerfleddert. »Hl. Therese von Lisieux: Die kleine Blume und der kleine Weg.«

Conway zog es vorsichtig mit einer Fingerspitze heraus. Zusammen mit Staub. Sepiafarbenes Mädchen im Nonnenschleier vorn auf dem Umschlag, rundliches Gesicht, schmale Lippen zu einem Lächeln gebogen, das schüchtern oder verschlagen sein konnte. Der hintere Deckel schloss nicht richtig.

Ich hielt das Buch oben und unten mit zwei Fingern fest, während Conway behutsam den hinteren Deckel anhob. Die Lasche des Schutzumschlags war nach innen gefaltet und so festgeklebt worden, dass sie eine dreieckige Tasche bildete. Conway löste sie vorsichtig, und ein Schlüssel kam zum Vorschein.

Wir fassten ihn nicht an.

Conway sagte, als hätte ich sie gefragt: »Ich werde noch keine Meldung machen. Wir haben nichts Eindeutiges.«

Das war der Moment, um die schweren Geschütze aufzufahren: ein Team, das die ganze Schule durchsuchte, die Jungs von der Kriminaltechnik, die Fingerabdrücke nahmen und abglichen, die Sozialarbeiterin, die bei jeder Vernehmung dabei war. Wir hatten nicht mehr bloß eine einzelne Karte als Spur mit der Fifty-Fifty-Chance, dass ein gelangweilter Teenager sich wichtig machen wollte. Wir hatten ein Mädchen, wahrscheinlich vier, womöglich acht, die die Gelegenheit gehabt hatten, am Tatort zu sein. Das hier war real.

Falls Conway die schweren Geschütze auffahren ließ, würde sie O'Kelly all das schöne neue Material vorlegen müssen, das ihm die Begründung dafür lieferte, sein Budget für einen Fall zu sprengen, der schon fast zu den Akten gelegt worden war. Und schwupps wäre ich so schnell, dass uns schwindelig würde, wieder auf dem Weg nach Hause, und Conway würde jemand mit langjähriger Berufserfahrung zur Seite gestellt, King oder irgendein anderer mit einer Vorliebe für leise Andeutungen, der einen Weg finden würde, seinen Namen mit der Lösung des Falls in Verbindung zu bringen, falls er denn gelöst wurde. Danke für Ihre Hilfe, Detective Moran, bis zum nächsten Mal, wenn Ihnen jemand einen dicken fetten Hinweis zuspielt.

Ich sagte: »Wir wissen nicht mit Sicherheit, dass das wirklich der Schlüssel für die Verbindungstür war.«

»Genau. Ich hab ein Exemplar des alten Schlüssels im Präsidium, zum Vergleich. Vorher ruf ich nicht die halbe Belegschaft her, weil wir den Schlüssel zum Schnapsschrank von jemandes Mummy gefunden haben.«

»Und wir haben nur die Angabe unseres SMS-Mädchens, wer ihn hier versteckt hat und wann. Vielleicht war er ja letzten Mai gar nicht hier.«

»Gut möglich.« Conway drückte die Lasche wieder zu. »Ich

wollte den ganzen Laden hier auf den Kopf stellen, von oben bis unten. Der Chef hat abgelehnt. Hat gemeint, es gäbe keinen Beweis dafür, dass irgendwer hier am Kilda mit der Sache zu tun hat. Eigentlich wollte er bloß sagen, dass die feinen Mummys und Daddys Anfälle kriegen würden, wenn irgendwelche schmierigen Detectives in der Unterwäsche ihrer kleinen Prinzessinnen rumkramen. Und deshalb: Ja, soweit wir wissen, war der Schlüssel damals nicht hier.«

Ich sagte: »Warum sollte Joannes Clique ihn die ganze Zeit hiergelassen haben? Warum haben sie ihn nicht weggeschmissen, nachdem Chris ermordet worden war und die Polizei anfing, Fragen zu stellen?«

Conway klappte das Buch zu. Fingerspitzengefühl, wenn sie es brauchte. »Du hättest erleben sollen, wie es hier zuging, nach dem Mord. Die Kids wurden nicht mal eine Sekunde allein gelassen, für den Fall, dass Hannibal Lecter aus irgendeinem Schrank gehüpft kam und ihnen das Gehirn auslöffelte. Keine von ihnen ging aufs Klo ohne fünf oder sechs Freundinnen im Schlepptau. Unsere Leute waren überall, Lehrer patrouillierten auf den Fluren, Nonnen flatterten hektisch rum, alle stießen gleich Alarmgeheul aus, wenn ihnen irgendwas Ungewöhnliches auffiel. Das hier« – sie zeigte mit einem Finger auf das Buch, ohne es zu berühren – »wäre das Klügste gewesen: den Schlüssel lassen, wo er ist, nicht das Risiko eingehen, bei dem Versuch geschnappt zu werden, ihn wegzuschaffen. Und ein paar Wochen später war das Schuljahr zu Ende. Als unsere Mädels dann im September zurückkamen, waren sie in der vierten Jahrgangsstufe. Kein Zugangscode für diesen Raum, kein plausibler Grund, warum sie hier sein sollten. Den Schlüssel wegzuholen wäre riskanter gewesen, als ihn einfach hierzulassen. Was meinst du wohl, wie oft dieses Buch gelesen wird? Sehr unwahrscheinlich, dass eine den Schlüssel findet, und selbst wenn, sie wüsste wohl kaum, zu welcher Tür er passt.«

»Da Joanne oder wer auch immer den Schlüssel nicht entsorgt hat, würde ich wetten, dass sie keine Fingerabdrücke vom Buch gewischt hat.«

»Genau. Wir kriegen unsere Abdrücke.« Conway nahm einen durchsichtigen Beweismittelbeutel aus ihrer Tasche, schlug ihn mit einem leisen Knall auf. »Wem traust du die SMS zu? Holly und ihre Clique sind nicht gerade Fans von Joanne.«

Sie hielt den Beutel auf, während ich das Buch mit zwei Fingern hineinbugsierte. Ich sagte: »Wer es war, beschäftigt mich weniger. Ich würde lieber wissen, *warum*.«

Schiefer Blick von Conway, während sie den Beutel wieder in ihre Tasche schob. »Findest du, meine kleine Ansprache hat ihnen nicht genug Angst eingejagt?«

»Doch. Aber sie hätte keiner von ihnen so viel Angst eingejagt, dass sie uns diese SMS schickt. Wovor sollte sie Angst haben? Der Mörder hätte es ja wohl kaum auf sie abgesehen, bloß weil sie weiß, wo der Schlüssel ist?«

»Es sei denn«, sagte Conway und zog sich ihre Handschuhe aus, methodisch, Finger für Finger, »es sei denn, Joanne ist die Täterin.«

Zum ersten Mal hatten wir einen Namen ausgesprochen. Eine kleine Schockwelle durchlief den Raum, kräuselte die Überwürfe auf den Sofas, bewegte die Vorhänge.

Ich sagte: »Du bist der Boss. Aber wenn ich du wäre, würde ich sie mir noch nicht direkt vorknöpfen.«

Ich rechnete halb mit einem Anpfiff. Bekam keinen. »Ich auch nicht. Falls Joanne den Schlüssel versteckt hat, wussten ihre Busenfreundinnen davon. Welche sollen wir uns vornehmen? Alison?«

»Ich würde es mit Orla versuchen. Alison ist nervöser, stimmt, aber das brauchen wir jetzt nicht. Ein Wort zu viel, und sie rennt heulend zu Daddy, und wir sind im Arsch.« Bei dem *Wir* schnellten Conways Augenbrauen nach oben, aber sie sagte nichts.

»Orla ist stabiler. Und doof, wie sie ist, können wir sie nach Lust und Laune manipulieren. Ich würd's mit ihr probieren.«

»Hm«, sagte Conway. Sie öffnete gerade den Mund, um etwas zu sagen, als wir das Geräusch hörten.

Ein dünnes, schrilles Geräusch, das sich hob und senkte wie eine Alarmsirene. Ehe ich begriffen hatte, was es war, sprang Conway schon auf und rannte zur Tür. Das wilde, helle Leuchten in ihrem Gesicht, als sie an mir vorbeistürmte, sagte *Ja*, sagte *Action*, sagte *Wurde verdammt nochmal auch Zeit.*

Mädchen drängten sich etwa auf halbem Weg den Flur hinunter, ein Dutzend oder mehr. Die Hälfte hatte die Schuluniformen ausgezogen, bunte Hoodies und T-Shirts, klimpernde billige Armreife; ein paar waren halb umgezogen, hielten Knöpfe zusammen, schoben Hände in Ärmel. Alle dicht beisammen und wimmernd, hoch und schnell, *Waswaswas?* In der Mitte des Gedränges kreischte jemand.

Wir waren größer als sie. Über schimmernde Köpfe hinweg: Joanne und ihre Clique, umringt. Alison war diejenige, die kreischte, Rücken gegen die Wand gedrückt, Hände vor dem Gesicht gespreizt. Joanne wollte irgendwas machen, sie an sich ziehen, guter Engel sein, wer weiß. Alison war selbst dafür unerreichbar.

Holly, zwischen den Köpfen, die Einzige, die nicht Alison angaffte. Holly beobachtete die anderen, mit Augen wie ihr Dad. Holly hielt Ausschau nach einem Gesicht, das etwas verriet.

Conway packte das erstbeste Kind am Arm, ein kleines dunkelhaariges Mädchen, das zurücksprang und aufschrie. »Was ist passiert?«

»Alison hat einen Geist gesehen! Sie hat gesehen … Sie sagt, sie sagt, sie hat Chris Harper gesehen, seinen Geist, sie hat gesehen, wie –«

Die Schreie hörten nicht auf; sie ließen die Kleine beben und schlottern. Conway sagte so laut, dass alle, die irgendwas hören konnten, sie hören konnten: »Du weißt doch, warum er wieder da ist, oder?«

Das Kind starrte sie mit offenem Mund an. Andere Mädchen drehten sich zu uns um, verwirrt, Köpfe wie beim Tennismatch, versuchten, durch das verstandbetäubende Geräusch hindurch zu begreifen, warum diese Erwachsenen nicht einschritten und die Kontrolle übernahmen und alles wieder ins Lot brachten.

»Weil eine von euch weiß, wer ihn getötet hat. Er ist zurückgekommen, um sie zum Reden zu bringen. Das erleben wir oft bei Mordfällen, sehr oft, stimmt's?«

Conway warf mir einen Blick zu, der wie ein Ellbogenstoß war. Ich nickte. Sagte: »Das ist erst der Anfang. Es wird noch schlimmer werden.«

»Die wissen Bescheid, Mordopfer wissen Bescheid, und sie können es nicht leiden, wenn jemand verhindert, dass ihr Tod gesühnt wird. Chris ist unzufrieden. Er kann erst in Frieden ruhen, wenn alle uns alles erzählt haben, was sie wissen.«

Die Kleine stieß ein dumpfes Wimmern aus. Allgemeines Luftschnappen um uns herum, ein Mädchen griff nach dem Arm einer Freundin, »OmeinGott –«. Schrill, hart an der Grenze zu einem Schrei, der sich Alisons anschloss. »OmeinGott –«

»Mordopfer sind wütend. Chris war vermutlich ein netter Kerl, als er noch lebte, aber er ist nicht mehr der, den ihr in Erinnerung habt. Jetzt ist er voller Zorn.«

Ein Schauder durchlief die Mädchen. Sie sahen Zähne und spitze Knochensplitter, die ihnen das warme Fleisch aus dem Leib reißen wollten. »OmeinGott –«

McKenna pflügte sich mit Wucht durch die brodelnden Mädchen. Conway ließ den Arm des Mädchens fallen wie eine heiße Kartoffel, trat unauffällig und schnell zurück.

McKenna dröhnte: »Ruhe!«, und das Geschnatter ebbte ab. Nur Alisons Schreie hielten an, krachten wie Feuerwerkskörper in die Schockstille.

McKenna sah uns nicht an. Sie packte Alison an den Schultern und drehte sie herum, so dass sie sich Auge in Auge gegenüberstanden. »Alison! *Ruhe*!«

Alison unterdrückte einen Schrei, verschluckte sich daran. Starrte zu McKenna hoch, röchelnd und rot im Gesicht. Schwankte, als würde sie an McKennas großen Händen baumeln.

»Gemma Harding«, sagte McKenna, ohne Alison aus den Augen zu lassen. »Du erzählst mir jetzt, was passiert ist.«

Gemma begann, sich zu verteidigen. »Miss, wir waren bloß in unserem Zimmer, wir haben überhaupt nichts gemacht –«

Sie klang viel jünger, sah viel jünger aus, ein verstörtes kleines Mädchen. McKenna sagte: »Was ihr gemacht habt, interessiert mich nicht. Erzähl mir, was passiert ist.«

»Alison ist bloß zur Toilette gegangen, und dann haben wir sie hier draußen schreien hören. Wir sind alle rausgerannt. Sie war ...«

Gemmas Augen huschten über die anderen hinweg, fanden Joanne, suchten nach Anweisungen. McKenna sagte: »Sprich weiter. Los.«

»Sie war – sie stand an die Wand gedrückt, und sie hat geschrien. Miss, sie hat gesagt, sie hat Chris Harper gesehen.«

Alisons Kopf fiel nach hinten. Sie gab ein hohes Wimmern von sich. »Alison«, sagte McKenna schneidend. »Sieh mich an.«

»Sie hat gesagt, er hat sie am Arm gepackt. Miss, da sind – da sind Abdrücke auf ihrem Arm. Ich schwöre.«

»Alison. Zeig mir deinen Arm.«

Alison nestelte mit schlaffen Fingern am Ärmel ihres Hoodies herum. Schließlich schaffte sie es, ihn bis zum Ellbogen hochzuschieben. Conway scheuchte Mädchen aus dem Weg.

Zuerst sah es aus wie ein Handabdruck, als hätte jemand Alison gepackt und versucht, sie wegzuzerren. Hellrot, rings um den Unterarm herum: vier Finger, ein Handteller, ein Daumen. Größer als eine Mädchenhand.

Dann kamen wir näher ran.

Kein Handabdruck. Die rote Haut aufgeschwollen und fleckig, mit kleinen Bläschen übersät. Eine Verbrennung, eine Verätzung, ein Nesselausschlag.

Das Mädchengedränge bewegte sich, Hälse gereckt. Stöhnte auf.

McKenna sagte beißend: »Hat irgendwer von euch nicht gewusst, dass Alison an Allergien leidet? Wenn ja, bitte die Hand heben.«

Keine Reaktion.

»Hat vielleicht irgendwer von euch irgendwie den Zwischenfall im letzten Schuljahr nicht mitbekommen, als Alison verarztet werden musste, nachdem sie sich die falsche Bräunungscreme ausgeliehen hatte?«

Nichts.

»Niemand?«

Mädchen starrten auf Ärmel, die sie sich um die Daumen gewickelt hatten, auf den Boden, warfen einander Seitenblicke zu. Sie kamen sich jetzt albern vor. McKenna holte sie auf den Boden der Tatsachen zurück.

»Alison hat Kontakt zu einer Substanz gehabt, auf die sie allergisch reagiert hat. Da sie vorhin auf der Toilette war, handelt es sich vermutlich entweder um eine Handseife oder ein Putzmittel, das die Reinigungskräfte verwenden. Wir werden der Sache nachgehen und dafür sorgen, dass das Allergen entfernt wird.«

McKenna hatte uns noch immer keines Blickes gewürdigt. Freche Kinder werden ignoriert. Aber sie sprach auch mit uns oder zu uns.

»Alison nimmt ein Antihistaminikum ein, und in ein oder zwei Stunden sind die Symptome vollkommen abgeklungen. Ihr anderen geht jetzt alle in eure Gemeinschaftsräume und schreibt mir einen Dreihundert-Wörter-Aufsatz über verbreitete Allergene, der bis morgen früh fertig zu sein hat. Ich bin von euch

243

allen enttäuscht. Ihr seid alt genug und intelligent genug, um mit so einer Situation vernünftig umzugehen, statt albern und hysterisch zu reagieren.«

McKenna nahm eine Hand von Alisons Schulter – Alison sackte gegen die Wand – und zeigte den Flur hinunter. »Geht jetzt. Es sei denn, ihr habt noch irgendetwas *Hilfreiches* mitzuteilen.«

»Miss«, sagte Joanne. »Eine von uns sollte bei ihr bleiben. Für den Fall, dass –«

»Nein, danke. Begebt euch bitte in die Gemeinschaftsräume.«

Sie zogen ab, grüppchenweise zusammengedrängt, eingehakt, tuschelnd, mit gelegentlichen Blicken über die Schulter. McKenna starrte ihnen hinterher, bis sie nicht mehr zu sehen waren.

Sagte zu uns: »Ich nehme an, Sie wissen, was die Ursache hierfür ist.«

»Keine Ahnung«, sagte Conway. Sie trat vor, schob sich zwischen McKenna und Alison, bis McKenna losließ. »Alison. Hat irgendwer was über Chris Harpers Geist gesagt, bevor du zur Toilette gegangen bist?«

Alison war weiß und lila schattiert. Sie sagte matt: »Er war da in der Tür. Hat Klimmzüge am Türrahmen gemacht. Seine Beine gingen rauf und runter.«

Immer macht er irgendwas, hatte Selena gesagt. Ich glaube nicht an Geister. Spürte trotzdem ein Frösteln zwischen den Schulterblättern.

»Ich glaube, ich hab geschrien. Jedenfalls hat er mich gesehen. Er ist runtergesprungen, ganz schnell über den Flur auf mich zugerannt und hat mich gepackt. Er hat mir direkt ins Gesicht gelacht. Ich hab wieder geschrien, und ich hab ihn getreten, und er ist verschwunden.«

Sie klang beinahe friedvoll. Sie war ausgelaugt, wie ein kleines Kind, nachdem es sich die Seele aus dem Leib gekotzt hat.

»Das genügt«, sagte McKenna mit einer Stimme, die einem

Grizzly Angst eingejagt hätte. »Du bist mit irgendeinem Allergen in Berührung gekommen, und das hat eine kurze Halluzination ausgelöst. Es gibt keine Geister.«

Ich sagte: »Tut dir der Arm weh?«

Alison blickte auf ihren Arm. »Ja«, sagte sie. »Er tut echt weh.«

»Kein Wunder«, sagte McKenna kühl. »Und das wird er auch, solange er nicht behandelt wird. Und deshalb, Detectives, müssen Sie uns leider entschuldigen.«

»Er hat nach Erkältungssalbe gerochen«, sagte Alison über die Schulter zu mir, als McKenna sie wegschob. »Ich weiß nicht, ob er früher schon danach gerochen hat.«

Conway sah ihnen nach. Sagte: »Wollen wir wetten, die Ugg-Kids haben rumerzählt, dass wir in ihrem Gemeinschaftsraum waren?«

»Glaub ich auch. Das hat sich garantiert längst rumgesprochen.«

»Bis zu Joanne. Die sich denken konnte, wonach wir gesucht haben.«

Ich deutete mit dem Kopf hinter Alison her. Schritte trappelten über die Treppe, hallten wider. Sie und McKenna nahmen die Stufen in einem flotten Tempo. »Das war nicht gespielt.«

»Nee. Aber Alison ist leicht beeinflussbar. Und nach der Befragung war sie eh schon halb hysterisch.« Conway sprach leise, den Kopf nach hinten geneigt, um dem Popcorn-Knistern von Stimmen aus den Gemeinschaftsräumen zu lauschen. »Sie will zum Klo, Joanne erzählt ihr irgendwas vom Pferd von wegen Chris' Geist würde umgehen – sie kennt Alison ja in- und auswendig, weiß genau, welche Knöpfe sie bei ihr drücken muss. Dann schmiert sie sich Bräunungscreme auf die Hand, drückt Alison kurz den Arm. Kann davon ausgehen, dass Alison durchdreht. Joanne hofft, dass ordentlich Chaos ausbricht und wir aus dem Gemeinschaftsraum rennen, die Tür offen lassen und sie die Chance hat, reinzuflitzen und das Buch mitgehen zu lassen.«

Fast hätte ich gesagt: *Ist einer Sechzehnjährigen so was zuzutrauen?* Bremste mich rechtzeitig. Sagte stattdessen: »Alison trägt lange Ärmel.«

»Joanne hat sie erwischt, bevor sie ihr Shirt angezogen hat.«

Hätte klappen können; vielleicht, so gerade eben, mit viel Glück. Ich sagte: »Aber Joanne hat nicht versucht, in den Gemeinschaftsraum zu laufen. Sie ist hiergeblieben, mitten im Geschehen.«

»Vielleicht hat sie gedacht, wir würden Alison mitnehmen. Dass sie sich Zeit lassen kann.«

»Oder Joanne hatte gar nichts damit zu tun. Der Geist war Alisons Einbildung und der Arm reiner Zufall, wie McKenna gesagt hat.«

»Möglich. Vielleicht.«

Die Schritte auf der Treppe waren verklungen. Diese weiße Stille senkte sich wieder herab, füllte die Luft mit Gestalten am Rande des Gesichtsfeldes, machte es schwer, daran zu glauben, dass hier irgendetwas schlicht mit Einbildung und Zufall zu erklären war.

Ich sagte: »Wohnt McKenna hier?«

»Nee. So blöd ist sie nicht. Aber solange wir hier sind, bleibt sie auch hier.«

Wir. »Ich hoffe, sie mag das Cafeteria-Essen.«

Conway machte ihre Tasche auf, warf einen Blick auf das Buch darin. »Es tut sich was«, sagte sie. Versuchte nicht mal, ihre strahlende Genugtuung zu verbergen. »Ich hab's doch gesagt.«

12

IN GEWISSER WEISE hatten sie recht: Es ist anders, als sie sich das zweite Mal rausschleichen – und das dritte Mal. Aber sie stellen fest, dass das egal ist. Hinter der Lichtung, auf der sie sich ausstrecken und unterhalten, liegt immer auch jene andere, ein Versprechen, das auf den richtigen Moment wartet, um eingelöst zu werden. Es durchdringt alles.

Ich hätte nie gedacht, dass ich mal Freundinnen wie euch habe, sagt Becca irgendwann in der dritten Nacht. *Niemals. Ihr seid meine Wunder.*

Nicht mal Julia tut das ab. Ihre vier Hände sind auf dem Gras ineinander verschlungen, locker und warm.

Ende Januar, abends um halb elf. Noch fünfzehn Minuten bis zur Nachtruhe für die Dritt- und Viertstufler am Kilda und am Colm. Chris Harper – der sich die Zähne putzt und dabei halb an die Kälte denkt, die ihm vom Fliesenboden des Badezimmers in die Füße kriecht, halb zwei Jungs zuhört, die einen Kleinen aus der ersten Jahrgangsstufe schikanieren, und überlegt, ob er sich einmischen soll, ihnen sagen, sie sollen ihn in Ruhe lassen – hat noch fast vier Monate zu leben.

Einen Streifen Dunkelheit entfernt, am St. Kilda, befingert Schnee das Vierbettzimmerfenster, launische Flöckchen, die nicht kleben bleiben. Der Winter hat mit voller Wucht zugeschlagen: frühe Sonnenuntergänge, treibender Schneeregen und schneidende Kälte haben Julia und Holly und Selena und Becca seit einer Woche daran gehindert, vor die Tür zu gehen. Sie fühlen sich eingesperrt und sind verschnupft, und das macht sie ganz zappelig. Sie streiten sich wegen der Valentinsfeier.

»Ich geh nicht hin«, sagt Becca.

Holly, die im Schlafanzug auf ihrem Bett liegt, schreibt, so schnell sie kann, Julias Mathe-Hausaufgaben ab und baut hier und da einen kleinen Fehler ein, damit es echter wirkt. »Wieso nicht?«

»Weil ich mir lieber die Fingernägel mit einem Feuerzeug wegbrennen würde, als mich in so ein blödes Kleid zu zwängen, mit so einem blöden Mikro-Minirock und so einem blöden hautengen Top mit tiefem Ausschnitt, selbst wenn ich so ein Scheißteil hätte. Hab ich aber nicht und werde ich auch nie haben. Deshalb.«

»Du musst hingehen«, sagt Julia von ihrem Bett aus, wo sie auf dem Bauch liegt und liest.

»Tu ich aber nicht.«

»Wenn du nicht hingehst, musst du zu Schwester Ignatius, und die fragt dich dann, ob du nicht hinwillst, weil du als Kind missbraucht worden bist, und wenn du sagst, nein, wurdest du nicht, sagt sie, du musst Selbstachtung lernen.«

Becca sitzt auf ihrem Bett, die Arme um die Knie, zu einem wütenden Knäuel verknotet. »Ich *habe* Selbstachtung. Jedenfalls genug, um nicht so was Blödsinniges anzuziehen, bloß weil alle anderen das machen.«

»Ach, du mich auch. Mein Kleid ist nicht blöd.« Julia hat ein hautenges Kleid, schwarz mit dunkelroten Punkten, für das sie monatelang gespart hat und das sie erst vor zwei Wochen im Ausverkauf ergattert hat. Ein so enges hatte sie noch nie, und irgendwie gefällt sie sich sogar darin.

»Dein Kleid nicht. Aber ich in deinem Kleid wäre blöd. Weil ich bescheuert drin aussähe.«

Selena sagt durch das Pyjama-Top hindurch, das sie sich gerade über den Kopf streift: »Zieh doch einfach irgendwas an, worin du dich wohl fühlst.«

»Am wohlsten fühl ich mich in Jeans.«

»Dann zieh Jeans an.«

»Ja, klar. Du auch?«

»Ich zieh das blaue Kleid von meiner Oma an. Hab ich dir doch schon gezeigt.« Es ist ein himmelblaues Minikleid, das Selenas Oma damals in den Sechzigern trug, als sie Verkäuferin in einer coolen Gegend von London war. Es spannt ein bisschen über Selenas Busen, aber sie wird es trotzdem tragen.

»Na bitte«, sagt Becca. »Holly, ziehst du Jeans an?«

»Ach, Mist«, sagt Holly und radiert einen Fehler wieder weg, der sich als zu groß entpuppt hat. »Meine Mum hat mir für Weihnachten so ein lila Kleid gekauft. Ist eigentlich ganz okay. Das könnte ich anziehen.«

»Dann wäre ich also der einzige Loser in Jeans, oder ich muss mir irgend so ein blödes Kleid kaufen, das ich hasse, und ein total rückgratloser verlogener Feigling sein. Nein, danke.«

»Mach das mit dem Kleid«, sagt Julia und blättert um. »Dann hätten wir alle was zu lachen.«

Becca zeigt ihr den Stinkefinger. Julia grinst und stinkefingert zurück. Sie mag die neue, streitlustige Becca.

»Das ist nicht *witzig*. Ihr wollt mich an dem Abend allein bei Schwester Ignatius hocken und ihre blöden Selbstachtungsübungen machen lassen, während ihr alle in blöden Kleidern rumposiert und –«

»Dann komm halt mit, verdammt.«

»Ich *will* aber nicht!«

»Was willst du dann? Dass wir alle hierbleiben, bloß weil du keine Lust hast, ein Kleid zu tragen?« Julia hat ihr Buch beiseitegeschoben und setzt sich auf. Holly und Selena unterbrechen, was sie gerade machen, weil sie die Bissigkeit in Julias Stimme hören. »Weil, weißt du was: Scheiß drauf.«

»Ich dachte, es ginge gerade darum, dass wir nichts machen müssen, bloß weil alle es machen.«

»Ich geh aber nicht hin, bloß weil alle hingehen, du Genie, ich gehe hin, weil ich es wirklich will. Weil es *Spaß* macht, schon mal davon gehört? Wenn du lieber hier sitzen und Selbstachtungsübungen machen willst, tu dir keinen Zwang an. Ich geh jedenfalls hin.«

»Oh, danke, vielen Dank auch – und du willst meine Freundin sein –«

»Bin ich auch, aber das heißt nicht, dass ich alles mache, was du willst –«

Becca kniet jetzt auf ihrem Bett, Fäuste geballt, das Haar knisternd vor Wut. »Scheiße, ich hab überhaupt nicht verlangt, dass du –«

Die Glühbirne gibt ein wütendes Zischen von sich, knallt und erlischt. Alle schreien auf.

»Ruhe!«, brüllen beide Aufsichtsschülerinnen den Flur hinunter. Ein atemloses »Mensch –« von Julia, ein dumpfer Stoß und »Au!«, als Selena mit dem Schienbein irgendwo gegenstößt, und dann geht das Licht wieder an.

»Was zum Teufel war das?«, sagt Holly.

Die Glühbirne leuchtet harmlos vor sich hin, kein Flackern, nichts.

»Das ist ein Zeichen, Becs«, sagt Julia, die Atemlosigkeit fast wieder unter Kontrolle. »Das Universum will, dass du mit der Quengelei aufhörst und auf die Feier gehst.«

»Haha, wahnsinnig lustig«, sagt Becca. Ihre Stimme ist überhaupt nicht unter Kontrolle. Sie klingt wie ein Kind, hell und zitterig. »Oder das Universum will nicht, dass *du* hingehst, und ist sauer, weil du gesagt hast, dass du hingehst.«

Selena sagt zu Becca: »Hast du das gemacht?«

»Du willst mich verarschen«, sagt Julia. »Oder?«

»Becsie?«

»Ach, hör schon auf«, sagt Julia. »Ehrlich. Lass den Quatsch.«
Selena sieht noch immer Becca an. Holly auch. Schließlich
sagt Becca: »Ich weiß nicht.«

»Hil-feee«, sagt Julia. »Ich glaub's nicht.« Sie lässt sich bäuchlings auf ihr Bett fallen und zieht sich das Kissen über den Kopf.

Selena sagt: »Mach das noch mal.«

»Wie denn?«

»So, wie du's gerade gemacht hast.«

Becca starrt die Glühbirne an, als würde die sie jeden Moment
anspringen. »Hab ich nicht. Glaub ich jedenfalls nicht. Ich weiß
nicht.«

Julia stöhnt unter ihrem Kissen. »Beeil dich lieber«, sagt Holly.
»Sonst erstickt sie noch.«

»Ich hab bloß …« Becca hebt eine schmale geöffnete Hand,
schwankend. »Ich war wütend. Wegen … Und ich hab bloß …«
Sie ballt die Faust. Das Licht geht aus.

Diesmal schreit keine von ihnen auf.

»Mach's wieder an«, sagt Selenas Stimme leise in der Dunkelheit.

Das Licht geht wieder an. Julia hat das Kissen vom Kopf genommen und sitzt jetzt aufrecht.

»Oh«, sagt Becca. Sie hat den Rücken gegen die Wand gedrückt und einen Fingerknöchel im Mund. »Hab ich …?«

»Nein, verdammt, hast du nicht«, sagt Julia. »Ist bloß was mit
der Elektrik. Hängt wahrscheinlich mit dem Schnee zusammen.«

Selena sagt: »Mach's noch mal.«

Becca macht es noch einmal.

Diesmal sagt Julia nichts. Überall um sie vier herum vibriert
die Luft und krümmt das Licht.

»Gestern Morgen«, sagt Selena, »als wir uns angezogen haben
und ich was von meinem Nachttisch nehmen wollte. Ich bin mit
der Hand gegen meine Leselampe gestoßen, und die ist angegangen. Sobald ich sie nicht mehr berührt hab, ging sie aus.«

»Billigteil funktioniert beschissen«, sagt Julia. »Meldung des Tages.«

»Ich hab's ein paarmal wiederholt. Um sicherzugehen.«

Sie erinnern sich alle, dass Selenas Lampe an- und ausging. Das schlechte Wetter war schon im Anzug, die brennenden Lampen ein starker Gegensatz zu dem trüben Himmel, in der ganzen Schule eine angespannte Schotten-dicht-Stimmung: Sie hatten gedacht, es wäre bloß das gewesen, falls sie überhaupt irgendwas gedacht hatten.

»Und wieso hast du nichts gesagt?«

»Wir mussten uns beeilen. Und ich wollte drüber nachdenken. Und ich wollte abwarten, ob …«

Ob es den anderen auch passierte. Becca merkt, dass sie die Luft anhält, und atmet mit einem jähen Stoß aus.

Holly sagt beinahe widerwillig: »Heute Nachmittag. Als ich in der Mathestunde zum Klo bin? Da sind die Lampen im Flur ausgegangen, als ich unter ihnen vorbeiging, und sobald ich weg war, sind sie wieder angegangen. Ich meine, echt alle. Ich hab gedacht, dafür gibt's bestimmt irgendeinen Grund. Der Schnee oder was weiß ich.«

Selena sieht Holly an, hebt die Augenbrauen und blickt zur Glühbirne hoch.

»Ach herrje, ich fass es nicht«, sagt Julia.

»Es wird nicht klappen«, sagt Holly.

Niemand antwortet ihr. Die Luft hat noch immer dieses Flimmern an sich: Hitze über Sand, bereit für eine Fata Morgana.

Holly hebt die geöffnete Hand und ballt die Faust, wie Becca das gemacht hat. Das Licht geht aus. »Hilfe!«, ruft sie, und es geht wieder an.

Stille und die flirrende Luft. Sie haben keine Worte für so was.

»Ich hab keine übernatürlichen Kräfte«, sagt Holly, zu laut. »Oder was auch immer. Hab ich nicht. Wisst ihr noch, in Naturwissenschaft, als wir die Bilder auf Spielkarten raten sollten? Ich war total schlecht.«

Becca sagt: »Ich auch. Das hier liegt an … ihr wisst schon. An der Lichtung. Das hat sich verändert.« Julia lässt sich wieder aufs Bett fallen und stößt ein paarmal die Stirn ins Kissen. »Okay, also was glaubst du, was das gerade war, du Schlaumeier?«

»Hab ich doch schon gesagt. Schnee in irgendeinem Dingsbums am Arsch der Welt. Können wir uns jetzt weiter darüber streiten, ob ich wirklich deine Freundin bin? Bitte, bitte?«

Selena macht wieder die Sache mit der Glühbirne. »Hör auf damit!«, faucht Julia. »Ich versuche zu lesen.«

»Ich dachte, du denkst, es liegt am Schnee«, sagt Selena grinsend. »Wieso sagst du dann, ich soll aufhören?«

»Halt die Klappe. Ich lese.«

»Versuch du's doch auch mal.«

»Schon klar.«

»Du traust dich nicht.«

Julia wirft Selena einen vernichtenden Blick zu. »Angst?«, fragt Selena.

»Es gibt nichts, wovor man Angst haben müsste. Das sag ich doch die ganze Zeit.«

»Also …?«

Bei Mutproben kann Julia einfach nicht widerstehen. Sie setzt sich widerwillig auf. »Keine Ahnung, wieso ich das mache«, sagt sie. Hebt die Hand, seufzt geräuschvoll und ballt die Faust. Nichts passiert.

»Tadaaa«, sagt Julia. Zu ihrer immensen Verärgerung ist ein Teil von ihr zutiefst und schmerzlich enttäuscht.

Selena sagt: »Das gilt nicht. Du hast dich nicht konzentriert.«

»Als das mit den Lampen im Flur war«, sagt Holly, »heute Nachmittag. Da hatte Naughton mich angeschnauzt, wisst ihr noch? Cliona hat gequatscht, und Naughton meinte, ich wär's gewesen. Ich war stinksauer. Und …«

»Ach, *verdammt*«, sagt Julia. Sie konzentriert sich auf Beccas Rumgezicke wegen der Party und versucht es erneut. Es klappt. Wieder Schweigen. Die Wirklichkeit fühlt sich fremd auf ihrer Haut an; sie kräuselt sich und brodelt um sie herum, wirbelt in kleinen Strudeln und lässt an den seltsamsten Stellen nur so zum Spaß Geysire hochschießen. Sie könnte völlig unerwartet reagieren, wenn sie sich bewegen, deshalb rühren sie sich nicht.

»Schade, dass sich nichts Nützliches damit anfangen lässt«, sagt Holly so locker wie möglich – sie hat das Gefühl, dass es keine gute Idee wäre, das hier allzu wichtig zu nehmen; als könnte es ungewollte Aufmerksamkeit auf sich ziehen, obwohl sie nicht weiß, von wem. »Röntgenblick. Damit könnten wir die Prüfungsaufgaben schon am Vorabend lesen.«

»Oder bräuchten es gar nicht«, sagt Becca. Ihr ist nach Kichern zumute. Alles fühlt sich an, als würde sie gekitzelt. »Wenn wir unsere Noten einfach ändern könnten, sobald die Ergebnisse da sind, und dann huiii, alles Einsen – *das* wäre nützlich.«

»Ich glaube, so ist das nicht«, sagt Selena. Sie hat sich ins Bett gekuschelt, ein breites, zufriedenes Schmunzeln im Gesicht. Sie möchte alle drei umarmen. »Es ist nicht *für* irgendwas. Es ist einfach da. Als wär's schon immer da gewesen, und wir wussten bloß nicht, wie wir drankommen. Bis jetzt.«

»Ich weiß nicht«, sagt Julia. Sie ist noch immer nicht glücklich damit. Irgendwie findet sie, sie hätten sich gemeinsam stärker wehren müssen: kreischend weglaufen, es nicht einfach akzeptieren, Skepsis zeigen, das Thema wechseln und damit Schluss. Nicht bloß so tun, als sei es etwas, was sie sich kurz anschauen können, mit einem *Oh, wow, voll abgefahren!* kommentieren und dann munter weitermachen wie gehabt. Selbst wenn das auf lange Sicht nichts geändert hätte, zumindest hätten sie gezeigt, dass sie nicht so leicht rumzukriegen sind. »Damit ist wenigstens dieser Valentinsquatsch geklärt. Jemand mit übersinnlichen Kräften wird ja wohl nicht zu feige sein, Jeans zu tragen.«

Becca will antworten, aber das Kichern bricht sich endlich Bahn. Sie fällt rückwärts aufs Bett, Arme ausgebreitet, und lässt ihren Körper vom Lachen durchschütteln, als würde in ihr drin Popcorn knallen.

»Schön, dass du nicht mehr rumzickst«, sagt Julia. »Also kommst du nun mit auf die Party?«

»Klar komm ich mit«, sagt Becca. »Soll ich im Badeanzug hingehen? Wenn ihr wollt, mach ich das.«

»Licht aus!«, ruft eine der Aufsichtsschülerinnen und schlägt mit der Hand gegen die Tür. Alle machen das Licht gleichzeitig aus.

Sie üben auf der Lichtung. Selena bringt ihr kleines batteriebetriebenes Leselicht mit, Holly hat eine Taschenlampe, Julia ein Feuerzeug. Die Nacht ist wolkenschwer und kalt; sie müssen sich die Pfade entlang zum Wäldchen tasten, zucken jedes Mal zusammen, wenn ein Ast knarrt oder Laub knirscht. Selbst als sie auf die Lichtung treten, sind sie bloß Silhouetten, verzerrt und rätselhaft. Sie setzen sich im Schneidersitz kreisförmig ins Gras und reichen die Lichtquellen herum.

Es funktioniert. Zunächst zaghaft: bloß ein kleines, zögerliches Flackern, eine halbe Sekunde lang, das verschwindet, als sie erschrecken. Sie werden besser, und das Flackern wird stärker und wächst, reißt ihre Gesichter aus der Dunkelheit wie goldene Masken – ein leiser verwunderter Laut, zwischen Lachen und Keuchen, von irgendwem – und lässt sie wieder fallen. Allmählich ist es kein bloßes Flackern mehr; Lichtstrahlen greifen nach oben in die hohen Zypressen, kreisen und huschen über die Äste wie Glühwürmchen. Becca könnte schwören, ihre Schweife über die Wolken streichen zu sehen.

»Und zur Feier des Tages …«, sagt Julia und zieht eine Packung Zigaretten aus ihrer Jackentasche – seit Jahren ist Julia schon nicht mehr gefragt worden, ob sie schon sechzehn ist. »Wer hat noch mal gesagt, wir könnten nichts Nützliches damit anfangen?« Sie hält das Feuerzeug zwischen Daumen und Zeigefinger, lässt eine hohe Flamme auflodern und beugt sich zur Seite, um die Zigarette anzuzünden, ohne sich die Augenbrauen zu versengen.

Sie machen es sich gemütlich und rauchen, mehr oder weniger. Selena hat ihr Leselicht angelassen; es hebt einen klaren Kreis gebeugtes Wintergras aus der Dunkelheit, reflektiert auf Jeansfalten und Gesichtspartien. Holly raucht zu Ende und legt sich auf den Bauch, eine unangezündete Zigarette auf der flachen Hand, konzentriert sich angestrengt.

»Was machst du?«, fragt Becca und rutscht interessiert näher.

»Ich versuch, sie anzumachen. Schsch.«

»Ich glaub, das geht nicht«, sagt Becca. »Wir können nicht einfach irgendwelche Sachen anstecken. Oder?«

»Halt die Klappe, oder ich steck dich an. Ich versuch, mich zu *konzentrieren*.«

Holly hört sich selbst und stockt, denkt, sie ist zu weit gegangen, aber Becca rollt sich zur Seite und stupst ihr mit der Schuhspitze zwischen die Rippen. »Konzentrier dich lieber darauf«, sagt sie.

Holly lässt die Zigarette fallen und packt Beccas Fuß, zieht ihr den Stiefel aus, springt auf und rennt damit weg. Becca hüpft im Schweinsgalopp hinter ihr her, kichert haltlos und kreischt leise auf, als sie mit der Socke auf etwas Kaltes tritt.

Selena und Julia schauen ihnen zu. In der Dunkelheit sind sie bloß ein Schweif aus Rascheln und Lachen, der einen Kreis um den Rand der Lichtung zieht. »Bist du immer noch dagegen?«, fragt Selena.

»Nee«, sagt Julia und bläst eine Reihe Rauchkringel. Sie treiben durch die Streifen aus Licht und Schatten, verschwinden und tauchen wieder auf wie seltsame kleine nächtliche Geschöpfe. Sie weiß schon nicht mehr, warum sie überhaupt dagegen war. »Ich war eine Lusche. Alles bestens.«

»Ist es wirklich«, sagt Selena. »Ganz ehrlich. Aber du bist keine Lusche.«

Julia dreht den Kopf in ihre Richtung, zu der Hälfte, die sie sehen kann, eine weiche Augenbraue und eine weiche Haarsträhne und der verträumte Glanz eines Auges. »Ich hab gedacht, du hättest gedacht, ich wäre eine. Nach dem Motto: *Da passiert uns was Supercooles, und sie macht einen auf Drama und versaut uns alles.*«

»Nein«, sagt Selena. »Ich hab verstanden, wieso: Es kann einem gefährlich vorkommen. Ich meine, mir kommt es nicht so vor. Aber ich versteh, dass man es so sehen kann.«

»Ich hatte keine Angst.«

»Das weiß ich.«

»Ehrlich nicht.«

»Ich weiß«, sagt Selena. »Ich bin einfach nur froh, dass du's versucht hast. Ich weiß nicht, was wir gemacht hätten, wenn nicht.«

»Ihr hättet es trotzdem ausprobiert.«

»Hätten wir nicht, nicht ohne dich. Das hätte keinen Sinn gemacht.«

Becca, die ihren Stiefel zurückerobert hat, versucht, auf einem Bein hüpfend, ihn wieder anzuziehen, ehe Holly sie umschubsen kann. Beide japsen und lachen. Julia lehnt sich mit der Schulter gegen Selena – Julia geht nicht gern auf Tuchfühlung, aber es kommt vor, dass sie einen Ellbogen auf Selenas Schulter legt, wenn sie beide sich etwas anschauen, oder dass sie Rücken an Rücken mit ihr auf dem Brunnenrand im Court sitzt. »Du kleiner Emo«, sagt sie, »du total duselige Emoline, reiß dich zusammen«, und sie spürt, wie Selena sich ihr entgegenlehnt, so dass sie sich gegenseitig ausbalancieren, verlässlich und warm.

Sie schleichen durch den Flur auf ihr Zimmer zu, Stiefel in der Hand, als:

»Oh-oh«, säuselt jemand irgendwo im Schatten. »Ihr kriegt so was von Ärger.«

Sie zucken zusammen und fahren herum, Herzrasen in der Brust. Selena hält den Schlüssel fest in der Faust umklammert, aber der Schatten ist tief, und sie sehen sie erst, als sie auf den Flur tritt. Joanne Heffernan, monochrom im schwachen Licht der Lämpchen, die nachts anbleiben, falls jemand zur Toilette muss, bloß verschränkte Arme und ein Grinsen und ein Babydoll-Nachthemd, das über und über mit dicken Lippen bedruckt ist.

»Verdammte Scheiße«, zischt Julia – Joanne tauscht ihr Grinsen gegen ihre Engelsmiene aus, um zu zeigen, dass sie die Ausdrucksweise missbilligt. »Was soll das? Willst du, dass wir einen Herzinfarkt kriegen?«

Joanne gibt sich noch einen Tick engelhafter. »Ich hab mir Sorgen um euch gemacht. Orla musste zum Klo und hat gesehen, wie ihr runtergegangen seid, und sie dachte, ihr hättet vielleicht irgendwas Gefährliches vor. Was mit Drogen und Alkohol oder so.«

Becca prustet los. Joannes frömmelnder Gesichtsausdruck erstarrt für eine Sekunde, aber sie kriegt ihn wieder hin.

»Wir waren im Handarbeitsraum«, erklärt Holly. »Haben Decken für Waisenkinder in Afrika genäht.«

Holly sieht immer aus, als würde sie die Wahrheit sagen; Joannes Augen weiten sich kurz. Julia sagt: »Der heilige Blödius ist mir erschienen und hat gesagt, die Waisenkinder bräuchten unsere Hilfe«, und ihr Gesicht wird wieder zitronenlutschig engelsfromm.

»Wenn ihr nicht draußen wart«, sagt Joanne und tritt einen Schritt näher, »woher kommt das dann?« Sie greift blitzschnell in Selenas Haar – »Aua!«, von Selena, die zurückspringt – und hält etwas in der offenen Hand. Es ist ein Stückchen von einem Zypressenzweig, sattgrün, noch umhüllt von der frostigen Nachtluft.

»Ein Wunder!«, sagt Julia. »Gelobt sei der heilige Blödius, Schutzpatron der Zimmerpflanzen.«

Joanne lässt das Zweigstückchen fallen und wischt sich die

Hand am Nachthemd ab. »Igitt«, sagt sie naserümpfend. »Ihr riecht nach *Zigaretten*.«

»Dämpfe von den Nähmaschinen«, sagt Holly. »Ätzend.«

Joanne überhört das. *»Also«*, sagt sie. »Ihr habt einen Schlüssel für die Haustür.«

»Nein, haben wir nicht. Die Haustür ist nachts alarmgesichert«, sagt Julia. »Du Genie.«

Ein Genie ist Joanne nicht unbedingt, aber sie ist auch nicht auf den Kopf gefallen. »Dann für die Tür zur Schule, und ihr seid aus dem Fenster gestiegen. Dasselbe in Grün.«

»Na und?«, will Holly wissen. »Selbst wenn es stimmen würde, was es nicht tut, was geht dich das an?«

Joanne macht noch immer einen auf fromm – bestimmt hat ihr mal eine Nonne gesagt, sie würde aussehen wie eine Heilige –, was sie leicht glupschäugig wirken lässt. »Das ist gefährlich. Da draußen könnte euch was passieren. Ihr könntet überfallen werden.«

Becca entweicht wieder ein ersticktes Lachen. »Als würde dich das interessieren«, sagt Julia. Sie sind näher zusammengerückt, damit sie im Flüsterton reden können. Die erzwungene Nähe kribbelt, als würden sie sich gleich prügeln. »Komm zur Sache und sag uns, was du willst.«

Joanne hört mit dem Heiligengetue auf. »Wenn ihr euch so leicht erwischen lasst«, sagt sie, »seid ihr offensichtlich zu blöd, um den Schlüssel zu haben. Ihr solltet ihn Leuten geben, die genug Grips haben, um ihn richtig zu nutzen.«

»Damit bist du schon mal draußen«, sagt Becca.

Joanne starrt sie an, als wäre sie ein sprechender Hund, der etwas Widerliches gesagt hat. »Und du solltest besser wieder anfangen, zu schissig zu sein, um den Mund aufzumachen«, sagt sie. »Da hatten die Leute wenigstens noch Mitleid mit dir.« Zu Julia und Holly: »Könnt ihr der hässlichen Schnalle mal erklären, warum sie ihre Drahtfresse halten soll?«

Julia sagt zu Becca: »Lass mich das regeln.«

»Warum reden wir überhaupt mit der?«, will Becca wissen. »Gehen wir schlafen.«

»O. Mein. Gott«, sagt Joanne und schlägt sich gegen die Stirn. »Wie haltet ihr das bloß mit der aus? Hallo, aufwachen! Ihr müsst mit mir reden, weil, wenn ich die Hausmutter rufe und sie sieht, wie ihr angezogen seid, weiß sie, dass ihr draußen wart. Wollt ihr das etwa?«

»Nein«, sagt Julia und tritt Becca auf den Fuß. »Wir wären heilfroh, wenn du dich einfach wieder ins Bett legen und vergessen würdest, dass du uns gesehen hast.«

»Ja, klar. Aber wenn ihr wollt, dass ich euch so einen Mega-Gefallen tue, dann müsstet ihr doch eigentlich nett zu mir sein, oder?«

»Wir können nett sein.«

»Super. Den Schlüssel, bitte«, sagt Joanne. »Vielen herzlichen Dank.« Und sie streckt die offene Hand aus.

Julia sagt: »Wir lassen dir morgen einen nachmachen.«

Joanne würdigt das nicht mal mit einer Antwort. Sie steht einfach da, sieht keine von ihnen direkt an und hält die Hand ausgestreckt.

»Na los. Her damit.«

Ihre Augen werden ein bisschen größer. Sonst nichts.

Die Stille verdichtet sich. Nach einer langen Weile sagt Julia: »Na gut. Okay.«

»Vielleicht lassen *wir* irgendwann mal einen für *euch* nachmachen«, sagt Joanne gnädig, als Selenas Hand sich langsam auf ihre zubewegt. »Falls ihr immer schön nett seid und falls ihr eurer kleinen Miss Superklug beibringen könnt, was nett überhaupt bedeutet. Denkt ihr, das schafft ihr?«

Das bedeutet wochen-, monate-, jahrelang lieb lächeln, wenn Joanne zickige Spitzen in ihre Richtung ablässt, unterwürfig bitte, bitte machen, können wir jetzt unseren Schlüssel haben?, mit ansehen, wie sie den Kopf schieflegt und abwägt, ob sie ihn verdient haben, um dann bedauernd zu entscheiden, nein, haben sie nicht. Das bedeutet das Ende dieser Nächte, das Ende von allem. Sie wollen ihr die dunkle Luft um den Hals schlingen und zuziehen. Selenas Finger öffnen sich.

Joanne berührt den Schlüssel, und ihre Hand zuckt zurück. Der Schlüssel schlittert und schlingert über den Flurboden von ihr weg, und sie krächzt, als hätte sie nicht genug Luft für einen Schrei: »Au! OmeinGott, er hat mich *verbrannt*, auauau, der hat *gebrannt*, was habt ihr gemacht –«

Holly und Julia sind sofort bei ihr und zischen: »Sei leise, sei leise!«, aber nicht schnell genug. Am Ende des Flurs ruft eine der Aufsichtsschülerinnen, verschlafen und gereizt: »Was ist da los?«

Joanne fährt herum und will sie rufen. »Nein!«, flüstert Julia und hält sie am Arm fest. »Los, verschwinde in dein Zimmer! Wir geben dir den Schlüssel morgen. Versprochen.«

»Finger weg«, faucht Joanne, rasend wütend vor lauter Schreck. »Das wird euch noch schwer leidtun. Seht euch meine Hand an, seht euch an, was ihr gemacht habt!«

Ihre Hand sieht völlig in Ordnung aus, absolut nichts zu sehen, aber das Licht ist streifig, und Joanne bewegt sich. Sie können es nicht mit Sicherheit sagen. Vom Ende des Flurs, weniger schläfrig und noch gereizter: »Wenn ich zu euch rauskommen muss, könnt ihr euch auf was gefasst machen.«

Joanne öffnet wieder den Mund. »Hör zu!«, zischelt Julia mit aller Kraft, die sie flüsternd aufbringen kann. »Wenn wir erwischt werden, hat keiner mehr den Schlüssel. Verstanden? Geh ins Bett; wir klären das morgen. *Geh* einfach.«

»Ihr seid echte Freaks«, blafft Joanne. »Normale Leute sollten nicht mit euch in dieselbe Schule gehen müssen. Wenn ich an der Hand Narben zurückbehalte, zeig ich euch an.« Und sie rauscht im wehenden Nachthemd mit den aufgedruckten geöffneten Lippen zurück in ihr Zimmer.

Julia ergreift Beccas Arm, und sie huschen zu ihrer Tür, spüren die anderen hinter sich, leise und flink, wie auf den Pfaden zur Lichtung. Selena bückt sich im Laufen und hebt den Schlüssel auf. Im Zimmer, die Tür geschlossen, drückt Holly ein Ohr dagegen; aber die Aufsichtsschülerin hat keine Lust, sich aus dem Bett zu hieven, und jetzt ist alles wieder still. Sie sind in Sicherheit.

Selena und Becca kichern, wild und atemlos, in ihre Ärmel. »Ihr Gesicht – omeinGott, hast du ihr Gesicht gesehen, ich hätte mir fast in die Hose gemacht –«

»Lass mich mal fühlen«, flüstert Becca, »komm her, lass mich mal fühlen –«

»Jetzt ist er nicht mehr heiß«, sagt Selena. »Alles in Ordnung.«

Sie gehen in der Dunkelheit zu ihr, greifen einander durch die tastenden Finger hindurch, um den Schlüssel in Selenas offener Hand zu berühren. Er ist körperwarm, mehr nicht.

»Habt ihr gesehen, wie er *gehüpft* ist?«, sagt Becca. Ihr ist fast schwindelig vor Freude. »Und den Flur *runtergesaust*, weg von der blöden Kuh –«

»Oder er ist bloß abgeprallt«, sagt Julia, »weil sie ihn fallen gelassen hat.«

»Er ist *gehüpft*. Ihr Gesicht, das war so geil, ich wünschte, ich hätte ein Foto –«

»Wer von uns hat das eigentlich gemacht?«, will Holly wissen und schaltet ihr Leselicht halb versteckt unter dem Kissen an, damit sie sich ausziehen können, ohne irgendwas umzustoßen. »Warst du das, Becs?«

»Ich glaube, ich war's«, sagt Selena. Sie wirft Julia den Schlüssel zu, und sein Glanz ist wie ein winziger Meteor, der zwischen ihnen durch die Luft saust. »Aber eigentlich ist es egal. Wenn ich es kann, könnt ihr es auch.«

»Ah, *cool*«, sagt Becca, die alle ihre Kleiderschichten auf einmal abstreift und mit einem Tritt unters Bett befördert. Sie zieht ihren Schlafanzug an und springt ins Bett, wo sie den Verschluss ihrer Wasserflasche auf die Nachttischkante legt und versucht, ihn runterzubefördern, ohne ihn zu berühren.

Julia verstaut den Schlüssel wieder innen in ihrer Handy-Hülle. Sie sagt: »Könntest du dir den Mist beim nächsten Mal so lange verkneifen, bis er uns nicht mehr einen Riesenhaufen Ärger einbringt? Ich meine, bitte?«

»Ich hab das nicht extra gemacht«, sagt Selena gedämpft in das Kapuzenshirt, das sie sich gerade über den Kopf zieht. »Es ist einfach passiert, weil ich mich so aufgeregt hab. Und wenn es nicht passiert wäre, hätte Joanne jetzt den Schlüssel.«

»Na und? Die wird die ganze Sache nicht einfach vergessen. Der einzige Unterschied ist, dass wir uns morgen damit abgeben müssen. Und jetzt ist sie stinksauer auf uns.«

Das dämpft die Stimmung. »Mit ihrer Hand ist alles in Ordnung«, sagt Selena. »Joanne ist bloß hysterisch.«

»Super. Dann ist sie also total hysterisch dummzickig *und* stinksauer auf uns. Auch nicht viel besser, oder?«

»Was machen wir denn jetzt?«, fragt Becca und blickt von ihrem Flaschenverschluss auf.

»Was meinst du wohl, was wir machen?«, sagt Holly, die Pullover in ihren Schrank schmeißt. »Wir lassen den Schlüssel nachmachen. Außer du willst wirklich von der Schule fliegen.«

»Die würden uns nicht rausschmeißen. Joanne kann nicht beweisen, dass wir irgendwas gemacht haben.«

»Okay: Außer du willst nie wieder nachts raus. Wenn wir uns nämlich rausschleichen, rennt Joanne zur Hausmutter und macht einen auf: ›Oh, Miss Arnold, ich hab gerade zufällig gesehen, wie sie nach unten gegangen sind, und ich mache mir ja solche Sorgen um sie‹, und dann wartet die Hausmutter auf uns und erwischt uns, wenn wir zurückkommen, und *dann* fliegen wir.«

»Ich mach's«, sagt Julia, während sie in ihre Pyjamahose steigt.

»Ich rede mit ihr. Ich glaub, in dem Baumarkt neben dem Court kann man Schlüssel nachmachen lassen.«

»Sie wird voll rumzicken«, sagt Holly.

»Ach nee, was du nicht sagst. Ich werd mich bei ihr für deine Bemerkung entschuldigen müssen, du Checkerin.« Sie meint Becca. »Denkt ihr, ich freu mich drauf, mich bei dieser bitchigen Kuh einzuschleimen?«

»Musst du gar nicht«, sagt Becca. »Die hat jetzt Angst vor uns.«

»Die nächsten zehn Sekunden noch, ja. Dann macht sie aus der ganzen Sache im Kopf ein Drama, in dem sie die Heldin ist und wir die bösen Hexen, die versucht haben, sie zu verbrennen, aber sie war einfach zu gut für uns. Und dafür werde ich mich auch entschuldigen müssen. Ihr einreden, dass der Schlüssel sich einfach nur heiß angefühlt hat, weil Lenie ihn in der Hand hatte und vom Laufen ganz verschwitzt war oder so.« Julia steigt ins Bett und schmeißt sich regelrecht auf ihr Kissen. »Das wird richtig super.«

Selena sagt: »So können wir wenigstens unseren Schlüssel behalten.«

»Hätten wir so oder so. Wir hätten ihr die Sache ausgeredet oder einfach noch einen geklaut. Du hättest ihr gegenüber nicht gleich *Poltergeist* spielen müssen.«

Becca sagt mit zunehmend gepresster Stimme: »Immer noch besser, als zu allem Ja und Amen zu sagen und uns von der blöden Kuh rumkommandieren zu lassen –«

Der Flaschenverschluss wackelt auf der Nachttischkante und fällt herunter. »Habt ihr das gesehen?«, quietscht Becca und schlägt sich eine Hand vor den Mund, als die anderen »Schsch!« zischen. »Echt jetzt, habt ihr gesehen? Ich hab's geschafft!«

»Krass«, sagt Holly. »Probier ich morgen früh.«

»Was machen wir hier eigentlich?«, fragt Julia unvermittelt und vehement. »Dieser ganze Scheiß; das jetzt und die Lampen. Worauf lassen wir uns da ein?«

Die anderen sehen sie an. In dem Licht ist sie wieder die rätselhafte Silhouette von der Lichtung, auf die Ellbogen gestützt, ein gespannter Bogen.

»Ich werde glücklich«, sagt Becca. »Darauf lass ich mich ein.«

Holly sagt: »Wir sprengen keine Sachen in die Luft. Wir machen nichts, was irgendwie voll krass werden kann.«

»Das weißt du nicht. Ich sage ja nicht, omeinGott, wir setzen Dämonen frei oder so; ich sage bloß, es ist echt heftig. Wenn es nur auf der Lichtung funktionieren würde, okay; dann wäre es irgendwie was Besonderes mit seinem eigenen besonderen Ort. Aber es ist *hier*.«

Holly sagt: »Na und? Wenn's zu krass wird, hören wir einfach damit auf. Ist doch kein Problem.«

»Ach ja? Einfach damit aufhören? Lenie, du wolltest noch nicht mal, dass der Schlüssel heiß wird: Es ist *einfach passiert*, weil du gestresst warst. Bei Becs war es dasselbe, als sie das erste Mal das Licht ausgemacht hat: Da haben wir uns gerade gestritten. Und was mach ich, wenn Schwester Cornelius mich das nächste Mal wegen irgendwas anscheißt? Lass ich dann einfach ein Buch in ihr Fettgesicht zischen? Klar, das würde jede Menge Spaß machen, wäre aber wahrscheinlich nicht gerade die beste Idee aller Zeiten. Oder muss ich die ganze Zeit aufpassen, dass ich total zenmäßig drauf bin, damit ich wie ein normaler Mensch leben kann?«

»Du vielleicht«, sagt Holly gähnend, während sie sich im Bett einkuschelt. »Ich bin sowieso normal.«

»Ich nicht«, sagt Becca. »Will ich auch gar nicht sein.«

Selena sagt leise: »Wir müssen uns erst dran gewöhnen. Zu Anfang hattest du was gegen das mit dem Licht, nicht? Und vorhin hast du gesagt, es wäre in Ordnung.«

»Ja«, sagt Julia nach einem Moment. Die Lichtung taucht in ihrem Kopf auf wie eine Flamme; wenn Joanne nicht wäre, würden sie alle ihre Pullover wieder überziehen und zurück nach draußen gehen, wo sich alles rein und klar anfühlt, nicht an den Rändern verschwimmt und Gefahr signalisiert. »Wahrscheinlich hast du recht.«

»Morgen Nacht gehen wir wieder raus. Du wirst sehen. Dann ist es in Ordnung.«

»O Gott«, stöhnt Julia und lässt sich auf den Rücken fallen. »Wenn wir morgen rauswollen, muss ich das mit der blöden Heffernan regeln. Ich hatte gerade angefangen, sie zu vergessen.«

»Wenn sie dir Stress macht«, sagt Holly, »bringst du einfach ihre eigene Hand dazu, ihr ins Gesicht zu klatschen. Was will sie dann machen, dich verpetzen?«, und sie sind eingeschlafen, bevor sie aufgehört haben zu lachen.

Als die anderen schlafen, streckt Becca einen Arm aus dem Bett in die kalte Luft und zieht behutsam ihre Nachttischschublade auf. Nacheinander nimmt sie ihr Handy, ein Fläschchen blaue Tinte, einen Radiergummi, in dem eine Nadel steckt, und ein Taschentuch heraus.

Die Tinte und die Nadel hat sie aus dem Kunstraum stibitzt, an dem Tag, nachdem sie ihren Eid geschworen hatten. Unter der Bettdecke zieht sie ihre Schlafanzugjacke hoch und hält das Handy so, dass das Display die bleiche Haut knapp unterhalb der Rippen beleuchtet. Sie hält den Atem an – damit sie ganz reglos ist, nicht, um sich gegen den Schmerz zu wappnen; der Schmerz macht ihr nichts aus –, während sie sich den Punkt in die Haut sticht, gerade tief genug, und die Tinte hineinreibt. Sie wird immer besser darin. Es sind jetzt sechs Punkte, die sich in einem Bogen vom unteren rechten Rand ihres Brustkorbs nach unten und innen ziehen, zu klein, um sie zu bemerken, es sei denn, jemand würde näher an sie herankommen, als das je passieren wird: einer für jeden vollkommenen Moment. Der Schwur, die ersten drei Fluchten, die Lichter und heute Nacht.

Eines ist Becca klargeworden, seit das alles begann: Real ist nicht das, was sie dir einreden wollen. Zeit ist nicht real. Die Erwachsenen schlagen so viele Fixpunkte hinein, Schulglocken, Stundenpläne, Kaffeepausen, um die Zeit anzupflocken, damit du schließlich glaubst, sie wäre etwas Kleines und Gewöhnliches, das von allem, was du liebst, eine Schicht nach der anderen abschabt, bis nichts mehr übrig bleibt; um dich anzupflocken, damit du nicht abhebst und wegfliegst, durch Strudel aus Monaten purzelst, durch Wirbel aus glitzernden Sekunden tanzt, Stunden mit Händen schöpfst und sie dir über das nach oben gewandte Gesicht tropfen lässt.

Sie tupft die überschüssige Tinte um den Punkt herum auf, spuckt auf das Taschentuch und reibt noch einmal darüber. Der Punkt pocht, ein warmer, wohltuender Schmerz.

Diese Nächte auf der Lichtung sind unangreifbar, sie können nicht weggeschabt werden. Sie werden immer da sein, wenn Becca und die anderen nur ihren Weg dorthin zurückfinden. Sie vier zusammen, gestützt von ihrem Schwur, sind stärker als irgendwelche jämmerlichen Stundenpläne und Schulglocken; in zehn Jahren, zwanzig, fünfzig, können sie zwischen diesen Pflöcken hindurchschlüpfen und sich im Wäldchen treffen, in diesen Nächten.

Dafür sind die Tattoo-Punkte: Wegweiser, falls sie sie irgendwann mal braucht, damit sie sie nach Hause führen.

13

DER GEMEINSCHAFTSRAUM der vierten Jahrgangsstufe wirkte kleiner als der für die dritte Stufe, dunkler. Nicht bloß die Farben, kalte Grün- statt Orangetöne; auf dieser Seite verdunkelte das Gebäude die Nachmittagssonne, verlieh dem Raum eine Unterwasserdämmerung, gegen die die Deckenlampen nicht ankamen.

Die Mädchen saßen in engen Grüppchen zusammen und tuschelten. Holly und ihre Freundinnen waren als Einzige still: Holly saß auf einer Fensterbank, Julia stand dagegengelehnt und zog immer wieder an einem Haargummi, das sie am Handgelenk hatte, Rebecca und Selena Rücken an Rücken davor auf dem Boden; alle hatten einen ruhigen, versonnenen Blick, als würden sie dieselbe Geschichte lesen, die in der Luft geschrieben stand. Joanne und Gemma und Orla saßen zusammengedrängt auf einem der Sofas; Joanne flüsterte schnell und eindringlich.

Das dauerte nur einen kurzen Moment. Dann drehten alle die Köpfe ruckartig zur Tür. Sätze wurden mitten im Wort abgebrochen, ausdruckslose Gesichter starrten.

»Orla«, sagte Conway. »Wir müssen dich kurz sprechen.«

Orla schien zu erbleichen, soweit man das unter dem orangegelben Selbstbräuner erkennen konnte. »Mich? Wieso mich?«

Conway hielt die Tür auf, bis Orla sich erhob, zu uns kam und ihre Freundinnen dabei fragend über die Schulter ansah. Joanne fixierte sie mit einem Starrblick wie eine Drohung.

»Wir unterhalten uns in eurem Zimmer«, sagte Conway und ließ die Augen durch den Flur wandern. »Welches ist es?« Orla zeigte: am hinteren Ende.

Diesmal ohne Houlihan. Conway vertraute darauf, dass ich sie schützen würde. Ein gutes Zeichen, hoffentlich.

Das Zimmer war groß, luftig. Vier Betten, bunte Bezüge. Der Geruch nach geföhnten Haaren und vier sich beißenden Körpersprays hing schwer in der Luft. Poster von hüftschwingenden Popsängerinnen und coolen Typen, die mir vage bekannt vorkamen, alle ausnahmslos mit vollen Lippen und Frisuren, für die drei Leute eine Stunde gebraucht hatten. Die Nachtschränkchen halb offen, Teile der Schuluniformen verstreut auf den Betten, auf dem Boden: Als die Schreierei losging, waren Orla und Joanne und Gemma dabei gewesen, ihre eigenen Klamotten anzuziehen, um sich auf das bisschen Freizeit vorzubereiten, in der sie vor dem Abendessen Gott weiß was taten.

Beim Anblick der herumliegenden Kleidungsstücke spürte ich wieder diesen Schub, stärker: *Nichts wie raus*. Ohne triftigen Grund, es lagen keine BHs herum oder so, aber ich fühlte mich wie ein Perverser, als hätte ich die vier beim Umziehen überrascht und nicht prompt den Rückzug angetreten.

»Hübsch«, sagte Conway, die sich umsah. »Hübscher, als wir es auf der Polizeischule hatten, was?«

»Hübscher, als ich es jetzt habe«, sagte ich. Das stimmte nicht ganz. Ich mag meine Wohnung: klein, noch immer halbleer, weil ich lieber auf etwas Hochwertiges spare, als mir gleich vier Billigteile auf einmal zu kaufen. Aber die hohe Decke hier, die Stuckrosetten, die lichte und grüne Weite, die sich vor dem Fenster auftat: Auf so was kann ich nicht sparen. Aus meiner Wohnung blicke ich direkt auf den nächsten Apartmentblock, und der Zwischenraum ist zu schmal, als dass Licht hereinfallen könnte.

Nichts verriet, wem welcher Teil des Zimmers gehörte; es sah alles gleich aus. Den einzigen Hinweis lieferten die Fotos auf den

Nachtschränkchen. Alison hatte einen kleinen Bruder, Orla etliche pummelige Schwestern, Gemma ging reiten. Joannes Ma sah genauso aus wie sie, nur ein bisschen fülliger.

»Ähm«, sagte Orla, die sich an der Tür rumdrückte. Sie hatte die Uniform gegen ein hellrosa Sweatshirt und rosa Jeans-Shorts über Strumpfhosen ausgetauscht. Sie sah aus wie ein Marshmallow am Stiel; nicht sehr vorteilhaft. »Geht's Alison wieder besser?«

Wir sahen uns an, Conway und ich. Zuckten die Achseln.

Ich sagte: »Könnte ein Weilchen dauern. Nach der Geschichte.«

»Aber … ich meine, Miss McKenna hat doch gesagt, sie braucht bloß ihre Allergietabletten oder so.«

Wieder wechselten wir einen Blick. Orla versuchte, uns beide gleichzeitig zu beobachten.

Conway sagte: »Ich denke mal, Alison weiß besser als McKenna, was sie gesehen hat.«

Orla glotzte sie an. »Sie glauben an Geister?« Darauf war sie nicht gefasst, das hatte sie nicht erwartet.

»Von ›glauben‹ kann keine Rede sein.« Conway nahm eine Illustrierte von Gemmas Nachttisch, sah sich Promifotos an. »Nee. Wir glauben nicht. Wir wissen.« An mich gewandt: »Weißt du noch? Der Fall O'Farrell?«

Ich hatte noch nie von einem Fall O'Farrell gehört. Aber ich wusste, was sie wollte, als hätte Conway mir während des Unterrichts einen Zettel zugeschoben. Sie wollte Orla Angst machen.

Ich warf Conway einen erschreckten Blick zu, setzte einen warnenden Gesichtsausdruck auf und schüttelte den Kopf.

»Was denn? Den Fall O'Farrell haben Detective Moran und ich gemeinsam bearbeitet. Der Kerl hat seine Frau ständig krankenhausreif geprügelt –«

»*Conway.*« Ich deutete mit dem Kinn auf Orla.

»*Was?*«

»Sie ist noch ein Kind.«

Conway warf die Illustrierte auf Alisons Bett. »Quatsch. Bist du noch ein Kind?«

»Hä?« Orla kam nicht mehr richtig mit. »Ähm, nein?«

»Na bitte«, sagte Conway zu mir. »Also. Als O'Farrell mal wieder seine Frau verdrischt, geht ihr kleiner Hund auf ihn los – will sein Frauchen beschützen, klar? Der Kerl schmeißt ihn aus dem Zimmer und macht weiter –«

Ich stieß einen empörten Seufzer aus, verstrubbelte mir die Haare. Fing an, durchs Zimmer zu schlendern, und mir alles genauer anzusehen. Eine Handvoll Taschentücher im Papierkorb, mit diesem seltsamen pinken Orange beschmiert, das nur als Make-up-Farbe existiert. Ein kaputter Kugelschreiber. Kein einziges Buch.

»Aber der Hund scharrt an der Tür, jault, bellt, O'Farrell fühlt sich abgelenkt. Er macht die Tür auf, packt den Hund und zertrümmert ihm den Schädel an der Wand. Dann bringt er seine Frau um.«

»OmeinGott. *Iiieh.*«

Gemmas Handy lag auf ihrem Nachttisch, Alisons auf ihrem Bett. Die anderen beiden sah ich nicht, aber Joannes Schränkchen stand einen Spalt offen. »Okay, wenn ich mich ein bisschen umschaue?«, fragte ich Orla. Keine richtige Durchsuchung, das konnte noch warten; bloß einen Eindruck verschaffen und sie so ganz nebenbei auch ein bisschen verunsichern.

»Ähm, müssen Sie …? Ich mein, müssen Sie das machen?« Sie suchte nach einer Möglichkeit, nein zu sagen, aber ich hatte die Hand schon halb an der Schranktür, und mit den Gedanken war sie halb bei Conways Märchengeschichte. »Ich denke, das geht in Ordnung. Ich mein –«

»Danke.« Nicht dass ich ihre Erlaubnis gebraucht hätte, ich blieb nur der gute Cop. Fröhliches Lächeln in ihre Richtung und Schrank auf. Orla öffnete den Mund, um zurückzurudern, aber Conway ließ ihr keine Gelegenheit.

»Wir kommen zum Tatort« – Conway gestikulierte zwischen uns beiden hin und her –, »O'Farrell schwört, es war ein Einbrecher. Er war gut, wir wären fast drauf reingefallen. Aber dann setzen wir uns mit ihm in die Küche und fangen an, ihm Fragen zu stellen. Jedes Mal, wenn O'Farrell uns irgendeinen Scheiß über seinen vermeintlichen Einbrecher erzählt oder wie sehr er seine Frau geliebt hat, hören wir draußen vor der Tür so ein komisches Geräusch.«

Joannes Nachtschränkchen: Haarglätter, Make-up, Bräunungscreme, iPod, Schmuckkästchen. Keine Bücher, alt oder neu; kein Handy. Hatte sie offenbar bei sich.

»Dieses Geräusch, das war so …«, Conway kratzte mit den Fingernägeln an der Wand neben Orlas Kopf, jäh und heftig. Orla zuckte zusammen. »Genauso, als würde ein Hund an der Tür scharren. Und es macht O'Farrell verflucht nervös. Jedes Mal, wenn er es hört, fährt er rum, gerät aus dem Konzept. Er sieht uns an, als wollte er fragen, *Habt ihr das auch gehört?*«

»In Schweiß gebadet«, sagte ich, »klatschnass. Weiß im Gesicht. Hat ausgesehen, als müsste er jeden Moment kotzen.«

Es war erschreckend leicht. Conway und ich umkurvten die Drehungen und Wendungen der Geschichte wie im Parallelslalom, als hätten wir seit Monaten geübt. Samtweich.

Ich empfand Freude, aber eine Freude, nach der du nicht suchst, die du nicht willst. Mein Traumpartner, der mit dem Geigenunterricht und den Irischen Settern: So funktionierten wir zusammen, er und ich.

Orlas Nachtschränkchen: Haarglätter, Make-up, Bräunungscreme, iPod, Schmuckkästchen. Handy. Keine Bücher. Ich ließ die Tür offen.

Orla registrierte nicht mal, was ich machte. Ihr Unterkiefer hing runter. »Aber der Hund war doch tot, oder?«, wollte sie wissen.

Conway schaffte es, nicht die Augen zu verdrehen. »Ja. Mausetot. Die Spurensicherung hatte ihn längst mitgenommen. Das war's ja gerade. Also sagt Detective Moran zu O'Farrell: ›Haben Sie noch einen Hund?‹ O'Farrell kann nicht mal mehr reden, aber er schüttelt den Kopf.«

Alisons Nachtschrank: Haarglätter, Make-up und so weiter, keine Bücher, kein zusätzliches Handy. Gemmas Schränkchen: das Gleiche plus eine Packung Kapseln mit irgendeinem Kräuterzeug, das versprach, sie garantiert schlank zu machen.

»Wir stellen ihm weitere Fragen, aber das Geräusch kommt immer wieder. Wir können uns nicht konzentrieren, klar? Schließlich hat Detective Moran die Nase voll. Er springt auf und geht zur Tür. O'Farrell schmeißt fast seinen Stuhl um, *brüllt* Moran an: ›*Großer Gott, lassen Sie die Tür zu!*‹«

Sie war gut, Conway. Das Zimmer hatte sich verändert, dunkle Orte rührten sich, helle pulsierten. Orla war gebannt.

»Aber zu spät: Moran hat die Tür schon aufgemacht. Soweit wir sehen, er und ich, ist die Diele leer. Nichts und niemand da. Dann fängt O'Farrell an zu schreien.«

Ein großer Kleiderschrank, der eine Wand des Zimmers einnahm. Das Innere unterteilt in vier Fächer. Zum Bersten gefüllt mit einem Wust bunter Klamotten.

»Wir drehen uns um, O'Farrell kippt rückwärts vom Stuhl und hält sich den Hals. Brüllt, als würde er umgebracht. Zuerst denken wir, der zieht eine Show ab, klar, um keine Fragen mehr beantworten zu müssen. Und dann sehen wir das Blut.«

Ein gehauchtes Wimmern drang aus Orla. Ich versuchte, die Schubladen durchzusehen, ohne irgendwas Girlymäßiges zu berühren. Wünschte, Conway hätte den Part übernommen. Da lagen Tampons drin.

»Es quillt ihm durch die Finger. Er ist auf dem Boden, tritt um sich, brüllt: ›Zieht ihn weg! Zieht ihn weg!‹ Moran und ich, wir kapieren überhaupt nichts mehr. Wir schleifen ihn raus – weil uns nichts Besseres einfällt, denken, vielleicht braucht er frische

Luft. Er hört auf zu schreien, stöhnt aber weiter und hält sich den Hals. Wir ziehen ihm die Hände weg. Und ich schwöre bei Gott« – Conway stand ganz dicht vor Orla, starrte ihr in die Augen –, »ich weiß, wie Hundebisse aussehen. Das da, an O'Farrells Kehle, das war ein Hundebiss.«

Orla fragte schwach: »Ist er dran gestorben?«

»Nee. Musste aber genäht werden.«

»Der Hund war ziemlich klein«, sagte ich. Arbeitete mich um die BHs von irgendeiner herum. »Konnte nicht viel Schaden anrichten.«

»Nachdem er verarztet worden war«, sagte Conway, »gestand O'Farrell alles. Als wir ihn in Handschellen abführten, schrie er noch immer: ›Haltet ihn mir vom Leib! Lasst ihn nicht an mich ran!‹ Erwachsener Mann, hat gebettelt wie ein Kind.«

»Ist nie vor Gericht gestellt worden«, sagte ich. »Wurde in eine Nervenklinik eingewiesen. Da ist er noch immer.«

Orla sagte, und das kam aus tiefstem Herzen: »O mein *Gott*!«

»Und deshalb«, sagte Conway, »können wir nur lachen, wenn McKenna behauptet, so was wie Geister gibt es nicht.«

Nichts in den Schrankschubladen, was nicht dahingehörte, jedenfalls nicht auf den ersten Blick. Aber jede Menge anderes Zeug. Die vier hätten ihre eigene Abercrombie & Fitch-Filiale aufmachen können. Nichts in den Taschen der aufgehängten Kleidungsstücke. »Das heißt nicht, dass Alison tatsächlich Chris Harpers Geist gesehen hat«, sagte ich. »Nicht unbedingt.«

»Mensch, nein«, pflichtete Conway bei. »Vielleicht hat sie sich das alles auch bloß eingebildet.«

»Wie auch immer«, sagte ich, während ich Schuhe durchstöberte. »Den Arm hat sie sich jedenfalls nicht eingebildet.« Nichts auf dem Schrankboden.

»Nee, den nicht. Aber ich denke, das könnte wirklich eine Allergie gewesen sein oder so. Wer weiß?« Achselzucken, skeptisch. »Eines ist jedenfalls klar, wenn ich irgendwas wüsste, was mit

Chris zu tun hat, und hätte es für mich behalten, wär ich nicht besonders scharf drauf, heute Nacht das Licht auszumachen.«

Ich wählte die Nummer, die mir die SMS geschickt hatte. Sämtliche Handys blieben dunkel. Kein Klingeln drang unter einem Bett hervor oder aus einem der Kleiderstapel, die ich nur oberflächlich abgetastet hatte.

»Ich geb's nur ungern zu«, sagte ich. Sah kurz über die Schulter, schüttelte mich leicht. »Aber ich auch nicht.«

Orlas Augen huschten durchs Zimmer, suchten die Ecken ab, die Schatten. Echte Angst.

Conways Geschichte hatte ins Schwarze getroffen. Und Orla war nicht die Einzige, auf die sie abgezielt hatte. In nicht mal einer halben Stunde würde die Geistergeschichte oder alles, was Orla davon behalten hatte, bei den Viertstuflern die Runde machen.

»Apropos.« Conway nahm ihre Tasche, ließ sich ungeniert auf Joannes Bett plumpsen, genau auf deren Schuluniform – Orla machte große Augen, als hätte Conway etwas Tollkühnes getan. »Schau mal, was ich hier habe.«

Orla kam zögernd näher. »Nimm Platz«, sagte Conway und klopfte aufs Bett. Nach einer Sekunde legte Orla behutsam Joannes Rock beiseite und setzte sich.

Ich schloss schwungvoll den Kleiderschrank, lehnte mich dagegen. Holte mein Notizbuch hervor. Behielt die Tür im Auge, für den Fall, dass sich dahinter draußen im Flur irgendwelche Schatten bewegten.

Conway klappte ihre Tasche auf, zog blitzschnell den Beweismittelbeutel heraus und klatschte ihn auf Orlas Schoß, ehe die auch nur ansatzweise ahnte, was los war. Sagte: »Das hast du schon gesehen.«

Orla blickte kurz auf das Buch und biss sich auf beide Lippen. Zischendes Einatmen durch die Nase.

Conway sagte: »Tu uns einen Gefallen. Versuch nicht, uns weiszumachen, du wüsstest nicht, was da drin ist.«

Orla versuchte, den Kopf zu schütteln, mit den Achseln zu zucken und unschuldig auszusehen, alles auf einmal. Was dabei herauskam, wirkte wie eine Art Krampfanfall.

»Orla. Hör gut zu. Ich frage dich nicht, ob das, was da drin ist, von dir ist. Brauch ich nicht, weil wir schon wissen, wer es hatte. Versuch nicht zu lügen, damit erreichst du nur, dass wir sauer werden und dass Chris sauer wird. Willst du das etwa?«

Von Dummheit und Panik in die Enge getrieben, stürzte sich Orla auf die einzige Antwort, die ihr einfiel. »Der ist von Joanne!«

»Was ist von Joanne?«

»Der Schlüssel. Der ist von Joanne. Nicht von mir.«

Bingo. Wie auf Kommando. Unsere Orla verpetzte ihre Freundinnen schneller, als sie denken konnte. Conways bebende Nasenflügel verrieten, dass auch sie es gewittert hatte. »Völlig egal. Ihr habt ihn aus dem Büro der Krankenschwester geklaut.«

»Nein! Ich schwöre, wir haben nie irgendwas gestohlen!«

»Und wo habt ihr ihn dann her? Willst du mir erzählen, die Krankenschwester hat ihn euch einfach gegeben, weil sie euren hübschen Nasen nicht widerstehen konnte?«

Diese unterschwellige Bosheit brachte wieder Leben in Orlas Gesicht. »Julia Harte hatte ihn. Wahrscheinlich hat sie ihn gestohlen oder irgendeine andere aus ihrer Clique. Wir haben einen Nachschlüssel von ihr bekommen – ich meine, Joanne hat ihn bekommen. Ich nicht.«

Nicht Bingo. Alle acht kamen für die Karte in Frage, und jetzt kamen alle acht als Augenzeuginnen in Frage. Und da alle acht in Frage kamen, kamen sie auch als mögliche Täterinnen in Frage.

Conways Augenbrauen waren oben. »Klar. Joanne hat ganz lieb gefragt, Julia hat gesagt: ›Kein Problem, für dich doch immer, Darling.‹ Ja? Weil ihr so dicke Freundinnen seid?«

Orla zuckte die Achseln. »Keine Ahnung. Ich war nicht dabei.«

Ich war auch nicht dabei gewesen, aber ich wusste, was passiert

276

war. Erpressung: Joanne hatte Julia auf dem Weg nach draußen oder wieder rein gesehen, Schlüssel her, oder wir petzen.

»Wann war das?«

»Ist echt schon *ewig* her.«

»Was heißt ewig?«

»Nach Weihnachten – vorletztes Jahr Weihnachten. Ich hab, omeinGott, ich hab echt das ganze Jahr nicht mehr dran gedacht.«

»Wie oft hast du ihn benutzt?«

Orla fiel wieder ein, dass sie sich hier möglicherweise Ärger einhandelte. »Hab ich nicht. Ich schwöre. Echt, ich *schwöre*!«

»Schwörst du das auch noch, wenn wir deine Fingerabdrücke darauf finden?«

»Ich hab ihn ein paarmal geholt oder wieder zurückgebracht. Aber für Joanne. Und Gemma. Nicht für mich.«

»Du hast dich nie rausgeschlichen? Kein einziges Mal?«

Orla machte zu. Zog den Kopf ein.

»Orla«, sagte Conway dicht über ihr. »Muss ich dir noch mal erklären, warum es eine schlechte Idee ist, nichts zu sagen?«

Wieder blitzte Angst in Orlas Gesicht auf. Sie sagte: »Ich meine, ich bin einmal mitgegangen. Mit den anderen dreien. Wir haben uns draußen im Park mit ein paar Jungs vom Colm getroffen, nur so zum Spaß.« Und um zu saufen, zu kiffen und zu knutschen. »Aber es war voll *unheimlich* da draußen. Ich meine, es war stockdunkel. Ich hatte nicht gedacht, dass es so dunkel wär. Und aus den Büschen kamen so Geräusche, wie von Tieren – die Jungs haben gesagt, das wären Ratten, *iiieh*? Und wir wären von der Schule geflogen, wenn sie uns erwischt hätten. Und die Jungs …« Ein verlegenes Zucken. »Ich meine, die waren irgendwie schräg an dem Abend. Gemein. Die waren, die haben dauernd …«

Die Jungs hatten die Mädchen bedrängt. Vielleicht betrunken. Vielleicht auch nicht. Unmöglich rauszufinden, wie das geendet hatte. Nicht unser Problem.

»Deshalb, nein, danke, ich hatte keine Lust, das noch mal zu machen. Und allein bin ich sowieso nie rausgegangen.«

»Joanne aber. Und Gemma.«

Orla saugte die Unterlippe zwischen die Zähne und gab ihr Gickern von sich. Die Angst war vergessen, einfach so: weggezappt, sobald es um irgendwas leicht Anstößiges ging. »Ja. Bloß ein paarmal.«

»Sie haben sich mit Jungs getroffen. Mit welchen?«

Achselzucken mit hochgezogenen Schultern.

»Chris? Nein, warte –« Conway hob warnend den Zeigefinger. »Denk dran: In der Sache solltest du nicht lügen.«

Prompt: »Nein. Nicht mit Chris. Und wenn ja, hätten sie das erzählt.«

»War er in der Nacht dabei, als ihr alle vier draußen wart?«

Kopfschütteln.

Ich sagte: »Habt ihr deshalb gewusst, dass Selena und Chris zusammen waren, ja? Habt ihr sie nachts mal draußen gesehen?«

Orla schwankte nach vorne, auf mich zu, verbreitete ihr feuchtlippiges Grinsen, genoss den Moment. »Gemma hat sie gesehen. Hier mitten im Park. Die haben voll rumgeknutscht. Gemma hat gesagt, wenn sie noch fünf Minuten länger zugesehen hätte, wären die beiden …« Hauchiges Kichern. »Sehen Sie? Die waren zusammen, jawohl. Sie beide haben voll so getan wie ›Ach, das denkt ihr euch bloß aus.‹ Klar konnten wir Ihnen nicht erzählen, woher wir das wussten, aber sehen Sie? Wir haben es echt gewusst.«

Das war anscheinend eine Art Triumph. »Alle Achtung«, sagte ich.

Conway sagte: »Wann war das?«

Verwirrter Blick. »So letztes Frühjahr? Vielleicht März oder April? Bevor Chris … Sie wissen schon.«

Ich wechselte einen raschen Blick mit Conway. »Ja, das haben wir uns gedacht«, sagte sie. »Habt ihr irgendwem erzählt, dass ihr die beiden gesehen habt?«

»Wir haben es Julia gesagt. Wir so: ›Ähm, 'tschuldigung, hallo? Das muss beendet werden.‹«

»Und? Hat sie es beendet?«

»Ich schätze ja.«

»Warum?«, fragte ich ganz fasziniert. »Warum wolltet ihr nicht, dass Selena mit Chris zusammen war?«

Orlas Mund sprang auf, sprang wieder zu. »Darum. Wollten wir einfach nicht.«

»Stand eine von euch auf ihn, ja? Wäre nichts gegen zu sagen.«

Wieder dieses Wegducken, Kopf zwischen den Schultern. Irgendwas machte ihr mehr Angst als wir und Chris zusammen. Joanne, das war's. Joanne hatte Chris gewollt.

Conway tippte auf das Buch. »Wann seid ihr zum letzten Mal rausgeschlichen?«

»Eine Woche bevor das mit Chris passiert ist, war Gemma draußen. Echt, wie gruselig ist das denn? Wir haben alle bloß noch gedacht: ›OmeinGott, wenn ein Serienkiller um die Schule geschlichen ist, hätte er genauso gut sie erwischen können!‹«

»Danach seid ihr nicht mehr raus? Keine von euch? Äh-äh« – wieder der erhobene Zeigefinger –, »denk gut nach, bevor du versuchst, uns anzulügen.«

Orla schüttelte so heftig den Kopf, dass ihr die Haare ins Gesicht flogen. »Nein. Ich schwöre. Keine von uns. Nach Chris hatten wir nun wirklich keine Lust, da draußen rumzulaufen. Joanne hat sogar zu mir gesagt, ich soll den Schlüssel holen und wegschmeißen oder so, und ich hab's auch versucht, aber – o! mein! Gott! – als ich gerade dabei bin, das Buch rauszuholen, kommt eine von den Aufsichtsschülerinnen reingestürmt. Die so: ›Was machst du denn hier?‹, weil, es war schon Nachtruhe, weil, ich konnte es ja schlecht machen, wenn alle im Gemeinschaftsraum waren. Ich hätte fast einen Herzinfarkt gekriegt. Und danach hab ich im Traum nicht mehr dran gedacht, es noch mal zu versuchen.«

Conway hob eine Augenbraue. »Joanne war damit einverstanden?«

»Omein*Gott*, sie wäre voll wütend gewesen! Ich hab ihr erzählt …« Prustendes Kichern von Orla, Hand vor dem Mund. »Ich hab ihr erzählt, ich hätte es erledigt. Ich meine, hätte doch sowieso keiner gewusst, dass es unser Schlüssel war oder wofür er überhaupt war …« Ihr dämmerte etwas. »Woher haben Sie es gewusst?«

»DNA«, sagte Conway. »Geh zurück in den Gemeinschaftsraum.«

»Selena und Chris«, sagte Conway, die den Flur hinunterschaute, während sich die Tür zum Gemeinschaftsraum hinter Orla schloss. »Ist also doch was dran.«

Sie schien nicht erfreut darüber. Ich wusste, warum. Conway dachte, das hätte sie schon vor einem Jahr rausfinden müssen.

Ich sagte: »Es sei denn, Orla lügt. Oder Gemma hat sie angelogen.«

»Klar. Glaub ich aber nicht.« Ich auch nicht. »Mal sehen, was Selena zu sagen hat.«

Wir würden nichts aus Selena herausbekommen. Das spürte ich, zusammen mit dem Gefühl, dass sie im Zentrum des Geheimnisses war: Sie war so dicht von dessen Schichten umhüllt, dass wir niemals zu ihr durchdringen würden. »Nicht Selena«, sagte ich. »Julia.«

Conway wollte mich schon erbost anfunkeln. Überlegte es sich anders – bei Orla hatte ich richtiggelegen –, nickte stattdessen. »Okay. Julia.«

Das Geplapper im Gemeinschaftsraum kreiste um Orla, die auf einem Sofa saß, eine Hand an die Brust gedrückt, als hätte sie einen Schwächeanfall, und die Aufmerksamkeit genoss. Joanne sah aus, als wolle sie sie am liebsten erwürgen: Orla hatte gebeichtet, dass sie den Schlüssel nicht beseitigt hatte. Holly und ihre

Freundinnen hatten sich nicht von der Stelle bewegt, aber sie beobachteten Orla.

Eine Nonne – Zivilkleidung und Kopfbedeckung und ein grimmiger mopsiger Unterbiss – führte von einer Ecke aus Aufsicht, ließ sie reden, passte aber genau auf, in welche Richtung das Gespräch ging. Eine Sekunde lang wunderte ich mich, dass McKenna diese Aufgabe delegiert hatte, doch dann verstand ich. Die Externen waren inzwischen zu Hause, Interne hatten zu Hause angerufen. McKennas Telefon lief wahrscheinlich heiß. Sie steckte bis zur Brille in Schadensbegrenzung.

Eher früher als später würde irgendein angefressener Daddy mit Einfluss einen Polizeioberen anrufen. Der Polizeiobere würde O'Kelly anrufen. O'Kelly würde Conway anrufen und ihr den Kopf abreißen.

»Julia«, sagte Conway an der Nonne vorbei. »Gehen wir.«

Kurzes Zögern, dann stand Julia auf und kam zu uns. Kein Blick zurück zu ihren Freundinnen.

Das Zimmer der vier lag zwei Türen von dem von Orlas Clique entfernt. Es hatte dieselbe Atmosphäre, überstürzt verlassen: Schranktüren offen, Klamotten einfach irgendwo hingeschmissen. Diesmal aber wusste ich sofort, was wem gehörte, und zwar nicht anhand der Fotos auf den Nachttischen. Knallrotes Bettzeug, Retro-Poster vom *Max's Kansas City*: Julia. Altmodische Patchworkdecke, Poster mit Gedicht in sorgfältiger Kunstunterricht-Schönschrift: Rebecca. Mobile aus verbogenen Silbergabeln und -löffeln, gutes Schwarzweißfoto, das aussah wie ein Felsen vor einem tiefen Himmel, bis man genauer hinsah und merkte, dass es das Profil eines alten Mannes war: Holly. Und Conway hatte bei Selena genau richtiggelegen: Kein Traumfänger, aber über ihrem Bett hing ein Druck von irgendeinem alten mittelmäßigen Ölbild, Einhorn im Mondlicht aus einem dunklen See trinkend. Conway sah es auch. Ihr Blick und meiner trafen sich, und der Anflug eines vertraulichen Grinsens huschte zwischen

281

uns hin und her. Ehe ich wusste, wie mir geschah, fühlte ich mich gut.

Julia warf sich auf ihr Bett, lehnte sich gegen das Kopfkissen, Hände hinter dem Kopf. Streckte die Beine aus – sie trug Jeans, ein knallgelbes T-Shirt mit Patti Smith drauf, die Haare offen – und kreuzte die Fußknöchel. Schön gemütlich. »Schießen Sie los«, sagte sie.

Conway machte sich gar nicht erst die Mühe mit irgendwelchen Märchen. Sie zückte den Beweismittelbeutel, ließ ihn zwischen Daumen und Zeigefinger vor Julias Gesicht baumeln. Stand vor ihr und betrachtete sie. Ich holte mein Notizbuch hervor.

Julia ließ sich Zeit. Ließ Conway den Beutel halten, während sie den Buchtitel las. »Ist das ein Hinweis? Sollte ich tugendhafter sein?«

Conway sagte: »Werden wir darauf deine Fingerabdrücke finden?«

Julia zeigte auf das Buch. »Glauben Sie, so was lese ich vor dem Einschlafen? Ernsthaft?«

»Witzig. Aber lass das bitte. Wir fragen, du antwortest.«

Seufzen. »Nein Sie werden meine Fingerabdrücke nicht darauf finden okay danke der Nachfrage. Ich lese nur was über Heilige, wenn ich das für die Schule muss. Und selbst dann such ich mir lieber Johanna von Orléans aus oder so. Nicht so ein albernes Weichei.«

»Keine Ahnung, wo der Unterschied ist«, sagte Conway. »Kannst du mir ein anderes Mal erklären. In diesem Buch ist ein Schlüssel zu der Verbindungstür zwischen hier und der Schule. Hat letztes Jahr Joanne und ihrer Clique gehört.«

Eine von Julias Augenbrauen zuckte. Das war alles. »O mein Gott. Ich bin voll geschockt.«

»Ja, klar. Orla sagt, er ist ein Nachschlüssel von dem, den ihr hattet.«

Julia seufzte. »Ach, Orla«, sagte sie in die Luft. »Wer ist ein berechenbares kleines Ding? Das bist du! Ja, du!«

»Soll das heißen, Orla lügt?«

»Ähm, was denn sonst? Ich hatte nie einen Schlüssel für die Tür. Aber Joanne ist nicht blöd. Sie weiß, dass jede, die den Schlüssel hatte, in der Nacht draußen gewesen sein könnte, als Chris starb, und außerdem kriegt jede, die den Schlüssel hatte, einen Mordstrouble mit McKenna, echten *Rausschmiss*-Trouble. Da will sie natürlich, dass auch andere was davon haben.«

»Wir wissen das nicht von Joanne. Orla hat's uns erzählt.«

»Klar. Mit Joannes Faust im Nacken.«

»Warum sollte Joanne dich und deine Freundinnen in Schwierigkeiten bringen wollen?«

Augenbraue. »Haben Sie nicht gemerkt, dass sie nicht gerade unser größter Fan ist?«

»Doch«, sagte Conway. »Haben wir. Warum noch mal?«

Julia zuckte die Schultern. »Wen interessiert das schon.«

»Uns.«

»Dann fragen Sie doch Joanne. Mich interessiert's nämlich nicht.«

»Wenn irgendwer so sauer auf mich wäre, dass ihr nichts lieber wäre, als dass ich von der Schule fliege und verhaftet werde, dann würde mich der Grund dafür schon interessieren.«

»Das genau ist der Grund. Weil uns nicht interessiert, was Joanne denkt. In ihrem Mini-Hirn ist das eine Todsünde.«

Conway sagte: »Nicht vielleicht, weil Selena mit Chris zusammen war?«

Julia schlug sich pantomimisch mit der flachen Hand gegen die Stirn. »Mann, wenn ich das noch ein einziges Mal höre, durchstech ich mir mit Stiften die Trommelfelle. Das ist ein *Gerücht*. Ich meine, schon die Mädels in der ersten Stufe wissen, dass sie nicht alles glauben sollen, was sie hören, solange es keine richtigen *Beweise* dafür gibt. Und Sie nicht?«

»Gemma hat die beiden gesehen. Knutschend.«

Aufblitzen von irgendwas, nur ganz kurz: Das hatte Julia auf dem falschen Fuß erwischt. Dann ein Abwinken. »Nee. Orla sagt, Gemma sagt, sie hat die beiden gesehen. Was nicht dasselbe ist.«

Conway lehnte sich mit dem Rücken gegen die Wand neben Julias Bett. Hielt den Beutel hoch, tippte ihn mit einem Finger an und sah zu, wie er kreiselte.

»Was wird Selena sagen, wenn ich sie frage statt dich? Du weißt, dass ich nicht gerade sanft frage.«

Julias Gesicht wurde verschlossen. »Sie wird dasselbe sagen wie letztes Jahr, als Sie sie gefragt haben.«

Conway sagte: »Da würde ich mich nicht drauf verlassen. Dir ist doch bestimmt auch aufgefallen, dass Selena nicht mehr dieselbe ist wie letztes Jahr.«

Volltreffer. Ich sah, wie Julia überlegte, Für und Wider abwog. Sah, wie sie eine Entscheidung traf.

Sie sagte: »Selena war nicht mit Chris zusammen. Aber Joanne.«

»Schon klar«, sagte Conway. »Du sagst, Joanne war mit ihm zusammen, sie sagt, Selena, und Detective Moran und ich dürfen Gerüchte-Ringelpiez mit Anfassen spielen, bis uns schwindelig wird.«

Julia zuckte die Achseln. »Sie können mir glauben oder nicht. Aber Joanne war vor Weihnachten ein paar Monate mit Chris zusammen. Dann hat er sie eiskalt abserviert. Hat ihr überhaupt nicht gefallen.«

Conway und ich sahen uns nicht an, mussten wir auch nicht. Motiv.

Falls das stimmte. Dieser Fall quoll förmlich über vor Lügen, man konnte ihn nicht packen, ohne gleich die ganze Handvoll davon zu haben.

Conways Miene verhärtete sich. »Wieso hat letztes Jahr keine von euch ein Wort darüber verloren?«

Achselzucken.

»Himmelherrgott nochmal!« Conway machte keine Bewegung, aber ihre Rückenhaltung verriet, dass sie kurz davor war, an die Decke zu gehen. »Es ging nicht darum, ob ihr auf dem Klo geraucht habt. Es war eine *Mord*ermittlung. Und ihr habt einfach beschlossen, das unter den Tisch fallenzulassen? Habt ihr sie nicht mehr alle, oder was?«

Julias Augen und Handflächen hoben sich zur Decke. »Hallo? Schon vergessen, wo wir hier sind? Sie haben das mit Joannes Schlüssel rausgefunden, und sie schiebt es prompt mir in die Schuhe. Wenn irgendeine andere Ihnen erzählt hätte, dass Joanne mit Chris zusammen war, hätte sie genau dasselbe gemacht: sie aus Rache mit in die Scheiße gezogen. Wer will das schon?«

»Und wieso erzählst du es uns jetzt?«

Julia musterte Conway mit diesem gelangweilten Teenager-Starrblick. »Wir haben dieses Jahr im Unterricht staatsbürgerliche Verantwortung durchgenommen.«

Conway hatte sich wieder unter Kontrolle. Sie konzentrierte sich auf Julia genauso, wie sie sich auf ihr Sandwich konzentriert hatte. »Woher weißt du, dass die beiden zusammen waren?«

»Hab ich gehört.«

»Von wem?«

»O Gott, weiß ich nicht mehr. Sollte eigentlich ein Riesengeheimnis bleiben, aber ja, klar.«

»Gerücht«, sagte Conway. »Ich dachte, sogar die Mädels in der ersten Stufe wissen schon, dass sie nicht alles glauben sollen, was sie hören. Hast du irgendwelche Beweise?«

Julia kratzte irgendwas vom Rahmen ihres *Max's*-Posters. Wog im Kopf erneut Für und Wider ab.

Sie sagte: »Eigentlich schon. Gewissermaßen.«

»Lass hören.«

»Ich hab gehört, dass Chris Joanne ein Handy geschenkt hat.

Ein Handy nur dafür, dass sie sich simsen konnten, ohne dass es einer mitkriegt.«

»Warum?«

Erneutes Achselzucken. »Fragen Sie Joanne. Nicht mein Problem. Und ich hab gehört, dass sie Alison dazu gebracht hat, ihr das Handy abzukaufen, nachdem er sie abserviert hatte. Ich würde nicht beim Leben meiner Mutter darauf schwören oder so, aber Alison hatte wirklich nach Weihnachten ein neues Handy. Und ich bin ziemlich sicher, sie hat es immer noch.«

»Alison hatte ein neues Handy? Das ist dein Beweis?«

»Alison hatte das Handy, das Joanne benutzt hat, damit sie und Chris irgendwelche Sachen per Telefon machen konnten, die ich mir nicht mal vorstellen will. Natürlich würde ich wetten, dass sie nach Chris' Tod sämtliche SMS gelöscht hat, aber könnt ihr da nicht was machen? Die wiederherstellen oder so?«

»Klar«, sagte Conway. »Kein Problem. Wie bei *CSI*. Ist dir im Unterricht über das Thema staatsbürgerliche Verantwortung noch irgendwas eingefallen, das du uns erzählen solltest?«

Julia hob einen Finger ans Kinn, starrte ins Leere. »Ganz ehrlich, da fällt mir beim besten Willen nichts ein.«

»Klar«, sagte Conway. »Hab ich mir gedacht. Sag Bescheid, wenn sich das ändert.« Und öffnete die Tür.

Julia reckte sich, rutschte vom Bett. »Bis dann«, sagte sie zu mir, grinste kurz und winkte zum Abschied.

Wir sahen ihr nach, wie sie den Flur hinunter und in den Gemeinschaftsraum ging. Julia drehte sich nicht um, aber ihr Gang verriet, dass sie unsere Blicke spürte. Ihr Hintern war spöttisch.

Conway sagte: »Joanne.« Der Name platschte in die Stille. Das Zimmer spuckte ihn wieder aus und machte dann dicht.

»Mittel, Gelegenheit, Motiv«, sagte ich. »Vielleicht.«

»Ja, vielleicht. Falls alles zusammenpasst. Falls Chris Joanne abserviert hat, würde das erklären, warum es sie so aus der Fassung gebracht hat, dass er Selena mochte.«

»Vor allem, falls er wegen Selena mit ihr Schluss gemacht hat.«

»Das würde auch erklären, warum Joannes Clique Julias Clique hasst.«

Ich sagte: »Die benutzen uns. Beide Gruppen.«

»Ja. Um sich gegenseitig fertigzumachen.« Conway hatte die Hände in die Gesäßtaschen geschoben und starrte noch immer auf die Stelle, wo Julia gewesen war. »Stinkt mir, mich von irgendeiner reichen Rotznase manipulieren zu lassen.«

Ich zuckte die Achseln. »Solange sie uns liefern, was wir wollen, stört's mich nicht, wenn sie auch ein bisschen was kriegen, was sie wollen.«

»Würde mich auch nicht stören, wenn ich genau wüsste, was sie wollen. Warum sie es wollen.« Conway stellte sich kerzengerade hin, nahm die Hände aus den Taschen. »Wo ist Alisons Handy?«

»Auf ihrem Bett.«

»Ich frage bei Alison nach, wo sie es herhat. Du durchsuchst das Zimmer hier.«

Bei dem Gedanken kriegte ich das große Flattern. Allein in dem Zimmer, umgeben von Mädchenkram und Höschen, die *MAYBE* auf den Hintern gedruckt hatten. Aber Conway hatte recht: Wir konnten Alisons Handy nicht rumliegen lassen, bis jemand es verschwinden ließ, konnten dieses Zimmer nicht verlassen, ehe wir es durchsucht hatten, und Conway war diejenige, die sich hier gut genug auskannte, um Alison zu finden. »Bis gleich«, sagte ich.

»Sobald eine von ihnen reinkommt, gehst du schnurstracks in den Gemeinschaftsraum. Wo du in Sicherheit bist.«

Sie meinte das ernst. Ich wusste selbst, dass sie recht hatte, aber der Gemeinschaftsraum kam mir auch nicht gerade wie ein sicherer Hafen vor.

Die Tür schloss sich hinter ihr. Für den albernen Bruchteil

einer Sekunde hatte ich das Gefühl, meine Partnerin hätte mich allein in der Scheiße sitzenlassen. Rief mir in Erinnerung: Conway war nicht meine Partnerin.

Ich zog mir wieder Handschuhe an und fing an zu suchen. Selenas Handy lugte aus der Tasche ihres Blazers auf dem Bett, Julias lag auf dem Nachtschränkchen. Rebeccas auf ihrem Bett. Hollys fehlte.

Ich fing mit den Nachtschränkchen an. Etwas aus dem Gespräch mit Julia nagte an mir. Es steckte irgendwo in einem Winkel meines Gehirns, wo ich nicht rankam: Etwas, was sie gesagt hatte, was wir übergangen hatten, als wir hätten zugreifen sollen.

Julia hatte uns Informationen vor die Nase gehalten wie einen glitzernden Köder, damit wir Selena in Ruhe ließen. Ich fragte mich, wie weit sie gehen würde, um Selena zu schützen, oder was Selena wusste.

Keine weiteren Handys in den Nachtschränkchen. Die vier hier hatten Bücher, neben den iPods und den Haarbürsten und was weiß ich noch alles, aber keine alten Bücher und keine, aus denen irgendwas rausgeschnitten worden war. Julia stand auf Krimis, Holly las *Die Tribute von Panem*, Selena hatte *Alice im Wunderland* halb durch, Rebecca mochte griechische Mythologie.

Mochte alten Kram. Ich kannte das Gedicht über ihrem Bett nicht – ich hab nicht so viel Ahnung von Lyrik, wie ich gern hätte, kenne nur das Zeug, das es in der Bücherei gab, als ich ein Kind war, und was ich hier und da mal so mitbekomme –, aber es wirkte alt, Shakespeare-alt.

Eine alte Freundschaft

Lasst ruh'n uns hier, dem Glücke danken,
Das sel'ge Muße uns geschenkt,
Und fern von allem weltlich' Zanken,
Die Liebe uns ins Herz gesenkt.

Welch Schrecken sollten wir wohl scheuen?
Was kümmert uns der Erde Joch?
Selbst wenn ringsum Gefahren dräuen,
Bleibt Freundschaft unberührbar doch.

Ein Zauber, den wir um uns tragen,
ist unsrer Herzen Friedenspfand.
Nicht Pein, nicht Unheil bringen Schaden
Der Unschuld und der Freundschaft Band.

(Katherine Philips)

Die feine Schönschrift eines jungen Mädchens, in die Großbuchstaben hübsche Bäume und Rehe gemalt; das Bedürfnis eines Mädchens, seine Liebe an Wände zu hängen, sie in die Welt hinauszuposaunen. Hätte mich nicht berühren sollen, einen erwachsenen Mann.

Wenn ich eine Karte für das Geheimnisbrett machen würde: ich, breites Grinsen, mitten zwischen meinen Kumpeln. Arme um ihre Schultern, Köpfe zusammengesteckt, Silhouetten ineinander verschmolzen. So vertraut wie Holly und ihre Clique, unzertrennlich. Die Überschrift: *Meine Freunde und ich.*

Sie wären Löcher im Papier. Mit winzigen Scheren ausgeschnitten, winzige, zarte Schnipsel, vollkommen bis auf das letzte geliebte Haar – der eine den Kopf lachend zurückgeworfen, der andere einen Ellbogen im Spaß um meinen Hals, der nächste einen Arm ausgestreckt, um das Gleichgewicht zu halten – und nicht vorhanden. Ich habe gesagt, dass die meisten Menschen mich mögen. Stimmt auch, tun sie, haben sie schon immer. Viele Leute suchen meine Freundschaft, immer. Das heißt nicht, dass ich ihre suche. Ein paar Bierchen, ein bisschen Snooker, sich das Spiel anschauen, klar, bin dabei. Aber alles, was darüber hinausgeht, was echt ist: nein, danke. Nichts für mich.

Für diese Mädchen allerdings schon. Sie tauchten in unergründliche Tiefen und schwammen wie Delphine, völlig unbekümmert. *Welch Schrecken sollten wir wohl scheuen?* Nichts konnte ihnen etwas anhaben, jedenfalls nichts, was irgendwie wichtig wäre, nicht, solange sie einander hatten.

Der leichte Wind ließ die Vorhänge rascheln. Ich holte mein Handy hervor, wählte die Nummer, die mir gesimst hatte. Nichts, kein Klingeln. Die Handys blieben dunkel.

Eine Socke unter Hollys Bett, ein Geigenkasten unter Rebeccas, sonst nichts. Ich ging zum Schrank. Ich steckte bis zu den Handgelenken in weichen T-Shirts, als ich es spürte: eine Regung, hinter meiner Schulter, draußen auf dem Flur. Eine Veränderung in der Textur der Stille, ein Schemen in dem Licht, das durch den Türspalt fiel.

Ich erstarrte. Ruhe.

Ich nahm die Hände aus dem Schrank und wandte mich ab, ganz beiläufig, bloß um noch einmal Rebeccas Gedicht zu lesen; ohne in Richtung Tür zu blicken oder so. Der Türspalt war am Rande meines Gesichtsfeldes. Obere Hälfte hell, untere Hälfte dunkel. Jemand war hinter der Tür.

Ich nahm mein Handy aus der Tasche und fummelte daran herum, während ich durchs Zimmer schlenderte, total abgelenkt. Drückte den Rücken gegen die Wand neben der Tür, außer Sicht. Wartete.

Draußen auf dem Flur bewegte sich nichts.

Ich griff nach der Klinke und riss die Tür mit einer raschen Bewegung auf. Es war niemand da.

14

DIE VALENTINSPARTY. Zweihundert Kilda- und Colm-Schüler der dritten und vierten Jahrgangsstufe, rasiert und gewaxt und gezupft, sorgsam mit Dutzenden Substanzen jeder erdenklichen Farbe und Konsistenz gesalbt, in ihren mit größtem Bedacht ausgewählten besten Klamotten, total high auf Hormonen und nach zweihundert verschiedenen Dosen Körperspray riechend, in der Aula vom Kilda zusammengedrängt. Handy-Displays schwanken und glimmen bläulich in der Menge wie Glühwürmchen, während Leute sich gegenseitig beim Filmen filmen. Chris Harper – da mittendrin, in dem roten Hemd, Schultern rempelnd und mit seinen Freunden lachend, um die Blicke der Mädchen auf sich zu ziehen – hat noch drei Monate, eine Woche und einen Tag zu leben.

Es ist erst halb neun, und Julia langweilt sich schon. Sie und die anderen drei sind in einem engen Kreis auf der Tanzfläche, ignorieren das Omein*Gott*-Totlach!!!-Gekreische, mit dem Joannes Clique angesichts von Beccas Jeans zu Höchstleistungen aufläuft. Holly und Becca haben einen Riesenspaß, weil sie beide gern tanzen, und Selena sieht ganz zufrieden aus, aber Julia ist kurz davor, mörderische Menstruationsschmerzen vorzutäuschen, um von hier wegzukommen. Die Musikanlage hämmert mit irgendeinem liebesfixierten Song auf sie ein, der per Auto-Tune auf gefälligen Hochglanz poliert wurde, Justin Bieber oder vielleicht Miley Cyrus, jemand, der hübsch anzusehen ist und reflexartig einen auf sexy macht. Die Lichter blinken rot und pink. Das Komitee – Musterschülerinnen mit glänzendem Haar, die schon mal Bonuspunkte für ihre Lebensläufe sammeln – hat die Aula mit verspielten Papierherzen und Girlanden und Gott weiß was geschmückt, alles in vorhersehbaren Farben. Die ganze Halle trieft förmlich vor Romantik, aber zwei Lehrerinnen bewachen die Tür für den Fall, dass irgendein Pärchen beschließt, sich rauszuschleichen und in einem Klassenraum Unaussprechliches zu tun, und falls welche wild und verrückt genug sind, eng zu tanzen, nur weil zum Beispiel ein langsamer Song läuft, dann kommt die bescheuerte Schwester Cornelius angeprescht und besprüht sie förmlich aus einem Wasserwerfer mit Weihwasser.

Die meisten Leute, die nicht im Komitee sind, behalten die Aulatüren im Auge. Am Nachmittag vor der Party werfen Colm-Schüler von der Straße hinter dem Kilda aus Alk über die Mauerecke in die Büsche, den sie dann später holen, falls sie es schaffen, sich aus der Aula zu schmuggeln. Am nächsten Tag sammeln die Kilda-Mädchen alles ein, was noch übrig ist, und betrinken sich in ihren Zimmern. Diese Tradition ist schon so alt, dass Julia nicht kapiert, wieso noch keiner was gemerkt hat, vor allem, wo zwei Lehrerinnen selbst aufs Kilda gegangen sind und vermutlich genau das Gleiche gemacht haben. Miss Long und Miss Naughton sehen beide aus, als wären sie 1952 als vierzigjährige Irischlehrerinnen zur Welt gekommen und hätten seitdem nichts an sich verändert, einschließlich ihrer fiesen hellbraunen Strumpfhosen, also ist es vielleicht aus ihrem Gedächtnis gelöscht worden, falls sie überhaupt je Teenager waren. Aber gerade in letzter Zeit hat Julia sich gefragt, ob es nicht doch komplizierter ist. Ob Miss Long und Miss Naughton vielleicht zu neunundneunzig Prozent fade Lehrerinnen sind und irgendwie zu einem Prozent noch Fünfzehnjährige, die vom Whiskey beschwipstes Kichern unterdrücken, und sich diese Seite bewahrt haben. Ob das eines der Geheimnisse ist, die Erwachsene unerwähnt lassen: wie lange

Dinge währen, unsichtbar, innerlich. Entweder das, oder sie waren damals in der Schule solche Loser, dass sie überhaupt nie von den Alk-Büschen erfahren haben.

Julia tanzt auf Autopilot und sieht verstohlen nach, ob sie Schweißflecken hat, wenn sie die Arme hebt. Letztes Jahr hat sie die Party genossen; oder vielleicht ist »genossen« das falsche Wort, aber sie kam ihr irgendwie bedeutsam vor. Sie kam ihr riskant vor, letztes Jahr, atemberaubend, als könnte allein durch diese Bedeutsamkeit tatsächlich alles überkochen. Julia hatte erwartet, dass sie ihr dieses Jahr genauso vorkommt, doch stattdessen wirkt die Party erheblich unbedeutender als eine durchschnittliche Runde Nasepopeln. Das nervt Julia. Das meiste, was sie tagtäglich tut, ist zum Loch-ins-Knie-Bohren sinnlos, aber wenigstens erwartet keiner von ihr, dass sie es genießt.

»Bin gleich wieder da«, ruft sie den anderen zu, gibt ihnen pantomimisch zu verstehen, dass sie was trinken will, und hört auf zu tanzen. Sie quetscht sich durch die Menge Richtung Rand. Die Lichter und das Tanzen und das Gedränge von Körpern haben alle ins Schwitzen gebracht. Joanne Heffernans Make-up zerläuft schon, was Julia angesichts der schieren Menge nicht wundert und was Oisín O'Donovan offenbar nicht stört, der versucht, seine Hand in Joannes Kleid zu manövrieren, und zunehmend gefrustet ist, weil das Kleid kompliziert ist und er saublöd.

»OmeinGott, geh mir von der Pelle, du Lesbe«, faucht Joanne über die Schulter, als Julia versucht, sich an ihr vorbeizudrücken, ohne auch nur ein Molekül von Joannes Designerhintern zu streifen.

»Träum weiter«, sagt Julia und tritt Joanne auf den Fuß. »Hoppla.«

Am Ende der Aula ist ein langer Tisch, auf dem reihenweise Pappbecher mit kleinen Amorfigürchen drauf rings um eine dicke Punschschüssel aus Acrylglas aufgestellt sind. Der Punsch ist grellpink, wie Babymedizin. Julia nimmt einen Becher. Es ist Fruchtsaft mit Lebensmittelfarbe.

Finn Carroll lehnt neben dem Tisch an der Wand. Finn und Julia kennen sich flüchtig aus dem Debattierklub. Als er sie sieht, zieht er eine Augenbraue hoch, hebt seinen Becher in ihre Richtung und ruft irgendwas, was sie nicht versteht. Finn hat leuchtend rotes Haar, so lang, dass es ihm weich gelockt in den Nacken fällt, und er ist schlau. Beides zusammen wäre für die meisten Jungs das soziale Todesurteil, aber Finn hat trotz der Haarfarbe nur ganz wenige Sommersprossen, er spielt gut Rugby, und er legt schneller als die meisten in seiner Klasse an Größe und Schulterbreite zu, deshalb kommt er damit durch.

»Was?«, schreit Julia.

Finn beugt sich nah an ihr Ohr. »Trink den Punsch lieber nicht«, ruft er. »Der ist scheiße.«

»Passend zur Musik«, schreit Julia zurück.

»Die ist eine Unverschämtheit. ›Das sind Teenager, also müssen sie auf beknackten Chart-Scheiß stehen.‹ Die kommen gar nicht auf die Idee, dass einige von uns tatsächlich Geschmack haben könnten.«

»Du hättest die Musikanlage mit einem Kurzschluss lahmlegen sollen«, schreit Julia. Finn hat Ahnung von Elektronik. Letztes Jahr hat er in Bio einen Frosch unter Strom gesetzt, so dass der hüpfte, als Graham Quinn ihn sezieren wollte, und Graham kippte zusammen mit seinem Stuhl nach hinten. Davor hat Julia Respekt. »Oder wenigstens irgendwas Spitzes mitbringen, womit wir uns die Trommelfelle durchstechen können.«

Finn sagt, so nah, dass er nicht mehr brüllen muss: »Wollen wir versuchen abzuhauen?«

Für einen vom Colm ist Finn eigentlich ganz in Ordnung. Julia gefällt die Idee, ein richtiges Gespräch mit ihm zu führen; sie traut ihm durchaus zu, dass er das schafft, ohne allzu viel Zeit mit dem Versuch zu verplempern, ihr seine Zunge in den Hals zu stecken, und sie kann sich nicht vorstellen, dass er hinterher bei seinen schwachköpfigen Freunden damit angibt, sie hätten es in den Büschen getrieben wie die Wilden. Aber garantiert würde irgendwer mitkriegen, dass sie zusammen weg sind, und die Wilder-Sex-Gerüchte würden so oder so die Runde machen. »Nee«, sagt sie.

»Ich hab einen Flachmann Whiskey draußen.«

»Ich mag keinen Whiskey.«

»Dann nehmen wir eben was anderes. In den Büschen liegt ein ganzer Schnapsladen. Du hast die freie Auswahl.«

Die bunten Lichter gleiten über Finns Gesicht, sein breiter Mund lacht. Plötzlich fühlt sich Julia fast euphorisch bei dem Gedanken, dass ihr irgendwelche Sex-Gerüchte im Grunde scheißegal sein können.

Sie sieht zu den anderen dreien hinüber: Sie tanzen noch. Becca hat die Arme ausgebreitet und den Kopf in den Nacken gelegt und dreht sich lachend wie ein kleines Kind. Jeden Moment wird sie über die eigenen Füße fallen, weil ihr schwindelig wird.

»Bleib in meiner Nähe«, sagt Julia zu Finn und schlendert unauffällig los Richtung Aulatür. »Wenn ich ›jetzt‹ sage, beweg dich.«

Schwester Cornelius steht wie ein grimmiger Klotz vor der Tür. Miss Long ist irgendwo am anderen Ende der Aula, um Marcus Wiley von Cliona wegzuziehen, die aussieht, als wüsste sie nicht, wen von beiden sie mehr hassen soll. Schwester Cornelius mustert Julia und Finn misstrauisch. Julia lächelt zurück. »Der Punsch ist lecker«, ruft sie und hebt ihren Becher. Schwester Cornelius blickt noch misstrauischer als zuvor.

Julia stellt ihren Becher auf eine Fensterbank. Aus den Augenwinkeln sieht sie, dass Finn, der offenbar mitdenkt, dasselbe tut.

Becca fällt hin. Schwester Cornelius bekommt einen wilden, missionarischen Gesichtsausdruck und prescht los, pflügt sich durch die Tanzenden hindurch, um Becca zu verhören, festzustellen, ob sie eine Fahne hat, und sie auf Partydrogen zu testen.

Holly wird schon mit ihr fertigwerden, kein Problem. Erwachsene glauben Holly, vielleicht weil ihr Vater Bulle ist, vielleicht auch nur wegen der total aufrichtigen Überzeugung, mit der sie es schafft, ihre Lügen aufzutischen. »Jetzt«, sagt Julia und flitzt zur Tür hinaus, hört sie eine Sekunde später hinter sich zuknallen, aber sie dreht sich nicht um, bis sie den Flur hinunter und in den dunklen Matheraum ganz hinten im Gebäude gelaufen ist, und die Schritte, die hinter ihr hallen, werden zu Finn, der um den Türpfosten herumgeschlittert kommt.

Mondlicht streift den Raum, fällt verwirrend auf Rückenlehnen und Tischbeine. Die Musik ist zu einem fernen hysterischen Hämmern und Kreischen geworden, als hätte jemand eine winzige Rihanna in eine Kiste gesperrt. »Sehr gut«, sagt Julia. »Mach die Tür zu.«

»Scheiße«, sagt Finn, als er mit dem Schienbein gegen einen Stuhl knallt.

»Pssst. Hat uns wer gesehen?«

»Glaub nicht.«

Julia löst schon die Fensterverriegelung, Mondlicht streicht über ihre flinken Hände. »Die haben bestimmt jemanden, der draußen patrouilliert«, sagt Finn. »Ist jedenfalls bei unseren Partys so.«

»Ich weiß. Sei still. Und geh ein Stück zurück, oder willst du gesehen werden?«

Sie warten, Rücken gegen die Wand gedrückt, lauschen auf das dünne blecherne Kreischen, beobachten mit einem Auge den leeren Streifen Rasen und mit dem anderen die Klassenraumtür. Jemand hat einen Schuluniformpullover vergessen, der schlaff über einer Stuhllehne hängt. Julia schnappt ihn sich und zieht ihn über ihr gepunktetes Kleid. Er steht ihr nicht besonders – zu weit und schlabberig in Brusthöhe –, aber er ist warm, und sie können spüren, wie die Kälte von draußen durch die Scheibe dringt. Finn zieht den Reißverschluss an seinem Hoodie hoch.

Die Schatten kommen zuerst, fallen um die Ecke des Internatsflügels lang auf den Boden. Schwester Veronica und Pater Niall vom Colm marschieren Seite an Seite, schauen unaufhörlich hin und her, um jeden Zentimeter Deckung abzusuchen.

Als sie außer Sicht sind, zählt Julia bis zwanzig, um ihnen Zeit zu lassen, um die Ecke des Nonnentrakts zu kommen, dann bis zehn, für den Fall, dass sie stehen geblieben sind, um sich irgendwas anzuschauen, dann noch mal bis zehn, nur für alle Fälle. Dann schiebt sie das Fenster hoch, lehnt den Rücken gegen den Seitenrahmen, schwingt die Füße nach draußen und springt runter auf den Rasen. Eine einzige gekonnte Bewegung, und wäre Finn nicht so abgelenkt, würde er merken, dass sie das nicht zum ersten Mal macht. Als sie ihn hinter sich landen hört, läuft sie los, rennt schnell und mühelos in den Schutz der Bäume. Von der Musik klingeln ihr noch immer die Ohren, über ihr zittern Sterne im Rhythmus ihrer Schritte.

Rote Lichter, rosa, weiß, spinnen kreuz und quer seltsame Muster wie verschlüsselte Signale, die zu schnell wieder verschwinden, um sie zu enträtseln. Das Dröhnen im Boden und in den Wänden und in allen Knochen pulst durch sie hindurch wie Stromstöße, springt durch die ganze Aula von einer sich hebenden Hand zur nächsten, ohne je auch nur eine Sekunde nachzulassen, los los los.

Selena hat zu lange getanzt. Die sich verwebenden Lichter wirken schon fast wie lebendige Wesen, taumelnd und zutiefst verloren. Selena verschwimmt allmählich an den Rändern, verliert das Gefühl für die Grenze, wo sie selbst aufhört und andere Dinge anfangen. Drüben am Punschtisch legt Chris Harper den Kopf in den Nacken, um zu trinken, und Selena kann es schmecken, jemand stößt gegen ihre Hüfte, und sie weiß nicht, ob der Schmerz zu ihr gehört oder diesem jemand, Beccas Arme heben sich, und es fühlt sich an, als seien es ihre eigenen. Sie weiß, sie muss aufhören zu tanzen.

»Alles okay mit dir?«, schreit Holly, ohne aus dem Rhythmus zu kommen.

»Durst«, schreit Selena zurück und zeigt zum Punschtisch. Holly nickt und widmet sich wieder dem Versuch, irgendeine komplizierte Hüfte-Bein-Technik auszuprobieren. Becca hüpft auf der Stelle. Julia ist verschwunden, hat sich irgendwie verdrückt. Selena spürt die Leerstelle im Raum, wo Julia sein sollte. Das bringt alles nur noch mehr aus dem Gleichgewicht. Sie macht vorsichtige Schritte, versucht, ihre Füße zu spüren. Ruft sich in Erinnerung: *Valentinsfeier.*

Der Punsch schmeckt ganz falsch. Graskühle, längst vergangene Sommernachmittage, barfuß durch offene Türen raus- und reinrennen, nichts für dieses verschwitzte, stampfende, dunkle Wirrwarr. Selena lehnt sich gegen die Wand und denkt an verlässliche, bedeutsame Dinge. Das Periodensystem. Irische Verbkonjugationen. Die Musik ist einen Tick leiser geworden, behindert sie aber immer noch. Sie wünschte, sie könnte einen Moment lang die Finger in die Ohren stecken, aber ihre Hände fühlen sich nicht wie ihre eigenen an, und sie bis an die Ohren zu heben, scheint ihr zu schwierig.

»Hi«, sagt jemand neben ihr.

Es ist Chris Harper. Vor einer Weile hätte das Selena überrascht – Chris Harper ist supercool, und sie ist das nicht; soweit sie weiß, hat sie sich noch nie richtig mit ihm unterhalten. Aber die letzten Monate waren etwas ganz Besonderes, prall gefüllt mit verlockenden, erstaunlichen Dingen, die Selena nicht verstehen muss, das weiß sie, die sie aber inzwischen erwartet.

»Hi«, sagt sie.

Chris sagt: »Schönes Kleid.«

»Danke«, sagt Selena und schaut nach unten, um es sich in Erinnerung zu rufen. Das Kleid ist verwirrend. Sie sagt sich: *2013.*

»Was?«, sagt Chris.

Mist. »Nichts.«

Chris sieht sie an. »Alles in Ordnung?«, fragt er. Und als würde er denken, dass ihr schwindelig ist, umfasst er mit einer Hand ihren nackten Arm, ehe sie zurückweichen kann.

Schlagartig ist alles glasklar, leuchtende Farben in scharfen Umrissen. Selena spürt ihre Füße wieder. Sie kribbeln heftig, als seien sie eingeschlafen gewesen. Das Prickeln des Reißverschlusses ihren Rücken hinunter ist eine dünne, präzise Linie. Sie sieht direkt in Chris' Augen, grün-braun, selbst in dem Dämmerlicht, aber irgendwie kann sie zugleich auch die Aula sehen, und die Lichter sind keine Signale mehr oder verlorene Dinge, sie sind Lichter, und sie hat gar nicht gewusst, dass etwas so rot und so pink und so weiß sein kann. Der ganze Saal ist konkret, er ist plastisch und flimmert von seiner eigenen Klarheit. Chris – das Licht glänzt in seinem Haar, wärmt sein rotes Hemd, betont die kleine verwunderte Falte zwischen seinen Brauen – ist das Realste, was sie je gesehen hat.

»Ja«, sagt sie. »Mir geht's gut.«

»Sicher?«

»Absolut.«

Chris nimmt die Hand von Selenas Arm. Sofort verschwindet die Klarheit. Die Aula ist wieder zerstückelt und konfus. Aber noch immer fühlt Selena sich konkret und am ganzen Körper warm, und Chris sieht noch immer real aus.

Er sagt: »Ich dachte …«

Er schaut sie an, als hätte er sie noch nie gesehen. Als sei der Geist dessen, was gerade passiert ist, irgendwie auch in ihn eingedrungen. Er sagt: »Du hast ausgesehen, als ob …«

Selena lächelt ihn an. Sie sagt: »Mir war einen Moment komisch. Jetzt geht's wieder.«

»Vorhin ist ein Mädchen in Ohnmacht gefallen, hast du gesehen? Irre heiß hier drin.«

»Tanzt du deshalb nicht?«

»Hab ich bis gerade. Ich wollte nur mal 'ne Weile zugucken.«

299

Chris trinkt einen Schluck Punsch, starrt den Becher an und verzieht das Gesicht.

Selena geht nicht weg. Der Handabdruck auf ihrem Arm schimmert rotgolden, schwebt in der dunklen Luft. Sie möchte weiter mit Chris reden.

»Du bist mit ihr befreundet«, sagt Chris, »richtig?«

Er zeigt auf Becca. Becca tanzt wie eine Achtjährige, aber die Sorte Achtjährige, die es selbst damals schon kaum gab, als sie acht waren, die Sorte, die noch nie ein Musikvideo gesehen hat: kein Hinterwackeln, kein Hüftenschwingen, kein Busenrausdrücken, einfach bloß tanzen, als habe ihr nie jemand gesagt, wie so was auszusehen hat. Als tue sie es nur zu ihrem eigenen Spaß.

»Ja«, sagt Selena. Beim Anblick von Becca muss sie lächeln. Becca sieht total glücklich aus. Holly nicht; Marcus Wiley tanzt hinter ihr und versucht, sich an ihrem Hintern zu reiben.

»Warum trägt sie solche Klamotten?«

Becca trägt Jeans und ein weißes Top mit Spitze an den Rändern, und sie hat das Haar zu einem langen Zopf geflochten. »Weil sie ihr gefallen«, erklärt Selena. »Sie mag keine Kleider.«

»Wieso, ist sie lesbisch?«

Selena überlegt. »Ich glaube nicht«, sagt sie.

Marcus Wiley versucht noch immer, sich an Holly zu reiben. Holly hört auf zu tanzen, dreht sich um und stellt in knappen Worten etwas klar. Marcus klappt der Mund auf, und er steht blinzelnd da, bis Holly ihn lässig mit einer Hand wegwinkt. Erst dann tut er so, als würde er rein zufällig in eine andere Richtung tanzen, wobei er sich hektisch umschaut, ob irgendwer gesehen hat, was auch immer da gerade passiert ist. Holly streckt Becca die Hände entgegen, und die beiden fangen an, sich im Kreis zu drehen. Diesmal sehen sie beide glücklich aus. Selena lacht beinahe laut auf.

»Du hättest ihr das ausreden sollen«, sagt Chris. »Sie dazu bringen, irgendwas Normales anzuziehen. Oder so was, wie du anhast.«

»Warum?«, fragt Selena.

»Weil – guck doch.« Er nickt Richtung Joanne, die sich schlängelnd zur Musik bewegt und gleichzeitig Orla irgendwas ins Ohr flüstert. Beide grinsen und starren zu Becca und Holly hinüber. »Die lästern über sie ab.«

Selena fragt: »Wieso macht dir das was aus?«

Sie ist nicht schnippisch, sie wundert sich nur – sie hätte nicht gedacht, dass Chris überhaupt von Beccas Existenz weiß –, aber Chris sieht sie empört an. »Ich steh nicht auf sie! Echt, ey.«

»Okay«, sagt Selena.

Chris beobachtet wieder die Tanzfläche. Er sagt irgendwas, aber der DJ dreht gerade einen Song mit dröhnenden Bässen auf, und Selena versteht ihn nicht. »Was?«, ruft sie.

»Ich hab gesagt, sie erinnert mich an meine Schwester.« Der DJ dreht die Lautstärke auf Erdbebenniveau hoch. »Meine Fresse!«, schreit Chris, reißt den Kopf genervt nach hinten. »Was für ein Scheiß*krach*!«

Joanne hat sie bemerkt. Sie sieht schnell weg, als Selena zu ihr rüberschaut, aber der Zug um ihre Oberlippe verrät, dass sie nicht erfreut ist. Selena ruft: »Lass uns rausgehen.«

Chris starrt sie an, versucht rauszufinden, ob sie damit das meint, was die meisten Mädchen meinen würden. Selena fällt keine gute Erklärung ein, also versucht sie erst gar keine. »Wie denn?«, schreit er schließlich.

»Wir fragen einfach.«

Er sieht sie an, als sei sie verrückt, aber irgendwie nett verrückt. »Da wir nicht rumknutschen werden«, erklärt Selena, »müssen wir ja nicht irgendwohin, wo uns keiner sieht; Hauptsache, es ist ruhig. Wir können uns direkt vor die Tür setzen. Vielleicht erlauben sie das.«

Chris wirkt auf ungefähr fünf verschiedene Arten verblüfft. Selena wartet, aber als er nichts erwidert, sagt sie: »Komm mit«, und geht Richtung Tür.

Normalerweise würden ihnen die Leute ungeniert hinterherstarren, aber Fergus Mahon hat gerade Garret Neligan Punsch in den Hemdkragen gekippt, deshalb hat sich Garret Neligan auf ihn gehechtet, und die beiden sind auf Barbara O'Malley gefallen, die die letzten zwei Wochen damit verbracht hat, allen Leuten zu erzählen, dass ihr Kleid von Roksanda Soundso ist, und die jetzt aus vollem Hals kreischt. Chris und Selena sind unsichtbar.

Etwas steht ihnen bei, öffnet ihnen den Weg. Selbst an der Tür: Wenn Schwester Cornelius da wäre, hätten sie keine Chance – auch wenn Schwester Cornelius nicht verrückt wäre, dieses Jahr genügt ein Blick der Schwestern auf Selena, und schon haben sie den Drang, sie irgendwo einzusperren, um die Jungs zu schützen oder um sie zu schützen oder um die Moral im Allgemeinen zu schützen, wahrscheinlich wissen sie es selbst nicht –, aber gerade steht Miss Long Wache, während Schwester Cornelius damit beschäftigt ist, Fergus und Garret anzuschnauzen.

»Miss Long«, schreit Selena. »Dürfen wir uns draußen auf die Treppe setzen?«

»Natürlich nicht«, sagt Miss Long, die davon abgelenkt wird, dass Annalise Fitzpatrick und Ken O'Reilly in einer Ecke zusammenhocken und sie eine von Kens Händen nicht im Blick hat.

»Wir bleiben ganz in der Nähe. Unten an der Treppe, wo Sie uns sehen können. Wir wollen uns nur unterhalten.«

»Ihr könnt euch hier unterhalten.«

»Nein, das geht nicht. Es ist zu laut, und es ist …« Selena deutet mit einer Armbewegung auf die Lichter und die Tänzer und alles. Sie sagt: »Wir wollen uns *richtig* unterhalten.«

Etwas bringt Selena dazu, sie anzulächeln, ein unvermutetes Lächeln, echt und strahlend. Sie will das gar nicht. Es kommt von ganz allein, wie aus dem Nichts, weil sich tief in ihrer Brust ein Windrädchen dreht und ihr sagt, dass gerade etwas Erstaunliches passiert.

Eine halbe Sekunde lang erwidert Miss Long das Lächeln nahezu. Sie presst die Lippen zusammen, und weg ist es wieder. »Also gut«, sagt sie. »Unten an der Treppe. Ich kontrolliere euch alle dreißig Sekunden, und falls ihr nicht da seid oder auch nur Händchen haltet, blüht euch beiden gewaltiger Ärger. Mehr Ärger, als ihr euch das auch nur ansatzweise vorstellen könnt. Ist das klar?«

Selena und Chris nicken, wobei sie so aufrichtig dreinzublicken versuchen, wie sie eben können. »Wehe, wenn nicht«, sagt Miss Long mit einem Seitenblick zu Schwester Cornelius. »Na los. Geht schon.«

Als sie sich von ihnen abwendet, gleiten ihre Augen durch die Aula, als hätte der Saal sich für diesen einen Moment verwandelt, sich ihr glitzernd und erdbeersüß und flirrend vor Verheißungen dargeboten. Selena schlüpft zur Tür hinaus und weiß, dass nicht sie und Chris es waren, die die Erlaubnis bekommen haben; sondern ein seit Jahrzehnten aus den Augen verlorener Junge auf einer halbvergessenen Party, sein leuchtendes, gespanntes Gesicht, sein Lachen.

15

CONWAY SCHLUG SO FEST gegen die Tür, dass ich vor
Schreck zusammenzuckte und die Hände aus dem Schrank riss,
als hätte ich etwas Unanständiges getan. Ihr boshaft grinsender
Mundwinkel verriet, dass ihr das nicht entgangen war.

Sie warf ihre Tasche auf Rebeccas Bett. »Was gefunden?«

Ich schüttelte den Kopf. »Nichts. Julia hat ein halbes Päckchen
Zigaretten und ein Feuerzeug, eingewickelt in einen Schal, hinten in ihrem Schrankfach versteckt. Das war's.«

»Brave kleine Mädchen«, sagte Conway, und es klang nicht
wie ein Kompliment. Sie ging durch das Zimmer, schnell, nahm
die Fotos von den Nachtschränkchen, um sie zu betrachten; oder
um sich zu vergewissern, dass der Raum anständig durchsucht
worden war. »War eine von ihnen hier bei dir? Um zu reden, über
dich herzufallen, was auch immer?«

Ich verkniff mir das mit dem Schatten im Türspalt; vielleicht
weil sie gegrinst hatte, vielleicht weil ich nicht schwören konnte,
dass wirklich jemand da gewesen war. »Nee.«

»Sie werden kommen. Je länger wir sie sich selbst überlassen,
desto nervöser werden sie. Ich hab draußen am Gemeinschaftsraum gelauscht: Die sind auf Hochtouren, hörte sich an wie ein
Wespennest. Wenn wir ihnen lange genug Zeit lassen, gehen einer
die Nerven durch.«

Ich schob Selenas Flötenkoffer zurück in den Schrank, machte
die Tür zu. »Wie geht's Alison?«

Conway schnaubte. »Liegt im Krankenzimmer im Bett, als würde sie in der letzten Folge irgendeiner Soap den Löffel abgeben. Dünnes, schwaches Stimmchen und so. Die amüsiert sich bestens. Der Arm ist okay, größtenteils. Man sieht noch immer was, aber die Bläschen sind abgeklungen. Ich behaupte mal, sie wäre längst wieder im Gemeinschaftsraum, wenn McKenna nicht hoffen würde, dass die Rötung ganz verschwindet, damit die anderen nicht sensationsgeil draufgaffen.« Sie nahm Hollys Buch aus dem Nachttisch, blätterte die Seiten mit dem Daumen einmal rasch durch und warf es wieder zurück. »Ich hab versucht rauszukriegen, wie Joanne Alison diese ganze Nummer eingeredet hat, aber sobald sie Chris' Namen hörte, machte sie dicht, hat mich angesehen wie ein verängstigtes Kaninchen. Kann ich irgendwie verstehen: McKenna und Arnold waren dabei und hätten sich garantiert eingeschaltet, wenn ihnen was nicht gefallen hätte. Deshalb hab ich sie nicht weiter bedrängt.«

Ich sagte: »Was ist mit dem Handy?«

Triumphgefühl hob Conways Kinn an. Gewinnen stand ihr gut. Sie schnippte ihre Tasche auf, hielt einen Beweismittelbeutel hoch. Das Handy, das ich auf Alisons Bett gesehen hatte: hübsches perlmuttartiges pinkes Klapphandy, so klein, dass es in den Handteller passte, baumelnder silberner Glücksbringer. Chris hatte sich mit der Auswahl Mühe gegeben.

»Alison hat es von Joanne. Sie wollte es nicht zugeben, hat versucht auszuweichen, Schwäche vorgetäuscht. Ich bin nicht drauf reingefallen, hab weiter nachgehakt, und schließlich hat sie ausgepackt. Joanne hat ihr das Handy kurz nach Weihnachten verkauft, also vor mehr als einem Jahr. Sechzig Flocken hat sie ihr abgeknöpft. Das gierige Luder.«

Conway warf das Handy zurück in ihre Tasche und fing wieder an, im Kreis zu laufen. Das Triumphgefühl war rasch abgeklungen. »Aber mehr hat Alison mir nicht verraten. Als ich von ihr wissen wollte, woher Joanne das Handy hatte, warum sie es verkaufen wollte, hat sie wieder einen auf Jammerlappen gemacht: ›Ich weiß nicht, ich weiß nicht, mir tut der Arm weh, mir ist schwindelig, kann ich einen Schluck Wasser haben?‹ Diese Heliumstimmen von den Mädels heutzutage, was soll der Scheiß? Finden Jungs das sexy?«

»Hab ich nie drüber nachgedacht«, sagte ich. Conway war noch immer in Bewegung. Sie war wegen irgendwas angespannt. Ich blieb ihr aus dem Weg, stand an die Wand gelehnt. »Turnt mich jedenfalls nicht an.«

»Ich würde ihnen am liebsten eine aufs Maul geben, wenn ich das höre. Es ist nichts von vor Weihnachten auf dem Handy, keine SMS, keine Anrufprotokolle: Joanne hat alles gelöscht, ehe sie es verkauft hat. Aber jetzt kommt die gute Nachricht: Alison hat ihre alte SIM-Karte nicht in Joannes Handy gesteckt. Als sie es gekauft hat, war auf ihrer alten kein Guthaben mehr, und auf Joannes waren noch etwas über zwanzig Euro, deshalb hat sie ihre alte einfach weggeschmissen und Joannes Nummer benutzt. Was bedeutet, wir müssen diese Nummer nicht erst rausfinden, den Betreiber um die Verbindungsdaten anbetteln und den ganzen Mist: Wir haben sie nämlich schon. Costello und ich haben uns letztes Jahr diese Infos von der halben Schule besorgt, einschließlich Alison. Ich hab Sophie angerufen: Die müsste mir jeden Moment alles mailen.«

»Moment mal«, sagte ich. »Hast du nicht gesagt, keine von den Nummern der Mädchen hat Chris' Nummer angerufen?«

»Stimmt. Aber wenn Chris Joanne dieses Handy gegeben hat« – Conway schlug im Vorbeigehen auf ihre Tasche –, »um die Beziehung geheim zu halten, heißt das, er hat damit gerechnet, dass irgendwer ihre normalen Handys ausspionieren würde. Richtig?«

»Kids sind neugierig.«

»Kids, Eltern, Lehrer, egal wer. Menschen sind neugierig. Wenn Chris das nicht wollte und er jede Menge Kohle hatte, wie Julia sagt? Ich garantier dir, er hatte selbst auch ein eigenes Handy nur für Mädels. Wenn wir also die Verbindungsdaten von Joannes SIM-Karte überprüfen« – wieder ein Schlag auf die Tasche, fester –, »wie hoch stehen dann die Chancen, dass wir auf eine Nummer stoßen, die bis ein paar Monate vor Weihnachten auftaucht, jede Menge Kontakte hin und her?«

Ich sagte: »Und dann checken wir, ob diese Nummer, Chris' Geheimnummer, Kontakt zu dem Handy hatte, das mich heute angesimst hat. Wenn er das mit einem Mädchen gemacht hat, dann vermutlich auch mit ein paar anderen. Falls Selena wirklich mit ihm zusammen war, könnte sie irgendwo ihr eigenes ZweitHandy rumliegen haben.«

»Wir überprüfen die Verbindungsdaten von Chris' Geheimnummer auf Kontakte zu *allen*. Diese Kids gehen nicht mal aufs Klo, ohne ihr Handy mitzunehmen. Ich hätte – shit!« Ein wuchtiger Stoß gegen Rebeccas Bettpfosten; das musste weh getan haben, aber Conway tigerte weiter im Kreis, als würde sie nicht das Geringste spüren. »Ich hätte es verdammt nochmal wissen müssen!«

Damit war es heraus. Irgendwelche Beschwichtigungen – *Das konntest du unmöglich wissen, kein Mensch konnte das ahnen* –, und sie hätte mich in der Luft zerrissen. »Falls Joanne unsere Täterin ist«, sagte ich, »hätte sie guten Grund gehabt, sein Handy an sich zu nehmen. Es hätte sie mit ihm in Verbindung gebracht.«

Conway zog eine Schublade auf, brachte einen ordentlichen Stapel Slips durcheinander. »Ach nee. Und wahrscheinlich liegt es jetzt auf irgendeiner Müllkippe, ohne dass wir beweisen können, dass er es je hatte. Wenn wir Joanne die Verbindungsdaten unter die Nase reiben, wird sie sagen, sie hat irgendwem gesimst, den sie online kennengelernt hat, oder weiß der Geier, was sie sich einfallen lässt. Und wir können nichts machen.«

Ich sagte: »Es sei denn, wir finden noch eine andere, zu der Chris über sein Geheimhandy Kontakt hatte. Bringen sie dazu auszupacken.«

Conway lachte auf, kurz und rau. »Klar. Wir bringen sie dazu auszupacken. Kinderspiel. Weil in diesem Fall ja alles so schön glatt läuft.«

»Wäre einen Versuch wert.«

Sie knallte die völlig durchwühlte Schublade zu. »Meine Fresse, du bist wirklich ein richtiges Sonnenscheinchen, was? Als würde ich mit dem verdammten Kleinen Lord zusammenarbeiten –«

»Was willst du denn? Soll ich sagen: ›Ach, scheiß drauf, das klappt sowieso nie, fahren wir lieber nach Hause‹?«

»Seh ich so aus, als wollte ich aufgeben? Ich fahr nirgendwohin. Aber ich schwöre, wenn ich mir weiter deine optimistischen *Sprüche* anhören muss, dann –«

Wir starrten uns wütend an, Conways Gesicht ganz dicht vor meinem, Zeigefinger gehoben, ich noch immer mit dem Rücken an der Wand, so dass ich nicht zurückweichen konnte, selbst wenn ich gewollt hätte. Wir waren kurz davor, uns nach Strich und Faden anzubrüllen.

Ich streite mich nicht, jedenfalls nicht mit Leuten, die meine Karriere in der Hand haben. Nicht mal, wenn ich es sollte; schon gar nicht über irgendwelche Bagatellen.

Ich sagte: »Hättest du lieber Costello, ja? So ein depressives Arschloch? Das ist ja auch nicht gerade toll ausgegangen.«

»Du hältst jetzt sofort die –«

Ein Summen aus Conways Blazer. Eine Nachricht.

Sie fuhr sofort herum und griff in ihre Tasche. »Das ist Sophie. Die Verbindungsdaten von Joannes Handy. Wurde auch echt Zeit.« Sie drückte Knöpfe, wartete, in den Knien wippend, auf die Übermittlung der Daten.

Ich hielt mich zurück. Wartete mit rasendem Puls auf: *Zisch ab nach Hause.*

Conway blickte ungeduldig auf. »Was machst du? Komm, sieh dir das an.«

Brauchte eine Minute, bis ich begriff: Der Streit war vorüber, aus und vorbei.

Ich holte Luft, trat näher und schaute ihr über die Schulter. Sie hielt das Handy so, dass ich das Display sehen konnte.

Da. Oktober, November, vor anderthalb Jahren: eine Nummer, die öfter Kontakt zu dem Handy hatte, das damals Joanne gehörte, wieder und wieder.

Keine Anrufe, ausschließlich Nachrichten. SMS von der neuen Nummer, SMS zurück, MMS von, SMS von, von, von, an. Chris, der baggerte, Joanne, die sich zierte.

In der ersten Dezemberwoche änderte sich das Muster. SMS an die neue Nummer, SMS an, SMS an, SMS an, SMS an. Chris, der nicht reagierte, Joanne, die drängte, Chris, der noch weniger reagierte. Dann, als sie schließlich aufgab, nichts.

Draußen, am Ende des Flurs, das Rattern von Rollwagen, Tellerklappern, warmer Geruch nach Huhn mit Pilzen ließ mir das Wasser im Mund zusammenlaufen. Irgendwer – ich stellte mir eine Rüschenschürze vor – brachte den Schülerinnen der vierten Stufe das Abendessen. McKenna würde sie nicht runter in die Cafeteria lassen, wo sie Geschichten und Panik wie ein Grippevirus verbreiten würden, rumquasseln konnten, ohne dass eine Nonne zuhörte. Sie hielt sie schön sicher im Gemeinschaftsraum zusammengepfercht, alles unter Kontrolle.

Bis Mitte Januar tat sich nichts auf Joannes Handy. Dann ein Mix aus anderen Nummern, von und an, Anrufe und SMS. Chris' Nummer tauchte nicht mehr auf. Bloß das, was man von dem normalen Handy eines Mädchens erwarten würde: von Alison.

»Sophie, du bist unschlagbar«, sagte Conway. »Wir setzen sie auf den Netzbetreiber an, finden raus, ob diese Nummer Kontakt zu –«

Ich merkte, wie sie erstarrte. »Moment mal. Zwei neun drei –«

Sie schnippte mit den Fingern vor meiner Nase, starrte auf das Display. »Dein Handy. Zeig mir diese SMS.«

Ich rief sie auf.

Wieder hob dieses Triumphgefühl Conways Kopf, machte ihr Profil statuenhaft. »Na bitte. Ich wusste doch, dass ich die Nummer schon mal gesehen hatte.« Sie hielt die beiden Handys nebeneinander. »Schau dir das an.«

Dieses Gedächtnis. Sie hatte recht. Die Nummer, die mir verraten hatte, wo wir den Schlüssel finden konnten, war dieselbe Nummer, die mit Joanne geflirtet hatte.

»Scheiße«, sagte ich. »Damit hab ich nicht gerechnet.«

»Ich auch nicht.«

»Also, entweder hatte Joanne gar keine heimliche Affäre mit Chris, sondern mit einer von unseren anderen sieben – «

Conway schüttelte den Kopf. »Nee. Eine Trennung würde erklären, warum die beiden Cliquen sich hassen, aber du kannst mir nicht erzählen, dass wir nicht von irgendwo wenigstens einen Tipp bekommen hätten. Klatsch und Tratsch, oder Joanne hätte uns irgendwie verklickert: ›Soundso ist voll lesbisch, die hat versucht, meinen sexy Körper anzutatschen‹, um ihre Ex in die Scheiße zu reiten. Nee.«

Ich sagte: »– oder jemand anders hat mir von Chris Harpers Geheimhandy aus gesimst.«

Einen Moment schwiegen wir.

Dann sagte Conway: »Sieht ganz so aus.« Etwas in ihrer Stimme, aber ich konnte nicht benennen, ob es Begeisterung war oder Zorn oder die Tatsache, dass sie Blut geleckt hatte. Ob es da für sie überhaupt einen Unterschied gab.

Der Tag hatte sich erneut verändert, sich vor unseren Augen kaleidoskopartig in etwas Neues verwandelt. Wir suchten in diesem Raum der schimmernden Haare und rastlosen Füße und wachsamen Augen nicht nach einer Zeugin. Wir suchten nach einer Mörderin.

»Meiner Meinung nach«, sagte ich, »gibt es drei Möglichkeiten, wie es passiert sein könnte. Erstens: Joanne hat Chris getötet, sein Handy genommen und uns damit die SMS zu dem Schlüssel geschickt, weil sie geschnappt werden will –«

Conway schnaubte. »Nie im Leben.«

»Ja, glaub ich auch nicht. Zweitens: Die Täterin – Joanne oder jemand anders – hat das Handy genommen, es jemand anderem gegeben.«

»So wie Joanne ihr eigenes an Alison vertickt hat. Würde zu ihr passen.«

»Drittens«, sagte ich. »Jemand anders hat Chris getötet, das Handy an sich genommen, hat es noch immer.«

Conway fing wieder an, durch den Raum zu tigern, aber diesmal ruhiger, nicht mehr dieses ruhelose Suchen nach irgendwas, worauf sie einschlagen konnte. Sie konzentrierte sich. »Aber warum? Sie muss doch wissen, dass das Handy ein Beweisstück ist. Es zu behalten ist gefährlich. Warum hat sie es nicht vor einem Jahr weggeschmissen?«

»Keine Ahnung. Aber vielleicht hat sie es ja gar nicht behalten. Vielleicht hat sie das eigentliche Handy weggeworfen, aber die SIM-Karte verwahrt. Das wäre weitaus sicherer. Und als sie heute eine anonyme Nummer brauchte, um uns die SMS zu schicken, hat sie Chris' SIM-Karte in ihr eigenes Handy gesteckt …«

»Warum hätte sie die behalten sollen?«

Ich sagte: »Angenommen, es ist Theorie zwei, die Mörderin hat es jemand anderem gegeben. Vielleicht hat dieses andere Mädchen gespürt, dass da irgendwas nicht stimmte, irgendwas, was mit Chris zu tun hatte; sie hat das Handy behalten oder bloß die SIM-Karte, für den Fall, dass sie irgendwann mal beschließt, es uns zu geben. Oder vielleicht hat sie nicht gemerkt, dass da eine Verbindung bestand, fand es bloß schick, eine anonyme Nummer in der Hinterhand zu haben. Oder aber es war einfach noch Guthaben drauf, wie bei dem, das Joanne an Alison verkauft hat.«

Conway nickte. »Okay. Theorie zwei könnte hinhauen. Von

311

eins und drei halte ich nicht viel. Würde bedeuten, das Mädchen, das dich angesimst hat, ist nicht die Mörderin.«

Ich sagte: »Das heißt, die Mörderin ist dreist. Chris' Handy einfach jemand anderem zu geben, anstatt es zu entsorgen, obwohl es sie ins Gefängnis bringen könnte.«

»Ziemlich dreist, ziemlich arrogant, ziemlich blöd, such dir was aus. Oder sie wollte es gar nicht jemand anderem geben. Sie hat es irgendwo weggeworfen, und die Simserin hat's gefunden.«

Stimmen drangen den Flur herunter, zusammen mit dem Duft nach Hähnchen und Pilzen: Die Viertstufler redeten beim Essen. Kein fröhliches Mädchengeplauder. Ein leises, gedämpftes Summen, das in die Ohren drang und dich nervös machte.

Ich sagte: »Hat Sophie gesagt, wann wir die Verbindungsdaten von dem Handy bekommen?«

»Bald. Ihre Kontaktperson arbeitet dran. Ich schick ihr jetzt eine Mail, sag ihr, dass wir die eigentlichen Nachrichten brauchen, nicht bloß die Nummern. Vielleicht haben wir Pech – manche Netzbetreiber löschen das Zeug nach einem Jahr –, aber wir versuchen es.« Conway tippte schnell. »Aber erst mal«, sagte sie.

Es war nach fünf. *Aber erst mal fahren wir zurück zum Präsidium, schreiben Berichte und machen Feierabend. Aber erst mal essen wir was, hauen uns aufs Ohr, gute Arbeit heute, Detective Moran, wir sehen uns morgen, frisch und ausgeschlafen.*

Wir konnten das Kilda unmöglich verlassen, nicht jetzt. Hier drin brannten sämtliche Mädchen darauf, ihre Geschichten auszutauschen und sich mit ihren Lügen abzusprechen, sobald unsere Schatten verschwunden waren. Da draußen waren die Jungs vom Morddezernat schon ganz wild darauf, sich auf den Fall zu stürzen, sobald O'Kelly erfuhr, dass er wieder aktuell war. Und dazwischen: wir.

Wenn wir mit leeren Händen hier abzogen, würden wir nie zurückkommen oder, falls doch, gegen eine leere Wand laufen.

Aber:

Ich sagte: »Wenn wir noch viel länger bleiben, beschwert sich McKenna bei deinem Chef.«

Conway blickte nicht von ihrem Handy auf. »Klar, ich weiß. Hat sie mir unten in Arnolds Zimmer gesagt. Und zwar ohne ein Blatt vor den Mund zu nehmen. Hat gemeint, wenn wir bis zum Abendessen nicht weg sind, ruft sie O'Kelly an und sagt ihm, wir hätten ihre Schülerinnen so *drangsaliert*, dass ein paar zusammengebrochen sind.«

»Es gibt gerade Abendessen.«

»Entspann dich. Ich hab auch kein Blatt vor den Mund genommen. Hab ihr gesagt, wenn sie uns rausschmeißt, bevor wir fertig sind, ruf ich meinen Journalistenfreund an und erzähl ihm, dass wir den ganzen Tag lang Kilda-Schülerinnen im Mordfall Chris Harper vernommen haben.« Conway schob ihr Handy in die Tasche. »Wir bleiben hier.«

Ich hätte ihr auf die Schulter klopfen können, sie umarmen, irgendwas. Wollte mir aber keinen Tritt in die Eier einfangen. »Alle Achtung«, sagte ich stattdessen.

»Was denn, hast du gedacht, ich lass mich von McKenna rumkommandieren? Besten Dank.« Aber das breite Grinsen in meinem Gesicht entlockte auch ihr eins. »Also. Aber erst mal …«

Ich sagte: »Joanne?«

Conway atmete tief durch. Hinter ihr bewegten sich die Vorhänge; das Mobile aus Gabeln und Löffeln klingelte hell, leise und weit weg.

Sie nickte knapp. »Joanne«, sagte sie.

Ich sagte: »Zeugin oder Verdächtige?«

Verdächtige musst du über ihre Rechte aufklären und das entsprechende Formular unterschreiben lassen, ehe du anfängst, sie zu befragen. Verdächtige verfrachtest du aufs Präsidium, nimmst alles auf. Verdächtige bekommen einen Anwalt, wenn sie es wünschen. Bei minderjährigen Verdächtigen sorgst du dafür, dass eine geeignete erwachsene Person anwesend ist; du denkst nicht mal dran, irgendwas davon zu umgehen.

Nur ab und zu schummeln wir ein bisschen. Kein Mensch kann beweisen, was in deinem Kopf vor sich geht. Alle Jubeljahre mal machst du es schön zwanglos, bloß eine lockere Unterhaltung mit einem Zeugen, bis dein Verdächtiger sich so tief reinredet, dass weder du noch er es weiter bestreiten können.

Wenn du dabei ertappt wirst, wenn der Richter dich wütend ansieht und sagt, jeder Detective mit einem Funken Verstand hätte diese Person verdächtigt, dann hast du Pech gehabt. Alles, was du vorlegen kannst, futsch. Vor Gericht nicht zulässig.

Das hier war ein Grenzfall. Reichlich Grund für die Annahme, dass Joanne es getan hatte; nicht genug, um wirklich überzeugt davon zu sein.

»Zeugin«, sagte Conway. »Sei vorsichtig.«

Ich sagte: »Du auch. Joanne wird nicht vergessen, dass du sie vor den anderen runtergeputzt hast.«

»Ach, verdammt.« Conways Kopf schnellte gereizt hoch: Sie hatte es vergessen. »Jetzt muss ich mich schon wieder im Hintergrund halten. Wenn wir das nächste Mal jemanden sauer machen, sorg ich dafür, dass du das übernimmst.«

»Nee«, sagte ich. »Mach du das lieber. Du hast das Talent dazu.« Als sie mich ansah und eine Grimasse zog, hätte man meinen können, wir wären Freunde.

Im Gemeinschaftsraum saßen die Mädchen ordentlich an Tischen, Köpfe über Teller gebeugt, gemütlicher Rhythmus von klapperndem Besteck. Die Nonne hatte mit einem Auge ihr Essen im Blick, mit dem anderen die Schülerinnen.

Nett und friedlich, bis du genauer hinschautest. Dann sahst du es. Beine wippten unter Tischen, gebleckte Zähne nagten am Rand eines Saftglases. Orla tief zusammengekrümmt, bemüht, keinerlei Raum einzunehmen. Ein dickliches Mädchen mit dem

Rücken zu mir schien sich über ihr Essen herzumachen, aber über ihre Schulter sah ich einen vollen Teller mit Hähnchenpastete, in kleine gleichmäßige Quadrate geschnitten, die mit jedem wütenden Schnitt noch kleiner wurden.

»Joanne«, sagte Conway.

Joanne schnalzte mit der Zunge und verdrehte die Augen angewidert zur Decke, aber sie kam. Sie trug mehr oder weniger das gleiche Outfit wie Orla: kurze Jeans-Shorts, Strumpfhose, rosa Kapuzenshirt, Converse-Schuhe. Bei Orla hatte es ausgesehen, als sei sie von jemandem eingekleidet worden, der was gegen sie hatte; bei Joanne sah es aus, als sei sie so erschaffen worden, aus einem Guss.

Wir gingen zurück in ihr Zimmer. »Nimm Platz«, sagte ich und deutete auf ihr Bett. »Sorry, dass wir keinen Stuhl haben, aber es dauert nicht lange.«

Joanne blieb stehen, Arme verschränkt. »Ich bin eigentlich gerade beim Abendessen.«

Mies drauf, unsere Joanne. Orla konnte sich auf was gefasst machen. »Ich weiß«, sagte ich schön unterwürfig. »Ich halte dich auch nicht lange auf. Ich muss dir sagen, ich hab ein paar Fragen, die dir nicht gefallen werden, aber ich brauche Antworten, und ich glaube fast, die kann mir niemand anders liefern als du.«

Das packte sie bei ihrer Neugier – oder ihrer Eitelkeit. Leidgeprüftes Seufzen, und sie ließ sich aufs Bett fallen. »Okay. Meinetwegen.«

»Danke«, sagte ich. Setzte mich Joanne gegenüber auf Gemmas Bett, mit großem Sicherheitsabstand zu den herumliegenden Klamotten. Conway hielt sich dezent im Hintergrund, an die Tür gelehnt. »Vorweg, und ich weiß, dass Orla dir das schon erzählt hat: Wir haben euren Schlüssel zu der Verbindungstür zwischen hier und dem Hauptgebäude gefunden. Ihr habt euch nachts rausgeschlichen.«

Joanne hatte den Mund schon halb geöffnet, um das abzustreiten, schon halb ein empörtes Gesicht aufgesetzt – Autopilot –, als Conway das Therese-Buch hochhielt. »Voll mit Fingerabdrücken«, sagte sie.

Joanne legte den empörten Ausdruck erst mal wieder ab. »Und?«, sagte sie.

Ich sagte: »*Und* das bleibt unter uns. Wir werden das nicht an McKenna weitergeben und dich in Schwierigkeiten bringen. Wir müssen nur rausfinden, was wichtig ist und was nicht. Okay?«

»Von mir aus.«

»Prima. Also, was habt ihr so gemacht, wenn ihr euch rausgeschlichen habt?«

Ein kleines erinnerungsseliges Grinsen ließ Joannes Mund erschlaffen. Nach einem Moment sagte sie: »Ein paar von den Colm-Tagesschülern sind über die hintere Mauer zu uns reingeklettert. Ich meine, normalerweise mach ich nichts mit Tagesschülern, aber Garret Neligan wusste, wo seine Eltern ihre Drinks aufbewahren und ... so Zeug, deshalb. Wir haben das ein paarmal gemacht, aber dann hat Garrets Mum ihn erwischt und immer alles weggeschlossen. Danach hatten wir keine Lust mehr.«

So Zeug. Garret hatte sich an Mammys Medikamenten bedient. »Wann war das?«

»So letztes Jahr März? Ab da haben wir den Schlüssel eigentlich nicht mehr viel benutzt. Ostern hat Gemma in einem Club diesen Studenten kennengelernt und ist ein paarmal raus, um sich mit ihm zu treffen – sie hat sich unheimlich was drauf eingebildet, dass sie sich einen geangelt hat, der omeinGott aufs *College* ging, aber natürlich hat er prompt Schluss gemacht, als er rausgekriegt hat, wie alt sie in Wirklichkeit ist. Und klar, nach Chris haben sie das Schloss ausgetauscht, da hat der Schlüssel überhaupt nichts mehr genutzt.«

Ich sagte: »Dir muss klar sein, dass du und deine Freundinnen somit am ehesten dafür in Betracht kommt, die Karte an die Geheimnistafel gehängt zu haben. Jede von euch hätte draußen im

Park sein können, als Chris ermordet wurde. Jede von euch könnte etwas gesehen haben. Könnte sogar gesehen haben, wie es passiert ist.«

Joannes Hände flogen hoch. »*Moment* mal. Immer mit der Ruhe, ja? Wir waren nicht die Einzigen, die einen Schlüssel hatten. Unseren haben wir von Julia Harte gekriegt.«

Ich gab mich skeptisch. »Ach ja?«

»Ja.«

»Und wo würden wir den anderen finden?«

»Woher soll ich das wissen? Selbst wenn ich eine Ahnung hätte, wo sie ihn aufbewahrt hat, die ich aber nicht habe, weil ich nämlich nicht drauf achte, was diese Freaks so treiben: Das ist ein Jahr her! Wahrscheinlich haben sie ihn weggeschmissen, als das Schloss ausgetauscht wurde. Das sollte Orla auch machen, hab ich ihr ausdrücklich gesagt, aber die ist ja selbst dafür zu blöd.«

»Julia sagt, sie hatten keinen Schlüssel.«

Joannes Gesicht wurde allmählich verkniffen, boshaft. »Ähm, *hallo*, muss sie ja wohl sagen, oder? Das ist voll der Scheiß!«

»Möglich«, sagte ich mit einem Schulterzucken. »Aber wir können es nicht beweisen. Wir haben den Beweis, dass deine Clique einen hatte, keinen Beweis, dass Julias Clique einen hatte. Wenn ein Wort gegen das andere steht, müssen wir uns an die Beweislage halten.«

»Dasselbe gilt für Chris und Selena«, sagte Conway. »Ihr sagt, die beiden waren zusammen, Julia sagt, sie waren es nicht, und es gibt nicht den geringsten Beweis dafür, dass die beiden sich überhaupt mal nahe gekommen sind. Was sollen wir da deiner Meinung nach glauben?«

Die Boshaftigkeit verfestigte sich zu etwas Konkretem, einer Entscheidung. »Na gut. Okay.«

Joanne holte ihr Handy hervor, drückte Tasten. Hielt es mir abrupt entgegen, Arm ausgestreckt.

»Ist das *Beweis* genug?«

Ich nahm es. Es war warm von ihrer Hand, feucht.

Ein Video. Dunkel; das Rascheln von dumpfen Schritten durch Gras. Jemand flüsterte; ein kurzes prustendes Lachen, ein gezischeltes *Leise!*

»Wer ist da bei dir?«, fragte ich.

»Gemma.« Joanne hatte sich zurückgelehnt, Arme verschränkt, wippte mit ihrem hängenden Fuß und beobachtete uns. Erwartungsvoll.

Schwach grünliche Konturen, zappelig, wenn das Handy durch Joannes Bewegungen ruckelte. Sträucher im Mondlicht. Büschel mit kleinen weißlichen Blüten, für die Nacht geschlossen.

Wieder ein Flüstern. Die Schritte hielten an; das Handy wurde ruhig. Gestalten kamen ins Blickfeld.

Hohe Bäume, schwarz um eine bleiche Lichtung herum. Selbst in der verschwommenen Dunkelheit erkannte ich die Stelle. Das Zypressenwäldchen, wo Chris Harper gestorben war.

In der mondbeschienenen Mitte zwei Silhouetten, so eng aneinander geschmiegt, dass sie aussahen wie eine. Dunkle Pullover, dunkle Jeans. Brauner Kopf über eine helle Haarflut gebeugt.

Ein Zweig wippte vor das Bild. Joanne bewegte das Handy, so dass er verschwand, zoomte näher ran.

Die Nacht verwischte die Gesichter. Ich warf Conway einen Blick zu; unmerkliches Neigen des Kinns. Chris und Selena.

Die beiden lösten sich voneinander, als könnten sie die Bewegung kaum ertragen. Drückten die Handflächen aneinander, rasches Atmen hob und senkte ihre Schultern. Sie staunten übereinander, stumm vor Verwunderung, alles in dem Ring aus rauschenden Zypressen und Nachtwind. Die Welt draußen war verschwunden, nichts. Im Innern des Rings offenbarte die Luft neue Farben, verwandelte sich in etwas, was pures Gold und Glanz herabregnen und aufsprudeln ließ, und jeder Atemzug verwandelte auch die beiden.

Als junger Kerl hab ich oft von so was geträumt. Hab's nie erlebt. Selbst als ich sechzehn Jahre alt war und zu neunzig Prozent aus Schwanz bestand, hielt ich mich von den Mädchen in der Schule fern. Hatte Angst, wenn ich mehr machte als das gelegentliche Rumknutschen und Fummeln, würde ich am nächsten Morgen als Daddy in einer Sozialwohnung aufwachen, für alle Ewigkeit an dem klebrigen Linoleum festgepappt. Stattdessen träumte ich davon. Träume, die ich heute noch schmecken kann.

Als ich schließlich da rauskam und andere Mädchen fand, war es zu spät. Wenn du erwachsen wirst, verlierst du deine Chance auf dieses unberührbar zarte Gold, dieses atemberaubende Alles und Ewig. Sobald du anfängst, vernünftig zu werden, wird die Außenwelt real, und deine eigene private Welt ist nie wieder alles.

Chris schob die gespreizten Finger in Selenas Haar, hob es an, so dass es Strähne für Strähne herabfiel. Sie wandte den Kopf und drückte die Lippen an seinen Arm, sie waren wie Unterwassertänzer, als wäre die Zeit für sie stehengeblieben, als würde jede Minute ihnen eine Million Jahre schenken. Sie waren schön.

Dicht am Handy kicherte Joanne oder Gemma. Die andere machte ein leises Würgegeräusch. So etwas vor ihrer Nase, nur wenige Schritte entfernt, etwas Echtes, und sie konnten es nicht erkennen.

Selena hob die Finger an Chris' Wange, und seine Augen schlossen sich. Mondlicht lief über ihren Arm wie Wasser. Wieder kamen sie einander näher, Gesichter geneigt, Lippen öffneten sich.

Piep, Ende des Videos.

»Also«, sagte Joanne. »Reicht *das* als Beweis, dass Selena und die anderen einen Schlüssel hatten? Und dass sie es mit Chris getrieben hat?«

Conway nahm mir das Handy ab und fummelte daran herum, drückte Tasten. Joanne streckte demonstrativ die Hand aus. »Sorry, das gehört mir.«

»Du kriegst es zurück, wenn ich fertig bin.« Joanne schnalzte genervt mit der Zunge und warf sich nach hinten gegen die Wand. Conway ignorierte sie. In meine Richtung: »Dreiundzwanzigster April. Nachts um zehn vor eins.«

Dreieinhalb Wochen vor Chris' Tod. Ich sagte: »Du und Gemma, ihr habt also gesehen, wie Selena aus ihrem Zimmer kam, und seid ihr gefolgt?«

»Beim ersten Mal hat Gemma sie zufällig draußen im Park gesehen, rund eine Woche vorher. Sie hatte sich mit irgendeinem Typen getroffen, weiß nicht mal mehr, mit wem. Danach haben wir uns nachts abgewechselt, um den Flur zu beobachten.« Joannes Stimme hatte einen finsteren Projektmanager-Ton angenommen. Ich konnte mir vorstellen, wie sie den anderen an die Gurgel ging, falls eine von ihnen die Dreistigkeit besaß, während der Wache einzunicken. »In der Nacht da hat Alison gesehen, wie Selena sich aus ihrem Zimmer schlich, also hat sie mich geweckt, und ich bin Selena gefolgt.«

»Und hast Gemma mitgenommen?«

»Ähm, ich hatte ja wohl nicht vor, *allein* da rauszugehen? Und außerdem musste Gemma mir zeigen, wo die ihre Rumfummel-Sessions veranstalteten. Bis wir uns angezogen hatten, war Selena längst auf und davon. Die konnte es gar nicht erwarten. Manche sind nun mal einfach Schlampen.«

Auf dem Schulgelände herrschte mitten in der Nacht ja mehr Verkehr als in einem Bahnhof. McKenna würde einen Herzinfarkt kriegen, falls sie je davon erfuhr. »Ihr habt sie also gefunden«, sagte ich, »und diesen Clip aufgenommen. Bloß den einen?«

»Ja. Reicht der Ihnen nicht?«

»Was ist passiert, nachdem ihr aufgehört habt zu filmen?«

Joanne kräuselte die Lippen. »Wir sind wieder reingegangen. Ich wollte nicht da stehen und zusehen, wie die zwei es trieben. Ich bin doch nicht pervers.«

Conways Handy summte. »Hab mir das Video rübergeschickt«, erklärte sie mir. An Joanne gewandt: »Hier.« Sie warf ihr das Handy zu.

Joanne machte eine Show daraus, die Keime der Arbeiterklasse an ihrer Bettdecke abzuwischen. Ich fragte: »Was hattest du mit dem Clip vor?«

Achselzucken. »Hatte ich mir noch nicht überlegt.«

Conway sagte: »Nur mal ins Blaue geraten: Du hast Selena damit erpresst, dass sie mit Chris Schluss macht. ›Finger weg von ihm, sonst kriegt McKenna das zu sehen.‹«

Joanne zog die Oberlippe hoch, ein fast tierisches Zähnefletschen. »Ähm, wie bitte? Nein, hab ich nicht?«

Ich beugte mich vor, um sie von Conway abzulenken, und sagte: »Wäre aber zu Selenas eigenem Besten gewesen, wenn du's getan hättest. Das da war wirklich nicht die gesündeste Art, ihre Nächte zu verbringen.«

Joanne ließ sich das durch den Kopf gehen, befand, dass es ihr gefiel. Machte irgendwas mit ihrem Gesicht, das tugendhaft aussehen sollte, aber nur selbstzufrieden wirkte. »Na ja, ich hätt's gemacht, wenn es nicht anders gegangen wäre. Hab ich aber nicht.«

»Warum nicht?«

»Das da« – Joanne zeigte mit einem Finger auf das Handy –, »das war das letzte Mal, dass Selena und Chris sich getroffen haben. Ich hatte schon mit Julia drüber gesprochen, und danach hat sie sich drum gekümmert. Ende.«

»Und woher wusstest du das?«

»Na ja, ich hab mich nicht bloß auf Julia verlassen, falls Sie das meinen. Ich bin ja nicht blöd. Deshalb hab ich das Video gemacht, nur für den Fall, dass sie eine kleine Erinnerung braucht. Wir haben noch wochenlang hinterher den Flur beobachtet, und Selena ist nie mehr allein rausgegangen. Die vier sind nur noch zusammen raus, keine Ahnung, was sie getrieben haben – ich hab gehört, die sind Hexen, also vielleicht haben sie Katzen geopfert oder so, ich will es auch echt nicht wissen.« Theatralischer ange-

321

ekelter Schauder. »Und Julia ist ein paarmal raus – sie hatte da was mit Finn Carroll laufen, wobei, ich meine, kein Mensch steht wirklich auf rote Haare, aber ich denke mal, wenn man so aussieht wie Julia, nimmt man, was man kriegen kann. Aber Selena ist nicht mehr rausgegangen. Also hatten sie und Chris sich offenbar getrennt. Ich meine, war ja schließlich klar.«

»Irgendeine Ahnung, wer mit wem Schluss gemacht hat?«

Achselzucken. »Seh ich aus, als würde mich das interessieren? Ich meine, klar hoffe ich für Chris, dass er plötzlich doch ein bisschen *Niveau* haben wollte, aber … Jungs: Die interessieren sich bloß für das eine. Falls Chris bei Selena randurfte und er nicht mit ihr *gesehen* werden musste, warum sollte er dann mit ihr Schluss machen? Deshalb meine ich, muss es von Selena ausgegangen sein. Entweder Julia hat sie halbwegs zur Vernunft gebracht, oder aber Selena hat endlich kapiert, dass Chris sie nur für Sie wissen schon benutzt hat und nie im Leben mit so einer Fettbacke wie ihr richtig zusammen wäre.«

Chris' Gesicht über Selena gebeugt, andächtig vor Staunen. Er war gut gewesen, aber so gut?

»Wieso wolltest du nicht, dass die beiden zusammen sind?«, fragte ich.

Joanne sagte kühl: »Ich mag Selena nicht. Okay? Ich mag keine von denen. Die sind ein Haufen Freaks und tun so, als wäre das voll in Ordnung. Als wären sie so was Besonderes, dass sie einfach machen können, was sie wollen. Ich fand, Selena sollte merken, dass es so nicht läuft. Wie Sie schon sagten, eigentlich hab ich ihr einen Gefallen getan.«

Ich gab mich verwirrt. »Aber gegen Julia und Finn hattest du nichts. Irgendein spezieller Grund, warum das mit Selena und Chris ein Problem war?«

Achselzucken. »Finn war okay, wenn man auf so was steht, aber er war nichts Besonderes. Chris schon. Alle standen auf ihn. Ich wollte nicht zulassen, dass Selena denkt, jemand wie sie hätte das Recht, so jemanden zu kriegen. Hallo, Erde an Wal: Bloß weil du irgendwelche abartigen Sachen machst, damit Chris dich überhaupt mal *ansieht*, heißt das noch lange nicht, dass du ihn behalten kannst.«

Ich sagte: »Es hatte also nichts damit zu tun, dass du ein paar Monate zuvor mit Chris zusammen warst.«

Joanne ließ sich nicht verunsichern. Heftiges Seufzen, Augen verdrehen. »*Hallo*? Hatten wir das nicht schon? Phantasiere ich? Bin ich verrückt geworden? Ich war nie mit Chris zusammen. Nur in seinen Träumen.«

Conway hob den Beweismittelbeutel mit Alisons Handy hoch, wedelte Joanne damit vor der Nase herum. »Nächster Versuch.«

Joanne erstarrte etwa eine halbe Sekunde lang. Dann drehte sie das Gesicht von Conway weg, verschränkte demonstrativ die Arme.

»Oh, aua«, sagte Conway, Hand auf dem Herzen. »Das hat mir jetzt richtig weh getan.«

»Joanne«, sagte ich und beugte mich näher. »Ich weiß, das geht uns nichts an oder würde uns normalerweise nichts angehen. Aber wenn du dich so gut mit Chris verstanden hast, dass er dir möglicherweise irgendwas erzählt hat, was wichtig sein könnte, dann müssen wir das wissen. Leuchtet dir das ein?«

Joanne dachte nach. Ich sah ihr an, dass sie sich versuchsweise in die Rolle der Star-Zeugin versetzte. Die Vorstellung gefiel ihr.

Ich sagte: »Das Handy, das meine Partnerin da hat, das hat dir gehört, bis du es an Alison verkauft hast. Und wir können nachweisen, dass zwischen dieser Nummer und Chris' geheimem Handy zig SMS hin- und hergegangen sind.«

Joanne seufzte: »Okay«, sagte sie. »Also gut.«

Sie setzte sich auf der Bettkante in Positur. Hände gefaltet, Füße gekreuzt, Augen niedergeschlagen. Sie stellte sich auf die neue Rolle ein: trauernde Freundin. »Chris und ich waren zusammen. Etwa zwei Monate im vorletzten Herbst.«

Es platzte förmlich aus ihr heraus. Seit einem Jahr brannte sie darauf, das zu erzählen. Hatte es verschwiegen, weil es sie vielleicht verdächtig machen würde, weil sie nicht zugeben wollte, dass sie abserviert worden war, weil wir Erwachsene und somit der Feind waren, wer weiß. Endlich hatten wir ihr die Entschuldigung geliefert, die sie brauchte, um zu reden.

»Aber er hat nie irgendwas gesagt von wegen, dass er einen *Feind* hatte oder so. Und das hätte er mir erzählt. Wie Sie gesagt haben, wir haben uns richtig gut verstanden.«

»Hast du den Schlüssel dafür gebraucht?«, fragte ich. »Um dich nachts draußen mit Chris zu treffen, ja?«

Joanne schüttelte den Kopf. »Den Schlüssel hab ich erst gekriegt, nachdem wir uns getrennt hatten. Und überhaupt. Er konnte ja nachts auch nicht raus. Ich meine, offensichtlich hat er später irgendeine Möglichkeit gefunden, weil er sich mit dieser fetten Kuh getroffen hat, aber als wir noch zusammen waren, konnte er nicht raus.«

»Und er hatte auch ein geheimes Handy, um dir SMS zu schicken?«

»Ja. Er hat gesagt, die Jungs am Colm würden dauernd sämtliche Handys nach so bestimmten SMS oder Fotos durchsuchen – Sie wissen schon, *Fotos*? Von Mädchen?« Vielsagender Blick. Ich nickte. »Chris hat gesagt, die Patres würden das auch machen – manche von denen sind dermaßen pervers, einfach *iiih*. Ich hab gesagt: ›Hallo? Wenn du denkst, du kriegst Pics von meinen du weißt schon, sorry, aber da musst du dich schon ein bisschen mehr anstrengen.‹ Aber so war das nicht; Chris wollte nur nicht, dass irgendwer meine SMS liest. Alles, was von mir kam, war ihm wichtig, und er wollte nicht, dass irgendein A-loch sich dran aufgeilt.«

Ich sah, wie Conway mir einen Blick zuwarf. Chris war wirklich gut gewesen. »Was für ein Handy war das?«, fragte ich. »Hast du es mal gesehen?«

Verschleiertes Lächeln, gedankenverloren. »Genau so eins wie meins, nur rot. ›Die passen zusammen‹, hat Chris gesagt. ›Genau wie wir.‹«

Conways sarkastischer Blick sagte: *Kotz.* »Warum diese Heimlichtuerei?«, fragte ich. »Warum sollten die anderen nicht wissen, dass ihr zusammen wart?«

Das rüttelte Joanne auf, ein trotziger Ruck: Das Geheimnis war nicht in ihrem Sinne gewesen. Sie holte tief Luft und schlüpfte wieder in ihre Rolle. »Ich meine, das war nicht bloß so eine dumme oberflächliche Teenie-Sache. Wir hatten was Besonderes, Chris und ich. Es war voll intensiv, fast wie omeinGott, wie in einem *Song* oder so. Die Leute hätten das nicht verstanden. Die hätten es einfach nicht kapiert. Ich meine, klar hätten wir es nach einer Weile allen erzählt. Aber eben nicht sofort.«

Es kam wie aus der Pistole geschossen, zu kühl, wie auswendig gelernt. Der Text, den Chris ihr vorgegeben hatte, den sie sich wieder und wieder eingeredet hatte, damit es sich richtig anfühlte.

Ich sagte: »Es war nicht vielleicht deshalb, weil Chris verhindern wollte, dass irgendeine spezielle Person davon erfuhr? Eine eifersüchtige Ex oder so?«

»Nein. Ich meine …« Joanne ließ sich das durch den Kopf gehen, fand Gefallen daran. »Könnte sein. Ich meine, es gab jede Menge, die mega-eifersüchtig gewesen wären, wenn sie es gewusst hätten. Aber er hat nie einen Namen genannt.«

»Wie habt ihr das hingekriegt, euch heimlich zu treffen, wenn ihr nachts nicht raus konntet?«

»Meistens an den Wochenenden. Manchmal auch nachmittags, zwischen Unterricht und Studierzeiten, aber es war schwer, uns irgendwo zu treffen, ohne gesehen zu werden. Einmal, kennen Sie den kleinen Park hinter dem Court? Das war im November, deshalb war's schon früh dunkel, und der Park war geschlossen, aber Chris und ich sind über den Zaun geklettert. Da gibt's so ein kleines Kinderkarussell, da haben wir uns draufgesetzt und …«

Joanne lächelte vage, unbewusst, in Erinnerungen. »Ich hab gesagt: ›OmeinGott, wie komm ich bloß dazu, hier im Dunkeln rumzuklettern wie ein Asi, dafür musst du mir aber hinterher was Nettes kaufen‹, aber das war bloß ein Witz. In Wahrheit hat es richtig … Spaß gemacht. Wir haben uns kaputtgelacht. Wir hatten viel Spaß an dem Tag.«

Ein hauchfeines Lachen, zerbrechlich, verloren, das zwischen den Hochglanzpostern und den mit Make-up beschmierten Taschentüchern aufschwebte. Kein Lachen, das sie sich bei irgendeinem Reality-TV-Star abgeguckt und geübt hatte; einfach nur sie, die sich an diesen Tag zurücksehnte.

Das war der Grund, warum sie Selena und Chris mit gehässigem Kichern und Würgegeräuschen betrachten musste. Weil sie es nur so ertragen konnte.

Ich sagte: »Und was ist dann passiert? Ihr wart rund zwei Monate zusammen, hast du gesagt. Warum habt ihr euch getrennt?«

Prompt machte Joanne wieder dicht. Der gekünstelte Gesichtsausdruck rastete ein, verbarg den Anflug von Schmerz. »Ich hab mit ihm Schluss gemacht. Jetzt tut mir das sooo leid –«

»Ah-ah«, sagte Conway und hob wieder den Beweismittelbeutel. »Das hier erzählt was anderes.«

»Du hast ihm weiter gesimst und ihn angerufen, auch nachdem er nicht mehr reagiert hat«, erklärte ich. Joannes Lippen wurden dünn. »Was ist passiert?«

Sie hatte sich schneller wieder im Griff, als ich gedacht hatte. Mit einem erneuten Seufzen: »Also. Chris hat Angst vor seinen eigenen Gefühlen bekommen. Ich meine, wie schon gesagt, das zwischen uns war was ganz Besonderes. Echt voll intensiv.« Augen groß und ernst, Lippen geöffnet, Stimme hell. Sie war irgendwer aus dem Fernsehen; keine Ahnung, wer, ich gucke nicht das entsprechende Zeug. »Und viele Jungs können mit so was nicht umgehen. Ich glaube, Chris war bloß irgendwie unreif. Wenn er noch leben würde, wären wir jetzt wahrscheinlich längst …« Wieder ein Seufzen. Weher, genau kalkulierter Blick ins Ungefähre, in das, was hätte sein können.

»Du warst doch bestimmt ziemlich böse auf ihn«, sagte ich.

Joanne warf ihre Haare nach hinten. Mit einem gereizten Ton: »Ähm, das war mir so was von egal.«

Ich tat verwirrt. »Ernsthaft? Ich hätte nicht gedacht, dass du daran gewöhnt bist, abserviert zu werden. Oder?«

Noch mehr Gereiztheit. Die großäugige Nummer verlor sich rasch. »Nein, bin ich nicht. Mit mir hat noch nie einer Schluss gemacht.«

»Außer Chris.«

»Ich hatte sowieso vor, mit *ihm* Schluss zu machen. Deshalb hab ich auch gesagt –«

»Wieso denn? Ich dachte, eure Beziehung war super, und er war bloß überfordert, weil er so unreif war. Aber du bist doch nicht unreif, oder?«

»Nein. Aber ich –« Joanne überlegte schnell. Eine Hand legte sich aufs Herz: »Ich wusste, dass er nicht damit klarkam. Ich wollte ihn gehen lassen. ›Wenn du jemanden wirklich liebst –‹«

»Warum hast du ihm dann weiter gesimst, als er aufgehört hatte, dir zu simsen?«

»Ich hab ihn bloß beruhigt. Ihm gesagt, ich könnte verstehen, dass es einfach zu intensiv war und so. Dass … ich meine, ich hatte nicht vor, auf ihn zu warten oder so, aber dass wir hoffentlich Freunde bleiben könnten. So Sachen eben. Ich weiß nicht mehr genau.«

»Du hast ihm also nicht die Hölle heißgemacht? Wir lassen die SMS-Texte nämlich gerade von jemandem ermitteln. Wir müssten sie jeden Moment kriegen.«

»Ich weiß nicht mehr. Kann schon sein, dass ich ein klitzekleines bisschen *überrascht* war, aber ich war nicht wütend oder so.«

Conway rutschte mit dem Rücken ein Stück an der Wand entlang. Warnung an mich: Wenn ich in der Frage noch weiter nachhakte, wären wir schnell im Bereich »nicht zulässig«.

»Verstehe«, sagte ich. Beugte mich vor, Hände gefaltet. »Joanne, hör mal.« Ich legte wieder diesen gewichtigen Klang in meine Stimme: Eine Rede, um der tapferen jungen Heldin Mut zu machen. »Du hattest den Schlüssel. Du glaubtest, dass deine Beziehung mit Chris noch nicht zu Ende war. Du hast Chris im Auge behalten, wenn er nachts aufs Schulgelände kam. Verstehst du, worauf ich hinauswill?«

Der ausdruckslose Blick wurde argwöhnisch. Joanne zuckte die Achseln.

»Ich denke, du warst in der Nacht, als er starb, draußen, und ich denke, du hast irgendwas gesehen. Nein« – ich hob die Hand, gebieterisch –, »lass mich ausreden. Vielleicht willst du jemanden schützen. Vielleicht hast du Angst. Vielleicht willst du nicht wahrhaben, was du gesehen hast. Ich bin sicher, du behauptest aus gutem Grund, dass du nicht da warst.«

Am Rande meines Gesichtsfeldes nickte Conway mir kaum merklich zu. Wir waren wieder auf sicherem Boden. Falls Joanne meine Worte irgendwann für ihren Anwalt wiederholte, signalisierten sie laut und deutlich *Zeugin*. Aber falls es funktionierte, falls sie zugab, am Tatort gewesen zu sein, überquerte sie die Grenze zur Verdächtigen, ohne Wenn und Aber.

»Aber, Joanne, ich bin auch sicher, ich bin genauso sicher, dass du etwas gesehen oder gehört hast. *Du weißt, wer Chris Harper getötet hat.*« Ich ließ meine Stimme ansteigen. »Hör endlich auf mit dem Versteckspiel. Du hast gehört, was meine Partnerin vorhin gesagt hat. Es ist höchste Zeit, mit der Sprache rauszurücken – bevor wir es selbst rausfinden oder jemand anders. Jetzt.«

Joanne sagte im Jammerton: »Aber ich weiß es doch nicht! Ehrenwort, ich schwöre, ich war in der Nacht nicht draußen! Ich war da schon seit Wochen nicht mehr nachts rausgegangen.«

»Du willst mir weismachen, du hattest niemanden, mit dem du dich treffen wolltest? Nachdem Chris schon fast sechs Monate zuvor mit dir Schluss gemacht hatte, warst du noch immer solo?«

»Nicht *noch immer* – ich war eine Zeitlang mit Oisín O'Donovan zusammen, da können Sie ruhig alle fragen, aber mit dem hatte ich längst Schluss gemacht, *Wochen* bevor das mit Chris passiert ist. Fragen Sie ihn. Ich war in der Nacht nicht draußen. Ich weiß nichts. Ich *schwöre*!«

Augen weit aufgerissen, händeringend, das volle Programm: So, wie Unschuldige ihrer Meinung nach auszusehen hatten, wie sie das im Fernsehen oder sonst wo gelernt hatte. Wahrheit oder Lüge, es würde beides genau gleich aussehen.

Noch eine Minute länger, und sie würde das Gesicht verziehen und versuchen, sich ein paar Tränen abzudrücken. Conways Blick sagte: *Mach Schluss.*

Ich lehnte mich zurück, auf Gemmas weichem, warmem Federbett. Joanne holte tief und zittrig Luft, schielte dabei kurz zu mir rüber, ob ich es auch mitbekommen hatte.

»Okay«, sagte ich. »Okay, Joanne. Danke.«

Joanne und ihre Shorts bewegten sich zurück zum Gemeinschaftsraum. Ihr Hintern beobachtete uns, wie wir sie beobachteten, genau wie Julias, aber doch völlig anders.

»Die kleine Zicke ist ganz schön angepisst«, sagte Conway leicht belustigt. Sie hatte sich mit der Schulter an die Flurwand gelehnt, Hände in den Taschen. »Sie kann das drehen, wie sie will: Die hatte eine Mordswut auf Chris Harper.«

»Genug Wut, um ihn zu töten?«

»Klar. Hätte sie liebend gern gemacht. Aber …«

Schweigen. Wir wollten es beide nicht aussprechen.

»Wenn sie einfach bloß auf einen Knopf hätte drücken müssen«, sagte ich, »oder eine Nadel in eine Voodoo-Puppe stecken. Dann ja.«

»Genau. Einfach so, *zack*.« Fingerschnippen. »Aber im Dunkeln da rausgehen und ihm mit einer Hacke den Schädel einschlagen ... Kann mir nicht vorstellen, dass Joanne so ein Risiko eingeht. Die ist ja nicht mal hinter Selena her, ohne Gemma mitzuschleifen. Passt gut auf sich auf, unsere Joanne. Und die verlässt ihre Komfortzone nicht. *Scheiße*.«

»Die Karte könnte trotzdem von ihr sein.« Ich hörte den Silberstreif-Ton in meiner Stimme, rechnete damit, mir wieder einen Anranzer einzufangen. Aber der blieb aus.

»Falls ja, versucht sie, uns in Richtung Selena zu lenken. Das nenn ich eine ordentliche Rache. Wenn du mir meinen Kerl wegschnappst, bring ich dich für Mord in den Knast.«

»Oder in Richtung Julia«, sagte ich. »Immerhin hat sie uns verklickert, dass Julia sich bis direkt vor dem Mord öfter rausgeschlichen hat.«

»Julia und Finn«, sagte Conway. Schlug sich klatschend gegen die Stirn. »Ich wusste doch, dass Finn nicht einfach so auf die Idee gekommen ist, die Brandschutztür kurzzuschließen. Er ist nicht mit der Sprache rausgerückt. Ich hätt's wissen müssen. Genau wie alles andere heute, verdammt!«

Ich sagte: »Warum halten hier alle ihr Liebesleben geheim? Als ich jung war, hast du der ganzen Welt gezeigt, wenn du eine Freundin hattest. Das hieß nämlich, dass du beliebt warst und kein jämmerlicher Loser, der keine abkriegte. Du hast es mächtig an die große Glocke gehängt.«

»Und dieser Generation geht doch Privatheit wesentlich mehr am Arsch vorbei als unserer. Die stellen alles online, außer es ist peinlich oder könnte ihnen Scherereien einbringen.«

Ein Mädchen kam aus dem Gemeinschaftsraum der dritten Stufe und ging Richtung Klo, wobei es krampfhaft versuchte, uns unauffällig zu beobachten. Conway marschierte prompt zurück in das Zimmer von Joanne und Co., trat die Tür hinter sich zu. »Und selbst dann. Die Tochter meiner Cousine hatte Schiss, schwanger zu sein. Was macht sie als Erstes? Plaudert es auf Facebook aus. Und dann war sie angepisst, weil ihre Ma es rausgefunden hat.«

»Und es hat ihnen nichts ausgemacht, uns zu erzählen, mit wem sie jetzt zusammen sind«, sagte ich. »Joanne hat ein bisschen rumgezickt, aber nur um dir das Leben schwerzumachen, nicht weil sie es wirklich geheim halten wollte. Was also hat sich seit letztem Jahr geändert?«

Conway hatte wieder angefangen, im Zimmer ihre Runden zu drehen. Wer auch immer irgendwann zu ihrem Partner gemacht werden würde, dem armen Hund würde oft schwindelig werden. »Dieser Scheiß, den Joanne uns erzählt hat, sie und Chris hätten ihre Beziehung geheim gehalten, weil sie ja sooo total verknallt waren oder was weiß ich. Glaubst du das?«

»Nee. Ein Haufen Schwachsinn.« Ich lehnte mich an die Wand, nur mit einer Schulter, damit ich den Lichtstreifen rings um die Tür im Auge behalten konnte. »Über Julia und Finn kann ich nichts sagen, aber was die anderen angeht: Chris war derjenige, der alles schön geheim halten wollte. Ich wette, damit er ein paar Mädchen gleichzeitig am Start haben konnte. Als Joanne verlangt hat, dass sie es öffentlich machen, hat er sie abserviert.«

Nicken. Sie nickte seitlich, mit einer leichten Drehung, ein bisschen gangstermäßig. »Sieht ganz so aus, als hätte deine Holly mit Chris richtiggelegen. Nicht der liebe Kerl, den die anderen beschrieben haben.«

Der hat sich nur dafür interessiert, was er *wollte*, hatte Holly gesagt.

Chris' Gesichtsausdruck, als er Selena ansah. Aber in dem Alter ist Lust oft so viel stärker als Loyalität. Was nicht heißt, dass die Loyalität unecht ist. Du weißt, was du hast, aber du weißt auch, was du willst. Also versuchst du, es zu kriegen. Wenn du eine Chance siehst, ergreifst du sie. Redest dir ein, es wird schon alles gutgehen.

Ich sagte: »Falls er weiter doppelt gespielt hat, und eins von den Mädchen hat das mitgekriegt ...«

»Du meinst, falls Selena es mitgekriegt hat.«

»Sie wahrscheinlich nicht. Selena und Chris, das war schon Wochen vor seinem Tod vorbei. Falls du deinem Freund den Schädel einschlagen willst, weil er dich betrogen hat, dann tust du das, sobald du es erfährst, nicht erst Wochen später. Könnte aber der Grund sein, warum sie Schluss gemacht hat.«

»Möglich.« Conway kickte einen klobigen Schuluniform-schuh aus dem Weg. Sie klang nicht überzeugt. »Das Ganze ist jedenfalls nicht so gelaufen, wie Joanne erzählt hat. Sie sagt Julia, sie soll Selena von Chris abbringen, Julia sagt: ›Jawohl, Ma'am, wird gemacht, Ma'am‹, und tut sofort wie geheißen? Denkst du, Julia nimmt von Joanne Befehle an, die das Liebesleben ihrer Freundinnen betreffen?«

»Sie hätte ihr gesagt, sie soll sich verpissen. Es sei denn, Joanne hätte irgendwas Schwerwiegendes gegen sie in der Hand.«

»Das Video ist schwerwiegend genug: Hätte für Julia und ihre drei Freundinnen den Rausschmiss bedeuten können. Aber Joanne musste es gar nicht einsetzen. Chris und Selena haben sich vorher schon getrennt.«

»Glaubst du ihr das?«

»Das schon, ja.«

Ich dachte zurück. Merkte, dass ich Joannes Gesicht schon vergessen hatte. Schwer zu sagen, aber: »Ja, ich auch, denke ich.«

»Klar. Also vielleicht hat Selena ihn geschasst, weil sie gemerkt hat, dass er noch mit anderen was laufen hatte.« Conway schnappte sich Gemmas Haarglätter, als sie daran vorbeikam, zog ein Was-soll-der-Scheiß-Gesicht und warf ihn auf Orlas Bett. »Oder vielleicht war es was anderes.«

»Die Sache ist einfach im Sand verlaufen?« Das glaubte ich nicht, nicht nach dem Videoclip. Aber ich spann den Gedanken probeweise weiter: »In dem Alter sind selbst ein paar Monate schon ziemlich lang für eine Beziehung. Chris hat nach zwei Monaten das Interesse an Joanne verloren. Er könnte wieder unruhig geworden sein, sich eingeengt gefühlt haben. Oder Selena wollte es allen erzählen, genau wie Joanne.«

Conway war stehen geblieben. Die Sonne ging allmählich unter; sie drang pfeilgerade und waagerecht durchs Fenster, verwandelte Conways Gesicht in eine Maske aus Licht und Schatten. »Ich sag dir, was zwei Monate in dem Alter auch noch bedeuten. Dann fangen die Jungs an, den Druck zu erhöhen. Lass mich ran, oder du bist raus.«

Ich wartete. Stille und der schwere, blumig-chemische Geruch von Körpersprays, der mir in der Nase brannte.

Conway sagte: »Irgendwer hat irgendwas mit Selena gemacht, das sie verstört und alle vier dazu gebracht hat, Jungs abzuschwören. Und etwa zur selben Zeit haben Selena und Chris sich getrennt.«

Ich sagte: »Du denkst, Chris hat sie vergewaltigt?«

»Ich denke, wir müssen dieser Möglichkeit nachgehen, ja.«

»In Versuchung zu geraten und ein Mädchen zu betrügen, das du wirklich magst, ist eine Sache. Sie zu vergewaltigen ist was ganz anderes. Dieses Video, da sieht er aus, als …« Conways Blick war vernichtend. Ich beendete den Gedanken trotzdem. »Er sieht aus, als wäre er verrückt nach ihr.«

»Logo. So sieht jeder junge Kerl aus, wenn er meint, er hat Chancen auf eine Nummer. Dann ist er genau so, wie das Mädel ihn seiner Meinung nach sehen will. So lange, bis er merkt, dass sie ihn trotzdem nicht ranlässt.«

»Für mich sah das echt aus.«

»Bist du etwa Experte?«

»Du denn?«

Conway steigerte ihren Blick noch. Ein paar Stunden zuvor hätte ich nachgegeben. Jetzt starrte ich einfach zurück.

Sie beließ es dabei. »Selbst wenn es echt war«, sagte sie. »Selbst

wenn er wirklich verliebt in sie war. Er hätte sie trotzdem vergewaltigen können. Reife Erwachsene tun möglichst nichts, was
jemanden, den sie lieben, offensichtlich verletzen könnte. Aber in
dem Alter? Erinnerst du dich noch? Die sind anders. Die denken
nicht nach. Deshalb wirken sie ja die halbe Zeit auf dich und
mich und jeden vernünftigen Erwachsenen völlig unzurechnungsfähig. Die Dinge machen keinen Sinn, wenn du in dem
Alter bist; du selbst machst keinen Sinn. Du erwartest es gar nicht
mehr.«

Eine Sekunde Schweigen. Sie hatte recht, und ich wünschte,
sie hätte unrecht.

Wenn er irgendwas wollte und nicht kriegen konnte, hatte Holly
gesagt. *Da war er gar nicht mehr so nett.*

»Die Nacht, in der Joanne das Video aufgenommen hat«, sagte
ich. »Das war das letzte Mal, dass Chris und Selena sich getroffen
haben. Wenn er ihr irgendwas angetan hat …«

»Genau. Dann war es in dieser Nacht.«

Wieder Schweigen. Ich meinte, unter dem Körperspray einen
Hauch Hyazinthen zu wittern.

»Was jetzt?«, fragte ich.

»Jetzt warten wir darauf, dass Sophie uns die Verbindungen
von Chris' Handy schickt. Bis ich gesehen habe, was er letztes
Frühjahr getrieben hat, rede ich mit niemandem mehr. Und bis
dahin stellen wir das Zimmer hier gründlich auf den Kopf.«

In meinem Augenwinkel: ein dunkles Flackern hinter dem
Türspalt.

Ich hatte die Tür aufgerissen, ehe ich überhaupt merkte, dass
ich mich bewegte. Alison quietschte auf und sprang zurück, wedelte wild mit den Händen. Im Hintergrund machte McKenna
einen beschützenden Schritt vorwärts.

»Kann ich dir helfen?«, fragte ich. Mein Herz raste schneller, als
es sollte. Conway löste sich von der Wand auf der anderen Seite
der Tür – ich hatte nicht mal mitbekommen, dass sie dorthin ge-

hechtet war. Obwohl sie keine Ahnung hatte, was ich machte, war sie sofort da gewesen, bereit, mir Deckung zu geben.

Alison glotzte. Sagte, als hätte ihr jemand die Antwort eingetrichtert: »Ich brauche meine Bücher, damit ich Hausaufgaben machen kann, bitte.«

»Kein Problem«, sagte ich. Ich kam mir vor wie ein Idiot. »Rein mit dir.«

Sie schob sich zwischen uns hindurch, als könnten wir sie schlagen, fing an, Sachen aus ihrer Tasche zu ziehen – ihre Hände sahen zart aus wie Wasserspinnen, huschten über Bücher. McKenna stand in der Tür, betont wuchtig. Mochte uns überhaupt nicht.

»Wie geht's dem Arm?«, fragte ich.

Alison hielt ihn von mir weg. »Ganz gut. Danke.«

»Lass mal sehen«, sagte Conway.

Alison warf McKenna einen Blick zu: Ihr war gesagt worden, sie solle ihn nicht zeigen. McKenna nickte widerwillig.

Alison schob den Ärmel hoch. Die Bläschen waren verschwunden, aber die Haut wirkte noch immer uneben. Der Handabdruck war zu Rosa verblasst. Alison hatte das Gesicht abgewendet.

»Übel«, sagte ich mitfühlend. »Meine Schwester hatte auch immer Allergien. Einmal im Gesicht und am ganzen Körper. Kam von dem Waschpulver, das meine Mammy benutzt hat. Weißt du inzwischen, was bei dir der Auslöser war?«

»Die Putzleute haben anscheinend eine neue Sorte Handseife genommen.« Wieder ein Blick zu McKenna. Schon wieder eine auswendig gelernte Antwort.

»Ja«, sagte ich. »Das wird es gewesen sein.« Wechselte einen Blick mit Conway, so dass Alison es mitbekam.

Alison zog den Ärmel wieder runter und fing an, ihre Bücher aufzusammeln. Sah sich einmal im Zimmer um, die Augen weit aufgerissen, als hätten wir es in etwas Fremdes und Fragwürdiges verwandelt, ehe sie hinaushuschte.

McKenna sagte: »Detectives, falls Sie mich oder noch weitere Schülerinnen der vierten Stufe sprechen möchten, Sie finden uns im Gemeinschaftsraum.«

Die Nonne hatte uns also verpetzt. McKenna übernahm die vierte Stufe, Schadensbegrenzung hin oder her, und wir würden keine weiteren Vernehmungen ohne Anwesenheit einer geeigneten erwachsenen Person mehr bekommen.

»Miss McKenna«, sagte ich. Hob eine Hand, um sie zurückzuhalten, während Alison den Flur hinunter Richtung Gemeinschaftsraum trottete. Selbst allein wirkte das Mädchen, als würde es irgendwem hinterherlaufen. »Wir müssen mit einigen Schülerinnen sprechen, ohne dass eine Lehrerin dabei ist. Über einige Elemente dieses Falles möchten sie garantiert nicht gern in Anwesenheit von Lehrkräften reden. Es handelt sich lediglich um Hintergrundaspekte der Ermittlung, aber sie müssen unbedingt frei sprechen können.«

McKenna öffnete den Mund zu einem *Ausgeschlossen*. Ich sagte: »Falls unbeaufsichtigte Vernehmungen für Sie problematisch sind, können wir selbstverständlich die Eltern der Mädchen hinzuziehen.«

Und damit die Krise vom Vorjahr wiederaufleben lassen, empörte, panische Eltern, die drohen, ihre Töchter vom St. Kilda zu nehmen. McKenna schluckte das *Nein* hinunter. Ich schob sicherheitshalber nach: »Das würde bedeuten, dass wir warten müssten, bis die Eltern hier sind, aber es wäre vielleicht ein Kompromiss. Über Verstöße gegen die Schulordnung würden die Mädchen wahrscheinlich lieber in Anwesenheit ihrer Eltern reden als im Beisein einer Lehrerin.«

McKenna warf mir einen Blick zu, der so viel sagte wie: *Du machst mir nichts vor, du kleiner Mistkerl.* Sagte, um ihre Ehre zu retten: »Also schön. Ich gestatte Ihnen unbeaufsichtigte Vernehmungen, soweit erforderlich. Sollte jedoch eines der Mädchen die Fassung verlieren, oder sollten Sie Informationen in Erfahrung bringen, die sich in irgendeiner Weise negativ auf die Schule auswirken, erwarte ich, unverzüglich informiert zu werden.«

»Selbstverständlich«, sagte ich. »Vielen Dank.« Als sie sich abwandte, hörte ich aus dem Gemeinschaftsraum das Aufbranden von Stimmen, die auf Alison eindrangen.

»Der Arm ist jetzt noch ein Stück weiter abgeschwollen«, sagte Conway. Sie klopfte auf Joannes Nachttischschränkchen. »Hier drin ist Bräunungscreme.«

Ich sagte: »Joanne hatte keinen Grund, uns mit einem Ablenkungsmanöver aus dem Gemeinschaftsraum zu locken. Sie dachte, Orla hätte den Schlüssel vor einem Jahr entsorgt.«

Das war mir erst aufgegangen, als ich mir den Arm wieder angesehen hatte. »Mhm«, sagte Conway. Dachte darüber nach. »Also doch Zufall und übersteigerte Phantasie.« Sie sah nicht so erfreut aus, wie sie sein sollte. Ich war es auch nicht.

So wirst du, wenn du Detective bist. Du blickst auf eine leere Stelle und siehst ein Räderwerk aus Motiven und Hinterlist; nichts sieht mehr unschuldig aus. Wenn du dann Beweise findest, dass das Räderwerk gar nicht existiert, wirkt die leere Stelle meistens hübsch und friedlich. Aber dieser Arm: Auch unschuldig sah er noch genauso gefährlich aus.

16

ALS JULIA UND FINN den Rand des Parks erreichen, ist die Musik aus der Aula längst hinter ihnen verklungen. Im Mondlicht blitzen in den Büschen Lichtfunken und Farbkleckse auf, wie ein Hexengarten voller Süßigkeiten. Finn zieht den Erstbesten heraus und hält ihn hoch: eine Gatorade-Flasche mit dunkel bernsteinfarbenem Inhalt.

»Rum. Glaube ich. Ist das für dich okay?«

Angeblich hat irgendwann mal irgendein Junge irgendeine Droge in irgendeinen Drink getan und irgendein Mädchen vergewaltigt. Julia denkt, dass sie es trotzdem riskieren wird. »Steh ich drauf«, sagt sie.

»Wo sollen wir hin? Es kommen bestimmt noch zig Leute hierher, falls sie irgendwie abhauen können.«

Julia wird ihn auf keinen Fall mit auf die Lichtung nehmen. Es gibt eine kleine Anhöhe zwischen Kirschbäumen, gut versteckt auf einer Seite des Parks. Die Kirschen fangen schon an zu blühen, was die Stelle romantischer wirken lässt, als Julia lieb ist, aber sie bietet reichlich Deckung und eine optimale Aussicht über den Rasen hinter der Schule. »Hier lang«, sagt sie.

Es ist ihnen noch niemand zuvorgekommen. Die Anhöhe ist menschenleer. Als ein Windhauch darüberstreicht, fallen Kirschblüten wie ein Schneeschauer auf das bleiche Gras.

»Tadaaaa«, sagt Julia und macht eine ausladende Handbewegung. »Ist das genehm?«

»Geht in Ordnung«, sagt Finn. Er schaut sich um, lässt in einer Hand die Flasche baumeln, hat die andere in die Tasche seines dunkelblauen Hoodies gesteckt – es ist kalt, aber beinahe windstill, deshalb ist es eine angenehme, klare Kälte, die ihnen nicht viel ausmacht. »Hier bin ich noch nie gewesen. Es ist wunderschön.«

»Wahrscheinlich alles voll Vogelscheiße«, sagt Julia ernüchternd. Er hört sich nicht so an, als würde er bloß einen auf sensibel machen, um schneller in ihren BH zu kommen, aber man weiß ja nie.

»Ein gewisses Risiko. Gefällt mir.« Finn zeigt auf eine glatte Stelle im Gras unter den Kirschbäumen. »Da drüben?«

Julia wartet, bis er sich gesetzt hat, so dass sie den Abstand bestimmen kann. Er schraubt die Flasche auf und reicht sie ihr. »Prost«, sagt er.

Sie nimmt einen Schluck und stellt fest, dass sie Rum genauso wenig ausstehen kann wie Whiskey. Ihr ist schleierhaft, wie die menschliche Rasse je herausgefunden hat, dass man das Zeug tatsächlich trinken kann. Sie hofft, keine generelle Aversion gegen Alkohol zu haben. Julia findet, dass sie schon genug Laster verworfen hat; sie hat fest vor, das hier zu genießen.

»Nicht schlecht«, sagt sie und gibt ihm die Flasche zurück.

Finn trinkt und schafft es, nicht das Gesicht zu verziehen. »Jedenfalls besser als der Punsch.«

»Richtig. Das heißt nicht viel, aber richtig.«

Stille tritt ein, eine Stille mit Fragezeichen, aber nicht unangenehm. Das Klingeln in Julias Ohren wird allmählich leiser. Über ihren Köpfen jagen Fledermäuse; weit weg, vielleicht an der Lichtung, ruft eine Eule.

Finn streckt sich auf dem Gras aus, zieht sich die Kapuze über den Kopf, damit er keinen Tau oder Vogelscheiße in die Haare kriegt. »Ich hab gehört, hier spukt's«, sagt er.

Julia hat nicht vor, sich schutzsuchend an ihn zu schmiegen. »Ach ja? Ich hab gehört, bei deiner Mum spukt's.«

Er grinst. »Im Ernst. Hast du das noch nie gehört?«

»Klar hab ich das«, sagt Julia. »Die Geisternonne. Hast du mich deshalb mit hierher genommen? Damit ich dich beschütze, wenn du dir deinen Alk besorgst?«

»Ich hatte einen Heidenschiss vor ihr. Die älteren Jungs haben uns allen Angst eingejagt, als wir neu auf die Schule kamen.«

»Und uns die älteren Mädchen. Sadistische Zicken.«

Finn reicht ihr die Flasche. »Manchmal sind sie kurz vor der Nachtruhe in unser Zimmer gekommen und haben uns Schauergeschichten erzählt. Die dachten sich, wenn sie uns genug Angst einjagen, würden sich vielleicht manche nicht trauen, aufs Klo zu gehen, und ins Bett machen.«

»Ist dir das mal passiert?«

»Nein!« Obwohl er dabei grinst. »Aber so einigen.«

»Echt? Was haben die euch denn erzählt? Dass sie mit 'ner Gartenschere auf kleine Jungs losgeht?«

»Nee. Die haben gesagt, sie …« Finn sieht Julia aus den Augenwinkeln an. »Ich meine, es klang so, als wäre sie 'ne ganz schöne Schlampe.«

Das Wort kommt praktisch radioaktiv vor Verlegenheit heraus. Julia fragt interessiert: »Willst du testen, ob ich total geschockt bin, weil du ›Schlampe‹ gesagt hast?«

Finns Augenbrauen schnellen hoch, und er starrt sie an, selbst leicht geschockt. Sie betrachtet ihn kühl, amüsiert.

»Na ja«, sagt er schließlich. »Kann schon sein. Irgendwie.«

»Hast du gehofft, ich wär's oder ich wär's nicht?«

Er schüttelt den Kopf. Er fängt an zu schmunzeln, über sich selbst, ertappt. »Ich weiß nicht.«

»Sonst noch was, womit du mich schocken willst? Du könntest es mal mit ›Scheiße‹ probieren. Oder sogar ›verfickt‹, wenn du total wild drauf bist.«

»Ich glaube, ich bin fertig. Trotzdem danke.«

Julia beschließt, ihn vom Haken zu lassen. Sie legt sich neben ihn aufs Gras und schraubt den Verschluss von der Flasche. »Bei uns hieß es«, sagt sie, »die Nonne hat so praktisch die Hälfte der Patres am Colm gevögelt und irgendein Schüler ist dahintergekommen und hat sie beim Abt verpfiffen. Er und die Mutter Oberin haben die Nonne erwürgt und ihre Leiche irgendwo hier vergraben, keiner weiß genau, wo, deshalb spukt sie in beiden Schulen herum, bis sie eine anständige Beerdigung kriegt. Und wenn sie jemanden sieht, denkt sie, das ist der Schüler, der sie verpfiffen hat, deshalb versucht sie, ihn zu erwürgen, und er verliert den Verstand. Deckt sich das ungefähr mit dem, was sie dir erzählt haben?«

»Äh, ja. Mehr oder weniger.«

»Jetzt hab ich dir echt einen Gefallen getan«, sagt Julia. »Ich denke, das hab ich mir verdient.« Sie trinkt noch einen Schluck. Dieser schmeckt sogar ganz gut. Sie beschließt erleichtert, dass sie Rum doch was abgewinnen kann.

Finn greift nach der Flasche, und Julia hält sie ihm hin. Seine Finger streichen über ihre, zögernd, zart. Über ihren Handrücken, bis hinauf zum Handgelenk.

»Ah-ah«, sagt Julia, drückt ihm die Flasche in die Hand und ignoriert das plötzliche Ziehen in ihrem Bauch.

Finn nimmt die Hand zurück. »Warum nicht?«, fragt er nach einem Moment. Er sieht Julia nicht an.

Julia sagt: »Hast du was zu rauchen?«

Finn stützt sich auf einen Ellbogen und sucht den Rasen hinter der Schule ab; irgendwo in der Ferne wird aus einem schrillen Kreischen ein Kichern, aber nichts klingt nach patrouillierenden Nonnen. Er greift in seine Hosentasche und fischt ein ganz zerquetschtes Päckchen Marlboro Lights heraus. Julia steckt sich eine an – sie ist ziemlich sicher, dass es gekonnt aussieht – und gibt ihm das Feuerzeug zurück.

»Also …?«, sagt Finn und wartet.

»Hat nichts mit dir zu tun«, sagt Julia. »Ehrlich. Ein Colm-

341

Junge und ich, das kommt nicht in Frage, ganz einfach. Auch wenn du wahrscheinlich was anderes gehört hast.« Finn versucht, sich nichts anmerken zu lassen, aber das Flattern seiner Augenlider verrät ihr, dass er so einiges gehört hat. »Dachte ich's mir doch. Also, wenn du wieder reingehen und dir eine suchen willst, die den Abend mit deiner Hand unter ihrem Top verbringen will, kein Problem. Das würde meine zarten Gefühle nicht verletzen, versprochen.«

Sie rechnet voll damit, ohne jeden Zweifel, dass er geht. Drinnen sind mindestens zwei Dutzend Mädchen, die wer weiß was für die Chance tun würden, Finn Carrolls Zunge in den Hals gesteckt zu bekommen, und die meisten sind sowieso hübscher als Julia. Aber Finn zuckt die Achseln und nimmt sich auch eine Zigarette. »Jetzt bin ich schon mal hier.«

»Das ist mein voller Ernst.«

»Ich weiß.«

»Selber schuld«, sagt Julia. Sie legt sich wieder aufs Gras, spürt es feucht im Nacken kitzeln und pustet Rauch in den Himmel. Der Rum fängt an zu wirken, macht ihre Arme angenehm schwer. Sie zieht die Möglichkeit in Betracht, dass sie Finn Carroll unterschätzt hat.

Finn schraubt die Flasche auf und trinkt. »Also«, sagt er. »Die Geisternonne. Glaubst du an so was?«

»Ja, tu ich«, sagt Julia. »Jedenfalls an manches davon. Nicht unbedingt an die Geisternonne – ich wette, die haben die Lehrer nur erfunden, damit wir so was wie jetzt nicht machen –, aber an das eine oder andere glaub ich. Und du?«

Finn nimmt wieder einen Schluck. »Weiß nicht«, sagt er. »Ich meine, nein, weil es keine wissenschaftlichen Beweise gibt, aber eigentlich denke ich, dass ich wahrscheinlich falschliege. Verstehst du?«

»Noch Rum«, sagt Julia und streckt ihre freie Hand aus. »Ich glaube, ich hab was aufzuholen.«

Finn reicht ihn rüber. »Ich meine, okay: In der Weltgeschichte haben alle immer gedacht, sie wären diejenigen, die endlich alles wüssten. In der Renaissance zum Beispiel, da waren sie sicher, sie wüssten genau, wie das Universum funktioniert, bis die Nächsten kamen und bewiesen, dass die davor zig wichtige Dinge glatt übersehen hatten. Und dann waren die Neuen wieder sicher, *sie* hätten den Durchblick, bis wieder welche kamen und ihnen vor Augen führten, was sie alles übersehen hatten.«

Er schielt zu Julia rüber, checkt, ob sie über ihn lacht, was sie nicht tut, und ob sie noch zuhört. Was sie tut, ganz aufmerksam.

»Deshalb ist es, rein mathematisch gesehen, ziemlich unwahrscheinlich«, sagt er, »dass die Zeit, in der wir leben, die endgültigen Antworten auf alle Fragen gefunden hat. Und das heißt, es besteht durchaus die Möglichkeit, dass wir nur deshalb nicht begreifen, wie Geister und so Zeug existieren können, weil wir es noch nicht rausgefunden haben, nicht, weil es sie gar nicht gibt. Und es ist ziemlich arrogant, dass wir uns einbilden, es müsste genau umgekehrt sein.«

Finn zieht an seiner Zigarette und blinzelt in die Rauchfahne, als sei sie auf einmal faszinierend. Selbst im Mondlicht kann Julia sehen, dass seine Wangen eine dunklere Farbe angenommen haben.

»Tja«, sagt er. »Das hat sich wahrscheinlich alles voll dämlich angehört. Also sag mir ruhig, ich soll die Klappe halten.«

Julia bemerkt etwas, was sie vorher einfach nicht wahrnehmen konnte, weil das ständige *Steht er auf mich steh ich auf ihn wird er was versuchen würde ich es zulassen wie weit würde ich es zulassen* viel zu viel Raum einnahm. Sie findet Finn echt nett.

»Eigentlich«, sagt sie, »um deinen Ausdruck zu verwenden, war das so ziemlich das Undämlichste, was ich seit einer halben Ewigkeit gehört hab.«

Er schielt rasch zu ihr rüber. »Echt jetzt?«

Julia würde es ihm liebend gern zeigen. Die Hand heben, die Gatorade-Flasche langsam in dem satten Mondlicht aufsteigen lassen. Sie umdrehen, damit die fallenden Rumtropfen eine winzige bernsteinfarbene Spiralgalaxie vor den sternenübersäten Himmel malen. Die langsame, pure Freude sehen, die sein Gesicht regelrecht durchstrahlt. Beim Gedanken daran, was mit ihr passieren würde, kriegt sie ein Zucken im Nacken.

»Okay«, sagt sie. »Ich sag dir jetzt was, was ich noch keinem erzählt hab.«

Finn dreht den Kopf, um sie richtig anzusehen.

»Dieser ganze Kram, Geister und übersinnliche Wahrnehmung und so? Früher hab ich immer gesagt, das ist totaler Schwachsinn. Ich meine, ich war so richtig fanatisch darin. Einmal hab ich Selena rundgemacht, bloß weil sie uns von einem Artikel in irgendeiner Zeitschrift erzählt hat, über Hellseherei. Ich hab gesagt, sie soll's entweder beweisen oder die Klappe halten. Als sie es nicht beweisen konnte, weil das natürlich nicht ging, hab ich sie als Idiotin bezeichnet und gesagt, sie sollte lieber die *In Style* lesen, weil das immer noch einen Tick besser ist als so ein Scheiß.«

Finns Augenbrauen sind hochgegangen.

»Jaja, ich weiß. Ich war gemein. Hab mich entschuldigt. Aber ich hab nur deshalb so reagiert, weil ich *wollte*, dass sie es beweist. Ich wollte *unbedingt*, dass es real ist. Wenn es mir egal gewesen wäre, hätte ich gesagt: ›Klar, meinetwegen, vielleicht können Leute hellsehen, wahrscheinlich nicht.‹ Aber ich konnte den Gedanken nicht ertragen, wirklich an dieses ganze geheimnisvolle Zeug zu glauben und dann rauszufinden, dass ich – Überraschung! – ein blöder Spacko bin und alles Unsinn ist.«

Es ist wahr: Das hat sie nicht mal den anderen erzählt. Bei ihnen ist sie diejenige, die sich immer in allem total sicher ist – nur Selena, so vermutet Julia, weiß, dass es komplizierter ist, aber sie reden nicht darüber. Etwas gleitet durch sie hindurch, unaufhaltsam wie der Rum: Der Abend ist doch bedeutsam.

»Was ist dann passiert?«, fragt Finn.

Argwohn schießt in Julia hoch. »Hä?«

»Du hast gerade gesagt: Jetzt glaubst du teilweise dran. Also, was hat sich geändert?«

Ihr blödes Mundwerk, redet immer einen Satz zu viel. »Also«, sagt sie leichthin und rollt sich auf den Bauch, um ihre Kippe im Gras auszudrücken. »Du glaubst nicht an die Geisternonne, aber du denkst, sie könnte trotzdem irgendwo hier draußen sein. Und ich glaube irgendwie an sie, aber ich denke nicht wirklich, dass sie hier ist.«

Finn ist schlau genug, nicht weiter nachzuhaken. »Wir beide zusammen sind praktisch dazu verdammt, von Gespenstern verfolgt zu werden.«

»Bist du deshalb noch hier? Für den Fall, dass sie *Buh*! macht und ich einen Herzinfarkt kriege?«

»Hast du keine Angst?«

Julia zieht eine Augenbraue hoch. »Wieso? Weil ich ein Mädchen bin?«

»Nein. Weil du irgendwie dran glaubst.«

»Ich bin jeden Tag hier. Das Gespenst hat mich noch nicht erwischt.«

»Du bist tagsüber hier draußen. Nicht nachts.«

Finn tastet sich vor, versucht auf andere Weise herauszufinden, was er von ihr hält, jetzt, wo die üblichen Methoden nutzlos sind. Sie haben Neuland betreten. Julia merkt, dass es ihr gefällt.

»Jetzt ist noch nicht Nacht«, sagt sie. »Es ist schlappe neun Uhr. Da spielen sogar kleine Kinder noch draußen. Im Sommer wäre es noch hell.«

»Also, wenn ich jetzt aufstehen und wieder reingehen würde, hättest du keinerlei Probleme, allein hier draußen zu bleiben?«

Julia wird klar, dass sie wahrscheinlich Angst haben sollte, allein mit einem Typen, der schon einen Versuch unternommen hat. Ihr wird klar, dass sie vor ein paar Monaten, nach der Sache mit James Gillen, Angst gehabt hätte. Sie wäre diejenige gewesen, die gegangen wäre.

Sie sagt: »Solange du mir den Rum dalässt.«

Finn erhebt sich mit einem Sit-up und einem Sprung vom Gras. Er klopft seine Hose ab und mustert Julia mit einer hochgezogenen Augenbraue.

Sie winkt ihm aus ihrem Nest zu. »Nun geh schon und such dir ein paar nette Titten. Viel Spaß.«

Finn tut so, als würde er losgehen. Sie lacht ihn an. Nach einem Moment lacht auch er und lässt sich wieder aufs Gras fallen.

»Zu gruselig?«, fragt Julia. »Den weiten Weg ganz allein, in der bösen schwarzen Dunkelheit?«

»Es ist schlappe neun Uhr. Hast du selbst gesagt. Ich wette, wenn es wirklich mitten in der Nacht wäre, hättest du Schiss.«

»Ich bin knallhart, Baby. Ich kann mit Geisternonnen fertigwerden.«

Finn legt sich hin und reicht Julia die Flasche. »Klar. Mal sehen, wie du dich um Mitternacht hier fühlen würdest.«

»Kein Problem.«

»Ja, klar. Logo.«

Dieses Grinsen, wie eine Herausforderung. Einer Herausforderung konnte Julia noch nie gut widerstehen. Dünnes Eis, das spürt sie, aber der Rum tanzt in ihr und, was soll's, schließlich wird sie ihm ja nichts verraten. Sie sagt: »Wann ist die nächste gemeinsame Aktivität?«

»Was?«

»Sag schon. Im März?«

»Irgendwann im April. Wieso?«

Sie deutet auf die Uhr mit den kunstvollen Zeigern auf der Rückseite der Schule. »Weil ich beim nächsten Event ein Foto von der Uhr da haben werde, wie sie gerade Mitternacht anzeigt.«

»Du kennst dich mit Photoshop aus. Echt super.«

Julia zuckt die Achseln. »Du kannst mir glauben oder nicht.

Klar, ich will gewinnen, aber so wichtig ist mir das auch nicht. Ich mach das Foto, und fertig.«

Finn wendet den Kopf auf dem Gras. Ihre Gesichter sind nur Zentimeter voneinander entfernt, und Julia denkt, *Bitte nicht*, denn wenn er jetzt versuchen würde, sie zu küssen, wäre das noch scheißdeprimierender, als sie zugeben will, aber Finn grinst, ein breites, spitzbübisches Grinsen, wie ein kleiner Junge. »Ich wette zehn Euro, du bringst das nicht«, sagt er.

Julia grinst zurück, so wie sie Holly angrinst, wenn sie beide dasselbe denken. »Ich wette zehn Euro, dass doch«, sagt sie.

Ihre Hände heben sich gleichzeitig, klatschen zusammen und schütteln sich. Finns Hand fühlt sich gut an, stark, passt gut zu ihrer.

Sie nimmt die Flasche und hebt sie hoch über ihr Gesicht, zu den Sternen. »Auf meine zehn Euro«, sagt sie. »Dafür kauf ich mir Geisterjäger-Ausrüstung.«

In der Eingangshalle ist der riesige Kronleuchter ausgeschaltet, aber die Wandlampen tauchen die Luft in ein warmes, altmodisches Gold. Außerhalb ihres Lichtscheins erstrecken sich dunkle leere Stockwerke nach oben, hallen von Chris' und Selenas Schritten wider.

Selena setzt sich auf die Treppe. Die Stufen sind aus weißem, graugeädertem Stein; früher einmal waren sie blankpoliert – zwischen den Geländerpfosten ist das teilweise noch zu sehen –, aber Tausende von Füßen haben sie abgelaufen, bis sie samtig rau wurden mit Mulden in der Mitte.

Chris setzt sich neben sie. Selena war ihm noch nie so nahe, nah genug, um die vereinzelten Sommersprossen auf seinen Wangenknochen zu sehen, die schwache Andeutung von Bartstoppeln an seinem Kinn; um ihn zu riechen, Gewürze und einen Hauch von etwas Wildem, Moschusartigem, das sie an den Park bei Nacht denken lässt. Er wirkt anders als alle, denen sie je begegnet ist: stärker aufgeladen, elektrisch und sprühend vor Leben, als sei so viel Lebendigkeit in seinem Körper gebündelt, dass sie für drei Menschen reichen würde.

Selena möchte ihn wieder berühren. Sie schiebt die Hände unter die Oberschenkel, damit sie nicht den Arm hebt und ihre Hand an seinen Hals drückt. Mit einem jähen warnenden Ruck fragt sie sich, ob sie verknallt ist; aber sie war schon in Jungs verknallt, damals, vorher, hat sogar mit ein paar von ihnen geknutscht. Das hier ist nicht dasselbe.

Sie hätte sich auch nicht das eine Mal von ihm anfassen lassen sollen, drinnen in der Aula. Das ist ihr klar.

Sie will, dass die Welt wieder so real wird.

Chris sagt: »Meinst du, deine Freundinnen werden sich fragen, wo du steckst?«

Das werden sie. Selena spürt ein weiteres beklommenes Ziehen: Sie hat nicht mal dran gedacht, ihnen Bescheid zu sagen. »Ich schick ihnen eine SMS«, sagt sie und tastet nach der Tasche in diesem ungewohnten Kleid. »Was ist mit deinen Freunden?«

»Nee.« Chris' Halblächeln sagt, seine Freunde haben damit gerechnet, dass er heute Abend verschwindet.

An Holly: *bin vor der tür wollte mal raus gleich zurück.* »So«, sagt Selena und schickt die SMS ab.

Die Aulatür geht auf, lässt einen Schwall dumpfe Bässe und Kreischen und heiße Luft entweichen, und Miss Long schiebt den Kopf heraus. Als sie Chris und Selena sieht, nickt sie und hebt drohend einen Finger: *Rührt euch nicht vom Fleck.* Jemand schreit schrill hinter ihr, sie wirbelt herum, und die Tür knallt zu.

Chris sagt: »Vorhin da drin. Da wollte ich dir nicht vorschreiben, was ihr tragen sollt.«

»Doch, wolltest du«, sagt Selena. »Macht aber nichts. Ich bin nicht böse.«

»Ich mein ja bloß. Wenn man zu so 'ner Feier Jeans anzieht und die Haare so trägt, lachen die Leute über einen, Ende Gelände. Deine Freundin Becca – ich mein, ich weiß, sie muss genauso alt sein wie wir, aber die ist wie ein Kind. Sie kapiert es nicht. Du darfst sie nicht einfach so da rauslassen, damit Joanne Heffernan über sie herfallen kann.«

»Joanne würde so oder so lästern«, wendet Selena ein. »Ganz egal, was Becca anhat.«

»Ja, sie ist 'ne fiese Zicke. Also liefer ihr nicht noch mehr Futter.«

Selena sagt: »Ich dachte, du magst Joanne.«

»Ich war ein paarmal mit ihr zusammen. Das ist nicht dasselbe.«

Selena denkt eine Weile darüber nach. Chris bückt sich über seine Schnürsenkel, bindet sie auf und wieder zu. Seine Wangen glühen. Selena fühlt ihre Wärme tief in der Handfläche.

Sie sagt: »Ich denke, vielleicht will Becca genau das nicht sein.«

»Na und? Es gibt ja schließlich nicht nur die zwei Möglichkeiten. Zicke oder Freak. Du kannst auch einfach *normal* sein.«

»Ich glaube, auch das will sie nicht sein.«

Chris' Augenbrauen ziehen sich zusammen. »Was denn, denkt sie vielleicht, sie kann es nicht sein, wegen der Zahnspange und …« Er nickt nach unten. »Du weißt schon. Sie hat keinen Busen. Mann, das ist doch nicht schlimm. Sie muss ja keine Megaschlampe werden. Sie muss sich bloß ein winziges bisschen Mühe geben, und alles wäre bestens.«

Er hat die Wahrheit gesagt: Er steht wirklich nicht auf Becca. Er will nichts von ihr. Er bringt es nicht richtig rüber, aber am liebsten würde er um sie herum eine Burg bauen und sie beschützen.

»Deine Schwester«, sagt Selena. »Von der du vorhin gesprochen hast. Wie heißt sie?«

»Caroline. Carly.« Das zaubert ein Lächeln auf Chris' Gesicht, aber es wird von Besorgnis verdrängt und löst sich auf.

»Wie alt ist sie?«

»Sie ist zehn. In zwei Jahren kommt sie hier aufs Kilda. Wenn ich zu Hause wäre, würde ich mit ihr reden, weißt du? Sie vorbereiten oder so. Aber ich seh sie immer nur alle paar Wochen für ein paar Stunden. Das reicht nicht.«

Selena sagt: »Hast du Sorge, sie wird sich hier nicht wohlfühlen?«

Chris seufzt und reibt sich mit einer Hand die Kinnlade. »Ja«, sagt er. »Das macht mir große Sorgen. Sie wird nicht ... aah. Sie macht so Sachen wie Becca: als ob sie's praktisch drauf anlegt, irgendwie schräg zu sein. Jeans zur Valentinsfeier anziehen, so was könnte sie auch bringen. Letztes Jahr zum Beispiel haben alle in ihrer Klasse diese komischen Armbänder getragen. Die mit diesen bunten Gliedern, kennst du?, und alle tragen dieselben Farben, um zu zeigen, dass sie Freundinnen sind, oder so ähnlich. Und Carly ist voll sauer, weil irgendwelche Mädchen sie angemacht haben, weil sie keins hatte. Also sag ich: ›Dann besorg dir doch eins, ich kauf dir eins, wenn du kein Taschengeld mehr hast‹, okay? Und Carly regt sich auf und erklärt mir, sie würde sich eher den Arm abhacken, als so ein Armband zu tragen, weil diese Mädchen ihr keine Vorschriften machen können und sie nicht deren Sklavin ist und sie nichts machen muss, bloß weil die das wollen.«

Selena lächelt. »Ja, klingt wie Becca. Das ist ungefähr ihre Begründung dafür, dass sie Jeans trägt.«

»Echt, was soll der Scheiß?« Chris' Hände fliegen hoch, frustriert. »Ich verlange doch nicht von ihr, sich den Arm abzuhacken. Ich meine, ist doch egal, ob du so ein blödes Armband wirklich haben willst oder nicht. Jedenfalls solltest du nicht das Mädchen sein, mit dem keiner was zu tun haben will und über das alle so Geschichten rumsimsen, wie dass es Rotze isst und sich im Unterricht bepinkelt. Also machst du einfach diese eine Kleinigkeit, die alle anderen auch machen.«

»Hat sie?«

»Nein. Ich hab ihr so ein Scheißarmband gekauft, und sie hat's weggeschmissen. Und wenn sie so eine Nummer hier im Kilda abzieht? Leute wie Joanne, wenn Carly hier reinspaziert kommt, als wäre es ihr voll egal, was die von ihr denken, dann werden die … O Mann, ey.« Er fährt sich mit der Hand durchs Haar. »Und ich bin dann schon am College, nicht mal hier in der Nähe, um irgendwas dagegen zu unternehmen. Ich will bloß, dass sie glücklich ist. Mehr nicht.«

Selena sagt: »Hat sie Freundinnen?«

»Ja. Sie ist nicht superbeliebt oder so, logo, aber sie hat zwei Freundinnen, mit denen sie schon ewig zusammenhängt. Die kommen auch aufs Kilda. Zum Glück.«

»Dann wird's ihr hier gutgehen.«

»Meinst du? Aber das sind nur zwei. Was ist mit dem ganzen Rest? Was ist mit allen anderen?« Chris deutet mit dem Kinn auf die Aulatür, den dumpfen Mischmasch aus Rhythmen und Kreischen. »Carly kann sie nicht einfach ignorieren und hoffen, dass die sie in Ruhe lassen. Das werden die nicht.«

Wie er das sagt, klingt es, als wären sie ein einziges großes Wesen mit Borstenrücken und Laserblick, darauf geifernd, Gurgeln herauszureißen, unersättlich. Selena begreift, dass Chris Angst hat. Um seine Schwester, um Becca, aber da ist noch mehr. Einfach Angst.

Manche Dinge sind stärker als dieses Wesen. Manche könnten es in der Luft zerfleischen, wenn ihnen danach wäre, seinen Kopf dreißig Meter hoch auf einer Zypresse aufspießen und mit seinen Sehnen ihre Bögen bespannen. Für einen ganz kurzen Moment sieht Selena einen weißen Blitz am Himmel, wie ein Jagdsignal.

»Sie soll sie nicht ignorieren«, sagt sie. »Sie soll sie einfach … nicht wichtig nehmen.«

Chris schüttelt den Kopf. »So läuft das nicht.« Für einen Moment verhärtet sich der volle Schwung seines Mundes; er sieht älter aus.

Selena sagt: »Becca ist doch glücklich da drin, oder? In ihren Jeans.«

»Über diese Tussen, die über sie herziehen, kann sie ja wohl kaum glücklich sein.«

»Nein. Aber … wie gesagt. Sie sind nicht wichtig.«

Chris starrt sie an. »Wenn du an ihrer Stelle wärst. Wenn die über dein Kleid ablästern würden. Würde dir das nichts ausmachen?«

»Ich wette, sie tun es«, sagt Selena. »Ist mir egal.«

Er wendet sich ihr zu. Seine Augen sind grün-braun, ein kühles Grün-Braun mit Gold gesprenkelt. Selena weiß, wenn sie ihn einfach berühren würde, könnte sie die Angst aus ihm herausziehen wie Schlangengift, sie zu einem glänzenden schwarzen Ball zusammenpressen und wegwerfen.

Er fragt – als würde es ihn wirklich interessieren, als müsste er es wissen: »Wie? Wie kann dir das egal sein?«

Die Leute reden mit Selena. Schon immer. Sie redet nicht mit ihnen, außer mit Julia und Holly und Becca. Versucht es erst gar nicht. Sie sagt bedächtig: »Du musst etwas anderes haben, das dir mehr bedeutet. Etwas, damit du weißt, dass die lästernden Tussis nicht das Wichtigste sind; dass nicht mal du selbst das Wichtigste bist. Etwas Größeres.«

Es sind bloß Worte, Laute, es sagt nicht mal annähernd das, was sie meint. Es lässt sich nicht erklären.

Chris sagt: »Was denn? So was wie *Gott*?«

Selena denkt darüber nach. »Könnte hinhauen. Ja.«

Er ist verdattert. »Wollt ihr mal *Nonnen* werden oder so?«

Selena lacht laut auf. »Nein! Kannst du dir Julia als Nonne vorstellen?«

»Was denn dann …?«

Je mehr sie es versucht, desto falscher wird es sich anhören. Sie sagt: »Ich meine bloß: Vielleicht, je nachdem, wäre ja möglich, dass Carly gut klarkommt, so wie sie ist. Besser als gut.«

Chris sieht sie an, sehr genau und sehr konzentriert, und seine Augen sind wärmer geworden. Er sagt: »Du bist einmalig. Weißt du das?«

Selena möchte gar nichts sagen. Das Ding, das in dem Raum zwischen ihnen Gestalt annimmt, ist so neu, so kostbar, dass eine falsche Berührung es zerplatzen lassen könnte wie eine Seifenblase. »Ich bin nichts Besonderes«, sagt sie. »Ist einfach so gekommen.«

»Doch, bist du. Ich rede nie über so Sachen, mit keinem. Aber das hier, mit dir reden, das ist … Ich bin froh, dass wir hier rausgekommen sind. Echt froh.«

Selena weiß, als hätte er den Arm gehoben und das Wissen in ihren Schoß fallen lassen, dass er versuchen wird, ihre Hand zu nehmen. Der Handabdruck auf ihrem Arm brennt, ein schmerzloses goldenes Feuer. Sie drückt die Finger fest um die kalte Steinkante der Stufe.

Die Aulatür fliegt auf, und Miss Long zeigt auf sie. »Eure Zeit ist um. Rein mit euch. Ich will nicht rauskommen und euch holen müssen.« Und sie knallt die Tür zu.

Chris sagt: »Ich möchte das hier wiederholen.«

Selena hat noch immer Mühe zu atmen. Sie kann nicht sagen, ob sie für das, was auch immer Miss Long in dem Moment veranlasst hat, sie hereinzurufen, Dankbarkeit empfindet oder etwas anderes. Sie sagt: »Ich auch.«

»Wann?«

»Nächste Woche, nach der Schule? Wir können uns vor dem Court treffen und einen Spaziergang machen.«

Chris rutscht auf der Treppe herum, als täte ihm die Steinstufe weh. Er drückt einen Fingernagel in das Holzgeländer. »Da würden uns alle sehen.«

»Macht doch nichts.«

»Die würden … na ja. Über uns herziehen oder so. Über uns beide. Die würden denken, wir wollten …«

Selena sagt: »Ist mir egal.«

»Ich weiß«, sagt Chris, und ein spöttisches Lachen liegt in seiner Stimme, als sei er jetzt der Dumme. »Ich weiß, dass es dir egal ist. Aber mir nicht. Ich will nicht, dass die Leute das denken.« Er merkt, wie sich das anhört. »Nein, ich meine – *Scheiße*. Ich meine nicht, dass es mich stört, wenn die Leute denken, wir sind zusammen. Da hätte ich kein Problem mit, ist mir ja nicht peinlich oder so – ich meine, nicht bloß *kein Problem*, es wäre besser als bloß –«

Er verhaspelt sich. Selena lacht ihn an und sagt: »Schon gut. Ich weiß, was du meinst.«

Chris atmet tief durch. Er sagt einfach: »Ich will nicht, dass es so ist. Als würde ich mit Joanne im Feld verschwinden, um … was weiß ich. Ich will, dass es so ist wie jetzt.«

Seine Hand, die sich hebt. Die Eingangshalle, rauchiges Gold. Die kleinen Luftwirbel in der Dunkelheit, hoch über ihren Köpfen.

»Wenn wir uns nach der Schule vor dem Court treffen, verkack ich es. Dann sag ich irgendwas Blödes, damit die Jungs lachen, oder wir gehen irgendwohin, um uns zu unterhalten, und alle kriegen es mit, und mir fällt absolut nichts ein, was ich sagen soll. Oder aber die Jungs verarschen mich anschließend, und dann sag ich irgendwas … du weißt schon. Versautes. Ich wünschte, ich würde es nicht tun, aber ich würde.«

Selena sagt: »Kannst du nachts aus der Schule raus?«

Sie hört das zischende Atemstocken überall um sie herum. Sie möchte reagieren, möchte sagen: *Alles in Ordnung, ich weiß, was ich tue*, aber sie weiß, das würde nicht stimmen.

Chris' Augenbrauen gehen in die Höhe. »Nachts? Unmöglich. Du denn? Ernsthaft?«

Selena sagt: »Ich geb dir meine Nummer. Falls dir doch was einfällt, wie du rauskannst, schick mir eine SMS.«

»Nein«, sagt er augenblicklich. »Vielleicht ist das hier anders, aber bei uns gucken die Jungs ständig die Handys der anderen durch und suchen nach … na ja. Zeugs. Die Patres machen das auch. Ich melde mich schon irgendwie. Aber nicht so. Okay?«

Selena nickt.

»Wegen, ob ich nachts rauskann«, sagt Chris. »Einer von meinen Kumpeln. Vielleicht kann der da was machen.«

»Frag ihn.«

Chris sagt: »Ich werd ihn *zwingen*.«

Selena sagt: »Verrat ihm nicht, warum. Und bis dahin, sprich mich nicht an. Wenn wir uns im Court oder irgendwo sehen, tun wir so, als würden wir uns nicht mal kennen, wie vorher. Sonst war's das.«

Chris nickt. Er sagt undeutlich und hinaus in die Eingangshalle, aber Selena versteht ihn trotzdem: »Danke.«

Miss Long stößt die Tür auf. »Selena! Du, Wieheißtdunochmal! Rein. *Sofort*!« Diesmal bleibt sie stehen und fixiert sie.

Chris springt auf und hält Selena die Hand hin. Sie nimmt sie nicht. Sie steht auf, spürt, wie die Bewegung kleine Strudel hinauf in die hohe Dunkelheit kreiseln lässt. Sie lächelt Chris an und sagt: »Bis bald.« Dann schiebt sie sich um ihn herum, vorsichtig, damit nicht mal der Saum ihres Kleides ihn streift, und geht zurück in die Aula. Der Handabdruck, um ihren Arm gehüllt, schimmert noch immer.

17

»DURCHSUCHUNG«, SAGTE CONWAY. »Und wenn wir schon hier drin hocken müssen …« Sie riss das Schiebefenster hoch.

Ein frischer Luftzug wehte herein, trug den Mischmasch von Körpersprays davon. Draußen kühlte das Licht ab, und der Himmel wurde fahl. Es war fast Abend. »Eine Sekunde länger in dem Mief«, sagte Conway, »und ich hätte strahlförmig gekotzt.«

Sie fühlte sich eingesperrt, und das ging ihr zunehmend an die Nerven. Mir auch. Wir waren schon lange in diesen Zimmern.

Conway machte den Schrank auf, sagte: »Ich glaub, ich spinne«, als sie die vielen Markenklamotten sah. Fing an, mit den Händen an aufgehängten Kleidern herabzustreichen. Ich widmete mich den Betten, Gemmas zuerst. Zog das Bettzeug weg, schlug es aus, klopfte die Matratze ab. Anders als beim ersten Mal suchte ich nicht bloß nach dicken Knubbeln wie von einem Handy oder einem alten Buch. Diesmal ging es um etwas, was möglicherweise so klein war wie eine SIM-Karte.

»Die Tür«, sagte Conway. »Was war da los?«

Ich hätte das nur zu gern auf sich beruhen lassen. Aber die Art, wie sie sofort da gewesen war, mich unterstützt hatte bei etwas, wovon ich ihr nichts erzählt hatte … Ich hörte mich selbst sagen: »Als du mit Alison geredet hast, hab ich gedacht, ich hätte jemanden hinter der Tür gesehen. Ich dachte, vielleicht jemand, der gerade allen Mut zusammennimmt, um mit uns zu sprechen, aber als ich die Tür aufgemacht hab, war keiner da. Und vorhin, als ich wieder was dahinter gesehen hab …«

»Hast du gedacht, nix wie hin.« Ich wartete auf die Häme – *Und meine Güte, was warst du fix, du hättest glatt die Welt gerettet, wenn die Kleine sich in Physik eine Atombombe gebastelt hätte* –, aber sie sagte: »Beim ersten Mal, als ich bei Alison war. Bist du sicher, da war jemand?«

Ich drehte die Matratze um, kontrollierte die Unterseite. Sagte: »Nee.«

Conway tastete mit beiden Händen eine bauschige Jacke ab. »Klar. Letztes Jahr ist es uns ein paarmal auch so ergangen: Dachten, wir hätten was gesehen, Fehlanzeige. Irgendwas an dem Laden hier, keine Ahnung. Costello hatte so eine Theorie, dass die Fenster in alten Gebäuden anders sind: Die haben nicht die gleichen Formen und Größen, die wir heute gewohnt sind, sind anders angeordnet. Deshalb fällt das Licht anders herein, und wenn du aus den Augenwinkeln was bemerkst, sieht es irgendwie falsch aus.« Sie zuckte die Achseln. »Wer weiß.«

Ich sagte: »Wenn es daran liegt, könnte das auch der Grund sein, warum hier alle ständig Chris' Geist sehen?«

»Aber die Kids sind an das Licht gewöhnt. Und ein richtiger Geist? Meinst du, du hast einen gesehen?«

»Nee. Bloß eine Art Schatten.«

»Genau. Die sehen Chris, weil sie ihn sehen *wollen*. Schaukeln sich gegenseitig hoch, wollen den anderen imponieren, ihnen was Gutes liefern.« Sie stopfte die Jacke zurück in den Schrank. »Die müssten mehr rauskommen, alle. Verbringen viel zu viel Zeit miteinander.«

Nichts hinter Gemmas Nachttisch, nichts unter der Schublade. »In dem Alter dreht sich alles genau darum.«

»Die werden aber nicht ewig in dem Alter bleiben. Wenn sie begreifen, dass da draußen eine große weite Welt ist, kriegen sie den Schock ihres Lebens.«

Eine kratzige Genugtuung in ihrer Stimme, die ich nicht empfand. Stattdessen spürte ich den Wind, der dir von allen Seiten entgegenschlug, rau und sandig, mit dem Geruch von Gewürzen und Benzin, dir heiß an den Haaren riss, wenn du aus einem Ort wie diesem heraustratst und die Tür hinter dir zuknallte.

Ich sagte: »Ich würde mal behaupten, der Mord an Chris hat ihnen die große weite Welt unübersehbar vor Augen geführt.«

»Meinst du? Aber selbst dabei ging's für die nur um einander. ›Guck mal, ich hab doller geweint als die da, also bin ich der bessere Mensch.‹ ›Wir haben seinen Geist alle zusammen gesehen, weil wir ja so schrecklich eng befreundet sind.‹«

Ich machte mich an Orlas Bett. Conway sagte: »Ich erinnere mich an dich von der Polizeischule.«

Ihr Kopf steckte im Schrank, ich konnte ihr Gesicht nicht sehen. Ich sagte – verhalten, während ich mein Gedächtnis durchforstete –: »Tatsache? Gute oder schlechte Erinnerung?«

»Du weißt das nicht mehr, oder?«

Wenn ich je mehr zu ihr gesagt hatte als ein flüchtiges Hallo auf dem Flur, dann hatte ich es vergessen. »Bitte sag, dass ich dich nicht gezwungen hab, Liegestütze zu machen.«

»Wenn ja, wüsstest du das denn noch?«

»O Mann. Was hab ich angestellt?«

»Mach dir nicht ins Hemd. Ich verarsch dich bloß.« Ich konnte das Grinsen in Conways Stimme hören. »Du hast mir nie was getan.«

»Dann leck mich. Ich hab mir echt schon Sorgen gemacht.«

»Nee, du warst in Ordnung. Ich glaub, wir haben uns nie richtig unterhalten. Bist mir überhaupt nur aufgefallen wegen deiner Haare.« Conway zog irgendwas aus einer Sweatshirt-Tasche, verzog das Gesicht: zerknüllte Taschentücher. »Aber danach hab ich dich weiter registriert, weil du dein eigenes Ding durchgezogen hast. Du hattest Kumpel, warst aber mit keinem richtig dicke. Der ganze Rest, o Mann: Die waren bloß damit beschäftigt, sich gegenseitig in den Arsch zu kriechen. Die Hälfte von denen wollte *netzwerken*, wie die kleinen Scheißer am Colm, nach dem Motto, wenn ich mich an den Sohn vom Commissioner ranschleime, muss ich nie Streife fahren und bin mit dreißig schon Inspector. Der anderen Hälfte ging's um *Freundschaft*, genau wie den Mädels hier: Hach, das ist die schönste Zeit unseres Lebens, und wir bleiben alle beste Freunde und schwelgen noch, wenn wir in Rente gehen, gemeinsam in Erinnerungen. Ich hab gedacht, was soll der Scheiß? Ihr seid alles erwachsene Menschen. Ihr seid hier, um was zu lernen, nicht, um Freundschaftsarmbänder auszutauschen und euch gegenseitig Lidschatten aufzutragen.« Sie schob Klamotten auf der übervollen Kleiderstange zusammen. »Fand ich gut, dass du dich da auch nicht hast mit reinziehen lassen.«

Ich sagte ihr nicht, dass ein Teil von mir neidisch zugeschaut hatte, wie meine Klassenkameraden Freundschaften eingingen, als gäb's kein Morgen. Genau wie Conway gesagt hatte, es war meine eigene Entscheidung gewesen, dass ich anders als die meisten keine Freundschaftsarmbänder austauschte. Das machte es leichter.

Ich sagte: »Wenn du mal überlegst, wir waren noch halbe Kinder, bloß ein paar Jährchen älter als die hier. Die Leute wollten irgendwo dazugehören. Ist eigentlich ganz verständlich.«

Conway überlegte, während sie Strumpfhosen entrollte. »Ich sag dir was«, sagte sie. »Mir geht nicht das Freundschaftenschließen auf den Senkel. Freunde braucht jeder. Aber ich hatte meine zu Hause. Hab ich noch immer.«

Kurzer Blick zu mir. Ich sagte: »Sowieso.«

»Klar. Und deshalb musstest du dir nicht noch mehr anlachen. Wenn du Freundschaften in so einer geschlossenen Blase schließt, die in ein paar Jahren sowieso zerplatzt – wie an der Polizeischule oder wie hier –, bist du ein Idiot. Du denkst irgendwann, das ist die ganze Welt, sonst gibt es nichts, und die Folge ist dieser ganze durchgeknallte Mist. Beste Freundinnen fürs Leben, Sie-hat-ge-sagt-du-hast-gesagt-Kräche, alle steigern sich in hysterische Anfälle rein und wissen selbst nicht, warum. Nichts ist bloß normal; alles ist immer gleich hier oben, ständig.«

Hand über Kopfhöhe. Ich dachte an das Büro vom Morddezernat. Fragte mich, ob Conway auch daran dachte.

»Dann geht's hinaus in die große böse Welt«, sagte sie, »und plötzlich sieht alles ganz anders aus, und du guckst blöd aus der Wäsche.«

Ich fuhr mit der Hand unten am Lattenrost von Joannes Bett entlang. »Meinst du Orla und Alison? Mit denen gibt sich Joanne im College bestimmt nicht mehr ab.«

Conway schnaubte. »Ja, keine Chance. Hier sind sie nützlich; da draußen werden sie entsorgt. Und dann sind sie am Boden zerstört. Aber ich hab nicht an die beiden gedacht. Ich meinte die Cliquen, die tatsächlich echt aneinander hängen. Wie deine Holly und ihre Freundinnen.«

»Ich würde sagen, die bleiben auch draußen noch befreundet.« Ich hoffte es. Dieses andere, dieses Besondere, das die Luft vergoldete. Du willst daran glauben, dass es ewig währt.

»Möglich. Sogar wahrscheinlich. Aber darum geht's nicht. Es geht darum, dass ihnen jetzt und hier alle scheißegal sind außer sie selbst. Prima, das ist süß, ich wette, sie finden sich so richtig toll.« Conway warf eine Handvoll BHs zurück in eine Schublade und knallte sie zu. »Aber wenn sie hier raus sind? Dann können sie das nicht beibehalten. Sie können nicht rund um die Uhr zusammenglucken und den Rest der Welt ignorieren. Andere Menschen werden wichtig für sie werden, ob den vieren das gefällt oder nicht. Die Welt wird ihren Platz fordern. Sie wird real werden. Und das wird sie mehr durcheinanderbringen, als sie sich das auch nur ansatzweise ausmalen können.«

Sie riss eine andere Schublade auf, so fest, dass sie ihr fast auf den Fuß gefallen wäre. »Ich mag keine Blasen.«

Hinter dem Kopfende von Joannes Bett: Staub und nichts. Ich sagte: »Und das Dezernat?«

»Was soll damit sein?«

»Das Morddezernat ist eine Blase.«

Conway schlug ein T-Shirt mit einem lauten Schnappen aus. »Ja«, sagte sie. Die Zähne zusammengebissen, als warte ein Kampf auf sie. »Da ist es ganz ähnlich wie hier. Aber der Unterschied ist, ich werde da bleiben.«

Mir lag die Frage auf der Zunge, ob sie vorhatte, sich im Dezernat Freunde zu suchen. Beschloss, nicht unvernünftig zu werden.

Conway sagte, als hätte sie mich dennoch gehört: »Und ich werde mich trotzdem nicht bei den Typen im Dezernat einschleimen. Ich will nicht *dazugehören*. Ich will bloß meinen Scheiß*job* machen.«

Ich machte meinen Scheißjob – strich mit der Hand über Hochglanzposter; nichts – und dachte über Conway nach. Überlegte, ob ich sie beneidete oder bemitleidete oder ob ich dachte, dass sie Schwachsinn erzählte.

Wir waren fast fertig, als Conways Handy summte. Eine Nachricht.

»Sophie«, sagte sie und knallte die Schranktür zu. »Jetzt bin ich gespannt.« Diesmal stellte ich mich direkt neben sie, ohne auf eine Einladung zu warten.

Die Mail lautete: *Daten für die Nummer, von der Moran die SMS bekommen hat. Mein Kontakt arbeitet an den eigentlichen Textnachrichten, meint, sie müssten noch im System sein, könnte aber ein oder zwei Stunden dauern. Wahrscheinlich alles bloß »OMGLOLWTFblablabla!!!!«, aber du willst sie, du kriegst sie. Viel Spaß. S.*

Der Anhang war mehrere Seiten lang. Chris hatte sein Spezialhandy ausgiebig genutzt. Er hatte es Ende August aktiviert, kurz bevor er zurück in die Schule musste – ein wackerer kleiner Pfadfinder, allzeit bereit. Mitte September dann tauchten zwei Nummern auf. Keine Anrufe, aber jede Menge SMS und MMS hin und her mit beiden, jeden Tag, mehrmals täglich. »Du hattest recht«, sagte Conway schneidend. Ich spürte, wie sie dachte: Zeuginnen, die sie hätte finden müssen.

»Richtiger Frauenheld, unser Chris.«

»Und noch dazu clever. Siehst du die ganzen MMS? Das sind keine Fotos von flauschigen Kätzchen. Falls eins der Mädels gedroht hätte, die Sache herumzuerzählen, hätten diese Bilder dafür gesorgt, dass sie schön die Klappe hält.«

Ich sagte: »Wahrscheinlich hat dir deshalb letztes Jahr keine was gesagt. Sie haben gehofft, wenn sie den Mund halten, bringt sie keiner damit in Verbindung.«

Conways Kopf fuhr herum, misstrauisch, bereit, mir meinen Trost um die Ohren zu hauen. Ich starrte stur aufs Display, bis sie sich wieder darauf konzentrierte.

Oktober, Chris' Mädchen waren beide ausrangiert worden – dieselbe Methode wie in Joannes Verbindungsdaten: Er reagierte nicht auf ihre SMS, die zahllosen Anrufe von einer von ihnen, bis sie aufgaben. Während es auslief, trat Joannes Nummer auf den Plan. Mitte November flirtete Chris schon wieder doppelt; nachdem Joanne im Dezember von der Bildfläche verschwunden war, hielt das andere Mädchen noch zwei Wochen länger durch, aber um Weihnachten herum war auch sie Geschichte. Januar: Kurzer Austausch von SMS mit einer neuen Nummer, die gleich wieder verschwand. Die Sache war offenbar gar nicht richtig ins Laufen gekommen.

Conway sagte: »Ich hab mich die ganze Zeit gefragt, warum Chris ein Jahr lang keine Freundin hatte. Ein beliebter Typ wie er, gutaussehend, hatte vorher Erfolg bei den Mädels. Das passte einfach nicht zusammen. Ich hätte …« Knappe zornige Kopfbewegung. Sie beendete den Satz gar nicht erst.

In der letzten Februarwoche fing die nächste SMS-Serie an.

Eine am Tag, dann zwei, dann ein halbes Dutzend. Immer dieselbe Nummer. Conway scrollte nach unten: März, April, die SMS gingen weiter.

Sie tippte aufs Display. »Das dürfte Selena sein.«

Ich sagte: »Und diesmal gab's keine andere.«

Was das bedeutete, ließ uns eine Sekunde verharren. Meine Theorie – das Mädchen, das Chris beim Fremdflirten ertappt hatte – war vom Tisch. Conways wurde stärker.

Conway sagte: »Fällt dir was auf? Keine MMS, bloß SMS. Also keine Titten-Bilder. Selena hat Chris nicht das geliefert, was er wollte.«

»Vielleicht hat er deswegen mit ihr Schluss gemacht.«

»Vielleicht.«

22. April, Montag, tagsüber die üblichen SMS hin und her – wahrscheinlich, um das Treffen zu verabreden. In der Nacht hatte Joanne das Video aufgenommen.

Früh am 23. April, Chris simste Selena. Sie antwortete vor Schulbeginn, er simste sofort zurück. Keine Antwort. Nach Schulschluss schickte Chris ihr wieder eine SMS: nichts.

Am nächsten Tag versuchte er es noch dreimal. Selena antwortete nicht.

Conway sagte: »Auf jeden Fall ist in der Nacht irgendwas passiert. Nachdem Joanne und Gemma wieder reingegangen waren.«

Ich sagte: »Und sie war diejenige, die mit ihm Schluss gemacht hat.« Conways Theorie nahm noch mehr Fahrt auf.

Erst am 25., Donnerstag, meldete sich Selena endlich bei Chris. Nur eine SMS. Keine Antwort.

Während der folgenden Wochen simste sie ihm sechsmal. Er reagierte auf keine der SMS. Conways Augenbrauen waren zusammengezogen.

Früh am Morgen des 16. Mai, Donnerstag, eine SMS von Selena an Chris und endlich auch eine Antwort. In der Nacht wurde Chris ermordet.

Danach passierte mit dem Handy ein Jahr lang nichts mehr. Dann, heute, die SMS an mich.

Draußen, unter dem Fenster, ein Wirrwarr von hellen Stimmen: Mädchen draußen, die in ihrer Pause zwischen Abendessen und Studierzeit frische Luft schnappten. Stille auf dem Flur. McKenna hielt ihre Schäfchen, wo sie waren, unter Beobachtung.

Conway sagte: »In der Nacht zum dreiundzwanzigsten läuft irgendwas schief. Am Tag will Chris sich entschuldigen, Selena sagt ihm, er soll sich verpissen. Er versucht es weiter, sie ignoriert ihn.«

»In den Tagen danach«, sagte ich, »überwindet sie ihren Schock und wird allmählich wütend. Sie beschließt, Chris zur Rede zu stellen. Aber inzwischen ist er eingeschnappt, weil sie seine Entschuldigung nicht angenommen hat. Er hat beschlossen, sich nicht mehr drum zu kümmern. Wie die Episode mit dem Muffin, die Holly uns erzählt hat: Er konnte es nicht leiden, wenn er nicht kriegte, was er wollte.«

»Oder ihm ist klargeworden, dass er sich einen schweren Fehler geleistet hat, und er kriegt Schiss, dass Selena redet. Er denkt sich, es ist am sichersten, den Kontakt abzubrechen. Wenn sie den Mund aufmacht, wird er sie als Lügnerin hinstellen und behaupten, er wäre nicht derjenige gewesen, der ihr gesimst hat, und hätte nie irgendwas mit ihr zu tun gehabt.«

»Dann endlich«, sagte ich, »am sechzehnten Mai, findet Selena eine Möglichkeit, ihn zu einem Treffen zu bewegen. Vielleicht denkt er sich, er muss das Handy von ihr zurückhaben, für den Fall, dass es zu ihm zurückverfolgt werden kann.«

Der Rest waberte in der Luft zwischen uns. Auf dem Rasen unter dem Fenster plapperte ein Grüppchen junger Mädchen, aufgebracht wie kleine Vögelchen: *Die hat voll gewusst, dass ich das haben wollte, und sie hat mich angesehen, wie ich hin bin, und dann hat sie sich einfach vorgedrängelt –*

Conway sagte: »Ich hab dir im Wagen gesagt, dass ich Selena

364

nicht in Verdacht hatte, weil ich ihr nicht zugetraut hab, dass sie das hingekriegt hätte. Dabei bleibe ich.«

Ich sagte: »Julia zeigt starkes Schutzverhalten, wenn es um Selena geht.«

»Das hast du gemerkt, ja? Ich deute nur mal an, dass wir Selena vernehmen könnten, dass ich nicht besonders rücksichtsvoll bin, und schon rückt Julia mit der Info über Joanne und Chris heraus, spielt mir einen anderen Ball zu, dem ich hinterherjagen kann.«

»Genau. Und ich würde sagen, das gilt nicht nur für Julia; die passen alle vier aufeinander auf. Falls Chris Selena irgendwas angetan hat oder es versucht hat, und die anderen haben das rausgefunden …«

»Rache«, sagte Conway. »Oder sie haben gesehen, dass Selena allmählich abdrehte, und gedacht, sie würde wieder normal, wenn Chris nicht mehr da wäre und sie sich wieder sicher fühlen könnte. Und ich würde sagen, jede von den dreien hätte das problemlos hinkriegen können.«

»Rebecca?« Ich dachte an das erhobene Kinn, den Funken in den Augen, der mir verraten hatte: *Also doch nicht so zart und zerbrechlich.* Dachte an das Gedicht an der Wand, daran, was ihre Freundinnen ihr bedeuteten.

»Ja. Sogar sie.« Nach einer Sekunde, vorsichtig darauf bedacht, mich nicht anzusehen. »Sogar Holly.«

Ich sagte: »Holly ist diejenige, die mir die Karte gebracht hat. Sie hätte sie einfach wegschmeißen können.«

»Ich sage nicht, dass sie irgendwas getan hat. Ich sage nur, ich bin noch nicht bereit, sie auszuschließen.«

Machte mich kribbelig, diese Vorsicht. Als glaubte Conway, dass ich komplett ausrasten würde, dass ich von ihr verlangen würde, *meine* Holly von der Liste zu streichen, und dann prompt zum Telefon greifen würde, um meinen großen Gönner Mackey anzurufen. Ich fragte mich erneut, was Conway eigentlich über mich gehört hatte.

Ich sagte: »Oder sie könnten es alle drei zusammen gewesen sein.«

»Oder alle vier«, sagte Conway. Sie strich sich mit den Fingern fest über Nase und Wangenknochen. »*Scheiße.*«

Sie sah aus, als würde ihr der Tag langsam über den Kopf wachsen. Sie wollte weg: zurück ins Morddezernat, ihren Bericht schreiben, mit einer Freundin im Pub hocken, bis ihr Kopf wieder klar war, morgen früh neu anfangen.

Sie sagte: »Diese verdammte Schule.«

»Langer Tag«, sagte ich.

»Wenn du gehen willst, geh.«

»Um was zu machen?«

»Was auch immer. Fahr nach Hause. Zieh dir irgendwas Schickes an und geh in 'nen Club. Unten an der Hauptstraße ist eine Bushaltestelle, oder ruf dir ein Taxi. Schick mir die Quittung, dann setz ich sie mit auf die Spesenrechnung.«

Ich sagte: »Wenn ich's mir aussuchen darf, bleibe ich.«

»Ich bin bestimmt noch eine ganze Weile hier. Keine Ahnung, wie lange.«

»Kein Problem.«

Conway sah mich an, dunkle Ringe unter den Augen. Erschöpfung hatte den kupfrigen Glanz ihrer Haut abgeschabt, sie bloß und rau und staubig gemacht.

Sie sagte: »Du bist ein ehrgeiziger kleiner Scheißer, was?«

Das saß, verletzte mich mehr, als es sollte, weil es die Wahrheit war und weil es nicht die volle Wahrheit war. Ich sagte: »Es ist dein Fall. Egal, was ich mache, wenn er gelöst wird, kassierst du die Lorbeeren. Ich will bloß weiter dran arbeiten.«

Kurzes Schweigen, während Conway mich ansah. Sie sagte: »Falls wir eine Verdächtige haben und sie ins Präsidium bringen, werden die Jungs mich aufs Korn nehmen. Wegen des Falls, wegen dir, wegen irgendwas. Damit komm ich klar. Wenn du dabei mitmachst, weil du einer von ihnen sein willst, bist du raus. Klar?«

Was ich am Morgen im Büro gespürt hatte: nicht bloß die übliche Anspannung im Morddezernat, der erhöhte Herzschlag dort. Da war mehr gewesen, etwas, das um Conway herum schneller und härter pulsierte. Und nicht bloß heute. Für sie musste jeder Tag ein Kampf sein.

Ich sagte: »Idioten hab ich schon öfter ignoriert. Das schaff ich auch diesmal.« Hoffte inständig, dass das Dezernat leer sein würde, wenn wir dort ankamen. Ich wollte mich nun wirklich nicht entscheiden müssen, ob ich Conway verärgern sollte oder die Jungs vom Morddezernat.

Conway starrte mich noch einen Moment länger an. Dann: »Na schön«, sagte sie. »Hoffentlich.« Sie klickte ihr Handy dunkel und steckte es wieder ein. »Jetzt reden wir mit Selena.«

Ich ließ den Blick über die Betten wandern. Schob Alisons Nachttisch wieder an Ort und Stelle, zog Joannes Bettdecke glatt. »Wo?«

»In ihrem Zimmer. Schön locker, damit sie schön entspannt bleibt. Falls sie mit der Sprache rausrückt …«

Falls Selena das Wort *Vergewaltigung* aussprach, dann hieß das: Eltern oder Erziehungsberechtigte, psychologische Betreuung, Videokamera, das volle Programm. Ich fragte: »Wer übernimmt das Reden?«

»Ich. Was guckst du so? Ich kann auch sensibel sein. Und denkst du etwa, die redet mit dir über Vergewaltigung? Du hältst dich schön zurück und machst dich, so gut du kannst, unsichtbar.«

Conway knallte das Fenster zu. Ehe wir aus dem Zimmer gingen, roch es schon wieder nach Körpersprays und warmer Luft.

Um die Mädchen zu beschäftigen, Gott stehe ihnen bei, hatte McKenna beschlossen, sie singen zu lassen. Ihre Stimmen drangen uns über den Flur entgegen, dünn und spärlich. *O Mary, we crown thee with blossoms today …*

Es war viel zu warm im Gemeinschaftsraum, selbst bei geöffneten Fenstern. Die Teller vom Abendessen standen noch herum, die meisten kaum angerührt; von dem Geruch nach kalter Hühnerpastete bekam ich Heißhunger, und zugleich wurde mir übel. Die Augen der Mädchen waren glasig und huschten hin und her, zu den anderen, zu den Fenstern, zu Alison, die unter einem Berg Hoodies in einem Sessel hockte.

Die Hälfte von ihnen bewegte kaum die Lippen. *Queen of the angels and queen of the may.* Es dauerte einen Moment, bis sie uns bemerkten. Dann geriet der Gesang ins Stocken und erstarb.

»Selena«, sagte Conway, kaum ein Nicken Richtung McKenna. »Hast du einen Moment Zeit?«

Selena hatte mitgesungen, geistesabwesend, Blick ins Leere. Sie sah uns an, als müsse sie angestrengt überlegen, wer wir waren, ehe sie aufstand und zur Tür kam.

»Denk dran, Selena«, sagte McKenna, als sie an ihr vorbeiging, »falls du in irgendeiner Weise das Gefühl hast, dass du Unterstützung brauchst, kannst du die Befragung sofort unterbrechen und verlangen, dass ich oder eine andere Lehrkraft dazukommt. Die Detectives wissen das.«

Selena lächelte sie an. »Ich komm schon klar«, sagte sie beruhigend.

»Na klar tut sie das«, sagte Conway munter. »Warte bitte in deinem Zimmer auf uns, okay, Selena?«

Während Selena den Flur hinunterschlenderte: »Julia«, sagte Conway und winkte sie zu sich. »Komm mal kurz her.«

Julia hatte uns den Rücken zugewandt und sich nicht bewegt, als wir hereinkamen. In der Sekunde, als sie sich umdrehte, sah sie mitgenommen aus: grau und abgespannt, ohne jeden Schwung. Als sie bei uns ankam, hatte sie irgendwie ein bisschen Elan aufgebracht, sah uns wieder frech an.

»Ja?«

Conway zog die Tür hinter ihr zu. Leise, damit Selena es nicht hörte: »Wieso hast du mir nicht erzählt, dass du was mit Finn Carroll am Laufen hattest?«

Julias Gesicht verhärtete sich. »Joanne, die fiese Kuh. Richtig?«

»Spielt keine Rolle. Letztes Jahr hab ich dich nach deinem Verhältnis zu irgendwelchen Jungs vom Colm gefragt. Wieso hast du da nichts gesagt?«

»Weil es nichts zu sagen *gab*. Es war keine Beziehung. Finn und ich haben uns nie angefasst. Wir haben uns einfach *gemocht*. Als Menschen eben. Und genau deshalb haben wir keinem erzählt, dass wir zusammen rumgehangen haben, und auch das nur ganz wenig, bloß für zwei Sekunden oder so. Aber wir wussten, dass dann alle rumlästern würden: ›OmeinGott, *Fi-hinn und Juliaaa, Fi-hinn und Juliaaa* …‹ Und wir hatten keine Lust auf so einen Scheiß. Okay?«

Ich dachte an Joanne und Gemma, die leise in der Dunkelheit kicherten, und glaubte ihr. Conway auch. »Okay«, sagte sie, »in Ordnung.« Und als Julia sich abwandte: »Was macht Finn jetzt eigentlich so? Geht's ihm gut?«

Nur für eine Sekunde verwandelte jähe Trauer Julias Gesicht in das einer Erwachsenen. »Keine Ahnung«, sagte sie, ging zurück in den Gemeinschaftsraum und schloss die Tür.

Selena wartete vor ihrem Zimmer. Die tiefstehende Sonne fiel durch das Fenster am Ende des Flurs und warf Selenas Schatten in unsere Richtung, ließ ihn über den schimmernden roten Fliesen schweben. Der Gesang setzte wieder ein. *O virgin most tender our homage we render …*

Selena sagte: »Wir haben jetzt eigentlich Freizeit. Wir sollten draußen sein. Alle werden langsam hibbelig.«

»Klar, ich weiß«, sagte Conway, fegte an ihr vorbei und ließ sich auf Julias Bett nieder. Diesmal saß sie anders, einen Fuß unter den Oberschenkel geschoben, ein Teenager, der es sich für einen Plausch gemütlich macht. »Weißt du was: Wenn wir hier

369

mit allem durch sind, frage ich McKenna, ob sie euch nicht ausnahmsweise mal später noch nach draußen lässt. Was meinst du?«

Selena blickte den Flur hinunter, skeptisch. »Von mir aus.«

In danger defend us, in sorrow befriend us ... Holprig, an den Rändern zersplittert. Ich meinte wieder dieses hellwache silbrige Aufblitzen in Selenas Gesicht zu sehen, zu sehen, wie sie etwas sah, das uns nicht entgehen sollte.

Falls es da war, nahm Conway es nicht wahr. »Prima. Nimm Platz.« Selena setzte sich auf die Kante ihres Bettes. Ich machte die Tür zu – der Gesang verstummte – und drückte mich in eine Ecke, holte mein Notizbuch hervor, um mich dahinter zu verstecken.

»Schön.« Conway nahm ihr Handy aus der Tasche, tippte auf das Display. »Schau dir das mal an«, sagte sie und reichte es Selena.

Es erschütterte sie. Selbst wenn ich es nicht hätte hören können – dumpfe Schritte, raschelnde Zweige –, ein Blick auf Selena hätte mir verraten, was es war.

Sie wurde weiß, nicht rot. Ihr Kopf fuhr zurück, weg von dem Display, und ihr Gesicht hatte eine schreckliche, verletzte Würde an sich. Das geschorene Haar, nichts, um sich dahinter zu verstecken, ließ sie wirken, als wäre sie nackt. Ich hatte das Gefühl, ich sollte wegschauen.

»Wer?«, sagte sie. Sie legte die freie Hand fest auf das Handy, verdeckte das Display. »Wie?«

»Joanne«, sagte Conway. »Sie und Gemma sind dir gefolgt. Tut mir leid, dass ich dich damit überfalle, war ein gemeiner Trick, aber anscheinend ist das die einzige Möglichkeit, dich dazu zu bringen, endlich nicht mehr zu behaupten, du wärst nicht mit Chris zusammen gewesen. Und ich kann einfach nicht noch mehr Zeit damit verlieren. Okay?«

Selena wartete, als könne sie nichts anderes hören, bis die gedämpften Geräusche unter ihrer Handfläche aufhörten. Dann nahm sie die Hand weg – es fiel ihr schwer – und gab Conway das Handy zurück.

»Okay«, sagte sie. Ihr Atem ging noch immer schwer, aber sie hatte ihre Stimme unter Kontrolle. »Ich hab mich mit Chris getroffen.«

»Danke«, sagte Conway. »Ich weiß das zu schätzen. Und er hat dir ein Handy gegeben, von dem keiner was wusste, damit ihr Kontakt halten konntet. Warum hat er das gemacht?«

»Wir wollten die Sache für uns behalten.«

»Wessen Idee war das?«

»Chris'.«

Conway hob eine Augenbraue. »Hat dir das nichts ausgemacht?«

Selena schüttelte den Kopf. Ihre Gesichtsfarbe kehrte langsam zurück.

»Nein? Mir hätte das was ausgemacht. Ich hätte gedacht, entweder der Typ findet, ich bin nicht gut genug, um sich in der Öffentlichkeit mit mir zu zeigen, oder er will sich andere Optionen offenhalten. Beides hätte mich gestört.«

Selena sagte bloß: »Ich hab das nicht gedacht.«

Conway wartete noch einen Moment, aber mehr kam nicht. »In Ordnung«, sagte sie. »Würdest du sagen, es war eine gute Beziehung?«

Selena hatte sich wieder im Griff. Sie sagte, langsam, wobei sie sich die Worte zurechtlegte, ehe sie sie aussprach: »Es war mit das Wunderbarste, was ich je hatte. Das und meine Freundinnen. Nichts wird je wieder so sein.«

Die Worte zerflossen und breiteten sich in der Luft aus, tauchten sie in ruhige, von hinten beleuchtete Blautöne. Selena hatte recht, natürlich hatte sie recht. Es gibt kein zweites erstes Mal. Ich fand, dass sie das nicht hätte wissen sollen, noch nicht. Dass sie die Chance hätte haben sollen, diese Lichtung hinter sich zu lassen, ehe sie begriff, dass sie niemals dorthin zurückkehren konnte.

Conway hielt das Handy hoch. »Und warum hast du dann nach dieser Nacht mit ihm Schluss gemacht?«

Selena wurde vage, aber ich hatte wieder dieses Gefühl: Sie hüllte sich in diese Vagheit ein. »Hab ich nicht.«

Conway tippte auf das Display, flink und gekonnt. »Hier«, sagte sie und hielt es Selena hin. »Das sind die Verbindungsdaten von den SMS, die ihr beide euch geschickt habt. Siehst du das da? Das ist kurz nach der Nacht in dem Video. Er versucht, sich mit dir in Verbindung zu setzen, aber du ignorierst ihn. Das hast du vorher nie gemacht. Warum nach dieser Nacht?«

Selena kam gar nicht auf die Idee abzustreiten, dass das ihre Nummer war. Sie betrachtete das Handy, als sei es lebendig und fremdartig, möglicherweise gefährlich. Sie sagte: »Ich musste bloß nachdenken.«

»Ach ja? Worüber denn?«

»Chris und mich.«

»Ja, dachte ich mir. Ich meinte, was genau? Hat er irgendwas gemacht, in dieser Nacht, das dich dazu gebracht hat, die Beziehung zu überdenken?«

Selenas Augen wanderten irgendwohin, diesmal real. Sie sagte leise: »Da haben wir uns das erste Mal geküsst.«

Conway fixierte sie ungläubig. »Das passt nicht zu dem, was wir wissen. Ihr wart schon mindestens einmal vorher gesehen worden, wie ihr euch geküsst habt.«

Selena schüttelte den Kopf. »Nein.«

»Nein? Das passt überhaupt nicht zu dem, was wir über Chris herausgefunden haben. Wie oft hattet ihr euch schon getroffen?«

»Sieben Mal.«

»Und ihr seid euch nie nähergekommen. Alles rein und unschuldig, keine unzüchtigen Gedanken, nie irgendwas, was die Nonnen nicht hätten sehen dürfen. Ernsthaft?«

Selenas Wangen hatten eine leichte Rosatönung angenommen. Conway war gut; jedes Mal, wenn Selena versuchte, in ihrer

Wolke davonzuschweben, hielt Conway sie zurück. »Das hab ich nicht gesagt. Wir haben uns die Hände gehalten, wir haben dagesessen und die Arme umeinander gelegt, wir … Aber wir hatten uns noch nie geküsst. Deshalb musste ich nachdenken. Ob das wieder passieren sollte. So was.«

Ich konnte nicht erkennen, ob sie log. Genauso schwer einzuschätzen wie Joanne, aber aus anderen Gründen. Conway nickte vor sich hin, drehte ihr Handy zwischen den Fingern, überlegte. »Okay«, sagte sie. »Das heißt also, du und Chris hattet keinen Sex.«

»Ja. Hatten wir nicht.« Kein Sich-Winden, kein Kichern, nichts in der Art. Es klang wahr. Eins zu null für Conways Instinkt.

»War Chris damit einverstanden?«

»Ja.«

»Wirklich? Viele Jungs in dem Alter hätten allmählich Druck gemacht. Er nicht?«

»Nein.«

»Die Sache ist die«, sagte Conway. Ihr Tonfall war gut: sanft, aber direkt, nicht die Erwachsene, die herablassend mit einem Kind spricht; einfach zwei Frauen, die sich gemeinsam durch ein schwieriges Thema arbeiten. »Es kommt oft vor, dass Opfer von sexuellen Übergriffen die Tat nicht melden wollen, weil das so viele Unannehmlichkeiten und Ärger nach sich zieht. Ärztliche Untersuchung, Aussage vor Gericht, Vernehmung durch den gegnerischen Anwalt, und dann kommt der Täter möglicherweise trotzdem ungeschoren davon. Manche wollen mit diesem Mist nichts zu tun haben, das Ganze einfach vergessen und so tun, als wäre nichts gewesen. Ist auch irgendwie verständlich, nicht?«

Eine Pause, damit Selena nicken konnte. Sie tat es nicht. Aber sie hörte genau zu, Augenbrauen zusammengezogen. Sie wirkte verwirrt.

Conway sagte einen Tick langsamer: »Aber weißt du, das hier ist was anderes. Es wird keine ärztliche Untersuchung geben, weil

373

es schon vor einem Jahr passiert ist. Und es wird keinen Prozess geben, weil der Täter tot ist. Das heißt, du kannst mir erzählen, was passiert ist, ohne dass es zu einer großen Sache aufgebläht wird. Wenn du willst, kannst du mit jemandem reden, der viel Erfahrung darin hat, Leuten zu helfen, die mit so was fertig werden müssen. Mehr nicht. Ende, aus.«

»Moment«, sagte Selena. Die Verwirrung war noch größer geworden. »Reden Sie von mir? Denken Sie, Chris hat mich vergewaltigt?«

»Hat er?«

»Nein! Um Gottes willen, nein, nie im Leben!«

Es wirkte echt. »Okay«, sagte Conway. »Hat er dich gezwungen, irgendwas zu tun, was du nicht tun wolltest?« Diese Frage formulierst du immer noch mal um, gehst sie aus unterschiedlichen Perspektiven an. Beängstigend, wie viele Mädchen und Frauen denken, es zählt nur als Vergewaltigung, wenn die Tat von einem mit einem Messer bewaffneten Fremden in einer dunklen Gasse begangen wurde; und wie viele Männer das denken.

Selena schüttelte den Kopf. »Nein. Nie.«

»Dich weiter berührt, nachdem du gesagt hast, er soll aufhören?«

Noch immer Kopfschütteln, anhaltend und vehement. »Nein. Das hätte Chris mir nie angetan. Niemals.«

Conway sagte: »Selena, wir wissen, dass Chris kein Heiliger war. Er hat viele Mädchen verletzt. Er hat sie runtergeputzt, hintergangen, ihnen was vorgemacht und sie dann ignoriert, wenn sie ihm langweilig wurden.«

Selena sagte: »Ich weiß. Er hat's mir erzählt. Das war nicht richtig von ihm.«

»Es ist leicht, jemanden zu idealisieren, der tot ist, vor allem, wenn er einem viel bedeutet hat. Tatsache ist, Chris hatte eine grausame Ader, besonders wenn er nicht bekommen hat, was er wollte.«

»Ja. Ich weiß das. Ich idealisiere ihn nicht.«

»Wieso sagst du dann, bei dir hätte er so etwas niemals getan?«

Selena sagte – nicht trotzig, nur geduldig: »Das war etwas anderes.«

Conway sagte: »Das haben all die anderen Mädchen auch gedacht. Jede von ihnen hat geglaubt, sie und Chris wären etwas Besonderes.«

Selena sagte: »Vielleicht waren sie das ja auch. Die Menschen sind kompliziert. Wenn du klein bist, merkst du das nicht, du denkst, Menschen sind nur das eine oder das andere; aber wenn du älter wirst, begreifst du, dass es nicht so einfach ist. Chris war nicht einfach. Er war gemein, und er war lieb. Und diese Erkenntnis hat ihm nicht gefallen. Es hat ihn gestört, dass er nicht bloß das eine war. Ich glaube, das hat ihm das Gefühl gegeben …«

Sie verstummte so lange, dass ich mich fragte, ob sie den angefangenen Satz vergessen hatte, aber Conway wartete weiter. Schließlich sagte Selena: »Das hat ihm das Gefühl gegeben, zerbrechlich zu sein. Als könnte er jeden Moment in Stücke brechen, weil er nicht wusste, wie er sich selbst zusammenhalten sollte. Deshalb hat er das mit den Mädchen gemacht, hat es geheim gehalten. Damit er ausprobieren konnte, unterschiedliche Dinge zu sein, um zu sehen, wie sich das anfühlt; und das ohne Gefahr. Er konnte so nett sein, wie er wollte, oder so gemein sein, wie er wollte, und es zählte einfach nicht, weil ja sonst niemand je davon erfahren würde. Ich dachte zuerst, ich könnte ihm vielleicht zeigen, wie er die unterschiedlichen Teile zusammenhalten könnte; wie er mit sich im Reinen sein könnte. Aber dann ging es doch nicht.«

»Klar«, sagte Conway. Kein Interesse an Tiefgründigkeiten, aber sie erkannte offensichtlich, dass ich recht gehabt hatte: Selena war nicht unterbelichtet. Conway strich mit dem Finger über ihr Handy, hielt es ihr wieder hin. »Siehst du das? Nach der Nacht von dem Video hast du Chris ein paar Tage ignoriert. Aber dann hast du dich wieder gemeldet. Das hier sind SMS von dir an ihn. Wieso hast du deine Meinung geändert?«

Selena hatte den Kopf vom Handy weggedreht, als ob sie nicht hinsehen könnte. Sie sagte in das dämmernde Licht vor dem Fenster: »Ich wusste, dass es das Richtige wäre, total den Kontakt abzubrechen. Mich nie mehr bei ihm zu melden. Das wusste ich. Aber ... Sie haben's ja gesehen. Das Video.« Ein kaum merkliches Nicken Richtung Handy. »Es war nicht nur, weil ich ihn vermisst hab. Es war, weil das was Besonderes war. Wir haben das zusammen geschaffen, Chris und ich, es würde nie irgendwo sonst in der Welt existieren, und es war wunderbar. So etwas kaputtzumachen, es zu zertreten und wegzuwerfen: Das ist böse. Das macht doch das Böse aus, oder?«

Wir gaben keine Antwort.

»Es kam mir schrecklich vor. Als wäre es vielleicht sogar das Schlimmste, was ich je getan hatte – ich wusste es nicht genau. Deshalb hab ich gedacht, ich könnte vielleicht einen Teil davon retten. Dass wir, auch wenn wir nicht zusammen waren, vielleicht trotzdem noch ...«

Jeder hat mal so gedacht: *Vielleicht, auch wenn, vielleicht könnten wir trotzdem*, vielleicht können kleine Teile von kostbaren Dingen gerettet werden. Kein vernünftiger Mensch denkt das nach dem ersten Versuch immer noch. Aber ihre Stimme, leise und traurig, die die Luft in Perlmuttfarben schillern ließ: Für eine Sekunde glaubte ich doch noch einmal daran.

Selena sagte: »Es wäre niemals gutgegangen. Wahrscheinlich hab ich das gewusst. Ich glaube, ich hab's gewusst. Aber ich musste es versuchen. Also hab ich Chris ein paar SMS geschickt. Hab geschrieben, lass uns Freunde bleiben. Hab geschrieben, dass ich ihn vermisse, dass ich ihn nicht verlieren will ... So Sachen eben.«

»Nicht bloß ein paar«, sagte Conway. »Sieben.«

Selena zog die Brauen zusammen. »So viele nicht. Zwei? Drei?«

376

»Du hast ihn alle paar Tage angesimst. Auch an dem Tag, als er gestorben ist.«

Selena schüttelte den Kopf. »Nein.« Jeder hätte das gesagt, jeder, der halbwegs bei Verstand war. Aber ihr verwirrter Blick: Ich hätte schwören können, der war echt.

»Hier steht es schwarz auf weiß.« Conways Tonfall veränderte sich. Nicht hart, noch nicht, aber fest. »Hier. SMS von dir, keine Antwort. SMS von dir, keine Antwort. SMS von dir, keine Antwort. Diesmal ignoriert Chris dich.«

Etwas bewegte sich in Selenas Gesicht. Sie starrte auf das Display wie auf einen Fernseher, als könnte sie alles vor sich ablaufen sehen, noch einmal.

»Das hat doch bestimmt weh getan«, sagte Conway. »Oder?«

»Ja. Hat es.«

»Also war Chris doch in der Lage, dir weh zu tun. Richtig?«

Selena sagte: »Ich hab Ihnen doch schon gesagt. Er war nicht bloß das eine oder das andere.«

»Klar. Hast du deshalb mit ihm Schluss gemacht? Weil er etwas getan hat, um dich zu verletzen?«

»Nein. Das da, als er nicht auf meine SMS reagiert hat, das war das erste Mal, dass Chris mich verletzt hat.«

»Hat dich doch bestimmt ziemlich wütend gemacht.«

»Wütend«, sagte Selena. Dachte über das Wort nach. »Nein, ich war traurig, sehr, sehr traurig. Ich konnte mir nicht erklären, warum er so was macht, jedenfalls nicht am Anfang. Aber wütend …« Sie schüttelte den Kopf. »Nein.«

Conway wartete, aber sie war fertig. »Und dann? Hast du's dir am Ende erklären können?«

»Erst hinterher. Als er tot war.«

»Klar«, sagte Conway. »Also was war der Grund?«

Selena sagte schlicht: »Ich wurde gerettet.«

Conways Augenbrauen schossen hoch. »Du meinst, du – was? Hast Gott gefunden? Chris hat Schluss gemacht, weil –«

Selena lachte. Das Lachen verblüffte mich: Es sprudelte in die Luft, voll und süß, wie das Lachen von Mädchen, die in einem plätschernden Bach spielen, weit weg von neugierigen Augen. »Doch nicht so gerettet! Gott, so ein Quatsch. Ich glaub, meine Eltern hätten einen Herzinfarkt gekriegt.«

Conway lächelte mit. »Aber die Nonnen wären begeistert gewesen. Also in welcher Weise wurdest du gerettet?«

»Davor gerettet, wieder mit Chris zusammenzukommen.«

»Hä? Du hast doch gesagt, Chris war toll. Wieso musstest du gerettet werden?«

Selena ließ sich das durch den Kopf gehen. Sagte: »Es war keine gute Idee.«

Wieder dieses Aufblitzen. Eingehüllt in diesen Perlmuttnebel war jemand hellwach und vorsichtig, jemand, den wir noch kaum kennengelernt hatten.

»Warum nicht?«

»Wie Sie schon sagten. Er hat all die anderen Mädchen, mit denen er was hatte, schlecht behandelt. Wenn er mit jemandem zusammen war, kam seine übelste Seite zum Vorschein.«

Conway versuchte, Selena in die Enge zu treiben, und Selena führte sie im Kreis herum. Conway sagte: »Aber du hast gesagt, zu dir war er immer nett, bis ihr euch getrennt habt. Welche üble Seite ist zum Vorschein gekommen, weil er mit dir zusammen war?«

»Dazu war nicht genug Zeit. Aber Sie haben gesagt, früher oder später wäre es so gekommen.«

Conway gab auf. »Wahrscheinlich«, sagte sie. »Also, jemand hat dich gerettet.«

»Ja.«

»Wer?«

Das kam ganz leicht und locker über ihre Lippen.

Selena überlegte. Sie überlegte, ohne sich zu bewegen: Kein Fußwippen oder Fingertrommeln, nicht mal ein Augenblinzeln, völlig still, ruhiger Blick, eine Hand locker in der anderen.

Sagte: »Das spielt keine Rolle.«

»Für uns schon.«

Selena nickte. »Ich weiß es nicht.«

»Doch. Du weißt es.«

Selena sah Conway direkt in die Augen, geradewegs und mit geradem Rücken. Sie sagte: »Nein, weiß ich nicht. Muss ich auch nicht.«

»Aber du hast eine Vermutung.«

Sie schüttelte den Kopf. Langsam und nachdrücklich: Ende.

»Okay«, sagte Conway. Falls sie sauer war, ließ sie es sich nicht anmerken. »Okay. Das Handy, das Chris dir gegeben hat. Wo ist das jetzt?«

Irgendetwas. Misstrauen, Schuldgefühl, Angst, ich konnte es nicht benennen. »Das hab ich verloren.«

»Ach ja? Wann?«

»Ist ewig her. Letztes Jahr.«

»Vor Chris' Tod oder danach?«

Selena dachte eine Weile darüber nach. »Etwa zu der Zeit«, sagte sie. Hilfsbereit.

»Klar«, sagte Conway. »Versuchen wir's noch mal. Wo hast du es aufbewahrt?«

»Ich hab in meine Matratze einen Schlitz geschnitten. An der Seite zur Wand.«

»Gut. Nun überleg mal genau, Selena. Wann hast du es das letzte Mal rausgeholt?«

»Zum Schluss wusste ich, dass er mir nicht simsen würde. Deshalb hab ich nur abends vor dem Einschlafen nachgesehen, manchmal. Nur für alle Fälle. Ich hab versucht, es nicht zu tun.«

»In der Nacht, als er gestorben ist. Hast du da nachgesehen?«

Bei dem Gedanken an diese Nacht glitten Selenas Augen zur Seite. »Ich weiß nicht mehr. Wie gesagt, ich hab versucht, es nicht zu tun.«

»Aber du hattest ihm an dem Tag eine SMS geschickt. Wolltest du denn nicht wissen, ob er geantwortet hat?«

»Ich hab aber nicht nachgesehen. Ich meine, glaube ich jedenfalls. Vielleicht ja doch, aber ...«

»Was war, nachdem du erfahren hattest, dass er tot war? Hast du das Handy dann rausgeholt, nachgesehen, ob er dir noch eine letzte SMS geschickt hat?«

»Ich weiß nicht mehr. Ich war nicht ...« Selena atmete tief durch. »Ich konnte nicht klar denken. Das meiste von dieser Woche ist ... es ist irgendwie aus meinem Kopf verschwunden.«

»Streng dich an.«

»Tu ich ja. Es ist nichts da.«

»Okay«, sagte Conway. »Versuch es weiter, und falls dir irgendwas einfällt, sag mir Bescheid. Wie sah das Handy denn eigentlich aus?«

»Es war klein, nur ungefähr so groß. Hellpink. Es war ein Klapphandy.«

Conways Augen suchten meine. Das gleiche Handy hatte Chris auch Joanne gegeben. Wahrscheinlich hatte er einen Restposten aufgekauft. »Wusste irgendwer, dass du es hattest?«, fragte sie.

Selena sagte: »Nein.« Und ihr Gesicht zuckte. Die anderen, vollkommen sicher, dass es in ihrem heiligen Zirkel keine Geheimnisse gab: Im Schutz der Nacht hatte sie sich aus diesem Zirkel herausgeschlichen, die anderen vertrauensselig schlafend zurückgelassen. »Keine von ihnen wusste davon.«

»Bist du sicher? Wenn man so eng zusammenhockt, ist es schwierig, ein Geheimnis zu bewahren. Erst recht ein so großes Geheimnis.«

»Ich war supervorsichtig.«

Conway sagte: »Aber sie wussten, dass du mit Chris zusammen warst, oder? Sie wussten bloß nichts von dem Handy?«

»Nein. Sie wussten nichts von Chris.« Wieder ein Zucken.

»Ich hab mich ja nur einmal die Woche oder so mit ihm getroffen, und ich hab immer abgewartet, bis ich ganz sicher war, dass die anderen eingeschlafen waren. Manchmal dauert das ewig, besonders bei Holly, aber wenn sie dann schlafen, werden sie von nichts wach. Ich hab schon immer schlecht geschlafen, deshalb wusste ich das.«

»Ich dachte, ihr wärt so gut befreundet. Würdet euch alles erzählen. Warum hast du es ihnen nicht gesagt?«

Erneutes Zucken. Conway tat ihr absichtlich weh. »Sind wir auch. Ich hab's einfach nicht getan.«

»Hätten sie was dagegen gehabt, dass du mit Chris zusammen bist?«

Vager Blick. Sie zog sich von dem Schmerz zurück, flüchtete sich in ihren Nebel. Andere Mädchen wären unter dem anhaltenden Druck unruhig geworden, hätten zur Tür geschielt, gefragt, ob sie endlich gehen dürften. Selena brauchte das nicht. »Ich glaub nicht.«

»Dann ist das nicht der Grund, warum du mit ihm Schluss gemacht hast? Dass jemand das mit euch beiden herausgefunden hat und es nicht gut fand?«

»Niemand hat es herausgefunden.«

»Ganz sicher? Hast du nie den Verdacht gehabt, jemand könnte dir auf die Schliche gekommen sein? Hat nicht vielleicht mal eine von den anderen irgendwas gesagt, das sich wie eine Andeutung anhörte, oder hast du mal abends festgestellt, dass das Handy anders lag als vorher?«

Conways Versuch, ihr zu folgen, sie zurückzuholen. Kurzes Flackern in Selenas Augen, und ich dachte schon, sie hätte sie, aber dann senkte sich wieder dieser Gazeschleier. »Ich glaub nicht.«

»Aber nach seinem Tod. Da hast du es ihnen doch erzählt, nicht?«

Selena schüttelte den Kopf. Sie war unerreichbar: betrachtete

Conway seelenruhig, so wie man Fische betrachtet, die in einem Aquarium herumschwimmen, lauter bunte Farben.

Conway tat verwundert. »Warum nicht? Hätte ja schließlich nichts mehr schaden können. Chris war derjenige, der Wert auf Verschwiegenheit gelegt hatte, und nun war er nicht mehr da. Und du hattest jemanden verloren, der dir viel bedeutet hatte. Du brauchtest Beistand von deinen Freundinnen. Da wäre es doch logisch gewesen, es ihnen zu erzählen.«

»Ich wollte nicht.«

Conway wartete. »Mhm«, sagte sie, als nicht mehr kam. »In Ordnung. Aber sie müssen doch gemerkt haben, dass irgendwas nicht stimmte. Ich vermute mal, du warst ziemlich fertig. Ist ja auch normal. Und sogar schon vor Chris' Tod. Du hast gesagt, du warst verletzt, weil Chris dich ignorierte. Das kann deinen Freundinnen doch nicht entgangen sein.«

Selena sah sie an, ruhig und abgeklärt, wartete auf die Frage.

»Hat dich eine von ihnen mal darauf angesprochen? Hat gefragt, was los war?«

»Nein.«

»Wenn ihr so eng befreundet seid, wie konnten sie das übersehen?«

Schweigen, friedvoller Blick.

»Okay«, sagte Conway schließlich. »Danke, Selena. Falls dir einfällt, wann du das Handy zuletzt gesehen hast, sag mir Bescheid.«

»Okay«, sagte Selena umgänglich. Brauchte eine Sekunde, bis sie daran dachte, aufzustehen.

Als sie Richtung Tür ging, sagte Conway: »Wenn das alles hier vorbei ist, mail ich dir das Video.«

Selena fuhr mit einem jähen Aufkeuchen herum. Einen winzigen Moment lang sprühte sie vor Leben, loderte in der Mitte des Raumes.

Dann schaltete sie es ab, vorsätzlich. »Nein«, sagte sie. »Danke.«

»Nein? Aber du hast doch gesagt, in der Nacht ist nichts Schlimmes vorgefallen. Wieso willst du das Video dann nicht? Außer, es bringt schlimme Erinnerungen zurück?«

Selena sagte: »Das, was Joanne Heffernan gesehen hat, muss ich nicht haben. Ich war dabei.« Und sie ging hinaus, zog die Tür sachte hinter sich zu.

18

IM COURT SIND DIE PINK und rosa dekorierten Valentinstag-Schaufenster verschwunden, die vielen knopfäugigen Pelztierchen, die Herzen halten, verlockend und spöttisch: *Für dich oder auch nicht, hättst du wohl gern, träum weiter!* Stattdessen tauchen die ersten Ostereier auf, umgeben von geschreddertem grünen Papier, um dich daran zu erinnern, dass irgendwo hinter diesem miesen nasskalten Wetter der Frühling lauert. Draußen auf dem Feld sprießen in den Ecken die ersten Krokusse, und Leute, die den Winter über drinnen waren, haben die Jacken bis oben hin zugeknöpft und kommen her, um nachzuschauen, was so läuft.

Chris Harper sitzt auf einem von Unkraut überwucherten Steinhaufen, ein Stück von den anderen entfernt, und blickt über das kahle Feld. Seine Ellbogen sind auf die Knie gestützt, und von einer Hand baumelt vergessen eine Tüte mit Süßigkeiten vom Kiosk, und irgendwas an der Haltung seiner Schultern lässt ihn älter wirken als die krakeelenden anderen. Selena empfindet es wie Stiche in Händen und Brust, als würde sie ausgehöhlt, dieses sehnsüchtige Gefühl, zu ihm gehen zu wollen: sich neben ihn auf die Steine zu setzen, seine Hand zu nehmen, den Kopf gegen seinen zu lehnen und zu spüren, wie er sich gegen sie sinken lässt. Eine brennende Sekunde lang fragt sie sich, was passieren würde, wenn sie es täte.

Sie und Julia und Holly und Becca sind seit einer halben

Stunde hier, sitzen im hohen Unkraut und lassen Zigaretten rumgehen, und er hat noch kein Wort zu ihr gesagt, sie nicht mal angesehen. Entweder er hält sich haargenau an das, was sie abgesprochen haben, oder er hat sich die ganze Sache anders überlegt und wünschte, er wäre nie mit ihr von der Party verschwunden. *Ich melde mich schon irgendwie*, hat *er gesagt*. Das war vor Wochen.

Selena weiß, das ist gut, so oder so. Als sie vier durch die Zaunlücke aufs Feld schlüpften und sie Chris da sitzen sah, hat sie gebetet, dass er nicht zu ihnen rüberkommt. Aber sie war nicht darauf gefasst, wie schmerzlich es ist, dass es sich jedes Mal, wenn seine Augen an ihr vorbeigleiten, anfühlt, als würde ihr die Luft aus der Lunge gerissen. Harry Bailey erzählt ihr die ganze Zeit irgendwas über die Probeexamen, und sie antwortet ihm mechanisch, aber sie hat keine Ahnung, was. Die ganze Welt kippelt und rutscht auf Chris zu.

Er hat noch zwei Monate und drei Wochen zu leben.

»Meine *Fotos*!«, platzt Becca heraus, so schrill, dass es fast schon ein Kreischen ist. In den letzten paar Minuten hat Selena gespürt, wie Becca neben ihr immer angespannter wurde, immer hektischer an ihrem Handy rumfummelte, aber Chris hat das an den Rand ihrer Gedanken gedrängt.

»Hä?«, sagt Holly.

»Die sind *weg*! OmeinGott, die sind alle weg – «

»Ganz ruhig, Becs. Die müssen noch da sein.«

»Sind sie aber nicht, ich hab überall nachgesehen – ich hab sie nie woanders gespeichert! Alle Fotos von uns, die von dem ganzen Jahr – das darf nicht wahr sein …«

Sie gerät in Panik. »Ey«, sagt Marcus Wiley, der lässig zwischen seinen Kumpels hockt, und lässt den Blick gemächlich über Becca gleiten. »Was hast du denn da drauf, dass das so eine Katastrophe ist?«

Finbar Wright sagt: »Bestimmt Titten-Pics.«

»Vielleicht hat sie die an ihre sämtlichen Kontakte geschickt«, sagt jemand anders. »Alle mal nachsehen, schnell.«

»Scheiß drauf«, sagt Marcus Wiley. »Wer will die denn schon sehen?«

Wieherndes Gelächter, das explodiert wie Tellerminen. Becca ist dunkelrot im Gesicht – nicht vor Verlegenheit, sondern vor Wut, aber die verschlägt ihr genauso die Sprache.

»Deinen Mini-Schwanz will auch keiner sehen«, kontert Julia kalt lächelnd, »aber davon lässt du dich ja nicht aufhalten.«

Gelächter, diesmal sogar noch lauter. Marcus grinst. »Das Pic hat dir gefallen, was?«

»Wir haben uns drüber kaputtgelacht. Nachdem wir endlich kapiert hatten, was es sein sollte.«

»Ich hab gedacht, es wär ein Cocktailwürstchen«, sagt Holly. »Nur kleiner.«

Mit einem Seitenblick spielt sie Selena den Ball zu – *Du bist dran* –, aber Selena sieht weg. Sie denkt an den Tag im Court mit Andrew Moore und seinen Freunden, vor gerade mal ein paar Monaten, an diese neue wilde, unbändige Kraft, die ihr den Atem raubte: *Wir können das tun wir können das sagen ob denen das passt oder nicht.* Jetzt kommt ihr das alles blöd vor, als hätte sie den Nachmittag damit verbracht, irgendeinem fremden pampigen Kleinkind was auf die Finger zu geben. Von dem Tempo, mit dem die Dinge sich verändern, wird ihr schwindelig.

»War das der von deinem kleinen Bruder?«, fragt Julia. »Kinderpornographie ist nämlich strafbar.«

»Mann«, sagt Finbar, rempelt Marcus an und grinst. »Und du hast gesagt, sie wär ganz feucht davon geworden.«

Sie hören sich alle an, als würden sie über nichts und wieder nichts schwafeln. Chris hat sich nicht bewegt. Selena möchte nach Hause gehen, sich auf der Toilette einschließen und heulen.

»Vielleicht meint er, sie hat sich vor Lachen in die Hose gemacht«, sagt Holly gutmütig. »Hätte sie auch fast.«

Marcus fällt nichts mehr ein, womit er Julia und Holly eins auswischen kann, also hechtet er sich auf Finbar. Sie wälzen sich ächzend durchs Unkraut, wollen halb vor den Mädchen angeben, meinen es aber auch ernst.

Becca drückt hektisch irgendwelche Tasten an ihrem Handy und ist den Tränen nahe. »Hast du schon nachgesehen, ob du sie auf der SIM-Karte hast?«, fragt Selena.

»Ich hab *überall* nachgesehen!«

»Hey«, sagt jemand, und Selena spürt einen Stromstoß durch sich hindurchjagen, noch ehe sie sich umgedreht hat. Chris lässt sich neben Becca auf dem Boden nieder und streckt die Hand aus. »Lass mal sehen.«

Becca reißt ihr Handy aus seiner Reichweite und starrt Chris misstrauisch an. *Ist schon gut*, möchte Selena sagen, *du kannst es ihm ruhig geben, hab keine Angst.* Sie weiß, dass sie besser nichts sagt, aus zig verschiedenen Gründen.

»Ey, seht mal da!« Irgendwer aus Marcus' Gang, johlend über Marcus und Finbar hinweg, die sich noch immer durchs Unkraut wälzen. »Harper steht auf hässlich.«

»Du vertust deine Zeit«, sagt Holly zu Chris. »Sie hat nämlich keine Titten-Pics.«

»Sie hat nämlich gar keine Titten!«

Chris überhört sie beide. Zu Becca, als würde er eine ängstliche Katze beruhigen: »Vielleicht kann ich deine Fotos wiederfinden. Ich hatte auch mal so ein Handy. Manchmal spinnt das einfach rum.«

Becca ist unsicher. Sein Gesicht, klar und ausdruckslos: Selena weiß, wie es sich dir öffnet. Beccas Hand hebt sich, reicht Chris das Handy.

»Verdammte *Scheiße*!«, schreit Marcus, setzt sich auf, eine Hand vor dem Gesicht, und Blut quillt zwischen seinen Fingern hervor. »Meine Nase, *Mann*!«

»Sorry.« Finbar klopft sich den Staub ab, halb ängstlich, halb stolz, schielt zu den Mädchen rüber. »Du bist schließlich auf mich losgegangen, Alter.«

»Weil du deine blöde Fresse nicht halten kannst!«

»Ich hab damit angefangen«, stellt Julia klar. »Wollt ihr mir nun auch eine verpassen? Oder mir einfach noch ein paar Mini-Schwanz-Pics schicken?«

Marcus ignoriert sie. Er rappelt sich auf und geht Richtung Zaun, Kopf im Nacken und eine Hand noch immer auf der Nase. »Ooch«, sagt Julia mit Genugtuung und wendet den Jungs den Rücken zu. »Wisst ihr was? Das hab ich gebraucht.«

»Hier«, sagt Chris, hält Becca ihr Handy hin. »Sind sie das?«

»OmeinGott!«, quietscht Becca, schier überwältigt vor Erleichterung. »Ja, ja! Das sind sie. Wie hast du …?«

»Du hattest sie bloß in den falschen Ordner verschoben. Ich hab sie wieder zurückgeholt.«

»Danke«, sagt Becca. »Vielen Dank.« Sie lächelt ihn so an, wie sie sonst nur sie drei anlächelt, ein breites, strahlendes, zahnblitzendes Grinsen. Selena weiß, warum: Wenn Chris so etwas machen kann, einfach aus Nettigkeit heraus, dann sind nicht alle Jungs wie Marcus Wiley oder James Gillen. Chris hat diese Gabe: Er kann der Welt ein anderes Gesicht geben, sie zu einem Ort machen, in den du dich kopfüber mitten hineinstürzen möchtest.

Chris lächelt Becca an. »Alles klar«, sagt er. »Wenn du noch mal Stress damit hast, komm zu mir, und ich werf wieder einen Blick drauf, okay?«

»Okay«, sagt Becca. Sie ist fasziniert, das Gesicht seinem zugewandt, strahlend in seinem Licht.

Chris zwinkert ihr kurz zu und wendet sich ab, und für eine Sekunde stockt Selena der Atem, aber seine Augen gleiten einfach über sie hinweg, als sei sie gar nicht da. »Dein neues Haustier gefällt mir«, sagt er zu Julia und deutet mit dem Kinn auf ihren Pullover, auf dem vorne ein Fuchs eingewebt ist, der total bekifft aussieht. »Ist der stubenrein?«

»Er ist sehr gut erzogen«, sagt Julia. »Sitz! Platz! Siehst du? Braves Kerlchen.«

»Ich glaub, dem geht's nicht gut«, sagt Chris. »Der bewegt sich gar nicht. Wann hast du ihn das letzte Mal gefüttert?« Er bewirft den Fuchs mit einem Marshmallow aus seiner Tüte.

Julia schnappt das Marshmallow aus der Luft und steckt es sich in den Mund. »Er ist wählerisch. Versuch's mal mit Schokolade.«

»Ja, klar. Die kann er sich selbst kaufen.«

»Oh-oh«, sagt Julia, »ich glaube, jetzt ist er sauer.« Und sie schiebt eine Hand unter ihren Pullover und lässt den Fuchs auf Chris zuhüpfen, der im Spaß einen erschrockenen Schrei ausstößt und aufspringt. Und dann ist er auf einmal direkt neben Selena, und die Luft hat sich in etwas verwandelt, das du auf jedem Zentimeter deiner Haut spürst, das dich hochhebt, unwiderstehlich. Sein Lächeln fühlt sich an, als würde sie es schon ewig in- und auswendig kennen.

»Auch was?«, sagt er und hält ihr die Tüte hin.

Etwas in seinen Augen sagt Selena, dass sie genau aufpassen soll. »Okay«, sagt sie. Sie späht in die Tüte, und da, mitten zwischen den pudrigen Bonbons und den vertrockneten Karamellstückchen, ist ein kleines pinkfarbenes Handy.

»Weißt du was?«, sagt Chris zu ihr, »behalt den Rest. Ich hab genug von dem Zeug.« Und er drückt ihr die Tüte in die Hand und wendet sich ab, um Holly zu fragen, was sie Ostern macht.

Selena steckt sich ein Zitronenbonbon in den Mund, rollt den oberen Rand der Tüte ein und stopft sie tief in ihre Jackentasche. Harry Bailey hat inzwischen aufgegeben, sie in ein Gespräch verwickeln zu wollen, und erzählt Becca, dass sein Probeexamen in Wirtschaft voll der Albtraum war, und macht vor, wie er mitten im Prüfungsraum einen schieläugigen Totalaussetzer hatte, und Becca lacht. Selena schaut hoch zu den langen Lichtstreifen, die zwischen den Wolken hindurch genau auf sie alle herunterstürzen, und schmeckt prickelnde Zitrone und spürt die Innenseiten ihrer Handgelenke kribbeln.

Während der ersten Studierstunde geht Selena zur Toilette. Auf dem Weg dorthin schlüpft sie in ihr Zimmer, zieht die Süßigkeitentüte aus ihrer Jacke und stopft sie in die Tasche ihres Hoodies.

Das Handy ist mit Puderzucker bestäubt, und es ist leer: Nichts im Kontakte-Ordner, nichts im Foto-Ordner, sogar Uhrzeit und Datum sind noch nicht eingestellt. Das Einzige, was drauf ist, ist eine SMS von einer Nummer, die sie nicht kennt. Sie lautet: *Hi.*

Selena setzt sich auf den Toilettendeckel, riecht Kälte und Desinfektionsmittel und Puderzucker. Regen weht leise gegen die Fensterscheibe, treibt wieder weg; Schritte platschen den Flur herunter, und jemand kommt reingerannt, schnappt sich eine Handvoll Klopapier aus einer Kabine, putzt sich nass die Nase und stürmt wieder raus, knallt die Kabinentür hinter sich zu. Ein Stockwerk höher, wo die Schülerinnen der fünften und sechsten Jahrgangsstufe auf ihren Zimmern lernen dürfen, wenn sie wollen, spielt jemand irgendeinen Song mit einem schnellen coolen Riff, das deinen Herzschlag packt und mitreißt: *Never saw you looking but I found what you were looking for, never saw you coming but I see you coming back for more ...* Nach einer ganzen Weile simst Selena zurück: *Hi.*

Als sie sich das erste Mal nachts treffen, hat der Regen endlich aufgehört. Kein Wind rüttelt am Schlafzimmerfenster, um die anderen zu wecken, als Selena leise aus ihrem Bett steigt und den Schlüssel Millimeter für Millimeter aus Julias Handyhülle zieht. Keine Wolke verdunkelt das Mondlicht, als sie das Schiebefenster öffnet und sich hinunter aufs Gras gleiten lässt.

Kaum hat sie zwei Schritte gemacht, da wird ihr klar: Diesmal ist die Nacht anders. Die schattendunklen Stellen wimmeln von Dingen, die sie fast hören kann, Scharren und langsam lauter werdendes Knurren; die Flecken Mondlicht machen sie zur Zielscheibe für den Nachtwächter, für Joannes Clique, für alles und jeden, der heute Nacht vielleicht hier herumstreift. Ihr wird deutlich klar, dass ihre üblichen Schutzmechanismen heute nicht funktionieren, dass jeder, der sie will, sich anschleichen und sie packen könnte. Da sie ein derartiges Gefühl schon sehr lange nicht mehr hatte, braucht sie eine Weile, um zu begreifen, was es ist: Angst.

Sie läuft los. Als sie vom Rasen zwischen die Bäume taucht, merkt sie mehr und mehr, dass auch sie heute Nacht anders ist. Sie ist nicht schwerelos, fliegt nicht über das Gras und huscht nicht flink wie ein Schatten zwischen den Bäumen hindurch; ihre Füße zertreten große Zweighaufen, ihre Arme bleiben an Ästen hängen, die wild durch die raschelnden Büsche zurückwippen, und sobald sie sich bewegt, schreit sie jedem Jäger da draußen eine Einladung entgegen, und heute Nacht ist sie die Beute. Immer wieder trottet und schnüffelt irgendetwas hinter ihr und ist verschwunden, wenn sie herumfährt. Als sie das hintere Tor erreicht, ist ihr Blut nur noch blanke Panik.

Das hintere Tor ist aus altem Schmiedeeisen mit einem Beschlag aus hässlichem Blech, um jeden Versuch zu unterbinden, darüberklettern zu wollen, aber die Steinmauer ist verwittert und bietet überall Halt für Hände und Füße. In ihrem ersten Jahr auf der Schule sind Selena und Becca oft hochgeklettert und dann obendrauf balanciert, so hoch, dass manchmal Passanten auf der Straße davor direkt unterhalb von ihnen vorbeigingen, ohne sie überhaupt zu bemerken. Becca fiel einmal runter und brach sich das Handgelenk, aber sie machten trotzdem weiter.

Chris ist nicht da.

Selena drückt sich in den Schatten der Mauer und wartet, versucht, möglichst lautlos zu atmen. Eine neue Art von Angst steigt in ihr auf, schwindelerregend und furchtbar: *Was, wenn keine von diesen SMS von ihm war, was, wenn er mich mit irgendeinem*

Freund von ihm verkuppeln will und der jetzt auftaucht – was, wenn das Ganze bloß ein Riesenwitz war und sie alle irgendwo lauern und gleich brüllend vor Lachen aus ihrem Versteck gesprungen kommen, das überleb ich nicht – geschieht mir nur recht. Die Geräusche im Dunkeln umzingeln sie noch immer, der Mond ist so scharfkantig, dass er einem die Hände in einzelne Knochen zerschneiden würde, wenn man es wagen würde, sie zu heben. Selena will weglaufen. Sie kann sich nicht bewegen.

Als die Gestalt oben an der Mauer auftaucht, schwarz vor den Sternen, sich hochhievt und dann über ihr kauert, kann sie nicht schreien. Sie kann nicht mal ansatzweise verstehen, was es ist; sie weiß nur, dass endlich etwas greifbar geworden ist und sie holen kommt.

Dann flüstert die Gestalt: »Hey«, mit Chris' Stimme. Der Klang jagt einen weißen Blitz über ihre Augen. Dann erinnert sie sich wieder, warum sie hier ist.

»Hey«, flüstert sie zurück, zitternd und hoffend. Die schwarze Gestalt richtet sich oben auf der Mauer auf, riesenhaft groß, bleibt einen Moment lang aufrecht stehen, und dann fliegt sie.

Chris landet mit einem dumpfen Schlag. »Mann, bin ich froh, dass du das bist! Ich konnte kaum was erkennen, hab gedacht, es wär der Nachtwächter oder eine Nonne oder –«

Er lacht atemlos, klopft die Knie seiner Jeans ab, auf die er nach seinem Sprung gefallen ist. Selena hat gedacht, sie wüsste noch, wie er ist, wie die Welt, wenn er da ist, auf einmal glasklar wird, fast unerträglich real, aber er trifft sie wieder ganz neu wie ein Suchscheinwerfer mitten ins Gesicht. Seine Lebendigkeit lässt die lauernden Wesen rückwärts in die Dunkelheit flüchten. Auch sie lacht, atemlos und schwindelig vor Erleichterung. »Nein! Aber es gibt hier wirklich einen Nachtwächter, der das Tor kontrolliert, wenn er seine Runden macht – wir haben ihn schon gesehen. Wir müssen weg. Komm.«

Sie bewegt sich schon, geht rückwärts und deutet den Pfad

hinunter, und Chris springt hinter ihr her. Jetzt, wo die Panik fort ist, kann sie die Luft riechen, satt und durchdrungen von tausend pulsierenden Zeichen des Frühlings.

Entlang der Pfade stehen Bänke, und Selena steuert auf eine von ihnen zu, im Schatten einer ausladenden Eiche zwischen zwei offenen Grasflächen, so dass du jeden sehen kannst, der näher kommt, ehe er dich sieht. Am besten wäre eine der versteckten Ecken des Parks, wo du dich durch Sträucher kämpfen und über unwegsames Unterholz steigen musst, um ein kleines Fleckchen Wiese zu finden, auf das du dich setzen kannst – sie kennt sie alle –, aber dort würde man dicht nebeneinander sitzen müssen, fast schon auf Tuchfühlung. Die Bänke sind breit genug, um eine Armeslänge Platz zwischen sich zu lassen. *Na bitte*, sagt sie im Geist, *na bitte, ich bin vorsichtig*. Es kommt keine Antwort zurück.

Als sie an dem Anstieg zur Lichtung vorbeikommen, wendet Chris den Kopf. »Hey«, sagt er. »Lass uns da hochgehen.«

Das dunkle Kribbeln läuft wieder über Selenas Rücken. Sie sagt: »Gleich da hinten ist ein richtig schöner Platz.«

»Nur ganz kurz. Das erinnert mich an was.«

Ihr fällt kein Grund ein, nein zu sagen. Sie steigt Seite an Seite mit Chris den Hang hinauf und sagt sich, vielleicht will die Lichtung ihr helfen, vielleicht wird sie dafür sorgen, dass sie nicht in Versuchung gerät, aber sie weiß: Heute Nacht bekommt sie keine Hilfe. Als sie auf die Wiese treten, brodeln und zischen die Zypressenzweige. Das Ganze ist eine schlechte Idee.

In der Mitte der Lichtung beginnt Chris, sich im Kreis zu drehen, das Gesicht den Sternen zugewandt. Er lächelt, ein kleines intimes Lächeln. Er sagt: »Schön hier.«

Selena sagt: »Woran erinnert es dich?«

»Da, wo ich wohne, gibt es in der Nähe so eine Stelle.« Er dreht sich noch immer, blickt hinauf in die Zypressen. Es rührt Selena an, die Art, wie er die Bäume anschaut, als seien sie ihm wichtig, als wolle er sich jedes Detail einprägen. »Bei so einem

alten Haus, viktorianisch oder so, keine Ahnung. Ich hab's entdeckt, als ich noch klein war, vielleicht sieben. Es stand leer, man
sah irgendwie, dass da schon ewig keiner mehr drin gewohnt
hatte – Löcher im Dach, die Fenster alle kaputt und mit Brettern
vernagelt … Es hat so einen riesigen Garten, und genau in einer
Ecke war ein Kreis von Bäumen. Nicht wie die hier – weiß nicht,
was das für welche sind, kenn mich mit so was nicht aus –, aber
trotzdem. Das hier erinnert mich daran.«

Er fängt ihren Blick auf und rudert mit einem Schulterzucken
und einem schiefen Lachen zurück. In ihren SMS sprechen sie
über Dinge, die Selena nicht mal den anderen erzählt, aber das
hier ist neu; sie sind sich so nahe, dass beiden die Haut prickelt.
»Ich mein, jetzt geh ich da nicht mehr hin. Irgendwelche Leute
haben es vor ein paar Jahren gekauft, und von da an war das Tor
immer verschlossen. Einmal bin ich die Mauer hochgeklettert
und hab drübergeschaut, und da standen Autos in der Einfahrt.
Ich weiß nicht, ob die richtig da wohnen oder ob sie bloß am Re-
novieren sind oder was. Auch egal.« Er geht zum Rand der Lichtung und fängt an, mit dem Fuß im Unterholz rumzustochern.
»Ob da Tiere drin leben? Kaninchen oder Füchse oder so?«

Selena sagt: »Bist du dahin gegangen, wenn du allein sein wolltest?«

Chris dreht sich um und sieht sie an. »Ja«, sagt er nach einem
Moment. »Wenn es zu Hause nicht so toll war. Manchmal bin
ich ganz früh aufgestanden, so fünf Uhr morgens, und bin für ein
paar Stunden dahin. Hab einfach dagesessen. Draußen im Garten, wenn's nicht geregnet hat, und sonst drinnen. Dann bin ich
zurück nach Haus, ehe einer wach wurde, und hab mich wieder
ins Bett gelegt. Die haben gar nicht gemerkt, dass ich weg war.«

In diesem Moment ist er wieder da, der Junge, dessen SMS sie
so behutsam in den Händen hält wie Glühwürmchen. Er sagt:
»Das hab ich noch nie irgendwem erzählt.« Er lächelt sie an, halb
verblüfft, halb schüchtern.

Selena möchte sein Lächeln erwidern und ihm im Gegenzug erzählen, dass sie und die anderen hier auf die Lichtung kommen, aber sie kann nicht; nicht ehe sie die Frage geklärt hat, die an ihr nagt. Sie sagt: »Das Handy, das du mir gegeben hast.«

»Gefällt's dir?« Aber jetzt schaut er wieder weg. Er späht wieder auf den Boden um die Zypressen, obwohl er in der Dunkelheit unmöglich etwas erkennen kann. »Vielleicht gibt's da sogar Dachse.«

»Alison Muldoon hat genau das gleiche. Und auch Aileen Russell, aus der vierten Stufe. Und Claire McIntyre.«

Chris lacht, aber es klingt wie ein Vorwurf, und er wirkt nicht mehr wie der Junge, den sie kennt. »Na und? Stört's dich, dass du das gleiche Handy hast wie andere? Mann, ey, so hätte ich dich nicht eingeschätzt.«

Selena zuckt zusammen. Ihr fällt keine Antwort ein, die nicht alles nur noch schlimmer machen würde. Sie sagt nichts.

Er setzt sich wieder in Bewegung, schnelle Kreise um die Lichtung, wie ein wütender Hund. »Okay. Ich hab ein paar anderen Mädchen solche Handys gegeben. Nicht Alison Soundso, aber den anderen, zugegeben. Und noch ein paar mehr. Na und? Was willst du von mir? Wir sind noch nicht mal zusammen. Geht dich nichts an, mit wem ich sonst noch simse.«

Selena bleibt ganz ruhig. Sie fragt sich, ob das ihre Strafe ist: das hier, als würde sie ausgepeitscht, und dann wird er verschwinden, und sie kann sich durch die Dunkelheit nach Hause schleppen und beten, dass nichts den Blutgeruch wittert, den sie verströmt. Und dann wird das alles vorbei sein.

Nach einem Moment hört Chris auf zu kreisen. Er schüttelt fast brutal den Kopf. »Sorry«, sagt er. »Das hätte ich nicht ... Aber diese anderen Mädchen, das ist Monate her. Ich hab überhaupt keinen Kontakt mehr zu denen. Ehrenwort. Okay?«

Selena sagt: »Darum ging's mir nicht. Das ist mir egal.« Sie denkt, dass das wahr ist. »Aber: Wenn du sagst, dass du noch nie irgendwem was erzählt hast, will ich mich nicht fragen müssen, ob du dieselbe Geschichte nicht schon zig Leuten erzählt hast und jedes Mal auch zu denen gesagt hast: ›Das hab ich noch nie irgendwem erzählt.‹«

Er öffnet den Mund, und sie weiß, er wird sie in der Luft zerfetzen, das hier in Stücke zerreißen, die sie beide nie wieder zusammenfügen können. Dann reibt er sich mit beiden Händen fest über die Wangen, verschränkt sie hinter dem Kopf. Er sagt: »Ich glaub, ich weiß nicht, wie das hier laufen soll.«

Selena wartet. Sie weiß nicht, worauf sie hoffen soll.

»Ich geh dann mal besser. Wir können uns ja weiter simsen. Das ist mir lieber, als wenn wir versuchen, uns weiter zu treffen, und alles geht den Bach runter.«

Selena sagt, ohne zu überlegen: »Es *muss* ja nicht den Bach runtergehen.«

»Ach nee? Wir sind grad mal zwei Sekunden hier, und schon streiten wir uns. Ich hätte nicht kommen sollen.«

»Jetzt übertreib nicht. Als wir bei der Valentinsparty rausgegangen sind, haben wir uns gut verstanden. Wir müssen nur miteinander reden. Und zwar richtig.«

Chris starrt sie an. Nach einem Moment sagt er: »Okay: Ich war ehrlich vorhin. Ich hab noch nie irgendwem von dem Haus erzählt.«

Selena nickt. »Siehst du?«, sagt sie. »War das so schwer?«, und grinst ihn an und bekommt ein verblüfftes Halblachen als Antwort. Chris atmet tief aus und entspannt sich.

»Ich hab's überlebt.«

»Also musst du nicht gehen. Es geht nicht den Bach runter.«

Er sagt: »Ich hätte dir das mit dem Handy gleich sagen sollen. Anstatt …«

»Allerdings.«

»Hab mich benommen wie ein Arsch. Das war Scheiße. Sorry.«

»Ist schon okay«, sagt Selena.

»Ehrlich? Sind wir okay?«

»Alles gut.«

»Gott. Puh!« Chris tut übertrieben so, als würde er sich Angstschweiß von der Stirn wischen, aber im Grunde fühlt er sich wirklich so. Er bückt sich und betastet das Gras. »Es ist trocken«, sagt er, setzt sich hin und klopft auf eine Stelle neben sich.

Als Selena stehen bleibt, sagt er: »Ich hab nicht vor ... Ich meine, keine Angst, ich weiß, dass du nicht – oder dass wir nicht – *o Mann!* Ich stotter mir hier einen ab. Ich werd nix machen, okay?«

Selena lacht. »Entspann dich«, sagt sie. »Ich weiß, was du meinst«, und sie geht zu ihm und setzt sich neben ihn.

Sie sitzen eine Weile da, ohne zu sprechen, sogar ohne sich anzusehen, gewöhnen sich einfach nur an das Gefühl ihrer Körper auf der Lichtung. Selena spürt, wie die verborgenen Dinge zu schwarzen Schleiern schwinden, die du mit einer Fingerspitze durchstoßen könntest, wie sie zu harmlosem Schlaf auf dem Boden zusammenfallen. Sie ist zwei Handbreit von Chris entfernt, aber diese Seite von ihr wird von der Hitze seines Körpers gewärmt. Er hat die Hände um die Knie geschlossen – sie sind wie Männerhände, breit mit kräftigen Knöcheln – und den Kopf in den Nacken gelegt, um in den Himmel zu schauen.

»Ich erzähl dir noch was, was ich noch nie irgendwem erzählt hab«, sagt er nach einer Weile leise. »Weißt du, was ich machen werde? Wenn ich alt genug bin, kaufe ich das Haus. Ich bau es richtig aus, und dann lade ich alle meine Freunde ein, und wir feiern eine Woche lang. Geile Musik und jede Menge zu trinken und Gras und E, und das Haus ist so groß, dass die Leute einfach in irgendein Zimmer gehen können, wenn sie müde werden, und eine Runde schlafen und dann zurück zur Party kommen können. Oder wenn sie mal ungestört sein wollen oder einfach nur Ruhe brauchen, dann gibt es jede Menge Zimmer und den ganzen Garten. Egal in welcher Stimmung du bist oder was du gerade brauchst, da gibt es alles.«

Sein Gesicht leuchtet. Das Haus erblüht in der Luft über der Lichtung, jedes Detail deutlich und schimmernd, jeder Winkel erfüllt und übersprudelnd von zukünftiger Musik und Lebensfreude. Es ist so real wie sie.

»Und wir werden uns alle bis an unser Lebensende an diese Party erinnern. Ich meine, wenn wir vierzig sind und Jobs haben und Kinder, und das Aufregendste, was wir je machen, ist *Golf*, dann werden wir an diese Party denken, wenn wir uns dran erinnern wollen, wie wir mal waren.«

Selena wird klar, dass Chris noch nie auch nur mal dran gedacht hat, es könnte vielleicht nicht klappen. Was, wenn er alt genug ist und die Leute, denen das Haus gehört, es nicht verkaufen wollen, was, wenn es abgerissen wurde, um Eigentumswohnungen zu bauen, was, wenn er nicht genug Geld hat, um es zu kaufen: Nichts davon ist ihm je in den Sinn gekommen. Er will es. Das allein macht es so einfach und gewiss wie das Gras unter ihren Beinen. Selena spürt einen Schatten, wie einen großen Vogel, über ihren Rücken huschen.

Sie sagt: »Das klingt wunderbar.«

Er wendet sich ihr zu, lächelnd: »Du bist eingeladen«, sagt er. »Auf jeden Fall.«

»Ich komme«, sagt sie. Sie hofft mit jeder Faser, dass sie beide recht behalten.

»Abgemacht?«, fragt Chris und streckt ihr seine Hand entgegen.

»Abgemacht«, sagt Selena, und weil sie nicht anders kann, hebt sie ihre Hand und schüttelt seine.

Als es Zeit wird zu gehen, möchte er sie bis zur Schule begleiten, sie wohlbehalten bis zum Fenster bringen, aber sie lässt ihn nicht. In dem Moment, als sie die Rede darauf brachten, dass sie sich trennen müssen, spürte sie die Dinge in den Schatten erwachen und aufhorchen, hungrig; spürte den Nachtwächter unruhig werden, Lust auf einen Spaziergang in der satten Frühlingsluft bekommen. Wenn sie irgendwelche Risiken eingehen, werden sie erwischt werden.

Stattdessen lässt sie zu, dass seine Augen ihr den Pfad Richtung Schule hinunter folgen, bis sie weiß, dass sie im Mondscheingesprenkel verschwommen ist. Dann dreht sie sich um und bleibt stehen, spürt die Schatten hinter sich dichter werden.

Er flimmert mitten auf der Lichtung, zum Bersten erfüllt. Als er springt, hat er den Kopf nach hinten geworfen, die Faust zum Himmel gereckt, und sie hört sein leises glückliches Japsen. Er landet grinsend, und Selena spürt, dass auch sie lächelt. Sie sieht zu, wie er den Hang hinunter zum Pfad läuft, mit großen Sprüngen, um die ersten Hyazinthen nicht zu zertreten, und zum hinteren Tor trabt, als könnte er die Füße nicht auf dem Boden halten.

Letztes Mal war er es, der sie berührte, ehe sie wusste, dass es passieren würde. Diesmal hat sie die Hand ausgestreckt, um ihn zu berühren.

Selena ist bereit für die Strafe. Sie rechnet damit, dass die anderen hellwach sind und in ihren Betten sitzen, als sie sich ins Zimmer schleicht, dass drei Augenpaare sie rückwärts gegen die Tür stoßen werden, aber sie schlafen so entspannt, dass sie sich kaum bewegt haben, seit sie nach draußen gegangen ist. Es kommt ihr vor, als wäre das Nächte her.

Sie wartet den ganzen nächsten Tag darauf, in McKennas Büro gerufen zu werden, damit der Nachtwächter sagen kann, *Ja, das ist sie*, aber sie sieht McKenna nur ein einziges Mal, als sie mit ihrem unvermeidlichen majestätischen Halblächeln über den Flur schwebt. In einer Toilettenkabine probiert Selena aus, ob sie die Lampen noch immer zum Flackern bringen kann, ob sich ihr Silberring noch immer auf ihrer flachen Hand dreht. Sie tut das allein, damit die anderen nicht mitkriegen, wie es ihr misslingt, und sich nach dem Grund fragen, aber alles funktioniert perfekt.

Danach wird ihr klar, dass es nicht so offensichtlich sein wird, sondern indirekter, ein Schlag aus dem Hinterhalt, wenn sie am wenigsten damit rechnet. Ein Anruf, durch den sie erfährt, dass ihre Familie irgendwie ihr ganzes Geld verloren hat und sie vom Kilda abgehen muss. Ihr Stiefvater, der seine Arbeit verliert, weshalb sie alle nach Australien auswandern müssen.

Sie versucht, sich deswegen – was immer es ist – schuldig zu fühlen, aber dafür ist kein Platz in ihrem Kopf. Chris leuchtet in jeden Winkel. Sein Lachen, das höher steigt, als man von jemandem mit einer so tiefen Stimme erwarten würde, und ihn plötzlich jung und verschmitzt wirken lässt. Dieser schmerzhafte Stich, *Wenn es zu Hause nicht so toll war,* der seine bemüht fröhliche Fassade abhobelt und sein Gesicht angespannt und verschlossen macht. Der Spalt seiner Augen gegen das Mondlicht, die Bewegung seiner Schultern, wenn er sich vorbeugt, sein Geruch, er ist in jedem Augenblick. Sie ist fassungslos, dass die anderen es nicht schmecken, heiß und zimtig, dass sie es nicht jedes Mal, wenn sie sich bewegt, von ihr aufwirbeln sehen wie Goldstaub.

Es kommt kein Anruf. Sie wird nicht von einem Lastwagen überfahren. Chris simst ihr *Wann?* Als Selena und die anderen das nächste Mal auf der Lichtung sind, denkt sie zum Mond hoch: *Bitte mach was mit mir. Sonst werde ich mich wieder mit ihm treffen.*

Stille, Kälte. Sie versteht, dass Chris ihr ganz eigener Kampf ist, den niemand für sie kämpfen wird.

Ich sage ihm, dass wir uns nicht mehr treffen können. Ich sage ihm, dass er recht hatte und wir uns bloß simsen sollten. Der Gedanke raubt ihr die Luft zum Atmen, wie eiskaltes Wasser. *Wenn er nicht damit einverstanden ist, hör ich auf, ihm zu simsen.*

Als sie sich das nächste Mal treffen, in einer grasigen und mondlosen Stille zwischen zwei Geheimnissen, nimmt sie seine Hand.

19

————————

WIR GINGEN ZUR ZIMMERTÜR, sahen Selena nach, bis sie wieder wohlbehalten dort ankam, wo sie sein sollte. Der Gesang hatte aufgehört. Als Selena die Tür zum Gemeinschaftsraum öffnete, schwappte uns die Stille entgegen, gespannt und spröde, surrend.

Conway sah zu, wie die Tür sich mit einem Klicken schloss. »Also«, sagte sie. »Denkst du, Chris hat sie vergewaltigt?«

»Bin mir nicht sicher. Wenn ich mich festlegen müsste, würde ich sagen, nein.«

»Ich auch. Aber hinter der Trennung steckt mehr, als sie sagt. Wer macht denn mit einem Typen Schluss, bloß weil sie sich geküsst haben? Das ist doch kein Grund.«

»Vielleicht kommen wir weiter, wenn wir die SMS-Texte haben.«

»Ich schwöre, falls Sophies Bursche Feierabend gemacht hat, besorg ich mir seine Adresse und knöpf mir den kleinen Scheißer vor.« Vor ein paar Stunden hätte sich das noch so angehört, als meine sie es ernst. Jetzt war es bloß Pitbull auf Autopilot, zu müde, um richtig zuzubeißen. Sie sah auf die Uhr: Viertel vor sieben. »Verdammt. Nun *mach* endlich.«

Ich sagte: »Auch wenn Chris Selena nicht vergewaltigt hat, könnte jemand das gedacht haben.«

»Stimmt. Die beiden trennen sich, sie ist am Boden zerstört, heult in ihre Einhörner. Eine von ihren Freundinnen weiß, dass sie mit Chris zusammen war, denkt sich, er hat ihr was getan …«

Ich sagte: »Sie denkt, eine von ihren Freundinnen hat ihn ermordet.«

»Ja. Sie weiß es nicht mit Sicherheit, aber sie denkt es, ja.« Diesmal tigerte Conway nicht herum; sie lehnte an der Flurwand, Kopf nach hinten, versuchte, sich den Tag aus dem Nacken zu reiben. »Was bedeutet, sie ist raus. Nicht offiziell, aber raus.«

Ich sagte: »Sie ist aber nicht *draußen*. Sie ist …« Dieser Sog, der von Selena ausging wie von einem Strudel, Dinge, die um ihre Achse kreisten, ich wusste nicht, wie ich das ausdrücken sollte. »Wenn wir die ganze Geschichte haben, wird sie mit drin sein.«

Ich redete wie ein Vollidiot, und das vor jemandem aus dem Morddezernat, aber Conway grinste nicht spöttisch. Sie nickte. »Falls sie richtigliegt und eine von ihren Freundinnen es war, dann wegen Chris und Selena. So oder so.«

»Das meine ich auch. Wenigstens eine von den dreien wusste alles über sie und Chris und war gar nicht begeistert. Und Selena wusste, dass die anderen dagegen wären; deshalb hat sie's ihnen ja auch nicht erzählt.« Ich lehnte mich neben Conway an die Wand. Die Erschöpfung machte auch mir zu schaffen, es fühlte sich an, als würde die Wand schwanken. »Vielleicht wussten sie, dass er ein kleiner Casanova war, dachten, er würde Selena am Ende weh tun. Vielleicht hat er eine von ihnen schon mal richtig mies behandelt – ganz beiläufig, so wie Holly uns das beschrieben hat –, und er war der Feind. Vielleicht stand eine von ihnen auf ihn. Vielleicht war eine von ihnen schon mal mit ihm zusammen gewesen, früher.«

»Okay«, sagte Conway. Rollte den Kopf hin und her, verzog das Gesicht. »Ich würde sagen, wir nehmen sie uns noch mal nacheinander vor. Sagen ihnen, dass wir glauben, es war Selena, und wir sie festnehmen wollen. Das müsste sie aufrütteln.«

»Du denkst, wenn es eine von ihnen war, wird sie mit der Sprache rausrücken, um Selena rauszuhauen?«

»Möglich. In dem Alter hat Selbsterhaltung noch keine hohe Priorität. Wie schon gesagt: Nichts ist so wichtig wie deine Freunde. Nicht mal dein Leben. Du suchst praktisch nach einem guten Grund, es zu opfern.«

Ein schmerzliches Pochen unten an meinem Hals und in den Armbeugen, Stellen, wo Adern dicht unter der Oberfläche verlaufen. Ich sagte: »Das ist ein zweischneidiges Schwert. Falls eine von ihnen gesteht, heißt das noch lange nicht, dass sie es war.«

»Wenn die hier alle anfangen, einen auf Spartacus zu machen, nehm ich sie beim Wort, darauf kannst du dich verlassen. Dann wird die ganze Bagage verhaftet, und die Staatsanwaltschaft kann sich damit rumschlagen.« Conway presste die Handballen in die Augenhöhlen, als wolle sie den Flur nicht mehr sehen. Wir waren jetzt so lange hier, dass alles allmählich vertraut wirkte, aber irgendwie mit einer Art Bildstörung, wie bei einer stotternden DVD oder wie wenn du so besoffen bist, dass du nicht mehr geradeaus gucken kannst. Sie sagte: »Wir nehmen uns die drei vor, sobald wir den vollen Wortlaut der SMS haben. Ich will halbwegs wissen, was zwischen Chris und Selena passiert ist – bei der Trennung und hinterher. Ist dir ihr Gesicht aufgefallen, als sie die Verbindungsdaten gesehen hat? Die von kurz vor dem Mord?«

Ich sagte: »Verblüfft. Kam mir echt vor.«

»Dir kommt alles echt vor. Wie du es zum Detective geschafft hast, ist mir ...« Sie hatte nicht mehr die Energie. »Aber diesmal hast du recht. Sie war nicht darauf gefasst, so viele SMS zu sehen. Vielleicht war sie einfach neben der Spur und hat sie vergessen. Verträumt genug ist sie ja, und sie hat selbst gesagt, dass sie keine klaren Erinnerungen an diese paar Wochen hat. Oder aber ...«

»Oder aber es wusste noch jemand von dem Handy und hat es benutzt, um diese SMS zu verschicken.«

Conway sagte: »Genau. Joanne muss sich gedacht haben, dass Selena ein Spezialhandy von Chris bekommen hatte, genau wie sie selbst. Für Julia gilt dasselbe, weil sie von Joannes Handy wusste. Und hast du gesehen, wie Selena dichtgemacht hat, als ich sie gefragt hab, ob sie mal gemerkt hat, dass das Handy anders lag als vorher? Irgendwer hat sich daran zu schaffen gemacht, ganz sicher.«

Ich sagte: »Wir brauchen den Text der SMS. Selbst wenn keine Namen genannt werden –«

»Bestimmt nicht.«

»Ja, wahrscheinlich nicht. Aber vielleicht steht irgendwas drin, das uns Hinweise auf die Schreiber liefert.«

»Hoffentlich. Und ich will wissen, wer die Mädels waren, denen Chris gesimst hat, bevor er mit Selena zusammenkam. Wenn eine von unseren acht dabei war, wird's interessant. Besonders wenn sie diejenige ist, die er gleichzeitig mit Joanne am Laufen hatte. Ich geh jede Wette ein, dass diese Spezialhandys keine registrierten waren, aber vielleicht haben wir Glück und finden einen Namen in den SMS oder auch irgendwas auf den Fotos, die sie sich geschickt haben. Klar, jede, die auch nur halbwegs bei Verstand ist, hätte dafür gesorgt, dass ihr Gesicht nicht im Bild ist, aber ich wette, eine Vollidiotin war mindestens dabei. Und vielleicht hat ja eine ein Muttermal am Busen, eine Narbe, irgendwas Unverkennbares.«

Ich sagte: »Kann ich den Teil bitte dir überlassen?«

Conway hatte noch immer die Hände auf den Augen, aber ich sah das Zucken um ihren Mund, das ein Grinsen hätte werden können, wenn sie nicht so kaputt gewesen wäre. »Ich seh mir die Fotos von den Mädchen an, du dir die von Chris. Dann kriegen wir beide keinen Schaden fürs Leben.«

»Hoffen wir's mal.«

»Ja.« Das Grinsen war verschwunden. »Okay: Ich geh zu McKenna und bitte sie, die Mädels mal ein Weilchen rauszulas-

sen. Hab ich Selena ja versprochen.« Ich hatte das vergessen.
»Dann marschieren wir runter in die Cafeteria und versuchen,
was zu essen aufzutreiben, während wir darauf warten, dass Sophies Kontakt in die Gänge kommt. Ich könnte einen dicken fetten Burger vertragen.«

»Zwei.«

»Zwei. Und Fritten.«

Wir wollten gerade losgehen, als es ertönte: ein Summen aus
Conways Tasche.

Sie griff hastig nach ihrem Handy: »Die SMS.« Sie stand
schlagartig wieder kerzengerade und war wach wie am Morgen,
die Müdigkeit abgestreift wie eine nasse Jacke. »Ah, ja. Da sind
sie. Ehrlich, ich könnte Sophie knutschen.«

Dieser Anhang war noch länger als der letzte. »Dafür setzen
wir uns lieber«, sagte Conway. »Da drüben.« Sie deutete mit einer
ruckartigen Kopfbewegung auf die Fensternische am hinteren
Ende des Flurs, zwischen den beiden Gemeinschaftsräumen. Das
Fenster hatte sich leuchtend lila verfärbt, Abenddämmerung, die
wie Donner aussah. Dünne Wolken bewegten sich ruhelos.

Wir hievten uns auf die Fensterbank und saßen Schulter an
Schulter. Fingen oben mit dem Anhang an und scrollten schnell
runter, versuchten, auch das frühe Zeug aufmerksam zu lesen.
Kinder an Weihnachten, unfähig, an irgendwas anderes zu denken als an das dicke glänzende Paket, das wir uns bis zum Schluss
aufbewahrten. Stille drang von den Türen zu beiden Seiten auf
uns ein.

Viel Geflirte. Chris schmeichelnd: *Hab d heut im court gesehen
sahst super aus*; das Mädchen kokett: *OMG hab doch meeega-
scheiße ausgesehen haare voll die Katastrophe LOL*. Chris kommt
zur Sache: *Hab nicht auf d Haare geachtet, nicht bei dem knallen-
gen top :–D*. Du konntest das Mädchen praktisch aufkreischen
hören. *D bist so versaut!*

Ein bisschen Drama: ein Mädchen auf einem nervösen hohen

405

Ross: *Hör nicht drauf was andere über fr Abend reden die waren nicht da! Können sich ruhig irgendnen scheiß ausdenken aber wir waren bloß zu 4 und wenn d die Wahrheit wissen willst FRAG MICH!!!* Viele Verabredungen, aber allesamt einwandfrei, meistens nach der Schule im Shopping-Center oder im Park; niemand hatte sich nachts rausgeschlichen, damals noch nicht. Eine Ketten-Nachricht: *Wenn du deine Mutter liebst schicke dies hier an 20 Personen. Ein Mädchen hat das nicht gemacht und 30 Tage später ist ihre Mam gestorben. Sorry ich kann das nicht übergehen, weil ich meine Mutter liebe!*

Du vergisst, wie das war. Du schwörst Stein und Bein, dass dir das nie passieren wird, aber Jahr für Jahr bröckelt es weiter ab. Dass deine Temperatur das Quecksilber überholte, dein Herz immer im gestreckten Galopp unterwegs war, ohne je Ruhe zu brauchen, alles auf Glasscherbenkanten balancierte. Dass jemanden zu begehren wie Verdursten war. Dass deine Haut zu dünn war, um die Millionen Dinge abzuhalten, die vorbeiströmten; jede Farbe kochte hell genug, um dich zu verbrennen, jede Sekunde jedes Tages konnte dir Flügel verleihen oder dich in blutige Fetzen reißen.

In dem Moment begann ich wirklich daran zu glauben, nicht als fundierte polizeiliche Theorie, sondern aus dem Bauch raus: Eines der Mädchen konnte Chris Harper getötet haben. Hatte ihn getötet.

Auch Conway hatte es mitbekommen. »Meine Fresse. Diese *Energie.*«

Noch ehe ich wusste, dass ich es aussprechen würde, sagte ich: »Vermisst du das schon mal?«

»So jung zu sein?« Sie schielte zu mir rüber, die Augenbrauen zusammengezogen. »Scheiße, nein. Die vielen Dramen, das dauernde Grübeln über irgendwas, was du in einem Monat schon vergessen hast? Was für eine Zeitverschwendung.«

Ich sagte: »Aber es hat was. Es hat was Schönes.«

Conway betrachtete mich noch immer. Die straffe Frisur vom Vormittag schwächelte allmählich, glänzende Strähnen hatten sich aus dem Knoten gelöst, und der schicke Hosenanzug war zerknittert. Hätte sie weicher aussehen lassen sollen, mädchenhafter, tat es aber nicht. Ließ sie aussehen wie eine Jägerin und eine Kämpferin, mitgenommen nach einer Runde mit bloßen Fäusten. Sie sagte: »Du möchtest, dass alles schön ist.«

»Ja, stimmt.« Als sie wartete: »Und?«

»Und nichts. Viel Glück damit.« Sie wandte sich wieder dem Handy zu.

Ein bisschen mäßig schmusiges Hin und Her: *Will d unbedingt wiedersehn. War ECHT SCHÖN mit d gestern. D bist was ganz Besonderes weißt d das?*

»Kotz«, sagte Conway. »Er ruhe in Frieden und so weiter, aber was war der für ein Schmierlappen.«

Ich sagte: »Oder er wollte daran glauben. Wollte jemanden finden, für den er so empfinden konnte.«

Conway schnaubte. »Klar. Sensibles Seelchen, unser Chris. Sieh mal hier.«

Ein Mädchen, im Oktober, war völlig am Ende, als Chris sie abservierte. Die andere kapierte ziemlich schnell, schickte Chris ein knappes *Fick dich!* und war drüber weg, aber diese: eine wahre Lawine von SMS, die um Antworten bettelten. *Ist es wg neulich im Park!!! ... Weil deine Freunde mich nicht mögn? ... Hat irgendwer was über mich erzählt? ... Bitte bitte bitte ich lass d in Ruhe ich muss es bloß wissn ...*

Chris meldete sich kein einziges Mal mehr bei ihr. »Ja ja«, sagte Conway. »Bloß ein armes, einsames Herz, das sich nach Liebe sehnt.«

Kein Name, aber den würden wir rausfinden müssen. Überhaupt nirgendwo Namen. *OMG hast d gesehn wie Amy vom Skateboard auf den hintern geknallt ist? Hätte mir vor lachen fast in die Hose gemacht!* Das war alles.

Conway hatte mit den Fotos recht gehabt: keine flauschigen Kätzchen.

Chris: *Schick mir n pic :–D*

Noch ein Mädchen, das wir finden mussten: *Weißt doch wie ich aussehe lol.*

Chris: *D weißt, was ich mein :–D damit ich was nettes zum anschaun habe bis ich d wiedersehe.*

Nix da!!! Damit das im ganzn Colm rundgeht? Hallo? Vergiss es.

Chris: *Hey, so was würd ich NIE machn. Dachte d kennst mich besser. Wenn d mich für so ein arschl hältst machn wir lieber Schluss.*

OMG war bloß ein Witz! Sooorry war nicht so gemeint. Ich weiß dass d kein arschl bist :–(

Chris: *OK dachte bloß wenigstns d wüsstest dass ich nicht so bin. Dachte d vertraust mir.*

Tu ich auch, voll! [anhang: .jpg-datei]

»Ganz toll, Chris«, sagte Conway. Sarkastisch, aber ihr Unterton ließ mich aufblicken. »Er kriegt nicht nur ihre Tittenbilder, er kriegt auch noch eine Entschuldigung dafür, dass sie die nicht schneller geschickt hat.«

»Er war wirklich gut.«

»Hat immer gekriegt, was er wollte, hat Julia gesagt.«

Ich sagte: »Könnte aber sein, dass er dem Mädchen die Wahrheit gesagt hat. Ich meine, dass er die Fotos nicht rumzeigen würde. Hat einer von seinen Kumpels letztes Jahr irgendwas darüber gesagt?«

»Nee. Wie denn auch? Im Beisein von Pater Sonstwer? ›Ja klar, Chris hat Titten-Fotos von Minderjährigen rumgezeigt, jetzt schmeißen Sie mich bitte von der Schule und verhaften mich wegen Kinderpornographie, herzlichen Dank auch –‹«

»Vielleicht hätten sie trotzdem darüber gesprochen, wenn ihnen klargeworden wäre, dass eines der Mädchen ihn deswegen umgebracht hat. Chris war ihr Kumpel. Wahrscheinlich nicht im Beisein von Pater Sonstwer, aber eine anonyme SMS an dich hätte doch gereicht, eine Mail, irgendwas. Und du hast selbst gesagt, Finn Carroll war nicht blöd.«

»Stimmt.« Conway fuhr sich mit der Zunge über die Schneidezähne. »Und er und Chris waren gut befreundet; Finn hätte die Fotos also garantiert gesehen, wenn Chris sie rumgezeigt hätte. Aber warum sollte der sie für sich behalten?«

Ich sagte: »Er war kompliziert, hat Selena gesagt.«

»Ja, Mädchen denken immer, Arschlöcher wären ja sooo kompliziert. Überraschung, Mädels: Sie sind einfach bloß Arschlöcher.« Conway scrollte wieder weiter. »Falls er die Bilder nicht rumgezeigt hat, dann bestimmt nicht, weil er ein edler Ritter war. Er hat sich höchstens gedacht, die Mädels könnten das rauskriegen und dann bekäme er kein neues Wichsmaterial mehr.« Sie hielt das Handy zwischen uns. »Jetzt kommt's. Joanne.«

Joanne fing genauso an wie alle anderen. Chris machte auf frech, um zu sehen, wie weit er gehen konnte, Joanne ließ ihn abblitzen und genoss es. Viele Treffen. Er bekam Bilder von ihr, aber sie ließ ihn schwer dafür arbeiten: *Sag bitte. Und jetzt bitte bitte. Braver Junge lol jetzt schick mir n pic von was nettem das du mir kaufen willst. Jetzt schick mir ein pic wohin du in den Ferien mit mir fahrn willst ...* Du konntest förmlich sehen, wie sie kichernd mit ihren Freundinnen zusammenhockte und sich die nächste Forderung überlegte.

»Verdammt«, sagte Conway, spitzte die Lippen. »Anspruchsvolles kleines Biest. Wieso hat er ihr nicht direkt einen Tritt in den Arsch gegeben? Andere Mädels haben auch schöne Titten.«

»Vielleicht hat ihm das Spielchen gefallen«, sagte ich. »Oder vielleicht hat Joanne recht, und er war wirklich in sie verknallt.«

»Klar. Der gute alte Chris, sooo kompliziert. So richtig verknallt war er jedenfalls nicht. Sieh mal.«

Fotos, noch mehr Geflirte, noch mehr Treffen, das Schmusige wurde noch schmusiger. Dann machte Joanne immer stärkere Andeutungen, dass sie die Sache nicht länger geheim halten wollte – *Freu mich auf die Xmas-Party!! Wir können dem DJ sagen er soll unsern Song spielen … mir egal wenn Schw Cornelius uns von der Tanzfläche schmeißt lol <3 <3 <3|* – und Chris verschwand von der Bildfläche.

Joanne: *Hey wo warst d gestern? Wir wollten uns treffen!*

Wieder Joanne: *Hast du meine SMS gekriegt?*

Hallo?? Chris was ist los?

Nur dass ds weißt, ich hatte für dieses WE was besonderes vor … Falls du jetzt neugierig bist sims schnell ;-)

Falls wer irgendwas über mich gesagt hat frag dich WIESO … viele sind voll neidi auf mich … dachte nicht dass d so dumm bist das zu glauben.

Echt so lass ich mich nicht behandeln … bin keine blöde Schlampe mit der d so umspringen kannst … wenn d nicht bis 9.00 antwortest ist SCHLUSS!!

Soll ich allen erzählen d bist schwul?? Mach ich.

Überraschung ich wollte d sowieso in die Wüste schicken. D küsst beschissen … und ich machs nicht mit Jungs die nen winzigen schw habn!!! d kotzt mich an hoff du kriegst aids von ieiner schlampe.

Chris wenn d nicht sofort antwortest + dich entschuldigst wirst ds bereuen. Ich hoffe d liest das genau weil d einen Riesenfehler gemacht hast … ist mir egal wie lang es dauert, du wirst es bereuen.

OK d wolltest es so. Bye.

»Na, das nenn ich einen erstklassigen Wutanfall«, sagte Conway.

Wieder Joanne. Motiv, Gelegenheit und jetzt auch die passende Einstellung.

Ich sagte: »Das war fünf Monate vor Chris' Tod. Meinst du, ihre Wut hat so lange angehalten?«

»›Ist mir egal, wie lange es dauert …‹« Conway zuckte die Achseln. »Vielleicht. Vielleicht auch nicht. Du hast sie ja gehört: Es macht ihr noch immer was aus, und es ist anderthalb Jahre her.«

Ich konnte mir Joanne noch immer nicht um Mitternacht mit einer Hacke in der Hand zwischen Bäumen vorstellen. Und Conways Gesichtsausdruck nach zu urteilen, ging es ihr genauso. Ich sagte: »Wäre es möglich, dass sie jemand anderen dazu gebracht hat, die Sache für sie zu erledigen?«

Conway schüttelte bedauernd den Kopf. »Hab gerade dasselbe überlegt. Zwei Doofe, ein Gedanke. Aber ich glaub's nicht. Es hätte dann schon eine von ihren Freundinnen sein müssen – wenn sie mit einem Typen gevögelt hätte, damit er es macht, hätte der nie im Leben so lange die Klappe gehalten –, aber welche von ihnen? Alison hätte es vermasselt, Orla auch, und selbst wenn sie es irgendwie hingekriegt hätten und nicht gleich am nächsten Tag geschnappt worden wären, hätten sie sich inzwischen längst verplappert. Gemma könnte es gemacht haben, und sie hätte auch die Klappe gehalten, aber sie ist nicht blöd, und sie weiß, was gut für sie ist. Sie hätte sich gar nicht erst dazu überreden lassen.«

Ich sagte: »Eine aus Hollys Clique vielleicht.«

Conways Augenbrauen schnellten hoch. »Erpressung.«

»Genau. Joanne hatte das Video. Sie hätte dafür sorgen können, dass Selena von der Schule fliegt – die anderen drei wahrscheinlich auch.«

»Nicht ohne sich selbst dabei mit in die Scheiße zu reiten.«

»Doch. Sie hätte das Video auf einem Stick an McKenna schicken können. Oder es an einem Wochenende auf YouTube stellen, den Link an die Schule mailen. Vielleicht hätte McKenna vermutet, wer das Video gemacht hat, aber sie hätte es nicht beweisen können.«

Conway nickte, überlegte schnell. »Okay. Joanne hat also das Video und geht damit zu … wem? Nicht Selena. Joanne ist zu clever, um einer solchen Traumtänzerin so eine Sache zuzutrauen.«

Ich sagte: »Und Selena hätte es sowieso nicht gemacht. Sie war

411

verrückt nach Chris. Für ihn hätte sie sich liebend gern von der Schule werfen lassen.«

»Klar. Romeo und Julia, Besserverdiener-Version.« Conway war zu konzentriert, um richtig bissig zu werden. »Wenn ich Joanne wäre, würde ich mir nicht gerade Rebecca aussuchen.«

»Nee. Zu unberechenbar. Sieht lammfromm aus, aber ich glaube, sie würde eher aus der Haut fahren und Joanne sagen, sie soll sich verpissen, als sich von ihr Befehle geben zu lassen. Und Joanne kann Leute gut einschätzen, sonst wäre sie nicht der Zickenboss. Also nicht Rebecca.«

Schweigen, während der Rest unausgesprochen in der Luft schwebte. Als es nicht mehr anders ging, sagte Conway: »Joanne hat erzählt, sie hat mit Julia gesprochen und ihr gesagt, sie soll Selena zurückpfeifen. Vielleicht war das nicht alles.«

Julia. Ihre wachsamen Augen. Die Art, wie sie sofort bereit war, Selena zu schützen. Die jähe Stille, als sie die Postkarte gesehen hatte.

Conway sagte: »Julia wusste von Joannes Geheimhandy. Ich sehe keinen Grund, warum Joanne ihr davon erzählt haben sollte, es sei denn, um ihr zu zeigen, worauf sie achten soll.«

Das Schweigen setzte wieder ein, intensiver und stärker. Sprach es für uns aus: Wir wollten beide nicht, dass sie es war.

Ich sagte: »So unvernünftig ist Julia nicht. Von der Schule zu fliegen ist kein Weltuntergang.«

»Vielleicht nicht da, wo wir herkommen. Aber für die meisten hier schon. Du hättest die Gesichter der Colm-Jungs sehen sollen, als sie gehört haben, dass Finn Carroll geflogen war. Die haben ausgesehen, als wäre er gestorben, als würden sie ihn nie wiedersehen; das hat sie fast genauso mitgenommen wie das mit Chris. Weißt du, wie die ticken? Für die sind Schulen wie diese hier praktisch die zivilisierte Welt. Außerhalb davon ist die Wildnis. Wo perverse Prolljunkies deine Nieren auf dem Schwarzmarkt verscherbeln.«

Ich verstand das. Sagte es Conway nicht, aber ich verstand es glasklar. Hier rausgeworfen zu werden musste sich anfühlen, als würde man über eine Mauer in verkohlte Trümmer geschmissen, wo die Luft nach Ruß roch. Alles vorbei; alles Goldene und Helle, alles Seidige, alles zu zarten Schnörkeln Geschnitzte, das sich glatt unter den Fingerspitzen anfühlte, alles, was in süßen, weiten Harmonien klang: vorbei, und ein Flammenschwert versperrte dir für alle Zeit den Weg zurück.

Conway lehnte mit dem Rücken an der Wand und beobachtete mich, den Kopf schiefgelegt, durch die Haarsträhnen einer Kriegerin. Ein dunkles Auge unter schwerem Lid.

Ich sagte: »Schauen wir uns den Rest an.«

Die SMS zwischen Chris und Selena begannen am 25. Februar, und sie waren anders. Kein Geflirte, keine sexy Sprüche, kein Betteln um Fotos; nichts von diesem Gefühl, diesem Tempo, diesem Fieber.

Hi.

Hi.

Das war's, ihre erste Kommunikation. Ein bloßes Tasten, ob der andere da war.

Im Laufe der nächsten Tage fingen sie an, einander Geschichten zu erzählen. Chris' Klasse hatte ein Elektroteil gebaut, das in unregelmäßigen Abständen piepste, es unter dem Lehrerpult versteckt und sah zu, wie der Irischlehrer den Verstand verlor. Selenas Klasse hatte Houlihan in den Wahnsinn getrieben, indem sie ihre Tische zentimeterweise nach vorne schoben, so langsam, dass Houlihan es erst merkte, als sie schon praktisch an die Tafel gedrückt wurde. Kleine Geschichten, um sich gegenseitig zum Lachen zu bringen.

Dann – behutsam, Schritt für Schritt, als hätten sie alle Zeit der Welt – wurden sie persönlicher.

Chris: *OK als ich dieses WE nach Hause komm hat m-e Schwester auf 1mal so ne Emofrisur. Was soll ich machen?*

413

Selena: *Kommt drauf an, wie sieht sie aus?*

Chris: *Eigentl nicht schlecht ... oder es würde nicht schlecht aussehen, wenn sie beim Friseur gwsn wär unds nicht selbst mit ner Nagelschere gemacht hätt :–0*

Selena: *LOL! Dann geh mit ihr zum Friseur + lass es richtig schneiden!*

Chris: *Vielleicht mach ich das sogar :–D*

SMS mitten in der Nacht, voller Tippfehler, hastig auf dem Klo geschrieben oder blind unter der Bettdecke. Chris' Schwester gefiel ihr Profi-Haarschnitt. Er und seine Freunde ließen sich auf einer Party volllaufen und riefen einer jungen Frau auf dem Heimweg Beleidigungen hinterher. Am nächsten Tag hatte Chris deshalb ein schlechtes Gewissen (*Sooo komplex*, sagte Conways Augenaufschlag, *sooo sensibel*). Selena wünschte sich, ihr Dad und ihre Mum würden miteinander reden, wenn einer von ihnen sie beim anderen absetzte. Chris wünschte, seine Eltern würden aufhören zu reden, weil sie sich am Ende immer anschrien.

Sie kamen sich nahe.

Tasteten sich näher. Chris: *Nix schlaues zu sagen hab bloß grade an dich gedacht.*

Selena: *Wahnsinn ich wollte dir grade simsen, dass ich an dich denke.*

Chris: *Ehrlich gesagt ich denk viel an dich deshalb eigentl gar kein irrer Zufall.*

Selena: *Sei nicht so.*

Chris: *OK sorry. War ehrlich gemeint. Klang bloß fake.*

Selena: *Dann schreib gar nicht. Du weißt doch, so was musst du mir nicht schreiben.*

Chris: *Ja. Will bloß nicht dass d denkst es wär mir nicht wichtig.*

Selena: *Tu ich nicht. Versprochen.*

Ganz anders als Chris' SMS-Flirts voller abgedroschener Fernsehphrasen mit nichts dahinter. Das hier war etwas anderes. Es war echt, verwirrend, aufregend, machte Phrasen nutzlos. Es war kitschig, einmalig, konnte dir peinlich sein und dir das Herz brechen.

Ich sagte: »Denkst du, das ist gefakt?« Erntete wieder diesen dunklen, schwerlidrigen Blick, aber keine Antwort.

Dann, von Chris: *Wünschte ich könnte richtig mit dir reden. Das hier ist blöd.*

Selena: *Ich auch.*

Chris: *Wir könnten versuchen uns nach der Schule zu treffen, Feld oder Park?*

Selena: *Wär nicht dasselbe. Und jemand würde uns sehen.*

Chris: *Dann irgendwo anders. Vielleicht n Café in der anderen Richtung.*

Selena: *Nein. Meine Freundinnen würden fragen wo ich hinwill. Ich will sie nicht anlügen. Ist so schon schlimm genug.*

Conway sagte: »Das ist anders als bei Joanne und den übrigen, wo Chris nicht wollte, dass jemand was mitkriegt, und sie ihn bedrängt haben, offiziell zu werden. Auch Selena will es geheim halten.«

»Wie gesagt: Sie weiß, dass mindestens eine aus ihrer Clique was dagegen hätte.«

»Julia wusste, dass Chris ein Mistkerl sein konnte. Und Holly konnte ihn nicht ausstehen.«

In der zweiten Märzwoche hatte Chris die Lösung. *OK, pass auf. Finn hat ne Möglichkeit gefunden wie wir nachts rauskönnen. Wenn das bei dir noch klappt hättste Lust dass wir uns treffen? Will nicht dass d Ärger kriegst möchte dich aber gern sehn.*

Ein Tag Funkstille, während Selena überlegt. Dann:

Ich auch. Müsste spät sein – so 0.30. Treffen am hinteren Tor vom Kilda. Dann gehen wir irgendwohin wo wir reden können.

Chris, schnell und überschäumend: *Yeeessss!!! Donnerstag?*

Selena: *Ja Donnerstag. Ich simse falls ich nicht weg kann. Ansonsten bis dann.*

Freu mich drauf :–)

Dito :–)

Die Treffen begannen, und die SMS veränderten sich. Wurden kürzer, weniger und nichtssagender. Keine Geschichten mehr, keine Familien und Freunde und tiefen Gefühle und Wunschträume. *Hi :–)* und *Heute Nacht selber Ort selbe Zeit?* und *Kann nicht, Donnerstag?* Und *OK bis dann.* Mehr nicht. Das Echte war zu groß und zu mächtig geworden, um noch in kleine leuchtende Rechtecke zu passen; es war zum Leben erwacht.

Geräusche aus dem Gemeinschaftsraum der vierten Stufe, ein dumpfes Poltern, als würde ein Bücherstapel umstürzen. Conway und ich fuhren herum, bereit, aber der Lärm verklang unter prustendem Gelächter, spritzig wie helle Sprühfarbe, zu grell.

Und dann das, worauf wir gewartet hatten.

22. April, Chris und Selena verabredeten sich, genau, wie wir gedacht hatten. *Selber Ort selbe Zeit. Freu mich.*

In dieser Nacht, das Video. Der Kuss.

Früh am Morgen des 23. April simste Chris an Selena: *Ich krieg bestimmt trouble weil ich ständig lächeln muss :–)*

Vor Schulbeginn meldete sich Selena bei ihm. Lange SMS. *Chris ich kann dich nicht mehr treffen. Ich schwöre du hast nichts falsch gemacht. Ich hätte mich überhaupt nie mit dir treffen sollen, aber ich dachte wir könnten einfach Freunde sein. Das war sehr sehr dumm. Es tut mir voll leid. Ich weiß du wirst nicht verstehen wieso, aber falls es dir weh tut hilft es dir vielleicht wenn ich sage dass es mir genauso weh tut. Ich liebe dich. (auch das hätt ich nie sagen sollen)*

Conway sagte: »Was schwafelt sie denn da?«

»Das klingt nicht nach einem Vergewaltigungsopfer«, sagte ich.

Sie strich sich mit dem Handballen eine Haarsträhne aus dem Gesicht, fest. »Klingt, als ob sie spinnt. Allmählich denke ich, Joanne und die anderen haben die vier richtig eingeschätzt.«

»Und es klingt nicht so, als hätte Selena Zeit zum Nachdenken gebraucht, wie sie uns gesagt hat. Das liest sich, als hätte sie schon ausgiebig nachgedacht.«

»Aber warum wollte sie nicht mit Chris zusammen sein? Wer dermaßen verknallt ist, will den anderen sehen. Es allen erzählen. Ganz einfach. Was ist los mit denen?«

Chris reagierte rasch und heftig. *WTF?!!!!? Selena was ist los??? Wenn das nicht Selena is dann VERPISS DICH. Falls doch müssen wir mitenander reden Selena. Selber Ort selbe Zeit??*

Nichts.

Nach der Schule: *Selena wenn d willst dass wir nur Fruende sind ok. Ich dachte d wolltest das sonst hätt ich nie d weißt schon. Bitte lass uns heute nacht treffen. Ich schwöre ich fass d nicht mal an. Selber Ort selbe Zeit ich bin da.*

Nichts.

Am nächsten Tag meldete er sich wieder. *Ich hab wie ein Vollpfosten bis 3 auf d gewartet. Ich schwöre ich hätte mein leben drauf verwettet dass d kommst. Kann noch immer nicht glauben dass d nicht gekommen bist.*

Zwei Stunden später: *Selena meinst d das ernst? Ich kapiers nicht was ist PASSIERT? Falls ich was falsch gemacht hab tu ich was d willst um mich zu entschuldigen. Sag mir bloß einfach was los ist verdammt.*

Am selben Abend: *Selena d musst mir simsen.*

Nichts.

Am Donnerstag, den 25. April, endlich eine Antwort. *1.00 heute Nacht. Üblicher Ort. Sims NICHT zurück. Komm einfach.*

»Das da«, sagte Conway und tippte auf das Display, »das ist nicht Selena.«

Ich sagte: »Nein. Selena hätte geschrieben ›selber Ort selbe Zeit‹, wie sie das immer gemacht haben. Und es gibt keinen Grund, warum sie nicht wollte, dass er ihr zurücksimst.«

»Klar. Irgendeine andere wollte nicht, dass er antwortet, weil Selena die SMS vielleicht gesehen hätte.«

»Hatte sie keine Angst, Selena würde ihre SMS irgendwann auffallen? Eines Nachts wird sie ein bisschen nostalgisch, schaut sich noch mal ihre alten SMS mit Chris an, und auf einmal denkt sie: *Moment mal, kann mich gar nicht erinnern, die geschrieben zu haben.*«

»Unsere kleine Unbekannte hat sie nicht auf dem Handy gelassen. Abschicken, in den Gesendet-Ordner gehen, löschen.«

»Also«, sagte ich, »die SMS von Selena, nachdem sie Schluss gemacht hat: Chris hat sie nicht deshalb ignoriert, weil er sauer auf sie war, sondern weil er sich einfach an die Anweisung gehalten hat.«

Conway sagte: »Meistens ja. Aber nicht immer. Sieh dir das an.«

Fünf Tage später, 30. April, Selenas Handy an Chris': *Du fehlst mir. Ich hab so sehr versucht dir nicht zu simsen und ich kann verstehen wenn du wütend bist, aber ich wollte nur sagen dass d mir fehlst.*

Ich sagte: »Das ist wieder die echte Selena. Wie sie uns gesagt hat, sie hat's nicht ausgehalten, den Kontakt total abzubrechen.«

Conway sagte trocken: »Er hat jedenfalls kein Problem damit, den Kontakt total abzubrechen. Keine Antwort. Er hat sie ignoriert, keine Frage. Dieses eine Mal hatte Chris nicht das bekommen, was er wollte, und er war stinkig.«

Ich sagte: »Da ist noch was. Die SMS verrät, dass unsere Unbekannte das Handy nicht direkt geklaut hat. Sie hat's benutzt, wenn sie es brauchte, und dann wieder in Selenas Matratze gesteckt.«

Conway nickte: »Joanne und ihr Anhang konnten da nicht so leicht ran – selbst wenn sie gewusst hätten, wo Selena ihr Handy versteckt hatte, und wie sollten sie das wissen? Wer auch immer das Treffen verabredet hat, wohnte mit im selben Zimmer.«

Fast eine Woche später, 6. Mai, simste jemand von Selenas Handy an Chris: *Werde da sein.* Keine Antwort.

Ich sagte: »Sie hatten sich schon verabredet; unsere Unbekannte bestätigt es nur noch mal. Also ist Chris in der Woche davor gekommen.«

»Ja. Aber da ging er noch davon aus, dass er sich mit Selena trifft. Diesmal weiß er, dass sie es nicht ist. Und er spielt trotzdem mit.«

»Warum?«

Conway zuckte die Achseln an der Fensterscheibe. »Vielleicht sagt unsere Unbekannte, sie würde das mit ihm und Selena wieder in Ordnung bringen, oder vielleicht denkt er, Selenas Freundin zu vögeln wäre eine super Rache. Oder vielleicht denkt er einfach nur, er hat Aussicht auf neue Tittenbilder. Chris stand auf Mädchen, alle Mädchen. Da gibt's kein ›warum‹. Die Frage ist, warum *sie* sich mit ihm trifft.«

Nach dem langen Tag war mein Gehirn wie Brei, einzelne Gedanken brauchten ewig, um einander zu finden. Der Flur, der sich endlos vor uns erstreckte, sah unwirklich aus, die Fliesen zu rot, die Flucht zu lang, etwas, was wir bis in alle Ewigkeit sehen würden.

Ich sagte: »Wenn sie vorhatte, ihn zu töten, warum dann nicht sofort? Wozu diese zusätzlichen Treffen?«

»Um Mut zu sammeln. Oder es gibt irgendwas, was sie rausfinden will, ehe sie entscheidet, ob sie es tut oder nicht – vielleicht, ob er Selena wirklich vergewaltigt hat. Oder sie hat gar nicht vor, ihn zu töten, jedenfalls nicht zu Anfang. Sie trifft sich aus irgendeinem anderen Grund mit ihm. Und dann passiert irgendwas.«

Selena an Chris, 8. Mai, spätnachts: *Ich will nicht dass es immer so bleibt mit uns. Vielleicht ist das voll blöd aber es muss doch einen weg geben wie wir Freunde sein können. Einfach in Kontakt bleiben bis wir es vielleicht falls du nicht zu böse auf mich bist, irgendwann noch mal versuchen können. Ich halt das nicht aus wenn wir uns ganz verlieren.*

Conway sagte: »Sie will ihn unbedingt zurück. Da kann sie noch so viel von ›nur Freunde sein‹ reden; im Grunde will sie das.«

Ich sagte: »Sie hat gesagt, sie ist davor gerettet worden. Das hat sie damit gemeint. Wenn Chris ihr zurückgesimst hätte, wäre sie nie im Leben hart geblieben und hätte sich mit ihm getroffen. Sie wären innerhalb einer Woche wieder zusammen gewesen. Vielleicht ging es unserer Unbekannten darum: sie auseinander zu halten.«

»Wenn du ein Mädchen in dem Alter wärst«, sagte Conway, »und du wolltest Chris von Selena fernhalten, aus egal welchem Grund. Und du wärst ziemlich sicher, dass sie nicht mit ihm gevögelt hat. Und du wüsstest, was Chris für ein Typ ist.«

Schweigen, und das lange rote Stück Flur, Fliesen, die sich schwummrig verschoben.

»Er hatte ein Kondom dabei.«

Ich sagte: »Nicht Rebecca. Die wäre nie auf den Gedanken gekommen.«

»Nee.«

Julia wäre auf den Gedanken gekommen.

13. Mai: *Werde da sein.*

14. Mai, wieder Selena: *Keine sorge ich weiß du wirst nicht antworten. Ich rede trotzdem gern mit d. Wenn d willst dass ich aufhöre sags mir einfach. Ansonsten werde ich d weiter simsen. Wir hatten heute in Mathe eine Vertretungslehrerin, wenn sie gelächelt hat sah sie genau aus wie Chucky die Mörderpuppe – Cliona ist durcheinandergekommen und hat sie mrs Chucky genannt und wir sind fast gestorben vor lachen :–D*

Sie spulte zurück, erzählte wieder kleine lustige Geschichten, um Chris und sie wieder auf sicheren Boden zu bringen. Ich sagte: »Eine Zeitlang kann unsere Unbekannte Chris dazu bringen, sich von Selena fernzuhalten. Dürfte nicht schwer sein: Er ist sowieso sauer auf sie, und wenn unsere kleine Unbekannte ihm etwas liefert, was Selena ihm nicht geliefert hat … Aber Selena schickt ihm weiter SMS. Wenn er in sie verliebt war, wenn das echt war, dann müssen ihm diese SMS an die Nieren gegangen sein. Nach einer Weile ist ihm egal, was unsere Unbekannte zu bieten hat. Chris will Selena zurückhaben.«

Conway sagte: »Und unsere kleine Unbekannte muss sich was Neues einfallen lassen.«

16. Mai, 9.12 Uhr. Der Morgen bevor Chris starb.

Selenas Handy an Chris': *Können wir uns heute nacht treffen? 1 h auf der zypressenlichtung?*

16.00 – er hatte offenbar seine Nachrichten nach der Schule gelesen – Chris' Handy an Selenas: *OK.*

Die Person, die dieses Treffen vereinbart hatte, hatte Chris Harper getötet. Uns blieb nur noch Raum für einen winzigen Zweifel – kurzfristige Absage, Zufall. Mehr nicht.

»Würde unheimlich gern wissen, wen er zu treffen glaubt«, sagte Conway.

»Ja. Nicht der übliche Tag unserer Unbekannten, nicht ihre übliche Methode. Diesmal will sie eine Antwort.«

»Selena ist es jedenfalls nicht. ›Zypressenlichtung‹, das hätte Selena nicht geschrieben. Das war ihr üblicher Treffpunkt. ›Selber Ort, selbe Zeit‹, hätte sie geschrieben.«

Selena war also wieder raus. Ich sagte: »Aber Chris könnte geglaubt haben, dass sie es war.«

»Möglicherweise wollte unsere Unbekannte, dass er das glaubt. Mittlerweile hat sie ihren Plan. Sie durchbricht den üblichen Ablauf, damit Chris ins Grübeln kommt und auch ganz sicher auftaucht. Geht das Risiko ein, dass er antwortet – vielleicht klaut sie das Handy diesmal wirklich. Sie weiß, dass es ab jetzt keiner mehr benutzen wird.«

Conways Stimme war flach und leise, rau vor Erschöpfung. Kleine Luftwirbel beschnupperten sie neugierig, trugen die Stimme den Flur hinunter davon.

»Vielleicht erpresst Joanne sie; vielleicht tut sie es auf eigene Faust, aus was für Gründen auch immer. In der Nacht schleicht sie sich vor der verabredeten Zeit nach draußen, holt die Hacke aus dem Schuppen – sie trägt Handschuhe, also keine Fingerabdrücke. Sie läuft zur Lichtung, versteckt sich zwischen den Bäumen, bis Chris kommt. Als er auf der Lichtung rumsteht und drauf wartet, dass seine ach so große Liebe auftaucht, schlägt ihn unsere Unbekannte mit der Hacke auf den Kopf. Er kippt um.«

Das träge Summen von Bienen, heute Morgen, lange her. Pusteblumen um meine Knöchel, Duft von Hyazinthen. Sonnenlicht.

»Sie wartet, bis sie sicher ist. Dann wischt sie die Hacke ab, bringt sie dahin zurück, wo sie sie hergeholt hat. Sie nimmt Chris' Leiche das Geheimhandy ab und lässt es verschwinden. Auch das von Selena. Vielleicht erledigt sie das noch in der Nacht, klettert über die Mauer und wirft beide in einen Mülleimer; vielleicht versteckt sie sie irgendwo in der Schule und wartet, bis sich die Aufregung gelegt hat. Jetzt gibt es nichts, was sie und ihre Freundinnen mit dem Verbrechen in Verbindung bringen kann – außer vielleicht Joanne, und Joanne ist clever genug, um den Mund zu halten. Unsere Unbekannte geht wieder rein. Geht ins Bett. Wartet auf den Morgen. Bereitet sich darauf vor, loszuschreien und zu heulen.«

Ich sagte: »Fünfzehn Jahre alt. Denkst du wirklich, eine von ihnen ist so nervenstark? Der Mord, okay. Aber die Warterei? Das ganze letzte Jahr?«

Conway sagte: »Sie hat's für ihre Freundin getan. So oder so. Ihrer Freundin zuliebe. Das ist gewaltig. Wenn du so was machst, bist du Johanna von Orléans. Du bist durchs Feuer gegangen; nichts kann dich noch kleinkriegen.«

Dunkles Schaudern in meinem Rückgrat, als würde etwas Gewaltiges näher kommen. Wieder dieser pulsierende Schmerz, tief in meinen Handflächen.

»Aber es gibt noch eine Person, die es weiß. Und die ist nicht für ihre Freundin durchs Feuer gegangen; so nervenstark ist sie nicht. Sie wahrt das Geheimnis, solange sie kann, aber irgendwann hält sie es nicht mehr aus. Sie knickt ein, macht die Karte. Wahrscheinlich denkt sie wirklich, die Karte wird nur ein bisschen Unruhe auf den Fluren auslösen, mehr nicht. Da haben wir wieder die geschlossene Blase: Wenn du drinsteckst, kommt dir die Außenwelt irreal vor. Aber deine Holly hat die Außenwelt schon kennengelernt. Sie weiß, dass sie real ist.«

Ein Geräusch aus dem Gemeinschaftsraum der vierten Stufe, heftig und jäh. Etwas Schweres, das dumpf auf dem Boden aufschlug. Ein Quieken.

Ich war halb von der Fensterbank runter, als Conways Hand mich am Oberarm festhielt. Sie schüttelte den Kopf.

»Aber –«

»Warte.«

Gemurmel wie Bienen, ansteigend und bedrohlich.

»Die werden –«

»Lass sie.«

Ein Heulen erhob sich über das Gemurmel, hell und zittrig. Conways Hand packte noch fester zu.

Ein entsetztes Kreischen, die Worte zu verstümmelt, um sie durch die dicke Tür zu verstehen. Dann begannen die Schreie.

Conway war von der Fensterbank runter und tippte den Zahlencode in das Kombinationsschloss, ehe ich realisierte, dass ihre Hand nicht mehr um meinen Arm war. Die Tür öffnete sich in eine andere Welt.

Der Krach schlug mir ins Gesicht, ließ das Bild vor meinen Augen wanken. Mädchen, aufgesprungen, fliegende Hände und Haare – ich hatte sie so lange durch Textnachrichten hindurch gesehen, bloß dünne Gedankenschnipsel, die durch die Dunkelheit jagten, dass es im ersten Moment unwirklich war, sie real und greifbar vor sich zu haben. Und völlig anders, als ich sie vorher gesehen hatte, völlig anders. Diese glänzenden Edelsteine, die uns kühl und abschätzend betrachtet hatten, die Beine wohlerzogen übereinandergeschlagen: verschwunden. Die hier waren weiß und dunkelrot, die Münder aufgerissen, krallten und klammerten sich aneinander, die hier waren wilde Wesen.

McKenna rief etwas, aber keine von ihnen hörte sie. Schreie gellten aus ihnen heraus wie Vögel, prallten gegen die Wände. Ich schnappte hier und da einzelne Wörter auf: *Ich seh ihn o mein Gott o Gott ich seh ihn es ist Chris Chris Chris –*

Sie starrten auf das hohe Schiebefenster, wo Holly und ihre Freundinnen ein oder zwei Stunden zuvor gesessen hatten. Jetzt war es leer, farbloser Abendhimmel. Köpfe zurückgeworfen, Arme zu diesem Rechteck hin geöffnet, schrien sie, als wäre es eine Wonne, eine körperliche. Als wäre es das Einzige, das sie unbedingt hatten tun wollen, seit endlosen Jahren, und jetzt war die Zeit gekommen.

Das ist er das ist er seht doch o Gott seht doch – Conways Gespenstergeschichte trug Früchte.

Conway stürzte sich ins Getümmel. Wollte zu Holly und ihrer Gang, in der hintersten Ecke zusammengedrängt. Sie schrien nicht, waren nicht durchgedreht, aber sie hatten die Augen weit aufgerissen, Holly hatte die Zähne tief in ihrem Unterarm, Rebecca kauerte in einem Sessel, keuchend, Hände auf die Ohren gepresst. Wenn wir jetzt an sie rankamen, kriegten wir sie vielleicht zum Reden.

Ich blieb, wo ich war. Um die Tür zu bewachen, sagte ich mir. Für den Fall, dass eine abhauen wollte; so außer sich, wie die Mädchen waren, könnte eine von ihnen eine Dummheit machen, blitzschnell die Treppe runter, und dann bekämen wir richtig Ärger –

Schwachsinn. Ich hatte Schiss. Bei den Ungelösten Fällen kriegst du es mit üblen Drecksäcken zu tun, das hier waren bloß junge Mädchen – aber *sie* waren es, die mich auf der Stelle verharren ließen. Sie waren es, die mich wittern würden, wenn ich über ihre Schwelle trat, und sie würden herumfahren, Hände ausgestreckt, und mit flatternden Haaren und lautlos auf mich zustürmen, mich in tausend blutige Brocken zerfetzen, einen für jeden Grund, den sie hatten.

O Gott o Gott o –

Die Birne in der Deckenlampe zerplatzte. Plötzliches Zwielicht und Glasscherben, die wie goldene Pfeile durch das Licht der Stehlampen schossen, ein frischer Ausbruch von Schreien; ein Mädchen schlug die Hand vors Gesicht, Blut, schwarz im Schatten. Das Fenster brannte bleich, erhellte ihre Gesichter, nach oben gewandt wie die von Betenden.

Alison stand auf einem Sofa, dürr und schwankend. Ein magerer Arm gehoben, Zeigefinger gestreckt. Nicht auf das Fenster. Auf Hollys Gruppe: Rebecca, Kopf nach hinten geworfen, Augen weiß – Holly und Julia versuchten, ihre Arme zu fassen –, Selena schwankend mit glasigem Blick. Alison schrie wieder und wieder, so laut, dass es alles andere übertönte: *»Sie war's sie war's ich hab sie gesehen ich hab sie gesehen ich hab sie gesehen –«*

Conways Kopf fuhr herum. Sie registrierte Alison, hielt hektisch Ausschau nach mir. Fing meinen Blick auf und gestikulierte über das Chaos von Köpfen hinweg, rief etwas, was ich nicht hören konnte, aber ich las es ihren Lippen ab: *Jetzt komm endlich, verdammt!*

Ich holte tief Luft und stürzte mich in die Menge.

Haare fegten über meine Wange, ein Ellbogen stieß mir in die Rippen, eine Hand grapschte nach meinem Ärmel, und ich riss mich los. Meine Haut zuckte bei jeder Berührung, Fingernägel oder Zähne, wie ich einen Moment lang dachte, kratzten meinen Nacken, aber ich bewegte mich schnell, und nichts grub sich ein. Dann war Conways Schulter neben meiner, wie ein Schutzwall.

Wir fassten Alison unter den Armen, hoben sie vom Sofa – ihre

Arme waren steif, spröde, Kreidestücke, sie wehrte sich nicht –, bugsierten sie durch das brodelnde Chaos und zur Tür hinaus, ehe McKenna etwas anderes machen konnte, als uns hinterherzusehen. Conway knallte die Tür mit dem Fuß hinter uns zu.

Von der plötzlichen Stille und Helligkeit wurde mir fast schwindelig. Wir beförderten Alison so schnell den Flur hinunter, dass ihre Füße kaum den Boden berührten, ließen sie erst ganz hinten an der Treppe los. Sie sank in sich zusammen, ein Häuflein aus Armen und Beinen, schrie noch immer.

Gesichter in dem weißen Treppenhaus, sie spähten von oben und unten über das gewundene Geländer, fassungslos. Ich rief mit einer tiefen offiziellen Stimme: »Alle mal herhören, bitte. Ihr geht alle zurück in eure Gemeinschaftsräume. Es ist niemand verletzt worden. Alles in Ordnung. Geht jetzt auf der Stelle zurück in eure Gemeinschaftsräume.« Wiederholte das, bis die Gesichter zurückwichen, langsam, und verschwanden. Hinter uns war noch immer McKennas Stimme zu hören. Der Lärmpegel sank allmählich, Schreie zerfielen zu Schluchzern.

Conway kniete direkt vor Alison, praktisch Nase an Nase mit ihr. Heftig wie eine Ohrfeige: »Alison. Sieh mich an.« Schnippte mit den Fingern mehrmals vor Alisons Augen. »Hey. Hierherschauen. Nirgendwo sonst hin.«

»Er ist hier, bitte lassen Sie ihn nicht neinneinneiiiiin –«

»Alison. Hör zu. Wenn ich ›jetzt‹ sage, hältst du die Luft an, bis ich bis zehn gezählt habe. Alles klar? *Jetzt.*«

Alison unterbrach sich selbst mitten im Schrei, mit einem Laut wie ein Rülpser. Ich hätte fast losgelacht. Begriff im selben Moment, dass ich vielleicht nicht wieder aufhören könnte, wenn ich einmal angefangen hätte. Die Kratzer in meinem Nacken pochten.

»Eins. Zwei. Drei. Vier.« Conway zählte in einem gnadenlos langsamen Rhythmus, überhörte die Geräusche, die noch immer über den Flur gesprudelt kamen. Alison starrte sie an, Lippen fest zusammengepresst. »Fünf. Sechs –« Ein Aufbranden von spitzen Schreien im Gemeinschaftsraum, Alisons Augen zuckten. »Hey. Hier bin ich. Sieben. Acht. Neun. Zehn. Jetzt atme. Ganz ruhig.«

Alisons Mund klappte auf. Ihr Atem kam flach und laut, als wäre sie halb hypnotisiert, aber das Schreien hatte aufgehört.

»Prima«, sagte Conway leichthin. »Gut gemacht.« Ihr Blick glitt über Alisons Schulter zu mir.

Mein verdutzter Gesichtsausdruck war wahrscheinlich filmreif. *Ich?*

Wütender Blick. *Na los, mach schon!*

Ich war derjenige, der vorher gut mit Alison klargekommen war. Ich hatte die besseren Chancen. Die wichtigste Befragung des ganzen Falles, möglicherweise, falls ich es nicht verbockte.

»Hey«, sagte ich und setzte mich vorsichtig im Schneidersitz auf die Fliesen. Dankbar für den Vorwand: Meine Knie zitterten noch immer. Conway trat leise beiseite, in eine Ecke hinter Alison, groß und schwarz und zerzaust vor der glatten weißen Wand. »Geht's dir besser?«

Alison nickte. Sie hatte rotgeränderte Augen und ähnelte mehr denn je einer weißen Maus. Ihre Beine standen in unwahrscheinlichen Winkeln vom Körper ab, als hätte jemand sie aus großer Höhe fallen gelassen.

Ich setzte ein breites, beruhigendes Lächeln auf. »Gut. Wir können uns doch ein bisschen unterhalten, nicht? Oder brauchst du die Hausmutter, noch mal ein Antihistamin oder so?«

Sie schüttelte den Kopf. Der Tumult am Ende des Flurs war restlos verebbt; McKenna hatte die vierte Stufe endlich wieder unter Kontrolle. Jeden Moment würde sie uns hinterherkommen.

»Großartig«, sagte ich. »Du hast da drinnen gesagt, du hättest gesehen, dass eine von Selena Wynnes Freundinnen irgendwas gemacht hat. Du hast auf eine von ihnen gezeigt. Auf welche?«

Wir machten uns darauf gefasst, Conway und ich, *Julia* zu hören.

Alison stieß einen kleinen Seufzer aus. Sie sagte: »Holly.«

Ganz einfach. Auf den Fluren über und unter uns waren die älteren und jüngeren Mädchen zurück in ihre Gemeinschaftsräume gegangen und hatten die Türen geschlossen. Es war nirgendwo ein Laut zu hören, alles ganz leise. Diese weiße Stille schwebte wieder herab, sammelte sich zu kleinen Flocken in den Ecken, rieselte uns den Rücken herab und setzte sich in den Falten unserer Kleidung fest.

Holly war die Tochter eines Cops. Holly war meine Kronzeugin. Holly war es gewesen, die mir die Karte gebracht hatte. Selbst nachdem ich sie hier gesehen hatte, tief in ihrer eigenen Welt, hatte ich irgendwie geglaubt, sie wäre auf meiner Seite.

»Okay«, sagte ich. Leicht und locker, als sei es nichts, überhaupt nichts. Spürte Conways Blick auf mir, nicht auf Alison. »Was hast du gesehen?«

»Nach der Schulversammlung. Wo sie uns das mit Chris gesagt haben. Da war ich ...«

Alison bekam wieder diesen Blick, den von zuvor: schlaff und glasig, wie jemand nach einem Krampfanfall. »Sieh mich an«, sagte ich und lächelte drauflos. »Du machst das super. Was ist nach der Versammlung passiert?«

»Wir sind aus der Aula ins Foyer gegangen. Ich war direkt hinter Holly. Sie hat sich umgeschaut, ganz schnell, als wolle sie sehen, ob jemand sie beobachtet. Deshalb ist mir das aufgefallen, wissen Sie?«

Aufmerksam, genau wie ich ihr am Morgen gesagt hatte. Die flinken Augen des Beutetiers.

»Und dann hat sie die Hand oben in ihren Rock geschoben, so unter das Gummiband von ihrer Strumpfhose?« Ein Kichern, schlapp und automatisch. »Und sie hat da was rausgezogen. Was in ein Taschentuch gewickelt war.«

Damit sie keine Fingerabdrücke hinterließ. Genau wie unsere Unbekannte das mit der Hacke gemacht hatte. Ich nickte beifällig, total interessiert. »Da bist du stutzig geworden, kann ich mir vorstellen.«

»Es war einfach seltsam, nicht? Ich meine, was trägt man denn in seiner *Strumpfhose* rum? Echt, iiieh. Und dann hab ich weiter hingesehen, weil was aus dem Taschentuch rausguckte, und ich dachte, es wäre mein Handy. Es sah aus wie meins. Aber ich hab nachgesehen, und mein Handy war noch in meiner Tasche.«

»Was hat Holly dann gemacht?«

Alison sagte: »Der Behälter für Fundsachen steht im Foyer, direkt neben der Tür vom Empfangsbüro. Das ist der große schwarze Behälter mit einem Loch oben drin, damit man Sachen reintun kann, aber nicht rausholen. Dafür muss man zu Miss O'Dowd oder Miss Arnold, und die haben den Schlüssel. Wir kamen am Empfangsbüro vorbei, und Holly hat irgendwie mit der Hand über den Behälter gestrichen – als würde sie's einfach nur so machen, sie hat nicht mal hingesehen, aber dann war das Handy nicht mehr in ihrer Hand. Bloß noch das Taschentuch.«

Ich sah, wie sich Conways Augen für eine Sekunde schlossen: *Hätten wir durchsuchen sollen.* Sie sagte aus ihrer Ecke: »Wieso hast du mir das nicht schon letztes Jahr erzählt?«

Alison verzog das Gesicht. »Ich wusste doch nicht, dass das irgendwas mit Chris zu tun hatte! Ich hätte nie gedacht –«

»Natürlich nicht«, sagte ich beruhigend. »Alles in Ordnung. Wann sind dir erste Zweifel gekommen?«

»Erst vor ein paar Monaten. Joanne war … Ich hatte was gemacht, was sie nicht gut fand, und sie hat gesagt: ›Ich sollte die Detectives anrufen und denen erzählen, dass dein Handy mit Chris Harper gesimst hat. Dann kriegst du so was von Stress.‹ Ich meine, das hat sie nur so gesagt, das hätte sie nicht wirklich gemacht?«

Alison blickte nervös. »Nie im Leben«, sagte ich verständnisvoll. Joanne hätte Alison mit den Füßen zuerst in einen Schredder gestopft, wenn ihr das in den Kram gepasst hätte.

»Aber da hab ich angefangen nachzudenken, von wegen: ›O-meinGott, wenn die sich wirklich mein Handy ansehen würden, würden die voll glauben, ich wär mit Chris zusammen gewesen!‹ Und dann ist mir das Handy eingefallen, das ich in Hollys Hand gesehen hatte. Und ich hab mir gedacht: ›Was, wenn sie das loswerden wollte, weil sie vor derselben Sache Angst hatte?‹ Und dann hab ich so gedacht: ›OmeinGott, was, wenn sie wirklich mit Chris zusammen war?‹«

Ich sagte: »Hast du mit Holly darüber gesprochen? Oder mit irgendjemand anderem?«

»OmeinGott, nein, doch nicht mit Holly! Ich hab's Gemma erzählt. Ich hab gedacht, sie würde wissen, was ich machen soll.«

»Gemma ist schlau, allerdings.« Was stimmte. Alison war nicht auf den Gedanken gekommen, dass das Handy Selena gehört haben könnte. Gemma dagegen bestimmt. »Was hat sie gesagt?«

Alison wand sich. Sagte nach unten, in ihren Schoß: »Sie hat gemeint, das geht uns nichts an. Ich sollte den Mund halten und das Ganze vergessen.«

Conway schüttelte den Kopf, Zähne zusammengebissen. Ich sagte: »Und das hast du auch versucht. Aber du konntest es nicht.«

Kopfschütteln.

Ich sagte: »Deshalb hast du die Karte gemacht. Sie an die Geheimnistafel gehängt.«

Alison glotzte verwirrt. Schüttelte den Kopf.

»Das ist überhaupt nicht schlimm. War eine gute Idee.«

»Hab ich aber nicht! Ehrenwort, ich war das nicht!«

Ich glaubte ihr. Sie hatte keinen Grund zu lügen, jetzt nicht mehr. »Okay«, sagte ich. »Okay.«

Conway sagte: »Gut gemacht, Alison. Wahrscheinlich hattest du von Anfang an recht, und es hat überhaupt nichts mit Chris zu tun, trotzdem werden Detective Moran und ich uns mal mit Holly unterhalten, die Sache aufklären. Aber vorher bringen wir dich runter zu Miss Arnold. Du siehst ein bisschen blass aus.«

Sie isoliert halten, damit sie die Geschichte nicht rumerzählen konnte. Ich stand auf, hielt mein Lächeln weiter festgetackert. Ein Fuß war mir eingeschlafen.

Alison zog sich am Geländer hoch, aber sie blieb dort stehen, hielt sich mit ihren schmalen Händen daran fest. In der weißen Luft sah ihr Gesicht grünlich aus. Sie sagte zu Conway: »Orla hat uns von dem Fall erzählt, den Sie hatten. Mit dem –« Ein Schaudern durchlief sie. »Dem, dem Hund. Dem Geisterhund.«

»Ja«, sagte Conway. Noch mehr Haare hatten sich aus ihrem Knoten gelöst. »Schlimme Geschichte.«

»Nachdem der Mann gestanden hatte. Ist der Hund da – ist er da immer noch auf ihn los?«

Conway betrachtete sie prüfend. Sagte: »Warum?«

Alisons Gesicht wirkte knochiger, eingefallen. »Chris«, sagte sie. »Da drin, im Gemeinschaftsraum. Er war da. Im Fenster.«

Ihre Gewissheit packte mich im Rücken, ließ mich frösteln. Die Hysterie stieg wieder auf, irgendwo hinter der Luft: vorläufig verschwunden, nicht endgültig.

»Ja«, sagte Conway. »Hab ich mitbekommen.«

»Ja, aber … er war wegen mir da. Vorher auch schon, auf dem Flur. Er wollte mich holen, weil ich Ihnen das mit Holly und dem Handy nicht erzählt hatte. Im Gemeinschaftsraum« – sie schluckte – »hat er mich direkt angesehen. Angegrinst –« Wieder ein Schaudern, stärker, raubte ihr den Atem. »Wenn Sie nicht reingekommen wären, wenn Sie nicht … Wird er … wird er mich holen kommen?«

Conway sagte streng: »Hast du uns alles erzählt? Wirklich alles, was du weißt?«

»Ich schwöre. Ich *schwöre*.«

»Dann wird Chris nicht mehr kommen, um dich zu holen. Vielleicht treibt er sich weiter in der Schule herum, das ja, weil es viele andere gibt, die Geheimnisse mit sich rumtragen, von denen er will, dass sie sie uns erzählen. Aber deinetwegen wird er nicht

431

mehr kommen. Wahrscheinlich wirst du ihn gar nicht mehr sehen können.«

Alisons Mund öffnete sich, und ein kleiner Atemstoß strömte heraus. Sie sah erleichtert aus, zutiefst erleichtert, und sie sah enttäuscht aus.

Weit weg, am anderen Ende des Flurs, durch die Stille hindurch, ein leises Wimmern. Eine Sekunde lang dachte ich, es käme von einem Mädchen oder von etwas Schlimmerem, aber es war bloß das Quietschen der sich öffnenden Tür vom Gemeinschaftsraum.

McKenna sagte, und ich kann hören, wenn eine Frau stinksauer ist: »Detectives, wenn es keine Umstände macht, würde ich Sie gern sprechen. Und zwar *sofort*.«

»Wir sind in zehn Minuten wieder da«, sagte Conway. Zu McKenna, aber sie sah dabei mich an. Diese dunklen Augen, und die Stille, die wie Schnee um uns fiel, so dicht, dass ich sie nicht deuten konnte.

Zu mir: »Wir müssen los.«

20

EIN APRILNACHMITTAG, gerade hatten sie Volleyballtraining nach der Schule. Es ist Frühling, in jeder Ecke des Schulparks schießen Krokusse und Glockenblumen und Narzissen aus dem Boden, aber der Himmel ist tief und grau, und die Luft ist stickig, ohne richtig warm zu sein. Der Schweiß auf ihren Körpern will gar nicht trocknen. Julia schlägt ihren Pferdeschwanz hoch, um den Nacken zu kühlen. Chris Harper hat noch knapp einen Monat zu leben.

Sie sammeln die Volleybälle ein, lassen sich Zeit dabei, weil die Duschen sowieso voll sein werden, wenn sie reinkommen. Hinter ihnen nehmen die Roboter seelenruhig die Netze ab. Sie lästern über irgendwas – Gemma ruft: »Schenkel, als würden es zwei Walrosse miteinander treiben, *ekelhaft* ...«, aber es ist nicht klar, ob sie über jemand anderen redet oder über sich selbst.

Julia ruft: »Samstagabend. Wir gehen hin, ja?« Da gibt's im Colm einen Gemeinschaftsabend.

»Kann nicht«, ruft Holly aus einer Ecke des Trainingsplatzes. »Ich hab gefragt. Verwandtenbesuch und so.«

»Ich auch nicht«, sagt Becca und wirft einen Ball in den Sack. »Meine Mum ist zu Hause. Obwohl sie wahrscheinlich echt begeistert wäre, wenn ich mir einen halben Schminkladen ins Gesicht klatsche, einen Minirock anziehe und hingehe.«

»Mach ihr die Freude«, sagt Julia, »und komm sturzbesoffen, vollgepumpt mit E und schwanger nach Hause.«

433

»Das wollte ich mir als Überraschung für ihren Geburtstag aufheben.«

»Lenie?«

»Ich bin bei meinem Dad.«

»Scheiße«, sagt Julia. »Finn Carroll schuldet mir zehn Euro, und ich brauch die Kohle. Meine Ohrhörer geben den Geist auf.«

»Ich leih dir was«, sagt Holly, wirft den letzten Ball Richtung Sack und verfehlt ihn. »Ich komm dieses Wochenende sowieso nicht zum Shoppen.«

»Aber ich will's ihm unter die Nase reiben. Dem eingebildeten Angeber.« Julia hat gerade gemerkt, wie sehr sie sich darauf freut, Finn wiederzusehen.

»Der ist doch nächste Woche beim Debattierclub dabei.«

Julia überlegt kurz, allein zu dem Abend zu gehen, aber nein. »Ich weiß, klar. Dann schnapp ich ihn mir da.«

Sie lassen den Blick ein letztes Mal über den Platz schweifen und gehen. »Wasser«, sagt Julia, als sie an dem Hahn neben dem Tor vorbeikommen, und löst sich von den anderen drei. Weiter vorne ruft Ms Waldron: »Hopp, hopp, Mädchen! Links, zwo, drei, vier, Abmarsch!« Die anderen trotten weiter, Becca dreht sich dabei im Kreis und schwingt den Sack mit den Volleybällen, Julia bleibt zurück.

Sie trinkt aus der Hand, macht sich Gesicht und Nacken nass. Das Wasser ist grundwasserkalt und lässt sie kurz und wohltuend frösteln. Eine Schar Gänse fliegt schreiend vor den Wolken vorbei, und Julia schaut blinzelnd hoch, um sie zu beobachten.

Sie wendet sich gerade von dem Hahn ab, als die Daleks anmarschiert kommen. Joanne bleibt direkt vor Julia stehen, verschränkt die Arme und starrt sie an. Die anderen drei verteilen sich fächerförmig und bleiben einen Schritt hinter Joanne stehen, verschränken die Arme und starren.

Sie versperren Julia den Weg. Keine von ihnen sagt etwas.

Julia fragt: »Kommt da noch was? Oder war's das schon?«

Joannes Lippe kräuselt sich – sie denkt wohl, das lässt sie überlegen wirken, aber Julia vermutet, wenn sie es nur ein einziges Mal vor dem Spiegel machen würde, ließe sie's bleiben. Sie sagt: »Tu nicht so cool.«

Julia sagt: »Gähn.«

Joannes bleicher, leerer Starrblick wird noch bleicher und leerer. Julia erinnert sich daran – amüsiert, wie an eine andere Person, irgendeine kleine, törichte Cousine –, dass ihr von diesem Blick noch vor ein paar Monaten Adrenalin durch den Körper gerauscht wäre.

Joanne sagt unheilvoll: »Wir wollen mit dir reden.«

»Die können reden?«, erkundigt sich Julia mit einem Kopfnicken zu den anderen. »Ich dachte, das wären deine Roboter-Bodyguards.«

Orla gibt ein empörtes Geräusch von sich, und Gemma wirft Joanne einen schiefen Blick zu. Joannes Gesicht wird verkniffener. Sie sagt zischelnd, als wolle sie spucken: »Sag dieser fetten Schlampe Selena, sie soll die Finger von Chris Harper lassen.«

Damit hat Julia nicht gerechnet. »Hä?«

»Tu nicht so ahnungslos. Wir wissen alle Bescheid.« Die Bots nicken.

Julia lehnt sich gegen den Drahtzaun und tupft sich mit dem Halsausschnitt ihres T-Shirts Wasser vom Gesicht. Allmählich macht ihr die Sache Spaß. Das ist das Problem, wenn du irgendwelchen Klatsch und Tratsch aufsaugst, wie die Dalek-Roboter das machen: Da kann es vorkommen, dass du wegen irgendwas ausrastest, das total an den Haaren herbeigezogen ist. »Wieso interessierst du dich dafür, was Selena macht?«

»Das ist nicht dein Problem. *Dein* Problem ist, dafür zu sorgen, dass sie ihn in Ruhe lässt, weil sie sonst Riesentrouble kriegt.«

Anscheinend soll ihr das eine Heidenangst einjagen. Erneutes nachdrückliches Nicken rundum. Alison sagt sogar »Jawohl« und zieht dann den Kopf ein.

»Du stehst auf Chris Harper«, sagt Julia grinsend.

Joannes Kinn schnellt in einem wütenden Winkel vor. »*Hallo?* Wenn ich auf ihn stehen würde, wäre ich ja wohl mit ihm zusammen? Außerdem geht dich das überhaupt nichts an.«

»Und warum interessierst du dich dann dafür, was Selena mit ihm macht?«

»Darum. Weiß doch jeder, dass Chris Harper eine wie die nicht mal ansehen würde, wenn sie ihn nicht ranlassen würde. Er ist so was von nicht ihre Liga. Die soll sich irgendeinen pickeligen Volltrottel wie Fintan Dingsbums suchen, der sie dauernd anschmachtet.«

Julia lacht, ein echtes Lachen, das zu der tiefhängenden grauen Wolkendecke hochsprudelt. »Ihr meint also, sie wird euch zu arrogant und muss mal einen Dämpfer verpasst bekommen? Ernsthaft?«

Je wütender Joanne wird, desto mehr Teile von ihr ragen heraus – Ellbogen, Titten, Hintern –, und desto hässlicher wird sie. »Ähm, würdest du vielleicht mal den Tatsachen ins Auge sehen? Wir tun euch nämlich einen Gefallen. Du denkst doch nicht ernsthaft, ein Typ wie Chris will tatsächlich mit so einer Speckbarbie wie Selena gehen? Hal-*lo?* Sobald er die Nase voll davon hat, mit ihr zu ficken, lässt er sie auf ihrem dicken Hintern sitzen und versendet Pornofotos an alle seine Freunde. Sag ihr, sie soll ihn in Ruhe lassen, sonst wird sie's bereuen.«

Julia trinkt einen Schluck Wasser und wischt sich Tropfen vom Kinn. Sie würde Joanne ja gern noch ein Weilchen ärgern und dann einfach gehen – Joanne ist schon fast eine zu leichte Gegnerin, wenn du erst mal kapiert hast, dass du eigentlich gar keine Angst vor ihr hast –, aber wenn sie diese Sache nicht im Keim erstickt, werden ihnen die Roboter wochenlang, vielleicht monatelang, vielleicht jahrelang auf die Nerven gehen und ununterbrochen weitersticheln wie ein Mückenschwarm, bis Julia von dieser Überdosis Blödheit der Schädel platzt. »Chill dich mal«, sagt sie.

»Ihr müsst euch qualitativ bessere Informanten zulegen. Selena würde den Wichser nicht mal für Geld mit der Zange anfassen.«

Joanne faucht – sie wird schrill: »OmeinGott, du bist dermaßen verlogen! Hältst du uns für blöd?«

Julia schlägt die Augen zum trüber werdenden Himmel. »Was denn? Denkst du, ich sag das, damit du zufrieden bist? Ich verrat dir was: Mir ist scheißegal, ob du zufrieden bist oder nicht. Ich sag's dir bloß. Selena mag Chris nicht mal. Sie hat ja kaum mal ein Wort mit ihm gewechselt. Was du gehört hast, ist Schwachsinn.«

»Ähm, Gemma hat die beiden gesehen? Wie sie rumgeknutscht haben? Also, falls du nicht andeuten willst, dass Gemma *Halluzinationen* hat –«

Da sieht Joanne etwas in Julias Gesicht.

Joanne könnte einen Tropfen Macht aus einem Ozean herausschmecken. Sie macht einen Schritt zurück. »O. Mein. Gott«, sagt sie, dehnt es in die Länge, süß und klebrig, träufelt es über Julia. »Du hast echt keinen *Schimmer*?«

Julia hat ihr Gesicht wieder auf ausdruckslos geschaltet, aber sie weiß, es ist zu spät. Wenn die anderen Roboter das behauptet hätten, wäre es bloß Blabla gewesen, das sie nie im Leben geglaubt hätte. Aber Gemma: Damals, als sie noch klein waren, in der ersten Jahrgangsstufe, waren Julia und Gemma mal Freundinnen.

Ein breites Grinsen kriecht über Joannes Gesicht. »Autsch«, sagt sie. »Wie peinlich.« Orla gluckst.

Julia sieht Gemma an. Gemma sagt: »Letzte Nacht. Ich hab mich rausgeschlichen.« Kleines vielsagendes Lächeln. Die anderen Daleks kichern. »Ich wollte zur hinteren Mauer, und die beiden waren an dieser unheimlichen Stelle mit den hohen Bäumen, wo ihr immer abhängt. Ich hätte fast einen Herzinfarkt gekriegt, ich dachte, es wären Nonnen oder Geister oder sonst was, aber dann hab ich sie erkannt. Und die haben sich nicht übers Wetter unterhalten. Die konnten die Finger nicht voneinander lassen. Ich würde sagen, wenn ich noch ein paar Minütchen länger gewartet hätte …«

Gackerndes Lachen von allen, wie ein kurzer, schmutziger Regenguss.

Gemma hat gute Augen, und niemand in der Schule hat Haare wie Selena. Auf der anderen Seite – Julia klammert sich an die andere Seite – lügt Gemma ständig wie gedruckt. Julia forscht in ihrem Gesicht, ob sie Schwachsinn erzählt hat, sie forscht und forscht. Sie kann es nicht sagen. Sie kann Gemma, das robuste, witzige Mädchen, mit dem sie Chips und Stifte geteilt hat, kaum noch wiedererkennen, geschweige denn durchschauen.

Julia rast das Herz wie verrückt. Sie sagt kühl: »Ich weiß ja nicht, was du und dein kleiner Hengst geraucht habt, aber kann ich was davon haben?«

Gemma zuckt die Achseln. »Ganz wie du meinst. Ich war da. Du nicht.«

Joanne sagt: »Regel die Sache.« Jetzt, wo sie weiß, dass sie am längeren Hebel sitzt, sind alle spitzen Teile von ihr wieder eingefahren. Sie ist glatt und engelhaft, bis auf die gekräuselte Lippe. »Wir haben euch auch nur deshalb dieses eine Mal gewarnt, weil wir nett sind. Noch mal machen wir das nicht.«

Sie fährt herum – sie befiehlt den übrigen Bots nicht wirklich mit einem Fingerschnippen mitzukommen, aber irgendwie wirkt es so – und stolziert davon, runter von den Volleyballfeldern und den Weg Richtung Schule hinauf. Die anderen hasten hinterdrein.

Julia dreht den Hahn wieder auf und bewegt die Hand auf und ab zwischen dem Wasser und ihrem Mund, für den Fall, dass die sich umdrehen, aber sie kann nicht trinken. Das Herz schlägt ihr bis zum Hals. Ihr T-Shirt klebt ihr am Körper wie ein feuchtes Wesen mit Saugfüßen, zerrt an ihrer Haut. Der Himmel drückt ihr auf den Kopf.

Selena ist in ihrem Zimmer, allein. Die anderen sind bestimmt noch im Duschraum. Sie sitzt im Schneidersitz auf dem Bett, kämmt ihr nasses Haar aus, summt. Als Julia hereinkommt, blickt sie auf und lächelt.

Sie sieht aus wie immer. Schon allein ihr Anblick beschwichtigt Julias Herzschlag. Ein Atemzug, und die Dreckschicht, die die Roboter hinterlassen haben, wird mehr und mehr davongeweht. So plötzlich und überwältigend, dass es ihr fast den Atem raubt, möchte Julia Selena berühren, sich fest gegen die vertraute Rundung ihrer Schulter drücken, die verlässliche Wärme ihres Arms.

Selena sagt: »Du könntest Finn simsen, dass du ihn treffen willst.«

Julias Verstand braucht einen Moment, bis er begreift, wovon sie redet. »Klar«, sagt sie. »Vielleicht.«

»Hast du seine Nummer?«

»Klar. Ist nicht wichtig. Irgendwann seh ich ihn schon.«

Julia setzt sich auf den Boden, fängt an, ihre Turnschuhe auszuziehen, und ihre Gedanken überschlagen sich. Falls Selena mit Chris zusammen wäre, hätte sie eine Möglichkeit gefunden, zu dem Gemeinschaftsabend am Samstag zu gehen, damit er kein anderes Mädchen anmacht. Falls Selena letzte Nacht das Zimmer verlassen hätte, wären sie selbst und die anderen aufgewacht. Falls Selena es mit Chris getan hätte, wäre sie nicht als Erste vom Duschen zurück gewesen; sie hätte länger gebraucht, um seinen Geruch abzuwaschen, den des nächtlichen Grases, der Schuld. Falls Selena es mit einem Jungen getan hätte, würde man ihr das ansehen, deutlich wie Knutschflecken an ihrem Hals. Falls Selena das gemacht hätte, wäre sie davon statisch aufgeladen, sie würde darüber reden müssen, es erzählen, sie würde es irgendwie –

»Lenie.«

»Mmm?«

Selena blickt auf. Klare blaue Augen, sorglos.

»Nichts.«

Selena nickt sanft und kämmt sich weiter das Haar.

Die ganze Geschichte mit dem Schwur war überhaupt Selenas Idee. Wenn sie das nicht gewollt hätte, hätte sie einfach bloß den Mund halten müssen. Aber den Schlüssel besorgen, eine Möglichkeit finden, nachts rauszukönnen, das war auch Selenas Idee gewesen –

In Julias Schnürsenkeln ist ein Knoten. Sie drückt die Fingernägel hinein.

Sie spürt Selenas Blick oben auf ihrem Kopf, hört, dass sie aufhört zu summen. Sie hört das rasche Einatmen, als Selena sich bereitmacht, etwas zu sagen.

Julia schaut nicht auf. Sie zerrt an dem Knoten, bis sie sich einen Nagel einreißt.

Stille. Dann setzt das gemächliche Gleitgeräusch der Bürste wieder ein, und Selena summt.

Es kann einfach nicht stimmen. Falls die Jungs vom Colm eine Möglichkeit hätten, aus der Schule rauszukommen, wüssten das alle. Aber wenn sie die nicht haben, mit wem hat Gemma sich dann getroffen, vorausgesetzt, sie hat das Ganze nicht bloß erfunden –

»Dieser Song!«, schreit Holly, die in einer Erdbeerduftwolke hereingesprungen kommt, ihre Sportklamotten über den Arm geworfen und das Haar zu einem gestreiften Softeisturban hochgebunden. »Wie heißt der Song? Den du da summst?« Aber es will keiner von beiden einfallen.

In der ersten Studierstunde bekommt Julia eine SMS von Finn. *Sehen wir uns sa abend? Hab Überraschung für dich.*

»Handys aus«, sagt die Aufsichtsschülerin, ohne den Kopf zu heben. Der Gemeinschaftsraum fühlt sich trübe und schmutzig an. Glühbirnen kämpfen gegen das Zwielicht draußen und verlieren.

»Sorry, hatt ich vergessen.« Julia schiebt das Handy unter ihr Mathe-Buch und simst blind: *Komm sa nicht.* Nach einem Moment fügt sie hinzu: *Morgen nach der Schule? Hab auch was für dich.*

Sie stellt ihr Handy auf stumm, steckt es in die Tasche und tut wieder so, als würde sie sich für Mathe interessieren. Keine Minute später spürt sie das Summen an ihrem Bein. *Feld, so um 16.15?*

Der Gedanke, dass Finn draußen auf dem Feld abhängt, versetzt Julia einen Stich, der zu albern ist, um auch nur drüber nachzudenken. *Bis dann*, simst sie zurück und macht das Handy aus. Ihr gegenüber löst Selena quadratische Gleichungen in einem stetigen, beharrlichen Rhythmus. Als sie Julias Blick auf sich spürt, schaut sie hoch.

Ehe sie sich bremsen kann, nickt Julia nach oben zur Deckenlampe. Selenas Augenbrauen ziehen sich zusammen. Warum? Julia formt lautlos: *Mach schon.*

Selenas Hand umfasst den Stift fester. Die Lampe flammt auf; der Gemeinschaftsraum erwacht schlagartig zum Leben, groß und prall voll Farben. An allen Tischen sehen die Mädchen auf, erschreckt und golden, aber es ist schon wieder vorbei; die Luft ist erneut trübe geworden, und die Gesichter sinken zurück ins Dämmerlicht.

Selena lächelt Julia an, als hätte sie ihr ein kostbares kleines Geschenk gemacht. Julia lächelt zurück. Sie weiß, sie sollte sich besser fühlen, und das tut sie auch, aber irgendwie nicht so sehr, wie sie gehofft hatte.

Als sie am nächsten Nachmittag durch das Loch im Zaun schlüpfen, thronen die Roboter schon auf ihrem Berg Betonsteine und stoßen perlende Lachkaskaden aus, damit ein paar Colm-Jungs zu ihnen rüberschauen, die auf der rostigen Baumaschine herumalbern und sich gegenseitig anschubsen, damit die Bots zu ihnen rüberschauen. Finn sitzt auf einem anderen Steinhaufen und malt irgendwas auf seine Joggingschuhe. Es ist ein grauer Tag, feucht und kühl; vor der geschlossenen Wolkendecke sieht sein Haar aus, als könntest du dir die Hände darin wärmen. Ihn zu sehen fühlt sich sogar noch besser an, als Julia gedacht hat.

»Bin gleich wieder da«, sagt sie zu den anderen und geht schneller. Es fühlt sich total falsch an, von ihnen wegzuwollen, damit sie sie nicht aufhalten, hin zu Finn, wo es sicher und easy ist.

Holly ruft ihr nach: »Pass auf.« Julia verdreht die Augen und schaut sich nicht um. Sie spürt, dass Holly sie auf dem ganzen Weg über das Feld beobachtet.

»Hey«, sagt sie und klettert auf die Betonblöcke neben Finn. Sein Gesicht erhellt sich. Er hört auf zu malen und setzt sich aufrechter hin. »Hi«, sagt er. »Wieso kommst du Samstag nicht?«

»Familienmist.« Bei den Daleks ist ein flattriger kleiner Wirbelwind aus Gegacker und neugierigen Blicken ausgebrochen. Julia winkt rüber und wirft ihnen eine Kusshand zu.

»Mann«, sagt Finn und steckt den Stift in seine Jeanstasche. »Die können dich echt nicht leiden.«

»Ach, wirklich?«, sagt Julia. »Und ich kann die nicht leiden, also alles bestens. Was hast du für mich?«

»Du zuerst.«

Julia hat sich seit Wochen darauf gefreut. »Ta-daaa«, sagt sie und hält ihm ihr Handy hin. Sie kriegt das Grinsen nicht aus dem Gesicht.

Das Foto zeigt sie auf dem Rasen hinter der Schule, was blöd war, weil jederzeit eine von den Nonnen aus ihrem Fenster hätte schauen können, aber Julia fühlte sich verwegen. Triumphierende Schnute, eine Hand auf der rausgestreckten Hüfte, die andere über den Kopf gehoben, zeigt auf die Uhr. Mitternacht, haargenau.

(»Bist du sicher?«, fragte Holly, Julias Handy in der Hand.

»Verdammt, ja«, sagte Julia, die zur Uhr schielte, um sicherzugehen, dass sie ins Bild passte. »Warum denn nicht?«

»Weil er dann weiß, dass wir uns rausschleichen, deshalb nicht.«
Hinter Hollys Kopf sahen Selena und Becca aus dem Schutz der
Bäume zu, blasse schwankende Gesichter, wartend.

»Wir haben nie was davon gesagt, dass wir Jungs nicht vertrauen«, sagte Julia. »Nur dass wir sie nicht anrühren.«

»Ja, und wir haben nie was davon gesagt, dass wir durch die
Gegend hüpfen und es jedem erzählen, der ganz witzig ist.«

»Finn verpfeift uns nicht«, sagte Julia. »Garantiert. Okay?«

Holly zuckte die Achseln. Julia warf sich in Positur und zeigte
über ihren Kopf auf die Uhr. »Los«, sagte sie.

Das Blitzlicht ließ weiße Linien aus Bäumen über ihre Augen
jagen, und Holly und Julia rannten in Deckung, tief gebückt,
prustend vor Lachen.)

»Ich hätte dann jetzt gern meine zehn Euro«, sagt Julia. »Und
eine Entschuldigung. Die nehm ich gern mit einer hübschen Un-
terwerfungsgeste.«

»In Ordnung«, sagt Finn. »Soll ich niederknien?«

»Verlockende Vorstellung, aber nee. Gib dir einfach ein bisschen Mühe.«

Finn legt eine Hand aufs Herz. »Ich entschuldige mich dafür,
dass ich gesagt hab, du könntest vor irgendwas im Universum
Angst haben. Du bist eine furchtlose Superheldin, die's mir oder
Wolverine oder jedem irren Gorilla so richtig zeigen kann.«

»Jawohl, das bin ich«, sagt Julia. »Es sei dir verziehen. Das war
sehr schön.«

»Gutes Foto«, sagt Finn und sieht es sich noch mal an. »Wer
hat das gemacht? Eine von deinen Freundinnen, was?«

»Die Geisternonne. Hab dir ja gesagt, dass ich knallhart bin.«
Julia nimmt ihr Handy zurück. »Das macht dann zehn Euro.«

»Immer mit der Ruhe«, sagt Finn und zückt sein eigenes
Handy. »Ich hab eine Überraschung für dich, schon vergessen?«

Wenn er mir jetzt ein Schwanz-Pic zeigt, denkt Julia, *bring ich den Arsch um*. »Lass sehen«, sagt sie.

Finn gibt ihr das Handy und grinst, dasselbe offene, spitzbübisch-kindliche Grinsen, und Julia empfindet jähe Erleichterung und Schuldgefühle und Wärme. Sie möchte ihn berühren, ihn mit einem Hüftstoß von den Betonsteinen schubsen oder ihren Ellbogen um seinen Nacken haken oder irgendwas, sich dafür entschuldigen, dass sie ihn schon wieder unterschätzt hat.

»Zwei Doofe, ein Gedanke«, sagt Finn und deutet mit dem Kinn auf sein Handy.

Er, auf dem Rasen hinter der Schule, an fast genau derselben Stelle. Schwarze Kapuze über das rote Haar gezogen – er hat sich cleverer angestellt als sie – und eine Hand über dem Kopf, genau wie sie, um auf die Uhr zu zeigen. Mitternacht.

Das Erste, was Julia empfindet, ist Empörung: *Unser Reich, nachts ist das unser Reich, können wir denn nicht mal –* Dann begreift sie.

»Willst du noch immer deine zehn Euro haben?«, fragt Finn. Er grinst über beide Ohren, wie ein Labrador, der irgendwas Verwestes nach Hause bringt und dafür gestreichelt und gelobt werden will. »Oder sagen wir, es steht unentschieden?«

Julia fragt: »Wie bist du aus der Schule rausgekommen?«

Finn überhört die Veränderung in ihrem Tonfall; er ist zu stolz auf seine große Überraschung. »Betriebsgeheimnis.«

Julia reißt sich zusammen. »Wow«, sagt sie. Große, bewundernde Augen, den Körper leicht zu Finn geneigt. »Ich wusste gar nicht, dass ihr Jungs das könnt.«

Und diesmal unterschätzt sie ihn nicht. Er ist ganz hin und weg von sich selbst, davon, wie schlau er doch ist, brennt darauf, sie noch mehr zu beeindrucken. »Ich hab den Alarm an der Brandschutztür kurzgeschlossen. Hab mir die Gebrauchsanweisung online besorgt. Hat höchstens fünf Minuten gedauert. Von außen kann ich sie nicht öffnen, logo, aber ich hab ein Stück

Holz dazwischengeklemmt, damit sie aufblieb, während ich draußen war.«

»Omein*Gott*«, sagt Julia, Hand vor dem Mund. Es ist so einfach. »Wenn da einer vorbeigekommen wäre und das gesehen hätte, hättest du Riesenärger gekriegt. Du hättest von der Schule fliegen können.«

Finn zuckt die Achseln, gespielt lässig, lehnt sich zurück, einen Fuß hoch und die Hände in den Jeanstaschen. »Das war's voll wert.«

»Wann hast du's gemacht? Wir hätten uns über den Weg laufen können.« Sie kichert.

»Ist lange her. Ein paar Wochen nach der Valentinsparty.«

Jede Menge Zeit für Chris, ein Treffen mit Selena zu arrangieren, Dutzende von Treffen; falls er das mit der Tür wusste. »Du allein? War das ein Selfie? Mann, du hast echt keine Angst vor der Nonne, was?«

»Vor lebendigen Nonnen schon, und wie. Vor toten, nee.«

Julia lacht mit ihm. »Dann bist du allein dahin. Ernsthaft?«

»Hab ein paar Kumpel mitgenommen, weil's mehr Spaß macht. Aber ich würde auch allein hingehen.« Finn sortiert seine Füße neu und betrachtet seine Zeichnung auf dem Joggingschuh, als wäre sie total faszinierend. »Also«, sagt er. »Wo wir jetzt beide rauskönnen und wir beide keine Angst haben. Sollen wir uns mal nachts treffen? Einfach so. Mal sehen, ob wir die Geisternonne sichten.«

Diesmal verpasst Julia ihre Gelegenheit, mit ihm zu lachen. In diskretem Abstand, zwischen Löwenzahn und Kreuzkraut, das dieses Jahr noch höher und dichter wächst, versuchen Selena und Holly und Becca, sich zusammen irgendwas auf Beccas iPod anzuhören; Selena und Holly rangeln lachend um den Ohrhörer, Haare gegenseitig im Gesicht, als wäre alles noch immer so einfach. Bei ihrem Anblick möchte Julia von den Betonsteinen aufspringen und explodieren. Jeden Moment wird irgendeiner von

445

Finns Freunden auftauchen und angelaufen kommen, und bis dahin muss sie es wissen. Falls Gemma nicht gelogen hat, nur falls, braucht Julia das Wochenende, um sich zu überlegen, was sie machen soll.

»Du bist doch mit Chris Harper befreundet«, sagt sie. »Nicht?« Finns Gesicht verschließt sich. »Ja«, sagt er. Er streckt die Hand nach seinem Handy aus, schiebt es zurück in die Tasche. »Wieso?«

»Weiß der, dass du die Alarmanlage abgestellt hast?«

Sein Mund nimmt eine zynische Krümmung an. »Klar. War seine Idee. Er hat das Foto gemacht.«

Gemma hat nicht gelogen.

»Und falls du von Anfang an nur auf *ihn* scharf warst, hättest du das gleich sagen können.«

Finn denkt, sie hat ihn für dumm verkauft. Julia sagt: »Bin ich nicht.«

»Scheiße, ich hätt's wissen müssen.«

»Wenn Chris in einem stinkenden Rauchwölkchen vom Erdboden verschwinden würde, würde ich das feiern. Glaub mir.«

»Ja ja. Schon klar.« Finns Farben haben sich verändert, die Augen dunkel, die Wangen wundrot. Wenn sie ein Junge wäre, würde er sie verprügeln. Da sie keiner ist, ist er seiner schmerzlichen Kränkung hilflos ausgeliefert. »Du bist echt ganz schön mies, weißt du das?«

Julia ist klar, wenn sie das nicht jetzt sofort wieder in Ordnung bringt, hat sie ihre Chance vertan, und er wird ihr niemals verzeihen. Und wenn sie sich dann mit vierzig mal zufällig auf der Straße begegnen, wird Finns Gesicht wieder diesen wunden Ausdruck annehmen, und er wird an ihr vorbeigehen.

Sie hat den Kopf nicht frei, um sich zu überlegen, wie sie das kitten kann. Dieses andere breitet sich weiß und blendend in ihr aus, drängt Finn an den Rand.

»Glaub, was du willst«, sagt sie. »Ich muss los«, und sie rutscht

446

von den Betonsteinen und geht zurück zu den anderen, spürt die Augen der Roboter wie Nadeln auf der Haut kratzen, wünschte, sie wäre ein Junge, dann könnte Finn sie verprügeln und die Sache hinter sich bringen. Und sie könnte sich Chris Harper vorknöpfen und ihm die Fresse polieren.

Hollys Blick trifft Julias für eine Sekunde, aber was immer sie dort sieht, warnt sie oder stellt sie zufrieden oder beides. Becca schaut auf und will etwas fragen, doch Selena berührt sie am Arm, und sie widmen sich wieder dem iPod. Ein Spiel lässt kleine orangegelbe Pfeile über das Display schwirren; weiße Ballons zerplatzen in Zeitlupe, lautlose Fetzen flattern nieder. Julia setzt sich zwischen dem Unkraut auf die Erde und sieht zu, wie Finn weggeht.

21

WIR SPRACHEN NICHT ÜBER HOLLY, Conway und ich. Wir trugen ihren Namen zwischen uns wie Nitroglyzerin und sahen uns nicht an, während wir taten, was getan werden musste: Alison bei Miss Arnold abgeben, ihr sagen, dass sie das Mädchen über Nacht bei sich behalten sollte. Sie um den Schlüssel für den Fundsachenbehälter bitten und uns erläutern lassen, wie lange Gegenstände da drinblieben, ehe sie weggeworfen wurden. Kleinigkeiten wurden am Ende jedes Schuljahres einer Wohltätigkeitseinrichtung gespendet, aber teure Sachen – MP3-Player, Handys – blieben unbegrenzt drin.

Im Schulgebäude war die schummrige Nachtbeleuchtung eingeschaltet worden. »Was ist?«, fragte Conway, als das Knarren einer Stufe mich zur Seite schrecken ließ.

»Nichts.« Als das nicht reichte: »Ein bisschen nervös.«

»Warum?«

Auf keinen Fall würde ich ihr den wahren Grund nennen: *Frank Mackey.* »Das mit der Deckenlampe war ein bisschen seltsam. Mehr nicht.«

»Menschenskind, das war doch nicht *seltsam.* Die Stromkabel in der Hütte hier sind hundert Jahre alt; da knallt garantiert andauernd irgendwas durch. Was ist daran seltsam?«

»Nichts. Vielleicht nur der Zeitpunkt.«

»Der *Zeitpunkt?* Den ganzen Abend waren Leute in dem Gemeinschaftsraum. Die Bewegungsmelder haben Überstunden gemacht, irgendwas ist heißgelaufen, und die Birne ist durchgebrannt. Ende Gelände.«

Ich wollte ihr nicht widersprechen, weil ich eigentlich dasselbe dachte und sie das vermutlich auch wusste. »Ja. Wahrscheinlich hast du recht.«

»Und ob ich recht habe.«

Selbst beim Streiten sprachen wir leise – das Gebäude gab dir das Gefühl, als könnte jemand mithören, bereit, jeden Moment über dich herzufallen. Jedes Geräusch, das wir machten, huschte die weitgeschwungene Treppe hinauf, ließ sich irgendwo hoch über uns im Schatten nieder. Die Fenster über der Eingangstür leuchteten blau, zart wie Flügelknochen.

Der Fundsachenbehälter war aus schwarzem Metall, alt, und stand etwas abseits in einer Ecke des Foyers. Ich steckte den Schlüssel ins Schloss – so leise ich konnte, wobei ich mich fühlte wie ein Kind, das durch verbotene Räume huschte, aufgekratzt vor Adrenalin –, und ich schwenkte die Klappe auf. Alles Mögliche kam mir entgegengepurzelt: eine Strickjacke, die nach schalem Parfüm roch, eine Plüschkatze, ein Taschenbuch, eine Sandale, ein Geodreieck.

Das perlmuttartige pinke Klapphandy lag ganz unten. Wir waren am Morgen, als wir die Schule betraten, daran vorbeigegangen.

Ich zog mir Handschuhe über, nahm es vorsichtig mit den Fingerspitzen heraus, als würden wir noch Fingerabdrücke daran finden. Würden wir nicht. Nicht an der Außenseite, nicht an der Innenseite des Gehäuses, nicht am Akku oder der SIM-Karte. Alles wäre blitzblank gewischt.

»Na super«, sagte Conway düster. »Die Tochter eines Cops. Großartig.«

Ich sagte, endlich: »Das beweist noch nicht eindeutig, dass Holly es war.«

Meine Stimme klang tonlos und bescheuert, so schwach, dass

sie mich selbst nicht überzeugte. Zucken von Conways Augenbraue. »Ach nein?«

»Sie könnte Julia oder Rebecca gedeckt haben.«

»Möglich, aber wir haben nichts, um das zu belegen. Alles andere könnte auf jede von ihnen hinweisen; das hier ist das einzig Handfeste, was wir haben, und es weist direkt auf Holly. Sie konnte Chris nicht leiden. Und so, wie ich sie kennengelernt habe, ist sie energisch, eigenständig, intelligent und couragiert. Sie würde eine prima Mörderin abgeben.«

Hollys Gelassenheit am Morgen im Präsidium. Wie sie die Vernehmung gelenkt hatte, gekonnt und gewitzt, mir am Ende ein Kompliment hingeworfen hatte, auf das ich mich stürzen konnte. Wie sie Regie geführt hatte.

»Falls ich da irgendwas übersehe«, sagte Conway, »wäre ich dankbar, wenn du's mir sagst.«

Ich sagte: »Warum sollte sie mir die Karte bringen?«

»Das hab ich nicht übersehen.« Conway schüttelte einen weiteren Beweismittelbeutel aus, strich ihn auf dem Behälter glatt und fing an, ihn zu beschriften. »Sie hat gute Nerven. Sie wusste, früher oder später würde eine von ihnen zu uns kommen, hat sich gedacht, wenn sie es selbst macht, streichen wir sie von der Liste der Verdächtigen – und es hat sogar geklappt. Falls irgendwo ein Problem auf dich wartet, gehst du es am besten direkt an, statt den Kopf in den Sand zu stecken und zu hoffen, dass du verschont bleibst. Ich würde es genauso machen.«

Hollys Blick am Nachmittag auf dem Flur, als Alison durchdrehte. Wie sie die Gesichter absuchte. Nach einer Mörderin, hatte ich in dem Moment gedacht. Ich war gar nicht auf die Idee gekommen, dass sie nach einer Informantin suchen könnte.

Ich sagte: »Das sind verdammt gute Nerven für eine Sechzehnjährige.«

»Na und? Traust du ihr nicht zu, dass sie die hat?«

Darauf gab ich keine Antwort. Es traf mich wie ein Mundvoll

Eis: Conway hatte Holly von Anfang an im Visier gehabt. Vom ersten Moment an, als ich in ihrem Dezernat auftauchte, übereifrig, mit meiner kleinen Karte und meiner kleinen Geschichte, hatte sie ihre Zweifel gehabt.

Conway sagte: »Das muss nicht heißen, dass sie die Tat im Alleingang begangen hat. Wie schon gesagt, sie könnte es auch zusammen mit Julia und Rebecca gemacht haben; es könnten auch alle vier gemeinsam gewesen sein. Aber wie auch immer es abgelaufen ist, Holly hat bis Oberkante Unterlippe mit dringesteckt.«

»Das bestreite ich ja gar nicht. Ich bin bloß weiterhin für alle Möglichkeiten offen.«

Conway hatte den Beutel fertig beschriftet und richtete sich auf, betrachtete mich. Sie sagte: »Du siehst das genauso. Dir gefällt einfach nicht, dass deine Holly dich zum Narren gehalten hat.«

»Sie ist nicht *meine* Holly.«

Conway erwiderte nichts darauf. Sie hielt den Beutel auf, damit ich das Handy hineinschieben konnte. Ließ ihn zwischen Daumen und Zeigefinger baumeln. »Falls diese Vernehmung für dich ein Problem ist«, sagte sie, »muss ich das jetzt wissen.«

Ich hielt meine Stimme ruhig. »Wieso sollte sie ein Problem sein?«

»Wir werden ihren Dad dazuholen müssen.«

So zu tun, als wäre Holly keine Verdächtige, war ausgeschlossen. Selbst der dämlichste Detective auf Gottes weiter Welt hätte uns das nicht abgekauft. Und Hollys Dad ist nicht dämlich.

Ich sagte: »Klar. Und?«

»Ich hab gehört, dass Mackey dir den ein oder anderen Gefallen getan hat. Ist kein Problem für mich; man tut, was man tun muss. Aber falls ihr zwei dicke Freunde seid oder falls du ihm irgendwas schuldig bist, dann solltest du seine Tochter nicht in einer Mordermittlung vernehmen.«

Ich sagte: »Ich schulde Mackey gar nichts. Und er ist nicht mein Freund.«

Conway musterte mich.

»Ich hab seit Jahren kein Wort mehr mit ihm geredet. Ich hab ihm einmal unter die Arme gegriffen, und danach hat er mir unter die Arme gegriffen, klar, sollen ja auch alle wissen, dass es sich lohnt, ihm zu helfen. Das ist alles. Basta.«

»Aha«, sagte Conway. Vielleicht sah sie beruhigt aus; vielleicht sah sie auch einfach nur aus, als hätte sie beschlossen, dass es Mackey besänftigen könnte, wenn er einen Verbündeten mit im Raum hatte. Sie verschloss den Beutel, schob ihn zu den anderen in ihre Tasche. »Ich kenne Mackey nicht. Meinst du, er macht uns Ärger?«

»Ja«, sagte ich. »Das wird er. Nicht dass er Holly sofort mit nach Hause nimmt und uns sagt, wir sollten mit seinem Anwalt reden. So ist er nicht. Er wird uns Steine in den Weg legen, aber auf die indirekte Tour, und er wird erst lockerlassen, wenn es so aussieht, als hätten wir wirklich was in der Hand. Er wird versuchen, uns reden zu lassen, bis er unsere Theorie rausgefunden hat, bis er weiß, was wir haben.«

Conway nickte. Sagte: »Hast du seine Nummer?«

»Ja.« Fast im selben Moment wünschte ich, ich hätte nein gesagt, aber Conway sagte bloß: »Ruf ihn an.«

Mackey meldete sich auf Anhieb: »Stephen, alter Knabe! Lange nichts gehört.«

Ich sagte: »Ich bin im St. Kilda.«

Die Atmosphäre wurde schlagartig schärfer, messerscharf. »Was ist passiert?«

»Mit Holly ist alles in Ordnung«, sagte ich schnell. »Ihr geht's gut. Wir müssen uns nur mit ihr unterhalten und dachten, Sie wären vielleicht gern dabei.«

Schweigen. Dann sagte Mackey: »Ihr sprecht kein Wort mit ihr, ehe ich da bin. Kein einziges Wort. Haben Sie verstanden?«

452

»Verstanden.«

»Nicht vergessen. Ich bin in der Nähe. In zwanzig Minuten bin ich da.« Er legte auf.

Ich steckte mein Handy ein. »In einer knappen Viertelstunde ist er hier«, sagte ich. »Dann müssen wir bereit sein.«

Conway schlug fest gegen den Fundsachenbehälter. Das dunkle Scheppern schoss in die Schatten davon, hallte noch eine Weile nach.

Sie sagte laut in die hohe Dunkelheit. »Wir werden bereit sein.«

Auf Conways Klopfen hin kam McKenna aus dem Gemeinschaftsraum gehechtet, als hätte sie hinter der Tür gewartet. Der lange Tag und das weiße Licht im Flur waren nicht gut zu ihr. Die Frisur saß noch immer makellos, und das teure Kostüm zeigte keine Falte, aber das diskrete Make-up ließ großflächig nach. Ihre Poren sahen aus wie Blatternarben. Sie hatte ihr Telefon in der Hand, versuchte noch immer, den Schaden zu begrenzen, die undichten Nähte zu stopfen.

Sie tobte. »Ich kann mir nicht vorstellen, dass Ihre Dienstvorschriften erlauben, Zeugen in Hysterie zu versetzen –«

»Wer hat denn hier ein Dutzend pubertierende Mädchen den ganzen Tag über eingepfercht?«, konterte Conway. Schlug mit der flachen Hand auf die Tür zum Gemeinschaftsraum. »Ist ja ganz hübsch da drin, aber nach ein paar Stunden hilft selbst die geschmackvollste Einrichtung nicht mehr gegen den Lagerkoller. Wenn ich Sie wäre, würde ich den Kids die Gelegenheit geben, sich vor dem Zubettgehen die Beine zu vertreten, es sei denn, Sie wollen, dass die um Mitternacht wieder durchdrehen.«

McKennas Augen schlossen sich eine Sekunde, während sie nachdachte. »Danke für Ihren Rat, Detective, aber ich denke, Sie haben schon mehr als genug getan. Die Schülerinnen waren *eingepfercht*, damit Sie nötigenfalls mit ihnen reden konnten, und das ist nicht länger erforderlich. Ich möchte Sie bitten, die Schule jetzt zu verlassen.«

»Geht nicht«, sagte Conway. »Sorry. Wir müssen uns kurz mit Holly Mackey unterhalten. Warten nur noch auf ihren Dad.«

Das brachte McKenna noch mehr auf die Palme. »Ich habe Ihnen nur deshalb die Genehmigung erteilt, mit unseren Schülerinnen zu sprechen, damit Sie *nicht* die Erlaubnis der Eltern einholen müssen. Die Eltern mit einzubeziehen ist vollkommen unnötig und führt höchstens dazu, dass die Situation sowohl für Sie als auch für die Schule verkompliziert wird –«

»Hollys Dad erfährt das alles sowieso, sobald er morgen zur Arbeit kommt. Keine Bange: Ich glaube kaum, dass er sich direkt ans Telefon hängt und dem Mütter-Netzwerk den neusten Klatsch erzählt.«

»Gibt es auch nur einen vernünftigen Grund, warum das noch heute Abend sein muss? Wie Sie selbst so fein beobachtet haben, hatten die Schülerinnen für einen Tag genug Stress. Morgen früh –«

Conway sagte: »Wir können im Schultrakt mit Holly reden. Dann wären Sie uns los, und die übrigen Mädchen könnten zu ihrem normalen Abendablauf zurückkehren. Wie wär's mit dem Kunstraum?«

McKenna war nur noch Korsett und keine Lippen. »Nachtruhe ist um Viertel vor elf. Ich erwarte, dass Holly – und alle anderen Schülerinnen – dann in ihren Betten liegen. Falls Sie an einige von ihnen noch weitere Fragen haben, hat das sicher Zeit bis morgen früh.« Und die Tür zum Gemeinschaftsraum wurde uns vor der Nase zugeknallt.

»Diese Haltung kann man nur bewundern«, sagte Conway. »Interessiert sie einen Scheiß, dass wir sie wegen Behinderung der Polizeiarbeit festnehmen könnten. Das hier ist ihr Herrenhaus, sie ist der Boss.«

Ich sagte: »Warum gerade der Kunstraum?«

»Damit sie an die Karte denkt, nicht vergisst, dass da draußen jemand ist, der Bescheid weiß.« Conway zog das Gummiband aus den Überresten ihres Knotens. Die Haare fielen ihr glatt und schwer um die Schultern. »Du fängst an. Guter Cop, nett und freundlich, mach ihr keine Angst, mach ihrem Daddy keine Angst. Stell einfach die Fakten dar: Sie hat sich nachts rausgeschlichen, sie wusste von Chris und Selena, sie mochte Chris nicht. Versuch, mehr Details rauszukriegen: Warum sie ihn nicht mochte, ob sie mit den anderen über die Beziehung geredet hat. Wenn du den bösen Cop brauchst, schalte ich mich ein.«

Ein paar rasche Drehungen des Handgelenks, ein Schnippen des Haargummis, und der Knoten saß wieder, glatt und glänzend wie Marmor. Ihre Schultern hatten sich gestrafft; sogar das ausgelaugte Aussehen war von ihr abgefallen. Conway war bereit.

Die Tür des Gemeinschaftsraums ging auf. Holly erschien, McKenna hinter ihr. Pferdeschwanz, Jeans, eine türkisfarbene Kapuzenjacke mit Ärmeln, die ihre Hände verbargen.

Ich hatte sie auf zack und strahlend in Erinnerung, aber das war vorbei. Sie war blass und zehn Jahre älter, die Augen verwirrt, als hätte jemand ihre Welt wie eine Schneekugel geschüttelt, und nichts legte sich wieder an dieselben Stellen. Als sei sie felsenfest überzeugt gewesen, alles richtig zu machen, und plötzlich schien nichts mehr so einfach.

Es ließ mich frösteln. Ich konnte Conway nicht anschauen. Musste ich auch nicht. Ich wusste, sie hatte es selbst gesehen.

Holly sagte: »Was ist denn los?«

Ich erinnerte mich an sie mit neun Jahren, so strotzend vor Mut, dass es dir das Herz brach. Ich sagte: »Dein Dad ist unterwegs. Ich denke mal, er möchte, dass wir uns erst unterhalten, wenn er hier ist.«

Das laserte ihre Verwirrung weg. Holly warf entnervt den Kopf nach hinten. »Sie haben meinen *Dad* angerufen? Echt jetzt?«

Ich antwortete nicht. Holly sah meinen Gesichtsausdruck und

schloss den Mund. Verschwand hinter der Glätte ihres Gesichts, unschuldig und verschlossen zugleich.

»Danke«, sagte Conway zu McKenna. Zu mir und Holly: »Gehen wir.«

Der lange Flur, den wir am Morgen hinuntergegangen waren, um uns die Geheimniswand anzusehen. Da flimmerte er vor Sonne und Geschäftigkeit; jetzt – Conway ging am Lichtschalter vorbei, ohne auch nur hinzusehen – war er dämmrig und formlos. Durch die Fenster hinter uns verlieh der Abend uns schwache Schatten, Conway und ich ragten noch höher zu beiden Seiten der schmalen Holly auf, wie Wachleute mit einer Geisel. Unsere Schritte hallten wie Marschstiefel.

Der Geheimnisort. In dem Licht sah er aus, als würde er sich knapp außerhalb deines Gesichtsfeldes wellen, aber er schien nicht mehr zu brodeln und zu schnattern. Du meintest nur, ein unaufhörliches Gemurmel von tausend leise wispernden Stimmen wahrzunehmen, die alle darum flehten, gehört zu werden. Eine neue Karte zeigte ein Foto von einer dieser goldenen, lebenden Statuen, die man auf der Grafton Street sieht; die Überschrift lautete: *DIE MACHEN MIR ANGST!*

Der Kunstraum. Nicht mehr morgenfrisch und erhebend im Sonnenlicht. Die Deckenlampen ließen Ecken im Halbdunkel; die grünen Tische waren mit Tonresten verschmiert, Conways zusammengeknüllte Papierknäuel lagen noch immer unter Stühlen. McKenna hatte die Putzkolonne offenbar abbestellt. Die Schule so dicht verrammelt, wie sie konnte, alles unter Kontrolle.

Draußen vor den hohen Fenstern war der Mond aufgegangen, voll und reif vor einem verblassenden Blau. Auf dem Tisch davor war die Abdeckplane weggezogen und nicht wieder zurückgelegt worden. Darunter war die Schule im Miniformat zum Vorschein gekommen, märchenhaft, lauter allerfeinste Schnörkel aus Kupferdraht.

Ich sagte: »Das da. Ist das das Projekt, an dem ihr gestern Abend gearbeitet habt?«

Holly sagte: »Ja.«

Aus der Nähe betrachtet sah es zu zart aus, um aufrecht stehen zu bleiben. Die Wände waren kaum angedeutet, bloß einzelne Linien aus Draht; du konntest glatt hindurchsehen, auf Drahtschreibtische, Tafeln aus Stofffetzen, mit Wörtern beschrieben, die zu klein waren, um sie zu entziffern, auf Drahtsessel mit hoher Rückenlehne, gemütlich um einen Kamin mit glimmender Glut aus Seidenpapier. Es war Winter; Schnee türmte sich auf den Giebeln, um die Sockel der Säulen und die Weinkrugrundungen der Balustrade. Hinter dem Gebäude verlor sich ein verschneiter Rasen über den Rand der Spanplatte ins Nichts.

Ich sagte: »Das ist hier, nicht?«

Holly war näher gekommen, passte auf, als könnte ich es zerschlagen. »Das ist das Kilda vor hundert Jahren. Wir haben recherchiert, wie es mal ausgesehen hat – mit alten Fotos und so –, und dann haben wir es gebaut.«

Die Schlafräume: winzige Betten aus Kupferdraht, Seidenpapierstückchen als Decken. In den Wohnflügeln der Internatsschülerinnen und der Nonnen hingen in den Fenstern fingernagelgroße Pergamentrollen an spinnendünnen Fäden. »Was sind das für Zettelchen?«, fragte ich. Mein Atem brachte sie zum Schwingen.

»Die Namen von Leuten, die nach der Zählung von 1911 hier gelebt haben. Wir wussten nicht genau, wer in welchem Zimmer war, logo, aber wir haben uns daran orientiert, wie alt sie waren und in welcher Reihenfolge sie aufgeführt wurden – weil Freundinnen wahrscheinlich nacheinander genannt worden sind, weil sie ja nebeneinander saßen. Ein Mädchen hieß Hepzibah Cloade.«

Conway rückte Stühle um einen der langen Tische zurecht. Einen für Holly. Einen knapp zwei Meter entfernt: Mackey. Sie stellte sie fest hin, dumpfe Schläge auf das Linoleum.

Ich sagte: »Wer ist auf die Idee gekommen?«

Holly zuckte die Achseln. »Wir alle. Wir haben über die Mädchen geredet, die vor hundert Jahren hier auf der Schule waren – ob sie über die gleichen Sachen nachgedacht haben wie wir und so; was sie später als Erwachsene gemacht haben. Ob mal irgendwelche Geister von ihnen zurückgekommen sind. Dabei ist uns das da eingefallen.«

Stuhl gegenüber von Holly für mich, bamm. Stuhl gegenüber von Mackey für Conway, bamm.

Vier Pergamentrollen hingen in der Luft über der Haupttreppe. Ich sagte: »Wer sind die?«

»Hepzibah und ihre Freundinnen. Elizabeth Brennan. Bridget Marley. Lillian O'Hara.«

»Wo kommen die hin?«

Holly griff zwischen den Drähten hindurch und berührte die Pergamentrollen mit der Spitze ihres kleinen Fingers, so dass sie anfingen zu kreiseln. Sie sagte: »Wir wissen nicht mal genau, ob sie Freundinnen waren. Vielleicht konnten sie sich auch nicht ausstehen.«

Ich sagte: »Es ist wunderschön.«

»Ja«, sagte Conway. Wie eine Warnung. »Ist es wirklich.«

Von hinter uns: »Komisch, Sie hier zu sehen.«

Mackey, im Türrahmen. Auf den Absätzen nach hinten wippend, leuchtend blaue Augen forschend, Hände in den Taschen seiner braunen Lederjacke. Fast unverändert, seit ich ihn das letzte Mal gesehen hatte; die langen Neonröhren beleuchteten tiefere Krähenfüße, mehr Grau zwischen dem Braun, aber das war alles.

»Hi, Spatz«, sagte er. »Wie geht's?«

»Okay«, sagte Holly. Sie sah immerhin halbwegs froh aus, ihn zu sehen, was für den Daddy einer Sechzehnjährigen schon ziemlich gut ist. Noch etwas, das sich nicht viel verändert hatte: Mackey und Holly waren ein gutes Team.

»Worüber habt ihr denn so geplaudert?«

»Unser Kunstprojekt. Keine *Sorge*, Dad.«

»Will nur sichergehen, dass du kein Hackfleisch aus diesen netten Leuten gemacht hast, solange ich noch nicht da war, um sie zu beschützen.« Mackey wandte sich mir zu. »Stephen. Zu lange nicht gesehen.« Er kam näher, streckte mir die Hand hin. Fester Händedruck, freundliches Lächeln. Zumindest für den Anfang würden wir so tun, als wäre alles in bester Ordnung, nur Freunde unter sich, alle auf derselben Seite.

Ich sagte: »Danke, dass Sie hergekommen sind. Wir werden versuchen, Sie nicht zu lange aufzuhalten.«

»Und Detective Conway. Schön, Sie endlich kennenzulernen, nachdem ich so viel Gutes über Sie gehört hab. Frank Mackey.« Ein Lächeln, das daran gewöhnt war, erwidert zu werden, löste bei ihr keinerlei Reaktion aus. »Gehen wir kurz raus, während Sie mich auf den neusten Stand bringen.«

»Sie sind nicht als Detective hier«, sagte Conway. »Den Part haben wir. Danke.«

Mackey hob eine Augenbraue und warf mir ein Grinsen zu. *Wer hat der denn in die Cornflakes gepinkelt?* Ich war blockiert, wusste nicht, ob ich zurücklächeln sollte oder nicht – bei Mackey weißt du nie, was er gegen dich verwenden könnte. Mein paralysiertes Glotzen ließ sein Grinsen nur noch breiter werden.

Er sagte zu Conway: »Gut, wenn ich nur als ihr Daddy hier bin, möchte ich gern kurz mit meiner Tochter reden.«

»Wir müssen anfangen. Sie können mit ihr reden, wenn wir eine Pause machen.«

Mackey widersprach nicht. Wahrscheinlich glaubte Conway, sie hätte gewonnen. Er schlenderte durch den Raum, vorbei an dem Stuhl, den wir für ihn hingestellt hatten, sah sich die Kunstprojekte an. Wuschelte Holly kurz durchs Haar, als er an ihr vorbeikam. »Tu uns einen Gefallen, Schätzchen. Bevor du die Fragen der guten Detectives beantwortest, fass kurz für mich zusammen, was wir hier eigentlich machen.«

Ihr das Wort zu verbieten hätte die Stimmung augenblicklich ruiniert. Conways Blick verriet, dass sie allmählich begriff, was ich in Bezug auf Mackey gemeint hatte. Holly sagte: »Ich hab heute Morgen eine Karte am Geheimnisbrett gefunden. Mit einem Foto von Chris Harper, und darauf stand: ›Ich weiß, wer ihn getötet hat.‹ Ich hab Stephen die Karte gebracht, und die beiden waren den ganzen Tag hier. Die haben uns alle immer wieder vernommen und auch Joanne Heffernans blöde Zicken, deshalb glaub ich, sie gehen davon aus, dass eine von uns acht die Karte aufgehängt hat.«

»Interessant«, sagte Mackey. Beugte sich vor, inspizierte die Drahtschule aus verschiedenen Blickwinkeln. »Das sieht doch schon ganz gut aus. Sind auch andere Eltern hergebeten worden?«

Holly schüttelte den Kopf.

»Gefälligkeit unter Kollegen«, sagte Conway.

»Da wird mir ja ganz warm ums Herz«, sagte Mackey. Er hievte sich auf eine Fensterbank, ließ einen Fuß baumeln. »Du weißt doch noch, wie das geht, Schätzchen, oder? Beantworte, was du willst, lass weg, was du willst. Wenn du irgendwas mit mir besprechen willst, bevor du antwortest, machen wir das. Wenn dich irgendwas verunsichert oder dir unangenehm ist, sag's mir, und wir hauen ab. Wie klingt das?«

»Dad«, sagte Holly. »Ich komm schon klar.«

»Das weiß ich. Ich stell nur ein paar Grundregeln auf, damit jeder weiß, woran er ist.« Er zwinkerte mir zu. »Damit keine dummen Missverständnisse aufkommen, hab ich nicht recht?«

Conway schwang ein Bein über ihren Stuhl. Sagte zu Holly: »Du hast das Recht zu schweigen. Alles, was du sagst, wird schriftlich festgehalten und kann als Beweismittel verwendet werden. Hast du das verstanden?«

Du versuchst, das möglichst beiläufig zu halten, die Rechtsbelehrung, aber sie verändert den Raum. Mackeys Gesicht verriet nichts. Hollys Augenbrauen zogen sich zusammen: Das war neu. »Was …?«

Conway sagte: »Du hast uns Sachen verschwiegen. Deswegen sind wir vorsichtig geworden.«

Ich nahm meinen Platz ein, gegenüber von Holly. Streckte eine Hand Richtung Conway aus. Sie ließ das Fundsachen-Handy im Beweismittelbeutel über den Tisch bis zu mir schlittern.

Ich schob es Holly hin. »Hast du das schon mal gesehen?«

Verwundertes Stutzen, dann hellte sich Hollys Gesicht auf. »Klar. Das ist Alisons.«

»Nein. Sie hat genauso eins, aber das ist nicht ihres.«

Achselzucken. »Dann weiß ich nicht, wem es gehört.«

»Das will ich auch nicht wissen. Ich hab dich gefragt, ob du das schon mal gesehen hast.«

Noch längeres Stutzen, langsames Kopfschütteln. »Ich glaub nicht.«

Ich sagte: »Wir haben eine Zeugin, die gesehen hat, wie du dieses Handy in den Fundsachenbehälter geworfen hast, an dem Tag nachdem Chris Harper getötet wurde.«

Totale Leere; dann dämmerte Erkenntnis auf Hollys Gesicht. »Ach du Schande! Das hatte ich total vergessen. Ja. Wir hatten an dem Morgen eine Sonderversammlung, damit McKenna uns ihre große Rede über eine Tragödie und der Polizei helfen und was weiß ich noch alles halten konnte.« Plappermaul-Geste. »Hinterher sind wir alle aus der Aula raus ins Foyer, und da lag ein Handy auf dem Boden. Ich dachte, es wäre Alisons, aber ich hab sie nirgendwo gesehen. Es war ein einziges großes Chaos, alle haben durcheinandergeredet und geweint und sich umarmt, und die Lehrer haben versucht, uns zu beruhigen, damit wir zurück in unsere Klassenräume gehen … Da hab ich das Handy einfach in den Fundsachenbehälter gesteckt. Ich dachte, Alison könnte es sich ja selbst wiederholen. Nicht mein Problem. Aber wenn's ihr nicht gehört hat, wem denn dann?«

Fehlerfrei, sogar besser als die Wahrheit. Und – schlaues, schlaues Mädchen – ihre Geschichte brachte die ganze Schule mit ins Spiel, das Handy hätte praktisch allen gehören können. Conways müder Gesichtsausdruck verriet, dass sie dasselbe dachte.

Ich nahm das Handy wieder an mich. Legte es beiseite, für später. Ließ Hollys Frage unbeantwortet, aber sie hakte nicht nach.

Ich sagte: »Julia und Selena haben es dir bestimmt schon erzählt: Wir wissen, dass ihr euch letztes Jahr öfter nachts rausgeschlichen habt.«

Holly schielte rasch zu Mackey rüber. »Keine Bange wegen mir, Spatz«, sagte er, sympathisches Grinsen. »Da ist die Verjährungsfrist für mich überschritten. Du kriegst keinen Ärger.«

Holly sagte zu mir: »Na und?«

»Was habt ihr da draußen so gemacht?«

Ihr Kinn war vorgereckt. »Wieso wollen Sie das wissen?«

»Ach komm, Holly. Du weißt doch, dass ich das fragen muss.«

»Wir haben einfach abgehangen. Uns unterhalten. Okay? Wir haben kein Badesalz gespritzt oder Gruppensex getrieben oder was auch immer junge Leute Ihrer Meinung nach heute so machen. Ein paarmal haben wir ein Bier getrunken oder eine Zigarette geraucht. O mein Gott, Schock, Horror.«

»Du sollst nicht rauchen«, sagte Mackey streng mit erhobenem Zeigefinger. »Was predige ich dir dauernd übers Rauchen?« Conway warf ihm einen warnenden Blick zu, und er hob beide Hände, ganz zerknirscht, ganz der verantwortungsbewusste Dad, der sich nie in eine Vernehmung einmischen würde.

Ich ignorierte sie beide. »Habt ihr euch auch schon mal mit anderen getroffen? Jungs vom Colm vielleicht?«

»Hilfe, nein! Diese Schwachköpfe sehen wir schon oft genug.«

»Aha«, sagte ich verwundert, »dann habt ihr im Grunde also das gemacht, was ihr auch drinnen hättet machen können, oder tagsüber. Warum dann der ganze Aufwand, das Risiko, von der Schule verwiesen zu werden?«

Holly sagte: »Das verstehen Sie sowieso nicht.«

»Gib mir eine Chance.«

Nach einem Moment seufzte sie geräuschvoll. »Weil man sich da draußen im Dunkeln besser unterhalten kann, deshalb. Und weil Sie wahrscheinlich in der Schule nie gegen irgendwelche Regeln verstoßen haben, aber nicht alle haben Lust, immer alles genau nach Vorschrift zu machen. Okay?«

»Okay«, sagte ich. »Das macht Sinn. Das versteh ich.«

Daumen hoch. »Stark. Alle Achtung.«

Noch fast vier Jahre, bis sie zwanzig wurde. Ich beneidete Mackey nicht. Ich sagte: »Du weißt, dass Selena heimlich allein rausgegangen ist, um sich mit Chris Harper zu treffen. Richtig?«

Holly packte den leeren Teenager-Blick aus, schlaffe Unterlippe. Damit sah sie dumm wie Brot aus, aber ich wusste es besser.

»Wir haben Beweise.«

»Haben Sie das in Ihrer Lieblings-Trashzeitung gelesen? Gleich unter ›Robert Pattinson und Kristen Stewart wieder getrennt‹?«

»Sei lieb«, sagte Mackey, ohne auch nur aufzuschauen. Holly verdrehte die Augen.

Sie war zickig, weil sie Angst hatte, aus welchem Grund auch immer. Ich beugte mich vor, ganz nah, bis sie mir widerwillig in die Augen sah. »Holly«, sagte ich sanft. »Du bist heute Morgen aus einem bestimmten Grund zu mir gekommen. Weil ich nie so blöd war, dich herablassend zu behandeln, und weil du gedacht hast, ich würde möglicherweise mehr verstehen als die meisten. Richtig?«

Schulterzucken. »Kann sein.«

»Irgendwann wirst du mit jemandem über das alles reden müssen. Ich schätze, du würdest furchtbar gern zurück zu deinen Freundinnen gehen und so tun, als wäre nie was gewesen – und das kann ich gut nachvollziehen –, aber diese Option hast du nicht.«

Holly saß zusammengesunken auf ihrem Stuhl, Arme verschränkt, Augen zur Decke, als würde ich sie voll ins Koma langweilen. Sie hielt es nicht für nötig, mir zu antworten.

»Du weißt das genauso gut wie ich. Du kannst mit mir reden, oder du kannst mit jemand anderem reden. Falls du dich an mich halten willst, werde ich mein Bestes tun, deiner guten Meinung von mir gerecht zu werden. Ich denke, bis jetzt hab ich dich noch nicht enttäuscht.«

Achselzucken.

»Also. Möchtest du mit mir reden oder mit jemand anderem?«

Mackey beobachtete mich mit halbgesenkten Lidern, aber er hielt den Mund, was kein Kompliment sein konnte. Erneutes Achselzucken von Holly. »Egal, meinetwegen mit Ihnen. Ist mir schnuppe.«

»Gut«, sagte ich und lächelte sie an: *Wir sind ein Team.* Zog meinen Stuhl näher an den Tisch, bereit zur Arbeit. »Also, ich sag dir, was Sache ist: Selena hat uns schon erzählt, dass sie sich mit Chris Harper getroffen hat. Sie hat gesagt, sie hatte ein Handy genau wie dieses da und hat es benutzt, um ihm zu simsen. Wir haben die Verbindungsdaten der beiden. Wir haben auch die SMS-Texte, mit denen sie nächtliche Treffen vereinbart haben.« Kurzes Aufblicken von Holly, unwillkürlich. Sie hatte nicht gewusst, dass wir das konnten. »Ich bitte dich nicht, uns irgendwas zu erzählen, was wir nicht schon wissen. Ich bitte dich nur, es zu bestätigen. Also noch mal: Wusstest du, dass Selena sich mit Chris traf?«

Holly schielte zu Mackey hinüber. Er nickte.

»Ja«, sagte sie. Die Teeniegören-Masche war verschwunden, einfach so. Sie klang älter. Komplizierter, vorsichtiger. »Ich hab's gewusst.«

»Wann hast du es erfahren?«

»Letztes Frühjahr. So etwa zwei Wochen vor Chris' Tod vielleicht. Aber da war es schon vorbei. Sie haben sich nicht mehr getroffen.«

»Wie hast du es erfahren?«

Holly sah mir jetzt in die Augen, kühl und beherrscht. Sie hatte die Hände auf dem Tisch gefaltet. Sie sagte: »Manchmal, wenn es warm ist, kann ich nicht schlafen. In der Nacht damals war es irre heiß, ich bin fast übergeschnappt, hab dauernd versucht, kühle Stellen im Bett zu finden. Aber dann hab ich gedacht: *Okay, vielleicht schlaf ich ja ein, wenn ich ganz still liegen bleibe,* klar? Also hab ich mich dazu gezwungen. Es hat nicht funktioniert, aber Selena hat wohl gedacht, ich wäre eingeschlafen. Ich hab gehört, wie sie sich bewegt hat, und ich hab gedacht: *Vielleicht ist sie auch wach, und wir können ein bisschen quatschen,* deshalb hab ich die Augen aufgemacht. Sie hatte ein Handy in der Hand – ich konnte das Display leuchten sehen –, und sie war ganz tief drübergebeugt, als wollte sie nicht, dass jemand es sieht. Sie hat nicht gesimst oder SMS gelesen; sie hat's einfach nur in der Hand gehalten. Als würde sie drauf warten, dass es irgendwas macht.«

»Und da bist du neugierig geworden.«

Holly sagte: »Mit Lenie stimmte schon länger was nicht. Sie war immer voll still, egal, was passierte. Friedlich. Aber in der letzten Zeit vor dieser Nacht war sie …« Irgendetwas rührte an ihre Coolness, als sie daran zurückdachte. »Sie wirkte, als wäre ihr was Furchtbares passiert. Die halbe Zeit sah sie aus, als hätte sie geweint oder würde gleich losheulen. Oder wir redeten mit ihr, und eine Minute später meinte sie: ›Was?‹, als hätte sie uns gar nicht gehört. Sie war nicht okay.«

Ich nickte mehrfach. »Und du hast dir Sorgen um sie gemacht.«

»Ich hab mir *voll* die Sorgen gemacht. Ich dachte, in der Schule konnte ihr nichts Schlimmes passiert sein, weil wir alle immer zusammen waren, wir hätten es mitgekriegt. Klar?« Gequältes Zucken um Hollys Mund. »Aber zu Hause, an den Wochenenden – Selenas Eltern sind getrennt, und die sind beide irgendwie schräg. Ihre Mum und ihr Stiefvater geben dauernd Partys, und ihr richtiger Dad lässt komische Hippietypen auf seinem Sofa übernachten … Ich hab gedacht, da könnte ihr irgendwas passiert sein.«

»Hast du mit jemandem darüber geredet? Julia oder Rebecca gefragt, ob sie vielleicht irgendwelche Ideen hätten?«

»Klar. Ich hab mit Julia geredet, aber die meinte nur: ›O Mann, ey, krieg dich wieder ein, jeder hat mal Depris, du etwa nicht? Lass ihr ein oder zwei Wochen Zeit, dann geht's ihr wieder gut.‹ Und dann hab ich Becca gefragt, aber Becca kann mit so was nicht umgehen – wenn eine von uns irgendwas hat. Sie wurde so panisch, dass ich ihr schließlich gesagt hab, ich hätte mir alles bloß eingebildet, nur damit sie sich wieder beruhigt.«

Sie versuchte, möglichst beiläufig zu klingen. Aber irgendetwas wehte über Hollys Gesicht, nur ein Hauch. Etwas wie die Farbe von Regen, durchdrungen von Traurigkeit und von der Sehnsucht nach etwas längst Verlorenem. Es erschreckte mich. Ließ sie noch mal älter aussehen, ließ sie aussehen, als würde sie Dinge verstehen.

Ich sagte: »Und sie hat dir geglaubt? War ihr denn nicht aufgefallen, dass mit Selena irgendwas los war?«

»Nee. Becca ist … Sie ist ahnungslos. Sie denkt sich, solange wir einander haben, geht's uns automatisch gut. Sie wäre nie auf den Gedanken gekommen, es könnte Selena nicht gutgehen.«

»Julia und Rebecca waren dir also keine Hilfe«, sagte ich. Sah wieder diesen Hauch über ihr Gesicht streifen. »Hast du mit Selena geredet?«

Holly schüttelte den Kopf. »Ich hab's versucht. Lenie ist sehr gut darin, kein Gespräch zu führen, wenn sie keinen Bock drauf hat. Sie guckt einfach verträumt in die Gegend und schwupp, Gespräch beendet. Ich bin noch nicht mal dazu gekommen, sie zu fragen, was mit ihr los ist.«

»Was hast du also gemacht?«

Ungeduld blitzte auf. »Nichts. Abgewartet und sie im Auge behalten. Was denken Sie denn, was ich hätte machen sollen?«

»Keine Ahnung«, sagte ich friedfertig. »Und dann hast du das Handy gesehen und dir gedacht, es müsste irgendwas damit zu tun haben, was Selena zu schaffen macht?«

»Na, dafür musste man ja nicht gerade ein Top-Detective sein. Ich hab die Augen so halb zuhalten« – schmale Schlitze – »und sie beobachtet, bis sie es weggelegt hat. Ich konnte nicht genau sehen, wo sie es hingetan hat, aber sie hat irgendwo seitlich an ihrer Matratze hantiert. Am nächsten Tag bin ich dann unter einem Vorwand während des Unterrichts in unser Zimmer, und da hab ich's gefunden.«

»Und die SMS gelesen.«

Hollys übereinandergeschlagene Beine wippten. Ich nervte sie. »Ja. Und? Hätten Sie auch gemacht, wenn Ihr Freund in so einem Zustand wäre.«

Ich sagte: »Du warst doch bestimmt ziemlich geschockt.«

Augenverdrehen. »Meinen Sie?«

»Chris wäre keiner, den ich meiner besten Freundin als Freund wünschen würde.«

»Logo. Es sei denn, Ihre beste Freundin steht auf Minderjährige.«

Mackey grinste ungeniert. Ich sagte: »Und was hast du dann gemacht?«

Ihr Kinn hob sich. »Ähm, hallo? Dasselbe wie vorher. Was hätte ich denn machen sollen? Ihr eine Chris-Voodoo-Puppe und ein paar Nadeln besorgen? Ich kann ja nicht *hexen*. Ich konnte nicht mit meinem Zauberstab rumfuchteln und sie wieder froh machen.«

Wunder Punkt. Ich hakte nach. »Du hättest ihm simsen können, er soll sie in Ruhe lassen. Oder ein Treffen mit ihm vereinbaren und es ihm unter vier Augen sagen.«

Holly schnaubte. »Als ob das was gebracht hätte. Chris konnte mich nicht mal leiden – er hat gewusst, dass ich nicht auf seine Süßer-kleiner-Welpe-Masche reinfalle, was bedeutete, dass er mit seinen Grapschhänden nie unter mein Top gekommen wäre, was bedeutete, dass ich für ihn eine blöde Tussi war, und wieso sollte er auch nur ein Wort mit mir reden, geschweige denn irgendwas tun, nur weil ich ihn drum gebeten hätte.«

»He, Kindchen. Unter dein Top greift keiner, bis du verheiratet bist.« Mackey, von der Fensterbank.

Ich sagte: »Ich kann einfach nicht begreifen, dass du nichts unternommen hast. Irgendein Typ macht deine beste Freundin unglücklich, und du sagst dir einfach: ›Ach, na ja, so ist das Leben, das wird ihr eine Lehre sein‹? Im Ernst?«

»Ich hab nicht *gewusst*, was ich machen soll! Ich fühl mich deswegen sowieso schon beschissen, vielen Dank auch, da müssen Sie mir nicht noch erzählen, was für eine Scheißfreundin ich war.«

Ich sagte: »Du hättest mit Julia und Rebecca reden und mit ihnen zusammen überlegen können, ob ihr drei gemeinsam nicht etwas hättet tun können. Das hätte ich von dir erwartet. Wenn ihr so eng befreundet seid, wie du sagst.«

»Das hatte ich doch schon versucht. Hallo? Becca hat panisch reagiert, und Julia wollte nichts davon wissen. Wahrscheinlich hätte ich es Jules erzählt, wenn es Selena noch schlechter gegangen wäre, aber ich hab ja schließlich nicht gedacht, dass sie sich wegen dem Wichser *umbringt*. Sie war bloß … unglücklich. Dagegen konnte keine von uns was machen.« Wieder wehte etwas über Hollys Gesicht. »Und sie wollte offensichtlich nicht, ich meine, wirklich nicht, dass wir Bescheid wussten. Wenn sie gemerkt hätte, dass ich es wusste, hätte sie sich bloß noch schlechter gefühlt. Also hab ich so getan, als wüsste ich von nichts.«

Die Sache war bloß, dass die kleine Geschichte mit ihrer Schlaflosigkeit nicht stimmte oder nicht ganz stimmte. Ich konnte keinen Seitenblick zu Conway riskieren, um mich zu vergewissern, dass sie die Lüge bemerkt hatte. Chris' Nummer in Selenas Handy war ohne Namen gewesen; auch in den SMS waren keine Namen genannt worden. Holly hätte bei ihrer raschen Durchsicht der Nachrichten unmöglich wissen können, mit wem Selena simste.

Vielleicht war Lügen ein Mackey-Reflex, nach dem Motto, behalt immer noch ein bisschen für dich, weil es dir später vielleicht nützen kann. Vielleicht auch nicht.

Holly bewegte sich, als würde sie spüren, wie dieses Kalter-Regen-Etwas ihr den Nacken befingerte, über die Schultern strich. Sagte: »Ich hab das Ganze nicht einfach bloß ignoriert. Damals hab ich dasselbe gedacht wie Becca: Alles wäre in Ordnung, solange wir einander hätten. Ich dachte, wenn wir einfach nur in Lenies Nähe blieben ...«

»Hat es funktioniert? Machte sie den Eindruck, dass es ihr langsam wieder besserging?«

Holly sagte leise: »Nein.«

Ich sagte: »Das muss ziemlich schwierig gewesen sein. Ihr vier seid daran gewöhnt, alles gemeinsam mit euren Freundinnen hinzukriegen. Und auf einmal stehst du da und musst mit der Sache ganz allein fertigwerden.«

Holly zuckte die Achseln: »Ich hab's überlebt.«

Schwer um eisige Coolness bemüht, aber dieser Schleier hatte sich um sie gelegt. Diese paar Tage im letzten Frühjahr hatten Dinge verändert, in der Art, wie die Welt sich ihr darbot. Hatten sie verloren zurückgelassen, schutzlos im kalten Wind, ohne die Hände der anderen, die sie festhielten.

»Klar hast du das«, sagte ich. »Du lässt dich nicht unterkriegen. Das weiß ich noch vom letzten Mal. Aber das heißt nicht, dass du keine Angst bekommst. Und irgendwo allein zu sein, wo deine Freundinnen dir nicht helfen können, das ist so ziemlich das Beängstigendste, was es gibt.«

Langsam hoben sich ihre Augen, schauten in meine. Verblüfft

469

und klar, als sei das mehr, als sie von mir erwartet hätte. Ein leichtes Nicken.

»Tut mir echt leid, die kleine Plauderei zu unterbrechen, wo sie gerade so schön läuft«, sagte Mackey gemächlich und schwang sich von der Fensterbank, »aber ich brauch 'ne Zigarette.«

»Du hast Mum gesagt, du hättest aufgehört«, sagte Holly.

»Es ist lange her, dass ich deiner Mum irgendwas vormachen konnte. Bis gleich, Spatz. Falls diese netten Detectives irgendwas zu dir sagen, steck dir einfach die Finger in die Ohren und sing ihnen was Hübsches vor.« Und raus war er, ließ die Tür hinter sich offen stehen. Wir hörten seine Schritte den Flur hinunter, hörten ihn irgendeine flotte Melodie pfeifen.

Conway und ich sahen einander an. Holly betrachtete uns unter diesen rätselhaft geschwungenen Lidern hinweg.

Ich sagte: »Ich könnte ein bisschen frische Luft gebrauchen.«

Im Foyer stand die schwere Holztür sperrangelweit auf. Das Rechteck aus kaltem Licht, das auf die Schachbrettfliesen fiel, wurde von einem Schatten durchtrennt, der sich bewegte, ein rasches Schnippen, als meine Schritte ertönten. Mackey.

Er stand oben auf den Stufen, lehnte an einer Säule, Zigarette unangezündet zwischen den Fingern. Sein Rücken war mir zugewandt, und er drehte sich nicht um. Der Himmel über ihm ein Blau, das die Nacht ankündigte; es war Viertel nach acht durch. Schwach und zart, irgendwo in den Weiten der dämmrigen Luft da draußen, hitzige Schreie von Fledermäusen und hitziges Geplapper von Mädchen. Als ich neben Mackey trat, hob er die Zigarette an die Lippen und schielte über das Klicken seines Feuerzeugs zu mir rüber. »Seit wann rauchen Sie?«

»Brauchte bloß frische Luft.« Ich lockerte meinen Hemdkragen, atmete tief ein. Die Luft schmeckte süß und warm, sich öffnende Blumen der Nacht.

»Und ein Pläuschchen.«

470

»Lange nicht gesehen.«

»Junge. Sie müssen schon entschuldigen, wenn ich nicht in der Stimmung für Smalltalk bin.«

»Nee, schon klar. Ich wollte bloß sagen …« Das Gestammel war echt, und das rote Gesicht. »Ich weiß, dass Sie … Sie wissen schon. Hier und da ein gutes Wort für mich eingelegt haben, in den letzten Jahren. Ich wollte bloß die Gelegenheit nutzen, um Ihnen zu danken.«

»Bedanken Sie sich nicht. Bauen Sie einfach keinen Mist. Ich steh nicht gern blöd da.«

»Ich hab nicht vor, Mist zu bauen.«

Mackey nickte und drehte mir die Schulter zu. Rauchte, als wäre es reiner Sauerstoff und er kurz vor dem Erstickungstod.

Ich lehnte mich gegen die Wand, nicht zu nah. Hob das Gesicht zum Himmel, ganz entspannt.

Sagte: »Was ich echt gern wissen würde. Wie sind Sie ausgerechnet auf das St. Kilda gekommen?«

»Dachten Sie, ich würde Holly auf die nächste städtische Schule schicken?«

»So was in der Art, ja.«

»Da waren mir die Tennisplätze nicht gut genug.«

Die Augen gegen den Rauch zusammengekniffen. Nur ein Bruchteil seiner Gedanken war auf mich gerichtet.

»Aber dann gleich der Laden hier? Als ich ihn gesehen hab …« Ich pustete ein leises Lachen aus. »Mannomann.«

»Es hat was, keine Frage. Dachten Sie, ich wüsste die erlesene Architektur nicht zu schätzen?«

»Ich hab bloß nicht gedacht, dass das hier was für Sie wäre. Reiche Kids. Holly fast die ganze Woche nicht zu Hause.«

Ich wartete. Nichts, bloß das Heben und Senken seiner Zigarette. Ich sagte: »Wollten Sie Holly aus dem Haus haben, ja? Zu viel Teenager-Dramen? Oder hatte sie Ihrer Meinung nach die falschen Freunde?«

Ein Bruchteil von Mackeys Gedanken war mehr als genug. Wölfisches Grinsen in den Mundwinkeln, langsames Zungenschnalzen. »Stephen, Stephen, Stephen. Sie haben so gut angefangen. Dieses von Arbeiterjunge zu Arbeiterjunge, da hab ich mich richtig angesprochen gefühlt. Und dann werden Sie auf einmal ungeduldig und fallen prompt wieder in Cop-Modus. Ist Ihre Tochter eine Problemjugendliche, Sir? Hat Ihre Tochter vielleicht zweifelhaften Umgang, Sir? Haben Sie irgendwelche Anzeichen dafür entdeckt, dass Ihre Tochter zu einer kaltblütigen Mörderin heranwächst, Sir? Und haste nicht gesehen, ist die nette kleine Nähe, die wir im Ansatz aufgebaut haben, wieder futsch. Anfängerfehler, mein Lieber. Sie müssen an Ihrer Geduld arbeiten.«

Er lehnte locker an der Säule, grinste mich an, wartete ab, was ich mir als Nächstes einfallen lassen würde. Seine Augen waren lebendig geworden. Jetzt hatte ich seine ganze Aufmerksamkeit.

Ich sagte: »Die Schule kann ich mir so einigermaßen erklären. Vielleicht war Hollys Ma hier schon Schülerin, oder vielleicht ist die öffentliche Schule in Ihrer Nähe ein Drecksloch, Holly wurde gemobbt, oder man hat ihr Drogen angeboten – die meisten Leute werfen ihre Prinzipien über Bord, wenn es um ihr Kind geht. Aber Internat? Nee. Das will mir nicht in den Kopf.«

»Mit den Erwartungen der Leute sollte man immer schön rumspielen, mein Lieber. Das ist gut für ihren Kreislauf.«

»Als wir das letzte Mal zusammengearbeitet haben, waren Sie und Hollys Ma getrennt. Schon länger, soweit ich das sagen konnte. Sie hatten schon ein paar Jährchen mit Holly verpasst, und dann schicken Sie sie ins Internat, damit Sie noch ein paar mehr verpassen können? Das passt einfach nicht.«

Mackey zeigte mit seiner Kippe auf mich. »Das war nicht schlecht, Junge. ›Als wir das letzte Mal zusammengearbeitet haben‹, als würden wir jetzt zusammenarbeiten. Gefällt mir.«

»Sie und Hollys Ma sind wieder zusammen, das ist Ihre Chance auf ein richtiges Familienleben. Das würden Sie nicht ohne guten

Grund aufgeben. Entweder Holly hat rebelliert, und Sie wollten sie in ein strenges Umfeld schicken, wo sie wieder zurechtgestutzt wird, oder sie ist in schlechte Gesellschaft geraten, und Sie wollten sie aus der Schusslinie haben.«

Er nickte energisch, machte ein übertrieben nachdenkliches Gesicht. »Nicht übel. Haut hin. Oder vielleicht, nur vielleicht, hatten meine Frau und ich ja das Gefühl, wir würden eine Zeit für uns brauchen, um nach dieser ganzen hässlichen Trennungsgeschichte wieder zusammenzufinden. Um die Liebe wiederaufleben zu lassen. *Zeit für die Beziehung*, sollte ich wohl sagen, nicht?«

Ich sagte: »Sie sind völlig vernarrt in das Mädchen. Sie haben in Hollys ganzem Leben noch nie *weniger* Zeit mit ihr verbringen wollen.«

»Meine Einstellung in Sachen Familie ist ein bisschen sonderbar, Junge. Ich dachte, das hätten Sie gemerkt, als wir das letzte Mal *zusammengearbeitet* haben.« Mackey schmiss seine Kippe über das Geländer. »Vielleicht bedeutet mir die Chance, eine niedliche Kernfamilie zu sein, nicht so viel, wie sie Ihnen bedeuten würde. Ich kann nichts dafür.«

Ich sagte: »Falls Holly zu Hause irgendwie in Schwierigkeiten geraten ist, finden wir das raus.«

»Braver Junge. Das will ich auch hoffen.«

»Ich frage Sie, um uns Zeit und Arbeit zu ersparen.«

»Kein Problem. Die größte Schwierigkeit, in die Holly je geraten ist, war der Hausarrest, weil sie ihr Zimmer nicht aufgeräumt hat. Das hilft Ihnen hoffentlich weiter.«

Wir würden das überprüfen. Mackey wusste das. »Danke«, sagte ich. Nickte.

Er ging wieder rein. Bevor seine Hand den Türgriff erreichte, sagte ich: »Ich würde es trotzdem gern wissen. Das Internat, Mann. Warum? Es ist nicht gerade billig. Irgendwer muss das unbedingt gewollt haben.«

Er betrachtete mich amüsiert, wie damals vor sieben Jahren, der große Hund, der den kecken Welpen beobachtet. Sieben Jahre sind eine lange Zeit.

»Ich weiß, es hat nichts mit unserem Fall zu tun, aber es wird mir keine Ruhe lassen. Deshalb frag ich.«

Mackey sagte: »Aus reiner Neugier. Von Mann zu Mann.«

»Genau.«

»Schwachsinn. Sie fragen von Detective zu Vater der Verdächtigen.«

Starrer Blick, eine Herausforderung, es abzustreiten: *Gott, nein, sie ist doch keine Verdächtige ...* Ich sagte: »Ich frage.«

Mackey musterte mich. Stellte hinter seinen Augen irgendwelche Berechnungen an.

Er griff wieder nach seinen Zigaretten. Steckte sich eine in den Mundwinkel.

»Ich will Sie mal was fragen«, sagte er um die Zigarette herum. Legte die Hand schützend um die Flamme. »Nur mal grob geschätzt, was meinen Sie, wie viel Zeit Holly mit meiner Seite der Familie verbringt?«

»Nicht viel.«

»Gut geraten. Ein paarmal im Jahr sieht sie eine von meinen Schwestern. Auf Olivias Seite gibt es ein paar Cousinen zu Weihnachten, und da wäre noch Olivias Ma, die für Holly bescheuerte Designerklamotten kauft und sie in stinkfeine Restaurants einlädt. Und da Olivia und ich getrennt waren oder die meiste in Frage kommende Zeit getrennt waren, ist Holly Einzelkind.«

Er lehnte sich nach hinten an die Tür, schnippte das Feuerzeug an und betrachtete die Flamme. Diesmal rauchte er anders, ließ sich für jeden Zug Zeit.

»Sie haben richtig getippt, warum wir uns fürs St. Kilda entschieden haben – gut gemacht: Olivias alte Schule. Und Sie haben richtig getippt, dass ich nicht für das Internat war. Zu Anfang des zweiten Schuljahres hat Holly darum gebeten, und ich hab gesagt, nur über meine Leiche. Sie hat weiter gebettelt, ich hab weiter gesagt, kommt nicht in Frage, aber schließlich hab ich gefragt, warum sie unbedingt ins Internat wollte. Holly hat gesagt, wegen ihrer Freundinnen – Becca und Selena wohnten schon im Internat, Julia hat ihre Familie genauso bekniet. Die vier wollten zusammen sein.«

Warf das Feuerzeug hoch, es trudelte durch die Luft, er fing es auf.

»Sie ist clever, meine kleine Holly. In den Monaten danach war sie jedes Mal, wenn eine von ihren Freundinnen bei uns zu Besuch war, der reinste Engel: half im Haushalt, machte ihre Schulaufgaben, beschwerte sich über nichts, ein richtiges Sonnenscheinchen. Wenn sie keine von ihren Freundinnen dahatte, war sie eine unausstehliche Nervensäge. Schleppte sich durchs Haus wie eine Figur aus einer italienischen Oper, starrte uns vorwurfsvoll mit bebender Unterlippe an. Wenn sie irgendwas machen sollte, brach sie in Tränen aus und stürzte auf ihr Zimmer. Nicht gleich glänzende Augen kriegen, Detective, die kriegen alle hysterische Anfälle, das ist kein Zeichen von Jugendkriminalität. Aber nach einer Weile graute es Liv und mir vor den Tagen, an denen wir nur zu dritt waren. Holly hatte uns abgerichtet wie zwei Deutsche Schäferhunde.«

»Stur«, sagte ich. »Hat sie bestimmt von Ihrer Frau.«

Sarkastischer Seitenblick. »Mit stur allein wäre sie nicht weit gekommen. Wenn es nur das gewesen wäre, hätte ich mich einfach weiter über sie lustig gemacht, bis sie den Quatsch gelassen hätte; wäre mir ein Vergnügen gewesen. Aber eines Abends war sie mal wieder sagenhaft zickig und fürchterlich schlecht drauf – ich weiß nicht mal mehr, warum, ich glaube, wir hatten ihr verboten, zu Julia zu fahren –, und sie hat geschrien: ›Meine Freundinnen sind die einzigen Menschen, denen ich bedingungslos vertraue. Sie sind wie meine Schwestern! Wegen euch sind sie die einzigen Schwestern, die ich je haben werde! Und ihr lasst mich nicht zu ihnen!‹ Und damit rennt sie die Treppe rauf in ihr Zimmer, knallt die Tür zu und flennt in ihr Kissen, wie gemein das alles doch ist.«

Wieder ein langer Zug an seiner Kippe. Er neigte den Kopf nach hinten, sah zu, wie der Rauchstrahl zwischen seinen Zähnen hervor nach oben in die weiche Luft stieg.

»Aber die Sache war die, das Kind hatte nicht unrecht. Ist echt Mist, wenn das passiert. Familie ist wichtig. Und Liv und ich haben nicht gerade Spitzenarbeit geleistet, Holly eine zu bieten. Wenn sie sich da eine eigene sucht, wie käme ich dazu, sie daran zu hindern?«

Wahnsinn. Ich hätte ein paar Bier darauf gewettet, dass Frank Mackey so etwas wie schlechtes Gewissen nur theoretisch kannte, und zwar als nützliche Möglichkeit, andere unter Druck zu setzen. Holly hatte ihn unter Druck gesetzt, wie Weintrauben in der Presse.

Ich sagte: »Also haben Sie beschlossen, es ihr zu erlauben.«

»Also haben wir beschlossen, sie ein Jahr lang ausprobieren zu lassen, wie es ist, die Woche über im Internat zu wohnen. Jetzt müssten wir einen Abschleppwagen bestellen, um sie von hier wegzukriegen. Es gefällt mir grundsätzlich nicht, und ich vermisse mein kleines Madamchen wie verrückt, aber wie Sie gesagt haben: Wenn es um dein Kind geht, fliegt alles andere über Bord.«

Mackey schob das Feuerzeug zurück in seine Jeanstasche. »Und das war's. Ein vertrauliches Gespräch mit Onkel Frankie. War doch schön, oder?«

Es war die Wahrheit. Vielleicht die ganze Wahrheit, vielleicht auch nicht, aber die Wahrheit.

»Sind damit alle Ihre Fragen beantwortet?«

Ich sagte: »Eine hab ich noch. Ich versteh nicht, wieso Sie mir das alles erzählen.«

»Das nennt man abteilungsübergreifende Kooperation, Detective. Professionelle Hilfsbereitschaft.« Mackey schnippte seine

Kippe auf den Boden, zertrat sie mit einer Absatzdrehung. »Schließlich arbeiten wir ja zusammen«, sagte er mit einem dicken, fetten Grinsen über die Schulter und stieß die Tür auf.

Holly saß noch immer am selben Platz, Conway stand am Fenster, Hände in den Taschen, und schaute nach unten in den Park. Sie hatten nicht miteinander geredet. Die Atmosphäre im Raum, das schnelle Umdrehen der beiden, als wir reinkamen, ließen vermuten, dass sie stattdessen intensiv aufeinander gelauscht hatten.

Mackey suchte sich einen anderen Beobachtungsposten, hielt uns auf Zack: setzte sich auf einen Tisch hinter Holly, nahm sich einen liegengebliebenen Klumpen Knetmasse, um damit zu spielen. Ich zog Selenas Handy näher an mich heran. Drehte den Beweismittelbeutel mit einer Fingerspitze auf dem Tisch im Kreis.

»Also«, sagte ich. »Reden wir noch mal über das Handy. Du sagst, du hast es am Morgen nach Chris' Tod im Foyer auf dem Boden gefunden. Bleiben wir vorläufig dabei. Du hattest Selenas Geheimhandy gesehen. Du hättest wissen müssen, dass es das hier war.«

Holly schüttelte den Kopf. »Ich dachte, es wäre Alisons. Selena hatte ihres in ihrer Matratze versteckt. Wie sollte das ins Foyer gekommen sein?«

»Du hast sie nicht mal gefragt?«

»Auf gar keinen Fall. Wie gesagt, ich wollte sie nicht drauf ansprechen. Selbst wenn ich dran gedacht hätte – und soweit ich mich erinnere, hab ich das nicht –, hätte ich mir gedacht, wenn es Selenas Handy wäre, würde sie es sich lieber aus dem Fundsachenbehälter holen, als mit mir darüber reden zu müssen, woher ich wusste, dass es ihres war und den ganzen Scheiß.«

Aalglatt. Keiner, nicht mal die Tochter von Frank Mackey, lässt sich so was spontan einfallen. Holly hatte gründlich nachgedacht, während sie im Gemeinschaftsraum festsaß und wilde Mutmaßungen durch die Luft jagten. War methodisch durchge-

gangen, was wir alles wissen könnten, hatte sich Antworten zu-
rechtgelegt.

Manche Unschuldige würden so was machen. Nicht viele.

»Klingt einleuchtend«, sagte ich. Hinter Holly hatte Mackey
die Knetmasse zu einer Scheibe plattgedrückt und versuchte, sie
auf einem Finger kreiseln zu lassen. »Aber die Sache ist die: So wie
unsere Zeugin das erzählt, hast du das Handy nicht im Foyer gefunden. Du hattest es im Rockbund stecken, eingewickelt in ein
Taschentuch.«

Hollys Augenbrauen zogen sich vor Verblüffung zusammen.
»Nein, hatte ich nicht. Ich meine, vielleicht hatte ich ein Taschentuch in der Hand, weil ja alle geweint haben –«

»Du mochtest Chris nicht. Und es passt nicht zu dir, für
jemanden, den du nicht mochtest, einen Heulkrampf vorzutäuschen.«

»Ich hab auch nicht gesagt, dass *ich* geheult hab. Hab ich nämlich nicht. Ich meine, könnte sein, dass ich irgendwem ein Taschentuch geben wollte, ich weiß es nicht mehr. Aber ich weiß,
dass das Handy auf dem Boden lag.«

Ich sagte: »Ich denke, du hast Selenas Handy aus dem Versteck
in ihrer Matratze geholt und eine gute Gelegenheit gesehen, es
loszuwerden. Der Fundsachenbehälter, das war clever. Hat gut
funktioniert. Hätte fast geklappt.«

Hollys Mund öffnete sich, aber ich hielt eine Hand hoch.
»Moment. Lass mich erst zu Ende reden, dann kannst du mir sagen, ob ich richtig- oder falschliege. Du wusstest, dass wir möglicherweise die Schule durchsuchen würden. Du wusstest, falls
wir das Handy fänden, würden wir mit Selena reden. Du wusstest, wie das ist, von der Polizei vernommen zu werden. Seien wir
ehrlich, es gibt schönere Arten, seine Zeit zu verbringen. Du
wolltest nicht, dass Selena das durchmachen musste, wo sie doch
sowieso schon durch Chris' Tod traumatisiert war. Deshalb hast
du das Handy entsorgt. Klingt das so einigermaßen richtig?«

Es war ein Ausweg: ein harmloser Grund dafür, warum sie das Handy loswerden wollte. Lass dich nie auf so einen Ausweg ein. Er scheint sicher zu sein. Doch er bringt dich nur einen Schritt näher zu dem Punkt, an dem wir dich haben wollen.

Mackey sagte, ohne von seinem neuen Spielzeug aufzublicken. »Darauf musst du nicht antworten.«

Ich sagte: »Aber warum solltest du nicht? Denkst du, wir ermitteln gegen eine Minderjährige, weil sie etwas versteckt hat, das vielleicht noch nicht mal ein Beweismittel ist? Da haben wir wirklich Besseres zu tun. Das kann dein Dad dir bestätigen, Holly. Wenn du hinter was Großem her bist, lässt du Kleinigkeiten gerne links liegen. Das hier ist eine Kleinigkeit. Wir müssen sie nur klären.«

Holly sah mich an, nicht ihren Dad. Dachte, oder zumindest glaubte ich das, an den Moment, als sie gesehen hatte, wie ich begriff.

Sie sagte: »Selena hat Chris nicht getötet. Ausgeschlossen. Das hab ich nie für möglich gehalten, nicht mal für eine Sekunde.« Rücken gerade, Augen geradeaus, damit ich es endlich in meinen Schädel bekam. »Ich weiß, Sie denken jetzt, *jaja, schon klar*. Aber ich bin nicht einfach nur naiv. Ich *weiß*, dass man bei den meisten Menschen nicht mal ahnen kann, wozu sie fähig sind. Das weiß ich.«

Mackeys Knetscheibe hatte aufgehört zu kreiseln. Es stimmte: Holly wusste das.

»Aber bei Selena bin ich mir sicher. Sie hätte Chris nichts getan. Niemals! Ich schwöre bei Gott, das ist absolut unmöglich.«

Ich sagte: »Du hättest wahrscheinlich auch bei Gott geschworen, dass sie sich nicht mit Chris treffen würde.«

Ein ungehaltenes Zucken, ich verlor wieder etwas von meiner Glaubwürdigkeit. »Das kann man ja wohl nicht vergleichen. Echt jetzt! Außerdem, ich erwarte gar nicht, dass Sie mir so einfach glauben, was für eine Art Mensch sie ist. Sie hätte es auch rein faktisch nicht tun können. Wie ich schon gesagt hab, manchmal kann ich schlecht schlafen. Und in der Nacht von Chris' Tod war das auch so. Wenn Selena rausgegangen wäre, hätte ich das gemerkt.«

Das war gelogen, aber ich ließ es unwidersprochen. Ich sagte: »Du hast das Handy also entsorgt.«

Holly wurde nicht rot, zuckte nicht mal mit der Wimper, als sie die Story aufgab, die sie mir noch vor fünf Minuten im Brustton der Überzeugung erzählt hatte. Daddys Tochter vom Scheitel bis zur Sohle. »Ja. Na und? Wenn Sie wüssten, dass Ihre Freundin wegen irgendwas, was sie hundertpro nicht gemacht hat, in Schwierigkeiten geraten wird, würden Sie dann etwa nicht versuchen, ihr zu helfen?«

Ich sagte: »Doch, würde ich. Ist doch klar.«

»Genau. Jeder mit einem Funken Loyalität würde das tun. Und deshalb, ja, ich hab's getan.«

Ich sagte: »Danke. Damit wäre das geklärt. Bis auf eines. Wann hast du das Handy aus eurem Zimmer geholt?«

Hollys Gesicht erstarrte. »Was?«

»Das ist das Einzige, was ich mir nicht erklären kann. Wann wurde Chris' Leiche entdeckt?«

»Kurz nach halb acht Uhr morgens«, sagte Conway. Leise, möglichst unsichtbar. Ich machte meine Sache gut. »Nonnen beim Morgenspaziergang.«

»Und die Versammlung war wann?«

Holly zuckte die Achseln. »Weiß ich nicht mehr. Vor dem Mittagessen. Gegen zwölf?«

Ich sagte: »Hattet ihr vormittags Unterricht? Oder haben sie euch auf eure Zimmer geschickt?«

»Unterricht. Na ja. Wenn man das so nennen kann. Kein Schwein war bei der Sache, nicht mal die Lehrer, aber wir mussten in den Klassenräumen hocken und so tun, als würden wir uns konzentrieren.«

»Ich schätze mal, ihr habt beim Frühstück die ersten Gerüchte gehört«, sagte ich. »Zu dem Zeitpunkt war vermutlich alles noch ziemlich konfus, Polizei auf dem Schulgelände; die meisten werden gedacht haben, es ginge um den Gärtner, der mit Drogen gedealt hat. Falls später welche den Wagen der Rechtsmedizin gesehen haben und wussten, was das bedeutet, wurde vielleicht über einen Todesfall spekuliert, aber ihr konntet unmöglich wissen, um wen es sich handelte. Wann wurde Chris identifiziert?«

»Gegen halb neun«, sagte Conway. »McKenna meinte, sie hätte ihn schon mal gesehen, und wir haben im Colm angerufen, um zu fragen, ob sie jemanden vermissten.«

Ich balancierte den Beweismittelbeutel auf der Tischkante, schnappte ihn auf, als er runterfiel. »Gegen Mittag dürfte also Chris' Familie verständigt worden sein, aber wir werden seinen Namen noch nicht an die Medien gegeben haben, um der Familie Zeit zu lassen, weitere Angehörige zu informieren. Ihr könnt es demnach nicht aus dem Radio erfahren haben. Auf der Versammlung habt ihr erstmals gehört, was passiert war und wer das Opfer war.«

»Na und?«

»Wieso also wusstest du, dass dieses Handy Selena in Schwierigkeiten bringen könnte, und auch noch früh genug, um es vor der Versammlung aus dem Versteck zu holen?«

Holly zögerte keine Sekunde. »Wir haben alle bei jeder sich bietenden Gelegenheit aus den Fenstern geguckt – die Lehrer haben gesagt, wir sollten das nicht, aber na ja, so war's. Wir haben Polizisten in Uniform gesehen und Leute von der Kriminaltechnik, deshalb wussten wir, dass ein Verbrechen passiert sein musste, und dann haben wir Pater Niall vom Colm gesehen – der ist ungefähr zweieinhalb Meter groß und sieht aus wie Voldemort, und er trägt eine Robe, deshalb kann man den unmöglich mit irgendwem verwechseln. Es war also klar, dass irgendeinem Jungen vom Colm was passiert sein musste. Und Chris war der

Einzige, von dem ich wusste, dass er sich nachts schon mal bei uns auf dem Gelände rumgetrieben hatte. Deshalb hab ich auf ihn getippt.«

Beim letzten Satz kurzes Hochziehen einer Augenbraue in meine Richtung. Wie ein gestreckter Mittelfinger.

Ich sagte: »Aber du dachtest doch, das mit ihm und Selena wäre vorbei. Und du hast gesagt, du wusstest, dass sie in der Nacht nicht draußen gewesen war, also bist du wohl kaum davon ausgegangen, dass die beiden wieder zusammen waren. Was hätte Chris dann am Kilda zu suchen haben sollen?«

»Er hätte ja schon wieder mit einer anderen zusammen sein können. Er war nicht gerade der tiefensensible Typ, der monatelang seiner verlorenen Liebe hinterhertrauert. Er und Selena waren schon *mindestens* zehn Minuten getrennt. Ich hätte mich gewundert, wenn er sich *nicht* schon eine Neue gesucht hätte. Und, wie gesagt, er war der Einzige, der wusste, wie man aus dem Colm rauskam. Ich wollte nicht warten, bis wir es mit Sicherheit wussten. Ich hab gesagt, ich bräuchte irgendwas aus unserem Zimmer, weiß nicht mehr, was, und hab das Handy geholt.«

»Hast du dir auch überlegt, was passiert, wenn Selena merkt, dass es weg ist? Vor allem falls du dich doch geirrt hättest und Chris gar nicht tot gewesen wäre?«

Holly zuckte die Achseln. »Ich hab mir gedacht, kommt Zeit, kommt Rat.«

»In dem Moment ging es dir nur darum, deine Freundin zu schützen.«

»Genau.«

Ich sagte: »Wie weit würdest du gehen, um deine Freundinnen zu schützen?«

Mackey kam in Bewegung. Er sagte: »Das ist Geschwafel. Sie kann eine Frage nur beantworten, wenn sie Sinn hat.«

Conway sagte, gar nicht mehr unsichtbar: »Wir führen hier die Vernehmung. Nicht Sie.«

»Sie kriegen zwei zum Preis von einem. Wenn euch das nicht gefällt, euer Pech. Hier ist niemand festgenommen worden. Wenn ihr Holly oder mich irgendwie sauer macht, sind wir weg.«

»Dad«, sagte Holly. »Ich komm schon klar.«

»Das weiß ich. Deshalb sind wir auch noch hier. Detective Moran, falls Sie irgendeine klare Frage im Sinn haben, lassen Sie hören. Falls Sie bloß Teeniefilm-Sprüche auf Lager haben, verschonen Sie uns.«

Ich sagte: »Genauer gefragt, Holly: Selena hat euch anderen nicht erzählt, dass sie sich mit Chris traf. Was meinst du, warum?«

Holly sagte kühl: »Weil wir ihn nicht leiden konnten. Ich meine, Becca hätte wahrscheinlich nichts dagegen gehabt – sie fand Chris okay. Wie gesagt, sie ist ahnungslos. Aber Julia und ich hätten gesagt: ›Soll das ein *Witz* sein? Das ist ein Riesenarsch, hält sich für den größten Aufreißer weit und breit und hat wahrscheinlich noch zwei andere laufen, was ist denn mit dir *los*?‹ Selena mag keinen Streit, vor allem nicht mit Julia, weil Julia ums Verrecken nicht nachgibt. Ich kann mir total gut vorstellen, dass Lenie sich gedacht hat: ›Ach, ich erzähl's ihnen, wenn ich sicher bin, dass es was Ernstes ist, aber erst mal versuch ich, ihnen klarzumachen, dass er vielleicht doch nicht so ein blöder Wichser ist, am Ende wird alles gut …‹ Damit wäre sie heute noch beschäftigt, wenn die beiden sich nicht getrennt hätten. Und wenn er nicht gestorben wäre, logo.«

Irgendwas daran klang falsch, nur einen halben Ton. Ich war nun mal nicht eng mit Selena befreundet, konnte es also nicht genau wissen, aber dennoch: das Zucken in Selenas Gesicht, als sie daran dachte, wie sie ihre besten Freundinnen angelogen und sich nachts aus dem Zimmer geschlichen hatte. Das hatte weh getan. Sie schien nicht der Typ zu sein, der so etwas grundlos macht. Den Streit durchstehen und abwarten, mit friedlichem Blick, aushalten, dass Julia tobt und Holly die Augen verdreht.

Sich nicht wegschleichen und ihnen diesen wichtigen Teil von ihr vorenthalten, bloß weil sie ihren Kerl nicht besonders mochten.

Warum die anderen belügen?

Ich sagte: »Du meinst also, sie hat es euch nicht erzählt, weil sie wusste, ihr würdet sie schützen wollen.«

»Wenn Sie es so ausdrücken wollen. Meinetwegen.«

Mackey drückte noch immer an dem Klumpen Knetmasse rum, noch immer lässig, aber jetzt beobachtete er mich, die Augen halb geschlossen. Ich sagte: »Aber damit lag sie falsch. Als du es dann rausgefunden hast, hattest du gar kein Bedürfnis, sie zu schützen, nicht?«

Holly zuckte die Achseln. »Wovor? Die Sache war vorbei. Happy End.«

»Happy End«, sagte ich. »Aber dann ist Chris gestorben. Und du hast Selena noch immer nicht erzählt, dass du Bescheid wusstest. Warum nicht? Du musst dir doch gedacht haben, dass sie am Boden zerstört war? Fandest du nicht, ein bisschen Beschützen hätte ihr *jetzt* gutgetan? Vielleicht auch eine Schulter zum Ausweinen?«

Holly warf sich auf ihrem Stuhl zurück, Fäuste geballt, so heftig, dass ich zusammenfuhr. »OmeinGott, ich wusste nicht, was ihr gutgetan hätte! Ich hab gedacht, vielleicht will sie bloß in Ruhe gelassen werden, ich hab gedacht, wenn ich was sage, wird sie stinksauer auf mich, ich hab *die ganze Zeit* drüber nachgedacht, und ich war total unsicher, was ich machen soll. Weil ich beschissen bin, oder was auch immer Sie damit andeuten wollen, ja, meinetwegen, Sie haben recht. Okay? Lassen Sie mich einfach in Ruhe.«

Ich sah das kleine Kind von damals, wütend vor Verwirrung, rotgesichtig und um sich tretend. Hinter ihr schlossen sich Mackeys Augen kurz: Sie war nicht zu ihm gekommen. Dann öffneten sie sich wieder. Verharrten auf mir.

Ich sagte: »Eure Freundschaften. Die bedeuten dir viel. Sie zu pflegen ist dir wichtig. Hab ich recht?«

»Was denn sonst? Warum?«

»Weil dieser kleine Wichser Chris dabei war, sie kaputtzumachen. Ihr vier habt euch nicht verhalten wie Freundinnen – Menschenskind, Holly, nein, habt ihr nicht. Selena ist verliebt und erzählt es euch nicht mal. Du spionierst ihr nach, aber verschweigst das den anderen beiden. Selena wird eiskalt abserviert, ihre erste große Liebe wird *getötet*, und du nimmst das arme Mädchen nicht mal in den Arm. Denkst du, so benehmen sich Freundinnen? Im Ernst?«

Guter Cop, hatte Conway gesagt. Aus dem Augenwinkel konnte ich sehen, wie sie sich auf ihrem Stuhl zurücklehnte, vermeintlich locker, bereit.

Holly fauchte: »Meine Freundinnen und ich gehen Sie gar nichts an. Sie wissen nichts über uns.«

»Ich weiß, sie sind dir unheimlich wichtig. Wegen der drei hast du Himmel und Hölle in Bewegung gesetzt, damit dein Dad und deine Ma dir erlauben, hier im Internat zu wohnen. Du hast dein ganzes *Leben* nach deinen Freundinnen ausgerichtet.« Meine Stimme bedrängte sie, fester und fester. Ich wusste selbst nicht, warum: Um Conway zu beweisen, dass die Mackeys mit mir nicht machen konnten, was sie wollten, um es den Mackeys zu beweisen, um es Holly heimzuzahlen, weil sie gedacht hatte, sie könnte mit ihrer Karte angetanzt kommen und mich zu einem Origami-Figürchen zusammenfalten, um es ihr heimzuzahlen, weil sie recht gehabt hatte … »Und dann kreuzt Chris auf, und ihr vier brecht auseinander. Löst euch auf, zerbröselt, von jetzt auf gleich –«

Holly sprühte Funken wie ein Schweißgerät. »*Das stimmt nicht*. Wir gehören zusammen.«

»Wenn jemand mich und meine Freunde dermaßen auseinanderbringen würde, hätte ich eine Stinkwut auf ihn. Das würde jedem so gehen, der kein Heiliger ist. Du bist ein gutes Mädchen, aber falls du dich in den letzten paar Jahren nicht total verändert hast, bist du keine Heilige. Oder doch?«

»Das hab ich nie behauptet.«

»Also, wie sehr hast du Chris gehasst?«

Mackey sagte: »Uuund *Cut!* Zigarettenpause.«

Mackey machte es nie was aus, durchschaubar zu sein, solange du ihn nicht aufhalten konntest. »Schlechte Angewohnheit«, sagte er, rutschte von dem Tisch und grinste uns breit an. »Brauchen Sie auch noch ein bisschen frische Luft, Stephen, mein Junge?«

Conway sagte: »Sie haben vorhin erst geraucht.«

Mackey hob eine Augenbraue. Er stand rangmäßig höher als wir beide zusammen. »Detective Conway, ich möchte hinter Ihrem Rücken mit Detective Moran sprechen. War das nicht deutlich genug?«

»Doch, ich hab's verstanden. Das können Sie gleich nachher machen.«

Mackey rollte seine Knetmasse zu einer Kugel zusammen, warf sie Holly zu. »Bitte, Spatz. Spiel ein bisschen damit. Und mach nichts, was Detective Conway schockieren könnte, sie scheint mir eine reine Seele zu sein.«

Zu mir: »Gehen wir?« Und damit schlenderte er aus dem Raum. Holly klatschte die Knetkugel mit dem Handballen auf dem Tisch platt, wütend.

Ich sah Conway an. Sie sah mich an. Ich ging.

Mackey wartete nicht auf mich. Ich sah, wie er vor mir die Treppe nahm, die weitgeschwungenen Bögen bis ganz nach unten ging, die Schachbretthalle durchquerte. In diesem Dämmerlicht, aus diesem Blickwinkel, sah er unheimlich aus, wie jemand, den ich nicht kannte und dem ich nicht folgen sollte, nicht so schnell.

Als ich die Tür erreichte, lehnte er mit dem Rücken an der

Wand, die Hände in den Taschen. Er hatte sich keine Zigarette angezündet, nicht mal, um den Anschein zu wahren.

Er sagte: »Ich bin die Spielchen satt. Sie und Conway haben mich nicht aus Gefälligkeit unter Kollegen herkommen lassen. Ihr habt mich herkommen lassen, weil ihr einen geeigneten Erwachsenen braucht. Weil Holly unter Verdacht steht, Chris Harper ermordet zu haben.«

Ich sagte: »Wenn Sie möchten, dass wir ins Präsidium fahren und alles auf Video aufnehmen, kein Problem.«

»Wenn ich irgendwo anders sein wollte, wären wir das schon längst. Ich will vor allem, dass Sie aufhören, mir irgendeinen Scheiß zu erzählen.«

Ich sagte: »Wir halten es für möglich, dass Holly in irgendeiner Weise beteiligt war.«

Mackey blinzelte an mir vorbei, auf die Baumlinie, die die weite Rasenfläche begrenzte. Er sagte: »Ich bin ein bisschen erstaunt, dass ich Sie darauf aufmerksam machen muss, mein Lieber, aber was soll's, spielen wir ein bisschen. Sie reden da von einer Person, die zu blöd ist, sich die Schuhe zuzubinden. Holly mag so manches sein, aber sie ist nicht dumm.«

»Das weiß ich.«

»Ach ja? Dann wollen wir doch mal sehen, ob ich Ihre Theorie richtig verstanden hab. Ihrer Meinung nach hat Holly einen Mord begangen und ist ungeschoren davongekommen. Die Leute vom Morddezernat haben ihr Tänzchen aufgeführt, nichts rausgefunden und sich wieder verpieselt. Und jetzt – ein Jahr später, als alle längst aufgegeben haben und an was anderes denken – bringt Holly Ihnen diese Karte. Sie holt das Morddezernat *absichtlich* wieder her. Stellt sich *absichtlich* ins Rampenlicht. Weist sie *absichtlich* auf eine Zeugin hin, die sie ins Gefängnis bringen kann.« Mackey hatte sich nicht von der Wand wegbewegt, aber er sah mich jetzt an, und wie. Diese blauen Augen, so stechend, dass sie fast weh taten. »Erklären Sie's mir, Detective. Erklären Sie mir, was das soll, es sei denn, sie wäre dermaßen beschränkt, dass selbst dem Jesuskind ein Fluch entweichen würde. Hab ich da irgendwas übersehen? Wollen Sie mich bloß kirre machen, um zu beweisen, dass Sie jetzt ein großer Junge sind und ich nicht mehr Ihr Boss bin? Oder stehen Sie im Ernst hier und wollen mir erzählen, dass das auch nur ein winziges Körnchen Sinn ergibt?«

Ich sagte: »Ich halte Holly kein bisschen für blöd. Ich denke, sie benutzt uns, um für sie die Drecksarbeit zu machen.«

»Ich bin ganz Ohr.«

»Sie hat die Karte gefunden, und sie muss rausfinden, wer die gemacht hat. Sie hat die Zahl derjenigen, die in Frage kommen, eingeengt, genau wie wir das gemacht haben, aber weiter ist sie nicht gekommen. Also holt sie uns mit ins Boot, um die Dinge in Bewegung zu bringen und abzuwarten, was dabei herauskommt.«

Mackey tat so, als würde er sich das durch den Kopf gehen lassen. »Gefällt mir. Nicht sehr, aber gefällt mir. Sie hat kein Problem damit, dass wir die Zeugin tatsächlich aufspüren und uns anhören, was sie zu erzählen hat, nein? Im Gefängnis zu landen wäre da nur eine kleinere Unannehmlichkeit?«

»Sie geht nicht davon aus, dass sie im Gefängnis landet. Das bedeutet, sie weiß, das Mädchen mit der Karte wird sie nicht verpfeifen. Vielleicht weiß sie, dass es eine von ihren Freundinnen ist, und Joanne Heffernans Clique ist bloß aus Versehen mit in die Sache reingeraten, oder Holly hat sich gedacht, wo sie schon mal dabei ist, kann sie auch gleich rausfinden, ob die irgendwas wissen, weil die ja auch nachts draußen waren, oder es hat ihr bloß gefallen, die vier ein bisschen aufzumischen. Oder aber sie hat irgendwas gegen die Heffernan-Clique in der Hand.«

Mackeys Augenbraue war oben. »Ich hab gesagt, sie ist nicht blöd, Junge. Ich habe nie behauptet, sie wäre Professor Moriarty.«

Ich sagte: »Ich finde, so ein Plan könnte auch von Ihnen stammen.«

»Mag sein. Aber ich bin Profi. Ich bin kein naiver Teenager, dessen gesamte Erfahrung mit kriminellem Verhalten ein bedauerliches Erlebnis ist, das sieben Jahre zurückliegt. Ich fühle mich geschmeichelt, dass Sie glauben, ich hätte eine Art böses Genie großgezogen, aber Sie sollten sich ein bisschen von dieser überbordenden Phantasie für Ihre Warcraft-Computerspielchen aufheben.«

Ich sagte: »Holly ist Profi, und wie. Das sind sie alle. Wenn ich heute etwas gelernt habe, dann, dass ein Moriarty im Vergleich zu Mädchen in diesem Alter das reinste Lämmchen ist.«

Mackey räumte mit einem knappen Nicken ein, dass der Punkt an mich ging. Dachte nach. »Also«, sagte er. »In dieser hübschen kleinen Geschichte weiß Holly, dass das Kartenmädchen sie nicht verpetzen wird, aber sie ist trotzdem bereit, große Risiken einzugehen, um rauszufinden, wer das Mädchen ist. Warum?«

»Versetzen Sie sich in ihre Lage«, sagte ich. »Das Ende der Schulzeit rückt näher. Sie begreifen allmählich, dass Sie und Ihre Freunde in die große weite Welt hinausziehen werden; das, was Sie hier haben, wird nicht ewig dauern, ihr werdet nicht ewig die besten Freunde der Welt bleiben, die lieber sterben würden, als sich gegenseitig zu verpetzen. Würde es Ihnen da gefallen, wenn Sie wüssten, dass es noch einen Zeugen gibt?«

Ich rechnete mit einem Faustschlag, vielleicht. Bekam aber ein schnaubendes Lachen, das sogar echt klang. »Meine Güte, Jungchen! Jetzt ist sie schon eine Serienmörderin? Wollen Sie auch ihr Alibi für den OJ-Simpson-Fall überprüfen?«

Ich wusste nicht, wie ich es sagen sollte, was ich in Holly gesehen hatte. Dass Dinge real wurden, die Welt sich vor ihren Augen weitete. Dass Träume in die Wirklichkeit rückten und umgekehrt, als würde eine Kohlezeichnung vor deinen Augen zum Ölgemälde. Dass Worte die Form veränderten, Bedeutungen sich verlagerten.

Ich sagte: »Keine Serienmörderin. Nur ein Mädchen, dem nicht klar war, was es da angefangen hat.«

»Da ist sie nicht die Einzige. Sie haben schon einen gewissen Ruf, kein – wie heißt das heute? – *Teamplayer* zu sein. Ich persönlich halte das ja nicht unbedingt für schlecht, aber manche sind da anderer Auffassung. Wenn Sie noch einen Schritt weiter in diese Richtung machen, werden viele Leute nichts mehr mit Ihnen zu tun haben wollen. Und glauben Sie mir, Freundchen: Die Tochter eines Cops zu verhaften zeugt nicht von Teamgeist. Wenn Sie das machen, können Sie Ihre Chance auf das Morddezernat oder auf die Undercover-Abteilung vergessen. Endgültig.«

Das war deutlich. Ich sagte: »Nur wenn ich falschliege.«

»Meinen Sie?«

»Ja. Das mein ich. Wenn wir den Fall hier lösen, stehe ich ganz oben auf der Warteliste fürs Morddezernat. Vielleicht finden mich alle zum Kotzen, aber ich kriege meine Chance.«

»Da zu arbeiten, vielleicht. Ein Weilchen. Aber nicht die Chance, einer von ihnen zu werden.«

Mackey beobachtete mich. Er ist gut, Mackey; er ist der Beste. Den Finger genau auf die Wunde, mit gerade genug Druck.

Ich sagte: »Mir wird's reichen, dort zu arbeiten. Freunde hab ich schon genug.«

»Ach ja?«

»Ja.«

»Na denn«, sagte Mackey. Er hob den Arm, sah auf die Uhr. »Wir sollten Detective Conway nicht länger warten lassen. Ihr behagt das nicht, wenn Sie hier draußen mit mir allein plaudern.«

»Sie ist in Ordnung.«

»Kommen Sie mal her«, sagte Mackey. Winkte. Wartete.

Schließlich trat ich näher zu ihm.

Er legte eine Hand um meinen Nacken. Sachte. Wache blaue Augen, dicht vor meinen. »Falls Sie recht haben«, sagte er – ohne

Drohung, nicht, um mir Angst einzujagen, nur als Mitteilung –, »werde ich Sie töten.«

Er tätschelte mir zweimal den Hinterkopf. Lächelte. Wandte sich ab, ging in die hochgewölbte Dunkelheit der Halle.

In dem Moment begriff ich: Mackey glaubte, das alles sei seine Schuld. Er glaubte, er hätte es in Hollys Blut gelegt. Mackey glaubte, dass ich recht hatte.

22

MONTAG, FRÜH AM MORGEN, der Bus quält sich ächzend durch den zähen Verkehr. Chris Harper hat noch drei Wochen und weniger als vier Tage zu leben.

Julia sitzt hinten im halbleeren Oberdeck, die Knöchel in einem unbequemen Winkel um ihre Reisetasche gebogen und ihr Hausaufgabenheft für Naturwissenschaften im Schoß. Sie hat sich das ganze Wochenende den Kopf über Selena und Chris zerbrochen und darüber, was sie machen soll. Am liebsten würde sie Selena beiseitezerren, wahrscheinlich buchstäblich, und sie fragen, was denn bloß in sie gefahren ist, verdammt. Aber irgendein Instinkt, tief unten und rastlos bohrend, sagt ihr, dass von dem Moment an, wo sie das offen ausspricht – Selena gegenüber oder Holly oder Becca gegenüber – nichts mehr so sein wird wie bisher. Sie kann schon fast den giftigen Qualm riechen, wenn alles, was sie haben, in Flammen aufgeht. Und so ist sie in dieser Sache ebenso wenig weitergekommen wie mit ihren Hausaufgaben, und diese Woche fängt schon so richtig toll an. Regen strömt über die Busfenster, der Fahrer hat die Heizung auf volle Pulle gedreht, und alles ist mit einem klebrigen Film Schwitzwasser bedeckt.

Julia schreibt hastig, irgendwas über Photosynthese, ein Auge auf ihr Schulbuch und eines auf ihre dürftig umformulierte Seite gerichtet, als sie spürt, dass jemand im Gang steht und zu ihr runterschaut. Es ist Gemma Harding.

Gemma wohnt bloß vier Häuser von der Bushaltestelle entfernt, aber ihr Daddy fährt sie montags immer in seinem schwarzen Porsche zur Schule, mit dem er dann eine halbe Stunde braucht, um in der engen Schuleinfahrt zu wenden. In der Hackordnung spielt das eine Rolle: Ein Porsche schlägt die meisten Autos, jedes Auto schlägt den Bus. Wenn Gemma in einem – OmeinGott – *öffentlichen Verkehrsmittel* unterwegs ist, dann hat das einen Grund.

Julia verdreht die Augen. »Selena ist nicht in Chris' Nähe gekommen. 'kaydanketschüss.« Sie steckt den Kopf wieder in ihr Schulbuch.

Gemma wirft ihre Reisetasche auf den nächsten freien Sitz und setzt sich neben Julia. Sie ist nass, Regentropfen glitzern auf ihrem Mantel. »Der Bus stinkt«, sagt sie und rümpft die Nase.

Es stimmt: in Schweiß marinierte dampfende Regenmäntel. »Dann steig doch aus und ruf deinen Daddy an, er soll kommen und dich retten. Bitte.«

Gemma überhört das. Sie sagt: »Wusstest du, dass Joanne mal mit Chris gegangen ist?«

Julia hebt eine Augenbraue. »Schon klar. Nie im Leben.«

»Doch. Ungefähr zwei Monate lang. Vor Weihnachten.«

»Wenn sie es geschafft hätte, Chris Harper zu kriegen, hätte sie sich das übers ganze Gesicht tätowieren lassen.«

»Er wollte nicht, dass irgendwer es weiß. Das hätte Joanne eigentlich eine Warnung sein müssen – ich meine, hallo? Aber Chris hat ihr irgendeinen Scheiß erzählt, er hätte bloß Angst, weil er noch nie so viel für ein Mädchen empfunden hätte und seine Gefühle so stark wären –«

Julia schnaubt.

»Ich weiß, ja. Keine Ahnung, was für Serien der sich anguckt, aber echt, *kotz*. Das hab ich Joanne auch gesagt. Es gibt nur zwei Gründe, warum ein Junge nicht will, dass andere davon wissen: Entweder du bist potthässlich, und er schämt sich für dich, was

493

bei Joanne echt nicht sein kann, oder aber er will sich andere Optionen offenhalten.«

Julia klappt ihr Buch zu, behält es aber auf dem Schoß. »Und?«, sagt sie.

»Joanne war voll auf dem Trip: ›OmeinGott, Gemma, du bist so zynisch, was ist los mit dir, bist du neidisch oder was?‹ Chris hat ihr voll eingeredet, das mit ihnen wäre die reinste Lovestory.«

Julia tut so, als müsste sie kotzen. Ein paar Colm-Jungen, die weiter vorne sitzen, drehen sich zu ihnen um und grinsen und reden lauter und rempeln sich gegenseitig an. Gemma lächelt nicht zurück, und sie zieht auch nicht diese bescheuerte Nummer ab, bei der sie so tut, als würde sie nichts von ihnen mitkriegen, aber ihre Titten rausstreckt; stattdessen verdreht sie die Augen und senkt die Stimme.

»Ich meine, sie hat sich tatsächlich gefragt, ob er ihre große Liebe ist. Sie hat ständig davon geredet, dass sie später mal ihren Kindern erzählen könnte, wie sie sich zu ihren heimlichen Treffen weggeschlichen haben.«

»Wie süß«, sagt Julia. »Und wieso zeigt sie jetzt nicht ihren Verlobungsring rum?«

Gemma sagt tonlos: »Sie hat ihn nicht rangelassen, und deshalb hat er Schluss gemacht. Nicht mal im persönlichen Gespräch. Sie waren abends im Park verabredet, und Chris ist einfach nicht gekommen und auch nicht an sein Handy gegangen. Sie hat ihm zig SMS geschickt, wollte wissen, was los war – zuerst hat sie gedacht, er müsste im Krankenhaus liegen oder so. Ein paar Tage später waren wir im Court, und er ist einfach an uns vorbeimarschiert. Hat uns gesehen und in die andere Richtung geguckt.«

Julia verdrängt Joannes Gesicht aus dem Kopf, nimmt sich vor, es später ausführlicher zu genießen. »Das ist mies.«

»Ach nee, findest du?«

»Wieso hat sie ihn nicht rangelassen?« Julia hätte nie gedacht, dass Joanne der Warten-bis-zur-Hochzeit-Typ ist.

»Na ja, sie hatte es vor. Sie ist nicht frigide oder so. Sie wollte ihn bloß 'ne Weile hinhalten, damit er sie nicht für 'ne Schlampe hält und um ihn noch schärfer auf sie zu machen. Sie hatte sogar schon beschlossen, es zu tun, hat bloß drauf gewartet, dass er oder sie am Wochenende sturmfreie Bude hatten – sie wollte es nicht auf dem Feld mit ihm machen wie irgend so eine Asi-Tusse. Aber das hatte sie Chris nicht gesagt, weil sie ihn zappeln lassen wollte. Und dann hat er die Geduld verloren und Schluss gemacht.«

»Die Moral von der Geschichte ist also ganz einfach die«, sagt Julia, »Joanne steht noch immer auf Chris, und das macht ihn zu ihrem Eigentum, von dem der Rest der Welt gefälligst die Finger lassen soll. Hab ich irgendwas übersehen?«

»Ehrlich gesagt ja«, sagt Gemma und starrt sie fischäugig an. »Hast du.«

Sie wartet, bis Julia mit einem geräuschvollen Seufzen fragt: »Okay. Was?«

»Joanne ist tough.«

»Joanne ist ein Biest.«

Gemma zuckt die Achseln. »Egal. Sie ist jedenfalls kein Weichei. Aber das mit Chris, das hat sie total fertiggemacht. Hinterher musste sie eine Woche lang einen auf krank machen, damit sie in unserem Zimmer bleiben konnte.«

Julia erinnert sich daran. Damals hat sie mit dem Gedanken gespielt, überall rumzuerzählen, Joanne hätte im ganzen Gesicht riesige, eitrige Beulen gekriegt, aber dann fehlte ihr doch die nötige Energie dazu. »Was war denn los? Hat sie geheult?«

»Sie hat ohne Ende geheult. Sie sah fürchterlich aus, und sie wollte nicht, dass jemand sie so sah – außerdem hatte sie Angst, sie könnte mitten in Französisch oder so in Tränen ausbrechen und die anderen würden dann erraten, was los war. Aber der Hauptgrund war, weil sie meinte, sie würde sterben vor Scham, wenn sie Chris oder einem von seinen Freunden über den Weg läuft. Sie war dauernd dran: ›Ich kann nie wieder rausgehen, niemals, ich muss meine Eltern überreden, mich auf eine Schule in London oder sonst wo zu schicken …‹ Ich hab eine Woche gebraucht, um ihr klarzumachen, dass sie rausgehen *musste* und ihn sehen und dann so tun, als könnte sie sich kaum noch an seinen Namen erinnern, weil er sonst wüsste, wie sehr sie durch den Wind war, und dann würde er denken, sie wäre jämmerlich. So ticken Jungs. Wenn dir mehr an ihnen liegt als ihnen an dir, verachten sie dich dafür.«

Julia hat mehr denn je Lust, Chris die Zähne einzuschlagen. Nicht, weil er Joannes edle Gefühle verletzt hat, was für Julia praktisch der einzige Lichtblick in diesem ganzen widerwärtigen Schlamassel ist, sondern weil sich alles um so ein kleines Stück Scheiße dreht. Selena, die alles kaputtmacht, der Ausdruck in Finns Gesicht auf dem Feld: alles nur wegen irgendeines minderbemittelten Wichsers, der nie auch nur einen anderen Gedanken im Kopf gehabt hat außer: WILL FICKEN.

Sie sagt: »Und wieso geht mich das was an?«

Gemma sagt: »Weil Selena nicht tough ist.«

»Tougher, als du denkst.«

»Tatsache? So tough, dass es ihr nichts ausmachen wird, wenn Chris mit ihr dasselbe anstellt? Und das wird er. Ich garantier dir, er verkauft ihr genau denselben turteligen Scheiß wie Joanne, und wenn Jo drauf reingefallen ist, dann Selena erst recht. In ein paar Wochen schwört sie Stein und Bein, dass sie heiraten werden. Und selbst wenn sie's mit ihm macht –«

»Tut sie nicht.«

Gemma mustert Julia skeptisch. Julia sagt: »Sie vögelt nicht mit ihm. Und das heißt nicht, dass sie *frigide* ist.«

»Egal«, sagt Gemma. »Selbst wenn sie's mit ihm macht, wird er irgendwann genug von ihr haben. Erst recht, wenn sie's nicht tut. Dann verschwindet er von ihrem Handy und behandelt sie, als wäre sie Luft. Selena wird am Boden zerstört sein, meinst du nicht? Besonders, wenn Jo dann noch irgendein Gerücht in die Welt setzt, warum er Schluss gemacht hat. Und du weißt, sie wird sich irgendwas Gutes einfallen lassen. Meinst du, Selena kommt in einer Woche drüber weg? Oder denkst du, sie kriegt einen echten Nervenzusammenbruch?«

Julia antwortet nicht. Gemma sagt: »Selena ist sowieso schon … Ich mein das jetzt nicht gehässig oder so, aber mal ehrlich, sie wirkt so, als würde nicht mehr viel fehlen, bis sie durchdreht.«

»Ich hab Selenas Handy durchgesehen«, sagt Julia. »Da ist nichts von Chris drauf. Nicht mal irgendwas, was von ihm sein könnte.«

Gemma schnaubt. »Natürlich nicht. Als er mit Joanne zusammen war, da hat er ihr ein spezielles Geheimhandy geschenkt, nur für die SMS zwischen ihm und ihr. Du kennst doch Alisons neues Handy? Pink? Das war es – Joanne hat Alison dazu gebracht, es ihr abzukaufen, nachdem Schluss war. Ich weiß nicht mehr genau, welchen Vorwand er ihr genannt hat, aber wenn du mich fragst, hatte er bloß Schiss, ihre Eltern oder die Nonnen oder eine von uns könnten ihr Handy durchsehen und dahinterkommen. Er hat ihr gesagt, sie soll es versteckt halten.«

Worauf Joanne das Handy natürlich als Erstes allen ihren Freundinnen gezeigt hat. Also nicht bloß ein minderbemittelter Wichser, sondern ein hirnrissig dämlicher minderbemittelter Wichser.

Gemma sagt: »Ich wette, Selena hat ein spezielles supergeheimes Handy irgendwo versteckt.«

»Meine Fresse«, sagt Julia. »Wie viel Taschengeld kriegt der Typ?«

»So viel er will. Ich hab gehört« – ein Lächeln gleitet über Gemmas Mundwinkel; sie wird nicht verraten, wo sie das gehört hat –, »dass er selbst auch ein Spezialhandy hat, nur für die Mädchen, mit denen er zusammen ist. Weißt du, wie die anderen Jungs das Ding nennen? Chris' Mösenhandy.«

Das ist genau der Scheiß, weswegen sie den Eid überhaupt geschworen haben. Julia möchte einen Tennisschläger nehmen und Selena ein bisschen Vernunft in den Schädel hämmern. »Allerliebst.«

Gemma sagt: »Er ist gut. Du musst was unternehmen, ehe Selena Zeit hat, sich ernsthaft in ihn zu verlieben.«

»Falls sie wirklich mit ihm zusammen wäre«, sagt Julia nach einem Moment, »dann ja. Dann sollte ich das wirklich tun.«

Sie sitzen schweigend da und fühlen sich seltsam verbunden. Der Bus rumpelt durch Schlaglöcher.

»Ich kenne Chris nicht«, sagt Julia. »Hab noch nie mit ihm geredet. Falls du ihn dazu bringen wolltest, schnell mit jemandem Schluss zu machen, wie würdest du vorgehen?«

»Das kannst du vergessen. Chris …« Gemma hebt zur Demonstration eine Hand und senkt sie jäh wie bei einem Karateschlag: unbeirrbar. »Er weiß, was er will, und das verliert er nicht aus den Augen. Vergiss ihn. Bearbeite Selena, bring sie dazu, mit ihm Schluss zu machen. Nicht andersrum.«

»Selena ist nicht mit ihm zusammen. Schon vergessen? Ich frage nur *falls*. Zum Spaß. *Falls* es nicht in Frage käme, das Mädchen zu bearbeiten, wie würdest du Chris bearbeiten?«

Gemma kramt einen Spiegel und rosa Lipgloss aus ihrer Reisetasche, schminkt sich in aller Ruhe, als könnte sie so besser nachdenken. Sie sagt: »Joanne hat gemeint, ich sollte ihm sagen, Selena hätte den Tripper. Die Methode könnte klappen.«

Julia ändert ihre Meinung: Lichtblick hin oder her, sie wünscht, Joanne und Chris wären zusammengeblieben. Die beiden sind füreinander geschaffen.

Sie sagt: »Wenn du das machst, erzähl ich Hollys Dad, dass du beim Gärtner Speed kaufst, um abzunehmen.«

»Von mir aus.« Gemma reibt die Lippen aneinander und überprüft sie im Spiegel. »Denkst du ernsthaft, Selena sext nicht mit ihm?«

»Ja, klar. Und das wird sie auch nicht.«

»Na denn«, sagt Gemma. Sie schraubt den Lipgloss zu und wirft ihn zurück in die Tasche. »Du könntest versuchen, ihm *das* zu sagen. Wahrscheinlich wird er dir nicht glauben, weil er sich für so unwiderstehlich hält, dass nur eine Verrückte sich nicht auf ihn einlassen würde. Aber wenn du ihn überzeugen kannst, dann tauscht er Selena gegen das erstbeste Mädchen ein, das es mit ihm macht. Schneller, als du gucken kannst.«

»Warum versucht Joanne das dann nicht? Ihm erzählen, sie will seinen sexy Body haben, aber nur, wenn er mit Selena Schluss macht?«

»Dasselbe hab ich auch gesagt. Sie meinte, auf gar keinen Fall, er hat seine Chance gehabt und sie vertan.«

Anders ausgedrückt, Joanne hat Panik, Chris könnte sie abblitzen lassen. »Du bist doch ihr Sidekick«, sagt Julia. »Willst du nicht die Drecksarbeit für sie machen?«

Ein langsames, feuchtes Lächeln öffnet Gemmas Mund, aber sie schüttelt den Kopf. »Äh, nein?«

»Weil du nicht auf ihn stehst? Hätte gedacht, du müsstest nicht lange überlegen.«

»Er ist voll süß. Aber darum geht's nicht. Joanne würde einen Schlaganfall kriegen.«

Julia sagt unvermittelt: »Wenn du so viel Schiss vor ihr hast, warum hängst du dann überhaupt so viel mit ihr rum?«

Gemma inspiziert ihren Mund im Spiegel, tupft ein bisschen Lipgloss mit der Spitze ihres kleinen Fingers ab. »Ich hab keinen *Schiss* vor ihr. Ich will nur nicht, dass sie auf mich sauer ist.«

»Sie wäre aber *stink*sauer, wenn sie erfahren würde, dass du mir das mit ihr und Chris erzählt hast.«

»Klar, mir wäre lieber, sie würd's nicht erfahren. Logo.«

Julia hat sich auf ihrem Sitz gedreht und sieht Gemma geradewegs an. Sie sagt: »Und wieso hast du's mir dann erzählt? Dir geht's doch nicht darum, Selena vor einem gebrochenen Herzen zu bewahren.«

Gemma zieht eine Schulter hoch. »Eigentlich nicht.«

»Also warum?«

»Weil, scheiß auf ihn. Wahrscheinlich hast du recht, und Joanne ist ein Biest, aber sie ist meine Freundin. Und du hast nicht gesehen, in was für einer Verfassung sie war, hinterher.« Gemma lässt den Spiegel zuschnappen und schiebt ihn zurück in die Tasche. »Wir hatten schon rumerzählt, sie hätte mit ihm Schluss gemacht, weil er eine Windel tragen wollte und sie ihm die wechseln sollte –«

»Uuh«, sagt Julia beeindruckt.

Gemma zuckt die Achseln. »So was gibt's. Manche Typen stehen auf so was. Hat aber nicht funktioniert, keiner wollte das glauben. Wir hätten einfach sagen sollen, er würde keinen hochkriegen oder hätte einen Minischwanz oder so.«

»Also«, sagt Julia. »Ihr habt's nicht geschafft, ihn fertigzumachen, und jetzt soll ich das für euch erledigen. Ich bringe Selena dazu, mit ihm Schluss zu machen, und dann erzählt ihr überall rum, dass er abserviert wurde, blamiert ihn genauso, wie er Joanne blamiert hat.«

»So ungefähr«, sagt Gemma ungerührt. »Ja.«

»Okay«, sagt Julia. »Vorschlag: Ich bringe sie auseinander. Schnell.« Sie hat keine Ahnung wie. »Aber du sorgst dafür, dass Joanne und die anderen aus eurer Clique keinem erzählen, dass er mal mit Selena zusammen war. Meinetwegen könnt ihr erzählen, Joanne hat ihn abserviert oder so, wenn ihr ihn blamieren wollt. Selena wird nicht erwähnt. Niemals. Dieser Tripper-Scheiß ist vom Tisch. Abgemacht?«

Gemma überlegt. Julia sagt: »Oder ich verrate Joanne, dass du mir erzählt hast, sie dachte, sie würde Chris heiraten und seine putzigen Babys kriegen.«

Gemma verzieht das Gesicht. »Okay«, sagt sie. »Abgemacht.«

Julia nickt. »Abgemacht«, sagt sie, fast zu sich selbst. Sie fragt sich, ob die Chance besteht, dass Gemma bei ihr sitzen bleibt, nicht um zu reden, sondern einfach nur greifbar und nach klebrigem Lipgloss riechend, bis sie zur Schule kommen.

Der Bus stoppt an einer Haltestelle, schaukelt unter dem Ansturm von einsteigenden Füßen. Hohe, aufgeregte Stimmen, Mädchen – »OmeinGott, du bist so krass, so was von krass –«

»Bis dann«, sagt Gemma. Sie steht auf und hängt sich ihre Reisetasche über die Schulter. Weiter vorn sehen die Colm-Jungs, dass sie aufsteht, und werden lauter. Kurz bevor Gemma die Hüften schwingend den Gang hinunter auf sie zugeht, lächelt sie Julia an, hebt die Hand und winkt kurz.

23

DER KUNSTRAUM WAR KÜHL GEWORDEN. Conway hatte ihren Stuhl an den Tisch gezogen, neben meinen. Der böse Cop war da.

Diesmal drehte sie sich nicht um, als Mackey und ich hereinkamen. Auch Holly nicht, die nur weiter tiefe Fingernagelbögen in ihre Knetkugel drückte und ihren Gedanken nachhing. Sie hatten nicht aufeinander gelauscht, diesmal nicht. Sie hatten ihre Rüstung überprüft, ihre Waffen, sich für den Moment unserer Rückkehr gewappnet. Drüben vor dem Fenster leuchtete die Kupferdrahtschule mit einem kalten Schimmer. Der Mond stand hoch, stierte auf uns alle herab.

Mackey lehnte sich wieder an seinen Tisch. Jedes Mal, wenn er sich bewegte, zuckte ich zusammen. Ich musste ständig daran denken, was er zu tun bereit war. Seine Miene, kalt und amüsiert, verriet, dass ihm das nicht entgangen war.

Conway fing meinen Blick auf, als ich mich neben sie setzte. Ihrer sagte: *Auf die Plätze. Fertig. Los.*

Sie kam nicht darauf zurück, worüber wir zuletzt gesprochen hatten, wie sehr Holly Chris doch gehasst haben musste. Sinnlos. Diesen Moment hatte Mackey gründlich ruiniert. Stattdessen sagte sie: »Du hattest recht. Wir haben die Karte auf euch acht eingeengt. Eine von den anderen sieben weiß, wer Chris getötet hat.«

Holly rollte die Knetkugel über den Tisch, von einer Hand in die andere. »Kann sein. Sie behauptet es zumindest.«

»Wie fühlst du dich dabei?«

Ungläubiges Gesicht. »Wie ich mich dabei *fühle*? Wo bin ich hier, bei der psychologischen Beratung? Soll ich für Sie mit Buntstiften ein Bild von meinen Gefühlen malen?«

»Hast du Angst?«

»Wenn ich Angst hätte, wäre ich mit der Karte ja wohl kaum zu Ihnen gekommen. Oder?«

Zu dick aufgetragen, dieser Schwung mit den Haaren. Holly spielte uns was vor.

Noch am Morgen hatte sie mit der Karte kein Problem gehabt. Seitdem war etwas passiert.

Ich sagte: »Das bedeutet nur, dass du heute Morgen keine Angst hattest. Wie steht's jetzt damit?«

»Wovor sollte ich Angst haben?«

Conway sagte: »Dass eine von deinen Freundinnen etwas weiß, was sie in Gefahr bringen könnte. Oder dass jemand etwas weiß, von dem du nicht willst, dass wir es erfahren.«

Holly warf sich auf dem Stuhl zurück, riss die Hände hoch. »OmeinGott, hören Sie! Kein Schwein in der Schule weiß, wer das mit Chris war. Joanne hat die Karte gemacht, weil sie ein bisschen Aufmerksamkeit wollte. Okay?«

Conway hob eine Augenbraue. »Wieso hast du das nicht Detective Moran erzählt, als du ihm die Karte gebracht hast? ›Ich hab da was für Sie, und übrigens, das ist dicker fetter Schwachsinn, diese Joanne Heffernan hat sich das bloß ausgedacht.‹ Oder ist seit heute Morgen irgendwas passiert, das Joanne zu deiner Lieblingstheorie gemacht hat?«

»Joanne versucht die ganze Zeit, uns in die Scheiße zu reiten, das ist passiert. Als Sie beide hier aufgetaucht sind, ist sie natürlich voll ausgeflippt – wahrscheinlich hat sie nicht mit echten *Polizisten* gerechnet, weil sie eine echte Vollidiotin ist. Und dann hat sie den ganzen Tag wie verrückt versucht, Sie in unsere Richtung zu lenken, damit Sie nicht rausfinden, was sie gemacht hat, und sie keinen Ärger kriegt, weil sie Ihre Zeit vergeudet hat. Was hätte sie sonst für ein Interesse daran, außer sie hat irgendwas, was Sie nicht mitkriegen sollen?«

Conway sagte: »Wenn sie wollte, dass wir unser Augenmerk auf dich und deine Freundinnen richten, dann ist ihr das gelungen.«

»O ja, und wie. Sonst säße ich jetzt nicht hier. Sind Sie denn nie auf die Idee gekommen, sie könnte eine ausgemachte Lügnerin sein?«

»Das ist sie, keine Frage. Aber wir müssen ihr nicht alles glauben. Zum Beispiel, dass Selena und Chris sich getroffen haben. Als Joanne uns das erzählt hat, waren wir nicht sonderlich überzeugt. Aber dann hat sie uns ein Video gezeigt. Von den beiden zusammen.«

Etwas huschte über Hollys Gesicht. Keine Überraschung.

Durch dieses Video hatte Holly das mit Chris und Selena erfahren.

Sie sagte, unterkühlt. »Was für ein Perversling. Ich bin nicht mal überrascht.«

Conway sagte, und ich spürte ihren Gedankengang genau parallel zu meinem: »Hat sie es dir gezeigt?«

Schnauben. »Klar, nein. Joanne und ich zeigen uns nichts gegenseitig.«

Conway schüttelte den Kopf. »Ich hab auch nicht daran gedacht, dass ihr euch in trauter Eintracht was gemeinsam anschaut. Ich hab an Erpressung gedacht.«

Leerer Blick. »Wie jetzt?«

»Joanne ist eine Zeitlang mit Chris gegangen. Bevor er mit Selena zusammen war.«

Hollys Augenbrauen schnellten hoch. »Echt? Schade, dass es nicht gehalten hat. Die beiden waren wie füreinander gemacht.«

Noch immer keine Überraschung. Ich fragte: »Denkst du,

Joanne hat sich darüber gefreut, dass er sie wegen Selena sitzengelassen hat?«

»Glaub ich kaum. Hoffentlich hat sie deswegen einen Hirnschlag gekriegt.«

»Fast«, sagte Conway. »Du kennst Joanne besser als ich. Denkst du, es kann sie dermaßen stinksauer gemacht haben, dass sie seinen Tod wollte?«

»O ja. Keine Frage. Darf ich jetzt gehen, damit Sie *ihr* auf den Wecker fallen können?«

»Die Sache ist die«, sagte ich, »wir sind ziemlich sicher, dass Joanne Chris nicht selbst getötet hat. Wir fragen uns, ob sie vielleicht jemanden dazu gebracht hat, es für sie zu tun.«

»Orla«, sagte Holly prompt. »Wenn Joanne irgendwelche Drecksarbeit hat, lässt sie die immer von Orla erledigen.«

Conway schüttelte den Kopf. »Nee. Wir haben handfeste Beweise dafür, dass es eine von euch vieren war.«

Keine Reaktion von Mackey, noch nicht, aber seine Augen fixierten Conway. Holly hatte den gleichen Gesichtsausdruck. Keine Spielerei mehr mit der Knetmasse, das war vorbei. Sie wusste: Jetzt wurde es ernst. Sie sagte: »Was für Beweise?«

»Dazu kommen wir noch. Wir denken, Joanne könnte einer von euch vieren das Video gezeigt haben. Ihr gesagt haben: ›Erledige Chris für mich, sonst landet das hier bei McKenna, und ihr fliegt alle von der Schule.‹«

Conway hatte sich vorgebeugt, nahm Fahrt auf. Ich lehnte mich zurück, senkte den Kopf und studierte mein Notizbuch. Überließ ihr das Ruder.

Holly hatte die Augenbrauen hochgezogen. »Und wir haben einfach gesagt: ›Uuuh, okay, ganz wie du willst?‹ Ernsthaft? Wenn wir so panische Angst davor gehabt hätten, von der Schule zu fliegen, hätten wir uns doch gar nicht erst rausgeschlichen. Wir wären schön in unserem Zimmer geblieben, wie brave kleine Mädchen.«

»Nicht bloß weil ihr Angst hattet, von der Schule zu fliegen. Joanne hat sich die fragliche Person gut ausgesucht. Sie hat sich eine ausgesucht, die sehr viel tun würde, um ihre Freundinnen zu schützen. Eine, die schon ganz verzweifelt war, weil Chris so viel Schaden anrichtete, die ihn schon abgrundtief hasste –«

Conway zählte an den Fingern ab, unerbittlich. Holly fauchte: »Ich bin nicht *blöd* – Dad, halt dich da raus, ich will das sagen! Wenn ich jemanden hätte töten wollen, was ich nicht wollte, dann hätte ich das nie und nimmer in einer Art Komplott mit Joanne *Heffernan* gemacht. Damit dieses Miststück das für den Rest meines Lebens gegen mich in der Hand hätte? Seh ich etwa hirntot aus? Scheiße, nein, niemals. Ganz egal, *was* sie auf Video hätte.«

»Keine Fäkalausdrücke«, sagte Mackey träge. Seine Augen waren noch immer wachsam und angespannt, aber seine Mundwinkel zuckten. Seine Tochter schlug sich wacker.

»Lass mich in Ruhe. Und bevor Sie jetzt anfangen, ach so, na, dann könnte es Julia gewesen sein oder Selena oder Becca: Für die drei gilt haargenau dasselbe. Haben wir irgendwas getan, das Sie auf die Idee gebracht hat, wir wären die größten Vollidioten, denen Sie je begegnet sind? Oder was?«

Conway ließ Holly reden, sich abreagieren. Mackey sagte: »Und wo wir schon mal dabei sind, achten Sie nicht auf mich, wenn Sie wollen, aber Sie stellen diese Joanne so dar, als wäre sie selbst eine ziemliche Vollidiotin. Sie will, dass jemand einen Mord begeht, und wendet sich an die Tochter eines Cops? An die Person, die sie am ehesten direkt ins Gefängnis schicken wird, ohne über Los zu gehen? Holly, diese Joanne, hatte die mal irgendwelche Kopfverletzungen?«

»Nee. Sie ist ein Miststück, aber sie ist nicht doof.«

Mackey breitete die Hände aus und sah uns an: *Na bitte.* Conway sagte: »Wir sind nicht auf das Erpressungsmotiv fixiert. Es gibt noch jede Menge andere Möglichkeiten.«

Sie wartete ab, bis Holly die Augen verdrehte: »*Nämlich?*«

»Du hast Detective Moran erzählt, dass du, als du das mit Selena rausgefunden hattest, einfach den Kopf in den Sand gesteckt und gehofft hast, es geht von allein wieder weg. Da klingelt bei mir der Schwachsinn-Alarm. Ich halte dich nämlich nicht für so ein Weichei. Bist du ein Weichei, ja?«

»Nein. Ich wusste einfach nicht, was ich machen sollte. Sorry, dass ich kein *Genie* bin.«

Ich war schon einmal über diese Schiene an Holly rangekommen. Conway setzte darauf, dass sie wieder an sie rankommen würde. Mackey passte auf.

»Aber wie du gerade selbst gesagt hast, bist du nicht blöd. Du würdest nicht zur Salzsäule erstarren, bloß weil du allein mit etwas fertigwerden musst. Du bist kein kleines Kind mehr. Oder doch?« Es funktionierte. Holly hatte die Arme verschränkt, verknotete sich zu einem wütenden Knäuel. »Ich denke, du bist zu Selena gegangen, hast ihr gesagt, dass du das mit Chris wusstest. Ich denke, sie hat dir erzählt, dass sie vorhatte, doch wieder mit ihm zusammenzukommen. Und ich denke, du hast dir gedacht, *Verdammt nochmal, nein.* Du hast eine Möglichkeit gefunden, dir Selenas Handy zu schnappen, und hast Chris per SMS ein Treffen vorgeschlagen. Wahrscheinlich wolltest du nur, dass er Selena in Ruhe lässt, oder?«

Holly hatte das Gesicht von Conway weggedreht, starrte aus dem Fenster.

»Wie hast du versucht, ihn zu überzeugen? Du hast gesagt, Chris war nicht begeistert davon, dass er bei dir keine Chance hatte. Hast du ihm einen Tausch vorgeschlagen: Lass Selena in Ruhe, ich entschädige dich dafür?«

Das hob sie fast von ihrem Stuhl. »Ich hätte mir lieber die Haut abziehen lassen, als irgendwas mit Chris zu machen. *Gott*!«

Keine Reaktion von Mackey. Holly hatte ihm nicht mal einen Blick zugeworfen, und das hätte sie, wenn sie sich mit Chris eingelassen hätte: Ihr Sexualleben im Beisein von Daddy zu erörtern, das musste sie verunsichern. Sie sagte die Wahrheit: Sie hatte Chris nie angerührt. Der winzige Zweifel wurde größer.

Conway sagte: »Wie hast du es dann gemacht?«

Holly biss sich auf die Lippe, wütend auf sich selbst: Sie war ihr auf den Leim gegangen. Wandte das Gesicht wieder ab, fing erneut mit dem Ignorieren an.

»Wie auch immer, du hast es ein paarmal versucht, und es hat nicht funktioniert. Schließlich hast du ein letztes Treffen mit ihm vereinbart, für den sechzehnten Mai.«

Holly biss sich noch fester auf die Lippe, um bloß nicht zu antworten. Mackey rührte sich nicht, aber er war eine gespannte Armbrust am Rande des Geschehens.

»Diesmal hattest du nicht mehr vor, mit ihm zu reden. Du bist vor der vereinbarten Zeit nach draußen, hast dir deine Waffe besorgt, und als Chris auftauchte –«

Holly fuhr herum und starrte Conway an. »Sind Sie *bescheuert*? Ich *habe Chris nicht umgebracht*. Wir können die ganze Nacht hier hocken, und Sie können vier Millionen verschiedene Gründe auffahren, warum ich ihn umgebracht haben könnte, und trotzdem hab ich es *nicht getan*. Glauben Sie ernsthaft, ich bin irgendwann so verpeilt, dass ich einfach sage: ›OmeinGott, jetzt fällt's mir wieder ein, vielleicht bin ich ja doch auf einen Baum geklettert und hab ihm ein Klavier auf den Kopf geschmissen, weil ich seine affige Frisur so peinlich fand.‹«

Mackey grinste. »Schön formuliert«, sagte er zu ihr.

Holly und Conway hörten ihn gar nicht, so sehr waren sie aufeinander konzentriert. »Wenn du es nicht warst«, sagte Conway, »dann weißt du, wer es war. Warum hast du das Handy aus dem Weg geschafft?«

»Hab ich doch schon gesagt. Ich wollte nicht, dass Selena –«

»Du hast gesagt, sie hatte schon Wochen vor Chris' Tod keinen Kontakt mehr zu ihm gehabt. Das Handy hätte das bewiesen. Was war daran belastend?«

»Ich hab nicht gesagt, dass es belastend war. Ich hab gesagt, ihr hättet ihr Stress gemacht. Und das hättet ihr.«

»Du bist die Tochter eines Cops, du weißt, was es bedeutet, wenn man in einem Mordfall Beweismittel unterschlägt, und du machst es trotzdem, um deiner Freundin ein bisschen *Stress* zu ersparen? Nee. Nie im Leben.« Holly wollte etwas sagen, doch Conway fiel ihr mit schneidender Stimme ins Wort. »Eine von euch vieren hat Chris von diesem Handy aus gesimst, nachdem er und Selena schon getrennt waren. Hat sich mit ihm verabredet. Eine von euch vieren hat sich mit ihm für die Nacht, in der er starb, verabredet. Also das ist belastend, oder etwa nicht? So etwas wolltest du mit Sicherheit vertuschen.«

»Langsam, langsam«, sagte Mackey und hob eine Hand. »Augenblick mal. *Das* sind Ihre Beweise? Textnachrichten, die vom Handy einer anderen geschickt wurden?«

Conway sagte zu Holly: »Von einem versteckten Handy, auf das du Zugriff hattest. Du und unseres Wissens niemand sonst außer Selena, und wir sind überzeugt, dass Selena diese SMS nicht verschickt hat.«

Mackey sagte: »Ein Handy in einem Zimmer, das sich vier Mädchen teilen. Sind die Nachrichten mit Hollys Handschrift unterschrieben, ja? Sind ihre Fingerabdrücke drauf?«

Endlich begriff ich, warum Mackey mir die rührende kleine Geschichte erzählt hatte, wie Holly zur Internatsschülerin geworden war. Er hatte mir erzählt, wie sehr sie ihre Freundinnen liebte. Egal, was wir aus ihr herausholen würden, so würde er das entkräften: Holly schützt ihre Freundinnen, mehr nicht. Beweist das Gegenteil. Bei Mackey kann man sich praktisch nie sicher sein. Aber in einem Punkt war ich mir sicher: Er würde, ohne mit der Wimper zu zucken, eine unschuldige Sechzehnjährige den Wölfen zum Fraß vorwerfen, wenn das sein Kind rettete.

Und in einem Punkt war ich hundertprozentig sicher: Er würde Conway und mich zum Abschuss freigeben.

Conway ignorierte ihn weiter. Sagte zu Holly: »Du warst diejenige, die wusste, dass das Handy verschwinden musste. Keine von den anderen, nur du. Und die Mörderin hatte die Nachrichten immer gleich wieder gelöscht. Du hättest also gar nicht wissen können, dass es sie gab, außer du hast sie selbst versendet.«

Mackey sagte: »Oder aber es hat ihr jemand erzählt oder aber sie hat es vermutet oder aber sie hat auf das, was sie schon wusste, überreagiert – aber ein Teenager, der überreagiert, wo gibt's denn so was?«

Jetzt sah Conway ihn an. Sagte: »Mir reicht's. *Sie* vernehme ich hier nicht. Wenn Sie noch eine einzige Frage beantworten, holen wir einen anderen Erwachsenen dazu.«

Mackey ließ sich das durch den Kopf gehen. Das Glimmen in seinen Augen, während er sie taxierte, hätte mich nervös gemacht; Conway merkte es gar nicht, oder es war ihr egal. Sie wartete einfach ab, bis er fertig war und ihr antwortete.

»Mir scheint«, sagte er und stand auf, »wir zwei beide könnten eine kleine Pause gebrauchen, um wieder einen klaren Kopf zu bekommen. Ich geh eine rauchen. Ich denke, Sie sollten mitkommen.«

»Ich rauche nicht.«

»Ich habe nicht vor, Sie wegen Ihres Verhaltens zusammenzufalten, Detective. Das könnte ich auch direkt hier machen. Ich finde nur, einmal tief durchatmen und ein bisschen frische Luft täten uns beiden gut. Bringt uns wieder in die Spur. Ich verspreche, wenn wir zurückkommen, beantworte ich keine Fragen mehr für Holly. Was meinen Sie?«

Unwillkürlich bewegte ich mich. Jetzt kam's; ich wusste nicht, was oder wie, aber ich konnte es spüren, hörte Alarmglocken schrillen. Conway sah zu mir rüber. Ich dachte *Vorsicht*, so laut ich konnte. Sie sah Mackey lächeln – offen, ehrlich, ein winziges bisschen kleinlaut.

Sagte: »Nur wenn Sie schnell rauchen.«

»Sie sind der Boss.«

Ich folgte ihnen bis zur Tür. Als Mackey mich ansah und eine Augenbraue hochzog, sagte ich: »Ich warte hier.«

Sein Grinsen besagte: *Braver Junge, geh schön vor dem bösen kleinen Mädchen in Deckung.* Ich biss nicht an. Er fiel mit Conway in Gleichschritt, als sie den Flur hinuntergingen, so dass ihre verhallenden Schritte klangen wie von einer Person. Schulter an Schulter, sie sahen aus wie Partner.

Holly hatte ihnen nicht hinterhergesehen. Noch immer war jeder Muskel ihres Körpers angespannt; zwischen ihren Augenbrauen war eine grimmige Falte. Sie sagte: »Glauben Sie ernsthaft, ich habe Chris getötet?«

Ich blieb in der Tür stehen. »Was würdest du denn glauben, wenn du ich wärst?«

»Ich *hoffe*, ich wäre in meinem Job gut genug, um verdammt nochmal zu erkennen, wenn jemand kein Mörder ist.«

Ihr Adrenalin kochte, eine Berührung von ihr, und die elektrische Entladung hätte mich quer durch den Raum katapultiert. Ich sagte: »Du verheimlichst etwas. Mehr weiß ich nicht. Ich bin nicht gut genug, um per Telepathie zu erraten, was. Du musst es uns sagen.«

Holly warf mir einen Blick zu, den ich nicht deuten konnte, vielleicht Verachtung. Zog ihren Pferdeschwanz fester, so heftig, dass es weh tun musste. Dann schob sie ihren Stuhl zurück und ging zu der Modellschule hinüber. Wickelte geschickt ein dünnes Stück Kupferdraht von einer Spule, schnitt es mit einer kleinen Drahtschere ab, *schnipp* in der ausgebleichten Luft.

Sie lehnte eine Hüfte gegen den Tisch, fischte eine Pinzette aus einem leeren Schlafraum. Zwirbelte den Draht gekonnt um das Ende eines dünnen Bleistifts, half mit einer Fingernagelspitze nach, als er verrutschte. Ihre Finger bewegten sich wie die einer Tänzerin, schoben, kreisten, flochten, als gehörten sie einer Zauberin. Der Rhythmus und die Konzentration beruhigten sie, glätteten die Furche in ihrer Stirn. Beruhigten mich mit ihr, bis ein Teil von mir sogar vergaß, sich dagegen zu wappnen, was Mackey mit Conway vorhatte, was auch immer es sein mochte.

Schließlich hielt Holly mir den Bleistift hin. Auf seinem Ende: ein Hut, breitkrempig, so klein, dass er kaum auf eine Fingerkuppe passte, verziert mit Kupferdrahtrosen.

Ich sagte: »Sehr schön.«

Holly lächelte, ein kleines, abwesendes Lächeln, die Augen nach unten auf den Hut gerichtet. Drehte ihn auf dem Bleistift.

Sie sagte: »Ich wünschte, ich hätte Ihnen diese blöde Karte nie gebracht.« Nicht wütend, nicht auf der Suche nach einem Vorwand, mir in die Eier zu treten, nicht mehr. Die Dinge gingen zu tief, als dass dafür noch Raum war.

Ich sagte: »Warum? Du wusstest, was passieren würde, du musst mit alldem hier gerechnet haben. Was hat sich geändert?«

Holly sagte: »Ich darf nicht mit Ihnen reden, bis mein Dad zurückkommt.« Sie schob den Hut von dem Bleistift, bugsierte ihn behutsam zwischen den Drähten hindurch und hängte ihn über einen winzigen Bettpfosten. Dann ging sie zurück zu ihrem Stuhl und setzte sich. Zog die Ärmel ihres Sweatshirts bis über die Hände und betrachtete den Mond.

Schnelle Schritte auf der Treppe: Conway kam aus den Schattenschichten am Ende des Flures, kühler Abend in ihrer Kleidung verfangen. Sie sagte zu mir: »Mackey will noch eine rauchen – falls es länger dauert, bis er wieder Gelegenheit dazu hat, sagt er. Er sagt, du kannst zu ihm rauskommen, wenn du möchtest. Mach's lieber gleich. Vorher kommt er sowieso nicht wieder rein.«

Sie sah mich nicht an. Gab mir ein ungutes Gefühl, das ich nicht benennen konnte. Ich wartete eine Sekunde, versuchte, ihren Blick aufzufangen, aber ich sah nur Hollys Augen, die wachsam zwischen uns hin- und herhuschten, versuchten, irgendwas mitzukriegen. Ich ging.

Die Baumlinie war jetzt schwarz, auf- und absteigend wie die Flugbahn eines Vogels vor dunkelblauem Himmel. Ich hatte sie noch nie in diesem Licht gesehen, aber sie wirkte dennoch vertraut. Die Schule fühlte sich allmählich an, als sei ich seit einer Ewigkeit hier, als gehörte ich hierher.

Mackey lehnte wieder an der Mauer. Er zündete seine Zigarette an, zeigte sie mir und wackelte damit. *Siehst du? Ich brauchte wirklich eine!*

»Na«, sagte er. »Interessante Strategie, die Sie da verfolgen, mein lieber Stephen. Manche würden sie als komplett irre bezeichnen, aber ich bin bereit, Ihnen einen gewissen Vertrauensbonus zu geben.«

»Welche Strategie?«

Amüsiertes Stutzen. »Hallo? Wissen Sie noch, wer ich bin? Wir kennen uns nämlich. Wir haben *zusammengearbeitet*. Ihre Ach-ich-armer-kleiner-Junge-Nummer zieht bei mir nicht.«

Ich sagte: »Von welcher Strategie reden wir hier?«

Mackey seufzte. »Okay. Ich spiel mit. Sich an Antoinette Conway ranzuschmeißen: Was soll das?«

»Das soll gar nichts. Ich hab die Chance bekommen, bei einer Mordermittlung mitzuarbeiten, und ich hab sie ergriffen.«

Mackeys Augenbrauen gingen hoch. »Ich hoffe für Sie, dass Sie noch immer den Arglosen mimen, Junge. Was wissen Sie über Conway?«

»Sie ist gut in ihrem Job. Zielstrebig. Hat es schnell weit gebracht.«

Er wartete. Als er merkte, dass ich fertig war: »Das ist alles? Mehr haben Sie nicht auf Lager?«

Ich zuckte die Achseln. Es war sieben Jahre her, aber Mackeys Augen konnten mich noch immer verunsichern, mich in einen Schuljungen verwandeln, der bei der mündlichen Prüfung ein Blackout hat. »Bis heute hab ich noch nicht viel über sie nachgedacht.«

»Es gibt die Gerüchteküche. Es gibt immer Gerede. Sind Sie sich zu fein für so was?«

»Nicht zu fein. Mir ist nur nie was über Conway zu Ohren gekommen.«

Mackey seufzte, ließ die Schultern hängen. Fuhr sich mit der Hand durchs Haar, schüttelte den Kopf. »Jungchen. Stephen.« Seine Stimme war sanft geworden. »In unserem Job musst du Freunde haben. Du musst. Sonst kommst du nicht zurecht.«

»Ich komme bestens zurecht. Und ich habe Freunde.«

»Nicht die Art, die ich meine. Sie brauchen *echte* Freunde, Junge. Freunde, die Ihnen den Rücken freihalten. Die Ihnen die Dinge erzählen, die Sie wissen müssen. Die Sie nicht ahnungslos in einen Shitstorm rennen lassen, ohne Sie zu warnen.«

»Freunde wie Sie?«

»Bis jetzt war ich ganz anständig zu Ihnen. Oder etwa nicht?«

»Dafür hab ich mich bedankt.«

»Und ich möchte gern glauben, dass das aufrichtig war. Aber ich weiß nicht, Stephen. Irgendwie fühl ich mich von Ihnen nicht gemocht.«

»Wenn Sie mein bester Freund sind«, sagte ich, »dann los, lassen Sie hören, was ich Ihrer Meinung nach über Conway wissen sollte.«

Mackey lehnte sich wieder mit dem Rücken gegen die Wand. Er tat nicht mal so, als würde er seine Zigarette rauchen, die hatte ihren Zweck erfüllt. Er sagte: »Conway ist eine Aussätzige, Junge. Hat sie das nicht erwähnt?«

»Ist nicht zur Sprache gekommen.« Ich fragte nicht, warum sie eine Aussätzige war. Er würde es mir ohnehin sagen.

»Na, jedenfalls ist sie keine Heulsuse. Ich schätze, das ist ein Pluspunkt.« Er schnippte Asche ab. »Sie sind nicht auf den Kopf gefallen. Sie müssen doch mitgekriegt haben, dass Conway nie die Wahl zur Miss Sympathisch gewinnen wird. Und das hat Sie nicht abgeschreckt?«

»Wie gesagt. Ich brauche keine neue beste Freundin.«

»Ich rede nicht von Ihrem Sozialleben. Diese Conway: In ihrer ersten Woche im Morddezernat beugt sie sich vor, um irgendwas auf die Tafel zu schreiben, und dieser Vollpfosten namens Roche haut ihr auf den Hintern. Conway fährt herum, packt seine Hand und biegt einen Finger nach hinten, bis Roche die Augen hervorquellen. Sagt ihm, wenn er sie noch einmal anfasst, bricht sie ihm den Finger. Roche beschimpft sie als Miststück. Conway verpasst dem Finger noch einen Ruck, Roche schreit auf, Conway lässt ihn los und geht wieder an die Tafel.«

»Ich würde sagen, das macht Roche zum Aussätzigen. Nicht Conway.«

Mackey lachte laut auf. »Ich hab Sie vermisst, Junge. Ehrlich. Ich hatte schon ganz vergessen, wie niedlich Sie sind. Sie haben recht: Im Idealfall sollte das so sein. Und in manchen Abteilungen, in manchen Jahren, wäre das auch tatsächlich so. Aber das Morddezernat ist derzeit kein kuscheliges Plätzchen. Die Jungs sind nicht übel, die meisten von ihnen, auf ihre eigene Art: bloß ein bisschen Rugby-Club, ein bisschen Szeneclique, ein bisschen Muckibude. Wenn Conway irgendwas Schlagfertiges gesagt hätte oder laut gelacht oder Roche bei der nächsten Gelegenheit an den Hintern gefasst hätte, wäre alles in Butter gewesen. Wenn sie sich nur ein winziges bisschen Mühe gegeben hätte, sich anzupassen. Hat sie aber nicht, und jetzt hält das ganze Dezernat sie für eine arrogante, männerhassende, humorlose Tussi.«

»Scheint ja eine liebenswerte Truppe zu sein. Wollen Sie mir das Morddezernat ausreden?«

Er spreizte die Hände. »Ich sage ja nicht, dass ich das gutheiße; ich kläre Sie nur auf. Wobei das gar nicht nötig wäre. Die kleine Predigt, von wegen, dem Grapscher die Schuld zu geben und nicht dem Opfer, die war ja ganz nett, aber mal ganz ehrlich: Angenommen, Sie spazieren morgen ins Morddezernat, und irgendwer bezeichnet Sie als rotköpfigen Asi, sagt Ihnen, Sie sollen sich verpissen und weiter Stütze kassieren, wie sich das für Leute wie Sie gehört. Brechen Sie ihm dann die Finger? Oder spielen Sie mit und lachen, bezeichnen ihn als dämlichen Schafficker und tun, was Sie tun müssen, um für sich das Beste aus der Situation rauszuholen? Ehrlich, jetzt.«

Mackeys Augen auf mir, undurchschaubar und wissend im letzten Licht, bis ich wegschaute. »Ich würde mitspielen.«

»Ja, würden Sie. Aber sagen Sie das nicht so, als wäre es was Schlechtes, mein Lieber. Ich würde genau dasselbe tun. Diese Art von Anpassung, die hält die Welt zusammen. Ein bisschen Nachgeben. Wenn jemand wie Conway meint, sie müsste dabei nicht mitmachen, dann geht alles den Bach runter.«

Ich hörte Joanne. *Die tun so, als könnten sie machen, was sie wollen. So läuft das nicht.* Fragte mich, was Mackey wohl davon hielt, dass seine Holly und ihre Freundinnen der Welt den Finger zeigten.

»Der Dezernatschef ist kein Idiot; er hat gemerkt, dass die Atmosphäre unter seinen Leuten giftig wurde. Also nimmt er den ein oder anderen beiseite, fragt, was los ist; die halten alle die Klappe, erzählen ihm, alles wäre prima und alle verstehen sich prächtig. So ist das Morddezernat: ein Haufen Schulkinder, keiner will petzen. Der Chef glaubt ihnen nicht, aber er weiß, dass er die Wahrheit niemals rauskriegt. Und er weiß, dass der ganze Mist in dem Moment losging, als Conway dazukam. Also ist sie für ihn das Problem.«

»Also wird er sie fallenlassen«, sagte ich. »Bei der erstbesten Gelegenheit.«

»Nee. Die werden sie nicht aus dem Dezernat schmeißen, weil sie genau wissen, die bringt es fertig und hängt ihnen eine Diskriminierungsklage an den Hals, und die Publicity will keiner. Aber sie können dafür sorgen, dass sie selbst das Handtuch schmeißt. Sie wird nie einen Partner kriegen. Sie wird nie befördert werden. Sie wird nie auf ein Bier mit den Jungs nach der

Arbeit eingeladen werden. Sie wird nie wieder einen guten Fall kriegen; wenn sie bei dem hier versagt, landen auf ihrem Schreibtisch bloß noch viertklassige Drogendealer, bis sie irgendwann die Kündigung einreicht.« Rauch kringelte sich von seiner Hand hoch, ein warnender Geruch in der Luft. »Auf Dauer macht dich das fertig. Conway hat Rückgrat, sie wird länger durchhalten als die meisten, aber letztlich wird sie einknicken.«

Ich sagte: »Conways Karriere ist ihr Problem. Ich bin wegen meiner hier. Das ist meine Chance, denen zu zeigen, was ich draufhab.«

Mackey schüttelte den Kopf. »Nein, ist es nicht. Es ist russisches Roulette mit sechs Kugeln in der Trommel. Wenn Sie mit Conway nicht klarkommen, landen Sie wieder bei den Ungelösten Fällen: Tschüssi, bis dann mal, und keiner wird vergessen, dass Moran in der ersten Liga nicht mithalten konnte, nicht mal einen einzigen Tag. Wenn Sie mit ihr klarkommen, dann sind Sie ihr kleiner Arschkriecher. Keiner im Morddezernat, Chef eingeschlossen, wird Sie je auch nur mit der Kneifzange anfassen. Aussätzige sind ansteckend, Junge. Falls Sie wirklich keine Strategie haben, sollten Sie sich eine zulegen. Und zwar schnell.«

Ich sagte: »Sie wollen uns gegeneinander aufhetzen. Wenn Conway und ich nämlich anfangen, uns gegenseitig zu beobachten, verlieren wir den eigentlichen Fall aus den Augen. Und ehe wir wissen, wie uns geschieht, sind wir den Fall los.«

»Vielleicht tu ich das. Wäre mir zuzutrauen. Aber fragen Sie sich doch mal, ob das heißt, dass ich falschliege.«

Die giftige Atmosphäre im Morddezernat, fein und stichelnd, als Conway hereinkam. Winzige Nesselhaare, klebrig, lang anhaltend toxisch.

Ich sagte: »Was haben Sie Conway über mich erzählt?«

Mackey grinste. »Dasselbe, was ich Ihnen erzählt habe, mein Lieber: nur die Wahrheit. Die Wahrheit, die ganze Wahrheit und nichts als die Wahrheit. So wahr mir Gott helfe.«

Und das war's. Ich hätte mich in den Hintern beißen können, weil ich das gefragt hatte. Ich wusste, was Mackey Conway erzählt hatte. Musste es nicht erst hören, weder von ihm noch von ihr.

Interessante Strategie, den kleinen Stephen mit an Bord zu holen. Manche würden sie als komplett irre bezeichnen, aber ich bin bereit, Ihnen einen gewissen Vertrauensbonus zu geben ...

»Ahhh«, sagte Mackey und reckte sich. Warf einen Blick auf seine Zigarette, die zu einem langen Aschestängel verglimmt war. Warf sie zu Boden. »Das hab ich gebraucht. Sollen wir?«

Conway lehnte von außen an der Tür, Hände in den Hosentaschen, reglos. Wartete auf uns. Da wusste ich es.

Sie sind nicht dumm, Detective Conway. Ich wette, Sie haben schon gehört, wie Holly und ich Moran kennengelernt haben. Das meiste jedenfalls. Soll ich Ihnen den Rest erzählen?

Sie richtete sich auf, als wir näher kamen. Öffnete die Tür, hielt sie für Mackey auf. Sah mir in die Augen. Als sie die Tür hinter Mackey wieder schloss, warf er mir über die Schulter noch ein Siegergrinsen zu.

Conway sagte: »Ich mach jetzt allein weiter.«

Moran war frisch von der Schutzpolizei zur Kripo gewechselt, als Sonderfahnder einem Mordfall zugeteilt worden. Der Leiter der Ermittlungen hieß Kennedy. Kennedy war gut zu dem kleinen Stephen. Sehr gut. Holte ihn aus den Tiefen des Personalpools der Sonderfahndung, gab ihm eine Chance, sich zu profilieren. Die meisten Detectives hätten so was nicht gemacht; die meisten hätten sich an Altbewährtes gehalten und keine Neulinge eingesetzt. Ich wette, heute bereut Kennedy, dass er es nicht so gemacht hat ...

Ich hab damals nur getan, worum Mackey mich bat. Ich war naiv und hätte nie gedacht, dass er das in der Hinterhand behalten würde, um es nötigenfalls gegen mich verwenden zu können.

Ich sagte, leise – sein Ohr war bestimmt auf der anderen Seite gegen die Tür gepresst: »Mackey versucht, uns zu verarschen.«

518

»Es gibt kein *uns*. Es gibt mich und meinen Fall, und dann gibt es da noch jemanden, der einen Tag lang ganz nützlich war und es jetzt nicht mehr ist. Keine Bange: Ich schreib deinem Chef eine nette Mitteilung darüber, was für ein braver Junge du warst.«

Wie ein Schlag auf die Kinnspitze. Es hätte mich nicht treffen sollen; sie hatte recht, es war nur ein Tag gewesen. Aber es traf mich hart.

Offenbar war mir das anzusehen. Mein Gesichtsausdruck entlockte Conway ein Spurenelement schlechtes Gewissen. Sie sagte: »Ich nehm dich dann mit zurück zum Präsidium – gib mir deine Handynummer, dann schick ich dir eine SMS, wenn ich hier fertig bin. Bis dahin hol dir ein Sandwich. Geh spazieren, genieß den Park. Sieh zu, ob du Chris' Geist dazu bringen kannst, für dich aufzutauchen. Mach irgendwas.«

Sobald Ihr kleiner Stephen seine Chance sah, ist er Kennedy gnadenlos in den Rücken gefallen. Scheiß auf Loyalität, scheiß auf Dankbarkeit, scheiß auf Anstand. Das Einzige, was den kleinen Stephen interessiert hat, war bloß seine wunderbare Karriere.

Ich sagte, ohne noch darauf zu achten, leise zu reden: »Du machst genau, was Mackey will. Er will mich weghaben, weil er Schiss hat, dass Holly bei mir anfängt zu reden. Merkst du das denn nicht?« Conways Gesicht war versteinert. »Bei mir hat er's auch versucht, hat über dich hergezogen, um mich abzuschrecken. Denkst du, ich hätte auf ihn gehört?«

»Klar hast du nicht. Du willst dich bei O'Kelly einschleimen, scheißegal auf welchen Fall du aufgesprungen bist, um dahinzukommen. Aber ich hab hier was zu verlieren. Und ich lasse nicht zu, dass ich es deinetwegen verliere.«

Kennedy wusste nicht, wie ihm geschah. Sie können sich wenigstens drauf gefasst machen. Falls Sie wirklich keine Strategie haben, sollten Sie sich schleunigst eine zulegen …

Ich gab Conway meine Handynummer. Sie knallte mir die Tür vor der Nase zu.

24

EINE BESONDERS BEEINDRUCKENDE GABE Julias war schon immer die Fähigkeit, wie auf Kommando zu reihern. Damals, in der Grundschule, war es irgendwie cooler, als noch keiner gemerkt hatte, dass Kotzen in der Öffentlichkeit peinlich sein könnte – es brachte ihr sogar immer mal wieder ordentlich Kohle ein –, aber es hat seine Nützlichkeit bis heute nicht ganz verloren. Sie spart es sich mittlerweile nur für besondere Gelegenheiten auf.

Dienstagmorgen, 23. April. Chris Harper hat noch gut drei Wochen zu leben. Julia verspeist das größte und vielseitigste Frühstück, das sie runterkriegt, weil eine Künstlerin nun mal ihren Stolz hat, wartet bis mitten in Hauswirtschaftslehre und reihert dann pyrotechnisch auf den Boden des Klassenraumes. Orla Burgess wäre in Reichweite, aber Julia widersteht der Versuchung: Es gehört nicht zu ihrem Plan, dass Orla in den Internatsflügel geschickt wird, um sich frische Sachen anzuziehen. Während Miss Rooney sie aus der Klasse zur Krankenstation scheucht, sieht Julia – die sich den Bauch hält – aus den Augenwinkeln Hollys und Beccas verblüffte Gesichter, Selena, die zum Fenster hinausstarrt, als hätte sie gar nicht mitbekommen, dass irgendwas passiert ist, Joanne, die mit ausdruckslosen Augen grinst, weil sie garantiert schon überlegt, wie sie am besten die Neuigkeit in die Welt setzt, dass die Schlampe Julia Harte schwanger ist, und Gemma, die ihr einen Blick wie ein Zwinkern zuwirft, amüsiert und anerkennend.

Sie liefert der Krankenschwester eine Vorstellung mit weichen Knien und gemäßigtem Würgen, beantwortet die üblichen Fragen zur letzten Menstruation – du könntest dir ein Bein brechen, und die Krankenschwester würde sich trotzdem als Erstes danach erkundigen, wann du zuletzt deine Tage hattest; Julia vermutet, wenn du einen Tag überfällig wärst, würdest du an die Nonnen verpfiffen und von denen ins Kreuzverhör genommen – und liegt wenige Minuten später mit Leidensmiene im Bett. Die Krankenschwester versorgt sie mit einem Glas schalem Gingerale und lässt sie allein.

Julia arbeitet schnell. Sie hat den Ablauf genau geplant: Selenas Fach im Kleiderschrank kommt als Erstes dran, dann ihr Bett, falls sie da nichts findet, wird sie den Boden aus Selenas Nachtschränkchen rausfriemeln – sie haben letztes Jahr ausbaldowert, wie das geht, als Becca ihren Schlüssel verloren hatte –, und wenn sie dann immer noch nicht fündig geworden ist, hat sie keine Ahnung, was zum Geier sie noch machen soll.

So weit kommt es nicht. Als sie mit der Hand seitlich an Selenas Matratze entlangstreicht, zwischen Wand und Bett, spürt sie einen Knubbel. Akkurater kleiner Schlitz in der Matratze, und darin, *Überraschung!*, ein Handy. Ein niedliches, klitzekleines pinkes Handy, genau wie das, was Alison Joanne abgekauft hat. Chris muss die Dinger kartonweise gehortet haben, eines für jedes hübsche Babe, das er mit seinem glorreichen Schwanz beglücken wollte. Bis zu dem Moment, wo sie das Handy vor sich sieht, hat Julia noch immer an die Chance geglaubt, dass Gemma sie angelogen hat.

Selena hat keinen PIN-Code aktiviert, was Julia einen Anflug von schlechtem Gewissen bereiten könnte, wenn sie dafür jetzt gerade den Kopf hätte. Stattdessen geht sie auf Textnachrichten und fängt an zu lesen.

Muss noch immer an die v-party denken, würd d gern wiedersehen – das presst die Atemluft zischend aus ihr heraus. Sie hat

521

sich gefragt, wann und wie Chris Selena angebaggert hat, ist jeden Besuch im Court durchgegangen, hat überlegt, wann Selena mal auch nur zehn Minuten ungeschützt war, aber es ist wirklich schon fast unheimlich, wie eng sie vier aufeinanderhocken; ihr ist kein einziges Mal eingefallen, dass eine von ihnen nur allein zum Klo gegangen ist. Und die ganze Zeit: diese verfickte Valentinsfeier. Während Julia draußen war, sich vom Rum und von Finns Grinsen und der knisternden frischen kalten Luft in jedem Atemzug betören ließ, war Selena dabei, ihr eigenes kleines Neuland zu entdecken. Und irgendetwas sah zu und fing – ohne jeden Zorn, ohne jede Gnade – an, abzuwägen, wie die Strafe für sie beide ausfallen müsste.

Sie liest weiter. Chris ist spitzenmäßig, imponiert Julia schon fast. Er hat Selena auf Anhieb voll durchschaut. Einmal gesextet, einmal irgendwas von Liebe erzählt, und sie wäre abgetaucht; also hielt sich Schlaufkopf Chris in der Hinsicht zurück. Stattdessen lange SMS über die Probleme seiner Emo-Schwester oder über seine Eltern, die kein Verständnis für ihn hätten, oder darüber, wie es ihn quälte, dass er sein wahres empfindsames Ich vor seinen oberflächlichen Freunden verbergen musste. Julia ist froh, dass sie sich schon leergekotzt hat.

Selena hat eine Schwäche dafür, gebraucht zu werden. Vielleicht würden manche das für arrogant halten, würden sagen, Selena hält sich für so supertoll, dass sie sich einbildet, da helfen zu können, wo niemand anders es kann, aber manchmal kann sie es tatsächlich. Julia weiß das nur zu gut. Du kannst Selena alles sagen, und anders als offenbar der Rest der Menschheit wird sie niemals so reagieren, dass du sie und dich selbst in den Hintern treten möchtest, weil du dein großes dummes Mundwerk nicht halten konntest. Deshalb reden auch Leute mit ihr, die sonst nie mit irgendwem reden. Daran ist sie gewöhnt. Das hat Chris Harper bei ihr gewittert. Und das hat er benutzt, um sich so nah an sie ranzuschleimen, dass er ihr unters Top grapschen kann.

Denn Selena redet auch mit ihm. *Gestern wollte ich meinem Dad eine Skizze zeigen, als er mich bei meiner Mum abgesetzt hat, u er ist nicht mal 1 sek reingekommen, hat im Auto gewartet, während ich sie geholt hab. Manchmal glaub ich, sie wünschten, ich wäre nicht da, weil sie sich dann nicht sehen müssten.*

So etwas hat sie zu Julia noch nie gesagt. Julia hatte absolut keinen Schimmer, dass Selena sich so fühlt.

Die beiden treffen sich schon seit über einem Monat. Mit jeder SMS wird offensichtlicher, dass Selena total gaga nach Chris ist, kitschig bis über beide Ohren verknallt. Julia kann sich nicht entscheiden, wer hier die Blödheit mit Löffeln gefressen hat: Selena, die sich in Chris Schmierlappen Harper verliebt hat, oder sie drei, die sie derweil neben ihr hergetrottelt sind und absolut nichts gemerkt haben. Sie knirscht mit den Zähnen und reibt mit dem Ellbogen an der Wand, bis er ganz wund geschabt ist.

Und dann kommt Julia zu diesem Morgen. Kein Wunder, dass Selena weggetreten aussah. Sie hat Chris gerade hochkant absurviert.

Julia kippt fast rückwärts aufs Bett vor Erleichterung, aber eine Sekunde später ebbt der Gefühlsschwall schon wieder ab. Das wird nicht halten. Selena kriegt nicht mal die Schlussmach-SMS hin, ohne davon zu faseln, wie sehr sie Chris liebt, und er hat schon mit einer wilden SMS geantwortet, in der er wissen will, was los ist, und sie anfleht, sich abends mit ihm zu treffen. Selena hat nicht geantwortet, aber das wird sie, wenn es mit diesem O-bitte-ich-brauch-dich-doch-so noch ein paar Tage so weitergeht.

Julia hört es so klar wie gehämmerte Bronze. *Deine Chance. Nutze sie.*

Sie braucht eine lange dröhnende Minute, um zu begreifen, was das bedeutet. Abzuwägen, was passieren wird, wenn sie es tut, und was passieren wird, wenn sie es nicht tut.

Julia kriegt keine Luft. Sie denkt wie ein einziger, langgezogener Schrei: *Das ist nicht fair, ist nicht fair, ist nicht fair, egal, was ich mache, ich werde – mit Finn hab ich nichts gemacht. Scheiße, ich hab ihn kaum angefasst. Ich hab nix gemacht, wofür ich bezahlen müsste.* Die Stille, die ihr antwortet, macht ihr klar: Das hier ist nicht McKennas Büro. Du kannst dich nicht mit Spitzfindigkeiten rausreden, nicht mit einem weinerlichen Aber-Miss-ich-hab-doch-eigentlich-gar-nicht-richtig davonkommen, nicht hier. *Unfair* heißt gar nichts. Sie ist abgewogen worden, und die Entscheidung ist bereits gefallen. Sie hat diese paar Tage, bevor Selena Chris zurücknimmt, ein letztes Geschenk, Tage, in denen sie ihre Wahl treffen muss.

Julia möchte das Handy an die Wand schmeißen und die Einzelteile hübsch ordentlich auf Selenas Bett aufreihen. Sie möchte zur Hausmutter gehen und ihr sagen, sie muss sofort in ein anderes Zimmer verlegt werden, heute noch. Sie möchte unter die Decke kriechen und heulen. Letztlich bleibt sie einfach auf Selenas Bett sitzen, sieht zu, wie das Sonnenlicht ihr über den Schoß und den Arm und über das Handy in ihren Fingern gleitet, wartet auf das Klingeln von Glocken und auf Fußgetrappel, um aktiv zu werden.

»Na?«, sagt Holly und wirft ihre Tasche aufs Bett. »Was hast du gemacht?«

»Wie hat's denn ausgesehen? Mir die Seele aus dem Leib gekotzt.«

»Echt jetzt? Wir dachten, das war gefakt.«

Julia schielt unwillkürlich zu Selena rüber, aber Lenie mustert sie nicht argwöhnisch; sie hat sich noch in Schuluniform aufs Bett fallen lassen, liegt zusammengerollt da und starrt die Wand an. Offensichtlich nimmt sie Julia kaum wahr.

»Wieso? Damit ich mich den ganzen Tag zu Tode langweilen kann? Ich hab Magen-Darm.«

Becca ist dabei, Klamotten aus dem Schrank zu holen, und

singt vor sich hin. Sie hält inne und sagt: »Sollen wir hier bei dir bleiben? Wir wollten zum Court, aber nur, weil wir dachten, du kommst mit.«

»Geht ruhig. Mit mir hättet ihr heute sowieso keinen Spaß.«

»Ich bleib hier«, sagt Selena zur Wand. »Ich will nicht weggehen.«

Holly sieht Julia an, verzieht das Gesicht und legt fragend den Kopf schief: *Was hat sie denn?* Julia zuckt die Achseln: *Woher soll ich das wissen?*

»Ach so, wollte ich die ganze Zeit schon fragen –« Beccas Kopf flutscht aus ihrem Schulpullover, unbändiges Haar überall. »Heute Nacht?«

»Hallo?«, sagt Julia. »Ich fühl mich beschissen. Schon vergessen? Ich will bloß schlafen.«

Bitte lass uns heute nacht treffen, hatte Chris an Selena gesimst. *Selber ort selbe zeit ich bin da.*

»Okay«, sagt Becca, ungerührt von Julias gereiztem Ton. Vor einem Jahr wäre sie zusammengezuckt, als hätte man sie geohrfeigt. *Wenigstens das*, denkt Julia. *Wenigstens das ist gut.* »Morgen vielleicht?«

»Bin dabei«, sagt Holly, wirft ihren Blazer Richtung Schrank und verfehlt ihn. Julia sagt: »Kommt drauf an, wie ich mich fühle.« Selena starrt noch immer die Wand an.

In der Nacht schläft Julia nicht. Sie hat sich locker zusammengerollt, so wie sie meistens schläft, hält die Augen geschlossen und atmet tief und gleichmäßig, lauscht. Sie hat den Handrücken direkt vor dem Mund, damit sie reinbeißen kann, wenn sie merkt, dass sie wegdämmert.

Auch Selena schläft nicht. Julia liegt mit dem Rücken zu ihr, aber sie hört, dass sie sich ruhelos im Bett bewegt. Gelegentlich klingt ihr Atmen irgendwie schluchzend, als würde sie weinen, aber Julia ist nicht sicher.

Nach ein paar Stunden setzt Selena sich auf, ganz langsam,

eine Bewegung nach der anderen. Julia hört, wie sie den Atem anhält, auf die Übrigen lauscht, und zwingt sich, ruhig und entspannt zu bleiben. Becca schnarcht, ein leises, zartes Geräusch.

Nach einer ganzen Weile legt Selena sich wieder hin. Diesmal weint sie eindeutig.

Julia denkt an Chris Harper, wie er auf ihrer Lichtung wartet, wahrscheinlich Steine schmeißt, wenn es irgendwo raschelt, und gegen die Zypressenstämme pinkelt. Sie möchte darum beten, dass ein Baum ihm einen Ast auf den Kopf fallen lässt und sein schleimiges Hirn im Gras verteilt, aber sie weiß, so funktioniert das nicht.

Am Mittwochnachmittag, als sie gerade ihre Schulsachen für die Studierstunde zusammensuchen, sagt Julia: »Heute Nacht.«

»Hast du dein Magen-Darm auskuriert?«, fragt Holly und packt ein Schreibheft auf ihren Stapel. Ihr schräger Blick verrät, dass sie noch immer nicht restlos überzeugt ist.

»Falls mir wieder übel wird, ziel ich nächstes Mal auf dich.«

»Von mir aus. Ich will bloß nicht, dass du dich direkt vor dem Zimmer der Hausmutter auskotzt und uns alle in Teufels Küche bringst.«

»Du und dein mitfühlendes Wesen«, sagt Julia. »Becs, bist du dabei?«

»Logo«, sagt Becca. »Leihst du mir deinen roten Pullover? Mir ist Marmelade auf meinen schwarzen getropft, und draußen wird's eiskalt sein.«

»Klar.« Es ist überhaupt nicht kalt, aber Becca borgt und verleiht gern Sachen, all die kleinen Rituale, die sie vier zu einem warmen Kreis verschwimmen lassen. Wenn sie die Wahl hätte, würden sie alle in den Sachen der anderen leben. »Lenie«, sagt Julia, »heute Nacht?«

Selena blickt von ihrem Stundenplan auf. Sie ist schattenhaft und dünner, schon die ganzen letzten zwei Tage, als wäre sie in einem trüberen Licht als der Rest des Zimmers, aber der Gedanke an eine Nacht draußen hat einen Funken aufglühen lassen, der fast hoffnungsvoll aussieht. »Ja. Unbedingt, ja. Das brauch ich jetzt.«

»Gott, ich auch«, sagt Julia. *Eine noch*, denkt sie. *Eine letzte Nacht.*

Sie rennen. Julia läuft los, sobald ihre Füße das Gras unter dem Fenster berühren, und spürt die anderen hinter ihr schneller werden. Sie flitzen den weiten Rasen vor der Schule hinunter wie wilde, in den Himmel geworfene Vögel. Vor ihnen leuchtet das Wachhaus gelb, aber das ist keine Gefahr: Der Nachtwächter starrt immer nur auf seinen Laptop, außer er dreht um Mitternacht und dann wieder um zwei seine Runde. Und sie sind ohnehin unsichtbar, sie sind lautlos, sie werfen keine Schatten. Sie könnten sich auf Armeslänge an ihn heranschleichen, sie könnten die Gesichter an die Scheibe pressen und seinen Namen trällern, er würde nicht mal blinzeln. Sie haben das schon gemacht, als sie wissen wollten, was er darin so treibt. Er spielt Online-Poker.

Sie schwenken nach rechts, weiße Kieselsteine fliegen unter ihren Füßen auf, und dann sind sie unter den Bäumen, schneller und schneller die Pfade entlang, mit brennender Brust, schmerzenden Rippen, und Julia rennt, als wolle sie, dass sie vier vom Boden abheben, dem kreisrunden Mond entgegen. Als sie schließlich völlig erschöpft auf der Lichtung ankommen, hat sie sich alles andere aus dem Kopf gerannt.

Sie lachen alle mit dem letzten Rest Luft, den sie haben. »Mannomann«, sagt Holly, vorgebeugt, eine Hand gegen das Seitenstechen auf die Rippen gedrückt. »Was war das denn? Hast du vielleicht die Absicht, nächstes Jahr Crosslauf zu machen?«

»Stell dir einfach vor, Schwester Cornelius ist hinter dir her«, sagt Julia. Der Mond ist fast voll, bloß noch ein verwischter

Rand, der in der nächsten Nacht ausgefüllt wird, und sie hat das Gefühl, als könnte sie die hüfthohen Büsche aus dem Stand überspringen, hoch und drüber, dabei mit den Füßen gemächliche Unterwasserkreise in der Luft treten, und dann so leicht wie eine Pusteblume auf den Zehenspitzen landen. Sie ist noch nicht mal außer Atem. »*Mädchen!* Ich habe euch belehrt und erklärt und davon in Kenntnis gesetzt, dass ihr weder über Gras laufen solltet noch über Kräuterpflanzen und – noch über grüne Weiden –‹«

Alle vier prusten los. »Die Bibel sagt uns, dass unser Herr Jesus niemals gelaufen ist oder gejoggt oder galoppiert –‹« Becca kann nicht mehr vor Keuchen und Lachen.

Holly hebt einen mahnenden Finger. »›– und wie kommt ihr dazu, euch einzubilden, besser zu sein als unser Herr Jesus? Ich höre?‹«

»›Du, Holly Mackey –‹«

»›– was soll der Name überhaupt? Es gibt keine Heilige namens Holly, ich denke, wir müssen dich ab jetzt Bernadette nennen –‹«

»›– du, Bernadette Mackey, du hörst sofort auf zu laufen –‹«

»›– augenblicklich und auf der Stelle –‹«

»›– und erklärst mir, was unser Herr Jesus von dir gehalten hätte. Ich höre?‹«

Julia merkt, dass Selena nicht mitgemacht hat. Sie sitzt da, Arme um die Knie geschlungen und das Gesicht zum Himmel gewandt. Das Mondlicht trifft sie voll, lässt sie hell aufscheinen wie etwas, was du nur halb sehen kannst, einen Geist oder eine Heilige. Sie sieht aus, als würde sie beten. Vielleicht tut sie das ja.

Auch Holly betrachtet Selena, und sie hat aufgehört zu lachen. Sie sagt leise: »Lenie.«

Becca stützt sich auf einen Ellbogen.

Selena rührt sich nicht. Sie sagt: »Mm.«

»Was hast du denn?«

Julia wirft es Selena seitlich an den Kopf wie einen Stein.

Sei still. Das ist meine Nacht, meine allerletzte Nacht, wag es bloß nicht, mir das kaputtzumachen.

Selena wendet den Kopf. Für eine Sekunde blicken ihre Augen, ruhig und müde, in Julias. Dann sagt sie zu Holly: »Was?«

»Irgendwas ist doch. Oder?«

Selena sieht Holly still an, als würde sie noch immer auf die Frage warten, aber Holly sitzt jetzt kerzengerade da, und sie lässt nicht locker. Julias Fingernägel graben sich in die Erde. Sie sagt: »Du siehst aus, als hättest du Kopfschmerzen. Bist du deswegen so?«

Die müden Augen wandern wieder zurück zu ihr. Nach einem langen Moment sagt Selena: »Ja. Becs, machst du mir die Haare?«

Selena findet es schön, wenn jemand mit ihrem Haar spielt. Becca rutscht hinter sie und zieht vorsichtig das Haargummi heraus; Haare ergießen sich über ihren Rücken bis fast ins Gras, hundert Arten von schimmerndem Weißgold. Becca schüttelt sie aus wie einen kostbaren Stoff. Dann fängt sie an, mit den Fingern hindurchzustreichen, in einem gleichmäßigen, wohltuenden Rhythmus. Selena seufzt. Sie hat Hollys Frage hinter sich gelassen.

Julias Hand hat sich um einen glatten, ovalen Kieselstein geschlossen, den ihre Fingernägel aus dem Boden gegraben haben. Sie reibt feuchte Erde davon ab. Die Luft ist warm, winzige Nachtfalter und Gerüche flattern darin: eine Million Hyazinthen, das Tiefseearoma der Zypressen, der Erde unter ihren Fingern und des kalten Steins in ihrem Handteller. Inzwischen haben sie so empfindliche Nasen wie Rehe. Würde jemand versuchen, sich anzupirschen, er käme keine zwanzig Meter an sie ran.

Holly hat sich ausgestreckt, Beine übereinandergeschlagen, aber ihr hängender Fuß wippt ruhelos. »Wie lange hast du schon Kopfschmerzen?«

»Mein Gott«, sagt Julia. »Lass sie doch in Ruhe.«

Becca starrt über Selenas Schulter, Augen weit aufgerissen, wie ein kleines Kind, das zusieht, wie seine Eltern sich streiten. Holly sagt: »Entschuldige mal. Sie ist schon seit Tagen so, und wenn du so lange Kopfschmerzen hast, solltest du zum *Arzt* gehen.«

»Wenn du nicht aufhörst, krieg *ich* auch noch Kopfschmerzen!«

Becca sagt, zu laut und zu heftig: »Ich hab Angst vor den Prüfungen!«

Sie stutzen und sehen sie an.

»Logo, sollst du ja auch«, sagt Holly.

Becca sieht aus, als wünschte sie sich fast, sie hätte den Mund gehalten. »Das weiß ich. Ich meine, richtig Angst. Echte Panik.«

»Das ist doch Sinn und Zweck der Zwischenprüfungen«, sagt Holly. »Wir sollen Angst kriegen, damit wir schön brav sind. Deshalb sind die in dem Jahr, wo alle anfangen, auszugehen und was zu unternehmen. Das ganze Gefasel, dass du für den Rest deines Lebens bei Burger King arbeitest, wenn du nicht überall Topnoten kriegst. Alles nur, damit wir nicht auf dumme Gedanken kommen und uns einen Freund zulegen oder in Clubs gehen oder uns beispielsweise nachts rumtreiben, weil uns das ja ablenken könnte, und dann, o neiiiin! Einen Whopper mit Pommes bitte!«

Becca sagt: »Es geht nicht um Burger King. Es geht um … Was, wenn ich durchfalle, sagen wir in Naturwissenschaft, und die lassen mich fürs Abi nicht den Bio-Leistungskurs belegen?«

Julia vergisst vor lauter Verblüffung beinahe das mit Holly und Selena. Becca hat nie darüber geredet, was nach der Schule kommt, kein einziges Mal. Selena wollte schon immer Künstlerin werden, Holly hat an Soziologie gedacht, Julia freundet sich mehr und mehr mit dem Gedanken an, Journalistin zu werden. Becca verfolgt diese Gespräche, als hätten sie nichts mit ihr zu tun, als wären sie in einer Sprache, die sie nicht versteht und auch nicht lernen will, und hinterher ist sie immer noch stundenlang zickig.

Holly denkt offenbar das Gleiche. »Na und?«, fragt sie. »Schließlich *musst* du ja nicht den Bio-Leistungskurs belegen, weil du hinterher Medizin oder so studieren willst. Du weißt doch noch gar nicht, was du machen willst. Oder?«

»Ich hab keine Ahnung. Ist mir egal. Aber …« Beccas Kopf ist tief über ihre Hände gesenkt, die sich immer schneller und schneller bewegen. »Ich kann nächstes Jahr einfach nicht lauter andere Kurse als ihr machen. Ich will nicht überall in Grundkursen hocken, wenn ihr die ganzen Leistungskurse macht, und dann sehen wir uns so gut wie gar nicht mehr, und ich muss bis ans Ende meines Lebens neben der dämlichen Orla Burgess sitzen. Lieber bring ich mich um.«

Holly sagt: »Wenn du in Naturwissenschaft durchfällst, dann fallen Lenie und ich auch durch – nimm's mir nicht übel, Lenie, aber du weißt, was ich meine.« Selena nickt, vorsichtig, damit ihre Haare nicht ziepen. »Wir werden alle zusammen neben der dämlichen Orla Burgess sitzen. Wir sind kein bisschen schlauer als du.«

Becca zuckt die Achseln, ohne aufzublicken. »Bei den Probeexamen bin ich fast durchgefallen.«

Sie war gar nicht so schlecht, aber darum geht's nicht. Sie ist wie elektrisch aufgeladen, weil irgendwas in der Luft liegt, das an ihr nagt, obwohl sie sich nicht erklären kann, was oder wo es ist, und sie braucht das Gefühl, dass sie vier fest zusammenhalten, weil sie glaubt, dass dann alles wieder gut wird. Julia weiß, was sie hören will. *Ist ganz egal, welche Noten wir kriegen. Wir suchen uns die Kurse gemeinsam aus, belegen nur welche, die wir alle besuchen können. Was interessiert uns das College? Das kommt erst in einer Million Jahren …*

Selena ist diejenige, die solche Sachen sagt. Dann erzählt Julia ihr, sie soll nicht so naiv sein, und jede, die in Englisch durchfällt, soll sehen, wie sie klarkommt, weil sie persönlich lieber Orla Burgess mit der Zunge küssen würde, als den Englisch-Grundkurs zu machen und Miss Fitzpatrick aushalten zu müssen, die regelmäßig alle zehn Sekunden ihre Triefnase hochzieht.

Selena sagt nichts. Sie ist wieder ganz weggetreten, Augen zum Himmel, leicht schwankend im Rhythmus von Beccas Fingern.

Julia sagt: »Wenn du in Naturwissenschaft durchfällst, machen wir den Grundkurs alle zusammen. Ich werd's schon überleben, wenn ich auf meine Karriere als weltberühmte Neurochirurgin verzichten muss.«

Becca schaut verdutzt auf, macht sich auf bissigen Sarkasmus gefasst, aber Julia lächelt sie an, ein echtes, herzliches Lächeln. Eine verwirrte Sekunde, dann lächelt Becca zurück. Ihre Hände werden sanfter, und Selenas Schwanken lässt nach.

»Ich hab sowieso keinen Bock auf Bio-Leistungskurs«, sagt Holly. Sie streckt genüsslich die Beine aus und verschränkt die Hände hinterm Kopf. »Da muss man ein Schafsherz sezieren.«

»Iiieh«, von allen gleichzeitig, sogar von Selena.

Julia steckt den Kieselstein in die Tasche und steht auf. Sie geht in die Knie, schwingt die Arme und springt; schwebt eine Sekunde über dem Busch, Arme ausgestreckt, Kopf nach hinten geworfen, Kehle zum Himmel gereckt; und gleitet wieder nach unten, landet wie eine Tänzerin auf einer Zehenspitze im Gras.

Am Donnerstag kotzt Julia zu Beginn des Religionsunterrichts, als Schwester Cornelius sich gerade in eine lange und verwirrende Tirade hineinsteigern will, bei der es um Nachtclubs und Selbstachtung geht und um die Frage, was Jesus von Ecstasy halten würde. Julia findet, so hat das Ganze wenigstens etwas Positives.

Selenas Handy ist noch immer an derselben Stelle. Chris hat ihr vorhersehbare SMS geschickt. Sie hat nicht drauf geantwortet.

Julia schreibt ihm: *1.00 heute Nacht. Üblicher Ort. Sims NICHT zurück. Komm einfach.* Sobald die SMS verschickt ist, löscht sie sie aus Selenas Gesendet-Ordner.

Sie hat vor, sich ins Bett zu legen und zu lernen, weil die wirkliche Welt noch immer existiert, ob das diesem Wichser Chris und der dummen Gans Selena nun gefällt oder nicht, die Zwischenprüfungen müssen abgelegt werden, und heute findet sie das tatsächlich irgendwie tröstlich. Doch stattdessen schläft sie ein, zu schnell und zu tief, um sich auch nur dagegen zu wehren.

Sie wacht auf, als die anderen ins Zimmer gepoltert kommen und auf dem Flur irgendwelche Leute kreischen. »O mein *Gott*«, sagt Holly und knallt die Tür zu. »Weißt du, was passiert ist? Rhona hat gehört, die Cousine von irgendwem hat irgendwo wegen irgendwas Schlange gestanden und ein Typ von One Direction, der mit der komischen Frisur, hat ihre Hand berührt. Nicht etwa *geheiratet* oder so, bloß ihre Hand berührt. Mehr nicht. Ich glaub, mein Trommelfell ist geplatzt. Hi.«

»Ich hatte einen Rückfall«, sagt Julia und setzt sich auf. »Falls ich es dir beweisen soll, komm näher.«

»Lass stecken«, sagt Holly. »Ich hab doch gar nicht gefragt.« Diesmal klingt sie nicht so, als hätte sie irgendwelche Zweifel. Ihr Blick ruht auf Selena, die im Schrank rumkramt, Kopf gesenkt, das Gesicht von Haaren verdeckt. Selenas Hände bewegen sich zeitlupenartig in der Schublade, als erfordere das beinahe mehr Konzentration, als sie aufbringen kann.

Holly ist nicht blöd. »Hey«, sagt Julia und schüttelt den Arm aus, der ihr eingeschlafen ist. »Falls ihr zum Court geht, könnt ihr mir Ohrhörer mitbringen? Ich sterbe nämlich vor Langeweile, wenn ich weiter ohne Musik hier rumhängen muss.«

»Nimm meine«, sagt Becca. Auch Becca ist nicht blöd, aber das alles hier saust glatt an ihr vorbei; es liegt außerhalb ihres Horizonts. Julia möchte sie ins Bett stecken und ihr die Decke fest über den Kopf ziehen, sie an einem warmen, sicheren Ort verwahren, bis das alles vorbei ist.

Holly beobachtet noch immer Selena. »Deine will ich nicht«, sagt Julia – gegen den gekränkten Zug in Beccas Gesicht kann sie im Augenblick nichts machen. »Die tun weh. Passen nicht richtig in meine Ohren. Holly? Kannst du mir die zehn Euro jetzt doch vorstrecken?«

Holly wacht auf. »Ja, klar. Welche Ohrhörer willst du?«

Ihre Stimme klingt gut, normal. Julia klammert sich an diesen dünnen Faden Erleichterung. »Die kleinen roten, die ich vorher hatte. Und bringt mir eine Cola mit, okay? Ich kann kein Gingerale mehr sehen.«

Das müsste sie lange genug beschäftigen. Es gibt nur ein Geschäft im Court, das die roten Ohrhörer verkauft; ein kleiner Gadget-Shop ganz hinten auf der obersten Etage, wo die drei bestimmt zuletzt nachfragen. Mit ein bisschen Glück kommen sie erst auf den letzten Drücker vor der Studierstunde zurück, so dass ihnen gerade noch Zeit bleibt, sich ihre Bücher zu schnappen, und Julia bloß ein paar Sekunden mit ihnen zusammen verbringen muss.

Die Erkenntnis, dass sie versucht, ihre besten Freundinnen zu meiden, überfällt sie mit einem weiteren Schlaf-Tsunami. Geräusche trudeln von ihr weg, Holly, die irgendwas sagt, das Zuschlagen von Beccas Nachtschränkchen, Rhonas anhaltendes Geplapper irgendwo weit weg und ein Song, der weiter hinten über den Flur klingt, melodisch und leicht und schnell, *I've got so far, I've got so far left to* – und Julia ist weg.

In der Nacht, als die Lichter aus sind, merkt Julia, wofür die Schlafattacken gut waren: Jetzt ist sie hellwach und könnte nicht wegdösen, selbst wenn sie wollte. Und die anderen, nach letzter Nacht völlig übermüdet, schlafen tief und fest.

»Lenie«, sagt sie leise in das dunkle Zimmer hinein. Sie hat keine Ahnung, was sie sagen soll, wenn Selena tatsächlich antwortet, aber keine der drei zeigt irgendeine Reaktion.

Lauter: »Lenie.«

Nichts. Ihre Atmung, gleichmäßig und langsam, klingt, als

hätte sie was genommen. Julia kann machen, was sie will. Niemand wird sie aufhalten.

Sie steht auf und zieht sich an. Jeans-Shorts, Top mit tiefem Ausschnitt, Converse, niedliches pinkfarbenes Hoodie: Julia ist in der Theater-AG, sie weiß, wie man sich für eine Rolle einkleidet. Sie versucht gar nicht, leise zu sein.

Das Flurlicht lässt die Glasscheibe über der Tür schwach grau schimmern. Julia lässt es hell aufleuchten und blickt auf die anderen hinab. Holly liegt ausgestreckt auf dem Rücken, Becca klein zusammengerollt wie ein Kätzchen; Selena ist auf dem Kissen ein Wust aus Gold, die Finger locker gekrümmt. Ihr ruhiges Atmen ist lauter geworden. In der Sekunde, bevor Julia die Tür öffnet und hinaus auf den Flur schlüpft, hasst sie alle drei aus tiefstem Herzen.

Draußen ist es in dieser Nacht anders. Die Luft ist warm und unruhig, der Mond riesig und zu nah. Jedes Geräusch klingt schärfer, auf sie gerichtet, prüfend: Zweige knacken in den Büschen, um zu testen, ob sie zusammenzuckt, Laub raschelt hinter ihr, damit sie herumfährt. Ein Wesen kreist zwischen den Bäumen, stößt einen schrillen, anschwellenden Ruf aus, der ihr über den Rücken läuft wie eine Warnung – Julia kann nicht sagen, ob da etwas vor ihr gewarnt werden soll oder umgekehrt. Es ist lange her, dass sie vor irgendwas, was auf dem Schulgelände unterwegs sein mochte, Angst hatte, so lange, dass sie das Gefühl schon vergessen hatte. Sie bewegt sich schneller und versucht sich einzureden, es liege nur daran, dass sie allein ist.

Sie kommt zu früh an der Lichtung an. Sie schleicht hinter eine Zypresse und lehnt sich dagegen, spürt ihr pochendes Herz an der Rinde. Das Wesen ist ihr gefolgt; es stößt seinen anschwellenden Ruf aus, hoch oben in den Bäumen. Sie versucht, einen Blick darauf zu erhaschen, aber es ist zu schnell, bloß der Schatten einer langen dünnen Schwinge im Augenwinkel.

Auch Chris kommt früher als verabredet. Julia hört ihn schon in einer Meile Entfernung, oder zumindest hofft sie inständig, dass er es ist, weil ansonsten irgendwas so groß wie ein Hirsch den Pfad runtergetrampelt kommt, als sei ihm völlig schnurz, ob irgendwer ihn hört. Sie hat die Zähne in der Zypressenrinde, und sie schmeckt sie auf der Zunge, bitter und wild.

Dann tritt er auf die Lichtung. Groß und aufrecht, lauschend.

Das Mondlicht verändert ihn. Tagsüber ist er bloß irgendein Colm-Rüpel, ganz schnuckelig, wenn du auf billiges Fastfood stehst, charmant, wenn du gern weißt, wie ein Gespräch verläuft, bevor es beginnt. Hier ist er mehr. Er ist schön, wie etwas schön ist, das ewig währt.

Es durchfährt Julia wie der Stromstoß von einem Elektrozaun: Er sollte nicht hier sein. Chris Harper, dieser bescheuerte tittenfixierte Teenager, könnte hierherkommen, seinen dämlichen tittenfixierten Teenie-Mist machen und ungefährdet und ahnungslos wieder davonspazieren, genau wie ein Fuchs auf Paarung oder ein brünstiger Kater, der sein Revier markiert. Die Bäume würden nicht mal einen Zweig rühren, um ein derart unwichtiges und gewöhnliches Treiben auch nur zur Kenntnis zu nehmen. Aber dieser Junge: Den hat der Ort zur Kenntnis genommen. Dieser Junge, wie weißer Marmor, Kopf gehoben, Lippen geöffnet: Für ihn hat er eine Rolle, die er spielen kann.

Julia wird eines klar: Sie sollte machen, dass sie wegkommt, das wäre das einzig Vernünftige. Das hier kann sie nicht handeln. Sie sollte ganz, ganz leise zurücklaufen, sich ins Bett legen, darauf hoffen, dass Chris denkt, Selena habe ihn nur an der Nase herumgeführt, und angesäuert den Rückzug antritt. Hoffen, dass das alles einfach verschwindet.

Das wird es nicht. Was sie hergeführt hat, bleibt unverändert: Wenn sie es heute Nacht nicht tut, wird Selena es morgen tun oder nächste Woche oder die Woche danach.

Julia tritt hinaus auf die Wiese und spürt, wie kühles Mondlicht sich über ihren Rücken ergießt. Hinter ihr durchläuft die Zypressen ein erwartungsvolles Beben.

Ihre Bewegung lässt Chris zu ihr herumwirbeln, mit ausgestreckten Händen vorspringen, sein Gesicht mit etwas aufleuchten, das wie pure Freude aussieht – der Typ ist sogar noch besser, als sie dachte, kein Wunder, dass Lenie drauf reingefallen ist. Als er sieht, wer sie nicht ist, bremst er jäh ab wie eine Zeichentrickfigur.

»Was machst du denn hier?«, will er wissen.

»Sehr schmeichelhaft«, sagt Julia, ehe sie es sich verkneifen kann. Sie weiß, sie darf heute Nacht nicht spitzzüngig sein. Sie weiß genau, wie sie sein muss. Sie hat oft genug beobachtet, wie Mädchen sich in die richtigen Formen zwingen, die Korsette enger schnüren, bis sie kaum noch atmen können. Sie kriegt einen Augenaufschlag und ein Kichern hin, das hundertprozentig Joanne ist. »Wen hast du denn erwartet?«

Chris streicht sich den weichen Pony aus der Stirn. »Niemanden. Geht dich nichts an. Bist du mit wem verabredet? Oder was?«

Seine Augen sind überall außer auf ihr, huschen zum Pfad, zu jedem Rascheln. Er will nur eines von ihr: Dass sie verschwindet, bevor Selena kommt.

»Ich bin mit *dir* verabredet«, sagt Julia und senkt neckisch den Kopf. »Hi.«

»Was soll der Quatsch?«

»Hallo? Die SMS für heute Nacht? Die war von mir.«

Chris merkt auf. »Ist das dein Ernst?«

Julia bringt eine Art Kombination aus Achselzucken, Wackeln und Kichern zustande.

Chris' Kopf weicht zurück, und er dreht eine enge, schnelle Runde um die Lichtung. Er ist wütend auf sie, weil sie nicht Selena ist und weil sie seinen Gesichtsausdruck gesehen hat, und Julia weiß, sie hätte darauf vorbereitet sein sollen.

Sie hebt ihre Stimme eine Oktave höher, schmeichelndes, leises Quengeln, brav und unterwürfig gegenüber dem großen, wichtigen Jungen. »Bist du mir böse?«

»Verdammte Scheiße.«

»Tut mir echt voll leid, dass ich … du weißt schon. Dass ich geschwindelt hab. Ich wollte nur …« Julia zieht den Kopf ein und sieht Chris von der Seite an. Kleines Stimmchen. »Ich wollte dich treffen. Allein. Du weißt schon, was ich meine.«

Und prompt bleibt Chris stehen und schaut sie an. Die Bissigkeit seines Zorns hat sich gelegt. Jetzt ist er interessiert.

»Du hättest mich doch einfach ansprechen können. Im Court oder egal wo. Wie ein normaler Mensch.«

Julia schmollt. »Wie denn, bitteschön, wo du doch so beliebt bist? Man muss sich ja regelrecht hinten anstellen, um mal in deine Nähe zu kommen.«

Und da ist die erste Andeutung eines zufriedenen Grinsens in Chris' Mundwinkeln. Es ist so leicht, Julia kann es kaum fassen. Auf einmal kann sie nachvollziehen, warum alle anderen das die ganze Zeit schon gemacht haben. »Uuuund?«, sagt sie und streckt den Busen vor. »Können wir uns hinsetzen und ein bisschen reden … oder so?«

Chris, plötzlich misstrauisch, sagt: »Wie bist du …? Das Handy, von dem du mir gesimst hast. Wie bist du …?«

Er will wissen, ob Selena in die Sache eingeweiht ist. Julia überlegt kurz, ob sie bejahen soll. Aber dann könnte er Selena deswegen den Kopf waschen, und das würde alles nur komplizierter machen. Sie bleibt bei der Wahrheit, zumindest teilweise. »Selena und ich wohnen im selben Zimmer. Ich hab ihr Handy gefunden und deine SMS gelesen.«

»Moment«, sagt Chris. Er tritt zurück, hebt die Hände. »Du weißt über uns Bescheid?«

Julia kichert allerliebst. »Ich bin schlau.«

»Meine Fresse«, sagt Chris, und sein Gesicht verzieht sich in

538

unverhohlenem Abscheu. »Sie ist doch deine Freundin, oder? Ich meine, ich weiß, Mädchen sind Zicken, aber so was? Das ist echt eine Nummer für sich.«

»Das kannst du laut sagen«, sagt Julia. Sie macht sich nicht die Mühe, das irgendwie niedlich klingen zu lassen, und für einen kurzen Moment runzelt der Wunderknabe die Stirn, aber ehe er überlegen kann, ob das Ganze eine raffinierte Finte ist, um ihn zu verarschen, holt sie ein Kondom aus ihrer Hoodie-Tasche hervor und hält es hoch.

Das verscheucht schlagartig alles andere aus Chris' Kopf. Seine Augen treten hervor. Er hatte eine Knutsch-Session auf BH-Basis erwartet. Auf das jetzt wäre er nicht im Traum gekommen.

Nach einem Moment sagt er: »Ernsthaft? Ich meine … echt, wir haben doch höchstens dreimal miteinander geredet.«

Julia ringt sich ein Kichern ab. »Ach, hör auf. James Gillen hat dir doch bestimmt von mir erzählt. Nicht?«

Chris hebt verlegen die Schultern. »Na ja, schon. Aber James redet viel Stuss. Ich hab ihm gesagt, er soll mich damit in Ruhe lassen und dass er ein Arsch ist.«

Für einen kurzen Moment merkt Julia, wie sie das umhaut. Sie hatte gedacht, jeder würde dem miesen kleinen James Gillen glauben, und dabei hat Chris, der Letzte, dem sie das zugetraut hätte – das Wesen schreit wieder eine Warnung in den Zypressen, und Dinge prasseln auf sie ein, falls Chris das mit Selena tatsächlich ernst wahr, falls er die Sachen, die er gesimst hatte, wirklich so gemeint hatte, falls er jemand war, den sie sogar mögen könnte, anstatt … Sie kratzen an ihr, klopfen sie weich. Noch eine Sekunde, und sie wird auseinanderbrechen, vorbei.

Sie sagt: »James ist ein Arsch, stimmt. Aber nicht alles, was er erzählt, ist gelogen. Hallo? Wir leben im einundzwanzigsten Jahrhundert. Sogar Mädchen dürfen heutzutage Sex mögen. Du bist süß, und ich hab gehört, du kannst super küssen. Mehr muss ich nicht wissen. Ich will dich schließlich nicht *heiraten*.«

Und entweder ist Chris doch nicht so total in Selena verliebt gewesen, oder aber das Kondom hat ihn hypnotisiert. Er kommt einen Schritt auf sie zu.

»Hoppla, nicht so schnell«, sagt Julia und hält ihn mit beiden Händen auf Abstand, kräuselt aber dabei niedlich die Nase, um ihn nicht zu verschrecken. »Bloß, damit eins klar ist. Ich teile mir keinen Typen mit meiner besten Freundin. Ist mir egal, was du sonst noch so treibst, aber ab sofort ist Selena für dich tabu. Abgemacht?«

»Hä …?« Chris' Gedanken kreisen noch immer um das Kondom, aber seine Augenbrauen ziehen sich zusammen. »Du hast gesagt, dir wäre egal, dass ich mit ihr zusammen bin.«

»Hey. Hör gut zu. Das ist mein voller Ernst. Wenn du versuchst, uns beide gleichzeitig am Start zu halten, finde ich das fix raus. Ich werde Selena im Auge behalten, und ich werde dieses Handy im Auge behalten – ich werde dir weiter damit simsen, nur damit du weißt, dass ich dir keinen Quatsch erzähle. Wenn du irgendein krummes Ding versuchst, erzähl ich das Selena, und du kriegst bei uns beiden nie wieder eine Chance. Aber wenn du sie in Ruhe lässt – ich meine, vollkommen in Ruhe, keine SMS oder sonst was –, dann können wir jedes Mal, wenn sich die Gelegenheit bietet …«

Julia schüttelt das Kondom, trockenes leises Rascheln in der Luft. Letzten Endes war es doch ganz leicht, sich von den anderen im Court loszueisen, wo in sämtlichen Toiletten Automaten stehen, die mit Plakaten zum Thema Schwangerschaft beklebt und mit Graffiti beschmiert sind. *Muss mal kurz zum Klo*, schon im Gehen, weg von dem Brunnen, verschwunden, ehe eine von den anderen aufstehen konnte. Kinderleicht, so eine Flucht, du musst nur wollen. Bloß dass keine von ihnen das vorher je gewollt hat.

Chris steht unbeweglich da. Julia sagt: »Hallo, hast du ein Problem? Der einzige Grund, warum jemand so einen Deal ablehnen würde, ist, dass der schwul ist. Womit ich kein Problem hätte, aber dann solltest du's mir wenigstens *sagen*, damit ich mir wen anders suchen kann.«

Er sagt: »Ich weiß nicht, ob das hier so eine gute Idee ist.«

Er weiß, dass irgendwas nicht stimmt. Der kleine Spacko denkt wahrscheinlich, er wird schon rausfinden, was. Aber so simpel kann die Welt gar nicht sein. »Na und?«, sagt Julia. »Du hast schließlich nichts zu verlieren: Selena will dich nie wiedersehen, sonst hätte sie auf deine SMS geantwortet. Und überhaupt, wenn du dich jetzt umdrehst und nach Hause gehst, erzähle ich ihr, dass wir's getan haben. Also können wir's auch wirklich tun.«

Sie lächelt Chris strahlend und aufmunternd an und zieht den Reißverschluss von ihrer Kapuzenjacke auf. Sie kann jeden Gedanken lesen, der ihm durch den Kopf rast, so deutlich wie gedruckt. Sie kann all die rotwunden Stellen sehen, wo Selena war, das blutergussdunkle Loch, von dem er dachte, dass sie es heute Nacht füllen würde, die hellen Blitze seines Hasses auf Selena und auf jedes Mädchen, mit dem er je zusammen war, und am allermeisten auf Julia. Sie kann den Moment sehen, in dem er sich entscheidet. Er erwidert ihr Lächeln und streckt eine Hand nach dem Kondom aus.

Julia weiß, was auf sie zukommt: Der Wind in den Zypressen, der zu einem Brüllen anschwillt wie eine Jagdmeute, der Warnschrei, der über den schwarzen Himmel jagt. Die Lichtung, die unter ihr schwankt und taumelt. Der Mond, der zu Scherben zerspringt, von denen die schärfsten alle herabschießen, um sie von der Leiste bis zur Kehle aufzuschlitzen, der Geruch von warmem dunklen Blut, das tief aus dem Innern hervorquillt. Der Schmerz, grell genug, um sie für immer zu blenden.

Nichts passiert. Die Lichtung ist bloß ein penibel gemähtes Stück Wiese; die Zypressen sind bloß Bäume, von denen irgendein Gärtner dachte, sie würden wenig Arbeit machen. Der schreiende Ruf kreist noch immer, aber alles Unheimliche daran ist verblasst; bloß irgendein Vogel, der sinnlos vor sich hin kreischt, weil er nichts anderes kann. Selbst der Schmerz ist nichts Besonderes, bloß ein dumpfes, unspektakuläres Reißen. Julia hebt den Hintern von einem spitzen Kieselstein und verzieht das Gesicht über Chris' Schulter, die sich hebt und senkt. Der Mond ist zu einer an den Himmel gepappten Papierscheibe verflacht, lichtlos.

25

ICH STAND DA IM FLUR, stand einfach blöd da, Mund offen, und eine dicke Sprechblase mit »!!??!!« darin tanzte über meinem dicken Schädel. Stand da, bis mir klarwurde, dass Mackey oder Conway rauskommen und mich so sehen könnten. Dann ging ich. Vorbei an der Geheimniswand, wo die Karten sich drängelten und fauchten. Die Treppe hinunter. Merkte, dass ich mich langsam und vorsichtig bewegte, als hätte ich einen Tritt verpasst bekommen, und irgendwas tat höllisch weh, ohne dass ich hätte sagen können, wo.

Im dunklen Foyer musste ich mich bis zur Eingangstür tasten. Sie fühlte sich schwerer an, oder ich hatte Kraft verloren, jedenfalls musste ich mich so fest mit der Schulter dagegenstemmen, dass ich mit den Füßen auf den Fliesen wegrutschte, wobei ich mir vorstellte, wie Mackey grinsend von der Treppe aus zusah. Ich stolperte schwitzend nach draußen. Ließ die Tür hinter mir zuknallen. Ich kannte keinen anderen Eingang in die Schule, aber ich würde auch keinen brauchen.

Ich überlegte, mir ein Taxi zu bestellen und nach Hause zu fahren. Die Vorstellung, wie Mackey und Conway rauskamen und sahen, dass ich weg war, mich verdrückt hatte, um zu Hause ins Kissen zu heulen, trieb mir im Dämmerlicht die Röte ins Gesicht. Ich ließ mein Handy in der Tasche.

Zwanzig vor zehn und fast dunkel. Die Außenlampen waren an, ließen das Gras weißlich schimmern, ohne es richtig zu beleuchten, und seltsame Trugbilder zwischen den Bäumen erscheinen. Ich betrachtete den Waldsaum und sah ihn so, wie ihn die Schülerinnen der sechsten Stufe sehen mussten, die Silhouette messerscharf geschliffen durch das Wissen, dass er schon bald wie fallende Blütenblätter davonwehen würde, außer Sicht. Etwas, was immer und ewig da sein würde, für andere, nicht für mich. Ich war schon fast weg.

Ich ging vorsichtig die Stufen hinunter – das Licht machte sie zweidimensional, tückisch – und ging um die Vorderseite der Schule herum und am Internatstrakt entlang. Meine Schuhe knirschten auf Kies, und der nervöse Reflex vom Vormittag – ständig über die Schulter spähen, nach dem Wildhüter Ausschau halten, der seine Hunde auf den Pöbel hetzt – war wieder da.

Ich versuchte, in dem ganzen Schlamassel irgendetwas Gutes zu finden, vergeblich. Sagte mir, falls Mackey mit Conway richtiglag – klar, lag er richtig, Mackey hat gegen jeden was im Köcher, der muss nichts erfinden –, dann hatte er mir einen Gefallen getan: War besser so. Ich sagte mir, dass ich am nächsten Morgen erleichtert wäre, wenn ich nicht mehr übermüdet und ausgehungert wäre. Sagte mir, dass ich mich am nächsten Morgen nicht mehr so fühlen würde, als wäre mir etwas Kostbares in die Hände gefallen, nur um mir wieder weggenommen und zerschmettert zu werden, ehe ich es festhalten konnte.

Konnte mich selbst nicht überzeugen. Außerhalb dieser Mauern warteten die Ungelösten Fälle auf mich, und Mackey hatte recht gehabt, der feixende Sauhund: Jetzt war ich der Versager, der nicht mal zwölf Stunden in der ersten Liga mithalten konnte, und er und Conway würden zusammen dafür sorgen, dass jeder das erfuhr. Die Ungelösten Fälle waren mir so glänzend vorgekommen, an meinem ersten Tag, so ein grandioser, glitzernder Schritt nach oben. Jetzt kamen sie mir vor wie eine schäbige Sackgasse. Das hier, das wollte ich. Einen Tag lang und vorbei.

Der einzige trübe Silberstreif, der mir einfiel: Es war bald vorüber. Noch vor Mackeys hinterhältigem Dazwischenfunken hatten wir begonnen uns im Kreis zu drehen. Falls er nicht bald den Stecker zog, würde Conway es tun. Ich musste nur abwarten, bis sie den letzten Rest Geduld verloren, und dann konnte ich nach Hause und vergessen, dass es diesen Tag je gegeben hatte. Ich wäre nur zu gern der Typ Mann gewesen, der sich besäuft, bis sich Tage wie dieser in Wohlgefallen auflösen. Noch besser, der Typ Mann, der seinen Kumpeln an Tagen wie diesen simst: *Pub*. Der spürt, wie ihr Kreis sich fest um ihn schließt.

Jeder weiß, dass Frau und Kind dich binden. Aber die Leute übersehen irgendwie, dass Freunde, richtige Freunde, das ebenso sehr tun. Freunde bedeuten, dass du dich im Leben eingerichtet, dich festgelegt hast: Du wirst nicht weiter kommen als bis hierher, wo ihr zusammen seid, niemals. Hier ist für dich Endstation, hier steigst du aus.

Und sie bestimmen nicht bloß, *wo* du bist, sondern auch, *wer* du bist. Sobald du Freunde hast, die dich durch und durch kennen, auch jenseits der Seiten, die du den Leuten je nach Tagesform zeigst, bleibt kein Raum mehr für die Zukunftsperson, die dich wie durch Zauberhand all deine schönsten Träume sein lässt. Du bist solide geworden: Du bist die Person, die deine Freunde kennen, für immer.

Du möchtest, dass alles schön ist, hatte Conway gesagt, und sie hatte recht gehabt. Nur über meine Leiche würde ich mich irgendwo festlegen und jemand werden, der nicht so viel Schönes wie nur möglich in sich hineinstopfen kann. Hässlich hätte ich auch da haben können, wo ich herkam, hätte mich mit Arbeitslosengeld abfinden können und einer Frau, die mich hasst, und einem Dutzend rotznäsiger Gören und einem wandgroßen Fernseher, in dem rund um die Uhr irgendwelche Shows über das Innenleben anderer Leute laufen. Meinetwegen nennt mich arrogant, hochnäsig, ich, das Sozialbaukind, das sich einbildet, es hätte Besseres verdient. Ich hatte mir geschworen, noch bevor ich alt genug war, um den Gedanken zu verstehen: Ich würde mehr aus mir machen.

Wenn ich es ohne Freunde bis dahin schaffen musste, dann konnte ich das. Und das hatte ich ja auch. Ich war nie jemandem begegnet, der mich irgendwohin mitnahm, wo ich bleiben wollte, der mich anschaute und jemanden sah, der ich bleiben wollte; war nie jemandem begegnet, der es wert gewesen wäre, das »mehr« aufzugeben, das ich letztendlich für mich haben wollte.

In dem Moment kam es bei mir an, zu spät, dort, unter dem lastenden Schatten vom St. Kilda. Das Licht, das ich bei Holly und ihren Freundinnen gesehen hatte, so hell, dass es weh tat, dieses beneidenswert Erlesene, das ich in dieser Schule zu finden gehofft hatte: Ich hatte gedacht, es würde mit dem Echo von hohen Decken auf sie herabregnen, von schimmerndem alten Holz auf sie widergespiegelt. Ich hatte mich geirrt. Es war von ihnen selbst gekommen. Durch die Art, wie sie Dinge füreinander aufgaben, Zweige von ihrer Zukunft abrissen und in Brand setzten. Was mir vor diesem Tag schön erschienen war, Balustraden und Madrigale, das war nichts. Ich hatte die ganze Zeit den eigentlichen Kern übersehen.

Mackey hatte einmal an mir geschnuppert und Bescheid gewusst. Hatte mich vor sich gesehen, wie ich in der Schule Joints und Spaß ablehnte, weil erwischt zu werden mich die Chance hätte kosten können, da rauszukommen. Hatte mich auf der Polizeischule gesehen, wo ich mit einem breiten, freundlichen Lächeln und vagen Entschuldigungen Abstand zu den breiten, freundlichen Kerlen wahrte, die ihr Leben lang in Uniform bleiben würden. Hatte beobachtet, wie ich Kennedy in den Rücken fiel, und genau gewusst, was einer Person fehlte, die so was machte.

Und auch Conway musste es an mir gerochen haben. Den ganzen Tag über, während ich dachte, wie gut wir zusammenarbeiteten, dachte, wir würden uns blendend verstehen. Widerwillig dachte, dass das den Geschmack von etwas vollkommen Neuem hatte.

Hinter der Schule. Grüppchen aus dunklen Silhouetten auf dem grün-weißen Rasen verteilt, rastlos und gestikulierend, für einen Moment spielten meine Augen verrückt, versuchten, sie einzuordnen – ich dachte an große Katzen, die nachts losgelassen wurden, dachte an ein weiteres Kunstprojekt, dachte an Geister, die sich aus Hollys Modellschule befreit hatten –, bis eine den Kopf nach hinten warf, Flutlicht auf glänzendem langen Haar, und lachte. Die Internatsschülerinnen. Conway hatte McKenna empfohlen, sie vor dem Zubettgehen noch einmal nach draußen zu lassen. McKenna war klug genug gewesen, den Rat zu befolgen.

Rascheln unter den Bäumen, ein Beben in der Hecke. Sie waren überall, beobachteten mich. Ein Trio auf dem Rasen schaute herüber, Köpfe über Schultern gereckt, beugte sich dicht zusammen, tuschelnd. Wieder ein Lachen, diesmal direkt auf mich abgefeuert.

Eine halbe Stunde noch, höchstens, bis jemand die Vernehmung beendete und ich mich wie ein dummer Junge, der beim Graffiti-Sprühen erwischt worden war, auf Conways Beifahrersitz hocken durfte, um die lange, schweigende Fahrt nach Hause über mich ergehen zu lassen. Diese halbe Stunde damit verbringen, wie ein fünftes Rad am Wagen hier rumzustehen, mich von pubertierenden Mädchen taxieren zu lassen und mir höhnische Kommentare anzuhören: von wegen. Wieder zurück zur Vorderseite der Schule traben, als hätte ich vor den Gören die Flucht ergriffen, da rumhängen und hoffen, dass mich niemand sah, und darauf warten, dass die Großen mich nach Hause kutschierten: noch mal von wegen!

»Und überhaupt, scheiß auf Conway«, sagte ich laut, aber nicht so laut, dass die rüberschielenden Mädchen es hören konnten. Wenn wir nicht zusammenarbeiteten, dann unternahm ich eben einen Alleingang.

Ich wusste nicht, wo ich anfangen sollte. Musste ich auch nicht wissen: Sie riefen mich. Stimmen, die aus diesem schwarzweißen Dämmerlicht kamen, die sich von dem Windgeraschel und den Fledermäusen lösten: *Detective, Detective Moran! Hierher!* Silbrig, diffus, überall und nirgends. Ich drehte mich, als würde ich Blindekuh spielen. Hörte Kichern wie Nachtfalter zwischen den Blättern wirbeln.

Drüben in den Baumschatten, auf der anderen Seite des Wiesenhangs: bleiches Flattern, winkende Hände, lockend *Detective Stephen, kommen Sie, kommen Sie!* Ich ging, suchte mir meinen Weg zwischen den wachsamen Augen hindurch. Hätte egal wer sein können, ich wäre hingegangen.

Sie nahmen aus dem Nichts Konturen und Gesichtszüge an, wie Polaroid-Fotos. Gemma, Orla, Joanne. Auf Ellbogen gestützt, Beine ausgestreckt, Haare hinter ihnen bis ins Gras hängend. Lächelnd.

Ich lächelte zurück. Wenigstens das konnte ich. Darin war ich richtig gut. Auf jeden Fall besser als Conway.

»Haben Sie uns vermisst?« Gemma. Hals gebogen.

»Hier«, sagte Joanne. Schob sich näher an Gemma, tätschelte das Gras an der Stelle, wo sie gewesen war. »Unterhalten Sie sich ein bisschen mit uns.«

Ich wusste, ich hätte mich verdrücken sollen. Wenn ich so vernünftig gewesen war, mich nicht allein mit Holly Mackey in einem hellerleuchteten Raum aufzuhalten, dann erst recht nicht mit diesen dreien hier draußen. Aber sie sahen mich an, als wollten sie mich tatsächlich bei sich haben, und das war mal eine nette Abwechslung. Wohltuend wie eine Kühlpackung auf einer Brandwunde.

»Dürfen wir Sie Detective Stephen nennen?«

»Blöde Frage, was will er denn machen, uns verhaften?«

»Würde dir wahrscheinlich gefallen. Handschellen ...«

»Dürfen wir? Auf Ihrer Visitenkarte steht Stephen Moran.«

»Wie wär's mit Detective Steve?«

»Iiieh, hör bloß auf! Das klingt ja wie ein Porno-Name.«

Ich lächelte weiter, hielt den Mund. Sie waren anders, draußen im Freien und in der Nacht. Flink, mit verschlagenen Seitenblicken, schwankten in leichten Brisen, die ich nicht fühlen konnte. Kraftvoll. Ich wusste, ich war unterlegen, chancenlos, so wie du das weißt, wenn drei Typen mit einem aggressiven Gang um die Ecke biegen und mit schneller werdenden Schritten auf dich zukommen.

»Bitte, bitte. Uns ist langweilig«, Joanne, die gekreuzten Füße wippend. »Leisten Sie uns Gesellschaft.«

Ich setzte mich. Das Gras war weich, federnd. Die Luft unter den Bäumen roch würziger, durchsetzt von Sporen und Pollen.

»Was machen Sie noch hier?«, wollte Gemma wissen. »Bleiben Sie über Nacht?«

»Ähm, logo, und wo genau würde er schlafen?« Joanne, Augen zum Himmel.

»Gems würde ihn nicht von der Bettkante stoßen.« Orla, kicherig.

»Hallo? Hab ich mit dir gesprochen?« Ohne Joannes Erlaubnis durfte hier keine anzüglich werden. »Bei dir im Bett wäre ja wohl kaum Platz für ihn. Er müsste schon ein *Zwerg* sein, um neben deine fetten Oberschenkel zu passen.«

Orla duckte sich. Joanne lachte: »Omein*Gott*, dein Gesicht müsstest du sehen! Chill mal, war ein Witz, weißt du überhaupt, was das ist?« Orla duckte sich noch tiefer.

Gemma achtete nicht auf die beiden, beäugte mich, Lächeln im Mundwinkel. »Vielleicht bei Schwester Cornelius. Er könnte ihr die Nacht versüßen.«

»Sie würde ihm sein Ding abbeißen. Dem Prager Jesulein opfern.«

Drei Schritte tiefer zwischen die Bäume, und wir wären in völliger Dunkelheit gewesen. Hier am Rand war das Licht diffus und in Bewegung, eine Mischung aus Mondschein und den verblassenden Rasenflutlichtern. Das machte etwas mit ihren Gesichtern. Diese billige Geschmacklosigkeit, die mir zuvor den Magen umgedreht hatte, lauter künstliche Farben und Aromen: Jetzt wirkte es nicht mehr geschmacklos, nicht hier draußen. Es wirkte härter, abgekühlt, sah solide und wächsern aus. Geheimnisvoll.

Ich sagte: »Wir fahren bald. Erledigen bloß noch ein paar Kleinigkeiten.«

»Es kann sprechen.« Gemma, breiteres Lächeln. »Ich dachte schon, Sie wollten uns mit Schweigen strafen.«

Joanne sagte: »Sie sehen nicht aus, als müssten Sie bloß noch ein paar Kleinigkeiten erledigen.«

»Mach bloß ein Päuschen.«

Sie grinste vielsagend, als wisse sie es besser. »Haben Sie sich mit Detective Bitch angelegt?«

Ich war für sie kein Detective mehr, keine große böse Autorität. Ich war etwas anderes geworden: etwas Seltsames, mit dem man spielen konnte, für das man spielen konnte, tanzen konnte. Es war vom Himmel in ihre Mitte gefallen, und niemand wusste, was es wohl tun würde, was es bedeuten mochte. Sie umkreisten mich.

Ich sagte: »Nicht dass ich wüsste.«

»OmeinGott, was bildet die sich ein? Ich meine, hallo? Bloß weil du dir einmal einen Hosenanzug leisten kannst, der nicht von Primark ist, bist du noch lange nicht die Königin der Welt.«

Gemma sagte: »Müssen Sie immer mit der zusammenarbeiten? Oder dürfen Sie auch mal, wenn Sie schön brav sind, mit jemandem zusammenarbeiten, der nicht zum Spaß lebendige Hamster isst?«

Alle lachten, luden mich ein oder forderten mich heraus, mitzulachen. Ich hörte den kurzen dumpfen Schlag, als Conway mir die Tür vor der Nase zugemacht hatte. Betrachtete diese drei tanzenden Gesichter, jeder Funken von ihnen nur für mich.

Ich lachte. Ich sagte: »Meine Güte, seid mal ein bisschen nett. Sie ist nicht meine Partnerin. Ich arbeite nur heute mit ihr zusammen.«

Gespieltes Aufatmen vor Erleichterung, alle drei fächelten sich Luft zu. »Puh! OmeinGott, wir haben uns schon gefragt, wie Sie das aushalten, ob Sie zum Beispiel Prozac nehmen …«

Ich sagte: »Noch ein paar Tage mehr, und ich überleg's mir.« Wir lachten lauter. »Das ist auch ein Grund, warum ich hier draußen bin. Ich musste mal mit Leuten quatschen und Spaß haben, die mir nicht den Kopf abreißen.«

Das gefiel ihnen. Rücken gewölbt wie Katzen, erfreut. Orla – sie erholte sich schnell; war es gewohnt, Schläge einzustecken – sagte: »Wir finden, Sie sind ein viel besserer Detective als die.«

»Du Schleimscheißer«, sagte Gemma.

»Stimmt aber«, sagte Joanne. Augen auf mich gerichtet. »Jemand sollte Ihrem Chef mal stecken, dass diese Dingsbums ihren Job nicht gut macht, weil sie so zickig ist. Sie würde viel mehr erreichen, wenn sie wenigstens ein paar *Manieren* hätte. Wenn die eine Frage stellt, ist das, als würde sie 'nen Klumpen rohes Fleisch irgendwo gegenschmeißen und hoffen, dass er vielleicht abprallt.«

Orla sagte: »Der würden wir nicht mal die *Uhrzeit* sagen, außer wir müssten.«

»Wenn Sie uns was fragen«, sagte Joanne und drehte den Kopf zur Seite, um mich anzulächeln, »dann *möchten* wir mit Ihnen reden.«

Als ich das letzte Mal mit ihr geredet hatte, waren wir keine Busenfreunde gewesen, nicht wie jetzt. Sie wollten irgendwas von mir haben, oder sie wollten mir irgendwas geben, eins von beidem. Ich sagte vorsichtig tastend: »Freut mich zu hören. Ihr habt mir bis jetzt schon sehr geholfen; ich weiß nicht, was ich ohne euch gemacht hätte.«

»Wir helfen Ihnen gern.«

»Wir würden jederzeit für Sie rumspionieren.«

»Undercover.«

»Wir haben Ihre Handynummer. Wir könnten Ihnen simsen, wenn wir irgendwas Verdächtiges sehen.«

Ich sagte: »Wenn ihr mir ernsthaft behilflich sein wollt, dann wisst ihr ja, wie. Ich würde sagen, ihr drei wisst über alles Bescheid, was hier in der Schule so vor sich geht. Wenn was dabei ist, das irgendwie mit Chris zu tun haben könnte, würde ich das furchtbar gern hören.«

Orla beugte sich vor, Mondlicht glitzerte auf ihrem nassen Mund. »Wer ist im Kunstraum?«

Ein »Schsch« wie eine Ohrfeige von Joanne. Orla schreckte zurück.

Gemma, amüsiert: »Ups. Zu spät.« Zu mir: »Wir wollten eigentlich nicht einfach so fragen.«

»Aber nachdem unser Genie hier den Mund nicht halten konnte«, sagte Joanne, lehnte sich zurück, Hals gereckt, zeigte: »Wer ist das?«

Der Kunstraum, ein kaltes Weiß, das in dem wuchtigen Klotz des Schulgebäudes leuchtete. Darüber hob sich die Balustrade als Silhouette gegen den Himmel ab, ein Geisterweg, schwarz vor fast schwarz. In einem Fenster schwebte die Kupferdrahtschule. In dem daneben war Mackey, zurückgelehnt, Arme verschränkt.

»Das da«, sagte Joanne.

Ich sagte: »Ein weiterer Detective.«

»Ooohh.« Handgelenkschlackern, spöttische Augen. »Ich wusste doch, dass man Sie rausgeschmissen hat.«

»Manchmal wechseln wir das Team während der Ermittlung. Damit alle frisch bleiben.«

»Mit wem reden die?«

»Etwa mit Holly Mackey?«

»Wir haben Ihnen doch *gesagt*, die sind Freaks.«

Das Glühen in ihren Gesichtern, gespannt und fasziniert. Als könnte ich das Eine sein, worauf sie gehofft hatten. Es weckte den Wunsch in dir, genau das zu sein, alles, wonach sie suchten, alles auf einmal. Chris Harper musste dasselbe gewollt haben.

Oben im Kunstraum marschierte Conway am Fenster vorbei, lange Schritte und eckige Schultern. Ich sagte: »Ja. Mit Holly.« Conway hätte mir den Kopf abgerissen; scheiß auf Conway.

Zischendes Einatmen. Huschende Blicke, aber ich konnte sie nicht auffangen, als sie vorbeijagten.

Orla hauchte: »Hat sie Chris getötet?«

»Omein*Gott*.«

»Und wir dachten, es wäre Gärtner Schniedel gewesen.«

»Jedenfalls bis heute haben wir das gedacht.«

»Aber als ihr dann angefangen habt, uns mit Fragen zu löchern –«

»Und wir wussten natürlich, dass *wir* es nicht waren –«

»Aber wir hätten nie gedacht –«

»*Holly Mackey* war es?«

Wie gern wollte ich ihnen antworten. Wollte sehen, wie ihre Münder aufklappten und ihre Augen groß wurden, wollte sehen, wie sie von mir überwältigt waren, dem MANN, der wie ein Zauberer eine Fülle von Antworten aus dem Ärmel schüttelte. Ich sagte: »Wir wissen nicht, wer Chris getötet hat. Wir tun, was wir können, um das herauszufinden.«

»Aber was *glauben* Sie, wer es war?«, wollte Joanne wissen.

Holly, über den Tisch gebeugt, blaue Augen und Zynismus und etwas Verborgenes. Vielleicht hatte Mackey recht gehabt, dass er sie nicht reden lassen wollte. Vielleicht hatte er recht gehabt, und sie hätte mit mir geredet.

Ich schüttelte den Kopf. »Nicht meine Aufgabe.« Skeptische Blicke. »Ehrlich. Ich kann nicht mit einer fixen Idee im Kopf rumlaufen, solange ich keine Beweise hab.«

»Ooooch.« Sie schmollte. »Das ist nicht fair. Sie bitten uns, wir sollen –«

»OmeinGott!« Orla fuhr hoch, schlug sich eine Hand vor den Mund. »Sie glauben doch nicht etwa, es war *Alison*, oder?«

»Wo steckt sie überhaupt?«

»Ist sie *verhaftet* worden?«

Sie waren total baff. »Nein«, sagte ich. »Sie ist bloß ein bisschen aufgewühlt. Die Sache mit Chris' Geist, die ist ihr nahegegangen.«

»Äh, hallo? Die ist uns ja wohl *allen* nahegegangen?« Joanne, kalt: Ich hatte vergessen, sie ganz oben auf die Liste zu setzen. Böser Junge.

»Das kann ich mir vorstellen«, sagte ich, brav und ehrfürchtig. »Hast du ihn auch gesehen?«

Joanne dachte daran, zu erschauern. »Na klar. Wahrscheinlich ist er zurückgekommen, um mit mir zu reden. Er hat mich direkt angesehen.«

In dem Moment begriff ich: Jedes Mädchen, das Chris' Geist gesehen hatte, hätte dasselbe geschworen. Er hatte sie angesehen. Er war zurückgekommen, weil er etwas von ihr wollte, nur von ihr.

»Wie gesagt« – Joanne hatte wieder ihr Trauergesicht aufgesetzt –, »wenn er nicht gestorben wäre, wären wir jetzt wieder zusammen. Ich denke, er will mir zeigen, dass ich ihm noch etwas bedeute.«

»Ahhh.« Orla, Kopf zur Seite geneigt.

Ich fragte sie: »Hast du ihn gesehen?«

Ihre Hand flog hoch an die Brust. »OmeinGott, ja! Ich hätte fast einen Herzinfarkt gekriegt. Er war wirklich direkt vor mir. Ich schwöre!«

Ich sagte: »Gemma?«

Gemma rutschte auf dem Gras hin und her. »Keine Ahnung. Ich glaube eigentlich nicht an Geister.«

Joanne sagte, leicht bissig: »Entschuldige mal, ich weiß doch wohl, was ich gesehen habe?«

»Das bestreite ich auch gar nicht. Ich sage bloß, dass *ich* ihn nicht gesehen hab. Ich hab irgendwas Verschwommenes im Fenster gesehen, wie wenn du was im Auge hast. Mehr nicht.«

»Tja. Manche Menschen sind eben *sensibler* als andere. Und manche standen Chris näher. Nimm's mir nicht übel, aber ich denke, es ist eigentlich unwichtig, was du gesehen hast.«

Gemma zuckte die Achseln.

Joanne sagte zu mir: »Er war da.«

Ich war unsicher, ob sie das ernst meinte. In dem Moment im Gemeinschaftsraum hätte ich geschworen, dass die Panik der Mädchen echt war: vielleicht zu Anfang nur gespielt, um Aufmerksamkeit zu erregen oder um Dampf abzulassen, aber dann lawinenartig zu etwas angeschwollen, das für sie zu groß und zu wahr war, um es noch kontrollieren zu können. Aber jetzt: ihr Erschauern, ihr Gesichtsausdruck, ich war unsicher. War möglicherweise bloß diese künstliche Schicht, die sie umgab und alles Reale darunter verwischte; war möglicherweise durch und durch künstlich. Wahrscheinlich wussten sie es selbst nicht.

Ich sagte: »Dann ist das ein Grund mehr, warum ihr mir alles sagen solltet, was ihr wisst. Chris würde das so wollen.«

»Wieso sollen wir irgendwas wissen?« Joanne, ausdruckslos, glatt wie Zellophan. Sie würden mir nichts liefern, solange ich es mir nicht verdient hatte.

Aber die Antwort auf diese Frage kannte ich. Nach der Trennung von Selena und Chris hatte Joanne nachts ihre Wachhunde postiert, um auf Nummer Sicher zu gehen.

Ich sagte: »Mal angenommen, jemand anders als Selena hat sich nachts mit Chris getroffen, in den letzten Wochen vor seinem Tod. Was würdet ihr sagen, wer das war?«

Joannes Gesicht blieb unverändert. »Gab es denn da jemanden?«

»Ich sage nur, mal angenommen. Auf wen würdet ihr tippen?«

Schiefe Blicke zu den anderen, unter Wimpern hervor. Falls ihre Angst je real gewesen war, dann war sie aus ihnen herausgesickert. Etwas anderes war angewachsen, hatte sie verdrängt: Macht.

Joanne sagte: »Verraten Sie uns erst, ob er sich mit irgendwem getroffen hat, dann verraten wir Ihnen was richtig Gutes.«

Ich habe gesagt, ich erkenne meine Chance, wenn ich sie sehe. Manchmal musst du sie gar nicht sehen. Manchmal spürst du sie kommen, durch den Himmel auf dich zurasen wie ein Meteor.

Ich sagte: »Ja, hat er. Wir haben SMS zwischen ihnen gefunden.«

Erneute Blicke. Gemma sagte: »SMS? Was für welche?«

»SMS, mit denen sie Treffen vereinbart haben.«

»Aber es stand kein Name drin?«

»Nein«, sagte ich. »Es war doch keine von euch, oder?«

Joanne sagte schneidend: »Nein. Keine von uns.« Sagte nicht: *Sonst hätte sie Riesenstress gekriegt.* Das hörten wir alle.

»Aber ihr habt so eine Ahnung, wer es gewesen sein könnte.«

Und wartete darauf, *Holly Mackey* zu hören.

Joanne streckte sich auf dem Rücken aus, Arme hinter dem Kopf, Brust rausgedrückt. Sagte: »Verraten Sie uns, was Sie über Rebecca O'Mara denken.«

Meine Ohren brauchten eine Sekunde, um die Frage durch das dröhnende *Was!?* hindurch zu hören. Dann klappte ich den Mund zu und überlegte hektisch – es musste eine richtige Antwort geben. Sagte: »Ich hab noch gar nicht so viel über sie nachgedacht, ehrlich gesagt.«

Kurze verstohlene Blicke, amüsiert zuckende Mundwinkel. Gute Antwort.

Joanne sagte: »Weil sie ja so was von *harmlos* ist.«

»Ein so liebes Mädchen«, hauchte Orla.

»So brav.«

»So schüchtern.«

»Ich wette, sie hat so getan, als hätte sie voll die Panik vor Ihnen, was?« Joanne neigte den Kopf, sah mit gespielt übertriebenen Rehaugen zu mir hoch. »Rebecca würde nie irgendwas Böses machen. Wahrscheinlich hat sie in ihrem ganzen Leben noch keinen Schluck Alk getrunken. Noch nie einen Jungen auch nur, omeinGott, *angesehen*.«

Gemma lachte leise. Nach hinten auf die Ellbogen gelehnt, lange Haarsträhnen geringelt im Gras.

Ich sagte: »Stimmt das nicht, nein?« Mein Herz begann, langsam und dumpf zu pochen, Dschungeltrommeln, die eine Botschaft übermittelten.

»Keine Ahnung, ob sie schon mal Alkohol getrunken hat – ich meine, wen interessiert's? Aber einen Jungen angesehen, das hat sie, und wie.«

Orla kicherte: »Sie hätten *sehen* sollen, wie sie ihn angehimmelt hat. Voll peinlich.«

Ich sagte: »Chris Harper.«

Langsam begann Joanne zu lächeln. Sie sagte: »Bingo. Sie haben den Hauptgewinn.«

Orla sagte: »Rebecca war *voll* verknallt in Chris.«

Ich sagte: »Und ihr denkt, die beiden sind schließlich zusammengekommen?«

Joannes Lippe kräuselte sich. »OmeinGott, darf ich mal kurz kotzen? Nie im Leben. Sie hatte nicht den Hauch einer Chance. Chris hätte jede haben können, die er wollte. Der hätte so eine langweilige Heuschrecke doch nicht mal angeguckt. Wenn die zusammen auf einer einsamen Insel gewesen wären, hätte er sich lieber eine *Kokosnuss* zum Vögeln gesucht, die besser aussieht.«

Ich sagte: »Das heißt also, sie war es nicht, mit der er sich getroffen hat. Richtig? Oder …?«

Die Blicke pulsierten wieder. »Jedenfalls«, sagte Joanne, »nicht aus *Lieeebe*. Und auch nicht, um Sie wissen schon. Die hätte wahrscheinlich gar nicht gewusst, wie das geht.«

»Weswegen dann?«

Meckerndes Lachen. Orla saugte an ihrer Unterlippe. Sie würden es nicht aussprechen, wenn ich es nicht zuerst sagte.

Der Meteor kam heulend näher. Ich musste mich nur an die richtige Stelle stellen und die Hände ausstrecken.

Der Vormittag. Der Geruch von Kreide und Gras; ich, der ich mich verbog wie ein Luftballontier, versuchte, das zu sein, was acht unterschiedliche Mädchen und Conway von mir wollten – hatte mir nichts genützt. Joanne, Lippe hochgezogen: *Sie denken wahrscheinlich, das sind alles voll die kleinen Engel, die würden ja nie Drogen nehmen. Ich meine, Gott, Rebecca, die ist sooo unschuldig ...*

Ich sagte: »Drogen.«

Ein Umschwung. Ich spürte, wie sie sich anspannten, abwarteten, während ich mich vortastete.

»Rebecca war auf Drogen.«

Ein hysterisches Kichern platzte aus Orla heraus. Joanne lächelte mich an, wie eine Lehrerin einen guten Schüler. Befehl: »Erzählt's ihm.«

Nach einem Moment setzte Gemma sich auf. Zog die Beine unter den Körper, zupfte Grashalme von ihrer Strumpfhose. Sie sagte: »Sie nehmen das hier doch nicht auf oder so?«

»Nein.«

»Gut, weil, das ist nämlich total vertraulich. Ich meine, wenn Sie irgendwem je erzählen, dass ich das gesagt hab, werde ich sagen, das ist totaler Quatsch, und Sie haben sich das bloß ausgedacht, um bei Detective Dildo Punkte zu sammeln.«

Als wäre ich ein Journalist. Ich dachte gerade noch *naiv*, als sie nachschob: »Und mein Dad wird Ihren Chef anrufen und ihm dasselbe sagen. Und glauben Sie mir, das würden Sie nicht wollen.«

Doch nicht so naiv. Ich sagte: »Kein Problem.«

Joanne sagte: »Mach schon. Erzähl's ihm.«

»Also«, sagte Gemma. Sie berührte mit der Zunge die Oberlippe, aber das war reflexartig, um Zeit zu gewinnen, während sie ihre Gedanken sortierte. »Okay. Sie wissen das mit Ro, nicht? Ronan, der hier als Gärtner gearbeitet hat?«

»Ihr habt ihn festgenommen«, warf Orla hilfreich ein. Ihre Augen strahlten begeistert. »Weil er Drogen verkauft hat.«

Ich sagte: »Die Geschichte kenn ich, ja.«

Gemma sagte: »Er hat mit allem möglichen Zeugs gedealt. Ich meine, hauptsächlich mit Hasch und E, aber wenn du irgendwas anderes wolltest, konnte er es meistens besorgen.«

Sie zupfte noch immer an Grashalmen herum, die sich in ihrer Strumpfhose verfangen hatten. In dem trügerischen Licht konnte ich es nicht genau erkennen, aber es sah aus, als sei sie rot geworden.

Joanne sagte: »Gems Diät hat nicht so richtig funktioniert.« Kurzes boshaftes Kneifen in Gemmas Taille.

»Ich wollte bloß noch ein paar Kilo abnehmen. Na und? Versuchen doch alle, oder? Also hab ich Ronan gefragt, ob er irgendwas besorgen kann, das mir dabei hilft.«

Rascher Seitenblick, Gemma wollte irgendwas von mir, hatte richtig Angst, es nicht zu bekommen. Ich sagte, ins Blaue hinein: »Hat offenbar funktioniert. Jetzt musst du eindeutig kein Gramm mehr abnehmen.«

Erleichterung hob ihre Mundwinkel. Das hier war eine völlig andere Welt: Figurprobleme zuzugeben war beängstigender, als einem Cop zu erzählen, dass du Speed gekauft hattest. »Ach was. Egal. Jedenfalls. Wenn du bei Ronan was kaufen wolltest, ging das nur mittwochs und freitags nachmittags, weil er dann als einziger Gärtner Dienst hatte. Du gingst also in den Schuppen, und er holte den Stoff aus seinem Schrank. Es war voll verboten, in den Schuppen zu gehen, wenn er nicht da war; er hat gesagt, er würde dir nie mehr was besorgen, falls er dich je allein im Schuppen erwischt. Ich schätze mal, er hatte Angst, jemand würde ihm seinen Vorrat klauen.«

Joanne und Orla schoben sich übers Gras, rückten näher an mich heran. Mund offen, Augen verzückt.

»Und an diesem einen Mittwoch«, sagte Gemma, »regnet es wie bescheuert, und ich lauf rüber, aber Ro ist nirgends zu sehen. Ich warte unter den Bäumen, aber nach einer Weile denk ich, echt jetzt, ich bleib doch nicht den ganzen Tag hier stehen und frier mir die Nippel ab. Ich also in den Schuppen. Ich denke mir, soll Ronan doch sagen, was er will. Mittlerweile kannte er mich; ich war ja nicht zum ersten Mal da.«

Aufgeregtes Beben der beiden anderen, sie wussten, was jetzt kam.

Gemma sagte: »Und da steht Rebecca O'Mara. Echt die Letzte, die ich da erwartet hätte. Sie ist voll zusammengezuckt – echt, ich dachte, sie fällt in Ohnmacht. Ich fang an zu lachen und sag so: ›O mein Gott, was machst *du* denn hier? Willst du dir Crack besorgen?‹«

Wirbelndes Lachen in der dunklen, wimmelnden Luft.

»Rebecca macht einen auf: ›Ach, ich wollte bloß aus dem Regen raus‹, und ich so: ›Ja, schon klar.‹ Die Schule ist einen Katzensprung entfernt, und sie trug Mantel und Mütze, was bedeutet, sie ist absichtlich nach draußen, als es schon geregnet hat. Und wenn sie so schüchtern ist, wieso stellt sie sich dann ausgerechnet da unter, wo jeden Moment der große unheimliche Gärtner reinkommen kann?«

Gemma war wieder sie selbst. Erzählte die Geschichte locker, selbstbewusst. Es hörte sich wahr an. »Ich frag also: ›Hast du etwa deinen grünen Daumen entdeckt?‹ – in der Ecke, wo sie stand, waren alle möglichen Schaufeln und so Zeug. Eins von den Geräten hielt sie in der Hand, als hätte sie es sich geschnappt, als ich reinkam, weil ich ja ein geisteskranker Vergewaltiger sein konnte, gegen den sie sich wehren muss. Und sie sagt doch tatsächlich: ›Äh, äh, ja, kann schon sein, ich hab gedacht –‹, bis ich beschließe, ihr aus der Patsche zu helfen. Ich sag also: ›Hör mal, du glaubst doch wohl nicht, dass ich das ernst gemeint hab?‹ Und sie starrt mich einfach bloß an, von wegen *Hä?* Und dann sagt sie: ›Ich muss gehen‹, und rennt raus in den Regen Richtung Schule.«

Das Gartengerät musste sie wieder weggestellt haben, bevor sie nach draußen rannte. Schaufel oder Spaten oder Hacke. Sie wusste jetzt, was sie nehmen würde, und hatte es dagelassen, um es später zu holen.

Der Meteor auf meinem Handteller. Wunderschön. Brannte durch mich hindurch mit einem wohltuenden weißen Feuer.

Falls meinem Gesicht irgendwas anzusehen war, würde das unwirkliche Licht es für mich verbergen. Ich achtete darauf, dass meine Stimme ruhig blieb. »Hat Ronan sie gesehen?«

Achselzucken von Gemma. »Glaub nicht. Der kam erst ein paar Minuten später – hatte irgendwo gewartet, bis der Regen nachließ. Er war ziemlich angesäuert, dass ich im Schuppen war, aber er ist drüber weggekommen.« Lächeln bei dem Gedanken daran.

Joanne war dicht neben mir. »Sehen Sie? Dieses ganze Getue von wegen rein und unschuldig, das ist, omeinGott, voll der Fake. Alle anderen fallen voll drauf rein, aber *Sie* nicht, das wussten wir.«

Ich sagte: »Hat Ronan noch was anderes verkauft außer Drogen? Alkohol? Zigaretten?« Manchmal hatten sie geraucht, hatte Holly gesagt; und die in Julias Schrankfach versteckte Packung. Rebecca hätte noch immer aus einem harmlosen Grund in dem Schuppen gewesen sein können; verboten harmlos, aber trotzdem harmlos.

Gemma schnaubte: »Klar. Und Eis am Stiel.«

Orla kicherte. »Telefonkarten.«

»Mascara.«

»Strumpfhosen.«

»Tampons.«

Die beiden wieherten kreischend los. Orla fiel nach hinten auf den Rasen und strampelte mit den Beinen. Joanne durchdrang das Gelächter mit eisiger Stimme: »Er war kein *Supermarkt*. Rebecca hat keine Schokokekse gekauft.«

Gemma riss sich zusammen. »Genau. Er hat bloß böse Sachen verkauft.« Laszives Grinsen bei *böse*. »Ich würde unheimlich gern wissen, was sie eigentlich bei ihm kaufen wollte.«

Joanne zuckte die Achseln. »Jedenfalls keine Diätpillen. Außer, sie ist magersüchtig, und ich glaube, die hat nicht mal dafür genug Selbstachtung. Trägt noch nicht mal Make-up.«

»Wahrscheinlich Hasch.« Orla, wissend.

»Welcher Loser raucht denn Hasch allein für sich? OmeinGott, das ist dermaßen *jämmerlich*.«

»Vielleicht hat sie was für die ganze Clique gekauft.«

»Hallo? Als ob die anderen *sie* losschicken würden. Wenn sie alle mit dringesteckt hätten, hätten sie Julia oder Holly geschickt. Rebecca war da, weil sie irgendwas wollte.«

»Ronans heißen Body.«

»Igittigitt, reich mir mal einer die Hirnbleiche.«

Sie waren kurz davor, wieder kicherig zu werden. Ich sagte: »Wann war das?«

Das holte sie wieder zurück. Rascher Schauer von Blicken unter ihren Wimpern. Joanne sagte: »Wir haben uns schon gefragt, wann Sie das fragen würden.«

»Letztes Frühjahr?«

Wieder sprühten Blicke. Gemma sagte: »In der Nacht darauf wurde Chris getötet.«

Eine Sekunde Schweigen, während sich die Worte ausbreiteten und in das Geäst über uns schwebten.

»*Na?*«, sagte Joanne. »Verstehen Sie jetzt?«

Ich verstand.

»Sie haben gesagt, jemand hat sich mit Chris getroffen, nachdem zwischen ihm und Selena Schluss war. Wie gesagt, er hätte sich niemals mit Rebecca O'Mara getroffen, weil er *scharf* auf sie war. Aber angenommen, sie hat ihm Stoff besorgt? Das hätte sie getan; sie hätte alles für ihn getan. Und er hätte sich mit ihr getroffen, um an sein Zeug zu kommen. Vielleicht hat er ihr dafür sogar ein bisschen Rumfummeln als Zugabe geboten, damit sie was hat, wovon sie träumen kann.«

Orlas schniefende Lache.

Ich sagte: »Habt ihr je gesehen, dass Rebecca nachts allein rausgegangen ist?«

»Nein. Na und? Wir haben schon Wochen vor Chris' Tod aufgehört, den Flur zu bewachen.«

Das Drogenscreening bei Chris' Obduktion war ohne Befund gewesen, hatte Conway gesagt. Auch bei seinen Sachen waren keine Drogen gefunden worden.

»Und dann«, sagte Joanne. Sie rückte mir noch näher, so dicht, dass ihre Beine meine berührten. Ich konnte ihre Augen nicht sehen, weil das Flutlicht sich glitzernd in ihnen spiegelte. »Hat Rebecca vielleicht gedacht, sie wären irgendwie zusammen. Und als sie gemerkt hat, dass sie das nicht waren …«

Nachtfalter flatterten über dem Rasen.

Ich sagte vorsichtig: »Rebecca ist sehr zart. Chris war ein großer, kräftiger Kerl. Denkt ihr, sie wäre fähig gewesen …?

Gemma sagte: »Sie ist eine pampige Tusse, wenn sie will. Falls er sie richtig sauer gemacht hat …«

»In den Zeitungen stand was von Kopfverletzungen«, sagte Joanne. »Vielleicht hat er auf dem Boden gesessen, dann hätte es keine Rolle gespielt, dass sie kleiner war als er.«

Orla sagte, wobei sie vor Aufregung fast vom Gras abhob: »Sie könnte mit einem *Stein* zugeschlagen haben.«

»Ach was.« Joanne, tadelnd. »Er könnte mit Gott weiß was erschlagen worden sein. Die Presse hat jedenfalls kein Wort darüber gesagt.« Und sah mich an wie ein lebendes Fragezeichen. Auch Gemma und Orla betrachteten mich, gespannt, mit übersprudelnder Neugier.

Das war nicht gespielt. Keine der drei wusste von der Hacke. Und mehr als das: kein Beben in ihren Stimmen, kein Schatten, der hinter ihrer Mimik dahinglitt, wenn sie über den Moment sprachen, der Chris Harper das Leben geraubt hatte. Sie hätten genauso gut über Mogeleien bei einer Klausur reden können. Bis dahin hatte ein winziger Teil von mir sich gefragt, ob sie die Rebecca-Geschichte nur erfunden hatten, um mich von einer von ihnen abzulenken, aber nein. Keine der drei war je mit Mord in Berührung gekommen.

Ich sagte: »Das ist sehr gut. Tausend Dank, dass ihr es mir erzählt habt.« Lächelte in die Runde.

»Detective Bitch hätte ich das nie erzählt«, sagte Gemma. »Dann säß ich wahrscheinlich jetzt schon im Knast. Sie bringen mich doch nicht in Schwierigkeiten, oder? Weil, wie gesagt –«

»Nein, keine Bange. Könnte sein, dass ich dich später bitten muss, eine offizielle Aussage zu machen, falls ich die brauche – nein, reg dich nicht auf, du wirst keinen Ärger kriegen. Du kannst einfach sagen, du bist in den Schuppen gegangen, weil es so stark geregnet hat, was ja auch stimmt, nicht? Du wirst nicht erklären müssen, warum du überhaupt draußen warst. Okay?«

Gemma wirkte nicht überzeugt. Joanne war das egal. Sie beugte sich noch näher, fiebrig vor Nervenkitzel. »Dann denken Sie also, Rebecca war es. Nicht? Das denken Sie doch?«

Ich sagte: »Ich denke, ich würde gern wissen, was Rebecca da gemacht hat. Mehr nicht.«

Ich hievte mich auf die Knie, klopfte mir Erde und Gras von der Hose, ganz lässig, aber innerlich bebte ich, wäre am liebsten vom Rasen aufgesprungen und losgesprintet. Ich könnte Rebecca haben. Ich könnte mir meinen Weg durch die Lichtstreifen und wirbelnden Nachtfalter suchen, bis ich sie und Julia und Selena fand, dunkle Augen, die aus dem Dunkeln unter Zypressen nach mir Ausschau hielten. Ich könnte die örtliche Polizei anrufen, einen Streifenwagen und eine Sozialarbeiterin anfordern und Rebecca in einem Vernehmungsraum haben, ehe Conway Holly aus ihrem Pitbull-Griff entließ. Wenn ich es geschickt anstellte und mein Handy aus ließ, könnte ich ein Geständnis auf O'Kellys Schreibtisch haben, ehe Conway mich ausfindig machte. Schon morgen früh könnte ich der Teufelskerl sein, der den spektakulären Fall, an dem Conway ein Jahr lang verzweifelt war, in nur zwölf Stunden gelöst hatte.

Joanne sagte: »Bleiben Sie hier und reden mit uns. Wir müssen sowieso bald rein; dann können Sie immer noch mit der langweiligen Rebecca reden.«

»Genau«, sagte Orla. »Wir sind viel interessanter als die.«

Für einen kurzen Moment dachte ich – mein dummes, aufgeblähtes Ego –, dass sie vielleicht noch immer Angst hatten und sich weiter von dem großen starken Mann beschützen lassen wollten. Aber sie rekelten sich wie entspannte Katzen auf dem Rasen. Die ganze Angst war einfach von ihnen abgefallen, sobald sie diejenigen waren, die bestimmen konnten, wohin und wie weit sie mit mir gehen wollten, um mir ihr wohlbehütetes Geheimnis ins Ohr zu flüstern.

Ich sagte lächelnd: »Das seid ihr wirklich, keine Frage. Aber ich muss der Sache nachgehen.«

Joanne schmollte. »Wir haben Ihnen geholfen. Und jetzt, wo Sie von uns gekriegt haben, was Sie wollten, servieren Sie uns einfach ab und gehen?«

»Typisch Mann«, sagte Gemma kopfschüttelnd zu den Ästen hinauf.

Joanne sagte: »Ich hab's Ihnen doch schon gesagt. Ich lass mich von Typen nicht behandeln wie der letzte Dreck.«

Durch das *Los-los-los*-Trommeln in meinen Ohren drang eine erste Warnung. Ich sagte: »Ich steh einfach nur zeitlich ein bisschen unter Druck, das ist alles. Und ich weiß wirklich zu schätzen, was ihr für mich getan habt. Ehrlich.«

Joanne sagte: »Dann bleiben Sie noch.« Hob einen Finger und legte ihn mir aufs Knie. Niedliches Nasekräuseln, wie im Scherz, aber eine halbe Sekunde zu spät. Orla schnappte schockiert nach Luft und stieß sie kichernd wieder aus.

Irgendetwas hielt mich davon ab, aufzuspringen und wegzurennen. Wenn ich die Sache jetzt verbockte, konnte ich einpacken.

Gemma sagte: »Gucken Sie doch nicht so verstört. Wir sind lustig. Echt.«

Lächelte mich an, sie auch noch. Es sah freundlich aus, aber sie war in einem Code geschrieben, den ich nicht mal ansatzweise lesen konnte. Das waren sie alle. Dieses Düstere-Gasse-Prickeln, das sich eine Zeitlang gelegt hatte, während sie mir das schmeichelhafte Gefühl gaben, etwas zu sein, das sie wollten, das meldete sich mit Macht wieder in meinem Nacken.

Joannes Fingernagel fuhr ein paar Zentimeter an meinem Oberschenkel hoch. Alle drei kicherten, Zungenspitzen zwischen scharfen kleinen Zähnen. Es war ein Spiel, und ich war ein Teil davon, aber ich konnte nicht sagen, welcher Teil. Ich lachte bemüht. Sie lachten zurück.

»Also«, sagte Joanne. Noch ein paar Zentimeter. »Reden Sie mit uns.«

Ihre Hand wegschlagen, zurück zur Schule rennen, als stünde mein Hintern in Flammen, an die Tür zum Kunstraum hämmern und Conway anflehen, mich wieder reinzulassen, wenn ich versprach, schön brav zu sein. Stattdessen sagte ich: »Gehen wir das doch mal kurz zusammen gedanklich durch, ja?«

Ließ meine Stimme so gewichtig klingen, wie ich nur konnte. Dachte: Lehrer. Dachte: McKenna. Dachte: alles, was sie nicht wollten. Nahm sie mir nacheinander vor, sah ihnen in die Augen, einzeln: kein gefährliches Dreierpack, bloß Schulmädchen, die sich sehr albern aufführten.

»Gemma, mir ist klar, dass es dich viel Mut gekostet hat, mir diese Information zu geben. Und Joanne, mir ist gleichfalls klar, dass Gemma diesen Mut ohne deine Unterstützung wahrscheinlich nie aufgebracht hätte – und auch nicht ohne deine, Orla. Nachdem ihr also erhebliche Widerstände überwunden habt, um mir dieses potentiell verwertbare Material zur Verfügung zu stellen, bin ich nicht gewillt, es ungenutzt zu lassen.«

Sie sahen mich an, als wäre mir blitzartig ein zweiter Kopf gewachsen. Joannes Finger hatte aufgehört, sich zu bewegen.

»Wenn ich keine Gelegenheit habe, Rebecca O'Mara zu befragen, bevor alle Schülerinnen ins Gebäude zurückgerufen werden, muss ich mich notgedrungen mit Detective Conway in Verbindung setzen, und dann bleibt mir nichts anderes übrig, als sie ins Vertrauen zu ziehen. Ich vermute, ihr habt mir diese Information geliefert, weil ihr wolltet, dass ich sie nutze. Und nicht etwa, weil ihr die Anerkennung für eventuell daraus folgende Ergebnisse Detective Conway auf dem Silbertablett servieren wolltet. Habe ich recht?«

Drei identische Augenpaare, Starrblick. Keine Bewegung, kein Zwinkern.

»Orla? Hab ich recht?«

»Was? Äh, ja? Schätz ich?«

»Sehr gut. Gemma?«

Nicken.

»Joanne?«

Endlich, endlich ein Achselzucken, und ihre Hand hob sich von meinem Bein. Conways Attacke gegen sie im Kunstraum, vor ewigen Zeiten, zahlte sich aus. »Von mir aus.«

»Dann denke ich, wir sind uns einig.« Ich verteilte an jede von ihnen ein dünnes Lächeln. »Unsere oberste Priorität muss sein, dass ich mit Rebecca rede. Unseren kleinen Plausch verschieben wir auf später.«

Nichts. Bloß diese Augen, die mich noch immer anstierten. Ich stand auf, ruhig, keine jähen Bewegungen. Klopfte mich ab, zog mein Jackett gerade. Dann drehte ich mich um und ging.

Es war, als würde ich Jaguaren den Rücken zuwenden. Jeder Zentimeter von mir wartete auf die Klauen, aber nichts geschah. Hinter mir hörte ich Joanne sagen, affektiert und näselnd, gerade so laut, dass ich es hören konnte: »*Potentiell verwertbares Material*«, und ein dreifaches prustendes Kichern. Dann war ich weit genug weg, draußen auf dem endlosen, grünweißen Rasen.

Mein Herz hämmerte wie Bongos. Ein trunkener Schwindel brandete in mir auf und über mich hinweg. Ich wollte meine Knie einknicken lassen, auf das kühle Gras sinken.

Ich tat es nicht. Nicht bloß wegen des Publikums rings um mich herum. Was ich den dreien erzählt hatte, stimmte: Irgendwo da draußen, in dem Gesprenkel aus Schwarz und Weiß und Murmeln, war Rebecca. Sie war jetzt oder nie.

Es war genau das, was Conway von mir erwarten würde. Es war das, worauf Mackey wetten würde.

Das weiße Leuchten vom Kunstraum starrte zu mir herab. Lachen, fröhlich, irgendwo weit weg unter den Bäumen.

Ich schuldete Conway einen Scheißdreck. Ich hatte ihr den Schlüssel zu einem mehr als wichtigen Fall geliefert, sie hatte mich benutzt, solange ich nützlich war, und mich dann bei Tempo hundert aus dem Auto gestoßen.

Der Mond ein Feuerrad über der Schule. Ich hatte das Gefühl, mich aufzulösen, als würden sich meine Finger und Zehen zersetzen.

Sie war alles, wovor Mackey mich gewarnt hatte. Sie war das fleischgewordene Gegenteil meines Tagtraumpartners, dem mit den Irischen Settern und dem Geigenunterricht. Sie war kantig und schwierig, alles, was ich schon immer hinter mir lassen wollte.

Ich erkenne meine Chance, wenn ich sie sehe. Und ich sah sie sonnenklar.

Ich holte mein Handy hervor.

SMS, kein Anruf. Falls Conway meine Nummer auf dem Display sah, würde sie denken, ich wollte mich beschweren, weil mir die Wartezeit zu lang wurde, und würde nicht rangehen.

Ich konnte spüren, dass etwas in mir vorging. Eine Veränderung.

Das Icon für eine eingegangene Nachricht auf meinem Display. Conway, vor ein paar Minuten, als ich zu beschäftigt gewesen war, um es mitzukriegen. Offenbar hatte sie die Vernehmung beendet, sie oder Mackey. Ich hatte genau den richtigen Zeitpunkt erwischt.

Hast du schon was? Halte ihn hin, solange ich kann, aber um 10.45 ist Nachtruhe, beeil dich.

»Hä?«, sagte ich laut.

Das Grinsen kam gleich danach, ein Grinsen, als würde mein Gesicht aufreißen und jede Farbe des Lichts herausplatzen.

Ich war ein Idiot, ein Mega-Idiot, und dafür hätte ich mir am liebsten selbst eine reingehauen. Eine Sekunde lang vergaß ich Rebecca völlig, interessierte sie mich nicht mehr.

Geh spazieren, genieß den Park, hatte Conway mir vor der Tür zum Kunstraum empfohlen. *Sieh zu, ob du Chris' Geist dazu bringen kannst, für dich aufzutauchen.* Was so viel hieß wie: *Geh raus und rede mit den Mädels, misch sie ordentlich auf, versuch, irgendwas aus ihnen rauszuholen.* Sonnenklar, wenn ich aufgepasst hätte. Aber ich war in Gedanken ja so damit beschäftigt gewesen, wie Mackey mich möglicherweise ausgenutzt hatte, um mich auszubooten, dass ich völlig die Zeichen übersehen hatte, die sie direkt vor meiner Nase schwenkte.

Conway hatte mir vertraut, hatte mir nicht nur trotz Mackeys geschickten düsteren Prophezeiungen vertraut, sondern sogar darauf gebaut, dass ich wusste, sie würde mir vertrauen. Ich hätte

mir noch mal selbst eine reinhauen können, weil ich ihr umgekehrt nicht genauso vertraut hatte. Mir wurde ganz schwummrig
im Magen bei dem Gedanken, dass es um ein Haar zu spät gewesen wäre.

Ich simste ihr zurück. *Wir treffen uns vor der Schule. Dringend.*
OHNE Mackey.

26

DER MAI KOMMT AUFGEREGT, ein Prickeln in der warmen
Luft. Der Sommer ist schon fast zum Greifen nahe, genau wie die
Prüfungen, und die gesamte dritte Jahrgangsstufe ist zu nervös,
lacht zu laut über nichts und bricht in übertriebene Streitigkeiten
aus – runtergeknallte Schreibtischplatten und Tränen auf den
Toiletten inklusive. Der Mond zerrt seltsame Farben aus dem
Himmel, einen Grünton, der nur aus den Augenwinkeln zu se-
hen ist, ein blutunterlaufenes Violett.

Es ist der zweite Mai. Chris Harper hat noch zwei Wochen zu
leben.

Holly kann nicht schlafen. Selena hat noch immer ihre vorgetäuschten Kopfschmerzen, und Julia ist zickig; als Holly versucht
hat, mit ihr darüber zu reden, was denn mit Lenie los ist, hat Julia
sie so gehässig abblitzen lassen, dass sie noch immer kaum ein
Wort miteinander reden. In ihrem Zimmer ist es zu heiß, eine
allzu intime Wärme, die dir einen Juckreiz wie in Wellen über die
Haut jagt. Alles fühlt sich falsch und falscher an, zwirbelt und
reißt an den Rändern, bringt ihre Substanz durcheinander.

Sie steht auf, um zur Toilette zu gehen, nicht weil sie muss,
sondern weil sie keine Sekunde länger stillliegen kann. Auf dem
Flur ist es dämmrig und sogar noch heißer als in ihrem Zimmer.
Holly hat ihn schon halb durchschritten und denkt an kaltes
Wasser, als sich plötzlich der Schatten eines Türrahmens bewegt,
nur etwa einen halben Meter von ihr entfernt. Sie springt nach

hinten an die Wand und schnappt nach Luft, um loszuschreien, doch da schießt Alison Muldoons Kopf mit aufgerissenem Mund aus dem Schatten, verschwindet mit einem Stakkato von aufgeregten Quiek-Geräuschen und taucht sogleich wieder auf.

»Mann!«, zischt Holly. »Du hast mich fast zu Tode erschreckt! Was soll der Scheiß?«

»OmeinGott, *du* bist das, ich dachte – *Jo!*« Und schon ist sie wieder weg.

Jetzt ist Holly neugierig geworden. Sie wartet und lauscht. Der Rest des Flurs ist still, alle tief unter dem Gewicht der Nacht.

Nach einer Minute taucht Joanne in der Tür auf, mit krisseligen Haaren und in einem blassrosa Schlafanzug mit der Aufschrift *OOH BABY* quer über der Brust. »Ähm, das ist Holly Mackey«, blafft sie und mustert Holly wie ein Ausstellungsstück in einer Vitrine. »Bist du behindert oder was? Ich hab *geschlafen.*«

»Ihre Haare«, jammert Alison hinter ihr, kaum lauter als ein Flüstern. »Ich hab bloß die Haare gesehen, und da hab ich gedacht –«

»Omein*Gott*, die sind beide blond, so wie ungefähr alle. Holly sieht überhaupt nicht so aus wie die. Holly ist *dünn.*«

Was das größte Kompliment ist, das Joanne vergeben kann. Sie lächelt Holly an und verdreht die Augen, damit sie sich beide darüber kaputtlachen können, wie doof Alison ist.

Das Problem bei Joanne ist, dass du nie weißt, woran du bist. Sie könnte heute deine kuschlig-beste Freundin sein und voll einen auf verletzt machen, wenn du nicht mitspielst. Damit hast du schlechte Karten: Sie weiß, mit wem sie es zu tun hat, aber du musst es jedes Mal wieder neu rausfinden. Sie lässt Hollys Wadenmuskeln nervös zucken.

Holly sagt: »Was hat sie denn gedacht, wer ich wäre?«

»Sie ist aus dem richtigen Zimmer gekommen«, wimmert Alison.

»Aber in die falsche Richtung, du Hirni«, sagt Joanne. »Wen

interessiert's, ob sie zum Klo muss? Uns interessiert, ob sie rausgeht. Was, *hallo?*, in *der* Richtung ist.« Alison kaut an einem Fingerknöchel und hält den Kopf gesenkt.

Holly sagt: »Ihr habt gedacht, ich wär Selena? Auf dem Weg nach *draußen?*«

»*Ich* nicht. Weil *ich* nämlich nicht behindert bin.«

Holly betrachtet Joannes verkniffenes Gesicht, zu hart für den niedlichen Schlafanzug, und ihr kommt der Gedanke, dass Joanne auf Alison rumhackt, weil sie eine seltsame Mischung aus erleichtert und enttäuscht zugleich ist. Was verrückt ist. Sie sagt, um sich vorzutasten: »Was meint ihr denn, wo Selena hingewollt hätte?«

»Das wüsstest du wohl gern«, sagt Joanne und grinst Alison an, die gehorsam ein schrilles Kichern ausstößt, zu laut. »Sei *still!* Oder willst du unbedingt, dass wir erwischt werden?«

Hollys Pulsschlag verändert sich, wird dumpfer und wild. Sie sagt: »Selena geht nicht allein raus. Nur wenn wir alle gehen.«

»OmeinGott, ihr vier seid richtig *süß*«, sagt Joanne mit einem Nasekräuseln, das ihre Augen nicht wärmer macht. »So ganz nach dem Motto Blutsschwestern-erzählen-sich-alles; wie in einer von diesen alten Fernsehserien. Habt ihr eigentlich wirklich diese Blutsschwestern-Nummer gemacht? Weil, das wär ja mega-niedlich.«

Nicht beste Freundinnen, nicht heute Nacht. »Wart mal kurz«, sagt Holly. Wenn Joanne Zähne zeigt, sollte man zuerst zubeißen, und zwar fest. »Ich überlege nur gerade, ob's mich tatsächlich interessiert, was du über uns denkst.«

Joanne starrt, Hand auf der Hüfte, durch das dünne, schmutzige Licht. Holly bekommt den Moment mit, als sie einen interessanteren Punchingball als Alison vor sich sieht. »Wenn ihr so perfekte kleine Busenfreundinnen seid«, sagt Joanne, »wieso weißt du dann nicht, wo Selena nachts hingeht?«

Holly ruft sich in Erinnerung, dass Joanne eine verlogene

Zicke ist, die alles tun würde, um sich interessant zu machen, wohingegen Selena ihre beste Freundin ist. Sie kann sich Selenas Gesicht nicht vorstellen.

»Du musst was gegen dein krankhaftes Misstrauen tun«, sagt sie. »Sonst wirst du noch eine von diesen verrückten Frauen, die ihre Lover von Privatdetektiven beschatten lassen.«

»Ich hab dann wenigstens einen Lover. Den ich nicht irgendwem ausspannen musste.«

»Schön für dich«, sagt Holly und wendet sich ab. »Ich denke mal, jeder Mensch muss irgendwas haben, worauf er stolz ist.«

»Hey!«, blafft Joanne. »Willst du wirklich nicht wissen, wovon ich rede?«

Holly zuckt die Achseln. »Wozu? Ich glaub dir ja sowieso nicht.« Sie geht weiter Richtung Toiletten.

Joanne faucht hinter ihr her: »*Komm sofort zurück!*«

Wenn alles normal wäre, würde Holly lässig über die Schulter winken und weitergehen. Aber nichts ist normal, und Joanne ist auf ihre eigene Art clever, und falls sie tatsächlich eine Antwort parat hat –

Holly dreht sich um. Joanne befiehlt Alison mit einem Fingerschnippen: »Handy.«

Alison hastet nach hinten in die nach Schlaf riechende Höhle ihres Zimmers. Jemand rollt sich im Bett herum und stellt eine verschlafene Frage; Alison stößt ein wildes *Pssst* aus. Sie kommt mit Joannes Handy zurück und überreicht es ihr wie ein Ministrant dem Priester das Messbuch. Ein Teil von Hollys Kopf ist schon dabei, die Geschichte für die anderen auszuschmücken und hinter vorgehaltener Hand zu lachen. Der andere Teil hat ein ungutes Gefühl.

Joanne tippt seelenruhig auf dem Display herum. Dann reicht sie Holly das Handy – der Zug um ihren Mund ist eine Warnung, aber Holly nimmt es trotzdem. Das Video läuft bereits.

Es trifft sie mit einzelnen Schlägen, ohne genug Zeit, um zwischendurch Luft zu holen. Das Mädchen ist Selena. Der Junge ist Chris Harper. Da ist die Lichtung. Still und summend um die beiden herum, ist sie zu etwas geworden, das Holly noch nie an ihr wahrgenommen hat; etwas Dichtes und Gefährliches.

Joanne kommt sachte näher, leckt alles auf, was Holly sich anmerken lässt. Holly zwingt sich, wieder zu atmen, und sagt, ohne mit der Wimper zu zucken und mit dem amüsierten Halbgrinsen ihres Dads: »OmeinGott, irgendeine blonde Tussi knutscht mit irgendeinem Typen. Ruft die Promi-Hotline an, schnell.«

»Ach komm, stell dich nicht dümmer, als du musst. Du weißt, wer die beiden sind.«

Holly zuckt die Achseln. »Das könnte Selena mit diesem Chris Dingsbums vom Colm sein. Sorry, wenn ich dir deinen großen Moment versaue, aber na und?«

»Und *uups*«, sagt Joanne, spitzmündig und zuckrig. »Anscheinend seid ihr doch nicht die allerbesten Blutsschwestern auf der Welt.«

Schnell und fest zubeißen. *Ich musste meinen Lover nicht irgendwem ausspannen* – »Wieso interessiert dich das überhaupt?«, sagt Holly und hebt eine Augenbraue. »Du hattest doch nie was mit Chris Harper. Bloß weil du ihn gut findest, gehört er dir noch lange nicht.«

Alison sagt: »Hatte sie wohl.«

»*Klappe*«, zischt Joanne und wirbelt zu ihr herum. Alison keucht auf und verschwindet in den Schatten. An Holly gerichtet, wieder unterkühlt: »Das geht dich gar nichts an.«

Falls Chris tatsächlich wegen Selena mit Joanne Schluss gemacht hat, wird Joanne ihr die Kehle aufreißen. »Wenn Chris dich betrogen hat«, sagt Holly vorsichtig, »ist er ein Arschloch. Aber wieso bist du auf Selena stinkig? Die wusste das doch gar nicht.«

»Ach, mach dir mal keine Sorgen«, sagt Joanne, »den kriegen wir schon noch dran.« Ihre Stimme beschwört ein plötzliches kaltes Glänzen herauf, hinten in den dunkelschwarzen Winkeln des Flurs; Holly tritt beinahe einen Schritt zurück. »Und ich bin nicht *stinkig* auf deine Freundin. Das mit den beiden ist vorbei, und überhaupt, auf Leute wie die bin ich nicht stinkig. Ich schaff sie mir einfach vom Hals.«

Und mit diesem Video kann sie das jederzeit machen, wenn ihr danach ist. »Von Klischees krieg ich Pickel«, sagt Holly. Sie drückt auf Löschen, aber Joanne hat damit gerechnet und reißt das Handy an sich, ehe Holly bestätigen kann. Ihre Fingernägel zerkratzen Holly das Handgelenk.

»Ent*schul*digung, denk nicht mal dran.«

»Du musst dir dringend die Nägel schneiden«, sagt Holly und schüttelt ihr Handgelenk aus. »Am besten mit einer Gartenschere.«

Joanne drückt das Handy wieder Alison in die Hand, und Alison huscht davon, um es irgendwo zu verstauen. »Weißt du, was du und deine Mädels dringend machen müsst?«, sagt Joanne im Befehlston. »Ihr müsst aufhören, so zu tun, als wärt ihr die supercoolsten besten Freundinnen. Wenn ihr das nämlich wärt, dann würde euch diese Seekuh nicht anlügen und verschweigen, dass sie's mit Chris Harper treibt; und selbst wenn doch, würdet ihr das irgendwie telepathisch wissen oder so, was ihr voll nicht tut. Und deshalb seid ihr haargenau wie alle anderen.«

Holly fällt nichts ein, was sie darauf erwidern soll. *Das mit den beiden ist vorbei.* Selenas ausgehöhlter Blick, als würde ein Eiswind durch sie hindurchfegen: Das ist der Grund. Das, der offensichtlichste, typischste, klischeehafteste Grund der Welt, so typisch, dass sie nicht mal dran gedacht hat. Joanne Heffernan ist ihr zuvorgekommen.

Joannes Gesicht ist richtig aufgebläht von diesem köstlichen *Erwischt*, um das es ihr ging, und Holly erträgt den Anblick keine Sekunde länger. Die Flurlampen flackern, machen ein Geräusch wie spritzende Farbe und gehen aus. Begleitet von den Wellen der

Hühnerstallgeräusche, die aus Joannes Zimmer dringen, sucht Holly sich tastend ihren Weg zurück ins Bett.

Sie sagt nichts. Nicht zu Becca, die ausflippen würde, nicht zu Julia, die erklären würde, dass sie Schwachsinn redet, nicht zu Selena; erst recht nicht zu Selena. Als Holly ein paar Nächte später nicht schlafen kann, als sie die Augen aufschlägt und Selena sieht, ihr ganzer Körper eine Kurve der Konzentration über etwas, was in ihren geöffneten Händen leuchtet, setzt sie sich nicht auf und sagt leise *Lenie, rede mit mir.* Als Selena nach langem Warten schließlich zittrig einatmet und das Handy seitlich in ihre Matratze schiebt, fängt Holly nicht an, sich Vorwände zu überlegen, wie sie mal allein im Zimmer sein kann. Sie lässt das Handy, wo es ist, und hofft, dass sie es nie wiedersieht.

Sie tut so, als wäre mit Selena alles bestens, als wäre überhaupt alles bestens und das größte Problem auf der Welt wären die Zwischenprüfungen, die – omeinGott – ihr Gehirn zermatschen und ihr ganzes Leben in eine einzige große Pleite verwandeln werden. Das wiederum bewirkt, dass Becca locker und zuversichtlich wird, immerhin. Julia ist noch immer zickig, aber Holly beschließt, das dem Prüfungsstress zuzuschreiben. Sie verbringt viel Zeit mit Becca. Sie lachen viel. Hinterher kann Holly sich nicht erinnern, worüber.

Manchmal möchte sie Selena mitten in die weiche, blasse Benommenheit ihres Gesichts schlagen und nicht mehr aufhören. Nicht weil sie was mit Chris Harper angefangen und sie alle angelogen und den Schwur gebrochen hat, der überhaupt ihre Idee war; das alles ist nicht das Problem. Sondern weil es bei dem Schwur doch gerade darum ging, dass sich keine von ihnen je so fühlen sollte. Es ging darum, dass es einen Platz in ihrem Leben geben sollte, der unangreifbar war. Eine Art Liebe, die stärker sein sollte als alles außerhalb davon. Es ging darum, geborgen zu sein.

Becca ist nicht dumm, und ganz gleich, was andere manchmal denken, sie ist keine zwölf mehr. Und ein Ort wie dieser wimmelt von Geheimnissen, aber die haben dünne Schalen, und es ist eng hier, so dass sie rumgeschubst und gegeneinandergestoßen werden: Wenn du nicht supervorsichtig bist, dann platzen sie früher oder später auf, und das ganze zarte Innere quillt heraus.

Sie weiß seit Wochen, dass irgendwas nicht in Ordnung ist und dass es sich ausbreitet. In jener Nacht auf der Lichtung, als Holly Lenie nicht in Ruhe lassen wollte, hat Becca sich eingeredet, dass Holly einfach bloß schlecht drauf war; manchmal ist sie so, verbeißt sich in etwas und gibt keine Ruhe, dann musst du ihre Aufmerksamkeit nur auf irgendwas anderes lenken, dann beruhigt sie sich wieder. Aber Julia ist es eigentlich egal, wenn Holly so ist. Als sie sich einschaltete, um alles wieder schön harmonisch zu machen, da ist Becca klargeworden, dass irgendwas ganz und gar nicht in Ordnung ist.

Sie hat sich bemüht, so zu tun, als wenn nichts wäre. Wenn Selena die ganze Mittagspause hindurch auf ihre Hand starrt, mit der sie in ihrem Haar spielt, wenn Julia und Holly sich anblaffen, als würden sie einander hassen, schaltet Becca auf stur, starrt auf ihr Rindergulasch und hält sich aus allem raus. Wenn sie sich aufführen wollen wie Idioten, ist das ihr Problem; das sollen sie mal schön selbst lösen.

Der Gedanke an etwas, was sie nicht lösen können, lässt Rebecca schier wahnsinnig werden, vor Panik aufjaulen. Er riecht nach Waldbränden.

Schließlich ist es Holly, die sie dazu zwingt, die Realität zur Kenntnis zu nehmen. Als Holly sie das erste Mal fragte – *Kommt dir Lenie in letzter Zeit nicht irgendwie eigenartig vor?* –, konnte Becca sie nur anstarren und auf ihren eigenen rasenden Herzschlag lauschen, bis Holly die Augen verdrehte und auf *Schon gut, ist wahrscheinlich alles bestens* umschaltete. Aber von da an hängt sich Holly mehr und mehr an sie ran, als bekomme sie in der Nähe der anderen nicht richtig Luft. Sie redet zu schnell, sie macht schnoddrige Bemerkungen über alles und jeden und hört nicht auf damit, bis Becca lacht, damit sie zufrieden ist. Sie versucht, Becca zu überreden, was zu zweit zu unternehmen, ohne Julia und Selena. Becca merkt, dass sie von Holly wegwill; dass sie alle zum ersten Mal überhaupt voneinander wegwollen, und das macht sie fassungslos.

Was auch immer nicht in Ordnung ist, es wird nicht von allein weggehen. Es wird schlimmer.

Vor einem Jahr hätte Becca zwischen sich und diesem Etwas Türen zugeknallt und Schlüssel umgedreht. Sich einen Berg Bücher aus der Bibliothek geholt und auch dann nicht aufgehört zu lesen, wenn jemand sie angesprochen hätte. Hätte so getan, als wäre sie krank, hätte sich den Finger in den Hals gesteckt, um zu kotzen, bis Mum mit verkniffenem Gesicht aufgetaucht wäre, um sie nach Hause zu holen.

Das ist jetzt anders. Sie ist kein kleines Kind mehr, das sich hinter seinen Freundinnen verstecken kann, wenn was Schlimmes passiert. Wenn die anderen das nicht aus der Welt schaffen können, dann muss sie es eben versuchen.

Becca fängt an zu beobachten.

Eines Nachts öffnet sie die Augen und sieht Selena aufrecht im Bett sitzen, eine SMS schreiben. Das Handy ist pink. Selenas Handy ist silbern.

Am nächsten Tag zieht sich Becca den zu kurz gewordenen Schottenrock vom letzten Jahr an und wird aus dem Unterricht zurück auf ihr Zimmer geschickt, um sich etwas anderes anzuziehen, das ihre Beine vor der Welt verbirgt. Sie braucht ungefähr dreißig Sekunden, um das pinke Handy zu finden.

Die SMS verwandeln alles Weiche an ihr in Wasser, das zwischen ihren Knochen hervorquillt. Sie hockt auf Selenas Bett, und sie kann sich nicht bewegen.

Dieses kleine Ding, harmlos, es hat alles kaputtgemacht. Das

Handy fühlt sich schwarz und heiß zwischen ihren Fingern an, schwerer als ein Stein.

Es dauert eine ganze schwindelige Weile, ehe sie wieder denken kann. Das Erste, woran sich ihr Verstand festhält: In den SMS wird kein Name genannt. *Wer wer wer*, denkt sie und lauscht auf das einsam heulende Echo in ihrem Kopf. *Wer?*

Einer vom Colm; das ist klar durch die Geschichten über Lehrer und Rugbyspiele und andere Jungs. Einer, der gerissen ist, der einen Spalt in ihre hohe weiße Mauer treiben und sich schlau hindurchwinden konnte. Einer, der clever ist, der geahnt hat, dass Selena mit offenen Armen auf diese Ach-ich-arme-empfindsame-Seele-Geschichten reinfallen würde, dass sie niemals jemanden alleinlassen würde, der so besonders ist und sie so sehr braucht.

Becca beobachtet weiter. Unten im Court, während sie durch die gekühlte, hohle Luft und das knallbunte Neonlicht schlendern, hält sie Ausschau nach einem Jungen, der zu viel oder zu wenig zu ihnen rüberschaut, nach einem Jungen, der Selena verändert, wenn er nur vorbeigeht. Marcus Wileys Augen wieseln sich in den Ausschnitt von Selenas Top, aber selbst wenn er kein Widerling wäre, würde Selena nie im Leben … nicht nachdem er Julia dieses Foto geschickt hat. Andrew Moore checkt, ob sie auch rüberschauen, als er einem von seinen Freunden gegen den Oberarm boxt und in irres Gelächter ausbricht; Becca denkt im ersten Moment *Ja klar, so einen charakterlosen Schwachkopf würde sie nie im Leben …* bis ihr schmerzlich wie ein Schlag in die Magengrube klarwird, dass sie keine Ahnung hat, was Selena nie im Leben würde.

Andrew Moore?

Finn Carroll, der den Kopf zu schnell wegdreht, als er sieht, dass Becca sieht, wie er über den Donut-Stand hinweg guckt? Finn ist schlau; er käme in Frage. Chris Harper, der auf der Rolltreppe an ihnen vorbeigleitet, mit einem roten Streifen auf der Wange, der nicht einfach bloß Sonnenbrand sein könnte, Selenas

Wimpern, die rasch flattern, als sie den Kopf tief über ihre Einkaufstüte voller Farben beugt? Der Gedanke an Chris verfängt sich wie ein Angelhaken auf seltsam schmerzliche Weise unter Beccas Brustbein, aber sie schreckt nicht zurück: Es wäre möglich. Seamus O'Flaherty, alle sagen, Seamus ist schwul, aber jemand, der gerissen ist, könnte so ein Gerücht selbst in die Welt setzen, um besser an Mädchen ranzukommen, weil sie dann arglos sind; François Levy, schön und anders, dieses *Anders* könnte Selena das Gefühl geben, dass es nicht zählt; Bryan Hynes, Oisín O'Donovan, Graham Quinn, für eine Sekunde springt jeder von ihnen mit einem nassen roten Grinsen hervor, als sei er es, er er er. Er ist überall; er erhebt auf alles Anspruch.

Die Luft im Court ist zu etwas so Dünnem und Kühlem verarbeitet worden, dass Becca sie kaum einatmen kann. Neben ihr redet Holly zu schnell und beharrlich, um zu registrieren, dass Becca nicht antwortet. Becca zieht die Ärmel ihrer Strickjacke über die Hände und beobachtet weiter.

Auch nachts beobachtet sie. Sie bewacht Selena – nicht dass sie wüsste, was sie tun würde, wenn –, aber als sie schließlich sieht, wie Bettzeug sich langsam hebt und aufklappt, geschieht das auf dem falschen Bett. Die Behutsamkeit jeder einzelnen Bewegung, der vorsichtige Rundumblick, bevor Julia sich aufrichtet, verraten Becca, dass sie nicht zur Toilette will.

Der Laut kommt heraus, ohne dass Becca ihn aufhalten kann, reißt sich aus ihrem Unterleib hoch, gurgelnd und wund. Dieser Junge durchfiebert sie alle, wie eine Infektion auf der Suche nach der nächsten geeigneten Ausbruchstelle, er ist überall –

Julia erstarrt. Becca rollt sich herum und bleibt liegen, murmelt vor sich hin, als würde sie schlecht träumen, wird dann leiser, atmet tief und gleichmäßig. Nach einer langen Weile hört sie, dass Julia sich wieder bewegt.

Sie sieht, wie Julia sich nach draußen schleicht, sieht, wie sie sich eine Stunde später wieder hereinschleicht; sieht, wie sie rasch ihren Schlafanzug anzieht und ihre Klamotten tief in den Schrank stopft. Sieht, wie sie Richtung Bad verschwindet, lange Zeit später zurückkommt, in einem dichten Nebel aus Blumen und Zitrone und Desinfektionsmittel.

In Julias Matratze steckt kein Handy, als Becca am nächsten Abend während der zweiten Studierstunde einen Vorwand findet. Da steckt eine halbleere Packung Kondome.

Die Packung verbrennt Becca die Finger wie heißes Fett; selbst nachdem sie sie wieder zurückgestopft hat, brennt sie weiter, ätzt sich durch bis ins Blut und pumpt durch ihren ganzen Körper. Julia ist nicht Selena; niemand könnte sie zu so was beschwatzen, ganz gleich, wie treuherzig der Blick oder wie sensibel die Geschichten. Sie muss gezwungen worden sein, brutal, mit auf dem Rücken hochgerissenem Arm: *Mach's, oder ich verrate Selena, dann fliegt sie, ich verschicke Titten-Pics von ihr auf jedes Handy in der Schule.* Von einem, der nicht nur gerissen ist, sondern auch bösartig.

Becca, auf dem Boden zwischen den Betten kniend, beißt sich in den Handballen, damit sich ihr dieser Laut nicht wieder entwindet.

Wer wer?

Einer, der die Ungeheuerlichkeit dessen, was er getan hat, nicht versteht. Er denkt, das sei nichts: Mädchen aus dem, was sie sind, in das zu verwandeln, was er haben will, sie zu verdrehen und zu erpressen, bis sie bloß noch seine Begierden sind, keine große Sache – dafür sind sie ja schließlich da. Beccas Zähne pressen tiefe Dellen in ihre Hand.

Diese Augenblicke auf der Lichtung, die ewig währen sollten, die ihnen gehören sollten, ganz gleich, wie weit weg und wie fern voneinander es sie vier verschlagen würde: Die raubt er ihnen. Er scheuert die leuchtenden Kartenmarkierungen weg, die jede von ihnen zurückführen sollten. Selenas und dann Julias, als Nächstes wird er sich Holly vornehmen, er ist ein unersättlicher Vogel, der ihre Spur aus Brotkrumen aufpickt. Die Bahn aus Punkten quer über Beccas Bauch zuckt vor neuem Schmerz.

Wer wer wessen Geruch in der Luft ihres Zimmers, wessen Fingerabdrücke überall auf den geheimsten Orten ihrer Freundinnen –

Draußen vorm Fenster ist der Mond ein schmaler weißer Fleck hinter lilagrauen Wolken. Becca löst ihre Zähne und streckt die geöffneten Hände aus.

Rette uns.

Die Wolken pulsieren. Sie brodeln an den Rändern.

Julia hat den Schwur gebrochen; selbst wenn sie dazu gezwungen wurde, das spielt keine Rolle, nicht dafür. Und Selena auch, ganz gleich, was sie mit ihm getan oder nicht getan hat. Wenn sie auf diesem schmalen Grat balanciert ist, wenn sie mit ihm Schluss gemacht hat, ehe sie abgestürzt sind, das ist egal. Nichts von alldem ändert etwas an der Strafe.

Vergib uns. Brenn es aus uns heraus, lass uns wieder rein werden. Mach ihn weg, mach uns wieder so, wie wir waren.

Der Himmel siedet und gärt. Die Antworten wogen unter einer dünnen Wolkenhaut.

Etwas wird verlangt.

Was immer du willst. Wenn du Blut willst, schneide ich mich auf.

Das Licht wird trübe, ablehnend. Das nicht.

Becca denkt an vergossenen Wein, Tonfigürchen, Messerblitzen und Federflattern. Sie hat keine Ahnung, wo sie ein Huhn herkriegen soll oder auch Wein, aber falls –

Was. Sag mir was.

Mit einem gewaltigen lautlosen Brausen birst der Himmel auf, die Wolken zerplatzen zu Fragmenten, die sich auflösen, ehe sie zu Boden stürzen. Aus dem weißen und unermesslichen Gleißen fällt es in ihre geöffneten Hände:

Er.

Sie hat wie ein dummes kleines Mädchen gedacht. Aus Mums

Keller geklauter Wein, Hühnerblut; Kinderkram, für mit Lidstrich bemalte Idioten, die Hexenspielchen spielen, die sie nicht verstehen.

Früher gab es Strafen dafür, sich einem Mädchen aufzuzwingen, das einen Eid geschworen hatte. Becca hat die Geschichten gelesen: lebendig begraben, gehäutet, zu Tode geprügelt –

Er. Kein anderes Opfer könnte je genügen, nicht, um das aus der Welt zu schaffen.

Becca rennt beinahe zurück zum Gemeinschaftsraum und zu den Französisch-Hausaufgaben. Sie weiß, sie könnte, wenn sie wollte. Nichts würde sie aufhalten.

Selena, die Hand in den Haaren, Julias hängende Schultern, als sie aus der wimmelnden Dunkelheit zurückkam, der schnelle verzweifelte Taktschlag von Hollys Stimme. Die Momente im Verlauf der letzten Wochen, in denen Becca sie alle drei gehasst hat. Bald wird es zu spät sein, und sie können nicht mehr zurück zueinanderfinden, nie mehr.

Ja. Ja, ich werde es tun. Ja, ich finde einen Weg.

Die Wildheit des Jubels, der sich daraufhin erhebt, um sie herum und in ihr, schleudert sie fast durch den Raum. Die Punkte auf ihrem Bauch trommeln hitzige Rhythmen.

Aber ich weiß nicht, wen *ich* –

Nicht Chris Harper. Chris musste nicht nett zu Becca sein, er hat es nicht getan, um irgendwas zu bekommen – Becca weiß ganz genau, dass ein Junge wie Chris nicht auf jemanden wie sie steht –, und Freundlichkeit ohne Hintergedanken passt nicht zu Bösartigkeit. Aber damit bleiben Finn Andrew Seamus François alle, wie kann sie –

Es geht ihr auf wie die Wölbung eines großen Lächelns: Sie muss nicht wissen, wer. Sie muss lediglich wissen, wo und wann. Und das kann sie selbst bestimmen, weil sie ein Mädchen ist, und Mädchen haben die Macht, Jungs jederzeit irgendwohin zu bestellen.

Becca versteht sich darauf, supervorsichtig zu sein. Ihr Geheimnis wird nicht aufplatzen.

Der ganze Himmel ergießt sich in weißen, freudigen, kühlen Strömen über ihre Hände und ihr nach oben gewandtes Gesicht und ihren ganzen Körper, füllt ihren geöffneten Mund.

Am Donnerstagmorgen zieht Becca wieder ihren zu kurzen Schottenrock an, und diesmal fährt Schwester Cornelius aus der Haut und schlägt mit dem Lineal klatschend auf ihr Pult und verdonnert die ganze Klasse dazu, hundertmal *Ich werde zur Heiligen Jungfrau beten, dass sie mich mit Sittsamkeit segnet* zu schreiben. Und dann schickt sie Becca zum Umziehen zurück auf ihr Zimmer.

Sie kann unmöglich wissen, wann dieser Typ und Selena sich getroffen haben, aber Becca weiß zumindest einen Ort, an dem sie sich getroffen haben. *Heute Nacht auf der Lichtung?*, stand in einer SMS, damals im März. *Selbe Zeit?*

Der letzte Ort auf der ganzen Welt, wo sie mit ihm hätte hingehen sollen. Becca zieht den Reißverschluss ihres zu langen neuen Schottenrocks hoch und fürchtet für eine Sekunde, dass dieser Junge eine ganz eigene Macht hinter sich haben muss, weil er Selena in so eine total hirnamputierte Idiotin verwandeln konnte. Sie sieht ein verlorenes Stück Papier auf dem Teppich liegen, lässt es wie eine Motte zur Deckenlampe hochwirbeln, um sich in Erinnerung zu rufen: Auch sie hat Macht.

Das Handy fühlt sich nicht mehr schwarz und heiß an. Es ist leicht wie Schaum und handlich, die Tasten drücken sich beinahe von selbst, ehe Beccas Daumen sie finden kann. Sie ändert den Text viermal ab, bis sie ihn okay findet. *Können wir uns heute nacht treffen? 1 h auf der zypressenlichtung?*

Womöglich wird sie keine Gelegenheit haben, nachzusehen, ob er geantwortet hat, aber das ist egal: Er wird kommen. Vielleicht hat Julia sich schon für heute Nacht mit ihm verabredet –

Becca weiß nicht, wie sie zu ihm Kontakt hält –, aber er wird Julia abblitzen lassen, wenn er denkt, dass Selena lockt. Es steigt wie Hitze aus seinen SMS auf: Was er wirklich will, ist Selena.

Er kann sie nicht haben.

Becca geht kurz nach Mitternacht los, damit sie Zeit hat, sich vorzubereiten. Im Spiegel an ihrer Schranktür sieht sie aus wie ein Einbrecher: dunkelblaue Jeans und dunkelblaues Hoodie und ihre schwarzen Designer-Lederhandschuhe, die Mum ihr zu Weihnachten geschenkt hat und die sie noch keinmal getragen hat. Die Kordel von ihrer Kapuze ist so festgezurrt, dass nur Augen und Nase daraus hervorlugen. Sie muss grinsen – *Du siehst aus wie der dickste Bankräuber der Welt* –, aber das Grinsen ist nicht sichtbar; sie sieht ernst aus, fast streng, auf den Fußballen wippend, kampfbereit. Um sie herum atmen die anderen langsam und tief wie verzauberte Prinzessinnen in einem Märchen.

Die Nacht leuchtet seltsam hell wie bei Tag, unter einem fest in Sterne gepackten riesigen Halbmond. Jenseits der Mauer und weit weg ertönt Musik, bloß ein verlockender Klangfaden, eine liebliche Stimme und ein Rhythmus wie rennende Füße. Becca verharrt in einem Schatten und lauscht. *Never thought that everything we lost could feel so near, found you on a* – und der Song verklingt mit dem wechselnden Wind. Nach einer langen Weile setzt sie sich wieder in Bewegung.

Der Schuppen des Gärtners ist dunkel, würzig und nach Erde duftend dunkel, und sie will auf keinen Fall das Licht einschalten, aber darauf hat sie sich vorbereitet. Zwei Schritte vorwärts, Linksdrehung, fünf Schritte, und ihre ausgestreckten Hände stoßen gegen die Gartengeräte, die an der Wand lehnen.

Die Hacke ist ganz rechts, wo sie sie gestern wieder hingestellt hat. Spaten und Schaufeln sind zu schwer und zu unhandlich, bei irgendwas mit einem kurzem Stiel müsste sie zu nah ran, aber eine von den Hacken hatte ein so scharfes Blatt, dass ihre Fingerkuppe beinahe aufgeschlitzt worden wäre wie eine überreife Frucht. Gemma kam rein und hat sie gesehen, wie sie gerade ihre Auswahl traf, aber ihretwegen macht Becca sich keine Sorgen. Hier geht's nicht um Push-up-BHs und kohlenhydratarme Ernährung; das hier ist unendlich weit außerhalb dessen, womit Gemma sich gedanklich befassen kann.

Sie lässt Äste vor sich auseinanderwippen wie Schwingtüren, ihr den Weg freimachen. In der Mitte der Lichtung übt sie, schwingt die Hacke hoch über den Kopf und nach unten, gewöhnt sich an ihr Gewicht, ihre Reichweite. Wegen der Handschuhe muss sie noch fester zupacken, damit die Finger nicht abrutschen. Das Sausen der Hacke ist schnell und stark und überzeugend. Tief unter den Bäumen, hier und dort, beobachten leuchtende Augen sie, neugierig.

Noch ein Versuch, weil es sich so gut anfühlt, und Becca hört auf: Sie will nicht, dass ihre Arme müde werden. Sie dreht die Hacke zwischen den Handflächen und lauscht. Nur die tröstlichen, vertrauten Geräusche der Nacht: ihre eigene Atmung, das Unterholzrascheln von kleinem Getier, das seinen Geschäften nachgeht. Er ist nirgends in der Nähe.

Er wird vom hinteren Teil des Parks kommen. Der Pfad unter den gewölbten Ästen ist eine endlose schwarze Höhle, gesprenkelt mit Fetzen aus weißem Licht. Sie stellt sich verschiedene Jungs vor, die dort herauskommen: Andrew, Seamus, Graham. Sie stellt sich bedächtig und systematisch alles vor, was danach geschehen muss.

Die Hacke hat aufgehört, sich zwischen ihren Handflächen zu drehen. Sie hört sie wieder durch die Luft sausen und diesmal auch den splitternden Aufschlag und das schmatzende Geräusch am Ende.

Ihr ganzer Körper wünscht sich, dass es James Gillen ist – der Gedanke öffnet ihren Mund zu einem Beinahelächeln –, aber sie weiß zumindest, dass Selena das nie im Leben würde. Sie hofft, es ist Andrew Moore.

Becca ist glücklich, so glücklich, dass sie vom Boden hoch-springen und inmitten der wirbelnden Sterne Purzelbäume schla-gen könnte, weil sie hierfür auserwählt worden ist. Die Schönheit der Lichtung lässt ihr Herz überquellen. Die ganze Lichtung bie-tet verschwenderisch alle Pracht dar, die ihr zur Verfügung steht. Die Luft ist durchtränkt vom Mondlicht und dem süßen Duft der Hyazinthen, Eulen singen wie Nachtigallen, Hasen tanzen, und die Zypressen sind feierlich mit Silber und Lavendel beperlt.

Weit hinten, in der gerippten Dunkelheit des Pfades, knackt etwas. Die Zypressen atmen einmal tief ein und erzittern auf Ze-henspitzen. Er ist da.

Eine Sekunde lang ist Becca panisch, die Knochen von Entset-zen zu Gelee zermalmt, demselben Entsetzen, das Julia empfun-den haben muss, als sie sich für ihn hinlegte, das Selena in dem Moment empfunden haben muss, ehe sie sagte *Ich liebe dich*. Sie begreift, dass sie hinterher anders sein wird als alle anderen. Sie und dieser Junge: Der eine Schlag wird sie beide über eine unwi-derrufliche Grenze befördern, in Welten hinein, die sie sich nicht vorstellen können.

Sie beißt sich in die Wange, bis sie Blut schmeckt, und mit einem Schwung ihrer Hand zieht sie ein langes Rauschen wie einen schwarzen Flügel rings um die Wipfel der Zypressen. Der andere Ort war die ganze Zeit schon hier. Seit Monaten sind die Konturen porös geworden, weggebröckelt. Wenn sie Angst haben wollte, wenn sie weglaufen wollte, dann sind die passen-den Augenblicke dafür schon längst verstrichen.

Die Panik ist ebenso schnell verschwunden, wie sie gekommen ist. Becca weicht zurück in die Schatten unter den Bäumen und wartet auf ihn, wie ein Mädchen auf einen heimlichen Geliebten wartet, die Lippen geöffnet und dunkles Blut in Kehle und Brüs-ten tosend, den ganzen Körper dem Moment entgegengestreckt, in dem sie endlich sein Gesicht sehen wird.

27

ICH GING ZUR VORDERSEITE der Schule. Meine Füße auf dem Gras fühlten sich seltsam an, zu fest, sanken tiefer und tiefer ein, als wäre der Rasen aus Dunst. Noch immer beobachteten mich Mädchen, als ich an ihnen vorbeikam, noch immer flüsterten sie. Aber jetzt war es einerlei.

Ich wartete an der Ecke vom Internatstrakt, im Schatten an die Mauer gepresst. *Ich denke, wenn wir ein Päuschen machen, Detective Conway, komme ich mit Ihnen runter und rauch schnell eine ... Nein? Gibt's dafür einen besonderen Grund?* Bei Mackey musst du immer vorausdenken.

Ich fühlte mich wie jemand anders, während ich da auf Conway wartete. Jemand, der sich verändert hatte.

Sie kam schnell. Eben noch sah die Eichentür aus, als würde sie in alle Ewigkeit geschlossen bleiben, im nächsten Moment stand Conway oben an der Treppe, bereit, hielt nach mir Ausschau. Flutlicht auf ihrem Haar. Ich brauchte eine Sekunde, um das breite Grinsen in meinem Gesicht zu spüren.

Kein Mackey hinter ihr. Ich trat aus dem Schatten, hob einen Arm.

Ihr ebenso breites Grinsen ließ ihr Gesicht aufleuchten. Sie kam mit großen Schritten über den weißen Kies, hob die Hand, um mit mir High Five zu machen. Das laute Klatschen peitschte in die Nacht, Triumph pur, hinterließ ein heftiges, sauberes Brennen in meiner Hand. »Wir sind richtig gut.«

Ich war dankbar für das Dämmerlicht. »Meinst du, Mackey hat's geglaubt?«

»Ich denke schon, ja. Schwer zu sagen.«

»Was hast du ihm erzählt?«

»Gerade eben? Ich hab bloß sauer aus der Wäsche geguckt, gesagt, ich müsste mal rasch irgendeinen Mist klären, würde nicht lange dauern, sie sollten nicht weglaufen. Ich schätze, der denkt, du hast wegen der Warterei gemeckert.« Sie blickte zurück zu der Tür, einen dunklen Spaltbreit offen. Wir gingen ein paar Schritte, in den Schatten und um die Ecke vom Internatstrakt, außer Sicht.

Ich fragte: »Bist du mit Holly weitergekommen?«

Conway schüttelte den Kopf. »Hab eine Weile mit möglichen Motiven um mich geworfen, aber bei keinem hat's irgendwie klick gemacht. Bin dann darauf zurückgekommen, dass sie Selena nicht geholfen hat und was sie alles getan hätte, um das wiedergutzumachen; das Mädel ist ziemlich pampig geworden, hat mir aber nichts Neues geliefert. Ich wollte sie nicht zu hart rannehmen: Wenn sie die Fassung verloren hätte, wäre Mackey mit ihr abgezischt, und ich wollte dir Zeit geben. Was hast du rausgefunden?«

Ich sagte: »Rebecca hat sich im Gärtnerschuppen Schaufeln und Spaten angesehen. Am Tag vor dem Mord.«

Conway stockte. Hörte auf zu atmen.

Nach einem Moment: »Sagt wer?«

»Gemma. Sie wollte Diätpillen kaufen, hat Rebecca überrascht. Rebecca hat sich fürchterlich erschreckt, ist abgehauen.«

»Gemma. Joannes Schoßhündchen Gemma.«

»Ich glaub nicht, dass sie mich verarscht hat. Auf jeden Fall wollten sie, Joanne und Orla nicht von sich selbst ablenken. Dass Rebecca an den Gartengeräten rumhantiert hat, fanden sie gar nicht verdächtig. Sie haben gedacht, wichtig wäre nur, dass sie überhaupt in dem Schuppen war – dachten, sie wollte beim

Gärtner Drogen kaufen, um sie Chris zu geben, weil sie in ihn verknallt war, und dann hat er sie abblitzen lassen, und sie ist durchgedreht. Ich hab gesagt, Rebecca wäre dafür zu schmächtig; sie meinten, falls Chris auf dem Boden gesessen hat, könnte sie ihn mit einem Stein erschlagen haben. Wenn sie gewusst hätten, dass die Tatwaffe eine Hacke war, hätten sie das nie im Leben für sich behalten. So viel Selbstbeherrschung haben die nicht. Sie wissen es nicht.«

Conway hatte sich noch immer nicht bewegt: Füße in den Boden gestemmt, Schultern versteift, Hände in den Taschen. Die Dinge überschlugen sich hinter ihren Augen. Sie sagte: »Ich kapier's nicht. Diese Drogensache, die könnte vielleicht hinhauen. Rebecca könnte Chris bestochen haben, damit er von Selena wegbleibt. Aber was ist mit dem Kondom? Chris hatte vor, eine Nummer zu schieben. Denkst du, Rebecca hat mit ihm gevögelt? Ernsthaft?«

Ich sagte: »Ich glaub nicht, dass die Treffen davor mit Rebecca waren. Weißt du noch, was Holly gesagt hat? Als sie gemerkt hat, dass mit Selena irgendwas nicht stimmt, hat sie versucht, mit Julia darüber zu reden. Und die wollte nichts davon hören: hat ihr gesagt, sie soll die Sache vergessen, Selena würde früher oder später drüber wegkommen. Hört sich das für dich nach Julia an? Sie ist ein Kämpfertyp. Wenn eine von ihren Freundinnen ein Problem hat, hält sie sich dann einfach die Ohren zu und hofft, es geht von allein wieder weg?«

Jetzt bewegte Conway sich. Ihr Kopf ging nach hinten, Mondlicht auf dem Weiß in ihren Augen. »Julia war schon dabei, sich drum zu kümmern.«

»Genau. Sie wollte nicht, dass Holly sich einmischt, die Dinge verkompliziert. Deshalb hat sie ihr gesagt, sie soll die Finger davon lassen.«

»*Scheiße*«, sagte Conway. »Weißt du noch, was Joanne uns erzählt hat? Sie hat ihre Groupies zur Nachtwache verdonnert, um sicherzugehen, dass Selena wirklich aufgehört hatte, sich rauszu-schleichen und Chris zu treffen. Keine Spur von Selena, aber da-für haben sie Julia gesehen. Sie dachten, sie würde sich mit Finn Carroll treffen. Und wir haben das einfach geglaubt. Wir zwei Vollidioten.«

Ich sagte: »In einem Zimmer von der Größe kannst du unmög-lich irgendwas geheim halten. Irgendwann und irgendwie hat Rebecca es rausgefunden – entweder das mit Chris und Selena oder das mit Chris und Julia.«

»Ja. Und Holly hat gesagt, schon der Gedanke, dass mit einer von ihnen irgendwas nicht stimmt, hat Rebecca schier verrückt gemacht.«

»Der Gedanke, dass sie vier nicht genug waren, um alles gut-zumachen. Damit konnte sie nicht umgehen.« Ich sah das Poster in Schönschrift vor mir, es musste sie Stunden gekostet haben, Wochen, nach jedem Ausrutscher mit dem Stift von vorn ange-fangen. *Selbst wenn ringsum Gefahren dräuen, Bleibt Freundschaft unberührbar doch.*

Conway sagte: »Das heißt nicht, dass Holly raus ist.«

Sie sagte das nicht so, wie sie es ein oder zwei Stunden früher gesagt hätte, mit einem kurzen Seitenblick auf mich, ob ich das Gesicht verzog oder zusammenzuckte. Sie sagte es einfach. Die zusammengekniffenen Augen auf das Schulgebäude gerichtet, als würde es sie provozieren.

Ich sagte: »Stimmt. Und es schließt auch Julia nicht aus, oder die drei zusammen: Soweit wir wissen, könnte eine die Waffe be-sorgt, eine Chris auf die Lichtung gelockt, eine die Sache erledigt haben, als er in Gedanken woanders war. Das Einzige, was wir mit Sicherheit wissen, ist, dass Rebecca mit drinsteckt.«

»Hast du sonst noch was rausgekriegt?«

Nach einem Moment sagte ich: »Das war's.«

Conways Gesicht wandte sich mir zu. »Aber?«

»Aber.« Ich wollte mich wegdrehen, aber sie musste es erfahren. »Joanne und die anderen waren nicht gerade erfreut, als ich gesagt hab, ich müsste los. Die wollten irgendwas machen, ich weiß nicht mal, was genau. Mit mir flirten, mich zum Bleiben bewegen. Irgendwas in der Art.«

»Gab's irgendwelche Berührungen?«

»Ja. Joanne hat einen Finger auf mein Bein gelegt. Ich hab den Cop raushängen lassen, sie hat die Hand weggenommen, ich hab gemacht, dass ich wegkam.«

Conway musterte mich. »Willst du damit sagen, ich hätte dich nicht so ganz allein ins Haifischbecken werfen sollen?«

»Nein. Ich bin ein großer Junge. Wenn ich nicht mit ihnen hätte reden wollen, hätte ich es nicht gemacht.«

»Weil ich es nämlich selbst gemacht hätte, wenn ich gekonnt hätte. Aber dabei wäre nichts rausgekommen. Du musstest es machen.«

Ich, der perfekte Köder, wie auch immer wer auch immer mich haben wollte. »Ich weiß. Ich sag's dir nur. Ich finde, du solltest es wissen.«

Sie nickte. »Mach dir keinen Stress deswegen.« Sie sah mein Unbehagen, *Du hast gut reden.* »Im Ernst. Die werden nichts sagen. Bei dem, was wir gegen sie in der Hand haben, wären sie bescheuert, wenn sie versuchen würden, sich mit uns anzulegen. Denkst du, die wollen, dass McKenna von den Diätpillen erfährt? Oder dass sie sich nachts rausgeschlichen haben?«

»Womöglich denken sie gar nicht so weit.«

Conway schnaubte. »Die sind Expertinnen darin, so weit zu denken. So ticken die.« Ernsthafter, weil sie etwas in meinem Gesicht sah: »Das sind Zicken, die einem Angst machen können, aber wir haben sie im Schwitzkasten. Okay?«

»Ja«, sagte ich. Wie sie das sagte – *Zicken, die einem Angst machen können* –, als wisse sie Bescheid, als sei sie dabei gewesen: Das half mehr als die Beruhigung. »Okay.«

»Gut.« Conway klopfte mir auf die Schulter. Linkisch wie ein

Junge, aber ihre Hand fühlte sich stark und fest an. »Gut gemacht.«

Ich sagte: »Das reicht noch nicht. Wir haben genug, um Rebecca festzunehmen, aber nicht genug für die Staatsanwaltschaft, um Anklage zu erheben. Falls sie kein Geständnis ablegt –«

Conway schüttelte den Kopf. »Nicht mal genug für eine Festnahme. Wenn sie die Tochter von irgendwelchen Asis wäre, dann ja, klar, ab mit ihr aufs Präsidium und schauen wir mal, wie weit wir kommen. Aber ein Mädchen vom Kilda? Wenn wir sie festnehmen, muss es für eine Anklage reichen. Ohne Wenn und Aber. Ansonsten sind wir am Arsch. O'Kelly kriegt einen Anfall, McKenna kriegt einen Anfall, das Telefon des Commissioners steht nicht mehr still, die Medien schreien was von Polizeiwillkür, und wir teilen uns bis zur Pensionierung einen Schreibtisch im Archiv.« Dieser bittere Zug um ihren Mund. »Es sei denn, du hast einen richtig guten Draht nach ganz oben.«

»Der war das Beste, was ich zu bieten hatte.« Ich deutete mit dem Kopf nach oben, Richtung Kunstraum. »Und ich würde sagen, der ist jetzt ziemlich verbogen.«

Das wurde mit einem halbherzigen Lachen quittiert. »Dann brauchen wir mehr gegen Rebecca. Und zwar schnell. Wir müssen sie heute Abend noch in Gewahrsam nehmen, sonst können wir einpacken. Julia und Holly sind beide clever genug, um sich auszurechnen, worauf das hier hinausläuft – wenn sie es nicht schon wissen.«

Ich sagte: »Holly weiß es.«

»Ja. Wenn wir die vier über Nacht zusammenlassen, sprechen sie sich ab. Dann kommen wir morgen früh wieder, und die haben ihre Geschichten so schön glatt abgeglichen, dass wir uns daran die Zähne ausbeißen. Die werden ganz genau ausklamüsern, wo sie lügen und wo sie die Klappe halten müssen. Nicht der Hauch einer Chance, dass wir dann noch an sie rankommen.«

Ich sagte: »Wir werden jetzt auch nicht an Holly rankommen. Sie hat uns alles geliefert, was sie liefern wollte.«

Conway schüttelte wieder den Kopf. »Vergiss sie. Und Selena. Wir brauchen Julia.«

Mir fiel ein, was sie mittags über Julia gesagt hatte: *Jetzt sieht Julia uns an, als wären wir echte Menschen, du und ich.* Und dann: *Ich weiß noch nicht, ob das gut oder schlecht für uns ist.*

»Mackey und Holly«, sagte ich. »Lassen wir die zwei, wo sie sind?«

»Ja. Vielleicht brauchen wir sie noch mal, und ich will nicht, dass sie hier rumlaufen und uns in die Quere kommen. Wenn ihnen das nicht gefällt –«

Diesmal stockten wir beide. Nur ein paar Meter hinter uns, um die Ecke vom Internatstrakt, war jemand auf Kies ausgerutscht.

Conways Blick traf meinen. Sie formte lautlos mit den Lippen *Mackey.*

Wir bewegten uns schnell und leise, waren beide mit wenigen Schritten um die Ecke herum. Die halbrunde Zufahrt war breit und weiß, leer. Der Rasen verlassen. Keine Bewegung in dem dunklen Türspalt.

Conway schirmte die Augen mit dem Unterarm schützend gegen das Flutlicht ab, blinzelte zu den Bäumen hinüber. Nichts.

»Weißt du, wo Julia ist?«

»Hab keine von ihnen gesehen. Hinten auf dem Rasen sind sie jedenfalls nicht.«

Sie wich zurück in den Schatten. Sagte so leise, dass nur ich es hören konnte: »Die sind bestimmt auf der Lichtung.«

Wir spielten beide mit dem Gedanken, uns an sie ranzuschleichen, sie ein Weilchen zu belauschen, ob sie vielleicht über Gartenhacken und Textnachrichten und Chris sprachen. Dieser hübsche kleine Waldpfad, den wir am Morgen gegangen waren: Die

Bäume, die sich darüber berührten, schnitten das Licht in Streifen, machten unsere Schritte unsicher. Wir bahnten uns krachend unseren Weg wie zwei Land Rover, Zweige knackten, Äste wippten, überall Vögel, die kopflos flüchteten.

»Menschenskind«, zischte Conway, als ich in ein Gebüsch trat, das mir bis zu den Knien reichte. »Warst du denn nicht bei den Pfadfindern? Oder mal zelten?«

»Wo ich herkomme? Nee, so was gibt's da nicht. Aber wenn ich mal für dich ein Auto kurzschließen soll, kein Problem.«

»Das kann ich selbst. Jetzt hätte ich gern einen Naturburschen.«

»Du hättest gern einen geleckten Snob, der jeden Tag auf Fasanenjagd –« Mein Fuß verfing sich in irgendetwas, ich ruderte mit den Armen und schoss nach vorne. Conway hielt mich am Ellbogen fest, ehe ich lang hinschlug. Wir prusteten kichernd wie zwei Kinder, Ärmel vor dem Mund, versuchten, uns gegenseitig mit beschwörenden Blicken zum Schweigen zu bringen.

»Sei still –«

»Meine Fresse –«

Das machte es nur noch schlimmer. Wir waren kindisch geworden, albern: Die Mondstreifen, die den Boden unter unseren Füßen wabern ließen, das Rascheln, das sich kreisförmig um uns herum ausbreitete, das drückende Gewicht dessen, was wir am Ende des Pfades würden tun müssen. Ich hätte mich nicht gewundert, wenn Chris Harper plötzlich mit aufgerissenem Mund wie eine Wildkatze vor uns von einem Ast gesprungen wäre, die Frage war nur, ob wir wie pubertierende Mädchen aufkreischen oder unsere Pistolen zücken und ihm den Geisterhintern durchlöchern würden.

»Wie du aussiehst –«

»Musst du gerade sagen –«

Um eine Biegung, raus aus den Bäumen.

Hyazinthenduft.

Oben auf der kleinen Anhöhe, in der Lichtung unter den Zypressen, fiel das Mondlicht voll und ungehindert herab. Die drei lehnten Schulter an Schulter, die Beine zwischen den schwankenden Pusteblumen angezogen; eine Sekunde lang sahen sie aus wie ein Dreifachwesen, bei dessen Anblick sich mir die Nackenhaare sträubten. Reglos wie eine alte Statue, ebenso glatt und weiß und ausdruckslos. Sie beobachteten uns, drei Paar unergründliche Augen. Wir hatten aufgehört zu lachen.

Keine von ihnen rührte sich. Der Hyazinthenduft schlug über uns zusammen wie eine Welle.

Rebecca, mit der Schulter gegen Selenas. Ihr Haar hing lang herab, und sie war lauter Sprenkel aus Schwarz und Weiß, wie ein Trugbild. Als könnte ein Zwinkern sie in Mondlicht auf Gras verwandeln.

Neben mir sagte Conway gerade so laut, dass sie es hören konnten: »Julia.«

Sie bewegten sich nicht. Ich hatte genug Zeit, mich zu fragen, was wir machen würden, wenn sie es nie täten. Ich war nicht so dumm, näher ranzugehen. Dann reagierte Julia, löste sich von Selenas Schulter, zog die Beine an und stand auf. Sie kam den Hang herunter auf uns zu, ohne die anderen anzusehen, mit raschelnden Schritten durch die Hyazinthen hindurch, Rücken gerade, die Augen auf etwas hinter uns gerichtet. Mir juckte es im Nacken.

Conway sagte: »Gehen wir ein Stück. Wir brauchen nicht lange.«

Sie ging den Pfad hinunter, tiefer in den Park hinein. Julia folgte ihr. Die anderen beiden sahen zu, aneinandergedrängt, bis ich mich abwandte. Hinter mir ertönte ein tiefes Seufzen der Zypressen, ließ mich fast zusammenfahren.

Selbst Julias Gang war hier draußen anders. Kein spöttisches Wackeln mit dem Hintern mehr; sie schritt flink wie ein Reh den Pfad entlang, berührte kaum einen Zweig. Als wäre das hier ihr

Reich, als hätte sie sich an einen schlafenden Vogel anschleichen und ihn in die Hand nehmen können.

Conway sagte, ohne über die Schulter zu schauen: »Ich geh mal davon aus, dass Selena dich auf den neusten Stand gebracht hat. Wir wissen, dass ihr euch nachts aus der Schule geschlichen habt, wir wissen, dass sie was mit Chris hatte, wir wissen, dass sie sich getrennt haben. Und wir wissen, dass du dich mit Chris getroffen hast. Bis unmittelbar vor seinem Tod.«

Nichts. Der Pfad weitete sich, wurde breit genug für uns drei, um nebeneinander gehen zu können. Julia hatte kürzere Beine als wir, aber sie wurde nicht schneller. Überließ es uns, auf ihr Tempo zu verlangsamen oder sie zurückzulassen, eins von beidem. Wir wurden langsamer.

»Wir haben deine SMS-Texte. Auf dem speziellen supergeheimen Handy, das er Selena geschenkt hat.«

Ihre Stille fühlte sich unzerbrechlich an. Sie hatte einen roten Pulli angezogen, keine Jacke, und die Luft wurde kalt. Sie schien es nicht zu merken.

Conway sagte: »Hat Selena deshalb mit Chris Schluss gemacht, ja? Das haben wir nämlich nicht verstanden. Wusste sie vielleicht, dass du auch in ihn verknallt warst, und wollte nicht, dass er sich zwischen euch beide drängt?«

Das ließ Julia auffahren. »Ich war nie in Chris *verknallt*. Ich habe *Geschmack*.«

»Was hast du dann mitten in der Nacht hier draußen mit ihm gemacht? Mathe?«

Stille und ihre lautlosen Schritte. Ich spürte die Zeit, die uns davonlief, wie ein Trommeln im Körper: Rebecca hinter uns wartend, Mackey und Holly über uns wartend, McKenna kurz davor, die Glocke zu läuten, die den Tag beenden würde. Der Versuch, das hier zu beschleunigen, würde es nur verlangsamen.

Conway sagte: »Wie oft hast du dich mit ihm getroffen?«

Nichts.

»Wenn du es nicht warst, dann eine von deinen Freundinnen. War Selena wieder mit ihm zusammengekommen?«

Julia sagte: »Dreimal. Ich hab ihn dreimal getroffen.«

»Warum nicht öfter?«

»Er wurde getötet. Das hat unsere Beziehung irgendwie abgekühlt.«

»Beziehung?«, sagte ich. »Welche Art von Beziehung?«

»Intellektuell. Wir haben über Weltpolitik diskutiert.« Der Sarkasmus war so deutlich, dass die Antwort klar war. Conway sagte: »Wenn du nicht in ihn verknallt warst, warum dann?«

»Darum. Haben Sie nie irgendwelche Dummheiten gemacht, wenn es um Jungs ging?«

»Doch, reichlich. Das kannst du mir glauben.« Ein rascher Blick zwischen den beiden, der mich verblüffte: ein übereinstimmender Blick wie stummes Verstehen, die Andeutung eines schiefen Lächelns bei Conway. *Als wären wir echte Menschen.* »Aber ich hatte immer einen Grund. Meistens einen bescheuerten, aber immerhin.«

Julia sagte: »Damals fand ich die Idee irgendwie gut. Was soll ich sagen: Ich war dümmer als heute.«

Ich sagte: »Du hast ihn von Selena ferngehalten. Du wusstest, dass er Ärger bedeutete – du wusstest, was er mit Joanne gemacht hat, wusstest, dass Selena nicht stark genug war, um mit so was klarzukommen. Selena hatte mit ihm Schluss gemacht, aber du hast die SMS gelesen. Du wusstest, dass Chris nur mit den Fingern schnippen müsste, und sie würde angerannt kommen. Also musstest du dafür sorgen, dass er nicht schnippte.«

»Du bist tougher als Selena«, sagte Conway. »Tough genug, um alles wegzustecken, was Chris austeilen konnte. Also hast du dich für sie geopfert.«

Julia ging, Hände in den Taschen. Beobachtete etwas weiter vorn in den Bäumen. Die Seite ihres Gesichts, die ich sehen konnte, erinnerte mich an Holly. Diese Trauer.

Conway sagte: »Du denkst, Selena hat Chris getötet. Hab ich recht?«

Julias Kopf flog zur Seite, als hätte Conway ihr ins Gesicht geschlagen. Es war mir nicht klar gewesen, bis die Worte durch die Luft drangen. Genau das hatte Julia den ganzen Tag gedacht, das ganze Jahr.

Und damit war sie raus. Julia raus, Selena raus, Rebecca drin. Holly auf der Kippe.

Conway sagte: »Wir sagen, wir wollen mit Selena reden, und, zack, wirfst du uns ein Stöckchen hin, dem wir nachjagen können, hetzt uns auf Joanne. Ich sage, vielleicht war Selena wieder mit Chris zusammengekommen, und, zack, auf einmal redest du mit uns, gibst zu, dass du dich mit ihm getroffen hast. Du müsstest sie nicht schützen, wenn du nicht glauben würdest, dass sie etwas zu verbergen hat.«

Wir beschleunigten unsere Schritte. Julia ging jetzt schneller, zertrat Zweige und kickte Kieselsteine, achtlos.

Ich sagte: »Du denkst, Selena hat rausgefunden, dass du mit Chris was am Laufen hattest? Nicht wahr? Dass sie so wütend oder so eifersüchtig oder so verletzt war, dass sie durchgedreht ist und ihn getötet hat. Damit ist es deine Schuld. Und deshalb ist es deine Aufgabe, sie zu schützen?«

Nur ein oder zwei Schritte vor uns verschmolz sie schon fast mit der Dunkelheit, nur der rote Streifen ihres Pullis leuchtete. »Julia«, sagte Conway und blieb stehen.

Auch Julia stoppte, aber die Linie ihres Rückens zerrte wie ein Hund an der Leine. Conway sagte: »Setz dich.«

Schließlich drehte Julia sich um. Eine hübsche kleine schmiedeeiserne Bank mit Blick auf akkurate Beete – über Nacht geschlossen, die ganzen Farben und der Blütenüberschwang des Tages zurückgenommen und in sich selbst gekehrt. Julia wollte an ein Ende der Bank. Conway und ich bugsierten sie in die Mitte zwischen uns.

600

Conway sagte: »Hör mal. Wir verdächtigen Selena nicht.«

Julia verdrehte die Augen in ihre Richtung. »Oha. Da muss ich mir ja gleich vor lauter Erleichterung Luft zufächeln.«

»Unsere sämtlichen Beweise legen den Schluss nahe, dass sie in den Wochen vor Chris' Tod keinerlei Kontakt mehr zu ihm hatte.«

»Klar. Bis Sie es sich anders überlegen und sagen: ›Ups, wir sind jetzt überzeugt, dass diese SMS von ihr waren, nicht von dir! Sorry!‹«

»Dafür ist es ein bisschen zu spät«, sagte ich. »Außerdem merken wir schnell, wenn jemand uns anlügt, dank der vielen Übung. Und wir denken beide, dass Selena die Wahrheit sagt.«

»Super. Freut mich zu hören.«

»Wenn wir ihr glauben, wieso tust du es dann nicht? Sie ist doch angeblich deine Freundin; wieso hältst du sie für eine Mörderin?«

»Tu ich gar nicht. Ich glaube, sie hat nie irgendwas Schlimmeres angestellt, als während der Studierstunde zu quatschen. Okay?«

Die trotzige Abwehr, die sich in Julias Stimme auftürmte, die hatte ich schon mal gehört. In dem Moment machte es bei mir klick: die Vernehmung am Nachmittag im Zimmer der vier, dieser Tonfall in ihrer Stimme, das Gefühl, etwas übersehen zu haben. Ich sagte: »Du bist diejenige, die mir gesimst hat.«

Von Chris' Handy.

Ihr Profil verspannte sich. Sie sah mich nicht an.

»Um mir zu sagen, wo Joanne den Schlüssel für die Verbindungstür versteckt hatte. Das warst du.«

Nichts.

»Heute Nachmittag hast du zu uns gesagt: *Kaum haben Sie das mit Joannes Schlüssel rausgefunden, schiebt sie es auf mich. Und wenn irgendeine andere Ihnen das mit ihr und Chris erzählt hätte, hätte sie sich an der genauso gerächt.* Das heißt, Joanne hat sich an dir gerächt, weil du uns das mit dem Schlüssel verraten hast.«

Ich erntete einen scheelen Seitenblick von Julia, der besagte: *Nicht schlecht. Jetzt beweis es.*

Conway drehte sich auf der Bank, zog ein Bein hoch, so dass sie Julia direkt ansehen konnte. »Hör mal. Selena geht's nicht gut. Das weißt du. Du dachtest, der Grund wäre, weil sie es nicht verkraftet, eine Mörderin zu sein, und sich in ihr eigenes Wolkenkuckucksheim flüchten musste. Aber das ist nicht der Grund. Soll ich schwören? Ich schwöre bei allem, was du willst: Das ist nicht der Grund.«

Sie sagte das klar und warm, so wie sie es zu einer Freundin gesagt hätte, einer besten Freundin, ihrer Lieblingsschwester. Sie streckte die Hand aus und forderte Julia auf, diesen Fluss zu überqueren. Von dem seit ihrer Kindheit vertrauten Ufer, wo Erwachsene gesichtslose Idioten waren, die einem immer alles kaputtmachten und unmöglich zu begreifen waren, hinüber zu diesem unbekannten neuen Ort, wo wir uns Auge in Auge unterhalten konnten.

Julias Blick ruhte auf Conway. Dinge bewegten sich in ihrem Gesicht, verrieten, ihr war klar, dass diese Überquerung unwiderruflich war. Dass du nie weißt, wer auf der anderen Seite noch bei dir ist und wer zurückbleibt.

Ich schwieg. Das hier war eine Sache zwischen den beiden. Ich war draußen.

Julia holte tief Luft. Sie sagte: »Sind Sie sicher? Dass sie es nicht war?«

»Wir verdächtigen sie nicht. Ich gebe dir mein Wort.«

»Aber Lenie benimmt sich normalerweise nicht so verrückt. Sie kennen sie nicht, ich schon. Sie war nicht so, bevor Chris getötet wurde.«

Conway nickte. »Ja, ich weiß. Aber sie ist nicht so verstört, weil sie ihn getötet hat. Sie weiß etwas, womit sie nicht fertig wird. Sie driftet geistig ab, damit sie sich nicht damit auseinandersetzen muss.«

Es wurde kälter. Julia zog den Pulli enger um ihren Hals. Sie sagte: »Was denn zum Beispiel?«

»Wenn wir das wüssten, müssten wir dieses Gespräch nicht führen. Ich hab ein paar Ideen, keine Beweise. Ich kann dir nur eins mit Sicherheit sagen: Du wirst Selena nicht in Schwierigkeiten bringen, wenn du mir die Wahrheit sagst. Ehrenwort. Okay?«

Julia zog ihre Ärmel herunter, die blassen Flecken ihrer Hände verschwanden im Rot. Sie sagte leise: »Okay. Ich hab Ihnen das mit dem Schlüssel gesimst.«

Conway sagte: »Wieso wusstest du, wo Joanne und die anderen ihn versteckt hatten?«

»Weil sie die Idee mit dem Buch von mir hatte.«

Ich sagte: »Und auch den Schlüssel.«

»Das klingt, als hätte ich ihr ein Geburtstagsgeschenk gemacht. In Wahrheit haben sie uns einmal nachts erwischt, als wir von draußen reinkamen, und Joanne hat gesagt, sie würde McKenna erzählen, was für böse Mädchen wir sind, wenn wir ihr keinen Nachschlüssel geben. Also hab ich einen machen lassen.«

»Und hast ihr gleich einen Tipp gegeben, wo sie ihn verstecken kann?« Conway hob eine Augenbraue. »Du bist ja ein Muster an Hilfsbereitschaft.«

Auch Julia hob eine Augenbraue. »Ja, bin ich, vor allem wenn jemand dafür sorgen könnte, dass ich von der Schule fliege. Sie wollte wissen, wo wir unseren aufbewahren, was ich ihr auf keinen Fall verraten wollte, weil diese Tusse mich mal kreuzweise konnte –«

»Wo war das, übrigens? Wo wir gerade dabei sind.«

»Unten in meiner Handy-Hülle. Ganz einfach, und die hatte ich immer bei mir. Aber wie gesagt, ich wollte dieser Heffernan-Kuh nicht mehr liefern als unbedingt nötig. Also hab ich ihr verklickert, die einzig sichere Stelle wäre im Gemeinschaftsraum, weil sie dann nicht damit in Verbindung gebracht werden könnte, falls er gefunden würde, klar? Ich hab gesagt: ›Nimm irgendein

Buch, das sowieso kein Schwein liest. Über welche Heilige hast du deinen Aufsatz geschrieben?‹ – die Gemeinschaftsräume sind voll mit Heiligenbiographien, in die wir höchstens mal einen Blick werfen, wenn wir einen Aufsatz drüber schreiben müssen, was vielleicht einmal im Jahr vorkommt, und wir hatten unsere gerade abgegeben. Sie meinte: ›Therese von Lisieux. Die kleine Blume‹ – sie hat dabei echt so ein voll frommes Gesicht aufgesetzt, als wäre sie so was wie Joanne von Lisieux.« Conway grinste. »Also hab ich gesagt: ›Perfekt. Das Buch rührt bis nächstes Jahr keiner mehr an. Pack den Schlüssel da rein, und du bist aus dem Schneider.‹«

»Und du hast dir gedacht, dass sie auf dich hört?«

»Joanne hat null Phantasie, außer es geht um sie selbst. Ihr wäre nie im Leben ein gutes Versteck eingefallen. Außerdem hab ich nachgesehen. Hab mir gedacht, das könnte mal nützlich sein.«

»Und das war's ja dann auch«, sagte Conway. »Wieso hast du beschlossen, es uns zu verraten?«

Julia zögerte. Die kleinen Geräusche um uns herum bewegten sich tiefer in die Nacht: Gestöber in Blättern kündete von Jagd, das Lachen auf dem Rasen war längst verstummt. Ich fragte mich, wie wenig Zeit uns noch blieb. Schaute nicht auf die Uhr.

Ich sagte: »Die Vernehmungen heute. War Selena danach verstört?«

Nach kurzem Zögern: »Ich meine, die meisten Leute hätten gar nicht gemerkt, dass sie verstört aussah. Bloß irgendwie weggetreten, also, noch mehr als sonst. Aber so ist Selena, wenn sie verstört ist. So wird sie dann.«

Ich sagte: »Du hast Angst bekommen, wir könnten sie so sehr aufgewühlt haben, dass sie sich vielleicht verplappert oder sogar ein Geständnis ablegt. Wir sollten anfangen, woanders zu suchen, zumindest bis du sie wieder einigermaßen beruhigt hattest. Also hast du uns mit der Nase auf Joannes Schlüssel gestoßen, da-

mit wir abgelenkt waren. Und es hat funktioniert. Du hast Talent
für so was, weißt du das?«

»Na so was, besten Dank.«

Conway sagte: »Und wenn du diejenige bist, die uns gesimst
hat, dann heißt das, du hast Chris Harpers Geheimhandy.«

Julia stockte. Neuer Argwohn auf ihrem Gesicht.

»Ach, komm schon. Die Telefondaten belegen, dass die SMS
von diesem Handy kam. Da nützt kein Drumrumreden.«

Eine Neigung des Kopfes, bestätigend. Julia lehnte sich zurück
und fischte ein Handy aus ihrer Jeanstasche, schmales kleines Teil
in einer coolen orangefarbenen Hülle. »Nicht sein Handy. Bloß
seine SIM-Karte.«

Sie löste die Hülle von der Rückseite des Handys und klopfte
eine SIM-Karte in ihre geöffnete Hand. Gab sie Conway.

Conway sagte: »Du wirst uns die Geschichte dazu erzählen
müssen.«

»Es gibt keine Geschichte.«

»Wo hast du die her?«

»Hab ich nicht das Recht auf einen Anwalt oder so? Bevor ich
anfange, Ihnen zu erzählen, wie ich an die SIM von einem Toten
komme?«

Ich wusste es. Ich sagte: »Du hast sein Handy von Selena. Nach
seinem Tod. Entweder sie hat es dir gegeben, oder du hast es bei
ihren Sachen gefunden. Deshalb denkst du, sie hat Chris getötet.«

Julias Augen huschten von mir weg. Conway sagte: »Das denken wir trotzdem nicht. Und es ist ziemlich offensichtlich, dass
du ihn nicht umgebracht hast, sonst würdest du nicht die Wände
hochgehen, weil du denkst, sie war es.« Das wurde mit einem
schwachen schiefen Grinsen quittiert. »Also schalte die Paranoia
mal einen Gang zurück und rede mit mir.«

Die Nacht verlieh dem roten Pulli die Farbe eines schwelenden
Feuers, gedämpft und wartend. Julia sagte: »Eigentlich wollte ich

Selenas Handy loswerden, das wir beide benutzt hatten, um Chris zu simsen. Können Sie sich vorstellen, wie überrascht ich war, als das hier auftauchte?«

Conway sagte: »Wann war das?«

»An dem Tag nach Chris' Tod.«

»Um welche Uhrzeit?«

Eine unbewusste Grimasse, als sie daran zurückdachte. »Gott. Ich hab es schon *vormittags* versucht – wir hatten diese große hochdramatische Versammlung, wo sie uns die *Tragödie* mitgeteilt haben, wir mussten ein Gebet sprechen oder so … Ich hatte nur den einen Gedanken, dass ich Selenas Handy aus unserem Zimmer schaffen musste. Bevor ihr auf die Idee kamt, die ganze Schule zu durchsuchen.«

»Was hattest du damit vor?«

Julia schüttelte den Kopf. »So weit hab ich gar nicht gedacht. Ich wollte es bloß weghaben. Aber ich hatte nicht mal eine einzige Sekunde allein im Zimmer. Ich schätze, McKenna hatte angeordnet, keine von uns durfte allein sein, für den Fall, dass irgendein gefährlicher Irrer durch die Flure streicht, keine Ahnung. Ich hab gesagt, ich hätte meine Französisch-Hausaufgaben im Zimmer vergessen, und die haben eine Vertrauensschülerin mit mir nach oben geschickt – ich musste so tun, als hätte der Schock mich voll schusselig gemacht, oooh, die waren ja doch die ganze Zeit in meiner Tasche! Dann hab ich gesagt, ich hätte meine Tage gekriegt, aber ich durfte nicht allein auf unser Zimmer, nein, die haben mich zur Krankenschwester geschickt. Und als der Unterricht zu Ende war, hat McKenna eine Durchsage gemacht – ›Alle Schülerinnen melden sich bitte sofort bei ihren jeweiligen AGs, ruhig und gefasst bla, bla, bla im Geiste unserer Schule Haltung bewahren …‹«

Sie ahmte McKenna gut nach, trotz der unpassenden Wichsbewegung. »Ich bin in der Schauspiel-AG, also mussten wir in die Aula und so tun, als würden wir proben. Es war voll das

Chaos, wir wussten alle nicht, wohin wir sollten, und die Lehrer versuchten, ungefähr vier Gruppen auf einmal zu leiten, und viele heulten immer noch – na, Sie waren ja da.«

Das war an Conway gerichtet, die prompt nickte. »Die reinste Klapsmühle«, sagte sie zu mir.

»Genau. Also hab ich gedacht, ich könnte mich vielleicht einfach verdrücken und auf unser Zimmer schleichen, schließlich hatte ich ja den Schlüssel für die Verbindungstür bei mir. Aber Pustekuchen. Auf den Fluren wimmelte es von Nonnen, und die haben mich zurück in die Aula gescheucht. Als wir Studierstunde hatten, hab ich es noch mal probiert, gesagt, ich bräuchte ein bestimmtes Buch, und was passiert? Schwester Patricia ist mitgekommen. Und dann war praktisch schon Nachtruhe, Sie und Ihre Truppe haben sich im Park rumgetrieben, und ich hatte dieses *verdammte* Handy noch immer nicht verschwinden lassen.«

Julias Stimme wurde angespannter, baute sich zu irgendetwas auf. »Holly und Becca gehen also Zähne putzen, und ich trödele rum, warte drauf, dass Selena auch geht. Aber sie sitzt auf dem Bett und starrt bloß ins Leere. Sie rührt sich nicht vom Fleck, und jeden Moment werden Holly und Becs zurückkommen. Also sage ich: ›Lenie, ich brauch das Handy.‹ Sie sieht mich an, als wäre ich gerade mit einem UFO gelandet. Ich so: ›Das Handy, das Chris dir gegeben hat. Wir haben keine Zeit zu verlieren. Gib's mir.‹

Sie starrt mich bloß an, und ich denke, okay, schon gut. Ich schieb mich an ihr vorbei und steck die Hand an der Seite von ihrer Matratze in den Schlitz, wo sie das Handy versteckt hat – es war so ein kleines pinkes Chichi-Teil, genau wie das von Alison. Wahrscheinlich hat Chris gedacht, so was passt zu Mädchen. Ich bin bloß am Hoffen, dass sie es nicht woanders versteckt hat, weil ich keine Zeit hab, mir zu überlegen, wo, deshalb bin ich voll erleichtert, als es da ist, klar? Aber dann zieh ich es raus, und es ist rot.«

Bei der Erinnerung daran atmete Julia laut durch die Nase ein, biss sich auf die Lippe. Sie war niemand, der man mit dem guten alten Spruch *Du machst das großartig* den Kopf tätscheln konnte. Conway ließ ihr einen Moment Zeit und sagte dann: »Chris' Handy.«

»Genau. Ich hatte es bei ihm gesehen. Es war ihm einmal aus der Tasche gerutscht, als wir … Ich sage also: ›Lenie, verdammt, wie kommt das hierhin?‹ Sie sieht mich an und macht nur: ›Hm?‹ Ehrlich, ich hätte ihr das Handy am liebsten irgendwo hingerammt. Ich sage: ›Wo hast du das her? Und wo ist deins?‹ Sie starrt auf das Handy, und nach einem Moment sagt sie: ›Oh.‹ Mehr nicht, nur das.« Julia schüttelte den Kopf. »Einfach so. ›Oh.‹ Mir wird noch immer schlecht, wenn ich dran denke.«

Conway sagte: »Da hast du gedacht, dass sie Chris getötet hat.«

»Was denn sonst? Klar hab ich das gedacht. Ich meine – es gab doch keine andere Erklärung! Ich hab gedacht, sie hat sich mit ihm getroffen, und er hat ihr von mir erzählt, und sie – und dann hat sie sich aus Versehen das falsche Handy geschnappt und ist zurückgerannt. Falls sie, keine Ahnung, falls sie sich ausgezogen hatten und ihre Handys dabei irgendwie –«

Ich sagte: »Oder sie könnte es an sich genommen haben, damit wir keine Verbindung von Chris zu ihr herstellen konnten.«

»Ja, nein. Selena? Darauf würde sie nie im Leben kommen. Was mich wahnsinnig gemacht hat, war die Frage, wo war *ihr* Handy? Ich meine, hatte sie es vielleicht bei Chris vergessen? Aber ich hab mir gedacht, dass ich mir deshalb keinen Kopf machen konnte. Also hab ich einfach das Handy genommen und bin raus aus dem Zimmer.«

Es passte zu Hollys Geschichte, zumindest teilweise. Holly hatte schneller gedacht. Sie war wie ihr Dad: immer alle Möglichkeiten in Betracht ziehen, sich nie von irgendwelchen Unwägbarkeiten überrumpeln lassen. Sie hatte Selenas Handy schon am Morgen an sich genommen, bevor die ganze Geschichte bei

McKenna ankam und die Schule abgeriegelt wurde. Irgendwann danach und vor der Studierzeit hatte jemand anders eine Möglichkeit gefunden, in das Zimmer zu gelangen.

Conway sagte: »Wo hast du es hingebracht?«

»Ich hab mich auf der Toilette eingeschlossen, den ganzen Mist aus dem Nachrichtenordner gelöscht, die SIM rausgenommen und das Handy in den Spülkasten gesteckt. Ich hab mir gedacht, selbst wenn ihr es finden würdet, könntet ihr es nicht mit uns in Verbindung bringen, und ohne die SIM wahrscheinlich auch nicht mit Chris. Als ich am Wochenende danach nach Hause gefahren bin, hab ich es im Bus liegenlassen. Falls keiner es geklaut hat, liegt es jetzt wahrscheinlich im Bus-Fundbüro.«

Sie hatte Mumm, diese Julia. Mumm und Loyalität für zwei. Sie war schwer in Ordnung. Mir graute bei dem Gedanken, wie sehr wir ihr das Herz brechen würden.

»Warum hast du die SIM-Karte behalten?«, fragte ich.

»Ich dachte, die könnte vielleicht noch mal ganz nützlich sein. Ich war ziemlich sicher, dass Selena verhaftet werden würde. Ich dachte, selbst wenn sie wie durch ein Wunder nicht überall Spuren hinterlassen hätte, würde sie zusammenbrechen und alles gestehen. Wissen Sie überhaupt noch, was für ein Wrack sie war?«

»Das waren doch alle«, sagte Conway. Der schneidende Ton ihrer Stimme sagte: *Ich hätt's merken müssen.* »Sie hat weder rumgeheult, noch ist sie in Ohnmacht gefallen, sie schien in einer besseren Verfassung zu sein als die meisten.«

Julias Augenbrauen zuckten. »Klar, wenn Sie mir das bloß damals schon gesagt hätten. Ich hab damit gerechnet, dass ihr sie jeden Moment festnehmt. Ich hab gedacht, wenn ich irgendwie beweisen könnte, dass *sie* mit Chris Schluss gemacht hatte und dass er zu Mädchen voll das Arschloch war, dann würde Lenie vielleicht – keine Ahnung, ein milderes Urteil kriegen oder so. Sonst würden alle bloß denken, er hat Schluss gemacht und sie ist durchgedreht, sperrt die böse Schlampe ein und schmeißt den

Schlüssel weg. Keine Ahnung, ich war selbst ziemlich durch den Wind. Hab mir bloß gedacht, es könnte nicht schaden, die SIM zumindest vorläufig zu behalten, oder vielleicht sogar helfen.«

Wenn Julia mit einer von den anderen geredet hätte, wäre ihr klargeworden, dass die Geschichte komplizierter war, dass nicht alles schnurgerade auf Selena hindeutete. Unmöglich zu sagen, was sie dann getan hätten, aber sie hätten es zusammen getan. Aber dafür war es Monate zu spät. Chris hatte einen Riss zwischen die vier getrieben. Und auch nachdem er nicht mehr da war, weitete sich die Sollbruchstelle, die er erzeugt hatte, immer weiter, tief im Innern, während an der Oberfläche alles glänzte wie neu. Wir brachten nur den Job zu Ende, den er begonnen hatte.

Ich sagte: »Weißt du, ob es an dem Tag sonst jemand geschafft hat, vor der Studierstunde in den Internatstrakt zu gehen? Wir werden das im Protokollbuch überprüfen, aber wo wir dich gerade fragen können: Fällt dir da irgendwas ein?«

Julia horchte auf. Sie betrachtete mich aufmerksam. »Was? Denken Sie, jemand anders hat das Handy in Selenas Matratze gesteckt?«

»Vorausgesetzt, Selena hat Chris das Handy nicht abgenommen, dann hat es jemand anders getan. Und irgendwie ist es dann da gelandet, wo du es gefunden hast.«

»Wie jetzt? Sie meinen, irgendwer wollte ihr den Mord in die Schuhe schieben?«

Hinter ihrer Schulter signalisierten Conways Augen: *Vorsicht*. Ich zuckte die Achseln. »Das lässt sich noch nicht sagen. Ich würde nur gern wissen, ob irgendwer die Gelegenheit dazu hatte.«

Julia überlegte. Schüttelte zögernd den Kopf. »Ich glaub nicht. Ich meine, klar würd ich das gern bestätigen, aber wenn es eine in den Internatstrakt geschafft hat, musste sie schon eine echt gute Entschuldigung gehabt haben. Und selbst dann hätten die sie niemals allein gehen lassen. Ehrlich, als ich gefragt hab, ob ich meine Französisch-Hausaufgaben holen gehen darf, hat Houlihan reagiert, als wollte ich losziehen und mir am Bahnhof Heroin kaufen.«

Die Geige unter Rebeccas Bett. Die Flöte in Selenas Schrankfach. Ich sagte: »Und während der AGs? Ist da mal jemand verschwunden?«

»Echt jetzt? Denken Sie, das hätte ich gemerkt? Sie hätten sehen sollen, was da für ein Chaos herrschte … Außerdem hab ich bloß daran gedacht, wie ich an das Handy komme. Joanne und Orla sind auch in der Schauspiel-AG, und ich weiß, dass beide da waren, weil Joanne einen Tränenausbruch nach dem anderen simuliert hat« – Julia machte eine Geste, als müsste sie kotzen –, »und Orla musste sie trösten und so Scheiß. Aber das sind auch die beiden Einzigen, an die ich mich erinnere.«

»Wir werden auch mal deine Freundinnen fragen«, sagte ich ganz beiläufig. Das Mondlicht fiel mir grell ins Gesicht, fühlte sich an, als würde es mich nackt ausziehen. Es fiel mir schwer, mich nicht wegzudrehen. »Sind die auch in der Schauspiel-AG? Oder können sie uns vielleicht was über die anderen AGs sagen?«

»Hallo, wir sind ja nicht an der Hüfte zusammengewachsen? Holly macht Tanz. Selena und Becca spielen Instrumente.«

Sie mussten also zurück auf ihr Zimmer, um die Instrumente zu holen. Beide zusammen, um sich gegenseitig vor dem gefährlichen Irren zu schützen; das war ihnen bestimmt erlaubt worden.

»Gut«, sagte ich. »Wie groß sind diese AGs, weißt du das?«

Julia zuckte die Achseln. »Tanz machen viele. Um die vierzig? Ein Instrument spielen vielleicht zwölf.«

Mit einiger Wahrscheinlichkeit waren die anderen Tagesschülerinnen gewesen. Wir würden das im Protokollbuch überprüfen, aber wenn die Zahlen ungefähr stimmten, waren Rebecca und Selena die Einzigen gewesen, die durch diese Tür gegangen waren.

Die plötzliche Ruhe, das ganze Geplapper und Geheule des Tages zu weißer Stille verklungen. Rebecca, die das Handy hinhält, das sie mitgenommen hat, damit Selena nichts passiert, damit niemand sie je mit Chris in Verbindung bringen kann. Es darbietet wie ein kostbares Geschenk. Eine Erlösung.

Oder: Selena sucht im Schrank nach ihrer Flöte, benommen vor Schock und Trauer. Hinter ihrem Rücken beugt sich Rebecca, leicht wie ein Geist und ebenso unaufhaltsam, über ihr Bett. Selena war diejenige, die als Erste Geheimnisse vor den anderen hatte. Sie war diejenige, die Chris hereingelassen hatte, durch die alles in die Brüche gegangen war. Es war ihre Schuld.

Ich sah Conway an, über diesen einsamen furchtlosen Streifen Rot hinweg. Sie sah mich an.

»Gut«, sagte ich. »Deine Freundinnen wissen vielleicht noch, ob jemand zwischendurch mal weg war. Wir können es jedenfalls versuchen.«

»Ich würde sagen, Selena war zu verstört, um irgendwas mitzukriegen«, sagte Conway. »Fragen wir Rebecca.« Und sie stand auf.

Die meisten reagieren erleichtert. Julia reagierte verdattert. »Wie jetzt? Das war's?«

»Es sei denn, du hast noch was auf dem Herzen, das du uns erzählen willst.«

Eine Sekunde Schweigen. Kopfschütteln, beinahe widerwillig.

»Dann war's das, ja. Vielen Dank.«

Auch ich stand auf, wollte den Pfad hochgehen. Julia sagte: »Was hab ich Ihnen geliefert?«

Sie sah nirgendwohin. Ich sagte: »Ist im Augenblick schwer zu sagen. Wir müssen abwarten, wie die Dinge sich weiterentwickeln.«

Julia antwortete nicht. Wir warteten darauf, dass sie sich erhob, aber sie blieb unbeweglich sitzen. Nach einer Weile ließen wir sie dort allein. Sie blickte über ihr ehemaliges Reich hinweg, schwarzes Haar und weißes Gesicht und dieses schwelende Rot und die weiße weite Grasfläche um sie herum.

28

SIE SIND BEIM FRÜHSTÜCK, als Holly ein leichtes Ziehen spürt, wie an einem Faden tief im Gewebe der Schule, und ahnt, dass etwas nicht stimmt. Zu viele Schritte poltern zu schnell einen Flur hinunter; Nonnenstimmen draußen vor dem Fenster, zu schrill und zu schnell auf Flüstern runtergedimmt.

Die anderen merken nichts. Selena ignoriert ihr Müsli und dreht an einem losen Pyjamaknopf, Julia isst mit der einen Hand Cornflakes und macht mit der anderen Englisch-Hausaufgaben. Becca starrt ihren Toast an, als hätte er sich in die Jungfrau Maria verwandelt, oder vielleicht versucht sie gerade, ihn vom Teller zu liften, ohne ihn anzufassen, was eine wahnsinnig blöde Idee wäre, aber Holly hat jetzt keine Zeit, sich deswegen aufzuregen. Sie knabbert ihren Toast kreisrund und behält gleichzeitig das Fenster und die Tür im Auge.

Ihr Toast ist auf Daumengröße geschrumpft, als sie zwei uniformierte Polizisten sieht, die hinter der Schule am Rand der Rasenfläche entlanghasten, sichtlich bemüht, unsichtbar zu bleiben, woran sie aber kläglich scheitern.

An einem anderen Tisch sagt jemand, plötzlich hellwach: »OmeinGott! Waren das da *Polizisten*?« Ein kollektives geschocktes Einatmen durchläuft die Cafeteria, und dann ertönen alle Stimmen auf einmal.

In dem Moment kommt die Hausmutter herein und erklärt ihnen, das Frühstück sei vorbei und sie sollten auf ihre Zimmer gehen und sich für den Unterricht fertig machen. Einige beschweren sich automatisch, obwohl sie schon zu Ende gefrühstückt haben, aber Holly sieht dem Gesicht der Hausmutter an – aus dem Fenster nach draußen gerichtet, keine Zeit für irgendwelches Gequengel –, dass sie keine Chance haben. Was immer hier vor sich geht, es ist keine Bagatelle.

Während sie sich anziehen, behält Holly das Fenster im Auge. Eine Bewegung draußen, und sie ist da, Gesicht an der Scheibe: McKenna und Pater Voldemort, in einem Rauchwirbel aus schwarzer Robe, hasten fast im Laufschritt über das Gras.

Was immer passiert ist, es ist einem vom Colm passiert.

Etwas Blau-Weißes jagt durch Hollys Knochen. Das Gesicht von Joanne, als sie ihr das Display hinhielt, Zungenspitze vor, geifernd bei der köstlichen Vorstellung, Schaden anzurichten. Wie sie Tropfen für Tropfen den Schock aufleckte, den Holly nicht verbergen konnte. Joanne würde böse Dinge tun, Dinge, die aus Tiefen kommen, die die meisten sich nicht mal ansatzweise vorstellen können.

Mach dir mal keine Sorgen. Den kriegen wir schon noch dran.

Holly kann sich diese Tiefen vorstellen, wo böse Dinge beginnen. Damit hat sie Erfahrung.

»Ach du Scheiße«, sagt Julia, die den Kopf über ihre Schulter reckt. »Seht mal, da sind Leute in den Büschen.«

Weit hinten in dem Dunst aus verschiedenen Grüntönen jenseits des Rasens blitzt etwas Weißes auf. Wie die Schutzanzüge der Kriminaltechniker.

»Sieht aus, als würden sie nach irgendwas suchen«, sagt Selena und lehnt sich auf der anderen Seite gegen Holly. Ihre Stimme hat denselben matten, angestrengten Klang wie schon seit Wochen; er löst bei Holly dieses jähe Schuldgefühl aus, an das sie sich allmählich gewöhnt. »Sind das auch Polizisten? Oder was?«

Auch andere haben etwas bemerkt: aufgeregtes Geplapper dringt aus Nebenzimmern, Füße trappeln den Flur hinunter.

»Vielleicht ist einer vor den Bullen abgehauen und hat irgendwas über die Mauer geschmissen«, sagt Julia. »Drogen. Oder ein Messer, mit dem er jemanden erstochen hat, oder eine Pistole. Wären wir bloß letzte Nacht draußen gewesen. Das hätte das Leben endlich mal interessant gemacht.«

Sie spüren es nicht, das, was auf Hollys Kopfhaut prickelt. Das Ziehen in der Atmosphäre hat sie erfasst – Lenie knöpft ihre Bluse zu schnell zu, Jules wippt auf den Fußballen, während sie sich gegen das Fenster lehnt –, aber sie verstehen nicht, was es bedeutet: böse Dinge.

Vertrau deinen Instinkten, sagt ihr Dad immer. Wenn dir was verdächtig vorkommt, wenn dir jemand verdächtig vorkommt, dann hör auf dein Gefühl. Versuch nicht, positiv zu denken, bloß weil du nett sein willst, warte nicht ab, weil du dich nicht blamieren willst. Sicherheit geht vor. Alles andere könnte zu spät sein.

Die ganze Schule kommt ihr verdächtig vor, als würden Zikaden durch einen heißen, grünen Nachmittag zirpen, so schrill und so viele, dass du keine Chance hast, eine einzelne herauszuhören und klarzusehen. Joanne würde vieles dafür tun, um Selena richtig bösen Ärger einzuhandeln.

Auf Leute wie die bin ich nicht stinkig. Ich schaff sie mir einfach vom Hals.

Die Schulglocke läutet. »Kommt«, sagt Becca. Sie ist nicht ans Fenster getreten; sie hat sich seelenruhig die Haare geflochten, methodisch, rhythmisch, als sei da eine schimmernde Blase aus kühler Luft zwischen ihr und der ganzen Aufregung. »Ihr seid ja noch immer nicht fertig. Wir kommen zu spät.«

Hollys Herzschlag hat sich aufgeschwungen, um sich dem Zikadenpuls anzupassen. Selena hat es Joanne so leicht gemacht. Was auch immer Joanne getan hat, sie hat es in dem Wissen getan: Ein Satz genügt, zu einer Lehrerin oder zu den Detectives, die von jetzt an geduldig bei allem dabei sein werden, ein vermeintlicher Versprecher und *ups*!

»Scheiße«, sagt Holly, als sie die Treppe herunterkommen. Durch die offene Verbindungstür können sie das Netz aus Schulgeräuschen hören, das heute fester und höher gezurrt ist. Jemand kreischt: *Und ein Polizeiauto!!* »Hab meinen Gedichtband vergessen. Bin gleich wieder da –«, und sie kämpft sich gegen den Strom und das Gequassel zurück die Treppe rauf, eine Hand schon ausgestreckt, um seitlich in Selenas Matratze zu greifen.

Zweihundertfünfzig Schülerinnen schieben sich tuschelnd in die Aula. Sie setzen sich unverzüglich hin. Brave Mädchen, die Hände züchtig, als würden sie nicht jedes Detail der beiden Polizisten in Zivil aufsaugen, die unauffällig hinten in den Ecken stehen, als wäre dieses gierige Brodeln nicht direkt hinter ihren sanften Augen. Sie brennen darauf, es zu erfahren. *Der Gärtner Ronan du weißt doch dass er du-weißt-schon, ich hab gehört Kokain ich hab gehört irgendwelche Gangster haben nach ihm gesucht ich hab gehört bewaffnete Bullen waren hier bei uns auf dem Gelände! Ich hab gehört sie haben ihn erschossen ich hab Schüsse gehört ich hab gehört –* Selena sieht Hollys schiefes Grinsen – *Gelände*, als wäre das hier ein düsterer Dschungel voll mit Drogenbossen und wahrscheinlich auch Aliens – und bringt selbst auch eins zustande. Tatsächlich hat sie kaum die Energie, um so zu tun, als würde es sie interessieren, was für ein unsinniges Drama hier gerade im Gange ist. Sie wünschte, sie könnte auf Kommando kotzen wie Julia, damit sie zurück in ihr Zimmer dürfte und ihre Ruhe hätte.

Aber McKenna, die von hinten aufs Podium tritt, hat Mund und Augenbrauen zu ihrer speziellen tiefernsten Miene arrangiert, eine genau kalkulierte Mischung aus streng und traurig und fromm. Damals, als sie in der ersten Stufe waren und eine Schülerin der fünften Stufe in den Weihnachtsferien bei einem Autounfall ums Leben gekommen war, erwartete sie bei ihrer Rückkehr im Januar genau dasselbe Gesicht. Seitdem haben sie es nicht mehr gesehen.

Nicht Ronan der Gärtner. Viele drehen sich um und versuchen festzustellen, ob jemand fehlt. *Lauren Mulvihill ist nicht da omeinGott ich hab gehört sie hat keine Chance die Prüfung zu packen ich hab gehört ihr Freund hat Schluss gemacht omeinGott –*

»Mädchen«, sagt McKenna. »Ich habe eine sehr traurige Nachricht für euch. Sie wird euch schockieren und entsetzen, aber ich erwarte von euch, dass ihr ganz im Sinne der Schultradition von St. Kilda Vernunft und Würde an den Tag legt.«

Angespannte Stille. »Sie haben ein benutztes Kondom gefunden«, haucht Julia so leise, dass nur sie vier es hören können.

»Schsch«, sagt Holly, ohne sie anzusehen. Sie sitzt kerzengerade da, starrt McKenna an und wickelt sich wieder und wieder ein Taschentuch um die Hand. Selena möchte sie fragen, ob alles in Ordnung ist, aber dann würde Holly ihr vielleicht einen Tritt verpassen.

»Ich muss euch leider mitteilen, dass heute Morgen ein Schüler von St. Colm tot auf dem Gelände unserer Schule aufgefunden wurde. Christopher Harper –«

Selena denkt, ihr Stuhl ist nach hinten gekippt, ins Nichts. McKenna ist verschwunden. Die Aula ist auf einmal grau und dunstig, taumelt, durchdrungen von Glocken und Kreischen und verzerrten Restfetzen Musik von der Valentinsparty.

Selena versteht, viel zu spät und vollkommen, warum sie nach jener ersten Nacht nicht bestraft worden ist. Wie dreist von ihr, damals, sich einzubilden, sie hätte irgendein Recht, auf diese Gnade zu hoffen.

Etwas tut weh, weit weg. Als sie nach unten blickt, sieht sie Julias Hand auf ihrem Oberarm; für jeden Beobachter muss es wirken, als hätte die Hand im Schock zugegriffen, aber Julias Finger pressen fest zu. Sie sagt leise: »Nicht ohnmächtig werden, verdammt.«

Der Schmerz ist gut; er drängt den Dunst ein wenig zurück. Selena sagt: »Okay.«

»Einfach Klappe halten und nicht zusammenbrechen. Schaffst du das?«

Selena nickt. Sie weiß nicht genau, was Julia meint, aber sie versteht es trotzdem. Das hilft, zwei konkrete Dinge zu haben, an denen sie sich festhalten kann, eines in jeder Hand. Hinter ihr schluchzt jemand, laut und künstlich. Als Julia ihren Arm loslässt, vermisst sie den Schmerz.

Sie hätte es kommen sehen müssen, nach jener ersten Nacht. Sie hätte es entdecken müssen, in jedem Schatten lauernd, rotmäulig und raubgierig, darauf wartend, dass eine gewaltige goldene Stimme den Befehl zum Sprung gibt.

Sie dachte, sie sei diejenige, die bestraft werden würde. Sie hat ihn immer wieder herkommen lassen. Sie hat ihn darum gebeten.

Die Splitter aus Musik kratzen unaufhörlich an ihr.

Becca beobachtet die Versammlung durch das klarste, kälteste Wasser der Welt hindurch, Bergwasser voller Bewegung und sonderbarer kleiner Fragen. Sie weiß nicht mehr, ob sie gedacht hat, dass dieser Teil schwer werden würde. Sie vermutet, dass sie gar nicht darüber nachgedacht hat. Soweit sie das beurteilen kann, geht es ihr von allen im ganzen Saal am besten.

McKenna sagt ihnen, sie müssten keine Angst haben, weil die Polizei alles unter Kontrolle habe. Sie sagt ihnen, sie sollten in Telefonanrufen bei ihren Eltern Zurückhaltung üben und keine törichte Hysterie an den Tag legen, damit die sich keine unnötigen Sorgen machen. Für alle Klassen wird es psychologische Betreuung geben. Es wird auch individuelle psychologische Betreuung geben, falls Schülerinnen diese benötigen. Denkt daran, dass ihr jederzeit mit euren Klassenlehrerinnen oder mit Schwester Ignatius sprechen könnt. Schließlich sagt sie, sie sollen in ihre Gemeinschaftsräume gehen, wo ihre Klassenlehrerinnen ihnen alle etwaigen Fragen beantworten werden.

Sie schäumen aus der Aula ins Foyer. Lehrerinnen stehen bereit, um sie zusammenzuhalten und zu beruhigen, aber das Geplapper und die Schluchzer können nicht mehr unterdrückt werden. Sie branden weiter, sprudeln durch den hohen Raum und die Treppe hinauf. Becca kommt es so vor, als hätte sie die Füße vom Boden genommen und würde mühelos mitgetragen, von Schulter zu Schulter schwebend, die langen Flure hinunter.

Sobald sie durch die Tür zum Gemeinschaftsraum sind, hat Holly mit festem Griff Selenas Handgelenk gepackt und bugsiert sie alle vier vorbei an schluchzenden, sich in den Armen liegenden Grüppchen in eine Ecke ganz hinten am Fenster. Sie zwingt alle in eine unechte Umarmung und sagt drängend: »Die werden mit jeder von uns reden, die Detectives, meine ich. Sagt denen *nichts*. Absolut nichts. Vor allen Dingen nicht, dass wir nachts rauskönnen. Habt ihr verstanden?«

»OmeinGott, seht mal«, sagt Julia und hebt eine hohle Hand, »eine dicke fette Portion *Ja logo, was denn sonst?* Alles nur für uns?«

Holly zischt ihr ins Gesicht: »Das ist kein Witz. Klar? Das ist real. Irgendwer wandert dafür wirklich in den *Knast, lebenslänglich*.«

»Tatsache? Hör mal, hältst du mich für behindert?«

Becca riecht die funkensprühende Kurzschluss-Dringlichkeit. »Holly«, sagt sie. Holly besteht nur noch aus spitzen Winkeln und elektrisiert fliegenden Haaren; Becca möchte sie wieder weich und glatt streicheln. »Das wissen wir. Wir sagen denen nichts. Versprochen.«

»Klar, das denkt ihr jetzt. Ihr wisst nicht, wie das ist. Das ist eine ganz andere Nummer, als wenn Houlihan rumquiekt: ›Oje, ich rieche Zigarettenqualm, habt ihr Mädchen etwa geraucht?‹, und wenn du dann harmlos aus der Wäsche guckst, glaubt sie dir. Das sind *Detectives*. Wenn die auch nur einen Anhaltspunkt dafür haben, dass ihr irgendwas über irgendwas wisst, sind die wie *Pitbulls*. Ich meine, acht Stunden von denen in einem Verhörraum in die Mangel genommen werden und eure Eltern dem Wahnsinn nahe, klingt das etwa lustig? Aber genau das wird passieren, wenn ihr bei einer Frage auch nur eine Sekunde zögert.«

Hollys Unterarm ist stählern, drückt Beccas Schultern nach unten. »Und noch was: Die lügen. Okay? Detectives erfinden ständig irgendwas. Wenn die zum Beispiel sagen: ›Wir wissen, dass ihr nachts draußen wart, dafür haben wir Zeugen‹, *glaubt ihnen kein Wort*. In Wahrheit wissen sie gar nichts; die hoffen bloß, dass ihr durchdreht und ihnen irgendwas liefert. Ihr müsst schön doof tun und sagen: ›Nee, da muss uns wer verwechselt haben, wir waren das nicht.‹«

Hinter ihnen schluchzt eine: »Er war sooo voller Leben«, und ein zittriges Wehklagen erhebt sich über das dumpfe Chaos im Raum. »Herrgott, stopf doch endlich jemand diesen blöden Tussen das Maul«, zischt Julia und schüttelt Hollys Arm ab. »Scheiße, *au*, Holly, das tut weh!«

Holly zwingt ihren Arm wieder dahin, wo er war, hält Jules fest. »*Hört mir zu*. Die werden sich irgendwas aus den Fingern saugen. Zum Beispiel: ›Wir wissen, dass du mit Chris zusammen warst, dafür haben wir Beweise –‹«

Beccas Augen sind plötzlich weit aufgerissen. Holly sieht Selena direkt an, aber Becca weiß nicht, ob bloß deshalb, weil sie sich genau gegenüberstehen, oder ob mehr dahintersteckt. Selena fühlt sich nicht elektrisiert an. Sie fühlt sich mürbe an, weichgeklopft.

Julias Gesicht ist angespannt. »Dürfen die das?«

»OmeinGott, bitteschön, hier hast du noch 'n Löffel *logo*. Wenn die wollen, dürfen sie sagen, sie hätten Beweise dafür, dass du ihn getötet hast, bloß um festzustellen, wie du reagierst.«

Julia sagt: »Ich muss mal kurz was klären.« Sie schüttelt Hollys Arm ab und geht quer durch den Gemeinschaftsraum. Becca schaut ihr hinterher. Ein schrilles Grüppchen drängt sich um Joanne Heffernan, die sich kunstvoll auf einen Stuhl drapiert hat,

Kopf nach hinten, Augen halb geschlossen. Gemma Harding ist in dem Grüppchen, aber Julia sagt etwas dicht neben ihr, und die beiden treten einen Schritt beiseite. Becca merkt an der Art, wie sie den Kopf halten, dass sie sehr leise sprechen.

Holly sagt: »Bitte versprecht mir, dass ihr das verstanden habt.« Sie sieht noch immer Selena an, die ohne die enge Klammer der vorgetäuschten Umarmung von beiden Seiten ein wenig schwankt und sich dann auf den erstbesten Tisch setzt. Becca ist ziemlich sicher, dass sie nichts von alldem mitbekommen hat. Sie wünscht, sie könnte Lenie sagen, dass alles in bester Ordnung ist, möchte eine große weiche Decke aus Alles gut ausschlagen und sie Lenie um die Schultern legen. Die Dinge werden ihren eigenen gemächlichen dunklen Gang nehmen, ihre alten unterirdischen Bahnen ziehen und in ihrem eigenen Tempo heilen. Du musst nur Geduld haben, bis du eines Morgens aufwachst, und alles ist wieder vollkommen.

»Ich hab's verstanden«, sagt sie stattdessen tröstend zu Holly.

»*Lenie.*«

Lenie sagt folgsam von irgendwo weit draußen vor dem Fenster: »Okay.«

»Nein. Hör mir zu. Wenn die zu dir sagen: ›Wir haben den hundertprozentigen Beweis, dass du mit Chris zusammen warst‹, dann sagst du einfach: ›Nein, war ich nicht‹, und hältst ansonsten die Klappe. Selbst wenn sie dir ein richtiges *Video* zeigen, sagst du einfach: ›Das bin ich nicht.‹ Verstanden?«

Selena blickt Holly an. Schließlich sagt sie: »Was?«

»O Mann!«, sagt Holly zur Decke, Hände im Haar. »Okay, so geht's vielleicht auch. Hoffentlich.«

Dann kommt Mr Smythe, bleibt in der Tür stehen und blickt mager und verängstigt auf das verheulte, wogende, sich umarmende Tohuwabohu vor ihm. Er wedelt mit den Händen und gibt irgendwelche Geräusche von sich, und allmählich löst man sich voneinander, und das Schluchzen ebbt ab zu Schniefen, und

Mr Smythe holt tief Luft und legt los mit der Rede, die McKenna ihm eingetrichtert hat.

Wahrscheinlich hat Holly recht. Schließlich kennt sie sich ja aus, wegen ihres Dads und so. Becca denkt, dass sie eigentlich furchtbar Angst haben sollte. Sie sieht das Entsetzen direkt vor sich, wie einen großen bleichen, wabbeligen Klumpen, der auf ihren Schreibtisch geklatscht ist und den sie festhalten und auswendig lernen sollte, um vielleicht einen Aufsatz darüber zu schreiben. Es ist irgendwie interessant, ein kleines bisschen, aber nicht interessant genug, um sich ernsthaft damit zu beschäftigen. Sie schiebt es über den Rand ihres Bewusstseins und amüsiert sich über den ulkigen Platscher, mit dem es auf dem Boden aufschlägt.

Am Nachmittag trudeln die ersten Eltern ein. Alisons Mum hechtet aus einem riesigen schwarzen SUV und rennt auf Mörderabsätzen die Vordertreppe hoch, wobei ihre Füße spastisch nach rechts und links auskeilen. Alisons Mum hat reichlich Schönheitsoperationen hinter sich, und sie trägt bürstenartige falsche Wimpern. Sie sieht aus wie ein Mensch, aber irgendwie auch nicht, als hätte jemand Aliens beschrieben, was ein Mensch ist, und die hätten sich redlich Mühe gegeben, sich selbst einen zu basteln.

Holly beobachtet sie vom Bibliotheksfenster aus. Die Bäume hinter ihr sind leer, nichts Weißes mehr zu sehen, kein flatterndes Absperrband. Chris ist irgendwo dahinten, wo gründliche behandschuhte Leute jeden Zentimeter von ihm absuchen.

Sie sind in der Bibliothek, weil keiner weiß, wohin mit ihnen. Ein paar besonders nervenstarke Lehrer haben es geschafft, die erste und zweite Jahrgangsstufe so unter Kontrolle zu bringen, dass eine Art Unterricht möglich ist, aber die Drittstufler sind diesem kindlichen Gehorsam entwachsen, und sie haben Chris wirklich gekannt. Jedes Mal, wenn jemand versucht hat, sie unter einen Deckel aus Mathe oder irischen Verben zu stopfen, sind sie hochgekocht und aus den Ritzen gebrodelt: Eine Schülerin fing an zu weinen und konnte nicht aufhören, eine andere ist in Ohnmacht gefallen, vier haben sich wegen eines Kugelschreibers laut kreischend in die Wolle gekriegt. Als Kerry-Anne Rice Dämonenaugen in dem Schrank mit den Chemiematerialien sah, war endgültig Schluss mit lustig. Die ganze dritte Stufe wurde in die Bibliothek geschickt, wo sie eine unausgesprochene Übereinkunft mit den zwei Lehrerinnen, die sie beaufsichtigen, erzielt haben: Die Schülerinnen reißen sich zusammen, und die Lehrerinnen zwingen sie nicht, so zu tun, als würden sie lernen. Eine dicke Schicht aus Geflüster und Geraune hat sich über die Tische und Regale gebreitet, drückt sie nieder.

»Ooooch«, sagt Joanne, leise, neben Hollys Ohr. Sie macht große Augen und einen Schmollmund. »Ist sie okay?«

Sie meint Selena. Die mit schiefen Schultern auf einem Stuhl sitzt, als sei sie dort hingeschleudert worden, die geöffneten Hände locker im Schoß, und eine freie Stelle auf dem Tisch anstarrt.

»Es geht ihr gut«, sagt Holly.

»Wirklich? Es bricht mir nämlich voll das Herz, wenn ich mir vorstelle, was sie gerade durchmacht.«

Joanne hat zur Demonstration eine Hand aufs Herz gelegt.

»Die hatten schon seit einer Ewigkeit Schluss, klar?«, sagt Holly. »Aber danke.«

Joanne knüllt ihre Mitleidsmiene zusammen und wirft sie weg. Darunter ist ein höhnisches Grinsen. »Omein*Gott*, bist du eigentlich gehirnamputiert oder was? Als ob mich je interessieren würde, wie's einer von euch geht. Ich hoffe bloß, sie fängt nicht an, so zu tun, als hätte sie ihre große Liebe verloren. Weil das nämlich so lächerlich wäre, dass ich echt kotzen müsste, und Bulimie ist mega-out.«

»Weißt du was?«, sagt Holly. »Gib mir deine Handynummer.

Sobald es dich irgendwas angeht, was Selena macht, schick ich dir eine SMS und sag dir Bescheid.«

Joanne betrachtet sie prüfend, matte Augen, die alles aufsaugen und nichts wieder hergeben. Sie sagt: »Wow. Du bist echt gehirnamputiert.«

Holly seufzt geräuschvoll und wartet. Joanne so nahe zu sein ist, als würde ihr kaltes Öl den Rücken runterrinnen. Sie fragt sich, was Joannes Gesicht wohl macht, wenn sie fragt: *Warst du es selbst, oder hast du's von jemand anderem erledigen lassen?*

»Wenn die Bullen rausfinden, was Selena mit Chris getrieben hat, ist sie voll verdächtig. Und wenn sie hier rumläuft und einen auf Drama macht, dann finden sie's raus. So oder so.«

Da Holly in Wahrheit nicht gehirnamputiert ist, weiß sie genau, was Joanne meint. Joanne kann nicht den Platz der Hauptbetroffenen für sich reklamieren, den sie so gern einnehmen würde, weil sie dann Gefahr läuft, die Cops auf sich aufmerksam zu machen, aber eine andere soll ihn auch nicht kriegen. Wenn Selena sich zu verstört verhält, wird Joanne das Handy-Video online stellen und dafür sorgen, dass die Cops einen Link bekommen.

Holly weiß, Selena hat Chris nicht getötet. Sie weiß, einen Menschen zu töten macht kaum sichtbare Dinge mit dir; danach bist du Arm in Arm mit dem Tod, dein Kopf einen winzigen Grad in dessen Richtung geneigt, so dass eure Schatten für den Rest deines Lebens ineinander übergehen. Holly kennt Selena in- und auswendig, sie hat Selena den ganzen Tag beobachtet, und wenn sich diese Kopfneigung seit gestern vollzogen hätte, dann hätte sie das bemerkt. Aber sie rechnet nicht damit, dass die Detectives Selena so einschätzen können oder ihr glauben würden, wenn sie ihnen die Sache erklärt.

Holly wird nicht fragen, ob Joanne es selbst war. Niemals wird sie in der Lage sein, Joanne oder sonst jemandem gegenüber auch nur anzudeuten, dass ihr dieser Gedanke durch den Kopf gegangen ist.

Stattdessen sagt sie: »Als ob du so viel Ahnung davon hättest, wie Detectives arbeiten. Die werden *Selena* nicht verdächtigen. Wahrscheinlich haben sie schon längst jemanden festgenommen.«

Sie hören es beide in ihrer Stimme: Joanne hat gewonnen. »Ach ja, stimmt«, sagt Joanne mit einem letzten hämischen Grinsen und wendet sich ab. »Hatte ich ganz vergessen, dein Dad ist ja Bulle.« Aus ihrem Mund klingt das, als wäre er Kanalarbeiter. Joannes Dad ist Banker.

Apropos. Die Verhandlung mit Joanne hat Hollys Aufmerksamkeit vom Fenster abgelenkt; sie merkt erst, dass Dad angekommen ist, als es an der Tür klopft und er den Kopf hereinsteckt. Für eine Sekunde verjagt ein unverhofftes hilfloses Glücksgefühl alles andere, sogar Verlegenheit: Dad bringt das wieder in Ordnung. Dann fallen ihr all die Gründe ein, warum er das nicht tun wird.

Alisons Mum muss von McKenna für eine Anti-Panik-Sitzung abgefangen worden sein, aber Dad lässt sich nicht abfangen, wenn er das nicht will. »Miss Houlihan«, sagt er. »Ich borge mir Holly nur für einen Moment aus. Ich bring sie gesund und munter wieder zurück, großes Indianerehrenwort.« Und er lächelt Houlihan an, als wäre sie ein Filmstar. Sie kommt gar nicht auf die Idee, nein zu sagen. Die Nebelschicht aus Geflüster hört auf, sich zu bewegen, um Holly unter sich hindurchzulassen, unter wachsamen Augen.

»Hi, Spatz«, sagt Dad auf dem Flur. Die Umarmung ist einarmig, lässig, wie irgendeine Wochenendbegrüßung, bis auf den krampfartigen Griff, mit dem seine Hand ihren Kopf an seine Schulter drückt. »Alles klar?«

»Mir geht's gut«, sagt Holly. »Du hättest nicht kommen brauchen.«

»Ich hatte gerade nichts zu tun und dachte, ich schau mal vorbei.« Dad hat immer was zu tun. »Hast du den Jungen gekannt?«

Holly zuckt die Achseln. »Hab ihn öfter mal gesehen. Hin und wieder haben wir ein paar Worte gewechselt. Er war kein *Freund*. Bloß ein Junge vom Colm.«

Dad schiebt sie auf Armlänge und betrachtet sie prüfend, blaue Augen, die sich durch ihre hindurchlasern, um das Innere ihres Schädels nach Brauchbarem zu durchsuchen. Holly seufzt und starrt zurück. »Ich bin nicht am Boden zerstört. Ich schwöre bei Gott. Zufrieden?«

Er grinst. »Du kleine Miss Klugscheißer. Komm, wir machen einen kleinen Spaziergang.« Er zieht ihren Arm in seinen und schlendert mit ihr den Flur hinunter, als wollten sie zu einem Picknick. »Was ist mit deinen Freundinnen? Haben die ihn gekannt?«

»So wie ich«, sagt Holly. »Nicht besonders. Wir haben die Detectives auf der Versammlung gesehen. Kennst du die?«

»Costello ja. Kein Genie, aber ganz vernünftig, versteht seine Arbeit. Von der Frau, Conway, hab ich nur gehört. Scheint okay zu sein. Jedenfalls nicht blöd.«

»Hast du mit ihnen geredet?«

»Hab Costello hallo gesagt, als ich raufgekommen bin. Nur damit klar ist, dass ich ihnen nicht in die Quere kommen werde. Ich bin als Dad hier, nicht als Polizist.«

Holly fragt: »Was haben die gesagt?«

Dad nimmt die Treppe in leichtem Trab. Er sagt: »Du weißt doch, wie das ist. Ich darf dir nicht sagen, was die mir sagen.«

Er kann so viel Dad sein, wie er will. Er ist und bleibt auch Detective. »Wieso? Ich bin keine Zeugin.«

Diesmal, sagt die Leerstelle in der Luft, als sie stehen bleibt. »Das wissen wir noch nicht. Und du auch nicht.«

»Doch, weiß ich.«

Dad lässt das auf sich beruhen. Er hält ihr die Eingangstür auf. Die Luft, die sie in Empfang nimmt, ist weich, streichelt ihre Wangen mit warmen Grün- und Goldtönen. Der Himmel ist feiertagsblau.

Als sie die Stufen hinuntergegangen sind und ihre Schritte auf dem weißen Kies knirschen, sagt Dad: »Ich möchte gern glauben, dass du es mir erzählen würdest, wenn du irgendwas wüsstest. Egal was, selbst etwas, was wahrscheinlich völlig unwichtig ist.«

Holly verdreht die Augen. »Ich bin doch nicht *blöd*.«

»Alles andere als das. Aber in deinem Alter, wenn ich mich mal ein paar hundert Jahre zurückerinnere, ist es ein Reflex, bei Erwachsenen den Mund zu halten. Ein guter Reflex übrigens – ist nicht verkehrt zu lernen, wie man selbst mit Sachen klarkommt –, aber einer, der zu weit gehen kann. Mord ist etwas, mit dem du und deine Freundinnen nicht klarkommen könnt. Das ist Aufgabe der Polizei.«

Holly weiß das bereits. Ihre Knochen wissen es: Sie fühlen sich leicht und biegsam wie Grashalme an, entkernt. Sie denkt an Selena, wie eine Stoffpuppe auf dem Stuhl. Dinge müssen getan werden, Dinge, die sie nicht mal benennen kann. Sie möchte Selena hochheben, sie in Dads Arme legen und sagen: Pass gut auf sie auf.

Sie spürt Joanne hinter sich, hoch oben am Bibliotheksfenster. Ihr Blick durchschwirrt die sonnenhelle Luft, um sich wie mit Fingernägeln in Hollys Nacken zu bohren, im Fleisch zu drehen.

Sie sagt: »Stell dir vor, das weiß ich schon länger. Schon vergessen?«

Die Art, wie Dads Kopf zurückfährt, verrät ihr, dass sie ihn unvorbereitet erwischt hat. Sie sprechen nie über diese Zeit damals, als sie ein Kind war.

»Okay«, sagt er eine Sekunde später. Ob er ihr nun glaubt oder nicht, er wird nicht weiter auf dem Punkt rumreiten. »Bin froh, das zu hören. Wenn das so ist, werde ich mit Costello reden, ihn bitten, dich jetzt zu vernehmen, damit du's hinter dir hast. Dann kannst du deine Sachen packen, schön diskret, und mit mir nach Hause kommen.«

Holly hat damit gerechnet, aber sie merkt trotzdem, wie ihre

Beine sich dagegen versteifen. »Nein. Ich komm nicht mit nach Hause.«

Und damit hat Dad gerechnet. Sein Schritt verändert sich nicht. »Ich bitte dich nicht, ich sag's dir. Und es ist nicht für immer. Bloß für ein paar Tage, bis die Kollegen die Sache aufgeklärt haben.«

»Und wenn nicht? Was dann?«

»Wenn sie den Mann nicht bis Montag geschnappt haben, überlegen wir neu. Aber darauf wird's wohl nicht hinauslaufen. Nach dem, was ich gehört hab, sind sie kurz vor einer Festnahme.«

Den Mann. Nicht Joanne. Was immer die Detectives gegen diesen Mann in der Hand haben, früher oder später wird es ihnen zwischen den Fingern zerbröseln, und sie werden sich wieder auf die Jagd machen.

»Okay«, sagt Holly plötzlich folgsam. »Lenie und Becs dürfen doch mitkommen, nicht?«

Das lässt Dad aufhorchen. »Wie bitte?«

»Ihre Eltern sind weit weg. Sie können doch mit zu uns kommen, ja?«

»Ähm«, sagt Dad und reibt sich den Hinterkopf. »Ich glaub nicht, dass wir darauf eingestellt sind, Schätzchen.«

»Du hast gesagt, nur für ein paar Tage. Was ist daran so kompliziert?«

»Ich *denke*, es ist nur für ein paar Tage, aber bei so was gibt's keine Garantien. Und ich hab nicht die Erlaubnis ihrer Eltern, sie vorläufig hier wegzuholen. Ich hab keine Lust, mich wegen Kidnapping drankriegen zu lassen.«

Holly lächelt nicht. »Wenn's für mich zu gefährlich ist hierzubleiben, dann ist es für sie auch zu gefährlich.«

»Ich glaube überhaupt nicht, dass es gefährlich ist. Ich glaube, ich bin ein paranoider Idiot. Berufsmacke von mir. Ich will dich zu Hause haben, damit ich jedes Mal, wenn ich Panik kriege, den

Kopf zu dir ins Zimmer stecken und dich ansehen und ein paar-mal tief durchatmen kann. Es geht um mich, nicht um dich.«

Sein Lächeln zu ihr runter und das Gewicht seiner Hand auf ihrem Kopf wecken in Holly den Wunsch, alle Muskeln einfach schlaff werden zu lassen: ihr Gesicht wieder an seine Schulter zu drücken, seinen Geruch tief in sich aufzusaugen, diese Mischung aus Leder und Rauch und Seife, sich dort zu verlieren, an ihren Haaren zu lutschen und zu allem ja zu sagen, was er ihr erzählt. Und sie würde es tun, wenn da nicht die Dinge wären, die Selena in ihrem Kopf gebunkert hat, Dinge, die jeden Moment hervor-brechen und wie wild auf dem Boden herumhüpfen könnten, wenn Holly nicht da ist, um sie in Schach zu halten.

Sie sagt: »Wenn du mich mit nach Hause nimmst, denken alle, du weißt irgendwas. Ich lasse Selena und Becca nicht hier in dem Glauben, es könnte jeden Moment ein Mörder auf sie losgehen, ohne dass sie von hier wegkönnen. Wenn die beiden schon hier-bleiben müssen, sollen sie wenigstens wissen, dass sie in Sicher-heit sind. Und das können sie nur wissen, wenn du sagst, dass es auch für mich sicher ist.«

Dad hebt den Kopf, und er stößt ein lautes Lachen aus. »Ge-fällt mir, wie du tickst, Spatz. Und wenn du möchtest, rede ich gern mit deinen Freundinnen und sag ihnen, ich würde einen Haufen Geld darauf verwetten, dass sie hier absolut sicher sind. Aber sosehr ich Selena und Becca auch mag, für die beiden sind ihre Eltern verantwortlich, nicht ich.«

Er meint das ehrlich: Er glaubt nicht, dass jemand in Gefahr ist. Er will Holly zu Hause haben, nicht weil sie sonst vielleicht ermordet wird, sondern weil ihre arme, zarte, kleine Seele trau-matisiert werden könnte, wenn sie schon wieder mit Mord in Be-rührung kommt.

Holly will keine Lieber-Daddy-Umarmung mehr. Sie will Blut.

Sie schleudert ihm entgegen: »Ich bin für sie verantwortlich. Sie sind meine *Familie*.«

Volltreffer: Dad lacht nicht mehr. »Mag sein. Ich hoffe sehr, dass ich auch zu deiner Familie gehöre.«

»Du bist erwachsen. Wenn du grundlos paranoid bist, ist das dein Problem, mit dem du selbst fertigwerden musst. Nicht meins.«

Die Anspannung in seiner Wangenmuskulatur verrät ihr, dass sie gute Chancen hat zu gewinnen. Der Gedanke macht ihr Angst, und sie möchte am liebsten alles zurücknehmen, es mit einem gewaltigen Schluck runterwürgen und in die Schule rennen, um ihre Sachen zu packen. Sie bleibt stumm und verlängert ihre Schritte, um auf einer Höhe mit ihm zu bleiben. Kies knirscht im Gleichschritt.

»Manchmal denke ich, deine Ma hat recht«, sagt Dad mit einem sarkastischen einseitigen Grinsen. »Du bist meine wohlverdiente Strafe für vergangene Sünden.«

Holly sagt: »Dann darf ich also bleiben?«

»Glücklich bin ich damit nicht.«

»Äh, hallo? *Glücklich* ist ja wohl auch nicht der passende Ausdruck in dieser Situation.«

Dads Grinsen wird zweiseitig. »Okay, Vorschlag zur Güte: Du darfst bleiben, wenn du mir dein Wort gibst, dass du mir oder den ermittelnden Detectives alles erzählst, was auch nur im Entferntesten relevant sein könnte. Selbst wenn du sicher bist, dass es nichts zu bedeuten hat. Alles, was du weißt, alles, was dir aufgefallen ist, alles, was dir rein zufällig als vage Möglichkeit in den Sinn kommt. Kannst du damit leben?«

Holly kommt der Gedanke, dass es Dad die ganze Zeit genau darum gegangen ist oder dass es zumindest sein Plan B war. Er ist praktisch. Wenn ihm sein Dad-Wunsch nicht erfüllt wird, dann aber wenigstens sein Polizisten-Wunsch.

»Ja«, sagt sie mit einem so offenen Blick, wie er sich das nur wünschen kann. »Versprochen.«

Selena ist in ihrem gemeinsamen Zimmer, und Becca will ihr dieses rote Handy geben. Sie liefert eine lange Erklärung dazu, der Selena nicht folgen kann, die aber einen feierlichen heiligen Schein um Becca aufleuchten lässt und sie fast von den Zehenspitzen hebt, also ist es wahrscheinlich was Gutes. »Danke«, sagt Selena und steckt das Handy seitlich in ihre Matratze, weil Geheimhandys da nun mal hingehören, nur dass ihr eigenes nicht mehr da ist. Sie fragt sich, ob Chris vielleicht hergekommen ist und es mitgenommen und das rote bei Becca gelassen hat, damit er ihr später simsen kann, wenn er die Zeit findet, denn im Moment hat er bestimmt viel zu tun, aber dann klingt das irgendwie falsch, und sie kommt nicht dahinter, wieso, weil Becca sie mit diesem Blick ansieht, der tief in Selena hineintaucht und genau an der Stelle landet, die sich so anstrengt, weh zu tun. Also sagt sie einfach noch mal danke, und dann weiß sie nicht mehr, weswegen sie hier hochgekommen sind. Becca holt für sie die Flöte aus dem Schrank und legt sie ihr in die Hände und fragt: »Welche Noten brauchst du?«, und für einen kurzen Moment möchte Selena lachen, weil Becca so ruhig und so erwachsen aussieht, wie sie da die Notentasche durchsieht, ordentlich wie eine Krankenschwester. Sie möchte sagen: *Das solltest du nach der Schule machen, du solltest Krankenschwester werden*, aber der Gedanke an Beccas Gesichtsausdruck auf den Vorschlag hin lässt den Lachknoten tief in ihrer Kehle noch größer und fester anschwellen. »Den Telemann«, sagt sie. »Danke.«

Becca findet das Blatt. »Ist da«, sagt sie und klappt Selenas Notentasche zu. Dann beugt sie sich vor und drückt ihre Wange an Selenas. Ihre Wimpern streifen wie Mottenflügel über Selenas Haut, und ihre Lippen sind steinkalt. Sie riecht nach Grünschnitt und Hyazinthen. Selena möchte sie festhalten und in sich einatmen, bis ihr Blut sich gereinigt anfühlt, als wäre nichts von alldem je geschehen.

Danach bleibt Selena, so still sie kann, und lauscht darauf, wie

ihr Herzschlag sich verändert hat, langsam geworden ist, in Tief-
seedunkelheit dahintropft. Sie denkt, wenn sie ihm weit genug
hinunter in den Tunnel folgt, wird sie vielleicht Chris finden.
Wahrscheinlich ist er tot, wenn alle das sagen, aber er ist auf keinen Fall fort. Nicht der Geschmack seiner Haut, nicht sein warmer Berggipfelduft, nicht der Aufwärtsschwung seines Lachens.
Sie denkt, wenn sie sich ganz intensiv konzentriert, wird sie zumindest merken, in welche Richtung er sich bewegt, aber ständig
wird sie von irgendwelchen Leuten unterbrochen.

Irgendwelche Leute stellen ihr in McKennas Büro Fragen. Sie
hält den Mund und bricht nicht zusammen.

Genau wie Holly gesagt hat, werden sie nacheinander in McKennas Büro gerufen. McKenna ist da, eine Frau mit schwarzem
Haar und ein dicker alter Mann, alle nebeneinander hinter dem
abgenutzten Glanz von McKennas Schreibtisch. Becca ist vorher
noch nie aufgefallen – die paar Mal, die sie hier war, hatte sie zu
viel Angst, um irgendetwas zu bemerken –, dass McKennas Sessel
extrahoch ist, damit du dich klein und ohnmächtig fühlst. Aber
jetzt, wo sie zu dritt dasitzen und nur ein Sessel erhöht ist, sieht es
einfach bloß witzig aus, als müssten die Füße der jungen Polizistin in der Luft baumeln oder als wären McKenna und der ältere
Polizist Zwerge.

Sie fangen mit Fragen an, die sie allen stellen. Becca denkt
daran zurück, wie sie noch vor wenigen Monaten war, und macht
es nach, duckt sich und verknotet die Beine und antwortet nach
unten in ihren Schoß. Wenn du schüchtern genug bist, sieht keiner irgendwas anderes. Der ältere Detective macht sich Notizen
und unterdrückt ein Gähnen.

Dann sagt die junge Polizistin – befingert dabei einen losen Faden am Ärmelaufschlag ihres Blazers, als sei die Frage nicht besonders wichtig: »Wie fandest du's, dass Selena mit Chris zusammen war?«

Becca runzelt verwirrt die Stirn. »Lenie war nicht mit ihm zusammen. Kann sein, dass sie ein paarmal im Court miteinander geredet haben, aber das ist ewig her.«

Die Augenbrauen der Polizistin heben sich. »Nee. Die beiden waren ein Paar. Heißt das, du wusstest nichts davon?«

»Wir lassen uns nicht mit Jungs ein«, sagt Becca missbilligend. »Meine Mum sagt, ich bin zu jung.« Die Antwort gefällt ihr. Dieses eine Mal könnte es ganz nützlich sein, dass sie wie ein Kind aussieht.

Die jüngere Polizistin und der ältere Polizist und McKenna warten gemeinsam, starren sie über die Sonnenstreifen auf dem Schreibtisch hinweg an. Sie sind so groß und kernig und behaart, sie denken, sie könnten sie einfach zusammenquetschen, bis ihr Mund aufspringt und alles herausquillt.

Becca starrt zurück und spürt, wie ihr Fleisch sich regt und sich lautlos in etwas Neues verwandelt, in eine namenlose Substanz, die von weit oben kommt, von aromatisch duftenden Waldhängen. Ihre Konturen sind so hart und leuchtend, dass diese klobigen Wesen schon geblendet sind, wenn sie sie nur ansehen; sie ist undurchsichtig, sie ist undurchdringlich, sie ist eine Million Dichtheiten und Dimensionen realer als jedes von ihnen. Sie zerbrechen an ihr und driften davon wie Nebel.

In der Nacht bleibt Holly so lange wach, wie sie kann, beobachtet die anderen, als könnte sie sie beschützen, wenn sie sie nur beobachtet. Sie sitzt im Bett, Arme um die Knie geschlungen, zu elektrisiert, um sich hinzulegen, aber sie weiß, keine von ihnen wird versuchen, ein Gespräch anzufangen. Der Tag hat lange genug gedauert.

Julia ist ausgestreckt und weit weg. Becca träumt vor sich hin, die offenen Augen dunkel und ernst wie die eines Babys. Sie huschen hin und her, beobachten etwas, was Holly nicht sehen kann. Selena tut so, als würde sie schlafen. Das Licht durch die Glasscheibe über der Tür verunstaltet ihr Gesicht, macht es an zarten Stellen aufgedunsen und bläulich. Sie sieht aus wie geprügelt.

Holly erinnert sich an diese Zeit damals, als sie noch ein Kind war und sich alles um sie herum und in ihr zerstört anfühlte. Ganz allmählich, wenn sie nicht hinsah, war das meiste davon weggespült worden. Die Zeit arbeitet. Sie sagt sich, dass sie das auch für Selena tun wird.

Sie möchte auf der Lichtung sein. Sie kann es spüren, wie das Mondlicht über sie vier fließen würde, ihren Knochen eine neue Härte verleihen würde, die dieses Gewicht tragen könnte. Sie weiß, es wäre Wahnsinn, auch nur daran zu denken, es heute Nacht zu versuchen, aber als sie einschläft, sehnt sie sich trotzdem danach.

Als Hollys Atmung tief und gleichmäßig wird, setzt Becca sich auf und holt Nadel und Tinte aus ihrem Nachtschrank hervor. In dem schwachen Licht, das vom Flur hereinfällt, zieht sich die Linie aus blauen Punkten über ihren weißen Bauch wie die Spur einer seltsamen Umlaufbahn, von ihrem Brustkorb hinunter bis zum Bauchnabel und wieder hoch zu den Rippen auf der anderen Seite. Es ist gerade noch Platz für einen mehr.

Selena wartet, bis auch Becca endlich eingeschlafen ist. Dann will sie nachschauen, ob auf dem roten Handy eine SMS für sie angekommen ist, aber es ist weg. Sie sitzt in dem zerwühlten Bett und möchte ausrasten, schreien und um sich schlagen, für den Fall, dass das Handy wirklich von Chris war. Aber sie weiß nicht mehr, wie das geht – ihre Arme und ihre Stimme scheinen von ihrem Körper abgekoppelt zu sein –, und überhaupt, es wäre viel zu anstrengend.

Sie fragt sich, die Kehle wie zugeschnürt, ob sie die ganze Zeit gewusst hat, dass es so kommen würde, und die Augen davor verschlossen hat, weil sie Chris so sehr wollte. Je mehr sie versucht, sich zu erinnern, desto mehr entgleitet es ihr, verbiegt sich und grinst sie an. Letztendlich weiß sie, dass sie es nie wissen wird.

Sie wird wieder ganz still. Sorgfältig sperrt sie einen Teil ihres Verstandes für Dinge ab, die sie tun muss, wie duschen und Hausaufgaben machen, damit die Leute sie in Ruhe lassen. Den Rest verwendet sie dafür, sich zu konzentrieren.

Nach einer Weile begreift sie, dass etwas Chris zerstört hat, um sie zu retten.

Nach einer weiteren Weile begreift sie, dass dieses Etwas sie für sich selbst haben will und dass sie ihm nun für immer gehört.

Sie schneidet ihre Haare ab, eine Opfergabe, um zu zeigen, dass sie verstanden hat. Sie tut es im Bad und zündet den weichen, hellen Wust im Waschbecken an – die Lichtung wäre besser, aber sie waren nicht mehr dort, seit es passiert ist, und sie weiß nicht, ob die anderen vielleicht irgendeinen Grund dafür haben, den sie nicht verstanden hat. Ihre Haare nehmen die Feuerzeugflamme mit einer Leidenschaft an, die sie nicht erwartet hat, ein *Wusch* und ein weißmäuliges Aufbrausen, als würden ferne Bäume von einem Waldbrand verschlungen. Sie reißt ihre Hand weg, aber nicht schnell genug, und eine kleine pochende Verbrennung frisst sich in ihr Handgelenk.

Auch der Brandgeruch bleibt. Noch Wochen später nimmt sie ihn an sich wahr, barbarisch und heilig.

Manchmal fallen ganze Teile ihres Verstandes weg. Zu Anfang macht ihr das Angst, aber dann merkt sie, dass sie sie gar nicht vermisst, wenn sie erst mal weg sind, und ab da macht es ihr nichts mehr aus. Die Brandwunde vernarbt rot und dann weiß.

Als Chris seit vier Tagen tot ist, erfährt Julia, dass Finn von der Schule verwiesen wurde, weil er die Alarmanlage der Brandschutztür abgestellt hat, und beginnt darauf zu warten, dass die Cops sie abholen.

Sie haben ihr und den anderen mit Fragen nach Selena und

Chris ein bisschen Stress gemacht, aber es war bloß dieser clevere Fata-Morgana-Stress, von dem Holly geredet hat, wirkte ziemlich beeindruckend, bis du näher rankamst und sahst, dass nichts dahintersteckte. Nach ein paar Tagen verständnislosen Kopfschüttelns löste sich alles in Wohlgefallen auf. Was bedeutet, dass Gemma Joanne nicht ganz dazu bringen konnte, die Klappe zu halten – zugegeben, dafür wäre eine OP nötig –, aber immerhin muss sie ihr begreiflich gemacht haben, dass es in ihrer aller Interesse ist, mit den Details hinterm Berg zu halten, ganz gleich, wie genialomat der Skandal auch wäre.

Aber wie hätte Julia das Finn vermitteln sollen? (*Hi, Jules hier! Weißt d noch dass d gedacht hast ich würde d benutzen weil ich deinen Freund f- will? Weißt d was voll super wär? Wenn d das den cops vllt nicht sagen würdest. LG!!*) Sie konnte bloß die Daumen drücken, dass er die ganzen Tricks, vor denen Holly sie gewarnt hatte, auch allein durchschaute, und das ist jetzt so eine Situation, in der es mit Daumendrücken allein nicht getan ist. Ein paar Colm-Trottel gegen die beiden Detectives: Klar verplappert sich da irgendwann einer.

Sie hat keine Ahnung, was sie sagen wird, wenn sie kommen. Soweit sie das sehen kann, hat sie zwei Möglichkeiten: auspacken und denen erzählen, dass sie nicht die Einzige war, die sich mit Chris getroffen hat, oder alles abstreiten und drauf hoffen, dass ihre Eltern ihr einen guten Anwalt besorgen. Vor einem Monat hätte sie noch gesagt, sie würde lieber ins Gefängnis wandern, als Selena ans Messer zu liefern, keine Frage. Aber die Dinge haben sich verändert, auf eine extrem verworrene Art und Weise, die sie nicht richtig kapiert. Nachts liegt sie wach und spielt beide Szenarien im Kopf durch, versucht, sich vorzustellen, worauf jedes hinauslaufen würde. Beide kommen ihr unmöglich vor. Julia weiß, das heißt nicht, dass sie ausgeschlossen sind. Die ganze Welt ist auseinandergebrochen und verrückt geworden, ergibt keinen Sinn mehr.

Am Ende der Woche denkt sie, die Cops spielen irgendwelche Psychospielchen mit ihr, warten ab, bis sie unter der Anspannung zusammenbricht. Und es funktioniert. Als sie und Becca hinten in der Bibliothek sind, um Hefter mit alten Irisch-Prüfungen zu holen, mit denen die Klasse üben soll, und ihr ein paar aus der Hand rutschen, springt sie fast an die Decke. »Hey«, sagt Becca. »Alles okay.«

»Ich bin intelligent genug, um selbst zu entscheiden, ob alles okay ist oder nicht«, zischelt Julia im Flüsterton, während sie verstaubte Blätter von dem elektrisch aufgeladenen Teppich klaubt. »Und glaub mir, es ist nicht alles okay, verdammt nochmal!«

»Jules«, sagt Becca sanft. »Ist es doch. Ehrenwort. Alles wird gut.« Und sie streicht Julia mit der Rückseite ihrer Finger über die Schulter und am Arm hinab, als würde sie ein verschrecktes Tier beruhigen.

Als Julia hochfährt, um sie erneut anzuranzen, sieht sie, dass Becca sie mit festen braunen Augen anblickt, ohne mit der Wimper zu zucken, sogar ein wenig lächelt. Es ist das erste Mal seit Wochen, dass sie Becca richtig wahrnimmt. Sie merkt, dass Becca jetzt größer ist als sie und dass sie – anders als Selena und Holly und, Himmel ja, Julia selbst – nicht total beschissen aussieht. Im Gegenteil: Sie sieht glatter aus, strahlend, als wäre ihr die Haut abgezogen und durch etwas Festeres ersetzt worden, so weiß, dass es fast metallisch aussieht, etwas, an dem du dir die Handknöchel zerschmettern könntest. Sie sieht schön aus.

Sofort fühlt sich Julia noch weiter von ihr entfernt. Sie hat nicht mehr die Energie, überhaupt irgendwen anzuranzen, sie möchte sich einfach auf diesen widerlichen Teppich setzen und den Kopf gegen die Bücherregale lehnen und ganz lange Zeit so bleiben. »Komm«, sagt sie stattdessen und packt ihren Arm voll mit Heftern. »Gehen wir.«

Nach einer weiteren Woche wird ihr klar, dass die Cops sie nicht holen kommen. Finn hat ihren Namen nicht verraten. Er hätte ihn einsetzen können, um den Verweis auf eine Suspendierung runterzuhandeln, ihn den Cops hinwerfen können, damit sie ihn in Ruhe lassen, aber er hat es nicht getan.

Sie möchte ihm simsen, aber alles, was sie schreiben könnte, würde bei ihm ankommen wie *Haha, dich Trottel haben sie erwischt und mich nicht.* Sie möchte seine Freunde fragen, wie es ihm geht, aber entweder hat er ihnen alles erzählt, und die sind sauer auf sie, oder er hat's nicht erzählt, und dann würde es Gerüchte geben, oder die würden es ihm erzählen, und das würde ihn noch saurer auf sie machen, und es würde alles bloß noch chaotischer und widerwärtiger. Stattdessen wartet sie, bis die anderen eingeschlafen sind, und heult sich die ganze Nacht die Seele aus dem Leib wie eine dumme, weinerliche Göre.

Nach zweieinhalb Wochen beginnt der Mittelpunkt der Welt, sich von Chris Harper abzuwenden. Die Trauerfeier ist vorbei; alle haben oft genug über die Fotografen vor der Kirche geredet und darüber, wer geweint hat und wie Joanne beim Abendmahl in Ohnmacht gefallen ist und rausgetragen werden musste. Chris' Name ist von den Titelseiten gerutscht und in vereinzelten Kurzmeldungen gelandet, wenn noch freie Ecken gefüllt werden mussten. Die Detectives sind weg, meistens. Bis zur Zwischenprüfung sind es nur noch wenige Tage, und die Lehrer reagieren nicht mehr mitfühlend, sondern bissig, wenn eine den Unterricht stört, weil sie in Tränen ausbricht oder Chris' Geist sieht. Er ist zur Seite geglitten: immer da, aber nur am Rande deines Gesichtsfeldes.

Auf dem Weg zum Court, unter Bäumen, die sich mit sommerlichem Grün aufgeplustert haben, sagt Holly: »Heute Nacht?«

»Hallo?«, sagt Julia mit hochgerissenen Augenbrauen. »Damit wir zig Kollegen von deinem Dad in die Arme laufen, die nur darauf warten, dass jemand so scheißblöd ist? Ist das dein Ernst?«

Becca hüpft über die Ritzen im Bürgersteig, aber Julias peitschende Stimme lässt sie aufmerken. Selena geht einfach weiter,

den Kopf nach hinten gelegt, das Gesicht den anmutig wirbelnden Blättern zugewandt. Holly hält sie am Ellbogen fest, damit
sie nirgendwo gegenläuft.

»Da sind keine Detectives. Dad beschwert sich dauernd, dass
sie nicht mal die Genehmigung für die Überwachung irgendwel-
cher fetten *Drogenbosse* kriegen. Da kriegen sie garantiert keine
für eine Mädchenschule. Also selber scheißblöd.«

»Ha, wie geil ist das denn, wir haben eine Expertin für polizeiliche Maßnahmen unter uns. Wahrscheinlich bist du noch nie
auf den Gedanken gekommen, dass dein Daddy dir vielleicht
nicht alles erzählt.«

Julia fixiert Holly mit ihrem bösesten Hör-jetzt-auf-Blick, aber
Holly denkt gar nicht dran, aufzuhören. Sie hat wochenlang darauf gewartet; es ist das Einzige, was ihr einfällt, das vielleicht alles
wieder besser macht. »Er muss mir nicht *alles* erzählen. Ich habe
*Hirn*zellen –«

»Ich würde gern heut Nacht raus«, sagt Becca. »Das wird uns
guttun.«

»Vielleicht wird's dir guttun, wenn du festgenommen wirst.
Mir jedenfalls nicht.«

»Es wird uns guttun«, sagt Becca dickköpfig. »Hör dich doch
an. Du bist richtig fies. Wenn wir eine Nacht da draußen –«

»Ach, bitte, erzähl mir nicht so einen Scheiß. Ich bin fies, weil
das eine bescheuerte Idee ist. Und sie wird nicht weniger bescheuert, wenn wir –«

Selena wacht auf. »Was denn?«

»Vergiss es«, sagt Julia zu ihr. »Hör nicht hin. Denk einfach
weiter an rosa Wölkchen.«

»Heute Nacht rausgehen«, sagt Becca. »Ich möchte gern und
Holly auch, Jules nicht.«

Selenas Augen schweben zu Julia hinüber. »Warum nicht?«,
fragt sie.

»Weil es eine dumme Idee ist, selbst wenn die Cops die Stelle nicht überwachen. Hast du überhaupt mitgekriegt, dass die Zwischenprüfung diese Woche anfängt? Hast du überhaupt mitgekriegt, dass die uns so ziemlich jeden Tag vorbeten: ›Ihr müsst genug Schlaf bekommen, wenn ihr nicht genug schlaft, könnt ihr euch nicht konzentrieren, und dann könnt ihr nicht richtig lernen –‹«

Hollys Hände fliegen hoch. »O mein Gott, seit wann interessiert dich denn, was Schwester Ignatius für richtig hält?«

»Schwester Ignatius ist mir scheißegal. Mich interessiert, ob ich nächstes Jahr in *Handarbeit* oder so hocken muss, weil ich durchge–«

»Ach so, ja, klar, wegen einer Stunde in einer Nacht rauschst du natürlich voll –«

»Ich würde gern rausgehen«, sagt Selena. Sie ist stehen geblieben.

Die anderen drei bleiben ebenfalls stehen. Holly fängt Julias Blick auf und weitet die Augen, eine Warnung. Es ist das erste Mal seit Wochen, dass Lenie irgendeinen Wunsch äußert.

Julia holt Luft, als hätte sie noch ein Argument parat, das gewichtigste von allen. Dann sieht sie die drei an und packt es wieder weg. »Okay«, sagt sie. Ihre Stimme ist dumpf geworden. »Von mir aus, meinetwegen. Es sei denn …«

»Es sei denn was?«, fragt Becca nach einem Moment.

Julia sagt: »Nichts. Wir machen's.«

»Juhuu!«, ruft Becca, springt hoch und rupft eine Blüte von einem Zweig. Selena geht weiter und betrachtet wieder die Blätter. Holly nimmt erneut ihren Ellbogen.

Sie sind fast am Court; der warme zuckrige Geruch von Donuts weht ihnen entgegen und lässt ihnen das Wasser im Mund zusammenlaufen. Holly spürt etwas an der zarten Stelle zwischen ihren wachsenden Brüsten, spürt, wie es sie ergreift und nach unten zieht. Zuerst denkt sie, es ist Hunger. Sie braucht einen Moment, um zu erkennen, dass es Verlust ist.

Der Mond draußen vor ihrem Fenster ist schmal und von zahllosen Wolkenstreifen durchzogen. Als sie sich anziehen, sind ihre Bewegungen erfüllt von jedem anderen Mal zuvor, dem ersten halb scherzhaften Ich-glaub's-nicht-dass-wir-das-machen, dem Zauber eines Flaschenverschlusses, der über einer geöffneten Hand schwebt, einer Flamme, die ihre Gesichter in goldene Masken verwandelt. Als sie die Kapuzen überstreifen und ihre Schuhe in die Hand nehmen, als sie zeitlupenartig wie Tänzerinnen die Treppe hinunterschleichen, spüren sie, wie sie langsam wieder Auftrieb bekommen, spüren die Welt erblühen und erzittern, während sie auf sie wartet. Ein Lächeln hebt Lenies Mundwinkel; auf dem Treppenabsatz streckt Becca die geöffneten Hände zu dem weißerleuchteten Fenster hin wie zum Dankgebet. Selbst Julia, die gedacht hat, sie wüsste es besser, wird davon erfasst, spürt die Hoffnungsblase, die sich in ihrem Brustkorb ausdehnt, bis es weh tut, *Was wenn, vielleicht, vielleicht können wir wirklich –*

Der Schlüssel lässt sich nicht drehen.

Sie starren einander an, mit verdutzten Mienen.

»Lass mich mal«, flüstert Holly. Julia tritt zurück. Der Rhythmus in ihren Ohren dröhnt schneller.

Er lässt sich nicht drehen.

»Die haben das Schloss ausgetauscht«, flüstert Becca.

»Was machen wir jetzt?«

»Abhauen.«

»Nix wie weg.«

Holly bekommt den Schlüssel nicht mehr raus.

»Komm schon komm schon *komm schon* –«

Die Panik flackert zwischen ihnen auf wie ein Buschbrand. Selena hat den Mund gegen den Unterarm gepresst, um keinen Laut zu machen. Der Schlüssel rappelt und schabt; Julia schubst Holly beiseite – »Verdammt, hast du ihn abgebrochen?« – und packt ihn mit beiden Händen. In der Sekunde, als es so aussieht, als sei er endgültig festgeklemmt, schreien sie alle vier fast auf.

Dann kommt er herausgeschossen, schleudert Julia rückwärts gegen Becca. Der dumpfe Schlag und das Aufkeuchen und das stolpernde Taumeln sind laut genug, um die ganze Schule zu wecken. Sie rennen, mit den Armen rudernd und unbeholfen auf Socken schlitternd, die Zähne vor Angst gebleckt. Hasten in ihr Zimmer, schließen die Tür zu laut, reißen sich die Kleidung vom Leib und springen in ihre Pyjamas, hechten in die Betten wie Tiere. Bis sich die schlaftrunkene Aufsichtsschülerin hochgerappelt hat und den Flur heruntergeschlurft kommt, um den Kopf in jede Tür zu stecken, haben sie sich und ihre Atmung längst unter Kontrolle. Es ist ihr egal, ob sie sich schlafend stellen oder nicht, Hauptsache, sie tun nichts, wofür sie Ärger kriegen könnte; ein kurzer Rundumblick auf ihre ruhigen, schlafenden Gesichter, und sie gähnt und macht die Tür wieder zu.

Keine von ihnen sagt etwas. Sie halten die Augen geschlossen. Sie liegen still da und spüren, wie die Welt sich um sie herum und in ihnen verwandelt, spüren, wie die Grenzpflöcke eingeschlagen werden, spüren, wie die Wildnis ausgesperrt wird, um an der Demarkationslinie entlangzustreifen, bis sie zu etwas Erdachtem verblasst, zu etwas Vergessenem.

29

DIE NACHT WAR DICHTER GEWORDEN, füllte sich mehr und mehr mit kleinen Strudeln und Wirbeln aus Düften, denen wir nicht nachspüren konnten. Das Mondlicht strömte so satt herab, dass es uns durchtränkte.

Ich sagte: »Du hast doch mitgekriegt, was sie uns geliefert hat, nicht?«

Conway bewegte sich schnell wieder den Pfad entlang, in Gedanken schon oben am Hang bei Rebecca. »Klar. Selena und Rebecca waren gemeinsam in dem Zimmer, um ihre Instrumente zu holen. Entweder ist Rebecca so sauer auf Selena, dass sie Chris' Handy bei ihr versteckt, um sie in Verdacht zu bringen, oder aber sie schenkt es Selena – hier, bitteschön, das Handy von dem toten Jungen, das hast du doch immer gewollt –, und Selena verstaut es bei sich, um sich später damit zu befassen.«

Wir sprachen leise; hinter den Bäumen konnten sich Mädchen versteckt haben wie Jäger. Ich sagte: »Das und dass Holly raus ist. Rebecca hat das allein gemacht.«

»Nee. Holly könnte Chris' Handy da versteckt haben, als sie Selenas an sich nahm.«

Ich sagte: »Aber warum? Mal angenommen, sie hatte Chris' Handy oder konnte es irgendwie in die Hände bekommen. Dann hätte sie es doch zusammen mit dem von Selena in den Fundsachenbehälter werfen können, wenn sie den Verdacht von ihrer Clique ablenken wollte. Oder aber, falls sie Selena in Verdacht bringen wollte, hätte sie beide Handys in dem Matratzenversteck lassen können. Es gibt keinen Grund, warum sie mit den beiden Handys unterschiedlich hätte verfahren sollen. Holly ist raus.« Ein paar Stunden zu spät. Jetzt hatten wir Mackey als Feind, nicht als Verbündeten.

Conway dachte zwei schnelle Schritte lang darüber nach, nickte dann. »Rebecca. Im Alleingang.«

Ich dachte an dieses Dreifachwesen, still und wachsam. *Im Alleingang* schien mir die falsche Wortwahl zu sein.

Conway sagte: »Wir haben noch immer nicht genug gegen sie in der Hand. Alles nur Indizien, und so was kann die Staatsanwaltschaft nicht leiden. Besonders nicht, wenn's um Minderjährige geht. Ganz besonders nicht, wenn es um ein kleines reiches Mädchen geht.«

»Es sind nur Indizien, aber dafür ein ganzer Haufen. Rebecca hatte viele Gründe, auf Chris sauer zu sein. Sie konnte die Schule nachts verlassen. Sie wurde am Tag vor dem Mord mit der Tatwaffe gesehen. Sie ist eine von zwei Personen, die die Möglichkeit hatten, Chris' Handy da zu verstecken, wo es gefunden wurde –«

»Falls du ein Dutzend Geschichten von einem halben Dutzend anderer pubertierender Mädels glaubst, die uns alle dauernd kackfrech angelogen haben. Ein halbwegs passabler Verteidiger bräuchte keine fünf Minuten, dann hätte er dem Gericht berechtigte Zweifel geliefert. Viele Mädels hatten bessere Gründe, auf Chris sauer zu sein; der Typ war nun mal ein Arsch. Sieben andere konnten nachts die Schule verlassen, und das sind nur diejenigen, von denen wir wissen. Wie sollen wir beweisen, dass nicht noch mehr mitgekriegt hatten, wo Joanne ihren Schlüssel verwahrte? Chris' Handy: Rebecca oder Selena könnten es irgendwo gefunden haben, nachdem der Täter es weggeworfen hatte, und es in der Matratze versteckt haben, um sich zu überlegen, was sie damit machen sollen.«

»Und wieso macht sich dann Rebecca an der Tatwaffe zu schaffen?«

»Das hat Gemma erfunden. Oder Rebecca war da, um Drogen zu kaufen. Oder sie hat tatsächlich eine Schwäche für Gartenarbeit. Such dir was aus.« Conways Schritte wurden immer länger. Mittlerweile wusste ich, dass das Frustration war. »Oder sie hat für Julia oder Selena oder Holly die Lage ausgekundschaftet. Wir wissen, die drei sind raus, aber wir haben nichts Handfestes, um das zu beweisen. Was bedeutet, wir haben nichts Handfestes, um zu beweisen, dass es Rebecca war.«

Ich sagte: »Wir brauchen ein Geständnis.«

»Ja, das wäre prima. Besorg du uns doch rasch eins. Und vielleicht gleich auch noch die Lottozahlen für nächste Woche.«

Ich überging das. »Weißt du, was mir an Rebecca aufgefallen ist? Sie hat keine Angst. Und sie müsste eigentlich welche haben. Nur ein Volltrottel hätte in ihrer Situation keine Panik, und sie ist kein Volltrottel. Trotzdem hat sie keine Angst vor uns.«

»Heißt?«

»Heißt, sie denkt offensichtlich, ihr kann nichts passieren.«

Conway schob einen Ast vor ihrem Gesicht zur Seite. »Kann es auch nicht, es sei denn, wir zaubern noch eine Karte aus dem Ärmel.«

Ich sagte: »Ich hab sie nur ein einziges Mal ängstlich gesehen. Das war im Gemeinschaftsraum, als alle wegen dem Geist komplett ausgerastet sind. Wir waren so mit Alison beschäftigt, dass wir nicht auf Rebecca geachtet haben, aber sie war panisch. Wir können ihr keine Angst machen, ganz egal, womit wir es versuchen, Beweise, Zeugen, das erschüttert sie nicht. Aber Chris' Geist schon.«

»Na und? Willst du dir ein Bettlaken überhängen, hinter einem Baum hervorspringen und mit den Armen rumfuchteln? Obwohl, ehrlich gesagt, bin ich fast schon verzweifelt genug für genau so was.«

Ich sagte: »Ich will nur mit ihr über den Geist reden. Einfach bloß reden. Mal sehen, wohin das führt.«

Der Gedanke war mir gekommen, während ich mit Joannes Clique auf dem Rasen saß: Jede Schülerin im Gemeinschaftsraum hatte geglaubt, dass Chris nur ihretwegen da war. Rebecca hatte es gewusst.

Conway warf mir einen Seitenblick zu. Sie sagte: »Dünnes Eis.«

Falls der Geist etwas aus Rebecca rausholte, konnten wir uns auf einen Kampf mit harten Bandagen gefasst machen. Die Verteidigung würde uns Nötigung und Einschüchterung vorwerfen, würde uns die Abwesenheit eines geeigneten Erwachsenen vorwerfen, würde versuchen, alles, was Rebecca gestanden hatte, als vor Gericht nicht zulässig einzustufen. Wir könnten mit Gefahr im Verzug argumentieren: dass wir Rebecca umgehend von den anderen hatten trennen müssen. Würde vielleicht klappen, vielleicht aber auch nicht.

Wenn wir jetzt nichts erreichten, würden wir gar nichts erreichen, niemals.

Ich sagte: »Ich bin vorsichtig.«

»Okay«, sagte Conway. »Versuch's. Ich hab weiß Gott keine bessere Idee.«

Mittlerweile kannte ich diesen wundgekratzten Ton in ihrer Stimme. Hütete mich vor dem Versuch, ihn lindern zu wollen. »Danke«, sagte ich.

»Ja.«

Um die Biegung im Pfad, unter die Bäume – fühlte sich an wie ein Fall ins Nichts, dieser Schritt in die streifige Dunkelheit – und ich roch Rauch. Hätte von dreisten Schulmädchen kommen können, aber ich wusste es besser.

Mackey. Er lehnte an einem Baum, Schultern lässig entspannt, Füße gekreuzt. »Herrliche Nacht dafür«, sagte er.

Wir bremsten ab wie Halbwüchsige, die beim Knutschen erwischt wurden. Ich wurde rot. Spürte, dass er das durch die Dunkelheit sah, belustigt.

»Freut mich, dass ihr zwei verrückten jungen Leute eure Probleme aus der Welt geschafft habt. Hab ich mir irgendwie gedacht. War's schön?«

Hinter seiner Schulter das Hyazinthenbeet. Die Blumen leuchteten blauweiß, als würden sie von innen angestrahlt. Dahinter: die Anhöhe, Selena und Rebecca, die Köpfe zusammengesteckt. Mackey bewachte sie.

Conway sagte: »Wir möchten Sie bitten, zurück zur Schule zu gehen und bei Ihrer Tochter zu bleiben. Wir sind so schnell wie möglich wieder bei Ihnen.«

Zigarette so zwischen die Finger geklemmt, dass es aussah, als würde die Glut tief in seiner schwarzen Faust glimmen. Er sagte: »Es war ein langer Tag. Und diese Mädchen, ehrlich gesagt, sind noch Kinder. Sie sind geschockt, gestresst und so weiter. Ich will Ihnen beiden nicht beibringen, wie Sie Ihre Arbeit zu machen haben – Gott bewahre –, ich sage nur: Nichts, was Sie in diesem Zustand von ihnen erfahren, hätte viel Gewicht. Nicht vor Gericht.«

Ich sagte: »Wir verdächtigen Holly nicht des Mordes.«

»Nein? Gut zu wissen.«

Rauch kringelte sich durch das streifige Mondlicht. Er glaubte mir nicht.

»Wir haben neue Informationen«, sagte Conway. »Sie entlasten Holly.«

»Gut gemacht. Und morgen früh können Sie diesen Informationen dann mit Volldampf nachgehen. Jetzt ist es Zeit, nach Hause zu fahren. Machen Sie unterwegs im Pub Station, zischen Sie ein Bierchen, um den Beginn einer wunderbaren Freundschaft zu feiern.«

Hinter ihm schlüpfte ein Schatten aus den Bäumen, nahm seinen Platz neben Selena ein. Julia.

Conway sagte: »Wir sind hier noch nicht fertig.«

»Doch, Detective. Das sind Sie.«

Sanfte Stimme, aber ein Glitzern in den Augen. Mackey meinte es ernst. »Ich hab selbst auch ein paar Informationen gesammelt. Drei reizende Mädchen haben mich auf der Suche nach Ihnen beiden gesehen und mich rübergerufen.« Die dunkle Hand mit dem glimmenden Kern hob sich, um auf mich zu zeigen. »Detective Moran. Sie waren ein böser Junge.«

Conway sagte: »Falls die drei ein Problem mit Detective Moran haben, sollten sie sich an den Superintendent wenden. Nicht an Sie.«

»Tja, aber nun haben sie sich an mich gewandt. Ich denke, ich kann sie davon überzeugen, dass Detective Moran nicht wirklich versucht hat, sie zu verführen, auch wenn sie fast unwiderstehlich sind, und dass eine von ihnen – blond, mager, keine Augenbrauen? – nicht wirklich das Gefühl hatte, ihre Tugend wäre in unmittelbarer Gefahr. Aber dafür müssten Sie mir schon aus dem Weg gehen und mich in Ruhe machen lassen. Ist das klar?«

Ich sagte: »Ich kann auf mich selbst aufpassen. Trotzdem, vielen Dank.«

»Ich wünschte, ich könnte das genauso sehen, mein Junge. Ehrlich.«

»Falls ich mich irre, ist das nicht Ihr Problem. Und Sie haben nicht zu bestimmen, mit wem wir reden.«

Die Worte fühlten sich fremd und stark an, wuchsen aus mir heraus, stark wie Bäume. Conways Schulter berührte meine, auf gleicher Höhe, verlässlich.

Mackeys Augenbraue hob sich in einem Lichtstreifen. »Oha, schau an. Wo kommt denn auf einmal so viel Rückgrat her? Haben Sie sich das bei Ihrer neuen Freundin geliehen?«

»Mr Mackey«, sagte Conway. »Ich erkläre Ihnen jetzt mal, was als Nächstes passiert. Detective Moran wird mit den drei Mädchen da reden. Ich werde dabei zusehen und den Mund halten.

Wenn Sie meinen, dass Sie das auch hinkriegen, tun Sie sich keinen Zwang an. Wenn nicht, hauen Sie ab und lassen Sie uns unsere Arbeit machen.«

Die Augenbraue blieb oben. Zu mir: »Sagen Sie nicht, ich hätte Sie nicht gewarnt.«

Vor Conway, vor dem, was Joanne machen könnte, vor dem, was er machen könnte. Er hatte recht, in allen drei Punkten. Und er – toller Kerl – gab mir um der alten Zeiten willen eine letzte Chance, schön brav zu sein.

»Das werde ich nicht«, sagte ich. »Ehrenwort, Mann, das würde ich nie behaupten.«

Kurzes, schniefendes Lachen von Conway. Dann drehten wir beide uns von Mackey weg und gingen durch den toxischen Hyazinthennebel den Hang hinauf zur Lichtung.

Unter den Zypressen blieb Conway stehen. Ich hörte, wie Mackeys gemächliche Schritte sie einholten, spürte, dass sie einen Arm ausstreckte: weit genug.

Er blieb stehen, weil er sowieso stehen geblieben wäre. Falls irgendetwas auch nur einen Zentimeter in Hollys Richtung führte, würde Conway ihn nicht zurückhalten können.

Ich trat hinaus auf die Lichtung und blieb vor den drei Mädchen stehen.

Der Mond legte mein Gesicht für sie bloß. Machte sie schwarzunsichtbar, beleuchtete ihre Silhouette wie eine mächtige weiße, in die Luft geschriebene Rune. Joanne und ihre Clique waren gefährlich, sehr gefährlich. Im Vergleich zu dem hier waren sie nichts.

Ich räusperte mich. Sie rührten sich nicht.

Ich sagte: »Müsst ihr nicht allmählich zur Nachtruhe wieder rein?«

Meine Stimme klang schwach, ein schlaffer Faden. Eine von ihnen sagte: »Wir gehen gleich.«

»Klar. Super. Ich wollte bloß sagen …« Fuß an Fuß, Rascheln

im hohen Gras. »Danke für eure Unterstützung. Ihr wart toll. Habt uns sehr geholfen.«

Eine Stimme fragte: »Wo ist Holly?«

»Die ist drinnen.«

»Warum?«

Ich wand mich. »Sie ist ein bisschen aufgewühlt. Ich meine, es geht ihr gut, aber die Sache vorhin im Gemeinschaftsraum, mit dem … ihr wisst schon. Mit Chris' Geist.«

Julias Stimme sagte: »Da war kein Geist. Da waren bloß ein paar Leute, die sich aufspielen wollten.«

Eine Verlagerung unter der Wölbung des Runen-Zeichens. Selenas Stimme sagte leise: »Ich hab ihn gesehen.«

Eine weitere Bewegung, schneller und abgehackt. Julia hatte Selena angestupst, getreten, irgendetwas.

Ich fragte: »Rebecca? Was ist mit dir?«

Nach einem Moment, aus der Dunkelheit heraus: »Ich hab ihn gesehen.«

»Ach ja? Was hat er gemacht?«

Wieder durchlief ein Kräuseln diese Rune, veränderte die Bedeutung auf subtile, für mich nicht zu entziffernde Weise.

»Er hat geredet. Schnell, richtig gebrabbelt; als würde er zwischendurch keine Luft holen. Muss er ja wahrscheinlich auch nicht.«

»Was hat er gesagt?«

»Hab ich nicht verstanden. Ich hab versucht, ihm von den Lippen abzulesen, aber er war zu schnell. Einmal hat er …« Rebeccas Stimme brach mit einem Frösteln. »Einmal hat er gelacht.«

»Konntest du erkennen, mit wem er geredet hat?«

Schweigen. Dann – so leise, dass ich es fast überhört hätte, aber meine Ohren waren gespitzt wie die eines Tiers: »Mit mir.«

Ein winziges Stocken des Atems, fast ein Keuchen, von irgendwo anders in dieser dunklen Masse.

Ich fragte: »Warum denn mit dir?«

»Ich hab doch schon gesagt. Ich konnte ihn nicht verstehen.«

»Heute Morgen hast du gesagt, du warst nicht mit Chris befreundet.«

»War ich auch nicht.«

»Dann kann es nicht sein, dass er zurückkommen musste, um dir zu sagen, wie sehr er dich vermisst.«

Nichts.

»Rebecca.«

»Wahrscheinlich nicht. Glaub ich. Ich weiß nicht.«

»Und er war auch nicht heimlich in dich verliebt, oder?«

»Nein!«

Ich sagte: »Weißt du, wie du da drin ausgesehen hast? Ängstlich. Ich meine, richtig verängstigt.«

»Ich hab einen *Geist* gesehen. Da wären Sie auch verängstigt.«

Offenes Aufflackern von Trotz: Sie klang nicht mehr wie ein Geheimnis, wie eine Gefahr. Sie klang wie ein Kind, einfach wie ein halbwüchsiges Kind. Die Macht strömte aus ihr heraus; Angst strömte herein.

Julia sagte: »Sprich nicht mehr mit ihm.«

Ich sagte: »Dachtest du, er würde dir was tun?«

»Woher soll ich das wissen?«

»Becs. *Halt die Klappe.*«

Unmöglich zu sagen, ob Julia einfach bloß misstrauisch war oder ob sie anfing zu begreifen. »Aber«, sagte ich schnell, »aber Rebecca, ich dachte, du hast Chris gemocht. Du hast uns erzählt, er war in Ordnung. War das gelogen? War er in Wahrheit ein Arschloch?«

»Nein. War er nicht. Er war *lieb.*«

Wieder dieses trotzige Aufflackern, heißer. Das war ihr wichtig.

Ich zuckte die Achseln. »Wir haben so einiges gehört, und das klingt, als wäre er ein Arschloch gewesen. Er hat Mädchen benutzt, um zu kriegen, was er wollte, und sie abserviert, wenn er es nicht kriegte. Ein echter Hauptgewinn.«

»*Nein*. Davon gibt's viele am Colm – denen ist egal, was sie kaputtmachen, die tun einfach alles, damit sie kriegen, was sie wollen. Ich kenn den Unterschied. Chris war nicht so.«

Die weiße Silhouette bewegte sich. Dinge stiegen darunter auf, brodelnd.

Ein raues Würgen, fast wie ein Lachen, von Julia.

»Lenie. Er war nicht so. Hab ich recht?«

Selena bewegte sich. Sagte: »Er war vieles.«

»*Lenie.*«

Sie hatten mich vergessen. Selena sagte: »Er wollte nicht so sein wie sie. Er hat wirklich daran gearbeitet. Ich weiß nicht, ob es was genutzt hat.«

»Hat es.« Rebeccas Stimme schraubte sich Richtung Panik hoch. »Es hat was genutzt.«

Wieder der hässliche Würgelaut von Julia.

»Es hat. Es *hat*.«

Hinter mir knirschte etwas, ein Ast wippte. Irgendwas ging da vor. Ich wusste nicht, was, konnte es mir aber nicht leisten, mich umzudrehen. Musste Conway vertrauen und weitermachen.

Ich sagte: »Aber wieso hattest du dann Angst vor seinem Geist? Wieso hätte der dir was tun wollen, wenn Chris das niemals getan hätte?«

Julia sagte: »Vor allem, wo er überhaupt nicht *real* ist, verdammt. Becca? Hallo? Die haben dir das eingeredet, wie so was *Omen*-artiges. Wenn du dir stattdessen eine lila Schildkröte vorstellen willst, dann siehst du eben die. Hallo?«

»Selber hallo, ich hab ihn *gesehen* –«

»Rebecca. Warum sollte er dir was tun wollen?«

»Weil Geister wütend sind. Das haben Sie beide selbst gesagt, schon vergessen? Heute Nachmittag.« Aber die Panik ergriff mehr und mehr Besitz von Rebeccas Stimme. »Und überhaupt, er *hat* mir ja nichts getan.«

Ich sagte: »Diesmal nicht. Aber was ist nächstes Mal?«

»Wer sagt denn, dass es ein nächstes Mal gibt?«

»Ich sage das. Chris hat dir irgendwas zu sagen, will irgendwas von dir, und er ist nicht zu dir durchgedrungen. Er wird zurückkommen. Wieder und wieder, bis er bekommt, was er will.«

»Wird er nicht. Das war nur, weil Sie da waren, Sie haben ihn ganz –«

»Selena«, sagte ich. »Du weißt, dass er da war. Verrätst du uns, ob du glaubst, dass er zurückkommt?«

In der sich langsam senkenden Stille hörte ich etwas. Stimmengemurmel, unten am Fuß des Hangs. Ein Mann. Ein Mädchen.

Näher, in den Zypressen hinter mir: ein Geräusch, wie der gedämpfte erste Hauch eines Rauschens. Conway, die sich zwischen den Bäumen bewegte, um die Stimmen zu überdecken.

»Selena«, sagte ich. »Wird Chris zurückkommen?«

Selena sagte: »Er ist die ganze Zeit da. Ich spüre ihn, auch wenn ich ihn nicht sehe. Ich *höre* ihn, wie dieses Summen direkt hinter meinen Ohren, wie wenn der Fernseher auf stumm gestellt ist. Die ganze Zeit.«

Ich glaubte ihr. Glaubte jedes Wort. Ich sagte, hörte die Heiserkeit in meiner Stimme: »Was will er?«

»Zuerst war ich mir sicher, dass er nach mir gesucht hat. O Gott, ich hab getan, was ich konnte, aber ich hab's nie geschafft, dass er mich sieht, er hat mich nie gehört, ich hab ihn angefleht, *Chris, ich bin hier ich bin hier*, aber er hat bloß an mir vorbeigeschaut und mit dem weitergemacht, womit er gerade beschäftigt war, ich hab versucht, ihn zu umarmen, aber er hat sich einfach aufgelöst, bevor ich –«

Ein heller klagender Laut von Rebecca.

»Ich hab gedacht, es wäre deshalb, weil wir nicht durften, eine Art Strafe, immer nach einander zu suchen, aber nie zusammenzukommen. Aber dann wurde mir klar, dass er gar nicht mich will. Die ganze Zeit –«

Julia sagte: »Sei still.«

»Die ganze Zeit ging es ihm gar nicht um –«

»Herrgott, sei jetzt gefälligst still!«

Etwas wie ein Schluchzen von Selena. Dann nichts. Das leise Rauschen zwischen den Zypressen schwang durch die Luft und verschwand, Stein in einen kalten Teich. Die Stimmen unten am Hang versanken mit ihm.

Rebecca sagte in die stille Leere hinein: »Lenie. Was will er?«

Julia sagte: »Verdammte Scheiße, können wir *bitte, bitte* später darüber reden?«

»Warum? Ich hab keine Angst vor *ihm*.« Damit war ich gemeint.

»Solltest du aber, du Pfeife. Er ist das Einzige, wovor wir Angst haben müssen. Es gibt nichts anderes. Dieser ganze Geisterschwachsinn –«

»Lenie. Was glaubst du, was er will? Chris?«

»OmeinGott, es *gibt* ihn nicht, was muss ich bloß machen, damit –«

Sie klangen wie zankende Kinder. Das war alles. Nicht wie Joannes Clique, kein gehässiges Hauen und Stechen, alle Worte und alle Gedanken schon zu Phrasen erstarrt, bevor sie je bei ihnen ankamen, das nicht; aber auch nicht die verzauberten Mädchen, die zwischen perlenden Akkorden aus Gold dahinschwebten, von denen ich noch am Morgen geträumt hatte. Was ich zuvor gesehen hatte, diese Dreifachmacht, das war das letzte Aufflackern von etwas gewesen, das schon längst verloren war. Licht von einem erloschenen Stern.

»Lenie. Lenie. Ist er hinter mir her?«

Selena sagte: »Ich wollte so sehr, dass er hinter mir her wäre.«

Die Rune schimmerte und zerfiel. Ein Fragment sprang aus dieser geschlossenen dunklen Masse, nahm eigene Gestalt an. Rebecca. Splitterdünn, auf dem Gras kniend.

Sie sagte, zu mir: »Ich hab nicht gedacht, dass es Chris sein würde.«

Ich sagte: »Der Geist?«

Rebecca schüttelte den Kopf. Sie sagte ganz einfach: »Nein, als ich ihm gesimst hab, sich hier mit mir zu treffen. Ich wusste nicht, wer es sein würde. Ich hätte alles darauf gewettet, dass es nicht Chris sein würde.«

»Ach, Becs«, sagte Julia. Sie klang zusammengeklappt wie nach einem Schlag in die Magengrube. »Ach, Becs.«

In dem Zypressenschatten hinter mir sagte Conway: »Du hast das Recht zu schweigen. Alles, was du sagst, wird schriftlich festgehalten und kann als Beweismittel verwendet werden. Hast du das verstanden?«

Rebecca nickte. Sie sah völlig durchgefroren aus, zu kalt, um noch zu zittern.

Ich sagte: »Als du in der Nacht herkamst, hast du also gedacht, einer von diesen Arschlöchern würde auftauchen.«

»Genau. Andrew Moore, vielleicht.«

»Und als du Chris gesehen hast, hast du es dir trotzdem nicht anders überlegt?«

Rebecca sagte: »Sie verstehen das nicht. So war das nicht. Ich hab nicht hin und her überlegt: ›Ach, hab ich recht, hab ich unrecht, was soll ich machen?‹ Ich *wusste*, dass ich recht hatte.«

Deshalb hatte sie keine Angst vor Conway und Costello gehabt, deshalb hatte sie keine Angst vor uns gehabt. Die ganze lange Zeit von jener Nacht bis zu diesem Abend – und erst da hatte sich etwas verändert –: Sie wusste, dass ihr nichts passieren konnte, weil sie wusste, dass sie recht hatte.

Ich sagte: »Auch, als du gesehen hast, dass es Chris war? Da warst du dir noch immer sicher?«

»Da besonders. Da hab ich's begriffen. Bis dahin lag ich daneben. Diese ganzen blöden Vollidioten, James Gillen und Marcus Wiley, die hätten es gar nicht sein können. Die sind nichts; die sind total wertlos. Du kannst nichts opfern, das wertlos ist. Es muss etwas Gutes sein.«

Selbst bei dem Licht sah ich das Flattern von Julias Lidern, die sich schlossen. Das unglaublich traurige Lächeln in Selenas Gesicht.

»Wie Chris«, sagte ich.

»Ja. Er war nicht wertlos – ist mir *egal*, was ihr sagt« – in die Dunkelheit von Julia und Selena –, »er war es nicht. Er war etwas Besonderes. Und in dem Moment, als ich ihn gesehen hab, da ist es mir erst ganz klargeworden: Mein Entschluss war richtig.«

Wieder diese Stimmen, unten am Fuß der Anhöhe. Kräftiger.

Ich sagte schnell und ein wenig lauter: »Hat es dir denn nichts ausgemacht? Irgendein Vollidiot, der es verdient hat, das ist eine Sache. Aber ein Junge, den du mochtest, ein guter Junge? Hat dich das nicht bestürzt?«

Rebecca sagte: »Doch. Wenn ich die Wahl gehabt hätte, hätte ich jemand anderen ausgesucht. Aber das wäre falsch gewesen.«

Die macht einen auf unzurechnungsfähig, hätte ich gedacht, wenn sie älter oder ausgebuffter gewesen wäre. Wenn wir irgendwo in einem geschlossenen Raum gewesen wären, hätte ich gedacht, sie tut nicht so, sie ist schlicht unzurechnungsfähig. Aber hier, in dem schimmernden Trudeln und Schlingern ihrer Welt, in dieser Luft, durchdrungen von Düften und Sternen: für einen Moment verstand ich beinahe, was sie meinte. Erwischte den Saum des Begreifens, der meine Fingerspitzen streifte, bis ich ihn wieder verlor und er hoch aufflog und wieder verschwand.

Rebecca sagte: »Deshalb hab ich ihm die Blumen hingelegt.«

»Blumen«, sagte ich. Ganz neutral. Als hätte die Luft um mich herum nicht schlagartig angefangen zu flimmern.

»Solche da.« Sie hob den Arm, dünn wie ein dunkler Pinselstrich. Zeigte auf die Hyazinthen. »Ich hab welche gepflückt. Vier, eine für jede von uns. Hab sie ihm auf die Brust gelegt. Nicht als Entschuldigung oder so. Nur als Abschiedsgruß. Um zu zeigen, dass wir wussten, er war nicht wertlos.«

Nur der Täter hatte von den Blumen gewusst. Ein tiefer Seufzer, den ich eher spürte als hörte, drang aus Conway und breitete sich über die Lichtung.

»Rebecca«, sagte ich sanft. »Du weißt, dass wir dich festnehmen müssen. Nicht?«

Rebecca starrte mit großen Augen. Sie sagte: »Ich weiß nicht, wie das geht.«

»Keine Sorge. Wir erklären dir alles. Und wir finden jemanden, der sich um dich kümmert, bis deine Eltern hier sind.«

»Ich hab nicht gedacht, dass es so weit kommen würde.«

»Ich weiß. Im Moment musst du bloß aufstehen, und dann gehen wir rein.«

»Ich kann nicht.«

Selena sagte: »Geben Sie uns noch einen Moment. Nur einen Moment.«

Ich hörte Conway Luft holen, um *Nein* zu sagen. Ich sagte: »Können wir machen. Aber wirklich nur einen Moment.«

»Becs«, sagte Selena, ganz leise. »Komm her.«

Rebecca wandte sich der Stimme zu, Hände ausgestreckt, und ihr Kopf neigte sich zurück in diese dunkle Form. Arme schlossen sich um die Schultern der anderen wie Flügel, zogen sie näher, als versuchten sie, zu einem Wesen zu verschmelzen, das niemals auseinandergebrochen werden könnte. Ich konnte nicht heraushören, welche von ihnen schluchzte.

Rennende Schritte hinter mir, und diesmal konnte ich mich umdrehen. Holly, die Haare aus dem Pferdeschwanz gerutscht, kam mit großen, verzweifelten Sprüngen den Hang heraufgerannt.

Hinter ihr, bemüht langsam, folgte Mackey. Er hatte sie kommen sehen, war hinunter zu dem Pfad gegangen, um sie dort aufzuhalten, solange er konnte. Er hatte mich und Conway hier oben machen lassen, was auch immer wir machen würden. Aus Gründen, die nur er kannte, hatte er letztlich doch beschlossen, dass ich sein Vertrauen wert war.

Holly lief an Conway vorbei, als wäre sie gar nicht da, erreichte den Rand der Lichtung und sah die anderen drei. Sie stoppte, als wäre sie gegen eine Steinmauer gerannt. Sagte mit wilder, rissiger Stimme: »Was ist passiert?«

Conway hielt den Mund. Das blieb mir überlassen.

Ich sagte ruhig: »Rebecca hat gestanden, Chris Harper getötet zu haben.«

Hollys Kopf bewegte sich, ein blindes Zucken. »Leute gestehen andauernd alles Mögliche. Sie hat das bloß gesagt, weil sie Angst hatte, ihr würdet mich verhaften.«

Ich sagte: »Du wusstest doch schon, dass sie es war.«

Holly leugnete es nicht. Sie fragte nicht, was als Nächstes mit Rebecca passieren würde; musste es nicht fragen. Sie warf sich nicht auf die anderen, stürzte sich nicht in Daddys Arme – er schaffte es, nicht zu ihr zu gehen. Sie stand einfach da, betrachtete ihre reglosen Freundinnen auf dem Gras, eine Hand gegen einen Baum gestützt, als würde er sie aufrecht halten.

»Wenn du es schon heute Morgen gewusst hättest«, sagte ich, »hättest du mir nie die Karte gebracht. Was dachtest du denn, wer es war?«

Holly sagte mit einer Stimme, die viel zu müde und hohl für eine Sechzehnjährige klang: »Ich hab immer gedacht, es wäre Joanne gewesen. Wahrscheinlich nicht sie selbst – ich hab gedacht, sie hat irgendwen dazu angestiftet, vielleicht Orla; Orla muss immer die Drecksarbeit für sie machen. Aber ich hab gedacht, es wäre ihre Idee gewesen. Weil Chris mit ihr Schluss gemacht hatte.«

»Und dann hast du geglaubt, Alison oder Gemma sind dahintergekommen, konnten den Druck nicht mehr aushalten, haben die Karte aufgehängt.«

»Kann sein. Ja. Egal. Gemma eher nicht, aber ja, zu Alison passt so eine Hallo-bist-du-wirklich-so-dämlich-Aktion.«

Conway fragte: »Warum hast du das alles Detective Moran

nicht offen und ehrlich erzählt? Warum hast du uns hier den ganzen Tag rumstochern und Männchen machen lassen?«

Holly sah Conway an, als würde sie schon bei dem Gedanken an so viel Blödheit am liebsten ein Jahr durchschlafen. Sie ließ den Rücken gegen den Baumstamm sinken und schloss die Augen.

Ich sagte: »Du wolltest niemanden verraten.«

Ein Rascheln hinter ihr, laut und gleich wieder weg, als Mackey eine Bewegung machte.

»Wieder«, sagte Holly. Ihre Augen blieben geschlossen. »Ich wollte nicht wieder jemanden verraten.«

»Wenn du mir alles erzählt hättest, was du wusstest, hättest du vermutlich als Zeugin vor Gericht aussagen müssen, und die ganze Schule hätte erfahren, dass du zur Polizei gegangen bist. Aber trotzdem wolltest du, dass die Mörderin gefasst wird. Diese Karte war die perfekte Gelegenheit. Du musstest mir nichts verraten; du musstest mich bloß in die richtige Richtung schicken und mir die Daumen drücken.«

Holly sagte: »Sie waren nicht *dumm*, letztes Mal. Und Sie haben nicht so getan, als müssten alle unter zwanzig dumm sein. Ich hab gedacht, wenn ich Sie bloß irgendwie mit ins Boot kriegen könnte …«

Conway sagte: »Und du hattest recht.«

»Ja«, sagte Holly. Die Linien ihres Gesichts, zum Himmel gewandt, hätten einem das Herz brechen können. »Hab ich super hingekriegt.«

Ich fragte: »Wie bist du dahintergekommen, dass Joanne es doch nicht war? Als wir mit dir in den Kunstraum gegangen sind, wusstest du's schon. Was war passiert?«

Hollys Brust hob und senkte sich. »Als die Glühbirne durchgeknallt ist«, sagte sie. »Da wusste ich es.«

»Ach ja? Wieso?«

Sie antwortete nicht. Sie war fertig.

»Spatz«, sagte Mackey. Seine Stimme hatte eine Art Sanftheit, die ich ihm nie zugetraut hätte. »Es war ein langer, langer Tag. Zeit, nach Hause zu fahren.«

Hollys Augen öffneten sich. Sie sagte zu ihm, als gäbe es sonst niemanden: »Du hast gedacht, ich war's. Du hast gedacht, ich hab Chris getötet.«

Mackeys Gesicht verschloss sich. Er sagte: »Lass uns im Auto darüber reden.«

»Was hab ich bloß getan, dass du denkst, ich würde jemanden töten? Ich meine *jemals*, in meinem ganzen Leben?«

»Auto, Spatz. Sofort.«

Holly sagte: »Du hast einfach gedacht, wenn mich wer nervt, zieh ich ihm eins über den Schädel, weil ich deine Tochter bin und weil es uns im Blut steckt. Ich bin nicht bloß *deine Tochter*. Ich bin eine reale Person. Ich bin ich selbst.«

»Das weiß ich.«

»Und du hast mich da unten aufgehalten, damit sie Becca dazu bringen, dass sie gesteht. Weil du gewusst hast, wenn ich hier hochkäme, würde sie nichts mehr sagen. Du hast mich dazu gebracht, sie allein zu lassen, bis sie ...« Ihre Kehle schnürte sich zu.

Mackey sagte: »Bitte, tu mir den Gefallen und lass uns nach Hause fahren. Bitte.«

Holly sagte: »Mit dir fahre ich nirgendwohin.« Sie richtete sich auf, Wirbel für Wirbel, trat unter den Zypressen hervor. Mackey holte rasch Luft, um sie zu rufen, beherrschte sich dann. Conway und ich hüteten uns, ihn anzusehen.

In der Mitte der Lichtung fiel Holly im Gras auf die Knie. Eine Sekunde lang glaubte ich, die Rücken der anderen würden sich gegen sie versteifen. Dann öffneten sie sich wie von selbst, Arme breiteten sich aus, zogen sie näher und schlossen sich um sie.

Ein Nachtvogel geisterte hoch über die Lichtung hinweg, stieß einen hellen Ruf aus und zog ein Spinnennetz aus Schatten über unsere Köpfe. Irgendwo läutete eine schrille Glocke zur Nachtruhe; keines der Mädchen bewegte sich. Wir ließen sie so lange da, wie wir konnten.

Wir warteten in McKennas Büro auf die Sozialarbeiterin, die Rebecca mitnehmen würde. Bei einer anderen Straftat hätten wir sie in McKennas Obhut übergeben, ihr eine letzte Nacht in St. Kilda gegönnt. Aber nicht bei Mord. Sie würde die Nacht in einem Schulheim für straffällige Kinder und Jugendliche verbringen, immerhin das. Getuschel um das neue Mädchen, Augen, die nach Anzeichen suchten, wie sie sich einfügte und was sie mit ihr machen könnten: Im Grunde würde es sich, abgesehen von den rauen Bettdecken und dem beißenden Geruch der Desinfektionsmittel, nicht allzu sehr von dem unterscheiden, was sie gewohnt war.

McKenna und Rebecca saßen einander am Schreibtisch gegenüber, Conway und ich standen im leeren Raum. Keiner von uns sagte etwas. Conway und ich durften nicht, weil das vielleicht als Verhör aufgefasst werden könnte; McKenna und Rebecca wollten nicht, aus Vorsicht oder weil sie uns nichts zu sagen hatten. Rebecca saß da, die Hände gefaltet wie eine Nonne, blickte aus dem Fenster und dachte so angestrengt nach, dass sie manchmal aufhörte zu atmen. Einmal durchlief ein Schauder ihren ganzen Körper.

McKenna wusste nicht, welches Gesicht sie aufsetzen sollte, für keinen von uns, deshalb hielt sie den Blick gesenkt, starrte ihre Hände an, die gefaltet auf dem Schreibtisch lagen. Sie hatte eine frische Schicht Make-up aufgetragen, aber sie sah trotzdem zehn Jahre älter aus als noch am Morgen. Auch das Büro wirkte älter oder anders alt. Das Sonnenlicht hatte ihm einen trägen, üppigen Glanz verliehen, jeden Kratzer mit einem verlockenden Geheimnis aufgeladen und jede Staubflocke in eine raunende Erinnerung verwandelt. Im trüben Licht der Deckenlampe sah der Raum nur noch verlebt aus.

Die Sozialarbeiterin – nicht die vom Morgen; eine andere, in dicken, schwabbeligen Schichten, als wäre ihr Körper ein Stapel Pfannkuchen – stellte keine Fragen. Ihre raschen, verstohlenen Rundumblicke verrieten, dass ihr Job sie öfter in vollgepisste Mietshäuser führte als an Orte wie diesen, aber sie sagte bloß: »Na denn! Höchste Zeit für ein bisschen Schlaf. Dann wollen wir mal«, und hielt Rebecca die Tür auf.

»Nennen Sie mich nicht *wir*«, sagte Rebecca. Sie stand auf und ging zur Tür, ohne die Sozialarbeiterin, die mit der Zunge schnalzte und ihr Doppelkinn einzog, eines Blickes zu würdigen.

An der Tür drehte sie sich um. »Es wird in allen Nachrichten kommen«, sagte sie zu Conway. »Nicht wahr?«

»Ich habe nicht gehört, dass Sie sie über ihre Rechte aufgeklärt haben«, sagte die Sozialarbeiterin und drohte Conway mit dem Finger. »Nichts, was sie sagt, können Sie gegen sie verwenden.« Zu Rebecca: »Wir müssen jetzt ganz still sein. Wie zwei Mäuschen.«

»Die Medien werden deinen Namen nicht erwähnen«, sagte Conway. »Du bist minderjährig.«

Rebecca lächelte, als seien wir hier die naiven Kinder. »Dem Internet wird's egal sein, wie alt ich bin«, stellte sie fest. »Joanne wird's egal sein, sobald sie die Chance hat, online zu gehen.«

McKenna sagte in die Runde, einen Tick zu laut: »Jede Schülerin wird ebenso wie das gesamte Lehrpersonal strengstens angehalten werden, gegenüber der Öffentlichkeit über die heutigen Vorkommnisse absolutes Stillschweigen zu bewahren. Im Internet und auch sonst.«

Wir alle ließen das eine Sekunde im Raum stehen. Als es verklungen war, sagte Rebecca: »Wenn irgendwelche Leute in, sagen wir, hundert Jahren meinen Namen googeln, werden sie meinen und Chris' finden. Zusammen.«

Wieder dieser Schauder, heftig wie ein Krampf.

Conway sagte: »Es wird jetzt für ein paar Tage Schlagzeilen machen und später noch mal für ein paar Tage.« Sie sagte nicht *während des Prozesses*. »Dann wird es in Vergessenheit geraten. Online sogar noch schneller. Sobald ein Promi dabei erwischt wird, wie er mit der Falschen vögelt, ist das hier Schnee von gestern.«

Das ließ Rebeccas Mundwinkel zucken. »Ist auch unwichtig. Mir ist egal, was die Leute denken.«

Conway sagte: »Worum geht's dir dann?«

»Rebecca«, sagte McKenna. »Du kannst morgen mit den Detectives reden. Wenn deine Eltern dir eine angemessene rechtliche Vertretung besorgt haben.«

Rebecca, dünn in der halboffenen Tür, wo sie mit einer seitlichen Drehung in der unermesslichen Dunkelheit des Flurs verschwinden würde. Sie sagte: »Ich hab gedacht, ich würde uns von ihm befreien. Lenie von ihm befreien, damit sie nicht ewig an ihm kleben würde. Und stattdessen klebe ich jetzt an ihm. Als ich ihn im Gemeinschaftsraum gesehen habe –«

»Ich habe ihr davon abgeraten«, sagte die Sozialarbeiterin mit verbissenem kleinen Mund. »Sie alle haben gehört, dass ich ihr davon abgeraten habe.«

Rebecca sagte: »Das muss doch heißen, dass ich das Falsche getan habe. Ich weiß nicht, wieso, weil ich mir so sicher war, ich war so –«

»Ich kann sie nicht zwingen zu schweigen«, erklärte die Sozialarbeiterin wem auch immer. »Ich kann sie nicht *knebeln*. Das ist nicht meine Aufgabe.«

»Aber entweder ich hatte unrecht, oder ich hatte recht, und es spielt keine Rolle: Ich muss so oder so bestraft werden.« Die Blässe ihres Gesichts ließ dessen Konturen verschwimmen, verwischte sie wie ein Aquarell. »Könnte es so sein? Was meinen Sie?«

Conway hob beide Hände. »So was liegt weit über meiner Gehaltsstufe.«

Selbst wenn ringsum Gefahren dräuen, bleibt Freundschaft unbe-

rührbar doch. Am Nachmittag hatte ich das genauso verstanden, wie Rebecca es verstanden hatte. Irgendwann im Laufe des Tages hatte es sich verändert.

Ich sagte: »Ja, es könnte so sein.«

Rebeccas Gesicht wandte sich mir zu. Sie sah aus, als hätte ich etwas in ihr entzündet: eine tiefe, langsam aufscheinende Erleichterung. »Glauben Sie?«

»Ja. Das Gedicht, das du an der Wand hängen hast, das bedeutet nicht, dass dir nichts Schlimmes passieren kann, solange du gute Freunde hast. Es bedeutet nur, dass du mit allem fertig wirst, solange du welche hast. Sie sind wichtiger.«

Rebecca dachte darüber nach, spürte nicht mal mehr die drängelnde Sozialarbeiterin. Nickte. Sie sagte: »Daran hab ich letztes Jahr nicht gedacht. Da war ich wohl bloß ein dummes Kind.«

Ich fragte: »Würdest du's wieder tun, wenn du es wüsstest?«

Rebecca lachte mich an. Ein echtes Lachen, so klar, dass es dich frösteln ließ; ein Lachen, das die müden Wände auflöste, deine Gedanken hinaus in die weite betörende Nacht schickte. Sie war nicht mehr verschwommen, sie war das Solideste im Raum. »Klar«, sagte sie. »Was für eine Frage, klar würde ich.«

»*So*«, sagte die Sozialarbeiterin. »Das *reicht*. Wir sagen jetzt gute Nacht.« Sie umfasste Rebeccas Oberarm – gemeines kurzes Kneifen ihrer Stummelfinger, aber Rebecca verzog keine Miene – und bugsierte sie zur Tür hinaus. Ihre Schritte verklangen: das genervte Getrappel der Sozialarbeiterin, Rebeccas Joggingschuhe kaum hörbar, verschwunden.

Conway sagte: »Wir fahren dann auch mal. Morgen kommen wir wieder.«

McKenna sah uns an, wandte dabei den Kopf, als würde ihr der Hals weh tun. Sie sagte: »Das dachte ich mir.«

»Falls ihre Eltern sich bei Ihnen melden, Sie haben ja unsere Nummern. Falls Holly und Julia und Selena noch irgendwas aus ihrem Zimmer brauchen, Sie haben den Schlüssel. Falls irgendwer uns irgendwas erzählen möchte, ganz egal um welche Uhrzeit, dann ermöglichen Sie das.«

McKenna sagte: »Sie haben sich klar und deutlich ausgedrückt. Ich denke, Sie können sich jetzt beruhigt verabschieden.«

Conway ging schon zur Tür. Ich war langsamer. McKenna war so durchschnittlich geworden. Bloß eine Freundin meiner Ma, von einem Trinker als Ehemann oder einem schwierigen Kind ausgelaugt, die versuchte, irgendwie die Nacht zu überstehen.

Ich sagte: »Sie haben uns heute Morgen gesagt: Diese Schule hat schon viel überlebt.«

»In der Tat«, sagte McKenna. Sie hatte noch ein letztes bisschen Widerstand in sich: Das Fischauge hob sich und nahm mich ins Visier, demonstrierte mir überzeugend, wie sie aufmüpfige Teenager zu unterwürfigen Kindern zermalmte. »Und obschon ich Ihre verspätete Sorge zu schätzen weiß, Detective, bin ich recht zuversichtlich, dass sie auch eine derart imposante Bedrohung wie Sie beide überleben kann.«

»Jetzt weißt du, wo's langgeht«, sagte Conway in sicherer Entfernung auf dem Flur. »Hättest die Schleimscheißerei bleiben lassen sollen.« Die Dunkelheit verschluckte ihr Gesicht, ihre Stimme. Ich konnte nicht sagen, wie viel davon ernst gemeint war.

Wir verließen St. Kilda. Das Treppengeländer bog sich warm unter meiner Hand. Das Foyer, streifiges weißes Licht, das durch die Fenster über der Tür auf die Schachbrettfliesen fiel. Unsere Schritte, das helle Glockengeklimper von Conways Autoschlüsseln, die an ihrem Finger baumelten, das leise, langsame Läuten einer Turmuhr, die irgendwo Mitternacht schlug, alles schraubte sich durch die stille Luft nach oben zur unsichtbaren Decke. Für eine letzte Sekunde nahm der Ort, den wir am Morgen betreten hatten, in der Dunkelheit für mich Gestalt an: schön; mit Schnörkeln und Verzierungen aus Perlmutt und Dunst; unerreichbar.

Der Weg zum Auto dauerte ewig. Die Nacht war himmelhoch, bis zum Überlaufen von sich selbst erfüllt, und roch nach gierigen tropischen Blumen und Tierkot und fließendem Wasser. Der Park war tollwütig geworden: Jeder Mondstrahl auf einem Blatt sah aus wie ein gebleckter weißer Zahn, der Baum über dem Auto schien voller Schattenwesen zu hängen, die sich jeden Moment herabfallen lassen würden. Bei jedem Geräusch fuhr ich herum, aber es war nie etwas zu sehen. Das Gelände trieb seinen Schabernack mit mir oder wollte mich warnen, mir zeigen, wer hier das Sagen hatte.

Als ich mich endlich in ihren Wagen plumpsen ließ, war ich in Schweiß gebadet. Ich dachte, Conway hätte nichts gemerkt, bis sie sagte: »Ich bin heilfroh, hier wegzukommen.«

»Ja«, sagte ich. »Ich auch.«

Wir hätten allen Grund gehabt, uns gegenseitig abzuklatschen, einen Siegestanz aufzuführen, trunken vor Freude. Ich wusste nicht, wo ich das hernehmen sollte. Ich sah immer bloß Hollys Gesicht und Julias vor mir, wie sie den letzten Schatten von etwas betrachteten, das sie ersehnt und verloren hatten; das abwesende Blau von Selenas Augen, die Dinge sahen, die ich nicht sehen konnte; Rebeccas Lachen, zu klar, um menschlich zu sein. Es war kalt im Wagen.

Conway drehte den Zündschlüssel, setzte schnell und ruckartig zurück. Kies spritzte auf, als sie in die Auffahrt bog. Sie sagte: »Ich fang um neun mit der Vernehmung an. Im Morddezernat. Ich hätte lieber dich dabei als einen von diesen blöden Säcken aus dem Dezernat.«

King und die anderen, deren Sticheleien jetzt, da Conway endlich doch ihren großen Fall gelöst hatte, noch gehässiger werden würden. Es hätte Schulterklopfen und Freibier geben müssen, alle Achtung und willkommen im Club. Aber so würde es nicht sein. Wenn ich irgendwann mal von den Jungs im Morddezernat akzeptiert werden wollte, sollte ich am besten machen, dass ich zurück zu den Ungelösten Fällen kam, und zwar so schnell mich meine zarten Füße trugen.

Ich sagte: »Ich bin pünktlich da.«

»Hast du dir verdient. Schätz ich.«

»Besten Dank.«

»Du hast einen ganzen Tag geschafft, ohne Riesenbockmist zu bauen. Was willst du, einen Orden?«

»Ich hab mich bedankt. Was willst du, Blumen?«

Das Tor war geschlossen. Der Nachtwächter hatte nicht mitgekriegt, wie unsere Scheinwerfer im weiten Bogen die ganze Einfahrt hinunterstrichen. Als Conway hupte, schaute er verdattert von seinem Laptop auf. »Nutzloses Arschloch«, sagten Conway und ich gleichzeitig. Das Tor öffnete sich mit einem gedehnten, langsamen Quietschen. Sobald rechts und links ein Zentimeter Platz war, gab Conway Vollgas, riss fast den Seitenspiegel des MG dabei ab. Und das Kilda verschwand hinter uns.

Conway tastete in ihrer Blazertasche, warf mir etwas auf den Schoß. Das Foto von der Karte. Chris, lächelnd, grüne Bäume. ICH WEISS, WER IHN GETÖTET HAT.

Sie sagte: »Auf wen tippst du?«

Selbst in dem Halbdunkel war jede Pore von ihm mit so viel pulsierendem Leben gefüllt, dass er förmlich vom Papier hätte abheben können. Ich hielt das Foto in das Licht vom Armaturenbrett, versuchte, sein Gesicht zu deuten. Versuchte zu sehen, ob in diesem Lächeln das Abbild des Mädchens brannte, das er ansah; ob es *Liebe* sagte, ganz neu und ganz feurig. Es bewahrte seine Geheimnisse.

Ich sagte: »Selena.«

»Ja. Ich auch.«

»Sie wusste, dass es Rebecca war, weil Rebecca ihr Chris' Handy gebracht hatte. Sie hat es mühsam ein Jahr für sich behalten, aber letzten Endes hat es sie so fertiggemacht, dass sie es nicht mehr ausgehalten hat, es loswerden musste.«

Conway nickte. »Aber sie wollte ihre Freundin nicht verpfeifen. Die Geheimniswand war perfekt: Da konnte sie es rauslassen, Druck ablassen, ohne irgendwem Wichtiges zu verraten. Und so entrückt, wie Selena ist, war ihr nicht klar, dass sie uns damit auf den Plan rufen würde. Sie hat gedacht, einen Tag helle Aufregung, und gut ist.«

Straßenlampen kamen und gingen, ließen Chris flackernd aufleben und wieder ersterben. Ich sagte: »Vielleicht wird sie ihn ab jetzt nicht mehr sehen.« Ich wollte es von Conway hören: *Er ist weg. Wir haben ihn aus ihrem Kopf getilgt. Sie beide befreit.*

»Nee«, sagte Conway. Hände griffen am Lenkrad übereinander, stark und ruhig, schwangen uns um eine Kurve. »Bei ihrer Verfassung? Sie wird ihn nie mehr los.«

Die Gärten, an denen wir morgens vorbeigekommen waren, lagen verlassen unter einer dicken Schicht Stille. Wir waren ganz nah an der Hauptstraße, aber in all diesem sorgsam gepflegten Grün waren wir das Einzige, was sich bewegte. Der schnurrende Motor des MG klang rüpelhaft wie ein Rülpsen.

»Costello«, sagte Conway und verstummte dann, als überlege sie, ob sie weiterreden sollte. Die Leute mit dem anderthalb Meter hohen Betonhenkel hatten Flutlicht, damit wir alle das Ding auch wirklich rund um die Uhr bewundern konnten oder damit keiner es klaute, um es zu seiner passenden zweieinhalb Meter hohen Betontasse zu bringen.

Conway sagte: »Die haben noch keinen Ersatz für ihn.«

»Ja. Ich weiß.«

»O'Kelly hat was von Juli gesagt, nach dem Halbjahresbudget. Wenn der Fall hier nicht doch noch in die Binsen geht, müsste ich bis dahin einen Stein bei ihm im Brett haben. Falls du überlegt hast, dich auf die Stelle zu bewerben, könnte ich ein gutes Wort für dich einlegen.«

Das bedeutete Partner. *Sie wollen ihn, Conway, dann arbeiten Sie auch mit ihm …* Ich und Conway.

Ich sah es sonnenklar vor mir. Die Nickeligkeiten von den Macho-Typen, die lauten Lacher, wenn ich die Bondage-Maske auf meinem Schreibtisch fand. Die Unterlagen und die Zeugen, die immer das entscheidende bisschen zu spät bei uns eintrudelten; die Kneipentour der Kollegen, von der wir erst am nächsten Morgen erfuhren. Ich, wie ich mir Mühe gab, nett zu sein, und mich dabei zum Idioten machte. Conway, die sich überhaupt keine Mühe gab.

Es bedeutet, dass du mit allem fertig wirst, hatte ich zu Rebecca gesagt. *Solange du Freunde hast.*

Ich sagte: »Das wäre super. Danke.«

Im schwachen Licht der Armaturen sah ich, dass Conways Mund sich hob, nur ein ganz klein wenig: dasselbe Zu-allem-bereit-Kräuseln, das sie gezeigt hatte, als sie mit Sophie telefonierte, heute Morgen im Dezernat. Sie sagte: »Dürfte jedenfalls lustig werden.«

»Du hast eine merkwürdige Vorstellung von lustig.«

»Sei froh. Sonst würdest du bis auf weiteres bei den Ungelösten Fällen hockenbleiben und müsstest darum beten, dass dir wieder mal ein Teenager eine Freifahrkarte ins Morddezernat vorbeibringt.«

»Ich beschwer mich ja gar nicht«, sagte ich. Spürte, wie ein ähnliches Kräuseln an meinen Mundwinkeln zupfte.

»Das will ich dir auch geraten haben«, sagte Conway, und sie lenkte den MG auf die Hauptstraße und trat das Pedal durch. Irgendwer hupte, sie hupte zurück und zeigte ihm den Finger, und die Stadt explodierte um uns herum zum Leben: ließ Neonreklamen aufblitzen und rote und goldene Lichter erstrahlen, ließ Motorräder brummen und Stereoanlagen dröhnen. Die Straße entrollte sich vor uns, schickte ihren tiefen Puls bis ins Mark unserer Knochen, sie strömte lang und stark genug dahin, um uns ewig zu halten.

30

SIE KOMMEN BEI DAUERREGEN zum neuen Schuljahr zurück in die Schule. Ein dichter, klammer Regen, von dem einem ein zäher Rückstand auf der Haut haften bleibt. Der Sommer war eigenartig, zerfahren: Immer war eine von ihnen gerade mit ihren Eltern in Ferien, eine andere musste zum Gartenfest bei Verwandten oder hatte einen Zahnarzttermin oder was auch immer, und irgendwie haben sie vier sich seit Juni kaum zu Gesicht bekommen. Selenas Mom ist mit ihr zum Friseur gegangen, damit ihr neuerdings kurzes Haar einen ordentlichen Schnitt bekommt – mit der Frisur wirkt sie älter und weltgewandter, bis du ihr richtig ins Gesicht siehst. Julia hat einen Knutschfleck am Hals; sie spricht nicht darüber, und keine fragt sie danach. Becca ist ungefähr acht Zentimeter in die Höhe geschossen und trägt keine Zahnspange mehr. Holly hat das Gefühl, dass sie die Einzige ist, die noch dieselbe ist: ein bisschen größer, ein bisschen mehr Form in den Beinen, aber im Grunde einfach nur sie. Eine schwindelige Sekunde lang, als sie mit der schweren Tasche, die ihr die Schulter nach unten zieht, in der Tür des nach Fensterreiniger riechenden Zimmers steht, das sie vier sich dieses Jahr teilen werden, fühlt sie sich den anderen gegenüber gehemmt.

Keine von ihnen erwähnt den Schwur. Keine von ihnen erwähnt ihre nächtlichen Fluchten, spricht davon, wie toll das war, schlägt vor, dass sie einen neuen Weg suchen sollten. Ein winziges Eckchen in Holly beginnt sich zu fragen, ob es für die anderen nur ein großer Spaß war, bloß eine Möglichkeit, die Schule oder sich selbst interessanter zu machen; ob sie sich selbst zum Narren gemacht hat, weil sie gedacht hat, es würde wirklich etwas bedeuten.

Chris Harper ist seit dreieinhalb Monaten tot. Keiner erwähnt ihn; nicht sie vier, überhaupt niemand. Keine will die Erste sein, und nach ein paar Tagen ist es zu spät dafür.

Als das Schuljahr zwei Wochen alt ist, lässt der Regen ein bisschen nach, und an einem kribbeligen Nachmittag erträgt keine von ihnen die Aussicht auf noch eine weitere Stunde im Court. Sie setzen ihre arglosen Gesichter auf und verkrümeln sich nach hinten, aufs Feld.

Das Unkraut ist höher und zäher als letztes Jahr. Die gestapelten Steine, auf denen oft Leute saßen, sind noch weiter auseinandergerutscht und bloß noch nutzlose kniehohe Haufen. Der Wind schabt Maschendraht über Beton.

Es ist keiner da, nicht mal die Emos. Julia stapft durch das Gestrüpp und setzt sich mit dem Rücken gegen die Überreste eines Geröllbergs. Die anderen folgen ihr.

Julia holt ihr Handy hervor und fängt an, jemandem zu simsen. Becca legt auf einer glatten Stelle Erde Steinchen in ordentliche Spiralen. Selena starrt in den Himmel, als sei sie davon hypnotisiert. Ein letzter Regentropfen klatscht ihr auf die Wange, aber sie blinzelt nicht mal.

Hier hinten ist es kühler als vor dem Court, eine wilde, ländliche Kühle, die dich daran erinnert, dass es Berge am Horizont gibt, gar nicht so weit weg. Holly stopft die Hände tief in die Jackentaschen. Irgendwas juckt sie, aber sie weiß nicht, wo.

»Was war das für ein Song?«, sagt sie unvermittelt. »Er kam dauernd im Radio, letztes Schuljahr? Von irgendeiner Sängerin.«

»Wie ging er denn?«, fragt Becca.

Holly versucht, ihn zu singen, aber es ist Monate her, seit sie ihn zuletzt gehört hat, und sie weiß den Text nicht mehr.

Das Einzige, was ihr noch einfällt, ist *Remember o remember back when* ... Sie versucht, stattdessen die Melodie zu summen. Ohne diesen leichtfüßigen Rhythmus und die Gitarrenakkorde hört es sich nach nichts an. Julia zuckt die Achseln.

»Lana Del Rey?«, fragt Becca.

»Nein.« Es ist so was von nicht Lana Del Rey, dass schon allein der Vorschlag Holly deprimiert. »Lenie. Du weißt doch, welchen ich meine.«

Selena sieht sie an, lächelt geistesabwesend. »Hm?«

»Dieser eine Song. Du hast ihn mal bei uns im Zimmer gesummt. Und ich bin vom Duschen reingekommen und hab dich gefragt, wie er heißt, aber du wusstest es nicht.«

Selena denkt eine Weile darüber nach. Dann vergisst sie es und fängt an, über irgendwas anderes nachzudenken.

»Gott«, sagt Julia und verschiebt ihren Hintern auf dem Betonstein. »Wo sind denn alle? War das früher hier nicht mal irgendwie *interessant*?«

»Liegt am Wetter«, sagt Holly. Das juckende Gefühl ist schlimmer geworden. Sie entdeckt eine Mars-Verpackung in ihrer Tasche und knüllt sie zu einem festen Ball zusammen.

»Mir gefällt's so«, sagt Becca. »Früher waren hier bloß blöde Jungs, die nach jemandem gesucht haben, den sie schikanieren können.«

»Was wenigstens nicht *langweilig* war. Da hätten wir genauso gut auch drinbleiben können.«

Holly begreift, was dieses Juckgefühl ist: Sie ist einsam. Die Erkenntnis macht es noch schlimmer. »Dann lasst uns wieder reingehen«, sagt sie. Auf einmal will sie das Court, will sich randvoll stopfen mit synthetischer Musik und rosa Zucker.

»Ich *will* aber nicht wieder rein. Was bringt das? Wir müssen doch sowieso in gefühlten zwei Minuten zurück zur Schule.«

Holly erwägt, trotzdem wieder reinzugehen, aber sie ist nicht sicher, ob eine von den anderen mitkommen würde, und die Vorstellung, allein durch den grauen Regen zu trotten, macht ihre Einsamkeit nur noch größer. Stattdessen lässt sie die Mars-Verpackung in die Luft aufsteigen, dreht sie ein paar Mal und hält sie dann in der Schwebe.

Keiner macht irgendwas. Holly lässt die Verpackung verlockend auf Julia zugleiten, die sie prompt wegschlägt wie ein lästiges Insekt. »Lass das.«

»Hey. Lenie.«

Holly lässt das Papierknäuel praktisch gegen Selenas Stirn prallen. Selena sieht kurz verwirrt aus, dann pflückt sie es sachte aus der Luft und steckt es in die Tasche. Sie sagt: »Das machen wir nicht mehr.«

Die Gründe schwirren in der Luft. »Hey«, sagt Holly zu laut und albern in die feuchte, graue Stille. »Das war meins.«

Niemand antwortet. Holly wird zum ersten Mal klar, dass sie eines Tages glauben wird – hundertprozentig glauben, als gegeben voraussetzen wird –, dass alles bloß eine kollektive Einbildung war.

Julia simst wieder; Selena ist zurück in ihren Tagtraum gedriftet. Holly liebt die drei mit einer dermaßen großen und wilden und wunden Liebe, dass sie heulen könnte.

Becca fängt ihren Blick auf und deutet mit dem Kopf Richtung Boden. Als Holly nach unten schaut, lässt Becca ein Steinchen durch die Gräser hüpfen und auf Hollys Ugg landen. Holly bleibt gerade noch Zeit, sich ein winziges bisschen besser zu fühlen, bevor Becca sie anlächelt, milde, eine Erwachsene, die einem Kind ein Bonbon schenkt.

Sie sind in der vierten Jahrgangsstufe, dem sogenannten Übergangsjahr, wo der Schwerpunkt auf praktischer Arbeit liegt, deshalb ist sowieso alles anders als früher. Alle vier machen sie ihre Schülerpraktika an unterschiedlichen Stellen mit unterschiedlichem Tagesablauf; wenn Lehrer die Klassen für Projekte über

Internetwerbung oder Freiwilligenarbeit mit behinderten Kindern in Gruppen aufteilen, trennen sie Freundinnencliquen ganz bewusst, weil es in diesem Jahr um neue Erfahrungen gehen soll. Das redet Holly sich ein, wenn sie an manchen Tagen Julias Lachen aus einer Schar Mädchen auf der anderen Seite des Klassenzimmers aufsteigen hört, an Tagen, wenn sie vier endlich mal vor der Nachtruhe ein paar gemeinsame Minuten in ihrem Zimmer haben und sie kaum ein Wort reden: Das liegt bloß am Übergangsjahr. Es wäre ohnehin so gekommen. Nächstes Jahr wird wieder normal.

Als Becca in diesem Jahr sagt, dass sie nicht zur Valentinsparty gehen will, versucht keine, sie dazu zu überreden. Als Schwester Cornelius Julia dabei erwischt, wie sie mitten auf der Tanzfläche mit François Levy rumknutscht, sagen Holly und Selena kein Wort. Holly ist nicht mal sicher, dass Selena, die unrhythmisch hin und her pendelt, die Arme um den Oberkörper geschlungen, es überhaupt mitbekommen hat.

Hinterher, als sie zurück auf ihr Zimmer kommen, liegt Becca zusammengerollt mit dem Rücken zu ihnen auf dem Bett, Ohrstöpsel in den Ohren. Ihr Leselicht reflektiert in einem offenen Auge, aber da sie nichts sagt, sagen die anderen auch nichts.

Als Miss Graham eine Woche später alle auffordert, sich für das abschließende große Kunstprojekt in Vierergruppen aufzuteilen, stürzt Holly sich so schnell auf die anderen drei, dass sie fast vom Stuhl kippt. »Aua«, sagt Julia und reißt ihren Arm weg. »Was soll der Scheiß?«

»Mensch, chill mal. Ich will bloß nicht mit irgendwelchen Idioten zusammengesteckt werden, die ein Riesenbild von Kanye West aus Lippenstiftküssen machen wollen.«

»Chill du lieber mal«, sagt Julia, aber sie grinst. »Keine Kanye-Küsse. Wir machen Lady Gaga aus Tampons. Das wird ein Kommentar zur Stellung der Frau in der Gesellschaft.« Sie und Holly und Becca prusten los, und selbst Selena schmunzelt, und Holly spürt, wie sich ihre Schultern zum ersten Mal seit einer Ewigkeit entspannen.

»Hi«, ruft Holly und knallt die Tür hinter sich zu.

»Bin hier«, ruft ihr Dad aus der Küche. Holly schmeißt ihre Wochenendtasche auf den Boden und geht zu ihm, schüttelt sich ein paar Regentröpfchen aus dem Haar.

Er steht an der Arbeitsplatte und schält Kartoffeln, lange graue T-Shirt-Ärmel hochgeschoben bis über die Ellbogen. Von hinten – das struppige Haar noch überwiegend braun, breite Schultern, muskulöse Arme – sieht er jünger aus. Der Backofen ist an, erfüllt den Raum mit Wärme und einem sanften Summen; draußen, vor dem Küchenfenster, ist der Februarregen ein feines Nieseln, fast unsichtbar.

Chris Harper ist seit neun Monaten, einer Woche und fünf Tagen tot.

Dad umarmt Holly mit abgespreizten Händen und beugt sich vor, damit sie ihn auf die Wange küssen kann – Stoppeln, Zigarettengeruch. »Zeig's mir«, sagt er.

»*Dad.*«

»Lass sehen.«

»Du bist voll paranoid.«

Dad wackelt auffordernd mit den Fingern einer Hand. Holly verdreht die Augen und hält ihren Schlüsselbund hoch. Ihr Personen-Notsignalgerät hat eine hübsche Tropfenform und ist schwarz mit weißen Blüten drauf. Dad hat lange nach einem gesucht, das wie ein normaler Schlüsselanhänger aussieht, damit sie sich nicht zu sehr dafür schämt und es wieder abmacht, aber er kontrolliert es doch jede Woche.

»Das sehe ich gern«, sagt Dad und widmet sich wieder den Kartoffeln. »Ich weiß meine Paranoia zu schätzen.«

»Von den anderen muss keine eins haben.«

»Na und, dann bist du eben die Einzige, die der Massenentführung durch Aliens entgeht. Glückwunsch. Willst du schon was essen?«

»Hab noch keinen Hunger.« Freitags kaufen sie sich für ihr übriggebliebenes Taschengeld Schokolade und futtern sie, während sie auf der Mauer an der Bushaltestelle sitzen.

»Gut. Dann kannst du mir ja ein bisschen helfen.«

Sonst ist Mum für das Abendessen zuständig. »Wo ist Mum?«, fragt Holly. Sie tut so, als würde sie ihren Mantel ganz akkurat aufhängen, und beobachtet Dad aus den Augenwinkeln. Als Holly klein war, haben ihre Eltern sich getrennt. Dad ist wieder eingezogen, als sie elf war, aber sie passt noch immer auf wie ein Luchs, besonders wenn irgendetwas ungewöhnlich ist.

»Trifft sich mit irgendwem von früher. Fang.« Dad wirft Holly eine Knoblauchknolle zu. »Drei Zehen, fein gehackt. Was immer das heißt.«

»Mit wem denn?«

»Die Frau heißt Deirdre.« Holly weiß nicht, ob er weiß, dass sie genau das hören wollte, *die Frau*. Bei Dad weiß man nie, was er so alles weiß. »Fein gehackt, denk dran.«

Holly nimmt ein Messer und hievt sich auf einen Hocker an der Frühstückstheke. »Wann kommt sie nach Hause?«

»Darüber würde ich keine Prognose abgeben. Ich hab gesagt, wir kümmern uns schon mal ums Abendessen. Wenn sie rechtzeitig wieder da ist, prima; wenn der Mädelskram mit ihrer Freundin länger dauert, verhungern wir wenigstens nicht.«

»Lass uns Pizza bestellen«, sagt Holly und grinst Dad schief an. Damals, als sie an den Wochenenden regelmäßig bei ihm in seiner trostlosen Wohnung war, bestellten sie immer Pizza, die sie auf dem winzigen Balkon mit Blick über die Liffey aßen, wobei sie die Beine durchs Geländer baumeln ließen, weil für Stühle nicht genug Platz war. Der warme Blick, den Dads Augen annehmen, verrät ihr, dass auch er daran denken muss.

»Na hör mal, da frische ich gerade meine hammermäßigen

676

Spitzenkochfähigkeiten auf, und du willst Pizza? Undankbares kleines Biest. Außerdem hat deine Mammy gesagt, das Hähnchen muss weg.«

»Was machen wir denn?«

»Kartoffel-Hähnchen-Auflauf. Deine Mammy hat mir das Rezept aufgeschrieben, so ungefähr jedenfalls.« Er deutet mit einem Nicken auf einen Zettel, der unter dem Schneidebrett klemmt. »Wie war deine Woche?«

»Okay. Schwester Ignatius hat uns eine Riesenpredigt gehalten, wir müssten mal langsam entscheiden, was wir studieren wollen, und dass unser ganzes Leben davon abhängt, die richtige Wahl zu treffen. Am Ende hat sie sich so in die Sache reingesteigert, dass sie meinte, wir sollten nach unten in die Kapelle gehen und unsere Schutzpatroninnen im Gebet um Führung bitten.«

Sie erntet das Lachen, das sie hören wollte. »Und was hat deine Schutzpatronin dazu gemeint?«

»Sie hat gemeint, ich sollte auf jeden Fall erst mal die Abschlussprüfung bestehen, weil ich Schwester Ignatius sonst *noch* ein Jahr ertragen müsste, und das wäre *aaahhh*.«

»Kluges Mädchen.« Dad kippt die Schalen in den Bioabfalleimer und fängt an, die Kartoffeln in Würfel zu hacken. »Wird dir der Nonnenzirkus vielleicht ein bisschen zu viel? Weil du jederzeit wieder eine Externe werden kannst. Das weißt du. Du musst es nur sagen.«

»Nein, alles gut«, sagt Holly rasch. Sie weiß noch immer nicht, wieso Dad sie im Internat wohnen lässt, vor allem nach Chris, und sie hat immer das Gefühl, dass er es sich jeden Moment anders überlegen könnte. »Schwester Ignatius ist in Ordnung. Wir machen uns bloß über sie lustig. Julia kann ihre Stimme nachmachen; einmal hat sie das die ganze Religionsstunde hindurch gemacht, und Schwester Ignatius hat's nicht mal gemerkt. Sie hat überhaupt nicht verstanden, warum wir uns alle nicht mehr eingekriegt haben.«

»Das kleine Früchtchen«, sagt Dad amüsiert. Er mag Julia. »Aber die Schwester liegt nicht ganz falsch. Hast du dir schon mal darüber Gedanken gemacht, was du nach der Schule machen willst?«

Holly kommt es so vor, als würden alle Erwachsenen in den letzten paar Monaten nur noch darüber reden. Sie sagt: »Vielleicht Soziologie – letzte Woche hatten wir Berufsberatungswoche, und da hat eine Soziologin einen Vortrag gehalten. Hörte sich ganz gut an. Oder vielleicht Jura.«

Sie konzentriert sich auf den Knoblauch, aber sie hört, dass ihr Dad im gleichbleibenden Rhythmus weiterhackt, wie ja auch nicht anders zu erwarten. Mum ist Staatsanwältin. Dad ist Detective. Holly hat keine Geschwister, die Dads Berufslaufbahn einschlagen könnten.

Als sie sich zwingt, zu ihm rüberzuschauen, sieht er einfach nur beeindruckt und interessiert aus. »Tatsache? Zivilrecht oder Strafrecht?«

»Strafrecht. Vielleicht. Weiß nicht. Ist bis jetzt nur so ein Gedanke.«

»Die rhetorischen Fähigkeiten hast du auf jeden Fall dafür. Staatsanwaltschaft oder Verteidigung?«

»Ich hab gedacht, vielleicht Verteidigung.«

»Wieso?«

Noch immer ganz freundlich und fasziniert, aber Holly spürt die kleine Abkühlung: Das gefällt ihm nicht. Sie zuckt die Achseln. »Klingt einfach interessant. Ist das so fein genug?«

Holly überlegt, wann ihr Dad je beschlossen hat, dass sie irgendwas nicht machen sollte und sie es dann doch gemacht hat oder umgekehrt. Im Internat zu wohnen ist das einzige Beispiel, das ihr einfällt. Manchmal sagt er glattweg nein; häufiger kommt es irgendwie gar nicht erst dazu. Manchmal denkt Holly nach einer Weile, ohne genau zu wissen, wieso, dass er recht hat. Sie hatte eigentlich nicht vor, ihm das mit Jura zu sagen, aber wenn du nicht höllisch aufpasst, erzählst du Dad am Ende alles.

»Sieht gut aus, finde ich«, sagt Dad. »Rein damit.« Holly geht zu ihm rüber und schabt den Knoblauch in die Auflaufform. »Und schneid die Lauchstange für mich klein. Warum Verteidigung?«

Holly geht mit der Lauchstange zurück zu ihrem Hocker. »Einfach so. Die Staatsanwaltschaft hat immer zig Leute, die für sie arbeiten.«

Dad wartet auf mehr, Augenbrauen hoch, fragend, bis sie die Achseln zuckt. »Ich mein … keine Ahnung. Detectives und Streifenpolizisten und Kriminaltechnik und die Staatsanwälte. Die Verteidigung hat bloß den Menschen, der real betroffen ist.«

»Hm«, sagt Dad und mustert die Kartoffelwürfel. Holly spürt, dass er vorsichtig ist, seine Antwort erst aus jedem Blickwinkel prüft. »Weißt du, Schätzchen, so unfair, wie es aussieht, ist es eigentlich nicht. Wenn das System überhaupt eine Seite bevorzugt, dann die Verteidigung. Die Staatsanwaltschaft muss eine schlüssige Beweislage vorweisen, die keinerlei begründete Zweifel zulässt. Die Verteidigung muss nur diesen einen Zweifel vorweisen. Ich schwöre dir, Hand aufs Herz, es gibt sehr viel mehr Schuldige, die freigesprochen wurden, als Unschuldige im Gefängnis.«

Das hat Holly nicht gemeint, überhaupt nicht. Sie ist unsicher, ob sie verärgert oder erleichtert sein soll, dass Dad sie nicht verstanden hat. »Ja«, sagt sie. »Wahrscheinlich.«

Dad gibt die Kartoffeln in die Auflaufform. Er sagt: »Es ist ein guter Gedanke. Nimm dir einfach Zeit; leg dich nicht auf irgendwas fest, ehe du dir nicht hundertprozentig sicher bist. Okay?«

Holly sagt: »Wieso willst du nicht, dass ich Verteidigerin werde?«

»Quatsch, ich wäre begeistert. Da ist viel Geld zu machen. Dann kannst du mir den Lebensstil finanzieren, an den ich mich gern gewöhnen würde.«

Er entgleitet ihr, dieses Teflon-Glitzern tritt in seine Augen. »Dad. *Ernsthaft.*«

»Verteidiger hassen mich. Ich hab gedacht, du würdest das mit dem Hass auf mich ungefähr jetzt so langsam abarbeiten, es hinter dich bringen, und wenn du dann um die zwanzig bist, würden wir uns wieder prima verstehen. Ich hätte nicht gedacht, dass du gerade erst damit anfängst.« Dad geht zum Kühlschrank und kramt darin herum. »Deine Mutter hat gesagt, wir sollen Möhren reintun. Was meinst du, wie viele brauchen wir?«

»*Dad.*«

Dad lehnt sich mit dem Rücken an den Kühlschrank, betrachtet Holly. »Ich frag dich mal was«, sagt er. »Ein Mandant kommt in dein Büro und will, dass du ihn verteidigst. Er ist festgenommen worden – und es geht nicht um Ladendiebstahl, es geht um irgendwas richtig, richtig Schlimmes. Je länger du mit ihm redest, desto sicherer wirst du dir, dass er schuldig ist wie nur was. Aber er hat Geld, und dein Kind braucht eine Zahnklammer, und die Schule ist teuer. Was machst du?«

Holly zuckt die Achseln: »Das entscheide ich dann.«

Sie weiß nicht, wie sie ihrem Dad erklären soll, und eigentlich will auch nur eine Hälfte von ihr es ihrem Dad erklären, dass es ihr gerade darum geht. Alles, was den Anklagevertretern zur Verfügung steht, das ganze System, die Gewissheit, dass sie zu den Guten gehören: Das kommt ihr bequem vor, klebrig-schleimig wie Feigheit. Holly möchte da draußen allein arbeiten, möchte für sich selbst rausfinden, was jeweils richtig und was falsch ist. Sie möchte diejenige sein, die sich schnelle, unkonventionelle Wege einfallen lässt, um dafür zu sorgen, dass jede Geschichte das richtige Ende hat. Das kommt ihr klar vor, kommt ihr vor wie Mut.

»Das ist eine Möglichkeit.« Dad holt eine Tüte Möhren aus dem Kühlschrank. »Eine? Zwei?«

»Zwei, würde ich sagen.« Er hat das Rezept direkt vor der Nase. Er muss sie nicht fragen.

»Und deine Freundinnen. Will da auch eine Jura machen?«
Plötzlicher Ärger lässt Hollys Beine steif werden. »Nein. Ich
kann übrigens schon für mich allein denken. Nicht zu fassen,
was?«

Dad grinst und geht zurück zur Arbeitsplatte. Auf dem Weg
dahin legt er eine Hand auf Hollys Kopf, warm und mit genau
dem richtigen Druck. Er hat nachgegeben oder beschlossen, so
zu tun. Er sagt: »Du wirst eine gute Anwältin, falls du dich dafür
entscheidest. Egal, auf welcher Seite des Gerichtssaales.« Er fährt
sich mit der Hand durchs Haar und fängt an, die Möhren zu verarbeiten. »Mach dir nicht zu viele Gedanken, Spatz. Du triffst
schon die richtige Entscheidung.«

Das Gespräch ist zu Ende. Sein ganzes behutsames Sondieren
und sein ganzes tiefernstes Gerede, und sie ist ihm glatt durch die
Lappen gegangen, ohne dass er mitgekriegt hat, was sie in Wahrheit denkt. Holly spürt ein jähes Prickeln aus Triumphgefühl und
Scham. Sie schnippelt schneller.

Dad sagt: »Und was schwebt deinen Freundinnen so vor?«

»Julia will Journalistin werden. Becca weiß noch nicht. Selena
will auf die Kunstakademie.«

»Dürfte kein Problem sein. Sie macht gute Sachen. Ich wollte
dich schon die ganze Zeit fragen: Geht's ihr wieder so einigermaßen?«

Holly blickt auf, aber er schält eine Möhre und schaut aus dem
Fenster, um zu sehen, ob Mum nicht allmählich eintrudelt. »Wie
meinst du das?«

»Nur so. Die letzten Male, wenn sie hier bei uns war, wirkte sie
ein bisschen … weggetreten, ist das das passende Wort?«

»So ist sie einfach. Du musst sie nur besser kennenlernen.«

»Ich kenn sie schon eine ganze Weile. Früher war sie nicht so
weggetreten. Beschäftigt sie irgendwas?«

Holly zuckt die Achseln. »Bloß das Übliche. Schule. Irgendwas.«

Dad schweigt, aber Holly weiß, dass er noch nicht fertig ist. Sie gibt den kleingeschnittenen Lauch in die Auflaufform. »Was soll ich jetzt machen?«

»Hier.« Er wirft ihr eine Zwiebel zu. »Ich weiß, du und deine Freundinnen, ihr kennt Selena in- und auswendig, aber manchmal bekommen gerade die engsten Freunde nicht mit, wenn etwas nicht stimmt. In eurem Alter können viele Probleme auftreten – Depression, das, was heutzutage manische Depression heißt, Schizophrenie. Ich sage nicht, dass Selena so was hat« – seine Hand hebt sich, als Hollys Mund aufklappt –, »aber falls sie sich mit irgendwas rumschlägt, auch wenn es nicht so gravierend ist, wäre jetzt die Zeit, es in Angriff zu nehmen.«

Hollys Fußballen pressen sich in die Bodenfliesen. »Selena ist nicht *schizophren*. Sie ist *verträumt*. Bloß weil sie keine hirntote Klischee-Jugendliche ist, die rumläuft und die ganze Zeit hysterisch von Jedward schwärmt, heißt das noch lange nicht, dass sie *krank* ist.«

Dads Augen sind sehr blau und sehr ruhig. Und gerade diese Ruhe lässt Holly das Herz bis zum Hals schlagen. Er macht sich ernsthaft Sorgen.

Er sagt: »Du weißt, dass ich nicht so denke, Schätzchen. Ich sage ja nicht, dass sie zu einer quietschigen Stimmungskanone mutieren sollte. Ich sage bloß, sie kam mir vor einem Jahr um diese Zeit wesentlich lebhafter vor. Und falls sie ein Problem hat und das nicht möglichst schnell behandelt wird, könnte sich das auf ihr Leben ziemlich verheerend auswirken. Ihr seid drauf und dran, in die große weite Welt zu ziehen. Keine von euch sollte mit einer unbehandelten psychischen Erkrankung da draußen rumlaufen. So werden Leben ruiniert.«

Holly spürt eine neue Art von Realität, die von allen Seiten auf sie eindringt, ihr die Brust zusammendrückt, den Atem raubt.

Sie sagt: »Selena geht's gut. Das Einzige, was sie braucht, ist, dass die Leute sie in Ruhe lassen und aufhören, sie zu nerven. Okay? Kannst du das bitte für sie tun?«

Nach einem Moment sagt Dad: »In Ordnung. Wie gesagt, du kennst sie besser als ich, und ich weiß, dass ihr gut aufeinander aufpasst. Aber behalt sie im Auge. Mehr sag ich gar nicht.«

Ein Schlüssel rappelt ungeduldig in der Haustür, und dann ein Schwall kühle, regengetränkte Luft. »Frank? Holly?«

Die Tür knallt, und Mum kommt in die Küche gerauscht. »Mein *Gott*«, sagt sie, lässt sich mit dem Rücken gegen die Wand sinken. Ihr helles Haar hat sich aus dem Knoten gelöst, und sie sieht anders aus, erhitzt und locker, überhaupt nicht wie die kühle, auf Haltung bedachte Mum. »War das *komisch*.«

»Bist du blau?«, fragt Dad mit einem Grinsen. »Und ich kümmere mich zu Hause um dein Kind, steh stundenlang am Herd –«

»Bin ich nicht. Höchstens ein kleines bisschen beschwipst, aber daran liegt's nicht. Es liegt – mein Gott, Frank. Ist dir klar, dass ich Deirdre fast *dreißig* Jahre nicht gesehen hab? Wie um alles in der Welt konnte das passieren?«

Dad sagt: »Dann war's also doch nett, ja?«

Mum lacht, atemlos und ausgelassen. Ihr Mantel hängt offen; darunter trägt sie ihr enges, dunkelblau-weiß gemustertes Kleid und die goldene Halskette, die Dad ihr zu Weihnachten geschenkt hat. Sie steht noch immer halb gegen die Wand gesunken, Tasche auf dem Boden neben ihren Füßen, vergessen. Holly spürt wieder dieses pulsierende Misstrauen. Mum gibt ihr immer einen Kuss, sobald eine von ihnen zur Tür hereinkommt.

»Es war herrlich. Ich hatte richtig *Panik* – ehrlich, vor der Bar wäre ich fast umgekehrt und nach Hause gegangen. Wenn es nicht gut gelaufen wäre, wenn wir bloß dagesessen und Smalltalk gemacht hätten wie irgendwelche Bekannte … Das hätte ich nicht ertragen. Dee und ich und dann noch Miriam, wir waren damals in der Schule so wie du und deine Freundinnen, Holly. Wir waren unzertrennlich.«

Sie hat einen Knöchel über den hochhackigen blauen Lederschuhen nach außen geknickt, so dass sie schräg dasteht, wie ein Teenager. Holly sagt: – *Dreißig Jahre, niemals, wir würden niemals* – »Und wieso hast du sie dann so lange nicht gesehen?«

»Deirdres Eltern sind nach Amerika ausgewandert, als wir von der Schule abgingen. Sie hat da studiert. Damals war das anders als heute, E-Mails gab's noch nicht, Anrufe kosteten ein Vermögen, und Briefe brauchten Wochen. Wir haben es wirklich versucht – sie hat noch immer alle meine Briefe, ist das zu fassen? Sie hatte sie dabei, so vieles, was ich vollkommen vergessen hatte, Jungs und Nächte unterwegs und Kräche mit unseren Eltern und … Ich weiß, ich hab ihre irgendwo – auf dem Speicher bei Mum und Dad vielleicht –, ich kann sie unmöglich weggeworfen haben. Aber wir haben studiert, hatten viel zu tun, und ehe wir wussten, wie uns geschah, hatten wir den Kontakt verloren …«

Mums längliches, hübsches Gesicht ist ein offenes Buch, Dinge huschen darüber hinweg, leuchtend und flink wie fallende Blätter. Sie sieht nicht aus wie Hollys Mum oder überhaupt eine Mum. Zum ersten Mal in ihrem Leben sieht Holly sie an und denkt: *Olivia.*

»Aber heute – Gott, es war, als hätten wir uns vor einem Monat zuletzt gesehen. Wir haben so viel gelacht, ich weiß nicht, wann ich das letzte Mal so viel gelacht habe. Früher haben wir ständig so gelacht. Was uns alles wieder eingefallen ist – wir hatten uns so einen albernen Text zum offiziellen Schullied ausgedacht, lächerlich, voller Anzüglichkeiten, und den haben wir zusammen gesungen, da in der Bar. Wir wussten noch jedes Wort. Ich hab seit dreißig Jahren nicht mehr an das Lied gedacht, ich hätte geschworen, dass ich es längst vergessen hab, aber ich musste Dee nur anschauen, und sofort war alles wieder da.«

»In deinem Alter in Pubs rumgrölen«, sagt Dad. »Wenn das die Anwaltskammer erfährt.« Er lächelt, ein breites Lächeln, das auch ihn jünger wirken lässt. Es gefällt ihm, Mum so zu erleben.

»Gott, die Leute haben uns bestimmt gehört, was? Hab ich gar nicht drauf geachtet. Weißt du was, Frank? Irgendwann hat Dee zu mir gesagt: ›Du willst doch bestimmt bald nach Hause, oder?‹, und ich hab tatsächlich gefragt: ›Wieso?‹ Als sie ›nach Hause‹ gesagt hat, hab ich an das Haus meiner Eltern gedacht. An mein Zimmer, als ich siebzehn war. Ich hab gedacht: ›Wie kommt sie auf die Idee, dass ich unbedingt schnell wieder da hinwill?‹ Ich war so tief im Jahr 1982, dass ich völlig vergessen hatte, dass es das alles hier überhaupt gibt.«

Sie grinst hinter vorgehaltener Hand, beschämt und entzückt.

»Kindesvernachlässigung«, sagt Dad zu Holly. »Schreib dir das auf, falls du irgendwann mal Lust hast, sie vor den Kadi zu zerren.«

Etwas jagt Holly durch den Kopf: Julia auf der Lichtung, vor langer Zeit, das zarte, amüsierte Lächeln um ihren Mund, *Das hier ist nicht für immer*. Es lässt Holly den Atem stocken: Sie hat sich geirrt. Sie vier sind für immer, ein kurzes und sterbliches Für-Immer, ein Für-Immer, das in ihre Knochen hineinwachsen und darin bewahrt bleiben wird, auch nachdem es geendet hat, intakt, unzerstörbar.

»Sie hat mir das hier gegeben«, sagt Mum und greift in ihre Tasche. Sie zieht ein Foto heraus – weißer, leicht vergilbter Rand – und legt es auf die Küchentheke. »Seht mal. Das sind wir: Deirdre und Miriam und ich. Das sind *wir*.«

Ihre Stimme macht etwas Ulkiges, geht irgendwie hoch. Sie weint, denkt Holly eine entsetzliche Sekunde lang, aber als sie sie ansieht, beißt Mum sich auf die Unterlippe und lächelt.

Die drei sind älter als Holly, etwa ein Jahr, höchstens zwei. Schuluniformen, Kilda-Wappen am Revers. Bei genauerem Hinsehen ist der Schottenrock länger, der Blazer unförmig und hässlich, aber wenn das und die aufgedonnerten Frisuren nicht wären, könnten sie aus der Stufe über ihr sein. Sie albern herum, lehnen schmollmündig und Hüften schwingend an einem schmiedeeisernen Tor – erst nach einem kurzen Ruck, wie die Drehung eines Kaleidoskops, erkennt Holly das Tor am Ende des Rasens hinter der Schule. Deirdre ist in der Mitte, schüttelt eine dauergewellte dunkle Zottelmähne nach vorn über ihr Gesicht, lauter Kurven und Wimpern und aufmüpfiges Grinsen. Miriam ist klein und hell und mit fedrigem Haar, Finger schnippend, niedliches Zahnspangengrinsen. Und ganz rechts: Olivia, langbeinig, Kopf nach hinten geworfen, Hände in die Haare gekrallt, irgendwo zwischen Fotomodell und Parodie. Sie trägt Lipgloss, hell und zuckerwattepink – Holly kann sich Mums leicht angewiderten Gesichtsausdruck vorstellen, wenn sie so was am Wochenende zu Hause tragen würde. Sie sieht schön aus.

»Wir tun so, als wären wir Bananarama«, erklärt Mum. »Oder so was Ähnliches, ich glaub nicht, dass wir das so genau wussten. In dem Schuljahr hatten wir eine Band.«

»Du warst in einer *Band*?«, fragt Dad. »Bin ich ein Groupie?«

»Wir nannten uns ›Sweet and Sour‹.« Mum lacht, mit einem leichten Beben in der Stimme. »Ich hab Keyboard gespielt – oder so getan, als ob. Ich hab Klavier gespielt, und deshalb meinten wir, ich müsste ja wohl auch gut am Keyboard sein, aber in Wahrheit war ich furchtbar. Und Dee konnte bloß Folk-Gitarre spielen, und keine von uns war richtig musikalisch, und das Ganze war ein einziges Desaster, aber uns hat's unheimlich Spaß gemacht.«

Holly kann gar nicht wegschauen. Das Mädchen auf dem Foto ist keine klar umrissene Person, die mit beiden Beinen fest in einem unabänderlichen Leben steht; das Mädchen da ist eine unwirkliche Feuerwerksexplosion aus Licht, das von Millionen verschiedenen Möglichkeiten reflektiert wird. Das Mädchen ist keine Anwältin, verheiratet mit Frank Mackey, Mutter einer einzigen Tochter, Haus in Dalkey, dezente Farben und weiches Kaschmir und Chanel N° 5. All das ist in ihr enthalten, ungeahnt in ihren Knochen angelegt; aber das gilt auch für Hunderte andere mögliche Leben, ungewählt und funkenschnell verschwunden. Ein Frösteln setzt sich in Hollys Rückgrat fest, will sich nicht lösen.

Sie fragt: »Wo ist Miriam?«

»Ich weiß es nicht. Ohne Dee war alles irgendwie anders, und während des Studiums haben wir uns auseinandergelebt – ich war damals schrecklich ernsthaft, sehr ehrgeizig, hab immer nur gelernt, und Miriam wollte ständig ausgehen, sich betrinken, flirten, und ohne dass wir es richtig gemerkt haben ...« Mum schaut noch immer sinnend auf das Foto. »Irgendwer hat mir erzählt, sie hat kurz nach dem Studium geheiratet und ist nach Belfast gezogen. Das ist das Letzte, was ich von ihr gehört hab.«

»Wenn du willst«, sagt Holly, »kann ich ja mal im Internet nach ihr suchen. Wahrscheinlich ist sie bei Facebook.«

»Ach, Engelchen«, sagt Mum. »Das ist lieb von dir. Aber ich weiß nicht ...« Ein plötzliches Luftschnappen. »Ich weiß nicht, ob ich das ertragen könnte. Verstehst du das?«

»Glaub schon.«

Dad hat eine Hand auf Mums Rücken, ganz leicht, zwischen ihren Schulterblättern. Er sagte: »Brauchst du noch ein Glas Wein?«

»Gott, nein. Oder vielleicht doch. Ich weiß nicht.«

Dad umfasst kurz ihren Nacken und geht dann zum Kühlschrank.

»So lange her«, sagt Mum und berührt das Foto. Das Sprudelige in ihrer Stimme verklingt allmählich, lässt sie leise und still werden. »Ich begreife gar nicht, wie es schon so lange her sein kann.«

Holly schiebt sich wieder auf ihren Hocker. Sie stupst die Zwiebelstückchen mit der Messerspitze hin und her.

Mum sagt: »Dee ist nicht glücklich, Frank. Sie war immer die Extrovertierte von uns, die Selbstbewusste – wie eure Julia, Holly, auf alles eine schlagfertige Antwort –, sie wollte in die Politik gehen oder Fernsehjournalistin werden, die Politikern knallharte Fragen stellt. Aber sie hat jung geheiratet, und dann wollte ihr

Mann nicht, dass sie arbeiten geht, solange die Kinder noch in der Schule sind, deshalb kriegt sie jetzt bloß Aushilfsjobs als Sekretärin. Hört sich an, als wäre er ein ziemlich übler Macho – das hab ich natürlich nicht gesagt –, sie spielt mit dem Gedanken, ihn zu verlassen, aber sie ist schon so lange mit ihm zusammen, dass sie sich gar nicht vorstellen kann, wie sie ohne ihn zurechtkommen soll ...«

Dad reicht ihr ein Glas. Sie nimmt es automatisch, ohne hinzusehen. »Ihr Leben, Frank, ihr Leben ist überhaupt nicht so geworden, wie sie es sich gedacht hat. Unsere vielen Pläne, wir wollten die Welt im Sturm erobern ... Das jetzt hat sie sich nie vorgestellt.«

So redet Mum normalerweise nicht in Hollys Beisein. Sie hat eine Hand an die Wange gelegt und starrt ins Leere, sieht Dinge. Sie hat vergessen, dass Holly da ist.

Dad fragt: »Triffst du dich noch mal mit ihr?« Holly spürt, dass er Mum berühren, die Arme um sie legen möchte. Sie selbst will das auch, möchte sich an ihre Mum schmiegen, aber sie hält sich zurück, weil Dad sich zurückhält.

»Vielleicht. Ich weiß nicht. Sie fliegt nächste Woche zurück nach Amerika; zurück zu ihrem Mann und dem Zeitarbeitsjob. Sie kann nicht länger bleiben. Und sie will sich vorher noch mit der gesamten Verwandtschaft treffen. Wir haben uns geschworen, wir halten diesmal per E-Mail Kontakt ...« Mum streicht mit den Fingern an ihrem Gesicht herab, als würde sie die Linien um ihren Mund zum ersten Mal spüren.

Dad sagt: »Wir könnten ja mal überlegen, ob wir nächsten Sommer da drüben irgendwo Urlaub machen. Wenn du willst.«

»Ach, Frank. Das ist lieb von dir. Aber sie wohnt nicht in New York oder San Francisco, irgendwo, wo man vielleicht ...« Mum blickt verwundert auf das Weinglas in ihrer Hand und stellt es auf die Theke. »Sie wohnt in Minnesota, in irgendeiner Kleinstadt. Da stammt ihr Mann her. Ich weiß nicht, ob ...«

»Wenn wir nach New York fliegen würden, könnte sie sich vielleicht da mit uns treffen. Denk mal drüber nach.«

»Mach ich. Danke.« Mum atmet tief durch. Sie hebt ihre Tasche vom Boden auf und verstaut das Foto wieder darin. »Holly«, sagt sie, öffnet die Arme und lächelt. »Komm her, Engelchen, und gib mir einen Kuss. Wie war deine Woche?«

In der Nacht kann Holly nicht einschlafen. Das Haus fühlt sich überhitzt und stickig an, aber als sie die Bettdecke wegstrampelt, breitet sich wieder dieses Frösteln auf ihrem Rücken aus. Sie hört Mum und Dad zu Bett gehen: Mums Stimme hebt sich schnell und glücklich, fällt immer mal wieder jäh ab, wenn sie daran denkt, dass Holly da ist. Der tiefe Rhythmus ihres Dads, eine Bemerkung, die Mum laut auflachen lässt. Nachdem ihre Stimmen verstummt sind, liegt Holly allein im Dunkeln, versucht, sich nicht zu bewegen. Sie überlegt, einer von den anderen zu simsen, um rauszufinden, ob sie wach ist, aber sie weiß nicht, welcher oder was sie schreiben soll.

»Lenie«, sagt Holly.

Es dauert gefühlte Stunden, bis Selena, die bäuchlings auf dem Bett liegt und liest, den Kopf hebt. »Mm?«

»Nächstes Jahr. Wie bestimmen wir, wer mit wem ein Zimmer teilt?«

»Hä?«

»Nächstes Jahr kriegen wir Zweibettzimmer. Weißt du schon, mit wem du zusammenwohnen willst?«

Eine dicke Regenhaut bedeckt das Fenster. Sie müssen drinnen bleiben; im Gemeinschaftsraum spielen einige die Neunzigerjahreausgabe von Trivial Pursuit, andere probieren Make-up aus, simsen. Der Geruch von Rindergulasch fürs Abendessen hat es irgendwie den weiten Weg von der Cafeteria bis nach oben geschafft. Holly ist leicht übel davon.

»Verdammte Scheiße«, sagt Julia. »Es ist Februar. Wenn du dir schon um irgendwas Sorgen machen willst, wie wär's dann mit diesem bescheuerten Sozialkundeprojekt?«

»Lenie?«

Die Zweibettzimmer hängen bedrohlich über der ganzen vierten Stufe. Freundschaften gehen in Flammen und Tränen auf, weil jemand sich die Falsche als Mitbewohnerin aussucht. Alle Internen verbringen das ganze Jahr damit, sich vorsichtig um die Entscheidung herumzudrücken und nach Möglichkeiten zu suchen, sie unbeschadet zu umschiffen.

Selena blickt verständnislos, Mund geöffnet, als hätte Holly sie gebeten, ein Space Shuttle zu fliegen. Sie sagt: »Mit einer von euch.«

Ein ängstliches Flattern erfasst Holly. »Klar, logo. Aber mit wem?«

Schweigen bei Selena; leerer Raum, Echos. Becca hat irgendwas in der Atmosphäre gespürt und ihre Ohrstöpsel rausgenommen.

»Willst du auch wissen, wen ich mir aussuche?«, fragt Julia. »Weil du es garantiert nicht sein wirst, wenn du jetzt schon anfängst, wegen irgendwas durchzudrehen, das noch nicht mal ansteht.«

»Dich hab ich nicht gefragt«, erwidert Holly. »Wie sollen wir's machen, Lenie?« Sie möchte Selena unbedingt dazu bringen, dass sie sich aufsetzt und darüber nachdenkt, eine Idee vorschlägt, die für niemanden verletzend ist, weil sie das nämlich gut kann; vielleicht die Namen auslosen oder so – *bitte, Lenie, bitte* ... »Lenie?«

Selena sagt: »Entscheidet ihr das. Mir ist alles recht. Ich lese.«

Holly spürt, dass ihre Stimme zu laut und zu schneidend ist: »Das müssen wir alle zusammen entscheiden. So läuft das. Du kannst uns andere nicht einfach zwingen, das ohne dich zu machen.«

Selena senkt den Kopf tiefer in ihr Buch. Becca sieht zu, lutscht am Kabel ihrer Ohrstöpsel.

»Holly«, sagt Julia und sieht Holly mit diesem nasekräuseln-den Lächeln an, das Ärger bedeutet. »Ich muss was aus dem Ge-meinschaftsraum holen. Komm mal mit.«

Holly ist nicht gerade in Stimmung, sich von Julia rumkom-mandieren zu lassen. »Was denn holen?«

»Komm mit.« Julia rutscht vom Bett.

»Ist das so schwer, dass du's nicht allein tragen kannst?«

»Hahahaha, Witz, komm raus. Komm jetzt.«

Ihre Stärke tut Holly gut. Vielleicht hätte sie von Anfang an mit Julia reden sollen; vielleicht können sie beide zusammen eine vernünftige Lösung finden. Sie schwingt die Beine vom Bett. Becca beobachtet sie, bis sie aus dem Zimmer sind. Selena nicht.

Die frühe Dunkelheit draußen verwandelt das Licht auf dem Flur in ein schmutziges Gelb. Julia lehnt sich gegen die Wand, Arme verschränkt. Sie sagt: »Was soll der Scheiß?«

Sie versucht gar nicht erst, leise zu sein. Regen prasselt an das Flurfenster und übertönt ihre Stimmen für eventuell lauschende Ohren. Holly sagt: »Ich hab sie bloß gefragt. Wieso regst du dich deshalb so dermaßen –«

»Du hast sie unter Druck gesetzt. Lass das gefälligst.«

»Hallo? Wieso unter Druck gesetzt? Wir müssen uns entschei-den.«

»Unter Druck gesetzt, weil sie bloß ganz kirre wird, wenn du sie so festnagelst. Wir drei anderen entscheiden das, wir sagen es ihr, und sie ist mit allem einverstanden.«

Holly äfft Julias verschränkte Arme und ihren wütenden Blick nach. »Und wenn ich der Meinung bin, dass Lenie da ein Wört-chen mitreden sollte?«

Julia verdreht die Augen. »Mann, echt, ey.«

»Was? Wieso denn nicht?«

»Haben sie dir das Gehirn rausamputiert? Du weißt genau, wieso nicht.«

Holly sagt: »Du meinst, weil sie nicht okay ist. Deshalb.«

Julias Gesicht verschließt sich. »Es geht ihr gut. Sie muss nur ein paar Sachen verarbeiten, mehr nicht. Geht doch allen so.«

»Das ist was anderes. Lenie kommt nicht mehr klar. Sie schafft die alltäglichsten Sachen nicht mehr. Was soll werden, wenn wir drei nicht mehr rund um die Uhr da sind –«

»Du meinst, wenn wir im College sind oder so? In ein paar *Jahren*? Tut mir leid, aber deswegen krieg ich keine hysterischen Anfälle. Bis dahin geht's ihr wieder gut.«

»Es wird nicht besser mit ihr. Das weißt du.«

Es wirbelt zwischen ihnen, messerscharf: Es wird nicht besser mit ihr, seit damals; seit der Geschichte; du weißt schon. Keine von ihnen wagt es, daran zu rühren.

Holly sagt: »Ich denke, wir müssen sie dazu bringen, mit jemandem zu reden.«

Julia lacht laut auf. »Was denn, etwa mit Schwester Ignatius? O ja, dann kommt die Welt gleich wieder in Ordnung. Schwester Ignatius kann nicht mal einen zerrissenen Schnürsenkel flicken –«

»Ich meine nicht Schwester Ignatius. Ich meine einen Profi. Einen Arzt oder so.«

»Herr*gott* –« Julia schnellt von der Wand weg, hebt drohend beide Zeigefinger. Ihr Nacken ist beinahe in Angriffshaltung. »Denk nicht mal dran, hörst du? Das ist mein Ernst.«

Holly juckt es in den Fingern, ihre Hände wegzuschlagen. Diese plötzliche Wut tut gut. »Seit wann sagst du mir, was ich zu tun und zu lassen habe? Ich lass mich von dir nicht rumkommandieren. Kapiert?«

Sie haben sich beide nicht mehr richtig geprügelt, seit sie Sandkastenkinder waren, aber sie stehen sich Auge in Auge gegenüber, auf Zehenspitzen, und lechzen danach. Ihre Hände möchten in etwas Weiches packen und zudrücken. Julia ist diejenige, die schließlich zurücksinkt, Holly die Schulter zuwendet und sich wieder an die Wand lehnt.

»Hör mal«, sagt sie, zu dem Flurfenster und den breiten Regenstreifen. »Wenn dir was an Lenie liegt, wenn dir auch nur ein winziges bisschen an ihr liegt, dann versuch nicht, sie zu überreden, mit einem Psychologen zu sprechen. Das musst du mir einfach glauben: Es wäre das absolut Schlechteste, was du für sie tun kannst, das Schlechteste auf der ganzen Welt. Okay?«

Die Wucht dessen ist eng zusammengepresst in jedem Wort spürbar. Umzingelt von ihrer beider Geheimnisse, die unerbittlich um sie herumschwirren, kriegt Holly Julia nicht zu packen, kann nicht benennen, was Julia weiß oder vermutet. Dieses Einlenken sieht Julia überhaupt nicht ähnlich.

»Ich bitte dich da um einen Gefallen. Vertrau mir. Bitte.«

Holly wünschte, bis in die tiefsten Tiefen ihrer selbst, von deren Existenz sie nicht mal wusste, es wäre noch immer so einfach. »Na schön«, sagt sie. »Okay.«

Julias Gesicht wendet sich ihr zu. Holly sieht die dicke Schicht Argwohn und möchte etwas tun, irgendwas: sie einfach wegschreien, vielleicht, oder ihr den Stinkefinger zeigen und weggehen und nie wiederkommen. »Ehrlich?«, sagt Julia. »Du wirst ihr nicht einreden, sie sollte mit jemandem reden?«

»Wenn du dir sicher bist.«

»Ich bin mir *absolut* sicher.«

»Dann okay«, sagt Holly. »Ich lasse es.«

»Gut«, sagt Julia. »Komm, wir holen irgendwas aus dem Gemeinschaftsraum, bevor Becs uns suchen kommt.«

Sie gehen den Flur hinunter, im Gleichschritt, ratlos und einsam.

Holly hat nicht nachgegeben, weil Julia das will. Sie hat nachgegeben, weil sie eine Idee hat.

Sie ist durch diese Psychologensache drauf gekommen. Damals hatte man sie zu einem Therapeuten geschickt. Er war ein ziemlicher Trottel und hatte ständig Schweißperlen auf der Nase, und er stellte ihr immerzu Fragen, die ihn nichts angingen, so dass Holly bloß mit seinen dämlichen Puzzles spielte und ihn ignorierte, aber er redete unverdrossen weiter und sagte irgendwann mal etwas, was sich tatsächlich bewahrheitete. Er sagte, es würde einfacher werden, wenn der Prozess vorbei wäre und sie genau wüsste, was passiert war; dieses Wissen, sagte er, würde es ihr auf jeden Fall leichter machen, das Ganze aus dem Kopf zu bekommen und sich mit anderen Dingen zu beschäftigen. Und das stimmte.

Es dauert ein paar Tage, bis Julia den argwöhnischen Blick aufgibt und Holly auch mal mit Selena allein lässt. Aber eines Nachmittags sind sie im Court, und Julia muss eine Geburtstagskarte für ihren Dad besorgen, und Becca fällt ein, dass sie ihrer Großmutter noch eine Dankeschön-Karte schicken muss; und Selena hält ihre Einkaufstüte aus dem Kunstladen hoch und bewegt sich Richtung Brunnen, und als Holly ihr folgt, ist es schon zu spät, und Julia kann nichts mehr dagegen machen.

Selena legt pralle Farbtuben zu einem Fächer auf dem schwarzen Marmor aus und streicht mit der Fingerspitze über die farbigen Streifen. Auf der anderen Seite des Brunnens drehen sich ein paar Jungs vom Colm um und beäugen sie und Holly, aber sie werden nicht rüberkommen. Sie wissen Bescheid.

»Lenie«, sagt Holly und wartet die übliche Zeitspanne ab, bis Selena daran denkt, aufzublicken. »Weißt du, was dir vielleicht helfen würde?«

Selena betrachtet sie, als wäre sie aus Wolkenmustern gemacht, die anmutig und bedeutungslos über einen weiten Himmel ziehen. Sie sagt: »Was?«

»Wenn du wüsstest, was passiert ist«, sagt Holly. Sich so nah ranzuwagen lässt ihr Herz ins Schleudern geraten, schnell und leicht, ohne Bodenhaftung. »Letztes Jahr. Und wenn jemand dafür verhaftet würde. Das würde doch helfen? Oder? Meinst du nicht?«

»Schsch«, sagt Lenie. Sie hebt den Arm und nimmt Hollys Hand – ihre ist kalt und weich, und Holly kann noch so sehr zudrücken, sie fühlt sich nicht real an. Sie lässt Holly sich daran festhalten und wendet sich wieder ihren Farben zu.

Vor langer Zeit hat Holly von ihrem Dad gelernt, dass der Unterschied zwischen geschnappt und nicht geschnappt darin liegt, sich Zeit zu lassen. Als Erstes kauft sie das Buch an einem geschäftigen Samstag in einem großen Secondhand-Buchladen in der Stadt. In ein paar Monaten wird Mum sich nicht mehr an *Ich brauch für die Schule ein Buch kann ich zehn Euro haben dauert nicht lange* erinnern, an der Kasse wird sich niemand mehr an irgendein blondes Mädchen erinnern, das ein altmodisches Buch über Mythologie gekauft hat und irgendein Hochglanzkunstbuch, um es Mum zu zeigen. Sie findet auf ihrem Handy ein Foto mit Chris im Hintergrund und druckt es ein paar Wochen später aus, als sie in der Mittagspause mal eben kurz in den Computerraum flitzt. Die anderen werden schon bald vergessen haben, dass es ein paar Minuten länger als sonst dauerte, bis sie von der Toilette zurückkam. Sie schnippelt und klebt am Wochenende auf dem Boden ihres Zimmers, trägt dabei Handschuhe, die sie aus dem Chemielabor geklaut hat, und hat die Bettdecke in Reichweite, um sie über das Ganze zu werfen, sollten Mum oder Dad anklopfen. Nach einer Weile werden sie den gemütlichen Kindergartengeruch nach Klebstoff vergessen haben, falls er ihnen überhaupt aufgefallen ist. Sie entsorgt das Buch in einem Abfalleimer im Park, nicht weit von daheim; innerhalb von ein oder zwei Wochen wird es verschwunden sein. Dann schiebt sie die Karte in einen Schlitz im Futter ihres Wintermantels und wartet ab, bis genug Zeit vergangen ist.

Sie wünscht sich ein Zeichen, das ihr sagt, wann der richtige Tag gekommen ist. Sie weiß, es wird keins geben, nicht dafür; vielleicht für gar nichts mehr danach, nie wieder.

Sie macht sich selbst eins. Als sie hört, wie die Roboter stöhnen, *OmeinGott dieses dämliche Projekt dauert ja eeewig*, und Dienstagabend noch mal hochmüssen, *wie laaangweilig*, sagt Holly nach dem Ende des Kunstunterrichts: »Studierzeit am Dienstag?« Sieht die anderen nicken, während sie Häufchen aus zerstoßener Kreide in den Mülleimer schütten und Kupferdraht zusammenrollen.

Sie ist akribisch. Sie achtet darauf, die anderen mit ihrem Geplapper vom Geheimnisort abzulenken, auf dem Weg in den Kunstraum und wieder zurück, damit keine von ihnen sieht, was nicht da ist. Achtet darauf, ihr Handy irgendwo hinzulegen, wo es nicht zu sehen ist, auf einen unter den Tisch geschobenen Stuhl, damit keine sie darauf aufmerksam machen kann. Achtet darauf, nach der Nachtruhe »O, *Mist*, mein Handy!« zu sagen. Achtet darauf, am nächsten Morgen Schritt für Schritt vorzugehen, oben im leeren Flur: Karte festpinnen, sie sehen (rasches Aufkeuchen, Hand an den Mund, als würde sie beobachtet), Klarsichthülle und Federmesser holen, die Heftzwecke so vorsichtig raushebeln, als könnten tatsächlich Fingerabdrücke drauf sein. Als sie zurückläuft, den Flur entlang, fliegt das Geräusch jedes ihrer Schritte hinauf in eine hohe Ecke, klatscht gegen die Wand wie ein dunkler Handabdruck.

Die anderen glauben ihr, als sie sagt, sie habe Migräne – in den letzten zwei Monaten hatte sie die zweimal, genau dieselben Symptome wie Mum. Julia rückt ihren iPod raus, damit Holly sich nicht langweilt. Holly liegt im Bett und beobachtet, wie sie aus dem Zimmer gehen, als wäre es das letzte Mal, dass sie sie je sehen wird: Schon halb draußen blättert Becca in ihrer Hausaufgabe für Medienkunde, zieht Julia sich eine Socke hoch, schickt Selena ein Lächeln und ein Winken über die Schulter. Als die Tür hinter ihnen zufällt, denkt sie minutenlang, dass sie es nie schaffen wird, sich aufzusetzen.

Die Krankenschwester gibt ihr eine Kopfschmerztablette,

deckt sie schön zu und lässt sie allein, damit sie sich gesund-schläft. Holly kommt in Bewegung. Sie weiß, um wie viel Uhr der nächste Bus in die Stadt fährt.

Es durchzuckt sie an der Bushaltestelle, in der frischen Morgenluft. Zuerst denkt sie, dass sie tatsächlich krank wird, dass das, was sie vorhat, irgendeinen Fluch auf sie herabbeschworen hat und jetzt all ihre Lügen wahr werden. Sie hat es so lange nicht gespürt, und es schmeckt jetzt anders. Früher war es gewaltig und blutdunkel; jetzt ist es metallisch, es ist alkalisch, es ist wie Scheuerpulver, das sich nacheinander durch all deine Schutzschichten frisst. Es ist Angst. Holly hat Angst.

Der Bus kommt angeheult wie ein in Panik durchgehendes Tier, der Fahrer beäugt ihre Schuluniform, die Stufen schwanken bedenklich, als sie aufs Oberdeck steigt. Typen in Hoodies lümmeln sich auf der Rückbank, Hiphop dröhnt aus einem Radio, und sie ziehen Holly mit den Augen nackt aus, aber ihre Beine wollen sie nicht wieder die Stufen runtertragen. Sie setzt sich auf die Kante des vordersten Sitzes, starrt auf die Straße, die unter den Rädern wegtaucht, und lauscht auf das rohe Gelächter hinter sich, alle Muskeln angespannt für das plötzliche Anschwellen, das einen Angriff bedeuten würde. Falls die Typen auf sie losgehen, kann sie den Notknopf drücken. Der Fahrer wird den Bus stoppen und ihr die Stufen hinunterhelfen, und sie kann den nächsten Bus zurück zur Schule nehmen und wieder ins Bett klettern. Das Herz klopft ihr so wild im Hals, dass sie am liebsten brechen möchte. Sie will zu Dad. Sie will zu Mum.

Der Song fängt ganz leise an, wird durch den Hiphop hindurch lauter und braucht einen Moment, bis er bei ihr ankommt. Dann trifft er sie wie ein Schock in der Brust, als hätte sie Luft eingeatmet, die aus etwas anderem gemacht ist.

Remember o remember back when we were young so young …

Er ist kristallklar, jedes Wort. Er brandet das Geräusch des Motors weg, kegelt das Johlen der Hoodies beiseite. Er trägt sie über den Kanal und bis in die Stadt hinein. Er treibt den Bus durch eine Reihe von Ampeln, die alle auf Grün springen, hebt ihn über Bremsschwellen, schlängelt ihn auf zwei Rädern um waghalsige Fußgänger herum. *Never thought I'd lose you and I never thought I'd find you here, never thought that everything we'd lost could feel so near* ...

Holly lauscht auf jedes Wort, ohne Unterbrechung. Refrain, noch mal Refrain, noch mal, und sie wartet darauf, dass der Song allmählich verklingt. Stattdessen geht er immer weiter und wird lauter. *I've got so far, I've got so far left to travel* ...

Der Bus trudelt auf ihre Haltestelle zu. Holly winkt den Hoodies zum Abschied – Mund offen, verdattert, auf eine Beleidigung gefasst, zu langsam – und fliegt die schwankenden Stufen hinunter.

Draußen auf der Straße läuft der Song noch immer. Er ist schwächer und schwer zu packen, flimmert zwischen Autolärm und Schülergeschrei, aber jetzt weiß sie, worauf sie achten muss, und sie lässt ihn nicht mehr los. Er dehnt sich spiralförmig vor ihr aus wie ein feiner Goldfaden, er führt sie behände und tänzelnd zwischen hastigen Anzugträgern und Laternenpfosten und Bettlerinnen in langen Röcken hindurch die Straße hinauf Richtung Stephen.

DANKSAGUNG

Von Mal zu Mal bin ich mehr Menschen zu tiefstem Dank verpflichtet: Ciara Considine bei Hachette Books Ireland, Sue Fletcher und Nick Sayers bei Hodder & Stoughton und Clare Ferraro und Caitlin O'Shaughnessy bei Viking für die Zeit und Sachkompetenz, die sie alle in dieses Buch investiert haben, um es erheblich zu verbessern; Breda Purdue, Ruth Shern, Ciara Doorley und allen bei Hachette Books Ireland; Swati Gamble, Kerry Hood und allen bei Hodder & Stoughton; Ben Petrone, Carolyn Coleburn, Angie Messina und allen bei Viking; Susanne Halbleib und allen bei den S. Fischer Verlagen; Rachel Burd für eine weitere adleräugige Redaktion; dem wunderbaren Darley Anderson und seiner Toptruppe bei der Agentur, vor allem Clare, Mary, Rosanna, Andrea und Jill; Steve Fisher von APA; David Walsh, der mir nicht nur alle meine Fragen zu polizeilichen Ermittlungsmethoden beantwortete, sondern auch Fragen, an die ich gar nicht gedacht hatte; Dr. Fearghas Ó Cochláin, der mir wie schon so oft dabei half, das Opfer so plausibel wie möglich zu töten; Oonagh »Better Than« Montague (neben vielen, vielen anderen Dingen) dafür, dass sie mich in Momenten zum Lachen brachte, als ich es am meisten brauchte; Ann-Marie Hardiman, Catherine Farrell, Kendra Harpster, Jessica Ryan, Karen Gillece, Jessica Bramham, Kristina Johansen, Alex French und Susan Collins für ein Füllhorn an herrlichen Kombinationen aus Ernst, Albernheit und jeder erdenklichen Unterstützung; David Ryan,

weil er so sehr und so unvergleichlich ist, dass ich ohne sein un-
ermüdliches … niemals … hätte; meiner Mutter Elena Lombardi
für jeden einzelnen Tag; meinem Vater David French; und mehr,
als ich je in Worte fassen kann, meinem Mann Anthony Breat-
nach.

Tana French
Grabesgrün
Kriminalroman
Band 17542

Wer bringt ein kleines Mädchen um und bahrt es auf dem
Opferaltar einer Ausgrabungsstätte auf? Jede Spur, die die
beiden jungen Dubliner Ermittler Rob und Cassie verfolgen,
führt sie nur tiefer in ein Dickicht, in dem sich alle Gewiss-
heiten in ihr Gegenteil verkehren. Und keiner darf erfahren,
dass Rob vor vielen Jahren selbst etwas Furchtbares erlebt
hat – im Wald bei ebenjener Ausgrabungsstätte …

»In diesem Fall kann man wirklich einmal wieder
von Kriminal-Literatur sprechen. Tana Frenchs beinahe
ausufernde sprachliche Fähigkeiten beschwören ganze
Welten herauf.«
Antje Deistler, WDR2

Das gesamte Programm gibt es unter
www.fischerverlage.de

fi 17542 / 2

Tana French
Totengleich
Kriminalroman
Band 17543

Als die junge Polizistin Cassie Maddox in ein verfallenes
Cottage außerhalb von Dublin gerufen wird, schaut sie ins
Gesicht des Todes wie in einen Spiegel: Die Ermordete gleicht
ihr bis aufs Haar. Wer ist diese Frau? Wer hat sie niedergesto-
chen? Und hätte eigentlich Cassie selbst sterben sollen? Keine
Spuren und Hinweise sind zu finden, und bald bleibt nur eine
Möglichkeit: Cassie Maddox muss in die Haut der Toten
schlüpfen, um den Mörder zu finden. Ein ungeheuerliches
Spiel beginnt.

»Mit Tana French ist die Erbfolge
unter den Crime-Königinnen gesichert.«
Der Tagesspiegel

Das gesamte Programm gibt es unter
www.fischerverlage.de

Tana French
Sterbenskalt
Kriminalroman
Band 18834

Frank Mackey, Undercover-Ermittler, hat seine Familie seit
22 Jahren nicht gesehen. Er wollte der Armut und Perspektiv-
losigkeit seines Viertels für immer entfliehen – zusammen
mit seiner ersten großen Liebe Rosie. Doch die hatte ihn
versetzt und war allein nach England aufgebrochen, so hat
Frank es jedenfalls immer gedacht. Bis Rosies Koffer und
ihre Fährtickets in dem alten Abbruchhaus in der Straße
seiner Kindheit gefunden werden. Frank muss zurück nach
Faithful Place – und feststellen, dass er diesen dunklen Ort
immer in sich getragen hat.

»Mit ihrem dritten Roman hat sich
Tana French noch einmal gesteigert.«
SonntagsZeitung

Das gesamte Programm gibt es unter
www.fischerverlage.de

fi 18834 / 2

Tana French
Schattenstill
Kriminalroman
Band 18882

»Was Sie über Mord wissen müssen: In neunundneunzig
von hundert Fällen bricht er nicht in das Leben der
Menschen ein. Sondern sie öffnen ihm die Tür.«

In Broken Harbour, einer windgepeitschten Geisterstadt voller Bauruinen, ist eine ganze Familie ausgelöscht worden.
Seltsame Löcher klaffen in den Wänden ihres Hauses. Kühl
und methodisch beginnt Detective Mike Kennedy mit den
Ermittlungen – doch Broken Harbour zieht auch ihn erbar-
mungslos in sein zerstörerisches Kraftfeld.

»Tana French in Hochform: ein Meisterwerk.«
Cosmopolitan

Das gesamte Programm gibt es unter
www.fischerverlage.de